S.F.
V.

ARTHUR SCHNITZLER

ERZÄHLUNGEN

S. FISCHER

Umschlaggestaltung: Jan Buchholz / Reni Hinsch
Druck und Einband: May & Co., Darmstadt
Printed in Germany 1987
ISBN 3-10-373503-0

ERZÄHLUNGEN

STERBEN

Die Dämmerung nahte schon, und Marie erhob sich von der Bank, auf der sie eine halbe Stunde lang gesessen hatte, anfangs in ihrem Buche lesend, dann aber den Blick auf den Eingang der Allee gerichtet, durch die Felix zu kommen pflegte. Sonst ließ er nicht lange auf sich warten. Es war etwas kühler geworden, dabei aber hatte die Luft noch die Milde des entschwindenden Maitages.

Es waren nicht mehr viel Leute im Augarten, und der Zug der Spaziergänger ging dem Tore zu, das bald geschlossen werden mußte. Marie war schon dem Ausgange nahe, als sie Felix erblickte. Trotzdem er sich verspätet hatte, ging er langsam, und erst, wie seine Augen den ihren begegneten, beeilte er sich ein wenig. Sie blieb stehen, erwartete ihn, und wie er ihr lächelnd die Hand drückte, die sie ihm lässig entgegengestreckt hatte, fragte sie ihn mit sanftem Unmut im Ton: «Hast du denn bis jetzt arbeiten müssen?» Er reichte ihr den Arm und erwiderte nichts. «Nun?» fragte sie. «Ja, Kind», sagte er dann, «und ich habe ganz vergessen, auf die Uhr zu sehen.» Sie betrachtete ihn von der Seite. Er schien ihr blässer als sonst. «Glaubst du nicht», sagte sie zärtlich, «es wäre besser, du würdest dich jetzt ein bißchen mehr deiner Marie widmen? Laß doch auf einige Zeit deine Arbeiten. Wir wollen jetzt mehr spazieren gehen. Ja? Du wirst von nun ab immer schon mit mir vom Hause fort.»

«So...»

«Ja, Felix, ich werde dich überhaupt nicht mehr allein lassen.» Er sah sie rasch, wie erschreckt an. «Was hast du denn?» fragte sie.

«Nichts!»

Sie waren am Ausgange angelangt, und das abendliche Straßenleben schwirrte heiter um sie. Es schien über der Stadt etwas von dem allgemeinen unbewußten Glücke zu liegen, das der Frühling über sie zu breiten pflegt. «Weißt du, was wir tun könnten», sagte er. «Nun?» «In den Prater gehen.»

«Ach nein, neulich war es so kalt unten.»

«Aber sieh'! Es ist beinahe schwül hier auf der Straße. Wir können ja gleich wieder zurück. Gehen wir nur!» Er sprach abgebrochen, zerstreut.

«Ja, sag', wie redest du denn, Felix?»

«Wie?»...

«Woran denkst du denn? Du bist ja bei mir, bei deinem Mädel!»

Er sah sie an mit starrem, abwesendem Blicke.

«Du!» rief sie angstvoll und drückte seinen Arm fester.

«Ja, ja», sagte er, sich sammelnd. «Es ist schwül, ganz bestimmt. Ich bin nicht zerstreut! Und wenn, so darfst du's mir nicht übelnehmen.» Sie nahmen den Weg durch die Gassen dem Prater zu. Felix war noch schweigsamer als sonst. Die Lichter in den Laternen brannten schon.

«Warst du heute bei Alfred?» fragte sie plötzlich.

«Warum?»

«Nun, du hattest ja die Absicht.»

«Wieso?»

«Du fühltest dich ja gestern abend so matt.»

«Freilich.»

«Und warst nicht bei Alfred?»

«Nein.»

«Aber siehst du, gestern warst du noch krank, und nun willst du in den feuchten Prater hinunter. Es ist wirklich unvorsichtig.»

«Ach, es ist ja gleichgültig.»

«Rede doch nicht so. Du wirst dich noch ganz verderben.»

«Ich bitte dich», sagte er mit fast weinerlicher Stimme, «gehen wir nur, gehen wir. Ich sehne mich nach dem Prater. Wir wollen dorthin, wo es neulich so schön war. Weißt du, in den Gartensalon, dort ist's ja auch nicht kühl.»

«Ja, ja.»

«Wirklich nicht! Und heute ist es überhaupt warm. Nach Hause können wir ja nicht. Es ist zu früh. Und ich will auch nicht in der Stadt nachtmahlen, weil ich heute keine Lust habe, mich zwischen die Gasthauswände zu setzen, und dann schadet mir der Rauch,—und ich will auch nicht viel Menschen sehen, das Geräusch tut mir weh!»—Anfänglich hatte er rasch geredet und lauter als sonst. Die letzten Worte ließ er aber verklingen. Marie hing sich fester in seinen Arm. Ihr war bang, sie sprach nicht mehr, weil sie Tränen in ihrer Stimme fühlte. Seine Sehnsucht nach dem stillen Gasthof im Prater, nach dem Frühlingsabend im Grün und Stillen hatte sich ihr mitgeteilt. Nachdem sie eine Weile beide geschwiegen, gewahrte sie auf seinen Lippen ein langsames und mattes Lächeln, und wie er sich nun zu ihr wandte, versuchte er in sein Lächeln einen Ausdruck des Glückes zu legen. Sie aber, die ihn gut kannte, fühlte das Gezwungene leicht heraus.

Sie waren im Prater. Dort die erste Allee, die vom Hauptwege abbog und beinahe ganz im Dunkeln verschwand, führte zu ihrem Ziele. Dort stand das einfache Wirtshaus; der große Garten war kaum erleuchtet, die Tische standen ungedeckt da, die Sessel lehnten an ihnen. Daneben in den kugeligen Laternen auf den schlanken, grünen Pfählen flackerten trübrote Lichter. Ein paar Gäste saßen da, der Wirt selbst unter ihnen. Marie und Felix schritten vorbei, der Wirt stand auf und lüftete die Kappe. Sie öffneten die Tür zum Gartensalon, in dem ein paar zurückgedrehte Gasflammen fauchten. Ein kleiner Kellnerjunge hatte schlummernd in einer Ecke gesessen. Er erhob sich rasch, beeilte sich, die Gashähne besser aufzudrehen, und war den Gästen beim Ablegen behilflich. Sie setzten sich in eine Ecke, in der es recht dämmerig und traulich war, und rückten ihre Sessel ganz nahe zusammen. Sie bestellten etwas zu essen und zu trinken, ohne lange zu wählen, und waren nun allein. Nur vom Eingange her blinkten die trübroten Laternenlichter. Auch die Ecken des Saales verschwammen im Halbdunkel.

Noch immer schwiegen beide, bis endlich Marie, gequält, mit zitternden Worten begann: «So sag's nur, Felix, was hast du denn? Ich bitte dich, sag' mir.»

Wieder kam jenes Lächeln über seine Lippen. «Nichts, Kind», sagte er, «frag' nicht. Meine Launen kennst du ja—oder kennst du sie noch immer nicht?»

«Gewiß, deine Launen, o ja. Aber du bist nicht übel gelaunt; du bist verstimmt, ich seh' es ja; das muß seinen Grund haben. Ich bitte dich, Felix, was gibt's denn? Sag's doch, ich bitte dich!»

Er machte ein ungeduldiges Gesicht, denn eben trat der Kellner herein und brachte das Bestellte. Und wie sie noch einmal wiederholte: «Sag' es mir, sag' es mir», wies er mit den Augen auf den Jungen und machte eine ärgerliche Bewegung. Der Junge ging. «Nun sind wir allein», sagte Marie. Sie rückte näher zu ihm, nahm seine beiden Hände in die ihren. «Was hast du? Was hast du? Ich muß es wissen. Hast du mich denn nicht mehr lieb?» Er schwieg. Sie küßte seine Hand. Er entzog sie ihr langsam. «Nun, nun?» Er schaute mit den Augen wie hilfesuchend umher. «Ich bitte dich, laß mich, frag' nicht, quäl' nicht!» Sie ließ seine Hand frei und sah ihm voll ins Gesicht. «Ich will's wissen.» Er stand auf und tat einen tiefen Atemzug. Dann griff er sich mit beiden Händen an den Kopf und sagte: «Du machst mich noch wahnsinnig. Frag' nicht.» Noch eine ganze Weile blieb er so stehen mit starrem Auge, und sie folgte angstvoll seinem Blick, der ins Leere ging. Dann ließ er sich nieder, atmete ruhiger, und eine müde Milde breitete sich über seine Züge. Nach ein paar Sekunden schien aller Schauer von ihm gewichen, und er sagte zu Marie leise, liebenswürdig: «Trink' doch, iß doch.»

Sie nahm gehorsam Gabel und Messer und fragte ängstlich: «Und du?» «Ja, ja», erwiderte er, blieb aber regungslos sitzen und berührte nichts. «Da kann ich auch nicht», sagte sie. Da begann er denn zu essen und zu trinken. Bald aber legte er schweigend Gabel und Messer hin, stützte den Kopf in die Hand und sah Marie nicht an. Sie betrachtete ihn eine kleine Weile mit aufeinandergepreßten Lippen, dann zog sie seinen Arm weg, der ihr sein Gesicht verbarg. Und nun sah sie, wie es in seinen Augen schimmerte, und im Augenblicke, als sie aufschrie: «Felix, Felix», begann er zu weinen, heiß und schluchzend. Sie nahm seinen Kopf an ihre Brust, strich ihm über die Haare, küßte ihm die Stirn, wollte ihm die Tränen wegküssen. «Felix, Felix!» Und er weinte leiser und leiser. «Was hast du, Schatz, angebeteter, einziger Schatz, sag's doch!» Und er, den Kopf noch immer an ihre Brust gepreßt, so daß seine Worte dumpf und schwer zu ihr heraufdrangen: «Marie, Marie, ich hab' dir's nicht sagen wollen. Ein Jahr noch, und dann ist es aus.» Und nun weinte er heftig und laut. Sie aber, mit aufgerissenen Lidern, totenblaß, verstand nichts, wollte nichts verstehen. Etwas Kaltes und Entsetzliches schnürte ihr die Kehle zusammen, bis sie plötzlich aufschrie: «Felix, Felix!» Dann stürzte sie vor ihn hin und schaute ihm ins verweinte, verstörte Gesicht, das nun auf die Brust heruntergesunken war. Er sah sie vor sich knien und flüsterte: «Steh' auf, steh' auf.» Sie stand auf, mechanisch seinen Worten gehorchend, und setzte sich ihm gegenüber. Sie konnte nicht sprechen, sie konnte nicht fragen. Und er, dann wieder nach ein paar Sekunden tiefen Schweigens, plötzlich, laut klagend mit nach oben gerichtetem Blick, als laste etwas Unbegreifliches auf ihm: «Entsetzlich! Entsetzlich!»—

Sie fand ihre Stimme wieder. «Komm, komm!» Aber weiter brachte sie nichts hervor. «Ja, gehen wir», sagte er mit einer Bewegung, als wollte er etwas von sich abschütteln. Er rief den Kellner, bezahlte, und beide verließen rasch den Saal.

Draußen umfing sie schweigend die Frühlingsnacht. In der dunklen Allee blieb Marie stehen, faßte die Hand ihres Geliebten: «Erklär' mir nun endlich—»

Er war vollkommen ruhig geworden, und was er ihr nun sagte, klang einfach, schlicht, als wenn es eigentlich nichts so Besonderes wäre. Er machte seine Hand los und streichelte ihre Wangen. So dunkel war es, daß sie einander kaum sehen konnten.

«Mußt aber nicht erschrecken, Mizzel, denn ein Jahr ist lang, so lang!

Nämlich nur ein Jahr mehr habe ich zu leben.» Sie schrie auf: «Aber du bist verrückt, du bist verrückt.»

«Es ist erbärmlich, daß ich dir's überhaupt sage, und sogar dumm. Aber weißt du, es ganz allein zu wissen und so einsam herumgehen, ewig mit dem Gedanken—ich hätte es ja wahrscheinlich doch nicht lange ausgehalten. Vielleicht ist es sogar gut, daß du dich daran gewöhnst. Aber komm doch, was stehen wir denn da? Ich selbst, Marie, bin ja den Gedanken schon gewohnt. Dem Alfred habe ich schon lange nicht mehr geglaubt.»

«Du warst also nicht bei Alfred? Aber die anderen verstehen a nichts.»

«Siehst du, Kind, ich habe so fürchterlich gelitten die letzten Wochen unter der Ungewißheit. Nun ist's besser. Jetzt weiß ich's wenigstens. Ich war beim Professor Bernard, der hat mir wenigstens die Wahrheit gesagt.»

«Aber nein, er hat dir nicht die Wahrheit gesagt. Der hat dir sicher nur Angst machen wollen, damit du vorsichtiger wirst.»

«Mein liebes Kind, ich habe sehr ernst mit dem Manne gesprochen. Ich hab' Klarheit haben müssen. Weißt du, auch deinetwegen.»

«Felix, Felix», schrie sie und umfaßte ihn mit beiden Armen. «Was sagst du da? Ohne dich werde ich keinen Tag leben, keine Stunde.»

«Komm», sagte er still. «Sei ruhig.» Sie waren am Ausgange des Praters. Lebendiger war es um sie geworden, laut und hell. Wagenrasseln auf den Straßen, Pfeifen und Klingeln der Trams, das schwere Rollen eines Eisenbahnzuges auf der Brücke über ihnen. Marie zuckte zusammen. All dies Leben hatte mit einem Male etwas Höhnisches und Feindliches, und es tat ihr weh. Sie zog ihn mit sich, so daß sie nicht auf die breite Hauptstraße kamen, sondern durch die stillen Nebengassen den Weg nach Hause einschlugen.

Einen Augenblick fuhr es ihr durch den Kopf, daß er einen Wagen nehmen sollte, aber sie zögerte, es ihm zu sagen. Man konnte ja langsam gehen.

«Du wirst nicht sterben, nein, nein», sagte sie dann halblaut, ihren Kopf fest an seine Schulter drückend. «Aber ohne dich lebe ich auch nicht weiter.»

«Mein liebes Kind, du wirst anders denken. Ich hab' mir alles wohl überlegt. Ja gewiß. Weißt du, wie so mit einem Male die Grenze gezogen war, sah ich so scharf, so gut.»

«Es gibt keine Grenze.»

«Freilich, mein Schatz. Man kann's nicht glauben. Ich glaube es ja selber nicht in diesem Augenblick. Es ist etwas so Unbegreifliches, nicht wahr? Denk' einmal, ich, der da neben dir hergeht und Worte spricht, ganz laute, die du hörst, ich werd' in einem Jahr daliegen, kalt, vielleicht schon vermodert.»

«Hör' auf, hör' auf!»

«Und du, du wirst aussehen wie jetzt. Genau so, vielleicht noch ein bißchen blaß vom Weinen, aber dann wird wieder ein Abend kommen und viele, und der Sommer und der Herbst und der Winter und wieder ein Frühling,—und dann bin ich schon ein Jahr lang tot und kalt. Ja!—Was hast du denn?—»

Sie weinte bitterlich. Die Tränen flossen ihr über Wangen und Hals herunter.

Da ging ein verzweifeltes Lächeln über seine Züge, und er flüsterte zwischen den Zähnen hervor, heiser, herb: «Entschuldige.»

Sie schluchzte weiter, während sie vorwärts gingen, und er schwieg. Ihr Weg führte sie am Stadtpark vorbei, durch dunkle und stille, breite Straßen, über die von den Sträuchern des Parkes her ein leichter, trauriger Fliederduft geweht kam. Langsam gingen sie weiter. Auf der anderen Seite eintönig graue und gelbe hohe Häuser. Die mächtige Kuppel der Karlskirche, in den blauen Nachthimmel ragend, näherte sich ihnen. Sie bogen in eine Seitenstraße und hatten bald das Haus erreicht, in dem sie wohnten. Langsam stiegen sie die schwach erleuchtete Treppe hinauf und hörten hinter den Gangfenstern und Türen die Dienstmädchen plaudern und lachen. Nach ein paar Minuten hatten sie die Tür hinter sich geschlossen. Das Fenster war offen, ein paar dunkle Rosen, die in einer einfachen Vase auf dem Nachttische standen, dufteten durch das Zimmer. Von der Straße klang leises Summen herauf. Beide traten zum Fenster. Im Hause gegenüber war alles still und dunkel. Dann setzte er sich auf den Diwan, sie schloß die Läden und ließ die Vorhänge herab. Sie machte Licht und stellte die Kerze auf den Tisch. Er hatte all das nicht mehr gesehen, sondern saß da, in sich versunken. Sie näherte sich ihm. «Felix!» rief sie. Er schaute auf und lächelte. «Nun, Kind?» fragte er. Und wie er diese Worte mit weicher und leiser Stimme sagte, überkam sie ein Gefühl unendlicher Angst. Nein, sie wollte ihn nicht verlieren. Nie! Nie, nie! Es war auch nicht wahr. Es war gar nicht möglich. Sie versuchte zu sprechen, wollte ihm das alles sagen. Sie warf sich vor ihn hin und fand die Kraft der Rede nicht. Sie legte den Kopf auf seinen Schoß und weinte. Seine Hände ruhten auf ihren Haaren. «Nicht weinen», flüsterte er zärtlich. «Nicht mehr, Miez.» Sie erhob den Kopf; wie eine wunderbare Hoffnung kam es über sie. «Es ist nicht wahr, wie? Nicht wahr?» Er küßte sie auf die Lippen, lang, heiß. Dann sagte er beinahe hart: «Es ist wahr» und stand auf. Er ging zum Fenster hin und stand dort ganz im Schatten. Nur zu seinen Füßen spielte der Kerzenflimmer. Nach einiger Zeit begann er zu sprechen. «Du mußt dich an den Gedanken gewöhnen. Denk' einfach, wir gingen so auseinander. Du mußt ja gar nicht wissen, daß ich nicht mehr auf der Welt bin.»

Sie schien nicht auf ihn zu hören. Ihr Gesicht hatte sie in den Kissen des Diwans verborgen. Er sprach weiter: «Wenn man philosophisch über die Sache denkt, so ist es nicht so fürchterlich. Wir haben ja noch so viel Zeit, glücklich zu sein; nicht, Miez?»

Sie schaute plötzlich auf mit großen, tränenlosen Augen. Dann eilte sie zu ihm hin, klammerte sich an ihn und hielt ihn mit beiden Armen an ihre Brust gedrückt. Sie flüsterte: «Ich will mit dir sterben.» Er lächelte. «Das sind Kindereien. Ich bin nicht so kleinlich, wie du glaubst. Ich hab' auch gar nicht das Recht, dich mit mir zu ziehen.»

«Ich kann ohne dich nicht sein.»

«Wie lange warst du ohne mich? Ich war ja schon verloren, als ich dich vor einem Jahr kennenlernte. Ich wußte es nicht, aber ich hab' es schon damals geahnt.»

«Du weißt es auch heute nicht.»

«Ja, ich weiß es, und darum geb' ich dich heute schon frei.»

Sie klammerte sich fester an ihn. «Nimm's an, nimm's an», sagte er. Sie antwortete nicht, sah zu ihm auf, als könnte sie's nicht verstehen.

«Du bist so schön, oh! und so gesund. Was für ein herrliches Recht hast du ans Leben. Laß mich allein.»

Sie schrie auf. «Ich hab' mit dir gelebt, ich werde mit dir sterben.»

Er küßte sie auf die Stirne. «Du wirst es nicht, ich verbiete es dir, du mußt dir diese Idee aus dem Kopfe schlagen.»

«Ich schwöre dir—»

«Schwöre nicht, du würdest mich eines Tages bitten, daß ich dir deinen Schwur zurückgebe.»

«Das ist dein Glaube an mich!»

«Oh, du liebst mich, ich weiß es. Du wirst mich nicht verlassen, bis—»

«Nie, nie werd' ich dich verlassen.» Er schüttelte den Kopf. Sie schmiegte sich an ihn, nahm seine beiden Hände und küßte sie.

«Du bist so gut», sagte er, «das macht mich sehr traurig.»

«Sei nicht traurig. Was immer kommt, wir beide haben dasselbe Schicksal.»

«Nein», sagte er ernst und bestimmt, «laß das. Ich bin nicht wie die anderen. Ich will es nicht sein. Alles begreife ich; erbärmlich wäre es von mir, wenn ich länger auf dich hören wollte, mich von diesen Worten berauschen lassen, die dir der erste Augenblick des Schmerzes eingibt. Ich muß gehen, und du mußt bleiben.»

Sie hatte wieder zu weinen begonnen. Er streichelte und küßte sie, um sie zu beruhigen, und sie blieben beim Fenster stehen und sprachen nichts mehr. Die Minuten vergingen, die Kerze brannte tiefer herab.

Nach einiger Zeit entfernte sich Felix von ihr und setzte sich auf den Diwan. Eine schwere Müdigkeit war über ihn gekommen. Marie näherte sich ihm und setzte sich an seine Seite. Sie nahm leise seinen Kopf und legte ihn an ihre Schulter. Er blickte sie zärtlich an und schloß die Augen. So schlief er ein.

Der Morgen schlich blaß und kühl heran. Felix war erwacht. Noch lag sein Kopf an ihrer Brust. Sie aber schlief tief und fest. Er entfernte sich leise von ihr und ging zum Fenster, sah auf die Straße hinunter, die menschenleer im Morgengrauen dalag. Es fröstelte ihn. Nach einigen Minuten schon streckte er sich angekleidet aufs Bett und starrte auf die Decke.

Es war hellichter Tag, als er erwachte. Marie saß auf dem Bettrand, sie hatte ihn wachgeküßt. Sie lächelten beide. War nicht alles ein böser Traum gewesen? Er selbst kam sich jetzt so gesund, so frisch vor. Und draußen lachte die Sonne. Von der Gasse herauf drang Geräusch; es war alles so lebendig. Im Hause gegenüber standen viele Fenster offen. Und dort auf dem Tische war das Frühstück vorbereitet wie jeden Morgen. So licht war das Zimmer, in alle Ecken drang der Tag. Sonnenstäubchen flimmerten, und überall, überall Hoffnung, Hoffnung, Hoffnung!

Der Doktor rauchte seine Nachmittagszigarre, als ihm eine Dame gemeldet wurde. Es war noch vor der Ordinationsstunde, und Alfred ärgerte sich eigentlich. «Marie», rief er erstaunt aus, als sie eintrat.

«Seien Sie nicht böse, daß ich Sie so früh störe. Oh, rauchen Sie nur weiter.»

«Wenn Sie erlauben.—Aber was gibt's denn, was haben Sie denn?»

Sie stand vor ihm, die eine Hand auf den Schreibtisch gestützt, in der anderen den Sonnenschirm haltend. «Ist es wahr», stieß sie rasch hervor, «daß Felix so krank ist? Ah, Sie werden blaß. Warum haben Sie mir's nicht gesagt, warum nicht?»

«Was fällt Ihnen denn ein?» Er ging im Zimmer hin und her. «Sie sind närrisch. Bitte, setzen Sie sich.»

«Antworten Sie mir.»

«Gewiß ist er leidend. Das ist Ihnen ja nichts Neues.»

«Er ist verloren», schrie sie auf.

«Aber, aber!»

«Ich weiß es; er auch. Gestern war er beim Professor Bernard, der hat's ihm gesagt.»

«Es hat sich schon mancher Professor geirrt.»

«Sie haben ihn ja oft untersucht, sagen Sie mir die Wahrheit.»

«In diesen Dingen gibt es keine absolute Wahrheit.»

«Ja, weil er Ihr Freund ist. Sie wollen's eben nicht sagen, nicht wahr? Aber ich sehe es Ihnen an! Es ist also wahr, es ist wahr! O Gott! O Gott!»

«Liebes Kind, beruhigen Sie sich doch.»

Sie sah rasch zu ihm auf. «Es ist wahr?»

«Nun ja, er ist krank, Sie wissen es ja.»

«Ah—»

«Aber warum hat man's ihm denn gesagt? Und dann—»

«Nun, nun? Aber bitte, erwecken Sie mir keine Hoffnung, wenn es keine gibt.»

«Man kann es nie mit Sicherheit voraussehen. Das kann so lange dauern.»

«Ich weiß ja, ein Jahr.»

Alfred biß die Lippen zusammen. «Ja, sagen Sie, warum war er denn eigentlich bei einem anderen Arzt?»

«Nun, weil er wußte, daß Sie ihm nie die Wahrheit sagen werden— ganz einfach.»

«Es ist zu dumm», fuhr der Doktor auf, «es ist zu dumm. Ich begreife das nicht! Als wenn es so dringend notwendig wäre, einen Menschen»—

In diesem Augenblicke öffnete sich die Türe, und Felix trat ein.

«Ich dachte es», sagte er, als er Marie erblickte.

«Du machst mir schöne Narrheiten», rief der Doktor aus, «schöne Narrheiten, wirklich.»

«Laß die Phrasen, mein lieber Alfred», erwiderte Felix, «ich danke dir herzlich für deinen guten Willen, du hast als Freund gehandelt, du hast dich famos benommen.»

Marie fiel hier ein. «Er sagt, daß der Professor gewiß—»

«Laß das», unterbrach sie Felix, «so lange es ging, durftet ihr mich in dem Wahn erhalten. Von jetzt an wäre es eine abgeschmackte Komödie.»

«Du bist ein Kind», sagte Alfred, «es laufen viele Leute in Wien herum, denen man schon vor zwanzig Jahren das Leben abgesprochen hat.»

«Die meisten von ihnen sind aber doch schon begraben.»

Alfred ging im Zimmer hin und her. «Vor allem einmal, es hat sich zwischen gestern und heute nichts geändert. Du wirst dich schonen, das ist alles, du wirst mir besser folgen, als bisher, das ist das Gute daran. Erst vor acht Tagen war ein fünfzigjähriger Herr bei mir—»

«Ich weiß schon», fiel Felix ein. «Der gewisse fünfzigjährige Herr, der als Jüngling von zwanzig aufgegeben war und nun blühend ausschaut und acht gesunde Kinder hat."

«Solche Dinge kommen vor, daran ist gar nicht zu zweifeln», warf Alfred ein.

«Weißt du», sagte Felix darauf, «ich gehöre nicht zu der Sorte Menschen, an denen Wunder geschehen.»

«Wunder?» rief Alfred aus, «das sind lauter natürliche Sachen.»

«Aber sehen Sie ihn doch nur an», sagte Marie. «Ich finde, er schaut jetzt besser aus als im Winter.»

«Er muß sich halt schonen», meinte Alfred und blieb vor seinem Freund stehen. «Ihr werdet jetzt ins Gebirge reisen, und dort wird gefaulenzt, ordentlich.»

«Wann sollen wir abreisen?» fragte Marie eifrig.

«Ist doch alles Unsinn», sagte Felix.

«Und im Herbst geht ihr in den Süden.»

«Und im nächsten Frühjahr?» fragte Felix spöttisch.

«Bist du hoffentlich gesund», rief Marie aus.

«Ja, gesund», lachte Felix, «gesund!—Keinesfalls mehr leidend.»

«Ich sag's ja immer», rief der Doktor aus, «diese großen Kliniker sind alle zusammen keine Psychologen.»

«Weil sie nicht einsehen, daß wir die Wahrheit nicht vertragen», warf Felix ein.

«Es gibt gar keine Wahrheiten, sag' ich. Der Mann hat sich gedacht, er muß dir die Hölle heiß machen, damit du nicht leichtsinnig bist. Das war so ungefähr sein Gedankengang. Wenn du trotz seiner Vorhersage gesund wirst, ist's ja doch keineswegs eine Blamage für ihn. Er hat dich ja nur gewarnt.»

«Lassen wir die kindischen Redereien», fiel hier Felix ein, «ich habe sehr ernst mit dem Manne gesprochen, ich hab' es ihm klar zu machen verstanden, daß ich Gewißheit haben muß. Familienverhältnisse! Das imponiert ihnen ja immer. Und ich muß es dir aufrichtig gestehen, die Ungewißheit war schon zu jämmerlich.»

«Als wenn du jetzt Gewißheit hättest», fuhr Alfred auf.

«Ja, jetzt habe ich Gewißheit. Vergebliche Mühe, die du dir nun gibst. Es handelt sich jetzt nur darum, das letzte Jahr so weise als möglich zu verleben. Du wirst schon sehen, mein lieber Alfred, ich bin der Mann, der lächelnd von dieser Welt scheidet. Na, weine nicht, Miez; du ahnst gar nicht, wie schön dir diese Welt noch ohne mich vorkommen wird. Wie, Alfred, glaubst du nicht?»

«Geh'! Du quälst ja das Mädel ganz überflüssig.»

«Es ist wahr, es wäre vernünftiger, ein rasches Ende zu machen. Verlaß mich, Miez, geh', laß mich allein sterben!»

«Geben Sie mir Gift», schrie Marie plötzlich auf.

«Ihr seid ja beide verrückt», rief der Doktor.

«Gift! Ich will nicht eine Sekunde länger leben als er, und er soll es glauben. Er will es mir nicht glauben. Warum denn nicht? Warum denn nicht?»

«Du, Miez, jetzt will ich dir was sagen. Wenn du von dem Unsinn noch einmal redest, noch e i nmal, so verschwinde ich spurlos aus deiner Nähe. Dann siehst du mich überhaupt nicht mehr. Ich habe kein Recht, dein Schicksal an meines zu ketten, ich will diese Verantwortung auch gar nicht.»

«Weißt du, mein lieber Felix», begann der Doktor, «du wirst die Güte haben, lieber heute als morgen abzureisen. So kann's nicht weiter gehen. Ich werde euch heute abend auf die Bahn bringen, und die kräftige Luft und die Ruhe werden euch beide hoffentlich wieder vernünftig machen.»

«Ich bin ja ganz einverstanden», sagte Felix, «mir ist das sehr gleichgültig, wo—»

«Schon gut», unterbrach ihn Alfred; «es liegt vorläufig nicht der geringste Grund zur Verzweiflung vor, und du kannst die traurigen Nebenbemerkungen eigentlich ganz beiseite lassen.»

Marie trocknete ihre Tränen und sah den Doktor dankbar an.

«Großer Psycholog», lächelte Felix. «Wenn ein Arzt mit einem grob ist, kommt man sich gleich so gesund vor.»

«Ich bin vor allem dein Freund. Du weißt also—»

«Abreisen—morgen—ins Gebirge!»

«Ja, dabei bleibt's auch.»

«Na, ich dank' dir jedenfalls sehr», sagte Felix, indem er seinem Freunde die Hand reichte. «Und nun wollen wir gehen. Da draußen räuspert schon einer. Komm, Miez!»—

«Ich danke Ihnen, Herr Doktor», sagte Marie, Abschied nehmend.

«Da gibt es ja weiter nichts zu danken. Seien Sie nur vernünftig und geben Sie auf ihn acht. Also, auf Wiedersehen.»

Auf der Stiege sagte Felix plötzlich: «Lieber Mensch, der Doktor, wie?»

«O ja.»

«Und jung und gesund und hat vielleicht noch vierzig Jahre vor sich —oder hundert.»

Sie waren auf der Straße. Um sie herum lauter Menschen, die gingen und sprachen und lachten und lebten und an den Tod nicht dachten.

Sie bezogen ein kleines Häuschen hart am See. Es stand abseits von dem Dorfe selbst als einer der letzten abgelösten Ausläufer der Häuserreihe, die sich längs des Wassers hinzog. Und hinter dem Hause stiegen die Wiesen hügelig hinan, weiter oben lagen Felder in Sommerblüte. Weit dahinter, nur selten sichtbar, der verwischte Zug ferner Gebirge. Und wenn sie aus ihrer Wohnung heraus auf die Terrasse traten, die auf vier braunen, feuchten Pfählen aus dem klaren Wassergrunde hervorragte, so lag ihnen gegenüber am anderen Ufer die lange Kette starrer Felsen, über deren Höhen der kalte Glanz des schweigenden Himmels ruhte.

In den ersten Tagen ihres Hierseins war ein wunderbarer Friede über sie gekommen, den sie selber kaum begriffen. Es war, als hätte das allgemeine Los nur in ihrem gewohnten Aufenthalt Macht über sie gehabt; hier, in den neuen Verhältnissen, galt nichts mehr von dem, was in einer anderen Welt über sie verhängt worden. Auch hatten sie, seit sie einander kannten, noch nie so erquickende Einsamkeit gefunden. Es kam vor, daß sie sich manchmal ansahen, als wäre zwischen ihnen irgend eine kleine Geschichte vorgefallen, etwa ein Zank oder ein Mißverständnis, über das nicht mehr gesprochen werden durfte. Felix fühlte sich an den schönen Sommertagen so wohl, daß er sich bald nach seiner Ankunft wieder ans Arbeiten machen wollte. Marie gab es nicht zu. «Ganz gesund bist du noch nicht», lächelte sie. Und auf dem kleinen Tischchen, wo Felix seine Bücher und Papiere aufgeschichtet hatte, tanzten die Sonnenstrahlen, und durchs Fenster herein kam vom See her eine weiche, schmeichelnde Luft, die von allem Unglück der Welt nichts wußte.

Eines Abends ließen sie sich wie gewöhnlich von einem alten Bauern auf den See hinausrudern. Sie befanden sich da in einem breiten, guten Fahrzeug mit einem gepolsterten Sitz, auf dem sich Marie niederzulassen pflegte, während sich Felix ihr zu Füßen hinlegte, in einen warmen, grauen Plaid gehüllt, der zugleich Unterlage und Decke für ihn war. Den Kopf hatte er an ihren Knien ruhen. Auf der weiten, ruhigen Wasserfläche lagen leichte Nebel, und es schien, als stiege die Dämmerung langsam aus dem See empor, um sich allmählich gegen die Ufer hinzubreiten. Felix wagte es heute, eine Zigarre zu rauchen, und schaute vor sich hin über die Wellen, den Felsen zu, um deren Kuppen ein mattes Sonnengelb hinfloß.

«Sag, Miez», fing er zu reden an, «traust du dich, hinaufzuschauen?»

«Wohin?»

Er deutete mit dem Finger auf den Himmel. «Da gerade hinauf, ins Dunkelblaue. Ich kann's nämlich nicht. Es ist mir unheimlich.»

Sie schaute hinauf und verweilte mit ihren Blicken ein paar Sekunden oben. «Mir tut's eher wohl», sagte sie.

«So? Wenn der Himmel so klar ist wie heute, bring ich es schon gar nicht zusammen. Diese Ferne, diese schauerliche Ferne! Wenn die Wolken oben stehen, ist es mir nicht so unangenehm, die Wolken gehören doch noch zu uns;—da schaue ich in Verwandtes hinein.»

«Morgen wird's wohl regnen», fiel da der Ruderer ein, «die Berge sind heut zu nah!» Und er ließ die Ruder ruhen, so daß der Kahn ganz lautlos und immer langsamer über die Wellen hinglitt.

Felix räusperte sich. «Merkwürdig; die Zigarre vertrag ich noch nicht recht.»

«So wirf sie doch weg!»

Felix drehte die glimmende Zigarre ein paarmal zwischen den Fingern hin und her, dann warf er sie ins Wasser, und ohne sich nach Marie umzuwenden, sagte er: «Wie, ganz gesund bin ich doch noch nicht?»

«Geh», erwiderte sie abwehrend, indem sie mit ihrer Hand leise über seine Haare strich.

«Was werden wir nur machen», fragte Felix, «wenn's zu regnen anfängt! Da wirst du mich doch arbeiten lassen müssen.»

«Du darfst nicht.»

Sie beugte sich zu ihm nieder und sah ihm in die Augen. Es fiel ihr auf, daß seine Wangen gerötet waren. «Deine bösen Gedanken will ich dir bald vertreiben! Aber wollen wir jetzt nicht nach Hause fahren? Es wird kühl.»

«Kühl? Mir ist nicht kühl.»

«Na ja, dir mit dem dicken Plaid.»

«Oh», rief er aus, «ich Egoist habe ganz dein Sommerkleid vergessen.» Er wandte sich zum Ruderer. «Nach Hause.» Nach ein paar hundert

Ruderschlägen waren sie ihrer Wohnung nahe. Da bemerkte Marie, wie Felix mit der rechten Hand sein linkes Handgelenk umschloß.

«Was hast du denn?»

«Miez, ich bin wirklich noch nicht ganz gesund.»

«Aber.»

«Fieber hab' ich. Hm,—zu dumm!»

«Du irrst dich sicher», sagte Marie ängstlich, «ich will gleich um den Doktor gehen.»—«Ja, natürlich, das könnt' ich noch brauchen.»

Sie hatten angelegt und stiegen ans Land. In den Zimmern war's beinahe dunkel. Aber die Wärme des Tages war noch darin. Während Marie zum Abendessen herrichtete, saß Felix ruhig im Lehnstuhl.

«Du», sagte er ganz plötzlich, «die ersten acht Tage sind um.»

Sie kam vom Tische, wo sie die Gedecke aufgelegt hatte, rasch zu ihm hin und umschloß ihn mit beiden Armen. «Was hast du denn wieder?»

Er machte sich los. «Na, laß das!» Er stand auf und setzte sich an den Tisch. Sie folgte ihm. Er trommelte mit den Fingern auf dem Tisch herum. «So wehrlos komme ich mir vor. Plötzlich überfällt es einen.»

«Aber, Felix, Felix.» Sie rückte ihren Stuhl nahe an den seinen.

Er schaute mit großen Augen im Zimmer hin und her. Dann schüttelte er den Kopf ärgerlich, als könnte er irgend etwas nicht fassen, und stieß wieder zwischen den Zähnen hervor: «Wehrlos! Wehrlos! Kein Mensch kann mir helfen. Die Sache an sich ist ja nicht so schrecklich,—aber daß man so wehrlos ist!»—

«Felix, ich bitte dich, du regst dich auf. Es ist sicher nichts. Willst du,—nur zu deiner Beruhigung, daß ich um den Arzt gehe?»

«Ich bitte dich, laß mich damit! Entschuldige, daß ich dich schon wieder mit meiner Krankheit unterhalte.»

«Aber—»

«Wird nicht mehr geschehen. Geh, schenk' mir doch ein. Ja, ja, einschenken!... Danke!—Nun, so rede doch irgend etwas.»

«Ja, was?»

«Was immer. Lies mir was vor, wenn dir nichts einfällt. Ach, pardon, nach dem Essen natürlich. Iß nur, ich esse auch.» Er griff zu. «Ich habe sogar Appetit, es schmeckt mir ganz gut.»

«Na, also», sagte Marie mit einem gezwungenen Lächeln.

Und beide aßen und tranken.

Die nächsten Tage brachten einen warmen Regen. Da saßen sie bald im Zimmer, bald auf ihrer Terrasse, bis der Abend kam. Sie lasen beide oder schauten zum Fenster hinaus, oder er sah ihr zu, wenn sie irgend eine Näharbeit vornahm. Zuweilen spielten sie Karten, auch die Anfangsgründe des Schachspiels brachte er ihr bei. Andere Male wieder legte er sich auf den Diwan hin; sie saß bei ihm und las ihm vor. Es waren stille Tage und Abende, und Felix fühlte sich eigentlich ganz wohl. Es freute ihn, daß das schlechte Wetter ihm nichts anhaben konnte. Auch das Fieber kam nicht wieder.

Eines Nachmittags, als sich das erste Mal nach langem Regen der Himmel aufzuhellen schien, saßen sie wieder auf dem Balkon, und Felix sagte ganz unvermittelt, ohne an irgend ein früheres Gespräch anzuknüpfen: «Es gehen eigentlich lauter zum Tode Verurteilte auf der Erde herum.»

Marie schaute von ihrer Arbeit auf.

«Nun ja», fuhr er fort, «stelle dir beispielsweise vor, es sagte dir einer: Hochgeehrtes Fräulein, Sie werden am 1. Mai 1970 sterben. So wirst du dein ganzes künftiges Leben in einer namenlosen Angst vor dem 1. Mai 1970 verbringen, obwohl du heute gewiß nicht ernstlich glaubst, hundert Jahre alt zu werden.»

Sie antwortete nichts.

Er sprach weiter, indem er auf den See hinausblickte, auf dem es eben von den durchbrechenden Sonnenstrahlen zu glitzern begann. «Andere wieder gehen heute stolz und gesund herum, und irgendein blödsinniger Zufall rafft sie in ein paar Wochen dahin. Die denken gar nicht ans Sterben, nicht wahr?»

«Schau», sagte Marie, «laß doch die dummen Gedanken. Du mußt dir doch heut schon selber darüber klar sein, daß du wieder gesund wirst.»

Er lächelte.

«Nun ja, gerade du gehörst zu denen, die gesund werden.»

Er lachte laut auf. «Gutes Kind, du meinst in der Tat, daß ich dem Schicksal aufsitze? Du meinst, mich betrügt dieses scheinbare Wohlsein, mit dem mich die Natur jetzt beglückt? Ich weiß nur zufällig, woran ich bin, und der Gedanke an den nahen Tod macht mich, wie andere große Männer auch, zum Philosophen.»

«Jetzt hör schon einmal auf! Ja?»

«Ooh, mein Fräulein, ich soll sterben, und Sie sollen nicht einmal die kleine Unannehmlichkeit haben, mich davon reden zu hören?»

Sie warf ihre Arbeit weg und trat zu ihm hin. «Ich fühle es ja», sagte sie mit dem Tone ehrlicher Überzeugung, «daß du mir bleibst. Du kannst es ja selber gar nicht beurteilen, wie du dich erholst. Du mußt jetzt nur nicht mehr daran denken, dann ist jeder böse Schatten aus unserem Leben weg.»

Er betrachtete sie lange. «Du scheinst es wirklich absolut nicht begreifen zu können. Man muß es dir augenfällig machen. Sieh einmal her.» Er nahm eine Zeitung zur Hand. «Was steht hier?»

«12. Juni 1890.»

«Ja, 1890. Und jetzt denke dir, es steht da statt der Null eine Eins. Da ist schon alles längst vorbei. Ja, verstehst du's jetzt?»

Sie nahm ihm die Zeitung aus der Hand und warf sie ärgerlich zu Boden.

«Die kann nichts dafür», sagte er ruhig. Und plötzlich, indem er sich lebhaft erhob und alle diese Gedanken mit einem raschen Entschluß weit von sich abzuweisen schien, rief er aus: «Schau einmal, wie schön! Wie die Sonne über dem Wasser liegt—und dort»—er beugte sich zur Seite der Terrasse hinaus und schaute nach der entgegengesetzten Seite hin, wo das flache Land lag—«wie die Felder sich bewegen! Ich möchte ein wenig da hinaus.»

«Wird's nicht zu feucht sein?»

«Komm, ich muß ins Freie.»

Sie wagte nicht recht, ihm zu widersprechen.

Beide nahmen ihre Hüte, warfen ihre Mäntel um und schlugen den Weg ein, der den Feldern zu führte. Der Himmel war beinahe völlig klar geworden. Über den fernen Gebirgszug zogen vielgestaltige weiße Nebel. Es war, als verlöre sich das Grün der Wiesen in dem goldenen Weiß, das die Gegend abzuschließen schien. Bald waren sie auf dem Weg mitten unter das Korn gekommen, und da mußten sie eines hinter dem anderen gehen, während die Halme unter den Säumen ihrer Mäntel raschelten. Bald bogen sie seitab in einen nicht allzu dichten Laubwald, in welchem es wohlgepflegte Wege gab mit Ruhebänken in kurzen Abständen. Hier gingen sie Arm in Arm.

«Ist's da nicht schön?» rief Felix aus. «Und dieser Duft!»

«Glaubst du nicht, daß jetzt nach dem Regen—» fiel Marie ein, ohne den Satz zu vollenden.

Er machte eine ungeduldige Kopfbewegung. «Laß das, kommt es denn darauf an? Es ist unangenehm, immer daran gemahnt zu werden.»

Wie sie nun weiterschritten, lichtete sich der Wald mehr und mehr. Durch das Gelaub schimmerte der See. Kaum hundert Schritte noch hatten sie bis dahin. Eine ziemlich schmale Landzunge, auf welcher der Wald in ein paar spärlichen Sträuchern seinen Abschluß fand, ragte ins Wasser vor. Hier standen einige Tannenholzbänke mit Tischen davor, und hart am Ufer zog sich ein hölzerner Zaun hin. Ein leichter Abendwind hatte sich erhoben und trieb die Wellen ans Ufer. Und nun strich der Wind weiter ins Gesträuch, über die Bäume, so daß es von den feuchten Blättern wieder zu tropfen begann. Über dem Wasser lag der müde Schein des scheidenden Tages.

«Ich habe nie geahnt», sagte Felix, «wie schön das alles ist.»

«Ja, es ist reizend.»

«Du weißt es ja nicht», rief Felix aus. «Du kannst es ja nicht wissen, du mußt ja nicht Abschied davon nehmen.» Und er machte langsam ein paar Schritte nach vorwärts und stützte sich mit beiden Armen auf den schlanken Zaun, dessen schmale Stützstäbe vom Wasser umspült waren. Er schaute lange auf die schimmernde Fläche hinaus. Dann wandte er sich um. Marie stand hinter ihm; ihr Blick war traurig vor verhaltenen Tränen.

«Siehst du», sagte Felix in scherzendem Tone, «dies alles hinterlasse ich dir. Ja, ja, denn es gehört mir. Das ist das Geheimnis der Lebensempfindung, auf das ich gekommen bin, daß man so ein gewaltiges Gefühl unendlichen Besitzes hat. Ich könnte mit allen diesen Dingen machen, was ich will. Auf dem kahlen Fels da drüben könnt ich Blumen sprießen lassen, und die weißen Wolken könnt ich vom Himmel vertreiben. Ich tu's nicht, denn so gerade, wie alles ist, ist es schön. Mein liebes Kind, erst wenn du allein bist, wirst du mich verstehen. Ja, du wirst ganz bestimmt die Empfindung haben, als sei das alles in deinen Besitz übergegangen.»

Er nahm sie bei der Hand und zog sie neben sich. Dann streckte er seinen anderen Arm aus, wie um ihr all die Herrlichkeiten zu zeigen. «Dies alles, dies alles», sagte er. Da sie noch immer schwieg und noch immer jene großen, tränenlosen Augen hatte, brach er jäh ab und sprach: «Nun aber nach Hause!»

Die Dämmerung nahte, und sie nahmen den Uferweg, auf dem sie ihre Wohnung bald erreichten. «Es war doch ein schöner Spaziergang», meinte Felix.

Sie nickte stumm mit dem Kopfe.

«Wir wollen ihn öfter wiederholen, Miez.»

«Ja», sagte sie.

«Und»—er setzte das in einem Tone verächtlichen Mitleids hinzu—«quälen will ich dich auch nimmer.»

An einem der nächsten Nachmittage beschloß er, seine Arbeiten wieder vorzunehmen. Wie er wieder das erstemal den Bleistift übers Papier führen wollte, sah er mit einer gewissen hämischen Neugier auf Marie hinüber, ob sie ihn wohl abhalten werde. Sie aber sagte nichts. Bald warf er Blei und Papier wieder beiseite und nahm irgend ein gleichgültiges Buch zur Hand, um darin zu lesen. Das zerstreute ihn besser. Noch war er zur Arbeit nicht fähig. Er mußte sich erst zur völligen Lebensverachtung durchringen, um dann, der stummen Ewigkeit ruhig entgegensehend, wie ein Weiser seinen letzten Willen aufzuzeichnen. Das war es, was er wollte. Nicht einen letzten Willen, wie ihn gewöhnliche Menschen niederschreiben, der stets die geheime Angst vor dem Sterben verrät. Auch sollte dieses Schriftstück nicht über Dinge handeln, die man greifen und sehen kann, und die schließlich doch irgend einmal nach ihm zugrunde gehen mußten: sein letzter Wille sollte ein Gedicht sein, ein stiller, lächelnder Abschied von der Welt, die er überwunden. Zu Marie sprach er nichts von diesem Gedanken. Sie hätte ihn nicht verstanden. Er kam sich so anders vor als sie. Mit einem gewissen Stolz saß er ihr gegenüber an den langen Nachmittagen, wenn sie über ihrem Buch, wie es wohl zu geschehen pflegte, eingeschlummert war und ihr die aufgelösten Locken über die Stirne ringelten. Sein Selbstgefühl wuchs, wenn er sah, wieviel er ihr verschweigen konnte. So einsam wurde er da, so groß.

Und an jenem Nachmittag, wie ihr eben wieder die Lider zugefallen waren, schlich er sich leise davon. Er spazierte in den Wald. Die Stille des schwülen Sommernachmittags war überall um ihn. Und nun war es ihm klar, heute konnte es geschehen. Er atmete tief auf, es war ihm so leicht, so frei. Unter dem schweren Schatten der Bäume ging er weiter. Das gedämpfte Tageslicht floß wohltätig über ihn hin. Er empfand alles wie ein Glück, den Schatten, die Ruhe, die weiche Luft. Er genoß es. Es lag kein Schmerz darin, daß er all diese Zärtlichkeit des Lebens verlieren sollte. «Verlieren, verlieren», sagte er halblaut vor sich hin. Er tat einen tiefen Atemzug, und wie nun der milde Hauch so köstlich und leicht in seine Brust einzog, da konnte er mit einem Male nicht begreifen, daß er überhaupt krank sein sollte. Aber er war ja krank, er war ja verloren. Und plötzlich kam es wie eine Erleuchtung über ihn. Er glaubte nicht daran. Das war es, und darum war ihm so frei und wohl, und darum schien ihm heute die rechte Stunde gekommen. Nicht die Lust am Leben hatte er überwunden, nur die Angst des Todes hatte ihn verlassen, weil er an den Tod nicht mehr glaubte. Er wußte, daß er zu jenen gehörte, die wieder gesund werden. Es war ihm, als wachte in einem verborgenen Winkel seiner Seele irgend etwas Entschlafenes wieder auf. Er hatte das Bedürfnis, die Augen weiter zu öffnen, mit größeren

Schritten vorwärts zu gehen, mit tieferen Zügen zu atmen. Der Tag wurde heller und das Leben lebendiger. Das also war es, das war es!? Und warum? Warum mußte er mit einem Male wieder so trunken vor Hoffnung werden? Ach, Hoffnung! Es war mehr als das. Es war Gewißheit. Und heute morgens noch hatte es ihn gequält, hatte es ihm die Kehle zugeschnürt, und jetzt, jetzt war er gesund, er war gesund. Er rief es laut aus: «Gesund!»—Und er stand nun am Ausgang des Waldes. Vor ihm der See in dunkelblauer Glätte. Er ließ sich auf eine Bank nieder, und da saß er mit tiefem Behagen, den Blick aufs Wasser gerichtet. Er dachte nach, wie sonderbar das wäre; die Freude des Genesens hatte ihm die Lust am stolzen Abschied vorgetäuscht.

Ein leichtes Geräusch hinter ihm. Er hatte kaum Zeit, sich umzuwenden. Marie war es. Ihre Augen blinkten, ihr Gesicht war leicht gerötet.

«Was hast du denn?»

«Warum bist du denn weg? Warum hast du mich denn allein gelassen? Ich bin sehr erschrocken.»

«Aber geh», sagte er und zog sie neben sich nieder. Er lächelte sie an und küßte sie. Sie hatte so warme, volle Lippen. «Komm», sagte er dann leise und zog sie auf seinen Schoß. Sie schmiegte sich fest an ihn, legte die Arme um seinen Hals. Und sie war schön! Aus ihren blonden Haaren stieg ein schwüler Duft empor, und eine unendliche Zärtlichkeit für dieses schmiegsame, duftende Wesen an seiner Brust stieg in ihm auf. Tränen kamen ihm ins Auge, und er faßte nach ihren Händen, um sie zu küssen. Wie liebte er sie doch!

Vom See her kam ein schwaches, zischendes Geräusch. Sie schauten beide auf, erhoben sich und traten Arm in Arm dem Ufer näher. Das Dampfschiff war in der Ferne zu sehen. Sie ließen es eben nahe genug kommen, um noch die Umrisse der Leute auf dem Verdecke unterscheiden zu können, dann wandten sie sich um und spazierten durch den Wald nach Hause. Sie gingen Arm in Arm, langsam, zuweilen einander zulächelnd. Sie fanden alte Worte wieder, die Worte der ersten Liebestage. Die süßen Fragen zweifelnder Zärtlichkeit gingen zwischen ihnen hin und her, und die innigen Worte schmeichelnder Beruhigung. Und sie waren heiter und waren wieder Kinder, und das Glück war da.

Ein schwerer, glühender Sommer war herangekommen mit heißen, sengenden Tagen, lauen, lüsternen Nächten. Jeder Tag brachte den vorigen, jede Nacht die verwichene zurück; die Zeit stand stille. Und sie waren allein. Nur umeinander kümmerten sie sich, der Wald, der See, das kleine Haus,—das war ihre Welt. Eine wohlige Schwüle hüllte sie ein, in der sie des Denkens vergaßen. Sorglose, lachende Nächte, müde, zärtliche Tage flohen über sie hin.

In einer jener Nächte war es, da brannte die Kerze noch spät, und Marie, die mit offenen Augen dalag, richtete sich im Bette auf. Sie betrachtete das Antlitz ihres Geliebten, über das die Ruhe eines tiefen Schlafes gebreitet war. Sie lauschte seinen Atemzügen. Nun war es ja so viel als gewiß: jede Stunde brachte ihn der Heilung näher. Eine unsägliche Innigkeit erfüllte sie, und sie beugte sich nahe zu ihm herab mit dem Verlangen, den Hauch seines Atems auf ihren Wangen zu fühlen. Oh, wie schön war es doch zu leben! Und ihr ganzes Leben war er, nur er. Ach, nun hatte sie ihn wieder, sie hatte ihn wieder, und auf immer hatte sie ihn wieder!

Ein Atemzug des Schlafenden, der anders klang als die bisherigen, störte sie auf. Es war ein leises, gepreßtes Stöhnen. Um seine Lippen, die sich ein wenig geöffnet hatten, war ein Zug des Leidens sichtbar geworden, und mit Schrecken gewahrte sie Schweißtropfen auf seiner Stirn. Den Kopf hatte er leicht zur Seite gewendet. Dann aber schlossen sich seine Lippen wieder. Der friedliche Ausdruck des Antlitzes kehrte zurück, und nach ein paar unruhigen Atemzügen wurden auch diese wieder gleichmäßig, fast lautlos. Marie aber fühlte sich plötzlich von einer quälenden Bangigkeit erfaßt. Am liebsten hätte sie ihn aufgeweckt, sich an ihn geschmiegt, seine Wärme, sein Leben, sein Dasein empfunden. Ein seltsames Bewußtsein von Schuld überkam sie, und wie Vermessenheit erschien ihr plötzlich der freudige Glaube an seine Rettung. Und nun wollte sie sich selbst überreden, daß es ja doch kein fester Glaube gewesen, nein, nur eine leise, dankbare Hoffnung, für die sie doch nicht so bitter gestraft werden durfte. Sie gelobte sich's, nicht mehr so gedankenlos glücklich zu sein. Mit einem Male war ihr diese ganze jubelnde Zeit des Taumelns eine Zeit leichtsinniger Sünde geworden, für die sie büßen mußten. Gewiß! Und dann, was sonst Sünde sein mag, war es nicht etwas anderes bei ihnen? Liebe, die vielleicht Wunder zu tun vermochte? Und sind es nicht vielleicht gerade jene letzten süßen Nächte, die ihm die Gesundheit wiedergeben werden?

Ein furchtbares Stöhnen drang aus Felix' Mund. Er hatte sich im Halbschlummer angstvoll mit weiten Augen im Bett aufgerichtet, starrte ins Leere, so daß Marie laut aufschreien mußte. Davon wachte er vollends auf. «Was ist denn, was ist denn?» stieß er hervor. Marie fand keine Worte. «Hast du geschrieen, Marie? Ich habe schreien gehört.» Er atmete sehr rasch. «Mir war wie zum Ersticken. Ich hab' auch geträumt, weiß nicht mehr was.»

«Ich bin so sehr erschrocken», stammelte sie.

«Weißt du, Marie, mir ist jetzt auch kalt.»

«Nun ja», erwiderte sie, «wenn du böse Träume hast.»

«Ach, was denn», und er sah mit einem zornigen Blick nach oben. «Fieber hab ich eben wieder, das ist's.» Seine Zähne schlugen aneinander, er legte sich nieder und zog die Decke über sich.

Sie blickte verzweifelt um sich. «Soll ich dir, willst du—»

«Gar nichts, schlaf nur! Ich bin müde, ich werde auch schlafen. Das Licht laß brennen.» Er schloß die Augen und zog die Decke bis über den Mund. Marie wagte nicht mehr, ihn zu fragen. Sie wußte, wie sehr ihn das Mitleid erbittern konnte, wenn er sich nicht ganz wohl fühlte. Er schlief schon nach wenigen Minuten ein, über sie aber kam kein Schlummer mehr. Bald begannen graue Dämmerstreifen ins Zimmer zu schleichen. Diese ersten, matten Zeichen des nahen Morgens taten Marien sehr wohl. Ihr war, als käme etwas Befreundetes, Lächelndes sie besuchen. Sie hatte einen sonderbaren Drang, dem Morgen entgegenzugehen. Sie stieg ganz leise aus dem Bett, nahm rasch ihr Morgenkleid um und schlich auf die Terrasse. Der Himmel, die Berge, der See, das schwamm noch alles in ein dunkles, ungewisses Grau zusammen. Es machte ihr ein eigenes Vergnügen, die Augen ein bißchen anzustrengen, um die Umrisse deutlicher zu erkennen. Sie setzte sich auf den Lehnstuhl und ließ ihre Blicke in den Dämmer tauchen. Ein unsägliches Behagen durchfloß Marie, wie sie in der tiefen Stille des anbrechenden Sommermorgens da heraußen lehnte. Um sie herum war alles so friedlich, so mild und so ewig. Es war so schön, so eine Weile allein zu sein inmitten der großen Stille—weg aus dem engen, dunstigen Zimmer. Und mit einem Male durchzuckte sie die Erkenntnis: sie war gern von seiner Seite aufgestanden, gern war sie da, gern allein!

Den ganzen Tag hindurch kamen ihr die Gedanken der verflossenen Nacht wieder. Nicht mehr so quälend, so unheimlich wie in der Dunkelheit, aber um so deutlicher und zu Entschlüssen bestimmend. Sie faßte vor allem den, die Heftigkeit seiner Liebe so weit als möglich abzuwehren. Sie begriff gar nicht, daß sie die ganze Zeit über nicht daran gedacht hatte. Ach, sie wollte so milde, so klug sein, daß es nicht wie Abwehr, daß es nur wie eine neue, bessere Liebe aussehen sollte.

Aber sie brauchte nicht besonders viel Klugheit und Milde. Seit jener Nacht schien aller Sturm der Leidenschaft bei ihm verraucht; er selbst behandelte Marie mit einer müden Zärtlichkeit, die sie anfangs beruhigte und endlich befremdete. Er las viel während der Tage oder schien auch nur zu lesen, denn oft genug konnte sie bemerken, wie er über das Buch hinaus ins Weite schaute. Ihr Gespräch berührte tausend alltägliche Dinge und nichts von Bedeutung; aber ohne daß Marie den Eindruck gewann, als zöge er sie nicht mehr in das Geheimnis seiner Gedanken. Es kam alles ganz selbstverständlich, als wäre all dies Halblaute, Gleichgültige in seinem Wesen nur die heitere Mattigkeit des Genesenden. Des Morgens blieb er lange liegen, während sie die Gewohnheit angenommen hatte, beim ersten Grauen des Tages ins Freie zu eilen. Da blieb sie entweder auf der Terrasse sitzen, oder sie begab sich auf den See hinunter und ließ sich da in einem Kahne, ohne sich vom Ufer zu entfernen, von den leichtbewegten Wellen schaukeln. Zuweilen ging sie im Walde spazieren, und so kam sie gewöhnlich schon von einem kleinen Morgenausfluge zurück, wenn sie ins Zimmer trat, ihn aufzuwecken. Sie freute sich über seinen gesunden Schlaf, den sie als gutes Zeichen ansah. Sie wußte nicht, wie oft er des Nachts erwachte, und sah nicht den Blick voll unendlicher Trauer, der auf ihr ruhte, während sie in den tiefen Schlummer gesunder Jugend versunken war.

Einmal war sie des Morgens wieder in den Kahn gestiegen, und die Frühe sprühte ihre ersten goldenen Funken über den See hin. Da wurde sie von der Lust erfaßt, sich einmal weiter hinaus in das blitzende, helle Wasser zu wagen. Sie fuhr eine gute Strecke weit, und da sie recht ungeübt im Rudern war, strengte sie sich übermäßig an, was ihre Freude an der Fahrt noch vermehrte. Auch in so früher Stunde konnte man nun nicht mehr ganz einsam auf dem Wasser sein. Einzelne Kähne begegneten Marien, und sie glaubte zu bemerken, daß manche nicht ohne Absicht näher an ihren heranfuhren. Ein kleines, elegantes Kielboot, in welchem zwei junge Herren die Ruder führten, fuhr sehr rasch hart an ihr vorüber. Die Herren zogen die Ruder ein, lüfteten die Mützen und grüßten höflich und lächelnd.

Marie sah die beiden groß an und sagte ein gedankenloses «Guten Morgen». Dann schaute sie sich nach den beiden jungen Leuten um, ohne sich dessen recht bewußt zu werden. Auch jene hatten sich wieder umgewandt und grüßten nochmals. Da kam es ihr plötzlich zum Bewußtsein, daß sie etwas Unrechtes getan, und so rasch sie nur mit ihrer geringen Kunst vermochte, ruderte sie ihrem Wohnhaus zu. Sie brauchte fast eine halbe Stunde zur Rückfahrt, kam erhitzt und mit aufgelösten Haaren an. Schon vom Wasser aus hatte sie Felix auf der Terrasse sitzen gesehen, und sie stürmte nun eilig in die Wohnung. Und ganz verwirrt, als wäre sie sich einer Schuld bewußt, eilte sie auf den Balkon, umfaßte Felix von rückwärts und fragte scherzend, überlustig: «Wer ist's?»

Er machte sich langsam von ihr los und sah sie ruhig von der Seite an. «Was hast du denn? Was bist du denn gar so lustig?»

«Weil ich dich wieder hab'.»

«Was bist du denn so erhitzt? Du glühst ja!»

«Ach Gott! Ich bin so froh, so froh, so froh!» Sie schob übermütig den Plaid von seinen Knien weg und setzte sich auf seinen Schoß. Sie ärgerte sich über ihre Verlegenheit, dann über sein verdrossenes Gesicht und küßte ihn auf die Lippen.

«Worüber bist du denn gar so froh?»

«Hab' ich denn keinen Grund? Ich bin so glücklich, daß»—sie stockte und fuhr dann fort—«daß es von dir genommen ist.»

«Was?» Es war etwas wie Mißtrauen in seiner Frage.

Sie mußte nun immer weiterreden. Da half nichts mehr. «Nun, die Furcht.»

«Die Furcht vor dem Tode?» meinst du.

«Sprich's doch nicht aus!»

«Warum sagst du, von mir genommen? Doch wohl auch von dir, nicht wahr?» Und dabei nahm sein Blick etwas Forschendes, beinahe Boshaftes an. Und wie sie, statt zu antworten, mit den Händen in seinen Haaren herumwühlte und ihren Mund seiner Stirn näherte, neigte er seinen Kopf ein wenig zurück und fuhr fort, erbarmungslos, kalt: «Es war zum mindesten—einmal deine Absicht? Mein Schicksal sollte ja das deine sein?»

«Es wird ja auch», fiel sie lebhaft und heiter ein.

«Nein, es wird nicht», unterbrach er sie ernst. «Was lullen wir uns denn ein? ‚Es' ist nicht von mir genommen. ‚Es' kommt immer näher, ich spüre es.»

«Aber—» Sie hatte sich unmerklich von ihm entfernt und lehnte nun am Geländer der Terrasse. Er stand auf und ging hin und her.

«Ja, ich spüre es. Es ist immerhin eine Verpflichtung, dir das mitzuteilen. Wenn es plötzlich für dich käme, würde es dich wahrscheinlich allzu heftig erschrecken. Darum erinnere ich dich daran, daß beinahe ein Viertel meiner Frist um ist. Vielleicht rede ich es mir auch nur ein, daß ich dir's sagen muß,—und nur die Feigheit veranlaßt mich dazu.»

«Bist du bös», sagte sie ganz ängstlich, «daß ich dich allein gelassen?»

«Unsinn!» erwiderte er rasch, «heiter könnt' ich dich ja sehen, ich selbst werde—wie ich mich nun kenne—den gewissen Tag in Heiterkeit erwarten. Aber deine Lustigkeit, aufrichtig gesagt, die vertrag' ich nicht recht. Ich stelle es dir daher frei, dein Schicksal schon innerhalb der nächsten Tage von dem meinen zu trennen.»

«Felix!»—Sie hielt den Auf- und Niedergehenden mit beiden Armen zurück. Er machte sich wieder los.

«Die erbärmlichste Zeit bricht an. Bis jetzt war ich der interessante Kranke. Ein bißchen blaß, ein bißchen hüstelnd, ein bißchen melancholisch. Das kann ja einem Weibe noch so ziemlich gefallen. Was aber nun kommt, mein Kind, erspare dir lieber! Es könnte deine Erinnerung an mich vergiften.»

Sie suchte vergebens nach einer Antwort. Ganz hilflos starrte sie ihn an.

«Es ist schwer, das anzunehmen, denkst du dir! Es sähe lieblos, am Ende sogar gemein aus. Ich erkläre dir hiermit, daß davon keine Rede sein kann, daß du vielmehr mir und meiner Eitelkeit einen ganz besonderen Dienst erweisest, wenn du meinen Vorschlag annimmst. Denn das wenigstens will ich, daß du mit Schmerzen an mich zurückdenkst, daß du mir echte Tränen nachweinst. Aber was ich nicht will, ist, daß du Tage und Nächte lang über mein Bett gebeugt dasitzest mit dem Gedanken: wäre es nur schon vorbei, nachdem es ja doch einmal vorbei sein muß, und daß du dich als eine Erlöste fühlst, wenn ich von dir scheide.»

Sie rang nach irgendeinem Wort. Endlich stieß sie hervor: «Ich bleibe bei dir, ewig.»

Er achtete nicht darauf. «Wir wollen nicht weiter davon reden. In acht Tagen—denk' ich—fahr' ich nach Wien. Ich möchte doch noch mancherlei ordnen. Bevor wir dies Haus verlassen, werd' ich noch einmal meine Frage—nein, meine Bitte an dich richten.»

«Felix! Ich—!»

Er unterbrach sie heftig. «Ich verbiete dir, noch ein Wort über dieses Thema bis zu der von mir bestimmten Zeit zu verlieren.» Er verließ den Balkon und wandte sich dem Zimmer zu. Sie wollte ihm folgen. «Laß mich jetzt», sagte er ganz milde, «ich will ein wenig allein sein.»

Sie blieb auf dem Balkon zurück und starrte tränenlos auf die glitzernde Wasserfläche. Felix war ins Schlafzimmer gegangen und hatte sich dort auf sein Bett geworfen. Er schaute lange zur Decke hinauf. Dann biß er die Lippen zusammen, ballte die Fäuste. Dann flüsterte er mit einer höhnischen Bewegung der Lippen: «Ergebung! Ergebung!»

Von dieser Stunde an war etwas Fremdes zwischen sie gekommen und zugleich ein nervöses Bedürfnis, viel miteinander zu sprechen. Sie behandelten die alltäglichsten Dinge mit großer Weitschweifigkeit. Es wurde ihnen immer ängstlich, wenn sie zu reden aufhörten. Woher die grauen Wolken kämen, die sich dort über die Berge legten, was man morgen für Wetter erwarten dürfte, warum das Wasser zu verschiedenen Tageszeiten verschiedene Farben zeigte, darüber gab es lange Unterhaltungen. Wenn sie spazieren gingen, verließen sie öfter als bisher den engen Umkreis ihres Hauses und nahmen den Weg dem bewohnteren Ufer zu. Da ergab sich mancherlei Gelegenheit zu Bemerkungen über die Leute, die ihnen begegneten. Wenn es sich traf, daß junge Männer ihnen entgegenkamen, so war Marie in ihrem Benehmen von besonderer Zurückhaltung, und wenn Felix irgendein Wort über das Sommerkostüm irgendeines Rudersportmanns oder Alpinisten fallen ließ, ging sie wohl auch in kaum bewußter Unaufrichtigkeit so weit, zu erwidern, daß sie die Leute gar nicht gesehen, und ließ sich nur mit Mühe dazu bewegen, sie bei neuerlicher Begegnung aufmerksam zu betrachten. Der Blick, mit dem sie sich bei solcher Gelegenheit gestreift fühlte, war ihr peinlich. Dann geschah es wieder, daß sie viertelstundenlang schweigsam nebeneinander hergingen. Manchmal saßen sie auch wortlos auf ihrem Balkon beisammen, bis Marie häufig genug, aber ohne die Absichtlichkeit verbergen zu können, auf das Auskunftsmittel geriet, ihm aus der Zeitung vorzulesen. Auch wenn sie merkte, daß er nicht mehr zuhörte, las sie weiter, froh über den Ton ihrer Stimme, froh, daß es nur überhaupt nicht ganz still zwischen ihnen war. Und doch, trotz aller dieser aufreibenden Mühe waren sie beide nur mit ihren eigenen Gedanken beschäftigt.

Felix gestand sich ein, daß er neulich Marie gegenüber eine lächerliche Komödie gespielt hatte. Wäre es ihm ernst gewesen mit jenem Wunsch, ihr das kommende Elend zu ersparen, so hätte er wohl am besten getan, einfach von ihrer Seite zu verschwinden. Es hätte sich schon ein stilles Plätzchen finden lassen, um dort in Ruhe zu sterben. Er wunderte sich selbst, daß er diese Dinge mit völligem Gleichmute überlegte. Als er aber begann, ernstlich über die Ausführung dieses Planes nachzudenken, als er in einer fürchterlich langen, durchwachten Nacht die Einzelheiten der Ausführung vor seine Seele brachte: wie er im nächsten Morgengrauen auf und davon wollte, ohne Abschied, in die Einsamkeit und in den nahen Tod und Marie zurücklassen inmitten des sonnigen, lachenden und für ihn verlorenen Lebens, da fühlte er seine ganze Ohnmacht, fühlte tief, daß er es nicht konnte, nimmer können würde. Was also, was? Der Tag kommt ja, unerbittlich, immer näher kommt er heran, an dem er davon und sie zurücklassen muß. Sein ganzes Dasein ist ja ein Erwarten dieses Tages, nichts anderes als eine qualvolle Frist, ärger als der Tod selbst. Wenn er nur nicht von Jugend auf gelernt hätte, sich selbst zu beobachten! Alle Zeichen seiner Krankheit hätten sich ja noch übersehen oder doch geringachten lassen. Sein Gedächtnis rief ihm das Bild von Leuten zurück, die er gekannt, an denen dieselbe Todeskrankheit gezehrt hatte, wie an ihm, und die noch wenige Wochen vor ihrem Tode heiter und hoffnungsfreudig der Zukunft entgegengeblickt hatten. Wie verfluchte er die Stunde, da ihn seine Ungewißheit zu jenem Arzt geführt, dem er so lange mit Lügen und falscher Würde zugesetzt hatte, bis ihm die volle, unerbittliche Wahrheit geworden. Und so lag er nun da, ein hundertfach Verdammter, nicht besser daran als ein Verurteilter, dem jeden Morgen der Henker nahen kann, ihn auf den Richtplatz zu führen, und er begriff, daß er sich doch eigentlich keinen Augenblick über den ganzen Schrecken seiner Existenz klar zu werden vermochte. In irgendeinem Winkel seines Herzens lauerte tückisch und schmeichlerisch die Hoffnung, die ihn nie völlig verlassen wollte. Aber seine Vernunft war stärker, und die gab ihm einen klaren und kalten Rat, gab ihn wieder und immer wieder, und er hörte es zehn- und hundert- und tausendmal in den endlosen Nächten, die er wach lag, und in den eintönigen Tagen, die doch allzu schnell verstrichen, daß es nur einen Ausweg und eine Rettung für ihn gäbe: nicht mehr warten, keine Stunde, keine Sekunde mehr, selber ein Ende machen;—das wäre minder kläglich. Und es war ja fast ein Trost, daß es keinen Zwang gab, zu warten. In jedem Augenblicke, wenn er nur wollte, konnte er ein Ende machen.

Aber sie, sie! Bei Tage insbesondere, wenn sie neben ihm einherging, oder wenn sie ihm vorlas, da war es ihm oft, als wäre es gar nicht so schwer, von diesem Geschöpfe zu scheiden. Sie war ihm nicht mehr als ein Teil des Daseins überhaupt. Sie gehörte zum Leben ringsherum, das er nun doch einmal lassen mußte, nicht zu ihm. In anderen Momenten aber, ganz besonders nachts, wenn sie tief schlafend mit schwer geschlossenen Lidern in ihrer Jugendschönheit neben ihm ruhte, da liebte er sie grenzenlos, und je ruhiger sie schlief, je weltabgeschiedener ihr Schlummer, je ferner ihre träumende Seele seinen wachen Qualen schien, um so wahnsinniger betete er sie an. Und einmal, es war in der Nacht, bevor sie den See verlassen sollten, überkam ihn eine kaum bezwingbare Lust, sie aus diesem köstlichen Schlafe, der ihm eine hämische Untreue dünkte, aufzurütteln und ihr ins Ohr zu schreien: «Wenn du mich lieb hast, stirb mit mir, stirb jetzt.» Aber er ließ sie weiterschlummern, morgen wollte er ihr's sagen, morgen,—vielleicht.

Öfter, als er ahnte, hatte sie in jenen Nächten seine Augen auf sich gefühlt. Öfter, als er ahnte, spielte sie die Schlafende, weil eine lähmende Angst sie davon abhielt, die Lider, zwischen denen sie zuweilen in das Halbdunkel des Schlafzimmers und auf seine im Bette aufrecht sitzende Gestalt blinzelte, vollends zu öffnen. Die Erinnerung an jene letzte, ernste Unterredung wollte sie nicht verlassen, und sie zitterte vor dem Tage, an dem er die Frage wieder an sie richten wollte. Warum nur zitterte sie davor? Stand doch die Antwort so klar vor ihr. Bei ihm ausharren bis zur letzten Sekunde, nicht von seiner Seite weichen, ihm jeden Seufzer von den Lippen, jede Schmerzensträne von den Wimpern küssen! Zweifelte er denn an ihr? War eine andere Antwort möglich? Wie? Welche? Etwa die: «Du hast recht, ich will dich verlassen. Ich will nur die Erinnerung an den interessanten Kranken bei mir bewahren. Ich lasse dich nun allein, um dein Gedächtnis besser lieben zu können?» Und dann? Unwiderstehlich zwang es sie, alles auszudenken, was nach dieser Antwort kommen mußte. Sie sieht ihn vor sich, kühl, lächelnd. Er streckt ihr die Hand entgegen und sagt: «Ich danke dir.» Dann wendet er sich von ihr ab, und sie eilt davon. Ein Sommermorgen ist es, glänzend in tausend erwachenden Freuden. Und immer weiter in die goldene Frühe eilt sie, nur um möglichst rasch von ihm wegzukommen. Und mit einem Male ist aller Bann von ihr getan. Sie ist wieder allein, sie ist des Mitleids ledig. Sie spürt nicht mehr den traurigen, den fragenden, den sterbenden Blick auf sich ruhen, der sie die ganzen letzten Monate so fürchterlich gepeinigt hat. Sie gehört der Freude, dem Leben, sie darf wieder jung sein. Sie eilt davon, und der Morgenwind flattert ihr lachend nach.

Und wie doppelt elend kam sie sich vor, wenn dieses Bild ihrer wirren Träume wieder untertauchte! Sie litt darunter, daß es überhaupt erschienen war.

Und wie das Mitleid mit ihm an ihrem Herzen nagte, wie sie schauderte, wenn sie seines Wissens, seiner Hoffnungslosigkeit dachte! Und wie sie ihn liebte, wie sie ihn immer inniger liebte, je näher der Tag kam, an dem sie ihn verlieren mußte. Ach, es konnte ja kein Zweifel sein, wie ihre Antwort lauten würde. An seiner Seite ausharren, mit ihm leiden, wie wenig war das! Ihn das Sterben erwarten sehen, diese monatelange Todesangst mit ihm durchkosten, alles das war wenig. Sie will mehr für ihn tun, das Beste, das Höchste. Wenn sie ihm verspräche, sich auf seinem Grabe zu töten, so ging er mit dem Zweifel dahin, ob sie wirklich es auch tun würde. Mit ihm, nein—v o r ihm will sie sterben. Wenn er die Frage an sie richten wird, so wird sie die Kraft haben, zu sagen:

«Machen wir der Pein ein Ende! Sterben wir zusammen, und sterben wir gleich!» Und während sie sich an dieser Idee berauschte, erschien ihr jenes Weib, dessen Bild sie eben noch gesehen,—das durch die Felder eilte, vom kosenden Morgenwind umspielt, hinstürmend, dem Leben und der Freude entgegen, und das sie selbst war,—erbärmlich und gemein.

Der Tag, an welchem sie abreisen wollten, brach an. Ein wunderbar milder Morgen, als kehrte der Frühling wieder. Marie saß schon auf der Terrasse, und das Frühstück war bereit, als Felix aus dem Wohnzimmer trat. Er atmete tief auf. «Ah, ist das ein herrlicher Tag!»—

«Nicht wahr?»

«Ich will dir was sagen, Marie!»

«Was?» Und rasch setzte sie fort, als wollte sie ihm die Antwort vom Munde nehmen: «Wir bleiben noch hier?»

«Das nicht, aber wir wollen nicht gleich nach Wien zurück. Ich befinde mich heute nicht übel, gar nicht so übel. Wir wollen uns noch irgendwo auf dem Wege aufhalten.»

«Wie du willst, mein Schatz.» Ihr wurde mit einem Male innerlich so wohl, wie lange nicht. So unbefangen hatte er die ganze Woche über nicht gesprochen.

«Ich denke, Kind, wir halten uns in Salzburg auf.»

«Ganz, wie du willst.»

«Nach Wien kommen wir noch immer früh genug, wie? Auch ist mir die Eisenbahnfahrt zu lang.»

«Nun ja», meinte Marie lebhaft, «wir haben ja auch keine Eile.»

«Nicht wahr, Miez, es ist alles gepackt?»

«Aber längst, wir können auf der Stelle weg.»

«Ich denke, wir fahren mit dem Wagen. Eine Fahrt von vier bis fünf Stunden, und viel angenehmer als mit der Bahn. Da liegt immer noch in den Kupees die Hitze von gestern.»

«Ganz, wie du willst, mein Schatz.» Sie forderte ihn auf, sein Glas Milch zu trinken, und dann machte sie ihn auf den schönen, silbernen Schimmer aufmerksam, der auf den Kämmen der Wellen spielte. Sie sprach viel und überlustig. Er antwortete freundlich und harmlos. Endlich erbot sie sich, den Wagen zu bestellen, mit dem sie mittags nach Salzburg fahren wollten. Er nahm lächelnd an, sie setzte rasch den breiten Strohhut auf, küßte Felix ein paarmal auf den Mund und lief dann auf die Straße.

Er hatte nicht gefragt—und er wird auch nicht fragen. Da stand deutlich auf seiner heiteren Stirne. Es lag auch heute nichts Lauerndes in seiner Freundlichkeit wie sonst zuweilen, wenn er ein harmloses Gespräch so recht absichtlich mit einem bösen Wort zerschnitt. Wenn so etwas kommen sollte, hatte sie's immer früher gewußt, und nun war ihr, als hätte er ihr eine große Gnade erwiesen. In seiner Milde war etwas Schenkendes und Versöhnendes gewesen.

Als sie auf den Balkon zurückkehrte, fand sie ihn, die Zeitung lesend, die während ihres Fortseins angelangt war.

«Marie», rief er, indem er sie mit den Augen näher heranwinkte, «etwas Sonderbares, etwas Sonderbares.»

«Was denn?»

«Lies doch!—Der Mann—na, der Professor Bernard ist gestorben.»

«Wer?»

«Der—nun der, bei dem ich—ach der, der mir so trübe Aussichten gestellt hat.»

Sie nahm ihm die Zeitung aus der Hand. «Wie, der Professor Bernard?» Auf den Lippen lag ihr: «Geschieht ihm schon recht!» aber sie sprach es nicht aus. Beiden war es zumute, als hätte dieses Ereignis für sie eine große Bedeutung. Ja, er, der mit der ganzen vorlauten Weisheit seiner unerschütterlichen Gesundheit dem Hilfesuchenden jede Hoffnung genommen, nun war er selbst in ein paar Tagen hingerafft worden. In diesem Augenblick erst fühlte Felix, wie er diesen Mann gehaßt,—und daß ihn die Rache des Geschicks ereilt hatte, schien dem Kranken eine Vorbedeutung günstigster Art. Es war ihm, als wiche ein unheilvolles Gespenst aus seinem Kreise. Marie warf das Zeitungsblatt hin und sagte: «Ja, was wissen wir Menschen von der Zukunft?»

Er griff das Wort begierig auf. «Was wissen wir von morgen? Wir wissen nichts, nichts!» Nach einer kurzen Pause sprang er plötzlich auf einen anderen Gegenstand über. «Du hast den Wagen bestellt?»

«Ja», sagte sie, «für elf Uhr.»

«Da könnten wir ja vorher noch ein bißchen hinaus aufs Wasser, wie?»

Sie nahm seinen Arm, und beide spazierten zur Schiffshütte hin. Sie hatten das Gefühl, als wäre ihnen eine wohlverdiente Genugtuung geworden.

Am Spätnachmittag fuhren sie in Salzburg ein. Zu ihrer Verwunderung fanden sie die meisten Häuser der Stadt beflaggt; die Leute, die ihnen begegneten, waren im Festkleide, einzelne waren mit Kokarden geschmückt. Im Hotel, in welchem sie abstiegen und ein Zimmer mit der Aussicht auf den Mönchsberg nahmen, klärte man sie auf, daß in der Stadt ein großes Sängerfest abgehalten werde, und bot ihnen Karten zu dem Konzert an, das um acht Uhr im Kurparke bei großartiger Beleuchtung stattfinden sollte. Ihr Zimmer war im ersten Stock gelegen, unter ihrem Fenster floß die Salzach vorbei. Sie hatten beide auf der Herfahrt viel geschlummert und fühlten sich so frisch, daß sie nur kurze Zeit zu Hause blieben und sich noch vor Anbruch der Dämmerung wieder auf die Straße hinunter begaben.

Durch die ganze Stadt ging eine freudige Bewegung. Die Einwohner der Stadt schienen fast alle auf der Straße zu sein, die Sänger, mit ihren Abzeichen geschmückt, spazierten in fröhlichen Gruppen unter ihnen. Auch viele Fremde waren zu sehen, und selbst aus den Dörfern ringsum war ein Zufluß von Gästen gekommen, die im bäuerischen Sonntagsstaat sich zwischen den anderen hin und her schoben. Von den Giebeln wehten Flaggen in den Farben der Stadt, in den Hauptstraßen standen Triumphpforten mit Blumen geschmückt, durch alle Gassen wogte der unruhige Menschenstrom, und über ihm in behaglicher Milde flutete ein duftiger Sommerabend hin.

Vom Ufer der Salzach aus, wo eine wohlige Stille sie umgeben, waren Felix und Marie in das bewegtere Treiben der Stadt geraten, und nachdem sie eine so einförmige Zeit an ihrem ruhigen See hingebracht hatten, machte sie das ungewohnte Geräusch beinahe wirr. Aber bald hatten sie die Überlegenheit der erfahrenen Großstädter gewonnen und konnten das ganze Treiben unbefangen auf sich wirken lassen. Felix wurde von der Fröhlichkeit der Masse—wie auch in früherer Zeit—nicht sehr angenehm berührt. Marie aber schien sich bald wohl zu fühlen, und wie ein Kind blieb sie bald stehen, um ein paar Weibern in Salzburger Tracht, dann wieder um einigen hochgewachsenen, mit Schärpen geschmückten Sängern nachzusehen, die an ihnen vorüberschlenderten. Manchmal schaute sie auch in die Höhe und bewunderte die besonders prächtige Dekoration irgend eines Gebäudes. An Felix, der ziemlich teilnahmslos an ihrer Seite dahinschritt, wandte sie sich zuweilen mit einem lebhaften «Sieh doch, wie hübsch!», ohne eine andere Antwort zu erhalten als ein stummes Kopfnicken.

«Nun sag' aber im Ernst», meinte sie endlich, «haben wir's nicht wirklich gut getroffen?»

Er sah sie mit einem Blick an, aus dem sie nicht recht klug werden konnte. Endlich sprach er: «Du möchtest wohl auch am liebsten in den Kurpark zum Konzert?»

Sie lächelte nur. Dann erwiderte sie: «Na, wir dürfen nicht gleich anfangen zu lumpen.»

Ihn ärgerte dieses Lächeln. «Du wärest wirklich imstande, das von mir zu verlangen!»

«Aber was fällt dir ein!» sagte sie ganz erschreckt und hatte die Augen gleich wieder auf der anderen Seite der Gasse, wo eben ein elegantes und hübsches Paar, allem Anschein nach Hochzeitsreisende, in lächelndem Gespräch vorüberging. Marie spazierte neben Felix einher, aber ohne seinen Arm zu nehmen. Nicht selten wurden sie durch die Menschenflut auf Sekunden getrennt, und dann fand sie ihn wieder, wie er an den Mauern der Häuser weiterschlich in einem offenbaren Widerwillen, mit allen diesen Leuten in eine nähere Berührung zu kommen. Indessen wurde es dunkler, die Lichter in den Straßenlaternen brannten, und an einzelnen Stellen der Stadt, insbesondere den Triumphbogen entlang, hatte man farbige Lampions angebracht. Der Hauptzug der Menschen nahm nun die Richtung gegen das Kurhaus. Die Stunde des Konzerts nahte. Anfangs wurden Felix und Marie mitgezogen, dann nahm er plötzlich ihren Arm, und durch eine engere Seitengasse abbiegend, waren sie bald in einen stilleren, auch weniger hell beleuchteten Teil der Stadt gelangt. Nach ein paar Minuten schweigenden Weiterwandelns befanden sie sich an einer ganz verlorenen Partie des Salzachufers, wo das Rauschen des Flusses eintönig zu ihnen heraufdrang.

«Was wollen wir denn da?» fragte sie.

«Ruhe», sagte er fast gebieterisch. Und als sie nichts darauf erwiderte, fuhr er im Tone nervöser Gereiztheit fort: «Wir gehören nicht dorthin. Für uns sind nicht mehr die bunten Lichter und die singende Fröhlichkeit und die Menschen, die lachen und jung sind. Hier ist der Platz für uns, wo von dem Jubel nichts herabklingt, wo wir einsam sind; hier gehören wir her», und dann aus dem gepreßten Tone wieder in den eines kalten Hohnes verfallend:—«Ich wenigstens.»

Wie er das aussprach, fühlte sie, daß sie nicht so tief gerührt war als sonst. Aber sie erklärte sich das; sie hatte es nun oft gehört, und dann übertrieb er ja offenbar.—Und sie antwortete ihm im Tone versöhnlicher Milde: «Das verdien' ich nicht, nein.»

Er darauf, wie schon so oft, hämisch: «Entschuldige.» Sie sprach weiter, indem sie seinen Arm faßte und fest an sich drückte: «Und wir beide gehören nicht hierher.»

«Ja!» schrie er beinahe.

«Nein», antwortete sie sanft. «Ich will ja auch nicht zurück ins Menschengewühl. Mir wäre das gerade so zuwider wie dir. Aber was haben wir denn für einen Grund zu fliehen, als wären wir Ausgestoßene?»

In diesem Augenblick schallte der volle Orchesterklang durch die reine, windstille Luft zu ihnen herüber. Fast Ton für Ton konnte man deutlich vernehmen. Es waren feierliche Posaunenstöße, eine Fest-Ouvertüre, die offenbar das Konzert einzuleiten bestimmt war.

«Gehen wir», sagte Felix plötzlich, nachdem er eine Weile mit ihr stehengeblieben war und zugehört hatte. «Musik aus der Ferne, das macht mich trauriger als irgend etwas anderes auf der Welt.»

«Ja», stimmte sie bei, «es klingt sehr melancholisch.»

Sie gingen rasch der Stadt zu. Hier hörte man die Musik weniger deutlich als unten am Flußufer, und wie sie wieder in den erleuchteten, menschenbelebten Straßen waren, fühlte Marie die alte Zärtlichkeit des Mitleids für den Geliebten wiederkehren. Sie verstand ihn wieder, und sie verzieh ihm alles. «Wollen wir nach Hause?» fragte sie.

«Nein, wozu denn, bist du schläfrig?»

«O nein!»

«Wir wollen doch noch ein wenig im Freien bleiben, ja?»

«Sehr gerne,—wie du willst.—Ob es nur nicht zu kühl ist?»

«Es ist ja schwül. Es ist ja geradezu heiß», erwiderte er nervös, «wir wollen im Freien nachtmahlen.»

«Sehr gerne.»

Sie kamen in die Nähe des Kurparkes. Das Orchester hatte sein einleitendes Stück beendet, und man hörte nun aus dem taghell erleuchteten Parke das hundertfältige Geraun einer plaudernden und vergnügten Menge. Einzelne Leute, die noch zum Konzert wollten, eilten vorbei. Auch zwei Sänger, die sich verspätet hatten, streiften sehr rasch an ihnen vorüber. Marie sah ihnen nach und gleich darauf, nicht ohne Ängstlichkeit, als hätte sie ein Vergehen gutzumachen, auf Felix. Der nagte an den Lippen, und auf seiner Stirne lag ein mühsam zurückgedrängter Zorn. Sie glaubte, er müßte nun etwas sagen, aber er schwieg. Und von ihr weg wandte sich sein verdüsterter Blick wieder jenen zwei Männern zu, die eben am Eingang des Parkes verschwanden. Er wußte, was er empfand. Hier vor ihm schritt, was er am tödlichsten haßte. Ein Stück von dem, was noch hier sein wird, wenn er nicht mehr ist, etwas, das noch jung und lebendig sein und lachen wird, wenn er nicht mehr lachen und weinen kann. Und auch neben ihm, jetzt im Schuldbewußtsein heftiger als früher an seinen Arm gepreßt, ging so ein Stück lachender, lebendiger Jugend, das diese Verwandtschaft unbewußt empfand. Und er wußte es, und es wühlte mit rasender Pein in ihm. Lange Sekunden sprachen sie beide nichts. Endlich kam aus seinem Munde ein tiefer Seufzer. Sie wollte sein Gesicht sehen, aber er hatte es abgewandt.

Mit einem Male sagte er: «Hier wär es ganz gut.» Sie wußte anfangs nicht, was er meinte. «Was?»

Sie standen vor einem Gartenrestaurant, ganz nahe dem Kurparke, mit hohen Bäumen, die ihre Wipfel über die weißgedeckten Tische breiteten, und spärlich brennenden Laternen. Hier war es heute nur schwach besucht. Sie hatten reichliche Auswahl unter den Plätzen und ließen sich endlich in einem Winkel des Gartens nieder. Im ganzen waren kaum zwanzig Leute da. Ganz in ihrer Nähe saß das junge, elegante Paar, dem sie heute bereits einmal begegnet waren. Marie erkannte es sofort. Im Parke drüben setzte der Chor ein. Etwas abgeschwächt, aber in vollendetem Wohllaute drangen die Stimmen zu ihnen herüber, und es war, als bewegten sich die Blätter der Bäume, über die der mächtige Schall fröhlicher Stimmen hinstrich. Felix hatte einen guten Rheinwein auftragen lassen, und mit halbgeschlossenen Lidern saß er da, die Tropfen auf der Zunge zergehen lassend, dem Zauber der Musik hingegeben, ohne Gedanken, woher sie kam. Marie war nahe zu ihm gerückt, und er spürte die Wärme ihres Knies neben dem seinen. Nach der furchtbaren Erregung der letzten Augenblicke war mit einem Male eine wohltuende Gleichgültigkeit über ihn gekommen, und er freute sich, daß er es durch seinen Willen dazu gebracht hatte, so gleichgültig zu sein. Denn gleich, wie sie sich an den Tisch gesetzt hatten, war er zu dem festen Entschlusse gekommen, seinen stechenden Schmerz zu überwinden. Er war zu abgespannt, näher zu untersuchen, wieviel sein Wille zu dieser Überwindung beigetragen. Jetzt aber beschwichtigten ihn manche Erwägungen: daß er jenen Blick Mariens schlimmer gedeutet, als er verdient, daß sie irgendwen anderen vielleicht nicht anders angeschaut hätte und nun das fremde Paar am benachbarten Tische auch nicht anders betrachtete, als früher jene Sänger.

Der Wein war gut, schmeichelnd klang die Musik herüber, der Sommerabend war berauschend mild, und wie Felix zu Marie hinüberschaute, sah er aus ihren Augen einen Schein unendlicher Güte und Liebe strahlen. Und er wollte sich mit seinem ganzen Wesen in den gegenwärtigen Moment versenken. Er stellte eine letzte Anforderung an seinen Willen, von allem befreit zu sein, was Vergangenheit und Zukunft war. Er wollte glücklich sein oder wenigstens trunken. Und plötzlich, ganz unvermutet, kam ihm eine ganz neue Empfindung, die etwas wunderbar Befreiendes für ihn hatte; daß es ihm nämlich jetzt kaum einen Entschluß kosten würde, sich das Leben zu nehmen. Ja, jetzt gleich. Und das stände ihm ja immer frei; solche Stimmung wie die jetzige fände sich bald. Musik und ein leichtes Trunkensein, und so ein süßes Mädel an der Seite—ach ja, es war Marie. Er überlegte. Irgend eine andere wäre ihm nun vielleicht geradeso lieb gewesen. Auch sie schlürfte mit vielem Behagen von dem Weine. Felix mußte bald eine neue Flasche bestellen. Er war so zufrieden wie lange nicht. Er erläuterte sich selbst, daß im Grunde alles das auf das bißchen Alkohol über seine Gewohnheit zurückzuführen war. Aber was verschlug es? Wenn es nur überhaupt so was gab. Wahrhaftig, der Tod hatte keine Schrecken mehr für ihn. Ach, alles war so einerlei.

«Was, Miez?» sagte er.

Sie schmiegte sich an ihn.

«Was willst du denn wissen?»

«So einerlei ist alles! Nicht?»

«Ja, alles», erwiderte sie, «außer daß ich dich lieb hab in alle Ewigkeit.»

Es kam ihm ganz sonderbar vor, wie sie das jetzt so ernsthaft sagte. Ihre Persönlichkeit war ihm beinahe gleichgültig. Sie floß mit allem anderen zusammen. Ja, so war es recht, so mußte man überhaupt die Dinge behandeln. Ach nein, es ist nicht der Wein, der ihm das vorzaubert, der Wein nimmt nur irgend etwas von uns weg, das uns sonst schwerfällig und feig macht;—er nimmt die Wichtigkeit von den Dingen und Menschen. Da, jetzt ein kleines weißes Pulver und da hinein ins Glas—wie einfach wäre das! Und dabei spürte er, wie ihm ein paar Tränen ins Auge kamen. Er war ein wenig gerührt über sich.

Drüben der Chor endete. Nun hörte man den Applaus herüberklingen und Bravorufe, dann ein gedämpftes Lärmen, und bald setzte das Orchester wieder ein mit der feierlichen Heiterkeit einer Polonaise. Felix schlug mit der Hand den Takt dazu. Es fuhr durch seinen Kopf: «Ach, das bißchen Leben noch, ich will es leben, so gut ich kann.» Aber es wohnte dieser Idee nichts Schauriges inne, eher etwas Stolzes, Königliches. Wie? Ängstlich den letzten Atemzug erwarten, der ja doch jedem bestimmt ist? Die Tage und Nächte sich vergällen mit schalen Grübeleien, wo er es ja bis ins innerste Mark fühlt, daß er noch für alle Genüsse reif und kräftig ist, wo er fühlt, daß ihn die Musik begeistert, daß ihm der Wein köstlich schmeckt und daß er dieses blühende Mädel am liebsten auf seinen Schoß nehmen und abküssen möchte? Nein, es ist noch etwas zu früh an der Zeit, sich die Laune verbittern zu lassen! Und wenn die Stunde kommt, in der es keine Begeisterung, kein Verlangen mehr für ihn gibt,—ein rasches Ende aus eigenem Willen, stolz und königlich! Er nahm Mariens Hand und behielt sie lange in der seinen. Er ließ den Hauch seines Mundes langsam über sie streichen.

«Aber», flüsterte Marie mit einem Ausdruck der Befriedigung.

Er schaute sie lange an. Und schön war sie,—schön! «Komm», sagte er dann.

Sie erwiderte unbefangen: «Wollen wir uns nicht noch ein Lied anhören?»

«O ja», sagte er. «Wir werden unser Fenster aufmachen und uns das Lied vom Wind ins Zimmer tragen lassen.»

«Bist du schon müde?» fragte sie leicht besorgt.

Er strich ihr scherzend übers Haar und lachte. «Ja.»

«So gehen wir.»

Sie standen auf und verließen den Garten. Sie nahm seinen Arm, hing sich fest darein und lehnte ihre Wange an seine Schulter. Auf dem Heimwege begleitete die beiden, immer ferner und ferner klingend, der Chor, den die Sänger eben angestimmt hatten. Heiter, im Walzertempo, im Refrain übermütig, so daß man leichtere und freiere Schritte zu machen gedrängt war. Das Hotel war kaum ein paar Minuten weit entfernt. Wie sie über die Stiege hinaufgingen, war von der Musik nichts mehr zu hören. Kaum traten sie aber ins Zimmer, so schallte ihnen wieder der Refrain des Walzerliedes mit seiner ganzen Ausgelassenheit entgegen.

Sie fanden das Fenster weit geöffnet, und die blaue Mondnacht floß in weichen Fluten herein. Gegenüber zeichnete sich der Mönchsberg mit dem Schloß in scharfen Umrissen ab. Es war nicht notwendig, ein Licht anzuzünden, über dem Boden lag ein breiter Streifen silbernen Mondglanzes, und nur die Ecken des Zimmers blieben im Dunkeln. In der einen, dem Fenster nahe, stand ein Lehnstuhl. Auf den warf sich Felix und zog Marie heftig an sich. Er küßte sie, und sie küßte ihn wieder. Im Park drüben hatte das Lied geendet, aber es war so lange Beifall geklatscht worden, bis sie das Ganze von vorne anfingen. Plötzlich erhob sich Marie und eilte zum Fenster. Felix ihr nach. «Was hast du denn?» fragte er.

«Nein, nein!»

Er stampfte mit dem Fuße auf den Boden. «Warum denn nein?»

«Felix!» Sie faltete bittend die Hände.

«Nein?» sagte er mit zusammengepreßten Zähnen. «Nein? Ich soll mich wohl lieber würdig auf den Tod vorbereiten?»

«Aber, Felix!» Und schon war sie vor ihm niedergesunken und hatte seine Knie umschlungen.

Er zog sie zu sich empor. «Du bist ja ein Kind», flüsterte er. Und dann ihr ins Ohr: «Ich hab' dich lieb, weißt du's? Und wir wollen glücklich sein, solange das bißchen Leben währt. Ich verzichte auf ein Jahr in

Jammer und Angst, ich will nur mehr ein paar Wochen, ein paar Tage und Nächte. Aber ich will sie auch l e b e n, ich will mir nichts versagen, nichts, und dann da hinunter, wenn du willst»—und er wies, während er sie mit dem einen Arm umschlungen hielt, mit dem anderen zum Fenster hinaus, an dem der Fluß vorbeiglitt. Die Sänger hatten ihr Lied geendet, und nun konnte man ihn leise rauschen hören.

Marie erwiderte nichts. Sie hatte mit beiden Händen fest seinen Hals umfangen. Felix trank den Duft ihres Haares. Wie betete er sie an! Ja, noch ein paar Tage des Glücks und dann—

Ringsum war es still geworden, und Marie war an seiner Seite eingeschlummert. Längst war das Konzert zu Ende, und unter dem Fenster gingen noch die letzten Nachzügler des Festes laut redend und lachend vorbei. Und Felix dachte, wie sonderbar es sei, daß diese johlenden Menschen wohl dieselben waren, deren Gesang ihn so tief ergriffen hatte. Auch die letzten Stimmen verklangen endlich vollends, und nun hörte er nur mehr das klagende Rauschen des Flusses.—Ja, noch ein paar Tage und Nächte und dann—Doch sie lebte zu gerne. Würde sie es je wagen? Sie brauchte aber nichts zu wagen, nicht einmal irgend etwas zu wissen. In irgend einer Stunde wird sie in seinen Armen eingeschlafen sein wie jetzt—und nicht mehr erwachen. Und wenn er dessen ganz sicher sein wird, —ja, d a n n kann auch er davon. Aber er wird ihr nichts sagen, sie lebt zu gerne! Sie bekäme Angst vor ihm, und er muß am Ende allein—Entsetzlich! Das beste wäre, jetzt gleich——Sie schläft so gut! Ein fester Druck hier am Halse, und es ist geschehen. Nein, es wäre dumm! Noch steht ihm manche Stunde der Seligkeit bevor; er wird wissen, welche die letzte zu sein hat. Er betrachtete Marie, und ihm war, als hielte er seine schlafende Sklavin in den Armen.—

Der Entschluß, den er endlich gefaßt hatte, beruhigte ihn. Ein schadenfrohes Lächeln spielte um seine Lippen, wenn er in den nächsten Tagen mit Marie in den Straßen herumwandelte und ab und zu eines Mannes Auge sie bewundernd streifen sah. Und wenn sie zusammen spazieren fuhren, wenn sie des Abends im Garten saßen, und des Nachts, wenn er sie umschlungen hielt, da hatte er ein so stolzes Gefühl des Besitzes wie nie zuvor. Nur eines störte ihn manchmal, daß sie nicht freiwillig mit ihm davon sollte. Aber er hatte Zeichen dafür, daß ihm auch das gelingen würde. Sie wagte nicht mehr, sich gegen sein stürmisches Begehren aufzulehnen, sie war niemals von so träumerischer Hingebung gewesen wie in den letzten Nächten, und mit zitternder Freude sah er den Augenblick nahen, wo er es wagen dürfte, ihr zu sagen: «Heute werden wir sterben.» Aber er verschob diesen Augenblick. Er hatte zuweilen ein Bild vor sich in romantischen Farben: wie er ihr den Dolch ins Herz stoßen wollte und wie sie, den letzten Seufzer aushauchend, seine geliebte Hand küssen würde. Er fragte sich immer, ob sie wohl schon so weit wäre. Aber daran mußte er noch zweifeln.

Eines Morgens, als Marie aufwachte, erschrak sie heftig: Felix war nicht an ihrer Seite. Sie richtete sich im Bette auf, und da sah sie ihn im Lehnstuhle am Fenster sitzen, totenblaß, den Kopf herabgesunken und das Hemd über der Brust offen. Von einer wütenden Angst ergriffen, stürzte sie zu ihm hin. «Felix!»

Er schlug die Augen auf. «Was? Wie?» Er griff sich an die Brust und stöhnte.

«Warum hast du mich nicht geweckt?» rief sie mit gerungenen Händen.

«Jetzt ist's ja gut», sagte er. Sie eilte zum Bett hin, nahm die Decke und breitete sie über seine Knie. «Ja, sag, um Himmels willen, wie kommst du nur her?»

«Ich weiß nicht, ich muß geträumt haben. Irgend was packte mich am Hals. Ich konnte nicht atmen. Ich dachte gar nicht an dich! Hier beim Fenster wurde es besser.»

Marie hatte rasch ein Kleid umgeworfen und das Fenster geschlossen. Ein unangenehmer Wind hatte sich erhoben, und nun begann von dem grauen Himmel ein feiner Regen herunterzurieseln, der eine Luft von tückischer Feuchtigkeit in die Stube brachte. Die hatte mit einem Male alle Traulichkeit der Sommernacht verloren, war grau und fremd. Ein trostloser Herbstmorgen war mit einem Male da, der allen Zauber weghöhnte, den sie da hereingeträumt hatten.

Felix war vollkommen ruhig. «Warum machst du so erschreckte Augen? Was ist denn weiter? Böse Träume hab' ich auch in gesunden Tagen gehabt.»

Sie ließ sich nicht beruhigen. «Ich bitte dich, Felix, fahren wir zurück, fahren wir nach Wien.»

«Aber—»

«Es ist nun sowieso mit dem Sommer aus. Schau nur da hinaus, wie öd, wie trostlos! Es ist auch gefährlich, wenn es nun kalt wird.»

Er hörte aufmerksam zu. Zu seinem eigenen Erstaunen hatte er gerade jetzt eine ganz wohlige Empfindung, wie die eines ermüdeten Rekonvaleszenten. Sein Atem ging leicht, und in der Mattigkeit, die ihn umhüllte, war etwas Süßes, Einlullendes. Daß sie die Stadt verlassen sollten, leuchtete ihm vollkommen ein. Der Gedanke an die Ortsveränderung hatte eher etwas Sympathisches für ihn. Er freute sich darauf, im Kupee zu liegen an dem kühlen Regentage, den Kopf an Mariens Brust.

«Gut», sagte er, «fahren wir weg.»

«Heute noch?»

«Ja, heute noch. Mit dem Mittagsschnellzug, wenn du willst.»

«Aber wirst du nicht müde sein?»

«Ach, was fällt dir ein! Ist doch keine Strapaze, die Reise! Wie? Und du besorgst doch alles, was mir das Reisen zuwider macht, nicht wahr?»

Sie war unendlich froh, ihn so leicht zur Abreise vermocht zu haben. Gleich machte sie sich daran, zu packen, besorgte die Bezahlung der Rechnung, bestellte den Wagen und ließ auf der Bahn ein Kupee reservieren. Felix hatte sich bald angekleidet, verließ das Zimmer nicht und lag den ganzen Vormittag auf dem Diwan ausgestreckt. Er sah Marie zu, wie sie geschäftig im Zimmer hin und her eilte, und lächelte zuweilen. Meistens aber schlummerte er. Er war so matt, so matt, und wenn er die Augen auf sie richtete, freute er sich, daß sie mit ihm bleiben werde, überall, und wie sie zusammen ruhen wollten, das ging ihm wie im Traume durch den Kopf. «Bald, bald», dachte er. Und eigentlich war es ihm nie so fern erschienen.

Und so, wie er sich's in der Frühe vorgestellt hatte, lag Felix nachmittags im Kupee des Zuges, bequem der Länge nach ausgestreckt, den Kopf an Mariens Brust, den Plaid über sich gebreitet. Er starrte durch die geschlossenen Fensterscheiben in den grauen Tag hinaus, er sah den Regen herunterrieseln und tauchte mit seinem Blick in den Nebel unter, aus dem zuweilen nahe Hügel und Häuser hervorkamen. Telegraphenstangen schossen vorbei, die Drähte tanzten auf und nieder, ab und zu hielt der Zug auf einer Station, aber in seiner Lage konnte Felix die Leute nicht sehen, die auf dem Perron sein mochten. Er hörte nur gedämpft die Tritte, die Stimmen, dann Glockengeläute und Trompetensignale. Anfangs ließ er sich von Marie die Zeitung vorlesen, aber sie mußte ihre Stimme zu sehr anstrengen, und bald gaben sie's auf. Beide waren froh, daß es nach Hause ging.

Es dämmerte, und der Regen rieselte. Felix hatte das Bedürfnis, sich vollkommen klar zu werden; aber seine Gedanken wollten keine scharfen Umrisse gewinnen. Er überlegte. Also hier liegt ein schwerkranker Mensch... Der war jetzt im Gebirge, weil dort die schwerkranken Menschen im Sommer hingehen... Und da ist seine Geliebte, und die hat ihn treu gepflegt, und nun ist sie müde davon... So blaß ist sie, oder macht das nur das Licht?... Ach ja, die Lampe brennt ja schon da oben. Aber draußen ist's noch nicht ganz dunkel... Und nun kommt der Herbst... Der Herbst ist so traurig und still... Heute abend werden wir wieder in unserem Wiener Zimmer sein... Da wird es mir vorkommen, als wäre ich nie weggewesen... Ach, es ist gut, daß Marie schläft, ich möchte sie jetzt nicht reden hören... Ob wohl auch Leute vom Sängerfest im Zuge sind?... Ich bin nur müde, ich bin gar nicht krank. Es sind viel Kränkere im Zuge als ich... Ach, tut die Einsamkeit wohl... Wie ist nur heut der ganze Tag vergangen? War denn das wirklich heute, daß ich in Salzburg auf dem Divan lag? Das ist so lange her... Ja, Zeit und Raum, was wissen wir davon!... Das Rätsel der Welt,—wenn wir sterben, lösen wir es vielleicht... Und nun klang ihm eine Melodie ins Ohr. Er wußte, daß es nur das Geräusch des fahrenden Zuges war... Und doch war es eine Melodie... Ein Volkslied... ein russisches... eintönig... sehr schön...

«Felix, Felix!»

«Was ist nur das?» Marie stand vor ihm und streichelte seine Wangen.

«Gut geschlafen, Felix?»

«Was gibt es denn?»

«In einer Viertelstunde sind wir in Wien.»

«Ach, nicht möglich!»

«Das war ein gesunder Schlaf. Der wird dir sehr gut getan haben.»

Sie ordnete das Gepäck, der Zug sauste durch die Nacht weiter. Von Minute zu Minute ertönte helles, gedehntes Pfeifen, und durch die Scheiben blitzte von draußen rasch wieder verglimmender Lichtschein. Man fuhr durch die Stationen in der Nähe Wiens.

Felix setzte sich auf. «Ich bin ganz matt von dem langen Liegen», sagte er. Er setzte sich in die Ecke und schaute zum Fenster hinaus. Da konnte er schon von ferne die schimmernden Straßen der Stadt erblicken. Der Zug fuhr langsamer. Marie öffnete das Kupeefenster und beugte sich hinaus. Man fuhr in die Halle ein. Marie winkte mit der Hand hinaus. Dann wandte sie sich zu Felix und rief: «Da ist er, da ist er.»

«Wer?»

«Alfred!»

«Alfred?»

Sie winkte immer wieder mit der Hand. Felix war aufgestanden und sah ihr über die Schultern. Alfred näherte sich rasch dem Kupee und reichte Marie die Hand hinauf. «Grüß' euch Gott! Felix, Servus.»

«Wie kommst du denn her?»

«Ich hab' ihm telegraphiert», sagte Marie rasch, «daß wir ankommen.»

«Bist mir überhaupt ein netter Freund», sagte Alfred, «das Briefschreiben ist für dich wohl eine unbekannte Erfindung. Aber jetzt komm'!»

«Ich hab' so viel geschlafen», sagte Felix, «daß ich noch ganz duselig bin.» Er lächelte, wie er die Stufen des Waggons hinunterging und ein wenig wankte.

Alfred nahm seinen Arm, und Marie, als wollte sie sich einhängen, nahm rasch seinen anderen.

«Ihr werdet wohl beide recht müde sein, wie?»

«Ich bin ganz kaputt», sagte Marie. «Nicht wahr, Felix, man ist ganz gerädert von der dummen Eisenbahnfahrt?»

Sie stiegen langsam die Treppen hinunter. Marie suchte den Blick Alfreds, er vermied den ihren. Unten winkte er einen Wagen herbei. «Ich bin nur froh, daß ich dich gesehen habe, lieber Felix», sagte er dann. «Morgen früh komme ich zu dir auf einen längeren Plausch.»

«Ich bin ganz duselig», wiederholte Felix. Alfred wollte ihm in den Wagen helfen. «Oh, so arg ist es nicht, o nein!» Er stieg ein und reichte Marie die Hand. «Siehst du?» Marie folgte ihm.

«Also auf morgen», sagte sie, indem sie Alfred durchs Wagenfenster die Hand zum Abschied reichte. Aus ihrem Blick sprach solche fragende Angst, daß sich Alfred zu einem Lächeln zwang. «Ja, morgen», rief er, «ich frühstücke mit euch!» Der Wagen fuhr davon. Alfred blieb noch eine Weile mit ernster Miene stehen.

«Mein armer Freund!» flüsterte er vor sich hin.

Am nächsten Morgen kam Alfred zu sehr früher Stunde, und Marie empfing ihn bei der Türe. «Ich muß mit Ihnen sprechen», sagte sie.

«Lassen Sie mich lieber zu ihm. Wenn ich ihn untersucht habe, wird alles, was wir zu sprechen haben, mehr Sinn haben.»

«Ich möchte Sie nur um eins bitten, Alfred! Wie immer Sie ihn finden, ich beschwöre Sie, sagen Sie ihm nichts!»

«Aber was fällt Ihnen nur ein! Na, es wird ja nicht so schlimm sein. Schläft er noch?»

«Nein, er ist wach.»

«Wie war die Nacht?»

«Er hat bis vier Uhr morgens fest geschlafen. Dann war er unruhig.»

«Lassen Sie mich zuerst allein zu ihm. Sie müssen in dieses kleine, blasse Gesicht ein bißchen Frieden bringen. So dürfen Sie mir nicht zu ihm.» Er drückte ihr lächelnd die Hand und trat allein ins Schlafzimmer.

Felix hatte die Decke bis übers Kinn gezogen und nickte seinem

Freunde zu. Dieser setzte sich zu ihm aufs Bett und sagte: «Da wären wir ja wieder glücklich zu Hause. Du hast dich ja famos erholt und hoffentlich deine Melancholie in den Bergen gelassen.»

«O ja!» antwortete Felix, ohne die Miene zu verziehen.

«Willst du dich nicht ein bißchen aufsetzen? So frühe Besuche mach' ich nämlich nur als Arzt.»

«Bitte», sagte Felix ganz gleichgültig.

Alfred untersuchte den Kranken, stellte einige Fragen, die kurz beantwortet wurden, und sagte schließlich: «Na, soweit können wir ja zufrieden sein.»

«Laß doch den Schwindel», entgegnete Felix verdrossen.

«Laß du lieber deine Narrheiten. Wir wollen die Sache einmal energisch angreifen. Du mußt den Willen haben, gesund zu werden und dich nicht auf den Schicksalsergebenen hinausspielen. Das steht dir nämlich gar nicht gut.»

«Was hab' ich also zu tun?»

«Vor allem wirst du mir ein paar Tage im Bett bleiben, verstanden?»

«Hab' sowieso keine Lust zum Aufstehen.»

«Um so besser.»

Felix wurde lebhafter. «Eins nur möcht' ich wissen. Was das eigentlich gestern mit mir war. Im Ernst, Alfred, das mußt du mir erklären. Wie ein dumpfer Traum ist mir alles. Die Fahrt in der Bahn und die Ankunft, wie ich da herauf und ins Bett gekommen bin—»

«Was ist denn daran zu erklären? Ein Riese bist du nun einmal nicht, und wenn man übermüdet ist, kann einem das schon passieren!»

«Nein, Alfred. So eine Mattigkeit wie die gestrige ist mir etwas ganz Neues. Heut bin ich ja auch noch müde. Aber ich habe die Klarheit des Denkens wieder. Gestern war es gar nicht so unangenehm, aber die Erinnerung daran ist mir entsetzlich. Wenn ich daran denke, daß wieder so etwas über mich kommen könnte—!»

In diesem Augenblick trat Marie ins Zimmer.

«Bedanke dich bei Alfred», sagte Felix. «Er ernennt dich zur Krankenwärterin. Ich muß von heute an liegenbleiben und habe die Ehre, dir hiermit mein Sterbebett vorzustellen.»

Marie machte ein entsetztes Gesicht.

«Lassen Sie sich von diesem Narren nicht den Kopf verdrehen», sagte Alfred. «Er hat einige Tage liegenzubleiben, und Sie werden so gut sein, auf ihn acht zu geben.»

«Ach, hättest du eine Ahnung, Alfred», rief Felix mit ironisierender Begeisterung, «was ich für einen Engel an meiner Seite habe.»

Alfred gab nun weitläufige Vorschriften über die Art und Weise, wie sich Felix zu pflegen und zu verhalten habe, und sagte endlich: «Ich erkläre dir hiermit, mein lieber Felix, daß ich dir nur jeden zweiten Tag meinen ärztlichen Besuch machen werde. Mehr ist nicht vonnöten. An den anderen Tagen wird über deinen Zustand kein Wort gesprochen. Da komme ich, um mit dir zu plaudern, wie ich's gewohnt bin.»

«Ach Gott», rief Felix, «was ist der Mann für ein Psycholog. Aber hebe dir diese Mätzchen für deine anderen Patienten auf, besonders diese ganz primitiven.»

«Mein lieber Felix, ich rede zu dir, Mann zu Mann. Hör' mir einmal zu. Es ist wahr, du bist krank. Es ist aber ebenso wahr: bei ordentlicher Pflege wirst du genesen. Ich kann dir weder mehr, noch weniger sagen.» Damit stand er auf.

Felix folgte ihm mit mißtrauischem Blick. «Man wäre fast versucht, ihm zu glauben.»

«Das ist deine Sache, lieber Felix», erwiderte der Doktor kurz.

«Nun, Alfred, jetzt hast du dir's wieder verdorben», sagte der Kranke. «Dieser brüske Ton gegenüber Schwerkranken—bekannter Trick.»

«Auf morgen», sagte Alfred, indem er sich der Tür zuwandte. Marie folgte ihm, wollte ihn hinausbegleiten. «Dableiben», flüsterte er ihr gebietend zu. Sie schloß die Tür hinter dem Weggehenden.

«Komm' zu mir, Kleine!» sagte Felix, wie sie, ein heiteres Lächeln markierend, sich auf dem Tische mit Nähzeug zu schaffen machte. «Ja, daher. So, du bist ein braves, sehr braves Mädel.» Diese zärtlichen Worte sprach er mit einem herben, scharfen Ton.

Marie wich die nächsten Tage nicht von seinem Bett und war voll Güte und Hingebung; dabei leuchtete aus ihrem Wesen eine ruhige und ungezierte Heiterkeit, die dem Kranken wohltun sollte und zuweilen auch wirklich wohltat. In manchen Stunden aber reizte ihn die milde Fröhlichkeit, die Marie um ihn zu breiten suchte, und wenn sie da zu plaudern anfing von irgendeiner Neuigkeit, die eben in der Zeitung stand, oder von dem besseren Aussehen, das sie an ihm merkte, oder von der Art und Weise, wie sie nun bald ihr Leben einrichten würden, sobald er erst ganz gesund wäre, da unterbrach er sie mitunter, bat sie, ihn gefälligst in Frieden zu lassen und ihn zu verschonen. Alfred kam täglich, zuweilen auch zweimal, schien sich aber kaum je um das körperliche Befinden seines Freundes zu kümmern. Er sprach von gemeinschaftlichen Freunden, erzählte Geschichten aus dem Krankenhause und ließ sich auch auf künstlerische und literarische Gespräche ein, wobei er es aber einzurichten wußte, daß Felix nicht allzu viel zu reden genötigt war. Beide, die Geliebte und der Freund, gaben sich so unbefangen, daß Felix manchmal mit Mühe die kühnen Hoffnungen abwehren konnte, die zudringlich über ihn kamen. Er sagte sich, daß es ja nur die Pflicht jener beiden sei, ihm die Komödie vorzuspielen, die eben gegenüber Schwerkranken seit jeher mit wechselndem Glück gespielt wird. Aber wenn er auch vermeinte, nur auf ihre Komödie einzugehen und selber mitzuspielen, so ertappte er sich doch wiederholt darauf, daß er von der Welt und den Menschen plauderte, als sei es ihm bestimmt, noch viele Jahre im Licht der Sonne unter den Lebendigen zu wandeln. Und dann erinnerte er sich, daß gerade dieses seltsame Wohlgefühl bei Kranken seiner Art oft als Zeichen des nahen Endes gelten sollte, und wies alle Hoffnung erbittert von sich. Und es kam sogar so weit, daß er unbestimmte Angstgefühle und düstere Stimmungen als Zustände von günstiger Bedeutung aufnahm und nahe daran war, sich über dieselben zu freuen. Dann entdeckte er wieder, wie unsinnig diese Art Logik wäre,—um schließlich einzusehen, daß es hier überhaupt kein Wissen und keine Gewißheit gäbe. Seine Lektüre hatte er wieder aufgenommen, fand aber an den Romanen keinen Gefallen; sie langweilten ihn, und manche, besonders solche, wo sich weite Blicke in ein blühendes und ereignisreiches Dasein auftaten, verstimmten ihn tief. Er wandte sich den Philosophen zu und ließ sich von Marie Schopenhauer und Nietzsche aus dem Bücherschrank geben. Aber nur für kurze Zeit strahlte diese Weisheit ihren Frieden über ihn aus.

Eines Abends traf ihn Alfred an, wie er eben einen Band Schopenhauer auf seine Bettdecke hatte sinken lassen und mit verdüsterter Miene vor sich hinschaute. Marie saß neben ihm mit einer Handarbeit beschäftigt.

«Ich will dir was sagen, Alfred», rief er dem Eintretenden mit fast erregter Stimme entgegen. «Ich werde doch wieder Romane lesen.»

«Was gibt es denn?»

«Es ist wenigstens eine aufrichtige Fabelei. Gut oder schlecht, von Künstlern oder Stümpern. Diese Herren da aber», und er wies mit den Augen auf den Band, der auf der Decke lag, «sind niederträchtige Poseure.»

«Oh!»

Felix richtete sich im Bette auf. «Das Leben verachten, wenn man gesund ist wie ein Gott, und dem Tod ruhig ins Auge schauen, wenn man in Italien spazieren fährt und das Dasein in den buntesten Farben ringsum blüht,—das nenn' ich ganz einfach Pose. Man sperre einmal so einen Herrn in eine Kammer, verurteile ihn zu Fieber und Atemnot, sage ihm, zwischen dem 1. Januar und 1. Februar nächsten Jahres werden Sie begraben sein, und lasse sich dann etwas von ihm vorphilosophieren.»

«Geh' doch!» sagte Alfred. «Was sind das für Paradoxe!»

«Das verstehst du nicht. Das kannst du nicht verstehen! Mich widert's geradezu an. Alle sind sie Poseure!»

«Und Sokrates?»

«War ein Komödiant. Wenn man ein natürlicher Mensch ist, so hat man vor dem Unbekannten Angst; bestenfalls kann man sie verbergen. Ich will dir's ganz ehrlich sagen. Man fälscht die Psychologie der Sterbenden, weil sich alle weltgeschichtlichen Größen, deren Tod man kennt, verpflichtet gefühlt haben, für die Nachwelt eine Komödie aufzuführen. Und ich! Was tu' ich denn? Was? Wenn ich da ruhig mit euch rede von allen möglichen Dingen, die mich nichts mehr angehen, was tu' ich denn?»

«Geh, red' nicht so viel, insbesondere solchen Unsinn.»

«Auch ich fühle mich verpflichtet, mich zu verstellen, und in Wirklichkeit hab' ich doch eine grenzenlose, wütende Angst, von der sich gesunde Menschen keinen Begriff machen können, und Angst haben sie alle, auch die Helden und auch die Philosophen, nur daß sie eben die besten Komödianten sind.»

«So beruhige dich doch, Felix», bat Marie.

«Ihr zwei glaubt wohl auch», fuhr der Kranke fort, «daß ihr der Ewigkeit ruhig ins Auge schaut, weil ihr eben noch keinen Begriff von ihr habt. Man muß verurteilt sein wie ein Verbrecher—oder wie ich, dann kann man darüber reden. Und der arme Teufel, der gefaßt unter den Galgen schreitet, und der große Weise, der Denksprüche erfindet, nachdem er den Schierlingsbecher geleert hat, und der gefangene Freiheitsheld, der lächelnd die Flinten auf seine Brust gerichtet sieht, sie alle heucheln, ich weiß es,—und ihre Fassung, ihr Lächeln ist Pose, denn sie alle haben Angst, gräßliche Angst vor dem Tode; die ist so natürlich wie das Sterben selbst!»

Alfred hatte sich ruhig aufs Bett gesetzt, und als Felix geendet, erwiderte er: «Für alle Fälle ist es unvernünftig von dir, daß du so viel und so laut sprichst. Zweitens bist du abgeschmackt wie die Möglichkeit und ein arger Hypochonder!»

«Es geht dir ja jetzt so gut», rief Marie aus.

«Glaubt sie das am Ende wirklich?» fragte Felix, zu Alfred gewendet. «Kläre sie doch endlich einmal auf, ja?»

«Lieber Freund», erwiderte der Doktor, «einer Aufklärung bist nur du hier bedürftig. Aber du bist heute widerspenstig, und ich muß darauf verzichten. In zwei bis drei Tagen, wenn du inzwischen keine längeren Reden halten solltest, wirst du wohl aufstehen können, und dann wollen wir auch über deinen Gemütszustand eine ordentliche Beratung halten.»

«Wenn ich dich nur nicht so vollkommen durchschauen könnte», sagte Felix.

«Ja, ja, schon gut», erwiderte Alfred. «Machen Sie kein so gekränktes Gesicht», wandte er sich dann zu Marie. «Auch dieser Herr wird wieder einmal zur Vernunft kommen. Jetzt sagt mir aber einmal, warum ist denn kein Fenster offen? Draußen ist ja der schönste Herbsttag, den man sich denken kann.»

Marie stand auf und öffnete ein Fenster. Eben begann es zu dunkeln, und die hereinbrechende Luft war so erfrischend, daß Marie das Verlangen empfand, sich länger von ihr umschmeicheln zu lassen. Sie blieb beim Fenster stehen und beugte den Kopf hinaus. Ihr war mit einem Male, als hätte sie das Zimmer selbst verlassen. Sie fühlte sich im Freien und allein. Schon viele Tage hatte sie keine so angenehme Empfindung gehabt. Nun, wie sie den Kopf wieder zurück ins Zimmer wandte, strömte ihr die ganze Dumpfheit der Krankenstube entgegen und legte sich ihr beklemmend auf die Brust. Sie sah, wie Felix und Alfred miteinander sprachen, konnte die Worte nicht genau hören, hatte aber auch gar kein Bedürfnis, sich an dem Gespräche zu beteiligen. Wieder lehnte sie sich hinaus. Die Gasse war ziemlich still und leer, und nur von der nahegelegenen Hauptstraße hörte man ein gedämpftes Wagenrollen. Ein paar Spaziergänger wanderten gemächlich drüben auf dem Trottoir. Vor dem Haustore gegenüber standen ein paar Dienstmädchen, die plauschten und lachten. Eine junge Frau im Hause gegenüber schaute wie Marie selbst zum Fenster hinaus. Marie konnte in diesem Augenblicke nicht begreifen, warum die Frau nicht lieber spazieren ginge. Sie beneidete alle Menschen, alle waren glücklicher als sie.

Weiche, behagliche Septembertage zogen ins Land. Die Abende kamen früh, blieben aber warm und windstill.

Marie hatte die Gewohnheit angenommen, ihren Stuhl vom Bette des Kranken wegzurücken, so oft es anging, und sich ans offene Fenster zu setzen. Da saß sie, besonders wenn Felix schlummerte, stundenlang. Eine tiefe Abspannung war über sie gekommen, eine Unfähigkeit, sich über die Verhältnisse vollkommen klar zu werden, ja eine ausgesprochene Unlust, zu denken. Es gab ganze Stunden, wo es weder Erinnerungen, noch Zukunftsideen für sie gab. Mit offenen Augen träumte sie da vor sich hin und war schon zufrieden, wenn von der Straße her ein bißchen frische Luft über ihre Stirne geweht kam. Dann wieder, wenn ein leises Stöhnen vom Krankenbette zu ihr hindrang, schrak sie auf. Sie entdeckte, wie ihr die Gabe des Mitfühlens allmählich abhanden gekommen war. Ihr Mitleid war nervöse Überreizung und ihr Schmerz ein Gemisch von Angst und Gleichgültigkeit geworden. Sie hatte sich gewiß nichts vorzuwerfen, und wenn sie der Doktor, wie neulich einmal, in vollem Ernst einen Engel nannte, so durfte sie sich kaum beschämt fühlen. Aber sie war müde, grenzenlos müde. Nun hatte sie schon zehn oder zwölf Tage das Haus nicht verlassen. Warum nur? Warum? Sie mußte darüber nachdenken. Nun ja, fuhr es ihr wie eine Erleuchtung durch den Kopf, weil es Felix gekränkt hätte! Und sie blieb ja gern bei ihm, ja. Sie betete ihn an, nicht weniger als früher. Nur müde war sie, und das war ja endlich menschlich. Und ihre Sehnsucht nach ein paar Stunden im Freien wurde immer drängender. Sie war kindisch, sich die Erfüllung zu versagen. Auch er mußte es schließlich einsehen. Und nun wurde ihr wieder klar, wie unbegrenzt sie ihn doch lieben mußte, da sie selbst den ungewissen Schatten einer Kränkung von ihm fernhalten wollte. Sie hatte ihr Nähzeug zur Erde gleiten lassen und warf einen Blick auf das Bett, das schon ganz im Dunkel der Zimmerwand stand. Es war Dämmerung, und der Kranke war nach einem ruhigeren Tage eingeschlummert. Jetzt hätte sie sogar gehen können, ohne daß er etwas davon wissen mußte. Ach ja, da hinunter, und dort um die Ecke, und wieder einmal mitten unter Menschen und in den Stadtpark und dann auf den Ring und an der Oper vorbei, wo die elektrischen Lampen leuchteten, mitten ins Gedränge, und nach Gedränge sehnte sie sich sosehr. Aber wann würde das wiederkommen? Es kann ja nur wiederkommen, wenn Felix wieder gesund wird; und was ist ihr auch die Straße und der Park und die Menschen! was ist ihr alles Leben ohne ihn!

Sie blieb zu Hause. Sie rückte ihren Sessel an sein Bett. Sie nahm die Hand des Schlummernden und weinte stille, traurige Tränen darauf und weinte noch weiter, wie sie längst mit ihren Gedanken weitab von dem Manne gekommen war, auf dessen bleiche Hand ihre Tränen fielen.

Als Alfred am Nachmittage darauf seinen Besuch bei Felix machte, fand er ihn frischer, als die letzten Tage. «Wenn es so weitergeht», sagte er ihm, «werd' ich dich in ein paar Tagen aufstehen lassen.» Wie alles, was zu ihm gesprochen wurde, faßte der Kranke auch das mit Mißtrauen auf und antwortete mit einem verdrossenen «Ja, ja». Alfred aber kehrte sich zu Marie um, die beim Tische saß, und sprach: «Sie könnten eigentlich auch ein bißchen besser aussehen.»

Auch Felix, der auf diese Worte hin Marie näher betrachtete, fiel ihre besondere Blässe auf. Er war es gewohnt, die Gedanken, die ihm zuweilen über ihre aufopfernde Güte kamen, bald von sich zu scheuchen. Manchmal wollte ihm dieses Märtyrertum nicht vollkommen echt erscheinen, und er ärgerte sich über die geduldige Miene, die sie zur Schau trug. Er wünschte manchmal, sie möchte ungeduldig werden. Er spähte nach einem Moment, in dem sie sich mit einem Worte, mit einem Blick verraten würde und er ihr mit boshafter Rede ins Gesicht schleudern könnte, daß er sich keine Minute lang habe täuschen lassen, daß ihn ihre Heuchelei anwiderte und daß sie ihn in Ruhe sterben lassen sollte.

Jetzt, da Alfred von ihrem Aussehen gesprochen hatte, errötete sie ein wenig und lächelte. «Ich fühle mich ganz wohl», sagte sie.

Alfred trat näher zu ihr hin. «Nein, das ist nicht so einfach. Ihr Felix wird wenig von seiner Genesung haben, wenn Sie dann krank werden wollen.»

«Aber ich bin wirklich ganz wohl.»

«Sagen Sie doch, gehen Sie gar nicht ein bißchen in die frische Luft?»

«Ich fühle nicht das Bedürfnis darnach.»

«Sag' doch einmal, Felix, sie rührt sich gar nicht weg von dir?»

«Du weißt ja», sagte Felix, «sie ist ein Engel.»

«Aber entschuldigen Sie, Marie, das ist ja ganz einfach dumm. Es ist nutzlos und kindisch, sich in dieser Weise aufzureiben. Sie müssen in die Luft. Ich erkläre, daß es notwendig ist.»

«Aber was wollen Sie denn von mir?» sagte Marie mit schwachem Lächeln, «ich sehne mich durchaus nicht darnach.»

«Das ist vollkommen gleichgültig. Ist auch schon ein schlechtes Zeichen, daß Sie sich nicht danach sehnen. Sie werden heute noch hinaus. Setzen Sie sich doch auf eine Stunde in den Stadtpark. Oder, wenn Ihnen das unangenehm ist, nehmen Sie sich einen Wagen und fahren Sie spazieren, in den Prater zum Beispiel. Es ist jetzt herrlich unten.»

«Aber—»

«Es gibt kein Aber. Wenn Sie's so weitertreiben und ganz Engel sind, so ruinieren Sie sich. Ja, schauen Sie nur einmal da in den Spiegel hinein. Sie ruinieren sich.»

Felix verspürte, wie Alfred diese Worte sagte, einen stechenden Schmerz im Herzen. Eine verbissene Wut wühlte in ihm. Er glaubte, in Mariens Zügen einen Ausdruck bewußten Duldens wahrzunehmen, der nach Mitleid verlangte; und wie eine Wahrheit, an der zu rütteln vermessen wäre, zuckte es ihm durchs Gehirn, daß ja dieses Weib verpflichtet sei, mit ihm zu leiden, mit ihm zu sterben. Sie ruiniert sich; nun ja, selbstverständlich. Hatte sie vielleicht die Absicht, rote Wangen und glühende Augen zu behalten, während er seinem Ende zueilte? Und glaubt Alfred wirklich, daß dieses Weib, welches seine Geliebte ist, das Recht hat, über die Stunde hinauszudenken, die seine letzte sein wird? Und wagt vielleicht sie selbst—

Mit begierigem Zorne studierte Felix den Ausdruck in Mariens Antlitz, während der Doktor in unmutiger Rede das früher Gesagte immer und immer wiederholte. Endlich ließ er sich von Marie das Versprechen geben, daß sie heute noch ins Freie wolle, und erklärte ihr, daß die Erfüllung dieses Versprechens geradeso zu ihren Wartepflichten gehörte, wie alle anderen. «Weil ich überhaupt nicht mehr rechne», dachte Felix. «Weil man eben den verkommen läßt, der ja sowieso verloren ist.» Er reichte Alfred ganz nachlässig die Hand, als dieser endlich ging. Er haßte ihn.

Marie begleitete den Doktor nur bis zur Zimmertür und kehrte gleich zu Felix zurück. Dieser lag mit zusammengepreßten Lippen da, eine tiefe Zornesfalte auf der Stirne. Marie verstand ihn, sie verstand ihn so ganz. Sie beugte sich zu ihm und lächelte. Er atmete, er wollte sprechen, wollte ihr irgend eine unerhörte Beleidigung ins Gesicht schleudern. Ihm war, als hätte sie das verdient. Sie aber, mit der Hand über seine Haare streichend und immer das müde, geduldige Lächeln in den Zügen, flüsterte, ganz nahe seinen Lippen, zärtlich: «Ich geh' ja nicht.»

Er erwiderte nichts. Den ganzen, langen Abend bis tief in die Nacht hinein blieb sie an seinem Bette sitzen und schlief endlich auf ihrem Sessel ein.

Als Alfred am darauffolgenden Tage kam, versuchte Marie ein Gespräch mit ihm zu vermeiden. Doch schien er heute an ihrem Aussehen kein Interesse zu nehmen und beschäftigte sich nur mit Felix. Er sprach aber nichts von baldigem Aufstehen, und den Kranken hielt eine Scheu ab, ihn zu fragen. Er fühlte sich heute schwächer als die vorhergegangenen Tage. Es war in ihm eine Unlust, zu sprechen, wie noch nie, und er war froh, als ihn der Doktor verlassen hatte. Auch auf Mariens Fragen gab er kurze und mißmutige Antworten. Und als sie ihn nach stundenlangem Schweigen am Spätnachmittage wieder fragte: «Wie geht's dir jetzt?» entgegnete er: «Ist ja gleichgültig.» Er hatte die Arme über dem Kopf verschränkt, schloß die Augen und schlummerte bald ein. Marie weilte einige Zeit neben ihm, indem sie ihn betrachtete, dann verschwammen ihre Gedanken, und sie kam ins Träumen. Als sie nach einiger Zeit wieder zu sich kam, spürte sie ein merkwürdiges Wohlbehagen ihre Glieder durchfließen, als wäre sie nach einem gesunden, tiefen Schlafe erwacht. Sie erhob sich und zog die Fenstervorhänge, die heruntergelassen waren, in die Höhe. Es war, als hätte sich heute in die enge Straße von dem nahen Park ein Duft verspäteter Blüten verirrt. So herrlich war ihr die Luft nie erschienen, die nun ins Zimmer flutete. Sie sah sich nach Felix um, der lag schlafend dort wie früher und atmete ruhig. Sonst war es in solchen Augenblicken wie Rührung über sie gekommen, die sie ins Zimmer bannte, über ihr ganzes Wesen eine träge Schwermut verbreitete. Heute blieb sie ruhig, freute sich, daß Felix schlummerte, und faßte ohne inneren Kampf, so selbstverständlich, als geschehe es täglich, den Entschluß, auf eine Stunde ins Freie zu gehen. Sie ging auf den Fußspitzen in die Küche, gab der Bedienerin den Auftrag, im Krankenzimmer zu verweilen, nahm rasch Hut und Schirm und flog mehr, als sie ging, die Treppe hinunter. Da stand sie nun auf der Straße, und nach einem raschen Gang durch ein paar stille Gassen gelangte sie zum Parke und war froh, wie sie zu ihren Seiten Sträucher und Bäume und oben den dämmerblauen Himmel schaute, nach dem sie sich solange gesehnt hatte. Sie setzte sich auf eine Bank, neben ihr und auch auf den Bänken in ihrer Nähe saßen Kindermädchen und Bonnen. In den Alleen spielten kleine Kinder. Da es aber zu dunkeln begann, war dieses Treiben seinem Ende nahe, die Mädchen riefen nach den Kleinen, nahmen sie wohl auch bei der Hand und verließen den Park. Bald war Marie fast allein, ein paar Leute kamen noch vorüber, ab und zu wandte sich ein Herr nach ihr um.

Also nun war sie da, war im Freien. Ja, wie war nun eigentlich alles? Es schien ihr nun der Moment gekommen, mit einem ungestörten Blick die Gegenwart zu überschauen. Für ihre Gedanken wollte sie deutliche Worte finden, die sie innerlich aussprechen konnte. Ich bin bei ihm, weil ich ihn liebe. Ich bringe kein Opfer, denn ich kann ja nicht anders. Und was soll nun werden? Wie lange wird es noch dauern? Es gibt keine Rettung.—Und was dann?—Was dann? Ich hab' einmal mit ihm sterben wollen.—Warum sind wir uns jetzt so fremd?—Er denkt nur mehr an sich. M ö c h t e er denn auch noch mit mir sterben? Und da durchdrang sie die Gewißheit, daß er es wohl mochte. Aber es erschien ihr nicht das Bild eines zärtlichen Jünglings, der sie an seiner Seite betten mochte für die Ewigkeit. Nein, ihr war, als risse er sie zu sich nieder, eigensinnig, neidisch, weil sie nun einmal ihm gehörte.

Ein junger Mann hatte neben ihr auf der Bank Platz genommen und machte eine Bemerkung. Sie war so zerstreut, daß sie zuerst «Wie?» fragte. Dann aber stand sie auf und ging rasch fort. Im Parke wurden ihr die Blicke der Begegnenden unangenehm. Sie ging auf den Ring hinaus, winkte einen Wagen herbei und ließ sich spazieren fahren. Es war Abend geworden, sie lehnte sich bequem in die Ecke zurück und hatte ihre Freude an der angenehmen, mühelosen Bewegung und an den wechselnden, ins Zwielicht der Nacht und der flackernden Gasflammen getauchten Bildern, die an ihr vorüberzogen. Der schöne Septemberabend hatte eine große Menge auf die Straße gelockt. Als Marie am Volksgarten vorüberfuhr, hörte sie die frischen Töne einer Militärmusik herausklingen, und sie mußte unwillkürlich an jenen Abend in Salzburg zurückdenken. Vergeblich suchte sie sich zu überreden, daß all dieses Leben um sie etwas Nichtiges, Vergängliches sei, daß nichts daran gelegen wäre, daraus zu scheiden. Sie konnte das Wohlbehagen, das allmählich in sie zu dringen begann, nicht aus ihren Sinn treiben. Ihr war nun einmal wohl. Daß dort das feierliche Theater stand mit seinen weißleuchtenden Bogenlampen, daß dort aus den Alleen des Rathausparkes die Leute gemächlich schlendernd über die Straße kamen, daß dort vor dem Kaffeehaus Leute saßen, daß es überhaupt Menschen gab, von deren Sorgen sie nichts wußte oder die vielleicht gar keine hatten, daß die Luft so milde und warm um sie strich, daß sie noch viele solche Abende, noch tausend herrliche Tage und Nächte schauen durfte, daß ein Gefühl lebensfreudiger Gesundheit durch ihre Adern floß, das alles tat ihr wohl. Wie? Wollte sie sich's vielleicht zum Vorwurf machen, daß sie nach ungezählten Stunden tödlicher Abspannung auf eine Minute sozusagen zu sich kam? War es nicht ihr gutes Recht, ihrer Existenz überhaupt nur inne zu werden? Sie war ja gesund, sie war jung, und von überall her, wie aus hundert Quellen auf einmal, rann die Freude des Daseins über sie. So natürlich war das, wie ihr Atem und der Himmel über ihr—und sie will sich dessen schämen? Sie denkt an Felix. Wenn ein Wunder geschieht und er gesund wird, wird sie gewiß mit ihm weiterleben. Sie denkt seiner mit einem milden, versöhnlichen Schmerz. Es ist bald Zeit, zu ihm zurückzukehren. Ist es ihm denn nur recht, wenn sie bei ihm ist? Würdigt er denn ihre Zärtlichkeit? Wie herb sind seine Worte! Wie stechend sein Blick! Und sein Kuß! Wie lange nur haben sie einander nicht geküßt! Sie muß an seine Lippen denken, die nun immer so blaß und trocken sind. Sie will ihn auch nur mehr auf die Stirne küssen. Seine Stirne ist kalt und feucht. Wie häßlich das Kranksein ist!

Sie lehnte sich in den Wagen zurück. Sie wandte ihre Gedanken mit Bewußtsein von dem Kranken ab. Und um nicht an ihn denken zu müssen, sah sie eifrig auf die Straße hinaus und betrachtete alles so genau, als müßte sie sich's fest ins Gedächtnis einprägen.

Felix schlug die Augen auf. Eine Kerze brannte neben seinem Bette und verbreitete ein schwaches Licht. Neben ihm saß die alte Frau, die Hände im Schoß, gleichgültig. Sie fuhr zusammen, als der Kranke sie anrief: «Wo ist sie?» Die Frau erklärte ihm, daß Marie weggegangen sei und gleich wiederkommen werde.

«Sie können gehen!» antwortete Felix. Und als die Angeredete zögerte: «Gehen Sie doch. Ich brauche Sie nicht.»

Er blieb allein. Eine Unruhe, qualvoll wie nie zuvor, befiel ihn.

Wo ist sie, wo ist sie? Er hielt es im Bette kaum aus, aber er wagte es doch nicht, aufzustehen. Plötzlich fuhr es ihm durch den Kopf: Am Ende ist sie auf und davon! Sie will ihn allein lassen, für immer allein. Sie erträgt das Leben an seiner Seite nicht mehr. Sie fürchtet sich vor ihm. Sie hat in seinen Gedanken gelesen. Oder er hat einmal im Schlaf gesprochen und hat es laut gesagt, was immerwährend in der Tiefe seines Bewußtseins ruht, auch wenn er es tagelang selbst nicht deutlich faßt. Und sie will eben nicht mit ihm sterben.—Die Gedanken jagten durch sein Hirn. Das Fieber war da, das allabendlich zu kommen pflegte. Er hat ihr schon so lange kein freundliches Wort gesagt, vielleicht ist es nur das! Er hat sie mit seinen Launen gequält, mit seinem mißtrauischen Blicke, mit seinen bitteren Reden, und sie brauchte Dankbarkeit!—Nein, nein, nur Gerechtigkeit! Oh! Wenn sie nur da wäre! Er muß sie haben! Mit brennendem Schmerze erkennt er es: er kann sie nicht entbehren. Er wird ihr alles abbitten, wenn es sein muß. Er wird wieder zärtliche Augen auf ihr ruhen lassen und Worte tiefer Innigkeit für sie finden. Er wird durch keine Silbe verraten, daß er leidet. Er wird lächeln, wenn es sich ihm schwer auf die Brust legt. Er wird ihr die Hand küssen, wenn er nach Atem ringt. Er wird ihr erzählen, daß er Unsinn träumt, und was sie ihn im Schlafe reden hört, seien Fieberphantasien. Und er wird ihr schwören, daß er sie anbetet, daß er ihr ein langes, glückliches Leben gönnt, wünscht; sie soll nur bei ihm bleiben bis zuletzt, nur von seinem Bette soll sie nicht weichen, nicht allein sterben darf sie ihn lassen. Er wird ja der entsetzlichen Stunde in Weisheit und

Frieden entgegensehen, wenn er nur weiß, daß sie bei ihm ist! Und diese Stunde kann so bald kommen, jeden Tag kann sie kommen. Darum muß sie immer bei ihm sein; denn er hat Angst, wenn er ohne sie ist.

Wo ist sie? Wo ist sie? Das Blut wirbelte ihm durch den Kopf, seine Augen wurden trübe, der Atem ging schwerer, und niemand war da. Ach, warum hatte er nur jenes Weib weggeschickt? Es war doch eine menschliche Seele. Nun war er hilflos, hilflos. Er richtete sich auf, er fühlte sich kräftiger, als er gedacht, nur der Atem, der Atem. Es war schrecklich, wie ihn das quälte. Er hielt es nicht aus, er sprang aus dem Bett und, kaum bekleidet, wie er war, zum Fenster hin. Da war Luft, Luft. Er tat ein paar tiefe Züge, wie war das gut! Er nahm den weiten Talar um, der über der Bettlehne hing, und sank auf einen Stuhl. Ein paar Sekunden lang verwirrten sich alle seine Gedanken, dann schoß immer der eine, immer derselbe blitzend hervor. Wo ist sie? Wo ist sie? Ob sie schon oftmals ihn so verlassen hat, während er schlief? Wer weiß? Wo mag sie da hingehen? Will sie nur auf ein paar Stunden dem Dunst der Krankenstube entfliehen, oder will sie ihm entfliehen, weil er krank ist? Ist ihr seine Nähe widerwärtig? Ängstigt sie sich vor den Schatten des Todes, die schon hier schweben? Sehnt sie sich nach dem Leben? Sucht sie das Leben? Bedeutet er selber ihr das Leben nicht mehr? Was sucht sie? Was will sie? Wo ist sie? Wo ist sie?

Und die fliegenden Gedanken wurden zu geflüsterten Silben, zu stöhnenden, lauten Worten. Und er schrie, und er kreischte: «Wo ist sie?» Und er sah sie vor sich, wie sie wohl die Treppe heruntereilen mochte, das Lächeln der Befreiung auf den Lippen, und davon, irgendwohin, wo die Krankheit, der Ekel, das langsame Sterben nicht war, zu irgend was Unbekanntem, zu irgend etwas, wo es ein Duften und Blühen gab. Er sah sie verschwinden, in einen lichten Nebel untertauchen, der sie verbarg und aus dem ihr klirrendes Lachen hervorklang, ein Lachen des Glücks, der Freude. Und die Nebel zerteilten sich, und er sah sie tanzen. Und sie wirbelte weiter und weiter, und sie verschwand. Und dann kam ein dumpfes Rollen, immer näher, und hielt plötzlich ein. Wo ist sie? Er schrak auf. Zum Fenster eilte er hin. Es war das Rollen eines Wagens gewesen, und vor dem Haustore, da stand er stille. Ja, gewiß, er konnte ihn ja sehen. Und aus dem Wagen, ja—Marie war es! Sie war es! Er mußte ihr entgegen, er stürzte ins Vorzimmer, das aber völlig dunkel war. Er vermochte nicht, die Türklinke zu finden. Da drehte sich der Schlüssel im Schloß, die Türe sprang auf, Marie trat ein, und vom Gang her spielte das schwache Gaslicht um sie. Sie stieß ihn an, ohne ihn sehen zu können, und schrie laut auf. Er packte sie bei den

Schultern und zerrte sie ins Zimmer hinein. Er öffnete den Mund und konnte nicht sprechen.

«Was hast du denn?» rief sie entsetzt aus; «bist du denn wahnsinnig?» Sie machte sich von ihm los. Er blieb aufrecht stehen. Es war, als ob seine Gestalt wüchse. Endlich fand er Worte.

«Woher kommst du?—woher?»

«Um Gottes willen, Felix, komm doch zu dir. Wie konntest du—! Ich bitte dich, setz dich wenigstens.»

«Woher kommst du?» Er sprach es leiser, wie verloren. «Woher? woher?» flüsterte er. Sie faßte ihn bei den Händen, die waren glühend heiß. Er ließ sich willig, fast bewußtlos, von ihr leiten bis zum Diwan, in dessen Ecke sie ihn langsam niederdrückte. Er schaute um sich, als müßte er seine Besinnung allmählich wiedergewinnen. Dann sagte er wieder, ganz vernehmlich, aber in derselben eintönigen Weise: «Woher kommst du?»

Sie hatte ihre Ruhe teilweise zurückerlangt, sie warf den Hut hinter sich auf einen Stuhl, setzte sich auf den Diwan neben ihn, und schmeichelnd sagte sie ihm: «Mein Schatz, ich bin nur auf eine Stunde in der Luft gewesen. Ich fürchtete, selbst krank zu werden. Was hättest du dann von mir gehabt? Ich hab' mir auch einen Wagen genommen, um nur bald wieder bei dir zu sein.»

Er lag in seiner Ecke, jetzt ganz erschlafft. Er sah sie von der Seite an und antwortete nichts.

Sie sprach weiter, indem sie ihm die heißen Wangen kosend streichelte. «Nicht wahr, du bist mir doch nicht böse? Ich hab' ja übrigens der Bedienerin den Auftrag gegeben, bis zu meiner Rückkunft bei dir zu bleiben. Hast du sie nicht gesehen? Wo ist sie denn?»

«Ich hab' sie weggeschickt.»

«Warum denn, Felix? Sie sollte ja nur so lange warten, bis ich zurückkäme. Ich hab' mich ja so nach dir gesehnt! Was hilft mir denn die frische Luft draußen, wenn ich dich nicht habe.»

«Miez, Miez!» Er legte den Kopf an ihre Brust, wie ein krankes Kind. Wie in früheren Tagen glitten ihre Lippen über seine Haare. Da sah er zu ihr auf mit bittenden Augen. «Miez», sagte er, «du mußt immer bei mir bleiben, immer, ja?»

«Ja», entgegnete sie und küßte sein wirres, feuchtes Haar. Ihr war so weh, so grenzenlos weh! Gern hätte sie geweint, aber in ihrer Rührung war irgend was Dürres, Welkes. Von nirgendher kam ihr Trost, nicht einmal aus ihrem eigenen Schmerz. Und sie beneidete ihn, denn sie sah Tränen über seine Wangen fließen.

Nun saß sie wieder alle folgenden Tage und Abende an seinem Bett, brachte ihm seine Mahlzeiten, flößte ihm Medizin ein und las ihm, wenn er frisch genug war, um danach zu verlangen, aus der Zeitung, wohl auch ein Kapitel aus irgend einem Romane vor. Den Morgen nach ihrem Spaziergang hatte es zu regnen begonnen, und ein vorschneller Herbst brach an. Und nun rieselten stunden-, tagelang fast unaufhörlich die dünnen, grauen Streifen an den Fenstern vorbei. In der letzten Zeit hörte Marie zuweilen den Kranken nachts zusammenhangloses Zeug reden. Und da strich sie dann wohl ganz mechanisch mit den Händen über seine Stirne und Haare und flüsterte: «Schlaf, Felix, schlaf, Felix!» so wie man ein unruhiges Kind beschwichtigt. Er wurde zusehends schwächer, litt aber nicht viel, und wenn die kurzen Anfälle von Atemnot vorüber waren, die ihn heftig an seine Krankheit erinnerten, versank er meist in einen Zustand der Erschlaffung, über den er sich selbst keine Rechenschaft mehr geben konnte. Nur das kam ihm zuweilen vor, daß er sich ein bißchen wunderte. «Warum ist mir denn alles so gleichgültig?» Wenn er dann draußen den Regen herunterrieseln sah, dachte er wohl: «Ach ja, der Herbst», und forschte nach dem Zusammenhang nicht weiter. Er dachte eigentlich an keine Veränderung, die möglich wäre. Nicht ans Ende, nicht an die Gesundheit. Und auch Marie verlor in diesen Tagen ganz den Ausblick auf die Möglichkeit eines Anderswerdens. Auch die Besuche Alfreds hatten etwas Gewohnheitsmäßiges angenommen. Für diesen freilich, der von draußen kam, für den das Leben weiterrollte, war das Bild der Krankenstube täglich verändert. Für ihn war jede Hoffnung dahin. Er merkte wohl, daß nun sowohl für Felix, wie für Marie ein Zeitabschnitt begonnen hatte, wie er bei Menschen, welche die tiefsten Erregungen durchgemacht, zuweilen eintritt, ein Zeitabschnitt, in dem es keine Hoffnung und keine Furcht gibt, wo die Empfindung der Gegenwart selbst, dadurch, daß ihr der Ausblick auf die Zukunft und die Rückschau ins Vergangene fehlt, dumpf und unklar wird. Er selbst trat stets mit einem Gefühl schweren Unbehagens in die Krankenstube und war sehr froh, wenn er beide so wiederfand, wie er sie verlassen. Denn endlich mußte ja wieder eine Stunde kommen, wo sie gezwungen waren, an das zu denken, was bevorstand.

Wie er wieder einmal mit dieser Überlegung die Treppe hinaufgestiegen war, fand er Marie mit bleichen Wangen und händeringend im Vorzimmer stehen. «Kommen Sie, kommen Sie», rief sie. Er folgte ihr rasch. Felix saß aufrecht im Bette; er heftete böse Blicke auf die Eintretenden und rief: «Was habt ihr eigentlich mit mir vor?»

Alfred trat rasch zu ihm. «Was fehlt dir denn, Felix?» fragte er.
«Was du mit mir vorhast? möcht' ich wissen.»
«Was sind denn das für kindische Fragen?»
«Verkommen' laßt ihr mich, elend verkommen», rief Felix mit fast schreiender Stimme.
Alfred trat ganz nahe zu ihm und wollte seine Hand erfassen. Der Kranke aber zog dieselbe heftig zurück. «Laß mich, und du, Marie, laß das Händeringen. Ich möchte wissen, was ihr vorhabt. Wie das weitergehen soll, will ich wissen.»
«Es ginge viel besser weiter», sagte Alfred ruhig, «wenn du dich nicht unnütz aufregtest.»
«Nun ja, da lieg' ich nun, wie lange, wie lange! Ihr schaut zu und laßt mich liegen. Was hast du eigentlich mit mir vor?» Er wandte sich plötzlich an den Doktor.
«So rede doch keinen Unsinn.»
«Es geschieht ja gar nichts mit mir, gar nichts. Es bricht über mich herein; man rührt keine Hand, es abzuwenden!»
«Felix», begann Alfred mit eindringlicher Stimme, indem er sich aufs Bett setzte und wieder seine Hand zu fassen suchte.
«Nun ja, du gibst mich einfach auf. Du läßt mich daliegen und Morphium nehmen.»
«Du mußt noch ein paar Tage Geduld haben—»
«Aber du siehst ja, daß es mir nichts nutzt! Ich fühle ja, wie's mir geht! Warum laßt ihr mich denn so rettungslos verkommen? Ihr seht doch, daß ich hier zugrunde gehe. Ich halt' es ja nicht aus! Und es muß doch noch eine Hilfe geben, irgendeine Möglichkeit einer Hilfe. So denk doch nach, Alfred, du bist doch ein Arzt, es ist ja deine Pflicht.»
«Gewiß gibt es eine Hilfe», sagte Alfred.
«Und wenn nicht eine Hilfe, vielleicht ein Wunder. Aber hier wird kein Wunder geschehen. Ich muß fort, ich will fort.»
«Du wirst ja, sobald du etwas gekräftigt bist, das Bett verlassen.»
«Alfred, ich sag' dir, es wird zu spät. Warum soll ich denn in diesem entsetzlichen Zimmer bleiben? Ich will fort, aus der Stadt will ich fort. Ich weiß, was ich brauche. Ich brauche den Frühling, ich brauche den Süden. Wenn die Sonne wieder scheint, werd' ich gesund.»
«Das ist ja alles ganz vernünftig», sagte Alfred. «Selbstverständlich wirst du in den Süden, aber du mußt ein wenig Geduld haben. Heute kannst du nicht reisen, und morgen auch nicht. Sobald es irgend angeht.»
«Ich kann heute reisen, ich fühl' es. Sobald ich nur aus diesem ent-

setzlichen Sterbezimmer da heraus bin, werd' ich ein anderer Mensch sein. Jeder Tag, den du mich länger hier läßt, ist eine Gefahr.»

«Lieber Freund, du mußt doch bedenken, daß ich als dein Arzt—»

«Du bist ein Arzt und urteilst nach der Schablone. Die Kranken wissen selbst am besten, was ihnen not tut. Es ist ein Leichtsinn und eine Gedankenlosigkeit, mich daliegen und verkommen zu lassen. Im Süden geschehen manchmal Wunder. Man legt die Hände nicht in den Schoß, wenn nur eine Spur von Hoffnung da ist, und es ist immer noch eine Hoffnung da. Es ist unmenschlich, jemanden seinem Schicksal zu überlassen, wie ihr es mit mir tut. Ich will in den Süden, in den Frühling will ich zurück.»

«Das sollst du ja», sagte Alfred.

«Nicht wahr», warf Marie hastig drein, «wir können morgen reisen.»

«Wenn mir Felix verspricht, sich drei Tage ruhig zu halten, so schick' ich ihn weg. Aber heute, jetzt—das wäre ein Verbrechen! Das lasse ich nicht zu, unter keiner Bedingung. Schauen Sie doch nur», wandte er sich an Marie, «dieses Wetter. Es stürmt und regnet; nicht dem Gesündesten möchte ich heute zum Abreisen raten.»

«Also morgen!» rief Felix.

«Wenn es sich ein wenig aufheitert», sagte der Doktor, «in zwei bis drei Tagen, mein Wort darauf.»

Der Kranke sah ihn fest und forschend an. Dann fragte er: «Dein Ehrenwort?»

«Ja!»

«Nun, hörst du?» rief Marie aus.

«Du glaubst nicht», sagte der Kranke, zu Alfred gewendet, «daß es noch eine Rettung für mich gibt? Du hast mich in der Heimat sterben lassen wollen?—Das ist eine falsche Humanität! Wenn man am Sterben ist, gibt's keine Heimat mehr. Das Lebenkönnen, das ist die Heimat. Und ich will nicht, ich will nicht so wehrlos sterben.»

«Mein lieber Felix, du weißt ja ganz gut, daß es meine Absicht ist, dich den ganzen Winter im Süden verbringen zu lassen. Aber ich kann dich doch nicht bei solchem Wetter abreisen lassen.»

«Marie», sagte der Kranke, «mach' alles bereit.» Marie sah den Doktor ängstlich fragend an.

«Nun ja», meinte dieser, «das kann ja nicht schaden.»

«Alles mach' bereit. Ich will in einer Stunde aufstehen. Wir reisen ab, sobald der erste Sonnenstrahl hervorkommt.»

Felix stand nachmittags auf. Es schien beinahe, als übte der Gedanke an eine Veränderung des Aufenthalts eine wohltätige Wirkung auf ihn aus. Er war wach, lag die ganze Zeit auf dem Diwan, aber er hatte weder Ausbrüche von Verzweiflung, noch verfiel er in die dumpfe Teilnahmslosigkeit der vorhergegangenen Tage. Er interessierte sich für die Vorbereitungen, die Marie traf, er gab Ratschläge, ordnete an, bezeichnete Bücher aus seiner Bibliothek, die er mithaben wollte, und nahm einmal selbst aus seinem Schreibtische einen ganzen großen Pack von Schriften hervor, die auch in den Koffer sollten. «Ich will meine alten Sachen durchsehen», sagte er zu Marie, und später, als sie die Schriften im Koffer unterzubringen versuchte, kam er wieder darauf zurück. «Wer weiß, ob diese Zeit der Ruhe meinem Geiste nicht sehr wohlgetan hat! Ich fühle mich geradezu reif werden. Eine wunderbare Klarheit strahlt zu manchen Stunden über alles, was ich bisher gedacht.»

Schon am Tage nach jenem Sturm- und Regenwetter war es schön geworden. Und im Laufe des nächsten Tages wurde es so warm, daß man die Fenster öffnen konnte. Nun glitt der Glanz eines warmen und freundlichen Herbstnachmittages über den Boden hin, und wenn Marie vor dem Koffer kniete, so legten sich die Sonnenstrahlen in ihr welliges Haar.

Alfred kam eben dazu, wie Marie die Papiere sorgsam in dem Koffer verwahrte, und wie Felix, auf dem Sofa liegend, über seine Pläne zu sprechen begann.

«Auch das soll ich schon gestatten?» fragte Alfred lächelnd, «na, ich hoffe, du bist ängstlich genug, nicht vorzeitig mit der Arbeit anzufangen.»

«Oh», sagte Felix, «es wird keine Arbeit für mich sein. Tausend neue und frische Lichter gleiten über alle Gedankengänge hin, die mir bisher im Dunkeln waren.»

«Das ist ja sehr schön», sagte Alfred gedehnt, indem er den Kranken betrachtete, der mit starrem Blick ins Leere schaute.

«Du darfst mich nicht mißverstehen“, fuhr dieser fort. «Ich hab' eigentlich gar keine fest umrissene Idee. Aber es ist, als wenn sich etwas vorbereitete.»

«So, so.»

«Weißt du, mir ist, wie wenn ich Instrumente eines Orchesters stimmen hörte. Das hat auch in Wirklichkeit immer stark auf mich gewirkt. Und in einem der nächsten Momente werden sich da wohl reine Harmonien hervorbringen, und alle Instrumente fallen richtig ein.» Und, plötzlich abspringend, fragte er: «Hast du das Kupee bestellt?»

«Ja», erwiderte der Doktor.

«Also morgen früh», rief Marie mit guter Laune aus. Sie war immerfort beschäftigt, ging von der Kommode zum Koffer, von dort zum Bücherschrank, dann wieder zum Koffer, ordnete und packte. Alfred fühlte sich sonderbar berührt. War er bei fröhlichen, jungen Leuten, die eine Lustreise vorbereiteten? So hoffnungsfreudig, so ungetrübt beinahe schien die Stimmung, die heute über dieser Stube lag. Als er sich entfernte, begleitete ihn Marie hinaus. «Ach Gott», rief sie aus, «wie gescheit ist es, daß wir weg kommen! Ich freue mich sehr! Und er ist ja förmlich ausgewechselt, seit es ernst wird.»

Alfred wußte nichts zu erwidern. Er reichte ihr die Hand und wandte sich zum Gehen. Dann aber, sich nochmals umwendend, sagte er zu Marie: «Sie müssen mir versprechen—»

«Was denn?»

«Ich meine, ein Freund ist ja doch immer noch mehr als ein Arzt. Sie wissen, ich stehe Ihnen immer zur Verfügung. Sie brauchen nur zu telegraphieren.»

Marie war ganz erschrocken. «Sie glauben, es könnte notwendig sein?»

«Ich sag' es nur für alle Fälle.» Damit ging er.

Sie blieb noch eine Weile nachsinnend stehen, dann trat sie rasch in die Stube, ängstlich, daß Felix über ihr minutenlanges Wegbleiben besorgt sein könnte. Der aber schien auf ihr Hereinkommen nur gewartet zu haben, um in seinen früheren Erörterungen fortzufahren.

«Weißt du, Marie», sagte er, «die Sonne hat stets einen guten Einfluß auf mich. Wenn es kälter wird, gehen wir noch südlicher, an die Riviera, und dann später, wie denkst du—nach Afrika?! Ja? Unter dem Äquator würde mir das Meisterwerk gelingen, das ist sicher.»

So plauderte er weiter, bis endlich Marie zu ihm hintrat, ihm die Wangen streichelte und lächelnd meinte: «Nun ist's aber genug. Nicht gleich wieder leichtsinnig sein. Auch sollst du jetzt ins Bett, denn morgen heißt's früh aufstehen.» Sie sah, daß seine Wangen hoch gerötet waren und seine Augen beinahe funkelten, und wie sie seine Hände faßte, um ihm beim Aufstehen vom Divan behilflich zu sein, waren sie brennend heiß.

Schon beim ersten Morgengrauen wachte Felix auf. Er war in der freudigen Erregung eines Kindes, das auf Ferien geht. Schon zwei Stunden, bevor sie zur Bahn fahren sollten, saß er zur Reise völlig bereit auf dem Divan. Auch Marie war längst mit allem fertig. Sie hatte den grauen Staubmantel um, den Hut mit blauem Schleier, und stand so am Fenster, um früh genug den bestellten Wagen kommen zu sehen. Felix fragte alle fünf Minuten, ob der schon da sei. Er wurde ungeduldig. Er sprach davon, um einen anderen zu schicken, als Marie ausrief: «Da ist er, da ist er.»

«Du», setzte sie gleich hinzu, «Alfred ist auch da.»

Alfred war zugleich mit dem Wagen um die Ecke gebogen und grüßte freundlich herauf. Bald darauf trat er ins Zimmer. «Ihr seid ja schon fix und fertig», rief er aus. «Was wollt ihr schon so früh auf dem Bahnhofe machen, um so mehr, als ihr schon gefrühstückt habt, wie ich sehe.»

«Felix ist so ungeduldig», sagte Marie. Alfred trat vor ihn hin, und der Kranke lächelte ihm heiter zu. «Prachtvolles Reisewetter», meinte er.

«Ja, ihr werdet es wunderschön haben», meinte der Doktor. Dann nahm er ein Stück Zwieback vom Tische. «Man darf doch?»

«Haben Sie am Ende noch gar nicht gefrühstückt?» rief Marie ganz erschrocken aus.

«Doch, doch. Ein Glas Kognak hab' ich getrunken.»

«Warten Sie, in der Kanne ist noch Kaffee drin.» Sie ließ es sich nicht nehmen, ihm noch den Rest des Kaffees in die Tasse einzugießen, dann entfernte sie sich, um der Bedienerin im Vorzimmer einige Weisungen zu geben. Alfred brachte die Tasse lange nicht von seinen Lippen weg. Es war ihm peinlich, mit seinem Freunde allein zu sein, und er hätte nicht sprechen können. Nun trat Marie wieder herein und kündigte an, daß nichts mehr dem Verlassen der Wohnung im Wege stehe. Felix erhob sich und ging als erster zur Tür. Er hatte einen grauen Havelock umgeworfen, einen weichen, dunklen Hut auf dem Kopf, in der Hand hielt er einen Stock. Auch auf den Stufen wollte er als erster hinabschreiten. Aber kaum hatte er das Geländer mit der Hand berührt, als er zu schwanken begann. Alfred und Marie waren gleich hinter ihm und stützten ihn. «Mir schwindelt ein wenig», sagte Felix.

«Das ist ja ganz natürlich», meinte Alfred. «Wenn man nach soundsoviel Wochen das erstemal aus dem Bette ist.» Er nahm den Kranken bei einem, Marie nahm ihn beim andern Arm; so führten sie ihn hinunter. Der Kutscher des Wagens nahm den Hut ab, als er den Kranken erblickte.

An den Fenstern des Hauses gegenüber wurden einige mitleidige Frauengesichter sichtbar. Und wie Alfred und Marie den totenblassen Mann in den Wagen hineinhoben, beeilte sich auch der Hausmeister, näher zu treten und seine Hilfe anzubieten. Als der Wagen davonfuhr, warfen sich der Hausmeister und die mitleidigen Frauen verständnisvolle, gerührte Blicke zu.

Alfred plauderte, auf dem Trittbrett des Waggons stehend, bis zum letzten Glockenzeichen mit Marie. Felix hatte sich in eine Ecke gesetzt und schien teilnahmslos. Erst als der Pfiff der Lokomotive ertönte, schien er wieder aufmerksam zu werden und nickte seinem Freunde zum Abschied zu. Der Zug setzte sich in Bewegung. Alfred blieb noch eine Weile auf dem Perron stehen und schaute ihm nach. Dann wandte er sich langsam zum Gehen.

Kaum war der Zug aus der Halle, als sich Marie ganz nahe zu Felix hinsetzte und ihn fragte, was er für Wünsche habe. Ob sie die Kognakflasche öffnen, ob sie ihm ein Buch reichen, ob sie ihm aus der Zeitung vorlesen sollte. Er schien für so viel Freundlichkeit Dank zu empfinden und drückte ihr die Hand. Dann fragte er: «Wann kommen wir denn in Meran an?» und er ließ sich endlich, wie sie nicht die genaue Stunde der Ankunft wußte, von ihr aus dem Reisehandbuch alle wichtigen Daten vorlesen. Er wollte wissen, wo die Mittagsstation wäre, an welchem Ort die Nacht hereinbräche, und interessierte sich für eine Menge nebensächlicher Dinge, die ihm sonst ganz gleichgültig waren. Er suchte zu berechnen, wieviel Leute im ganzen Zuge sein mochten, und bedachte, ob wohl auch junge Ehepaare darunter wären. Nach einiger Zeit verlangte er Kognak, doch reizte ihn der so sehr zum Husten, daß er Marien ganz ärgerlich ersuchte, ihm unter keiner Bedingung mehr davon zu geben, selbst wenn er danach verlangen sollte. Später ließ er sich den meteorologischen Bericht aus der Zeitung vorlesen und nickte befriedigt mit dem Kopfe, als sich eine günstige Voraussage ergab. Sie fuhren über den Semmering. Mit Aufmerksamkeit betrachtete er Hügel, Wälder, Wiesen und Berge; aber was er äußerte, beschränkte sich auf ein leises «hübsch, sehr schön», dem die Betonung der Freude vollkommen fehlte. Zu Mittag nahm er ein wenig von den kalten Speisen, mit welchen sie sich vorgesehen hatten, und wurde sehr zornig, als ihm Marie den Kognak verweigerte. Sie mußte sich endlich entschließen, ihm welchen zu geben. Er vertrug ihn ganz gut, wurde frischer und begann an allen möglichen Dingen Teilnahme zu zeigen. Und bald kam er wieder im Sprechen von dem, was an den Kupeefenstern vorüberflog, was er in den Stationen sah, auf sich selbst zurück. Er sagte: «Ich habe von Somnambulen gelesen, denen im Traum irgendein Heilmittel erschien, auf das kein Arzt verfallen war und durch dessen Anwendung sie genasen. Der Kranke soll seiner Sehnsucht folgen, sag' ich.»

«Gewiß», erwiderte Marie.

«Süden! Luft des Südens! Sie meinen, der ganze Unterschied ist, daß es dort warm ist und daß es das ganze Jahr Blumen gibt und vielleicht mehr Ozon und keine Stürme und keinen Schnee. Wer weiß, was in dieser Luft des Südens schwebt! Geheimnisvolle Elemente, die wir noch gar nicht kennen.»

«Sicher wirst du dort gesund», sagte Marie, indem sie eine Hand des Kranken zwischen ihre Hände nahm und an ihre Lippen führte.

Er sprach noch weiter über die vielen Maler, die man in Italien träfe, über die Sehnsucht, die so viele Künstler und Könige nach Rom getrieben, und über Venedig, wo er einmal gewesen, lange bevor er Marie gekannt. Endlich wurde er müde und begehrte danach, sich der Länge nach auf die Sitze des Kupees hinzustrecken. So blieb er, meist in leichten Schlummer versunken, bis der Abend anbrach.

Sie saß ihm gegenüber und betrachtete ihn. Sie fühlte sich ruhig. Nur ein mildes Bedauern war in ihr. Er war so bleich. Und so alt war er geworden. Wie hatte sich dieses schöne Antlitz seit dem Frühjahr verändert! Das war doch eine andere Blässe als diejenige, welche ihr nun selbst auf den Wangen lag. Die ihre machte sie jünger, jungfräulich beinahe. Um wieviel besser war sie doch daran als er! Noch nie war ihr dieser Gedanke mit solcher Deutlichkeit gekommen. Warum ist dieser Schmerz nicht peinigender! Ach, es ist gewiß nicht Mangel an Teilnahme, es ist ganz einfach grenzenlose Müdigkeit, die seit Tagen nicht mehr von ihr weicht, auch wenn sie sich zu Zeiten scheinbar frischer fühlt. Sie freut sich ihrer Müdigkeit, denn sie hat Angst vor den Schmerzen, die kommen werden, wenn sie aufhört, müde zu sein.

Marie schrak plötzlich aus dem Schlaf auf, in den sie versunken war. Sie sah um sich, es war fast ganz dunkel. Der Schleier war über die Lampe gezogen, die oben glimmte, und so ergoß sich nur ein mattgrünlicher Schimmer ins Kupee. Und draußen vor den Fenstern Nacht, Nacht! Es war, als führen sie durch einen langen Tunnel. Warum war sie nur so heftig aufgeschreckt? Es war doch fast ganz still, nur das gleichförmige Knarren der Räder dauerte fort. Allmählich gewöhnte sie sich an das matte Licht, und nun konnte sie wieder die Gesichtszüge des Kranken ausnehmen. Er schien ganz ruhig zu schlafen, lag unbeweglich dort. Plötzlich seufzte er tief, unheimlich, klagend. Ihr klopfte das Herz. Gewiß hatte er auch früher so gestöhnt, und das hatte sie erweckt. Aber was war das? Sie blickte näher auf ihn hin. Er schlief ja nicht. Mit weit, weit offenen Augen lag er da, ganz deutlich konnte sie's nun sehen. Sie hatte Angst vor diesen Augen, welche ins Leere, ins

Weite, ins Dunkle starrten. Und wieder ein Stöhnen, noch klagender als früher. Er bewegte sich, und nun seufzte er wieder auf, aber nicht schmerzlich, eher wild. Und mit einem Male hatte er sich aufgerichtet, mit beiden Händen auf die Polster gestützt, dann schleuderte er den grauen Mantel, der ihn zudeckte, mit den Füßen auf den Boden und versuchte aufzustehen. Aber die Bewegung des Zuges ließ es nicht zu, und er sank in die Ecke zurück. Marie war aufgesprungen und wollte den grünen Schleier von der Lampe entfernen. Sie fühlte sich aber mit einem Male von seinen Armen umschlungen, und nun zog er die Bebende auf seine Knie nieder. «Marie, Marie!» sagte er mit heiserer Stimme.

Sie wollte sich frei machen, es gelang ihr nicht. All seine Kraft schien ihm wiedergekehrt, er preßte sie heftig an sich. «Bist du bereit, Marie?» flüsterte er, seine Lippen ganz nahe an ihrem Halse. Sie verstand nicht, sie hatte nur die Empfindung einer grenzenlosen Angst. Wehrlos war sie, sie wollte schreien. «Bist du bereit?» fragte er nochmals, während er sie weniger krampfhaft festhielt, so daß ihr seine Lippen, sein Atem, seine Stimme wieder ferner waren und sie freier atmen konnte.

«Was willst du?» fragte sie angstvoll.

«Verstehst du mich nicht?» entgegnete er.

«Laß mich, laß mich», schrie sie, aber das verhallte im Brausen des weiterrollenden Zuges.

Er achtete gar nicht darauf. Er ließ die Hände sinken, sie erhob sich von seinen Knien und setzte sich in die Ecke gegenüber.

«Verstehst du mich nicht?» fragte er wieder.

«Was willst du?» flüsterte sie aus ihrer Ecke heraus.

«Eine Antwort will ich», erwiderte er.

Sie schwieg, sie zitterte, sie sehnte sich nach dem Tag.

«Die Stunde rückt näher», sagte er leiser, indem er sich vorbeugte, so daß sie deutlicher seine Worte vernehmen konnte. «Ich frage dich, ob du bereit bist?»

«Welche Stunde?»

«Unsere! Unsere!»

Sie verstand ihn. Die Kehle war ihr zugeschnürt.

«Erinnerst du dich, Marie?» fuhr er fort, und der Ton seiner Stimme nahm etwas Mildes, beinahe etwas Bittendes an. Er nahm ihre beiden Hände in die seinen. «Du hast mir ein Recht gegeben, so zu fragen», flüsterte er weiter. «Erinnerst du dich?»

Sie hatte nun einige Fassung wiedergewonnen, denn wenn es auch entsetzliche Worte waren, die er sprach, seine Augen hatten das Starre, seine Stimme das Drohende verloren. Ein Bittender schien er zu sein. Und wieder fragte er, beinahe weinend: «Erinnerst du dich?» Da hatte sie schon die Kraft zu erwidern, wenn auch mit bebenden Lippen: «Du bist ja ein Kind, Felix!»

Er schien es gar nicht zu hören. In gleichmäßigen Tönen, als käme ihm Halbvergessenes mit neuer Deutlichkeit zurück, sprach er: «Nun geht es zu Ende, und wir müssen davon, Marie; unsere Zeit ist um.» Etwas Bannendes, Bestimmtes und Unentrinnbares lag in diesen Worten, so leise sie geflüstert wurden. Er hätte lieber drohen sollen, da hätte sie sich besser wehren können. Einen Augenblick, wie er noch näher an sie heranrückte, kam die ungeheure Furcht über sie, er würde auf sie stürzen und sie erwürgen. Sie dachte schon daran, an das andere Ende des Kupees zu fliehen, das Fenster zu zerschlagen, um Hilfe zu rufen. Aber in demselben Moment ließ er ihre Hände aus den seinen und lehnte sich zurück, als hätte er nichts weiter zu sagen. Da sprach sie:

«Was für Dinge redest du denn, Felix! Jetzt, wo wir in den Süden fahren, wo du vollkommen gesund werden sollst.» Er lehnte drüben, schien in Gedanken versunken. Sie stand auf und schob rasch den grünen Schleier von der Lampe weg. Oh, wie ihr das wohl tat! Licht war es nun mit einem Male, ihr Herz begann langsamer zu schlagen, und ihre Furcht verschwand. Sie setzte sich wieder in ihre Ecke, er hatte zu Boden geschaut und erhob jetzt wieder die Augen zu ihr. Dann sagte er langsam:

«Marie, mich wird der Morgen nicht mehr täuschen und auch der Süden nicht. Heute weiß ich.»

Warum spricht er jetzt so ruhig, dachte Marie. Will er mich in Sicherheit wiegen? Hat er Angst, daß ich mich zu retten versuche? Und sie nahm sich vor, auf ihrer Hut zu sein. Sie beobachtete ihn ununterbrochen, sie hörte kaum mehr auf seine Worte, verfolgte eine jede seiner Bewegungen, jeden seiner Blicke. Er sagte:

«Du bist ja frei, auch dein Schwur bindet dich nicht. Kann ich dich zwingen?—Willst du mir nicht die Hand reichen?»

Sie gab ihm die Hand, aber so, daß die ihre über der seinen ruhte.

«Wär' nur der Tag da!» flüsterte er.

«Ich will dir etwas sagen, Felix», meinte sie jetzt. «Versuche doch, wieder ein wenig zu schlafen! Der Morgen kommt bald; in ein paar Stunden sind wir in Meran.»

«Ich kann nicht mehr schlafen!» erwiderte er und schaute auf. In diesem Augenblick trafen sich ihre Blicke. Er merkte das Mißtrauische, Lauernde in den ihren. In demselben Moment war ihm alles klar. Sie wollte ihn zum Schlafen bringen, um in der nächsten Station unbemerkt aussteigen und entfliehen zu können. «Was hast du vor?» schrie er auf.

Sie zuckte zusammen. «Nichts.»

Er versuchte aufzustehen. Kaum gewahrte sie das, als sie sich aus ihrer Ecke in die andere flüchtete, weit von ihm.

«Luft!» schrie er, «Luft!» Er öffnete das Fenster und streckte seinen Kopf in die Nachtluft hinaus. Marie war beruhigt, es war nur Atemnot, die ihn so plötzlich gezwungen hatte, sich zu erheben. Sie kam wieder zu ihm und zog ihn sanft vom Fenster zurück. «Das kann dir ja nicht gut tun», sagte sie. Er sank wieder in seine Ecke, mühsam atmend. Sie blieb eine Weile vor ihm stehen, die eine Hand auf den Rand der Fensteröffnung stützend, dann nahm sie wieder ihm gegenüber den früheren Platz ein. Nach einer Weile beruhigte sich sein Atem; ein leises Lächeln kam über seine Lippen. Sie sah ihn verlegen, ängstlich an. «Ich werde das Fenster schließen», sagte sie. Er nickte. «Der Morgen! Der Morgen!» rief er aus. Am Horizont zeigten sich graurötliche Streifen.

Nun saßen sie lange schweigend einander gegenüber. Endlich sprach er, während wieder jenes Lächeln um seinen Mund spielte: «Du bist nicht bereit!» Sie wollte irgend etwas in ihrer gewöhnlichen Art erwidern, daß er ein Kind sei oder dergleichen. Sie konnte nicht. Dieses Lächeln wies jede Antwort ab.

Der Zug fuhr langsamer. Nach ein paar Minuten war er in der Frühstücksstation eingelangt. Auf dem Perron liefen Kellner umher mit Kaffee und Gebäck. Viele Reisende verließen den Wagen; es gab ein Lärmen und Rufen. Marie war es, als wäre sie aus einem schweren Traum erwacht. Die Trivialität dieses Bahnhoftreibens tat ihr sehr wohl. Im Gefühle vollkommener Sicherheit erhob sie sich und sah auf den Perron hinaus. Endlich winkte sie einen Kellner herbei und ließ sich eine Tasse Kaffee hereinreichen. Felix sah ihr zu, wie sie den Kaffee schlürfte, schüttelte aber den Kopf, als sie ihm davon anbieten wollte.

Bald darauf setzte sich der Zug wieder in Bewegung, und wie sie aus der Halle herausfuhren, war es völlig licht geworden. Und schön! Und dort ragten die Berge, vom Frührot übergossen! Marie faßte den Entschluß, sich niemals wieder vor der Nacht zu fürchten. Felix sah angelegentlich zum Fenster hinaus, er schien ihre Blicke vermeiden zu wollen. Ihr war, als müßte er sich der vergangenen Nacht ein wenig schämen.

Der Zug hielt nun einige Male in kurzen Zwischenräumen an, und es war ein herrlicher, sommerwarmer Morgen, als er in die Halle von Meran einfuhr. «Da sind wir», rief Marie aus, «endlich, endlich!»

Sie hatten einen Wagen gemietet und fuhren herum, um eine passende Wohnung ausfindig zu machen. «Zu sparen brauchen wir nicht», sagte Felix, «solange reicht mein Vermögen noch.» Bei einzelnen Villen ließen sie den Kutscher anhalten, und während Felix im Wagen verblieb, besichtigte Marie die Wohnräume und die Gärten. Bald hatten sie ein passendes Haus gefunden. Es war ganz klein, halbstockhoch, mit einem kleinen Garten. Marie bat die Vermieterin, mit ihr hinauszutreten, um dem im Wagen sitzenden jungen Mann die verschiedenen Vorzüge der Villa zu erläutern. Felix erklärte sich mit allem einverstanden, und ein paar Minuten später hatte das Paar die Villa bezogen.

Felix hatte sich, ohne an dem geschäftigen Interesse Mariens für das Haus Anteil zu nehmen, ins Schlafzimmer zurückgezogen. Er hielt eine flüchtige Umschau darin. Es war geräumig und freundlich, mit sehr lichten, grünlichen Tapeten und einem großen Fenster, das nun offen stand, so daß das ganze Zimmer von dem Duft des Gartens erfüllt war. Dem Fenster gegenüber standen die Betten; Felix war so erschöpft, daß er sich der Länge nach auf eines hinwarf.

Unterdessen ließ sich Marie von der Vermieterin herumführen und freute sich besonders des Gärtchens, das von einem hohen Gitter umschlossen war und in das man auch von dem an der Rückseite gelegenen Türchen herein konnte, ohne das Haus betreten zu müssen. An der Rückseite selbst ging ein breiter Weg hin, der direkt und in kürzerer Zeit zum Bahnhof führte als die Fahrstraße, an welcher das Haus lag.

Als Marie wieder ins Zimmer zurückkam, in dem sie Felix verlassen hatte, fand sie ihn auf dem Bette liegen. Sie rief ihn an, er antwortete nicht. Sie trat näher heran, er war noch blässer als sonst. Sie rief wieder; keine Antwort;—er rührte sich nicht. Ein entsetzlicher Schrecken überkam sie, sie rief die Frau herein und sandte sie um einen Arzt. Kaum war die Frau fort, als Felix die Augen aufschlug. Aber in dem Moment, als er etwas sprechen wollte, erhob er sich mit angstverzerrtem Gesicht, sank gleich wieder zurück und röchelte. Von seinen Lippen herab floß etwas Blut. Marie beugte sich ratlos, verzweifelt über ihn. Dann eilte sie wieder zur Türe, um zu sehen, ob der Arzt schon käme, dann stürzte sie wieder zu ihm zurück und rief seinen Namen. Wäre nur Alfred da! dachte sie.

Endlich kam der Doktor, ein ältlicher Herr mit grauem Backenbart. «Helfen Sie! helfen Sie!» rief ihm Marie entgegen. Dann gab sie ihm

Auskunft, so gut es in ihrer Aufregung ging. Der Arzt betrachtete den Kranken, fühlte nach seinem Puls, sagte, daß er jetzt gleich nach dem Blutsturze nicht untersuchen könnte und ordnete das Nötige an. Marie begleitete ihn hinaus, fragte ihn, was sie zu erwarten habe. «Kann ich noch nicht sagen», erwiderte der Doktor, «nur ein wenig Geduld! wir wollen hoffen.» Er versprach, noch heute abend wiederzukommen und grüßte Marie, die im Hause stehengeblieben war, so freundlich und unbefangen aus dem Wagen heraus, als hätte er einen konventionellen Besuch gemacht.

Marie stand nur eine Sekunde ratlos da; in der nächsten schon kam ihr eine Idee, die ihr Rettung zu versprechen schien, und sie eilte aufs Postamt, um ein Telegramm an Alfred abzusenden. Nachdem sie es abgeschickt hatte, fühlte sie sich erleichtert. Sie dankte der Frau, welche sich um den Kranken während ihres Fortseins bemüht hatte, entschuldigte sich bei ihr wegen der Ungelegenheit, die man ihr schon am ersten Tage bereite, und versprach, daß man sich sehr erkenntlich erweisen werde.

Felix lag noch immer angekleidet ohne Bewußtsein auf dem Bett ausgestreckt, sein Atem aber war ruhig geworden. Während sich Marie am Kopfende des Bettes niederließ, sprach ihr die Frau Trost zu, erzählte von den vielen Schwerkranken, die in Meran wieder genesen waren, teilte ihr mit, daß sie selbst in ihrer Jugend leidend gewesen und sich—wie man ja sehen könne—wunderbar erholt hätte. Und dabei das viele Unglück, das sie betroffen. Ihr Mann, der nach zweijähriger Ehe gestorben, die Söhne, die draußen in der Welt seien,—ja, alles hätte anders kommen können, aber sie sei nun ganz froh, die Stelle in diesem Hause zu haben. Und über den Besitzer könne man sich um so weniger beklagen, als er höchstens zweimal im Monat aus Bozen herüberkäme, zu sehen, ob alles in Ordnung sei. So kam sie vom Hundertsten ins Tausendste und war von überströmender Freundlichkeit. Sie erbot sich, die Koffer auszupacken, was von Marie dankend angenommen wurde, und brachte später das Mittagessen aufs Zimmer. Milch für den Kranken stand schon bereit, und leichte Bewegungen, die an ihm wahrzunehmen waren, schienen ein baldiges Erwachen anzuzeigen.

Endlich kam Felix wieder zum Bewußtsein, wandte einige Male den Kopf hin und her und blieb mit seinem Blick auf Marie haften, die sich über ihn gebeugt hatte. Da lächelte er und drückte ihr schwach die Hand. «Was war denn nur mit mir?» fragte er.—Der Arzt, der nachmittags kam, fand ihn bereits viel besser und gestattete, daß man ihn auskleidete und ins Bett legte. Felix ließ alles mit Gleichmut über sich ergehen.

Marie rührte sich vom Bett des Kranken nicht weg. Was war das für ein endloser Nachmittag! Durch das Fenster, welches auf ausdrücklichen Befehl des Doktors offen geblieben war, kamen die milden Düfte des Gartens herein,—und so stille war es! Marie verfolgte mechanisch das Flimmern der Sonnenstrahlen auf dem Fußboden. Felix hielt fast ununterbrochen ihre Hand umfaßt. Die seine war kühl und feucht, was Marien eine unangenehme Empfindung verursachte. Manchmal unterbrach sie das Schweigen mit ein paar Worten, zu denen sie sich eigentlich zwingen mußte. «Schon besser, nicht wahr?—Na, siehst du!—Nicht reden!—Du darfst nicht!—Übermorgen wirst du schon in den Garten gehen!» Und er nickte und lächelte. Dann berechnete Marie, wann Alfred kommen könnte. Morgen abends konnte er hier sein. Also noch eine Nacht und ein Tag. Wenn er nur erst da wäre!

Endlos, endlos dehnte sich der Nachmittag. Die Sonne verschwand, das Zimmer selbst begann in Dämmerung zu liegen, aber wenn Marie in den Garten hinausschaute, sah sie noch auf den weißen Kieswegen und dort auf den Gitterstäben die gelblichen Strahlen hingleiten. Plötzlich, wie sie eben den Blick hinausgerichtet hatte, hörte sie die Stimme des Kranken: «Marie.» Sie drehte rasch den Kopf nach ihm.

«Nun ist mir viel besser», sagte er ganz laut.

«Du sollst nicht laut sprechen», wehrte sie zärtlich ab.

«Viel besser», flüsterte er. «Es ist diesmal gut gegangen. Vielleicht war es die Krisis.»

«Gewiß!» bekräftigte sie.

«Ich hoffe auf die gute Luft. Aber es darf nicht noch einmal kommen, sonst bin ich verloren.»

«Aber! Du siehst ja, daß du dich schon wieder frisch fühlst.»

«Du bist brav, Marie, ich danke dir. Aber pflege mich nur gut. Gib acht, gib acht!»

«Mußt du mir das sagen?» erwiderte sie mit leisem Vorwurf.

Er aber fuhr flüsternd fort: «Denn, wenn ich davon muß, nehm ich dich mit.»

Eine tödliche Angst durchzuckte sie, wie er das aussprach. Warum nur? Es konnte ja keine Gefahr von ihm kommen, zu einer Gewalttat war er zu schwach. Sie war jetzt zehnmal stärker als er. Woran konnte er nur denken? Was suchte er mit seinen Augen in der Luft, an der Wand, im Leeren? Er konnte sich auch nicht erheben und hatte ja keine Waffen mit. Aber vielleicht Gift. Er konnte sich Gift verschafft haben, vielleicht trug er es bei sich und wollte es ihr in das Glas träufeln, aus dem sie trank. Aber wo konnte er es denn verwahren? Sie selbst hatte ihn auskleiden geholfen. Vielleicht hatte er ein Pulver in seiner Brieftasche? Die war aber in seinem Rock. Nein, nein, nein! Das waren Worte, die ihm das Fieber eingab, und die Lust zu quälen, weiter nichts. —Aber wenn das Fieber solche Worte eingeben kann und solche Gedanken, warum nicht auch die Tat? Vielleicht wird er auch nur einen Augenblick benützen, in dem sie schläft, um sie zu erwürgen. Dazu braucht es ja so wenig Kraft. Sie kann gleich ohnmächtig werden, und dann ist sie wehrlos. Oh, sie wird heute nacht nicht schlafen,—und morgen ist Alfred da!—

Der Abend rückte vor, die Nacht kam. Felix hatte kein Wort mehr gesprochen, aber auch das Lächeln war von seinen Lippen völlig verschwunden; mit gleichförmig düsterem Ernst blickte er vor sich hin. Wie es dunkel wurde, brachte die Frau brennende Kerzen herein und schickte sich an, das Bett neben dem des Kranken zurecht zu machen. Marie gab ihr mit der Hand ein Zeichen, daß das nicht notwendig wäre. Felix hatte es bemerkt. «Warum nicht?» fragte er. Und gleich setzte er hinzu: «Du bist zu gut, Marie, du sollst schlafen gehen, ich fühle mich ja besser.» Ihr schien es, als klänge Hohn durch diese Worte. Sie ging nicht schlafen. Die lange, schleichende Nacht verbrachte sie an seinem Bette, ohne ein Auge zuzutun. Felix lag fast immer ganz ruhig da. Zuweilen kam ihr die Idee, ob er sich vielleicht nur schlummernd stellte, um sie in Sicherheit zu wiegen. Sie schaute näher hin, aber das ungewisse Licht der Kerze täuschte zuckende Bewegungen um die Lippen und die Augen des Kranken vor, die sie verwirrten. Einmal trat sie auch zum Fenster und schaute in den Garten hinaus. Er war in ein mattes Blaugrau getaucht, und wenn sie sich ein wenig vorbeugte und aufsah, konnte sie den Mond erblicken, der gerade über den Bäumen hinzuschweben schien. Kein Lufthauch rührte sich, und in der unendlichen Stille und Unbeweglichkeit, die sie umhüllte, kam es ihr vor, als wenn sich die Gitterstäbe, die sie ganz deutlich wahrnehmen konnte, langsam vorwärts bewegten und dann wieder stille hielten. Nach Mitternacht erwachte Felix. Marie ordnete ihm die Polster, und einer plötzlichen Eingebung gehorchend, suchte sie bei dieser Gelegenheit mit ihren Fingern, ob er nicht zwischen den Polstern irgend etwas verborgen hätte. Es klang ihr im Ohr: «Ich nehm dich mit! Ich nehm dich mit!» Aber hätte er es denn gesagt, wenn es ihm ernst damit wäre? Wenn er überhaupt die Fähigkeit hätte, sich mit einem Plane zu beschäftigen? Zu allererst wäre ihm dann die Idee gekommen, sich nicht zu verraten. Sie war wahrhaftig recht kindisch, sich von den untergeordneten Phantasien eines Kranken in Furcht zu versetzen lassen. Sie wurde schläfrig und rückte ihren Sessel weit vom Bett weg,—für alle Fälle. Aber sie *wollte* nicht einschlafen! Nur ihre Gedanken begannen die Klarheit zu verlieren, und aus dem lichten Bewußtsein des Tages flatterten sie in das Dämmer grauer Träume. Erinnerungen stiegen auf. Von Tagen und Nächten blühenden Glücks. Erinnerungen von Stunden, wo er sie in seinen Armen gehalten, während über sie durchs Zimmer der Hauch des jungen Frühlings zog. Sie hatte die unklare Empfindung, als wagte der Duft des Gartens nicht, hier hereinzufließen. Sie mußte wieder zum Fenster hin, um davon zu trinken; aus den feuchten Haaren des Kranken schien ein süßlich fader Duft zu strömen, der die Luft des Zimmers widerlich durchdrang. Was nun? Wenn's nur vorüber wäre! Ja, vorüber! Sie schrak nicht mehr vor dem Gedanken zurück, das tückische Wort fiel ihr ein, das aus dem fürchterlichsten der Wünsche ein heuchlerisches Mitleid macht: «Wär er doch erlöst!» —Und was dann? Sie sah sich auf einer Bank unter einem hohen Baum sitzen da draußen im Garten, blaß und verweint. Aber diese Zeichen der Trauer lagen nur auf ihrem Antlitz. Über ihre Seele war eine so wonnige Ruhe gekommen, wie seit lange, lange nicht. Und dann sah sie die Gestalt, die sie selbst war, sich erheben und auf die Straße treten und langsam davon gehen. Denn nun konnte sie ja hingehen, wohin sie wollte.

Aber inmitten dieser Träumerei behielt sie Wachheit genug, um dem Atem des Kranken zu lauschen, der zuweilen zum Stöhnen wurde. Endlich nahte zögernd der Morgen. Schon in seinem ersten Grauen zeigte sich die Vermieterin an der Tür und bot sich freundlich an, für die kommenden Stunden Marie abzulösen. Diese nahm mit wahrer Freude an. Nach einem flüchtigen letzten Blick auf Felix verließ sie das Zimmer und betrat den Nebenraum, wo ein Divan bequem zur Ruhe hergerichtet war. Ah! wie wohl war ihr da! Angekleidet warf sie sich darauf hin und schloß die Augen.

Nach vielen Stunden erst wachte sie auf. Ein angenehmes Halbdunkel umgab sie. Durch die Ritzen der geschlossenen Fensterläden fielen nur die schmalen Streifen des Sonnenlichts. Rasch erhob sie sich und hatte sofort die klare Auffassung des Moments. Heute mußte Alfred kommen! Das machte sie der dumpfen Stimmung der nächsten Stunden mutiger entgegensehen. Ohne Zögern begab sie sich ins Nebenzimmer. Wie sie die Tür öffnete, war sie eine Sekunde lang geblendet von der weißen Decke, die über das Lager des Kranken gebreitet war. Dann aber gewahrte sie die Vermieterin, welche den Finger an den Mund legte, sich von ihrem Sessel erhob und auf den Zehenspitzen der Eintretenden entgegenging. «Er schläft fest», flüsterte sie und erzählte dann weiter, daß er bis vor einer Stunde in heftigem Fieber wach gelegen sei und ein paarmal nach der gnädigen Frau gefragt habe. Schon am frühen Morgen sei der Doktor dagewesen und habe den Zustand des Kranken unverändert gefunden. Da habe sie die gnädige Frau aufwecken wollen, doch der Doktor selbst habe es nicht zugegeben; er würde übrigens im Laufe des Nachmittags wiederkommen.

Marie hörte der guten Alten aufmerksam zu, dankte ihr für ihre Fürsorge und nahm dann ihren Platz ein.

Es war ein warmer, beinahe schwüler Tag. Die Mittagsstunde war nahe. Über dem Garten lag stiller und schwerer Sonnenglanz. Wie Marie aufs Bett hineinblickte, sah sie zuerst die beiden schmalen Hände des Kranken, welche, zuweilen leicht zuckend, auf der Bettdecke lagen. Das Kinn war herabgesunken, das Gesicht war totenblaß mit leicht geöffneten Lippen. Sein Atem setzte sekundenlang aus. Dann kamen wieder oberflächliche, schlürfende Züge. «Am Ende stirbt er, bevor Alfred kommt», fuhr es Marie durch den Sinn. Wie Felix jetzt dalag, hatte sein Antlitz wieder den Ausdruck leidender Jugendlichkeit gewonnen, und eine Schlaffheit wie nach namenlosen Schmerzen, eine Ergebung wie nach hoffnungslosen Kämpfen sprach sich darin aus. Marie war es plötzlich klar, was diese Züge in der letzten Zeit so furchtbar verändert hatte und ihnen in diesem Augenblicke fehlte. Es war die Bitterkeit, die sich in ihnen ausprägte, wenn er sie betrachtete. Nun war gewiß kein Haß in seinen Träumen, und er war wieder schön. Sie wünschte, daß er aufwachte. So wie sie ihn jetzt sah, fühlte sie sich von einem unsäglichen Gram erfüllt, von einer Angst um ihn, die sie verzehrte. Es war ja wieder der Geliebte, den sie hier sterben sah. Mit einem Male begriff sie wieder, was das eigentlich bedeutete. Der ganze Jammer dieses Unabwendbaren und Fürchterlichen kam über sie, und alles verstand sie wieder, alles. Daß er ihr Glück und ihr Leben gewesen und daß sie mit ihm hatte in den Tod gehen wollen, und daß nun der Augenblick unheimlich nahe, wo alles unwiederbringlich vorbei sein mußte. Und die starre Kälte, die sich über ihr Herz gelagert, die Gleichgültigkeit ganzer Tage und Nächte flossen für sie in ein dumpfes Unbegreifliches zusammen. Und jetzt, jetzt ist es ja eigentlich noch gut. Er lebt ja noch, er atmet, er träumt vielleicht. Aber dann wird er starr daliegen, tot, man wird ihn begraben, und er wird tief in der Erde ruhen auf einem stillen Friedhof, über den die Tage gleichförmig hinziehen werden, während er vermodert. Und sie wird leben, sie wird unter Menschen sein, während sie doch draußen ein stummes Grab weiß, wo er ruht,—er! den sie geliebt hat! Ihre Tränen flossen unaufhaltsam, endlich schluchzte sie laut auf. Da bewegte er sich, und wie sie noch rasch mit dem Taschentuche über ihre Wangen fuhr, schlug er die Augen auf und sah sie lange an mit einer Frage im Blick, aber er sagte nichts. Dann nach einigen Minuten flüsterte er: «Komm!» Da erhob sie sich von ihrem Sessel, beugte sich über ihn hin, und er hob die Arme, als wollte er ihren Hals umschlingen. Er ließ die Arme aber wieder sinken und fragte:

«Hast du geweint?»

«Nein», erwiderte sie hastig, indem sie sich die Haare von der Stirn zurückstrich.

Er schaute wieder lange und ernst auf sie, dann wandte er sich ab. Er schien nachzugrübeln.

Marie dachte nach, ob sie dem Kranken etwas von ihrem Telegramm an Alfred sagen sollte. Sollte sie ihn darauf vorbereiten? Nein, wozu? Das beste wird sein, wenn sie sich selbst von Alfreds Ankunft überrascht stellt. Der ganze Rest des Tages verfloß in der dumpfen Spannung der Erwartung. Die äußerlichen Vorkommnisse zogen wie im Nebel an ihr vorüber. Der Besuch des Arztes war bald abgetan. Er fand den Kranken vollkommen apathisch, nur selten aus einem stöhnenden Halbschlummer zu gleichgültigen Fragen und Wünschen erwachend. Er fragte nach der Stunde, verlangte nach Wasser; die Vermieterin ging aus und ein, Marie verbrachte die ganze Zeit im Zimmer, meist auf dem Sessel neben dem Kranken. Zuweilen stand sie am Fußende des Bettes, mit den Armen sich auf die Lehne stützend, manchmal ging sie auch zum Fenster und schaute in den Garten, in dem die Baumschatten allmählich länger wurden, bis endlich die Dämmerung über Wiesen und Wege schlich. Es war ein schwüler Abend geworden, und das Licht der Kerze, die auf dem Nachttische zu Häupten des Kranken stand, regte sich kaum. Nur als es völlig Nacht geworden und über den graublauen Bergen, die weit hinten zu sehen waren, der Mond hervorkam, erhob sich ein leichter Luftzug. Marie fühlte sich sehr erfrischt, als er um ihre Stirne wehte, und auch dem Kranken schien er wohl zu tun. Er bewegte den Kopf und wandte die weitgeöffneten Augen dem Fenster zu. Und endlich atmete er tief, tief auf.

Marie ergriff seine Hand, die er zu Seiten der Decke herunterhängen ließ. «Willst du etwas?» fragte sie.

Er entzog ihr langsam die Hand und sagte: «Marie, komm!»

Sie rückte näher und brachte ihren Kopf seinem Polster ganz nahe.

Da legte er seine Hand wie segnend über ihre Haare und ließ sie darauf ruhen. Dann sagte er leise: «Ich danke dir für all deine Liebe.» Sie hatte nun ihren Kopf neben dem seinen auf dem Polster ruhen und fühlte wieder ihre Tränen kommen. Es wurde ganz still im Zimmer. Von ferne her nur klang das verhallende Pfeifen eines Eisenbahnzuges. Dann wieder die Stille des schwülen Sommerabends, schwer und süß und unbegreiflich. Da plötzlich richtete sich Felix im Bette auf, so rasch, so heftig, daß Marie erschrak. Sie erhob sich vom Polster und starrte Felix ins Gesicht. Der faßte den Kopf Mariens mit beiden Händen, wie er oft in wilder Zärtlichkeit getan. «Marie», rief er aus, «nun will ich dich erinnern.»

«Woran?» fragte sie und wollte ihren Kopf seinen Händen entwinden. Er aber schien alle seine Kraft wieder zu haben und hielt sie fest.

«Ich will dich an dein Versprechen erinnern», sagte er hastig, «daß du mit mir sterben willst.» Er war ihr mit diesen Worten ganz nah gekommen. Sie fühlte seinen Atem über ihren Mund streichen und konnte nicht zurück. Er sprach so nah zu ihr, als sollte sie seine Worte mit ihren Lippen trinken müssen. «Ich nehme dich mit, ich will nicht allein weg. Ich liebe dich und laß dich nicht da!»

Sie war vor Angst wie gelähmt. Ein heiserer Schrei, so erstickt, daß sie ihn selbst kaum hörte, kam aus ihrer Kehle. Ihr Kopf war unbeweglich zwischen seinen Händen, die ihn krampfhaft an den Schläfen und Wangen zusammenpreßten. Er redete immer weiter, und sein heißer, feuchter Atem glühte sie an.

«Zusammen! Zusammen! Es war ja dein Wille! Ich hab' auch Furcht, allein zu sterben. Willst du? Willst du?»

Sie hatte mit den Füßen den Sessel unter sich weggeschoben, und endlich, als müßte sie sich von einem eisernen Reif befreien, riß sie ihren Kopf aus der Umklammerung seiner beiden Hände. Er hielt die Hände noch immer in der Luft, als wäre ihr Kopf noch dazwischen, und starrte sie an, als könnte er nicht begreifen, was geschehen.

«Nein, nein», schrie sie auf. «Ich will nicht!» und rannte zur Türe. Er erhob sich, als wollte er zum Bett herausspringen. Aber jetzt verließen ihn die Kräfte, und wie eine leblose Masse sank er mit einem dumpfen Aufschlag aufs Lager zurück. Sie aber sah es nicht mehr; sie hatte die Tür aufgerissen und lief durchs Nebengemach in den Hausflur. Sie war ihrer Sinne nicht mächtig. Er hatte sie erwürgen wollen! Noch fühlte sie seine herabgleitenden Finger auf ihren Schläfen, auf ihren Wangen, auf ihrem Halse. Sie stürzte vor das Haustor, niemand war da. Sie erinnerte sich, daß die Frau fortgegangen war, ein Abendessen zu besorgen. Was sollte sie tun? Sie stürzte wieder zurück und durch den Hausflur in den Garten. Als würde sie verfolgt, so rannte sie über Weg und Wiesen hin, bis sie ans andere Ende gelangte. Nun wandte sie sich um und konnte das offene Fenster des Zimmers sehen, aus dem sie eben kam. Sie sah den Kerzenschein darin zittern, sonst gewahrte sie nichts. «Was war das? Was war das?» sagte sie vor sich hin. Sie wußte nicht, was sie tun sollte. Sie ging planlos auf den Wegen neben dem Gitter hin und her. Jetzt fuhr es ihr durch den Kopf. Alfred! Er kommt jetzt! Jetzt muß er kommen! Sie schaute zwischen die Gitterstäbe durch auf den mondbeschienenen Weg hinaus, der vom Bahnhof herführte. Sie eilte zur Gartentür und öffnete sie. Da lag der Weg vor ihr, weiß, menschenleer. Vielleicht aber kommt er die andere Straße. Nein, nein, —dort, dort naht ein Schatten, immer näher, rasch, immer rascher, die Gestalt eines Mannes. Ist er's? Sie eilt ihm ein paar Schritte weit entgegen: «Alfred!» «Sind Sie's, Marie?» Er war es. Sie hätte weinen mögen vor Freude. Wie er bei ihr war, wollte sie ihm die Hand küssen. «Was gibt's?» fragte er. Und sie zog ihn nur mit sich, ohne zu antworten.

Felix war nur einen Moment regungslos dagelegen, dann erhob er sich und blickte um sich. Sie war fort, er war allein! Eine schnürende Angst kam über ihn. Nur eines war ihm klar, daß er sie da haben müßte, da, bei sich. Mit einem Sprunge war er aus dem Bette. Aber er konnte sich nicht aufrecht halten und fiel wieder nach rückwärts auf das Bett hin. Er fühlte ein Summen und Dröhnen im Kopf. Er stützte sich auf den Stuhl, und indem er ihn vor sich hinschob, bewegte er sich vorwärts. «Marie, Marie!» murmelte er. «Ich will nicht allein sterben, ich kann nicht!» Wo war sie? Wo konnte sie sein? Er war, immer den Sessel vor sich herschiebend, bis zum Fenster gekommen. Da lag der Garten und drüber der bläuliche Glanz der schwülen Nacht. Wie sie flimmerte und schwirrte! Wie die Gräser und Bäume tanzten! Oh, das war ein Frühling, der ihn gesund machen sollte. Diese Luft, diese Luft! Wenn immer solche Luft um ihn wehte, mußte es wohl eine Genesung geben. Ah! dort! was war dort! Und er sah vom Gitter her, das tief in einem Abgrund zu liegen schien, eine weibliche Gestalt kommen, über den weißen, schimmernden Kiesweg, vom bläulichen Glanze des Mondes umhaucht. Wie sie schwebte, wie sie flog, und kam doch nicht näher! Marie! Marie! Und gleich hinter ihr ein Mann. Ein Mann mit Marie—ungeheuer groß—. Nun begann das Gitter zu tanzen und tanzte ihnen nach, und der schwarze Himmel dahinter auch, und alles, alles tanzte ihnen nach. Und ein Tönen und Klingen und Singen kam von ferne, so schön, so schön. Und es wurde dunkel.—

Marie und Alfred kamen heran. Sie liefen beide. Beim Fenster angelangt, blieb Marie stehen und schaute angstvoll ins Zimmer hinein. «Er ist nicht da!» schrie sie. «Das Bett ist leer.» Plötzlich kreischte sie auf und sank zurück, in Alfreds Arme. Der beugte sich, indem er sie sanft wegdrängte, über die Brüstung, und da sah er gleich am Fenster den Freund auf dem Boden liegen, im weißen Hemde, lang ausgestreckt, mit weit auseinandergespreizten Beinen und neben ihm einen umgestürzten Sessel, dessen Lehne er mit der Hand festhielt. Vom Munde floß ein Streifen Blut über das Kinn herab. Die Lippen schienen zu zucken und auch die Augenlider. Aber wie Alfred aufmerksamer hinschaute, war es nur der trügerische Mondglanz, der über dem bleichen Antlitz spielte.

BLUMEN

Da bin ich nun den ganzen Nachmittag in den Straßen herumspaziert, auf die stiller weißer Schnee langsam herunterschwebte,—und bin nun zu Hause, und die Lampe brennt, und die Zigarre ist angezündet, und die Bücher liegen da, und alles ist bereit, daß ich mich so recht behaglich fühlen könnte... Aber es ist ganz vergeblich, und ich muß immer nur an dasselbe denken.

War sie nicht längst für mich gestorben?... ja, tot, oder gar, wie ich mit dem kindischen Pathos der Betrogenen dachte, «schlimmer als tot?»... Und nun, seit ich weiß, daß sie nicht «schlimmer als tot» ist, nein, einfach tot, so wie die vielen anderen, die draußen liegen, tief unter der Erde, immer, immer, wenn der Frühling da ist, und wenn der schwüle Sommer kommt, und wenn der Schnee fällt wie heute... so ohne jede Hoffnung des Wiederkommens—seither weiß ich, daß sie auch für mich um keinen Augenblick früher gestorben ist als für die anderen Menschen. Schmerz?—Nein. Es ist ja doch nur der allgemeine Schauer, der uns faßt, wenn etwas ins Grab sinkt, das uns einmal gehört hat, und dessen Wesen uns noch immer ganz deutlich vor Augen steht, mit dem Leuchten des Blickes und mit dem Klang der Stimme.

Es war ja gewiß sehr traurig, als ich damals ihren Betrug entdeckte; ...aber was war da noch alles dabei!... Die Wut und der plötzliche Haß und der Ekel vor dem Dasein und—ach ja gewiß!—die gekränkte Eitelkeit;—ich bin ja erst nach und nach auf den Schmerz gekommen! Und dann war ein Trost da, der zur Wohltat wurde: daß sie selbst leiden mußte.—Ich habe sie noch alle, jeden Augenblick kann ich sie wieder lesen, die Dutzende Briefe, die um Verzeihung flehten, schluchzten, jammerten!——Und ich sehe sie selbst noch vor mir, in dem dunkeln, englischen Kleide, mit dem kleinen Strohhut, wie sie an der Ecke der Straße stand, in der Abenddämmerung, wenn ich aus dem Haustor trat, ...und mir nachschaute... Und auch an jenes letzte Wiedersehen denk' ich noch, wie sie vor mir stand mit den großen, staunenden Augen in dem runden Kindergesicht, das nun so blaß und verhärmt war... Ich habe ihr nicht die Hand gegeben, als sie ging;—als sie zum letzten Male ging.—Und vom Fenster aus hab' ich sie noch bis zur Straßenecke gehen sehen, und da ist sie verschwunden———für immer. Jetzt kann sie nicht wiederkommen...

Daß ich es überhaupt weiß, ist ein Zufall. Es hätte auch noch Wochen, Monate dauern können. Ich begegnete vormittags ihrem Onkel, den ich wohl ein Jahr lang nicht gesehen hatte, und der sich nur selten in Wien aufhält. Nur ein paarmal hatte ich ihn früher gesprochen. Zuerst, vor drei Jahren, an einem «Kegelabend», zu welchem auch sie mit ihrer Mutter hingekommen war.—Und dann im Sommer drauf: da war ich mit ein paar Freunden im Prater, in der «Csarda». Und an dem Tisch neben uns saß der Onkel mit zwei oder drei Herren, sehr gemütlich, beinahe fidel, und trank mir zu. Und bevor er den Garten verließ, blieb er noch bei mir stehen, und, wie ein großes Geheimnis, teilte er mir mit, daß seine Nichte für mich schwärme!—Und mir kam das so im Halbdusel eigentümlich und lustig und beinahe abenteuerlich vor, daß der alte Mann mir das hier erzählte, unter den Klängen des Cymbals und der hellen Geigen,—mir, der ich das so gut wußte, und dem noch der Duft ihres letzten Kusses auf den Lippen lag... Und nun, heute vormittag! Fast wär ich an ihm vorbeigegangen. Ich fragte ihn nach seiner Nichte, mehr aus Höflichkeit als aus Interesse... Ich wußte ja nichts mehr von ihr; auch die Briefe waren schon längst nicht mehr gekommen; nur Blumen schickte sie regelmäßig. Erinnerungen an einen unserer seligsten Tage; einmal jeden Monat kamen sie; kein Wort dazu, schweigende, demütige Blumen...—Und wie ich den Alten fragte, war er ganz erstaunt. Sie wissen nicht, daß das arme Kind vor einer Woche gestorben ist? Ich erschrak heftig.—Er erzählte mir dann noch mehr. Daß sie lange gekränkelt habe, daß sie aber kaum acht Tage zu Bett gelegen sei... Und was ihr gefehlt habe?... «Gemütskrankheit ...Blutarmut... Die Ärzte wissen ja nie was Rechtes.»—

Ich bin noch lange auf der Stelle stehengeblieben, wo mich der alte Mann verlassen hatte;—ich war abgespannt, als lägen große Mühen hinter mir.—Und jetzt ist mir, als müßte ich den heutigen Tag als einen betrachten, der einen Abschnitt meines Lebens bedeutete. Warum?—Warum? Mir ist nur etwas Äußerliches begegnet. Ich habe nichts mehr für sie empfunden, ich habe kaum noch ihrer gedacht. Und daß ich alles dies niederschrieb, hat mir wohlgetan: ich bin ruhiger geworden... Ich beginne die Behaglichkeit meines Heims zu empfinden.—Es ist überflüssig und selbstquälerisch, weiter darüber zu denken... Es wird schon irgendwen geben, der tieferen Grund hat, heute zu trauern, als ich.

Ich habe einen Spaziergang gemacht. Heiterer Wintertag. Der Himmel so blaß, so kalt, so weit... Und ich bin sehr ruhig. Der alte Mann, den ich gestern traf, ...mir ist, als wenn es vor vielen Wochen gewesen wäre.—Und wenn ich an sie denke, kann ich sie mir in eigentümlich scharfen, fertigen Umrissen vorstellen; und nur eins fehlt: der Zorn, der sich noch bis in die letzte Zeit meiner Erinnerung beigesellte. Eine wirkliche Vorstellung davon, daß sie nicht mehr auf der Welt ist, daß sie in einem Sarg liegt, daß man sie begraben hat, habe ich eigentlich nicht... Es ist gar kein Weh in mir. Die Welt kam mir heute stiller vor. Ich habe in irgend einem Augenblick gewußt, daß es überhaupt weder Freuden noch Schmerzen gibt;—nein, es gibt nur Grimassen der Lust und der Trauer; wir lachen und weinen und laden unsere Seele dazu ein. Ich könnte mich nun hinsetzen und sehr tiefe, ernste Bücher lesen, und dränge bald in all ihre Weisheit ein. Oder ich könnte vor alte Bilder treten, die mir früher nichts gesagt, und jetzt ginge mir ihre dunkle Schönheit auf... Und wenn ich mancher lieben Menschen denke, die mir gestorben sind, so krampft sich das Herz nicht wie sonst—der Tod ist etwas Freundliches geworden; er geht unter uns herum und will nichts Böses tun.

Schnee, hoher, weißer Schnee, auf allen Straßen. Da ist das kleine Gretel zu mir gekommen und hat gefunden, wir müssen endlich einmal eine Schlittenpartie machen. Und da waren wir nun auf dem Land und sind auf glatten, hellen Wegen mit Schellengeklingel hingesaust, den blaßgrauen Himmel über uns, rasch, rasch dahin, zwischen weißen, glänzenden Hügeln. Und Gretel lehnte mir an der Schulter; sah mit vergnügten Augen auf die lange Straße vor uns. Wir kamen in ein Wirtshaus, das wir gut vom Sommer her kannten, aus der Zeit, da es mitten im Grünen lag, und das nun so verändert aussah, so einsam, so ohne Zusammenhang mit der übrigen Welt, als müßte man's erst von neuem entdecken. Und der geheizte Ofen in der Wirtsstube glühte, daß wir den Tisch weit wegrücken mußten; weil die linke Wange und das Ohr der kleinen Gretel ganz rot geworden waren. Da mußte ich ihr die blassere Wange küssen. Dann die Rückfahrt, schon im halben Dunkel. Wie sich Gretel ganz nahe an mich schmiegte und meine beiden Hände in die ihren nahm.—Dann sagte sie: Heut hab' ich dich endlich wieder. Sie hatte so ohne alles Grübeln das rechte Wort gefunden, was mich ganz froh machte. Vielleicht auch hat die herbe Schneeluft auf dem Lande meine Sinne wieder freier gemacht, denn freier und leichter fühle ich mich, als alle die letzten Tage.—

Neulich wieder einmal, während ich nachmittags auf dem Divan im Halbschlummer lag, beschlich mich ein sonderbarer Gedanke. Ich kam mir kalt und hart vor. Wie einer, der ohne Tränen, ja ohne jede Fähigkeit des Fühlens an einem Grabe steht, in das man ein geliebtes Wesen gesenkt hat. Wie einer, der so hart geworden ist, daß ihn nicht einmal die Schauer eines jungen Todes versöhnen... Ja, unversöhnlich, das war es...

Vorbei, ganz vorbei. Das Leben, das Vergnügen und das bißchen Liebe jagt all das dumme Zeug davon. Ich bin wieder mehr unter Menschen. Ich habe sie gern, sie sind harmlos, sie plaudern von allen möglichen heiteren Dingen. Und Gretel ist ein liebes, zärtliches Geschöpf, und am schönsten ist sie, wenn sie so bei mir in der Fensternische steht, nachmittags, und auf ihrem blonden Kopf die Sonnenstrahlen glitzern.

Etwas Seltsames ist heute geschehen... Es ist der Tag, an welchem sie mir allmonatlich die Blumen schickte... Und die Blumen sind wieder gekommen, als... als hätte sich nichts verändert.—Sie kamen frühmorgens mit der Post in einem weißen, langen, schmalen Karton. Es war noch ganz früh; noch lag mir der Schlaf über Stirn und Augen. Und erst wie ich daran war, den Karton zu öffnen, kam mir die volle Besinnung... Da bin ich beinahe erschrocken... Und da lagen, zierlich durch einen Goldfaden zusammengehalten, Nelken und Veilchen... Wie in einem Sarge lagen sie da. Und wie ich die Blumen in die Hand nahm, ging mir ein Schauer durchs Herz.—Ich weiß, wieso sie auch heute noch gekommen sind. Als sie ihre Krankheit nahen, als sie vielleicht schon eine Ahnung des nahen Todes fühlte, hat sie noch den gewohnten Auftrag in der Blumenhandlung gegeben. Ich sollte ihre Zärtlichkeit nicht vermissen.—Gewiß, so ist die Sendung zu erklären; als etwas völlig Natürliches, als etwas Rührendes vielleicht... Und doch, wie ich sie in der Hand hielt, diese Blumen, und wie sie zu zittern und sich zu neigen schienen, da mußt ich sie wider alle Vernunft und allen Willen als etwas Gespenstisches empfinden, als kämen sie von ihr, als wär es ihr Gruß... als wollte sie noch immer, auch jetzt noch, als Tote, von ihrer Liebe, von ihrer—verspäteten Treue erzählen.—Ach, wir verstehen den Tod nicht, nie verstehen wir ihn; und jedes Wesen ist in Wahrheit erst dann tot, wenn auch alle die gestorben sind, die es gekannt haben... Ich habe die Blumen heute auch anders in die Hand genommen als sonst, zarter, als könnte man ihnen ein Leids antun, wenn man sie zu hart anfaßte... als könnten ihre stillen Seelen leise zu wimmern anfangen. Und wie sie jetzt vor mir auf dem Schreibtisch stehen, in einem schlanken, mattgrünen Glas, da ist mir, als neigten sich die Blüten zu traurigem Dank. Das ganze Weh einer nutzlosen Sehnsucht duftet mir aus ihnen entgegen, und ich glaube, daß sie mir etwas erzählen könnten, wenn wir die Sprache alles Lebendigen und nicht nur die alles—Redenden verständen.

Ich will mich nicht beirren lassen. Es sind Blumen, weiter nichts. Es sind Grüße aus dem Jenseits... Es ist kein Rufen, nein, kein Rufen aus dem Grabe.—Blumen sind es, und irgend eine Verkäuferin in einem Blumengeschäft hat sie ganz mechanisch zusammengebunden, ein bißchen Watte drum getan, in die weiße Schachtel gelegt und dann auf die Post gegeben.—Und nun sind sie eben da, warum denk' ich darüber nach?—

Ich bin viel im Freien, mache weite, einsame Spaziergänge. Wenn ich unter Menschen bin, fühle ich keinen rechten Zusammenhang mit ihnen; die Fäden alle reißen ab. Das merk' ich auch, wenn das liebe, blonde Mädel in meinem Zimmer sitzt und mir da alles Mögliche vorplaudert von... ja, ich weiß gar nicht wovon. Denn wie sie wieder fort ist, da ist sie gleich, im ersten Augenblick schon, so fern, als wäre sie weit weg, als nähme die Flut der Menschen sie gleich auf immer mit, als wäre sie spurlos verschwunden. Wenn sie nicht wiederkäme, könnte ich mich kaum wundern.

Die Blumen stehen in dem schlanken, grün schimmernden Glas, ihre Stengel ragen ins Wasser, und das Zimmer duftet davon.—Sie duften noch immer,—obwohl sie schon eine Woche in meinem Zimmer sind und langsam zu welken beginnen.—Und ich begreife allen möglichen Unsinn, den ich belacht habe, ich begreife das Zwiesprachpflegen mit Gegenständen der Natur... ich begreife, daß man auf Antwort warten kann, wenn man mit Wolken und Quellen spricht; denn auch ich starre ja diese Blumen an und warte, daß sie anfangen zu reden... Ach nein, ich weiß ja, daß sie immer reden... auch jetzt... daß sie immerfort reden und klagen, und daß ich nahe daran bin, sie zu verstehen.

Wie froh bin ich, daß nun der starre Winter zu Ende geht. Schon schwimmt ein Ahnen des nahen Frühlings in der Luft. Die Zeit geht ganz eigen hin. Ich lebe nicht anders als sonst, und doch ist mir manchmal, als wären die Umrisse meines Daseins weniger fest gezeichnet. Schon das Gestern verschwimmt, und alles, was ein paar Tage zurückliegt, bekommt den Charakter eines unklaren Traumes. Immer von neuem, wenn Gretel mich verläßt, und insbesondere wenn ich sie mehrere Tage nicht sehe, da ist mir, als wäre das eine Geschichte, die längst, längst vorbei ist. Sie kommt immer von so weit, so weit!— Wenn sie dann zu plaudern anfängt, ist's freilich bald wieder beim alten, und ich habe ein deutliches Empfinden der Gegenwart und des Daseins. Und fast sind die Worte dann zu laut und die Farben zu grell; und wie das liebe Kind, kaum daß sie mich verläßt, in eine unsägliche Ferne entrückt ist, so jäh und glühend ist ihre Nähe. Sonst blieb mir doch noch ein Nachklang und ein Nachbild zurück von tönenden und lichten Augenblicken; jetzt aber verhallt und verlischt alles, plötzlich, wie in einer dumpfen Grotte.—Und dann bin ich allein mit meinen Blumen. Sie sind schon welk, ganz welk. Sie haben keinen Duft mehr. Gretel hatte sie bisher nicht beachtet; heute das erstemal weilte ihr Blick lange auf ihnen, und mir war, als wollte sie mich fragen. Und plötzlich schien sie eine geheime Scheu davon abzuhalten;—sie sprach überhaupt kein Wort mehr, nahm bald Abschied von mir und ging.

Sie blättern langsam ab. Ich rühre sie nie an; auch würden sie zwischen den Fingern zu Staub werden. Es tut mir unsäglich weh, daß sie welk sind. Warum ich nicht die Kraft habe, dem blöden Spuk ein Ende zu machen, weiß ich nicht. Sie machen mich krank, diese toten Blumen. Ich kann es zuweilen nicht aushalten, ich stürze davon. Und mitten auf der Straße packt es mich dann, und ich muß zurück, muß nach ihnen sehen. Und da find' ich sie dann in demselben grünen Glas, wie ich sie verlassen, müd' und traurig. Gestern abend hab' ich vor ihnen geweint, wie man auf einem Grabe weint, und habe gar nicht an die gedacht, von der sie eigentlich kommen.—Vielleicht irre ich mich! aber mir ist, als fühlte auch Gretel die Anwesenheit von irgend etwas Seltsamem in meinem Zimmer. Sie lacht nicht mehr, wenn sie bei mir ist. Sie spricht nicht so laut, nicht mit dieser frischen, lebhaften Stimme, die ich gewohnt war. Ich empfange sie freilich nicht mehr wie früher. Auch quält mich eine stete Angst, daß sie mich doch einmal fragen könnte; und ich weiß, daß mir jede Frage unerträglich wäre.

Oft nimmt sie ihre Handarbeit mit zu mir, und wenn ich noch über den Büchern bin, sitzt sie still am Tisch, häkelt oder stickt, wartet geduldig, bis ich die Bücher weglege und aufstehe und zu ihr trete, ihr die Arbeit aus der Hand zu nehmen. Dann entferne ich den grünen Schirm von der Lampe, bei der sie gesessen, und durchs ganze Zimmer fließt das freundliche, milde Licht. Ich habe es nicht gern, wenn die Ecken im Dunkeln sind.

Frühling!—Weit offen steht mein Fenster. Am späten Abend hab' ich mit Gretel auf die dunkle Straße hinausgeschaut. Die Luft um uns war weich und warm. Und wie ich zur Straßenecke hinsah, wo die Laterne ist, die ein schwaches Licht verbreitet, stand plötzlich ein Schatten dort. Ich sah ihn und sah ihn nicht... Ich weiß, daß ich ihn nicht sah... Ich schloß die Augen. Und durch die geschlossenen Lider konnte ich plötzlich sehen, und da stand das elende Geschöpf, im schwachen Licht der Laterne, und ich sah das Gesicht unheimlich deutlich, als wenn es von einer gelben Sonne beleuchtet würde, und sah in dem verhärmten, blassen Gesicht die großen, verwunderten Augen... Da ging ich langsam vom Fenster weg und setzte mich zum Schreibtisch; auf dem flackerte das Kerzenlicht im Windhauch, der von draußen kam. Und ich blieb regungslos sitzen; denn ich wußte, daß das arme Geschöpf an der Straßenecke stand und wartete; und wenn ich gewagt hätte, die toten Blumen anzufassen, so hätt' ich sie aus dem Glas genommen und sie ihr gebracht... So dacht' ich, dacht' es ganz fest, und wußte zugleich, daß es unsinnig war. Gretel verließ nun auch das Fenster und blieb einen Augenblick hinter meinem Sessel stehen und berührte mit ihren Lippen mein Haar. Dann ging sie, ließ mich allein...

Ich starrte die Blumen an. Es sind gar keine mehr, es sind fast nur mehr nackte Stengel, dürr und erbärmlich... Sie machen mich krank und rasend.—Und es muß wohl zu begreifen sein; sonst hätte Gretel mich doch einmal gefragt; aber sie fühlt es ja auch—sie flieht zuweilen, als wenn Gespenster in meinem Zimmer wären.—

Gespenster!—Sie sind, sie sind!—Tote Dinge spielen das Leben. Und wenn welkende Blumen nach Moder riechen, so ist es nur Erinnerung an die Zeit, wo sie blühten und dufteten. Und Gestorbene kommen wieder, so lang wir sie nicht vergessen.—Was hilft's, daß sie nicht mehr sprechen kann;—ich kann sie ja noch hören! Sie erscheint nicht mehr, aber ich kann sie noch sehen!——Und der Frühling draußen, und die Sonne, die hell über meinen Teppich fließt, und der Hauch von frischem Flieder, der vom nahen Parke hereinkommt, und die Menschen, die unten vorbeigehen, und die mich nichts kümmern, gerade das ist das Lebendige? Ich kann die Vorhänge herablassen, und die Sonne ist tot. Ich will von all diesen Menschen nichts mehr wissen, und sie sind tot. Ich schließe das Fenster, kein Fliederduft mehr weht um mich, und der Frühling ist tot. Ich bin mächtiger als die Sonne und die Menschen und der Frühling. Aber mächtiger als ich ist die Erinnerung, die kommt, wann sie will, und vor der es kein Fliehen gibt. Und diese dürren Stengel im Glas sind mächtiger als aller Fliederduft und Frühling.

Über diesen Blättern bin ich gesessen, als Gretel hereintrat. Noch nie war sie so früh am Tag gekommen; selten vor Eintritt der Dämmerung. Ich war erstaunt, fast betroffen. Ein paar Sekunden blieb sie in der Tür stehen; und ich schaute sie an, ohne sie zu begrüßen. Da lächelte sie und trat näher. Sie trug einen Strauß frischer Blumen in der Hand. Dann ist sie, ohne ein Wort zu reden, bis zu meinem Schreibtisch gekommen und hat die Blumen vor mich hingelegt. Und in der nächsten Sekunde greift sie nach den verwelkten im grünen Glas. Mir war, als griffe man mir ins Herz;—aber ich konnte nichts sagen... Und wie ich aufstehen will, das Mädel beim Arm packen, schaut sie mich lachend an. Und hält den Arm mit den welken Blumen hoch, eilt hinter dem Schreibtisch zum Fenster, und wirft sie einfach hinunter auf die Straße. Mir ist, als müßt' ich ihnen nach; aber da steht das Mädel, an die Brüstung gelehnt, das Gesicht mir zugewandt. Und über ihren blonden Kopf fließt die Sonne, die warme, die lebendige... Und reicher Fliederduft kommt von drüben. Und ich sehe auf das leere grüne Glas, das auf dem Schreibtisch steht; ich weiß nicht, wie mir ist; freier glaub' ich,— viel freier als früher. Da kommt Gretel herzu, nimmt ihren kleinen Strauß und hält ihn mir vor's Gesicht; kühlen weißen Flieder... Ein so gesunder frischer Duft;—so weich, so kühl; ich wollte mein Gesicht ganz darin vergraben.—Lachende, weiße, küssende Blumen—und ich fühlte, daß der Spuk vorbei war.—Gretel stand hinter mir und fuhr mir mit ihren wilden Händen ins Haar. Du lieber Narr, sagte sie.— Wußte sie, was sie getan...? Ich nahm ihre Hände und küßte sie.—— Und abends sind wir ins Freie hinaus, in den Frühling. Eben bin ich mit ihr zurückgekommen. Die Kerze habe ich angezündet; wir sind viel gegangen, und Gretel ist so müde geworden, daß sie auf dem Lehnstuhle neben dem Ofen eingeschlummert ist. Sie ist sehr schön, wie sie da im Schlummer lächelt.

Vor mir im schlanken grünen Glas steht der Flieder.—Unten auf der Straße—nein, nein, sie liegen längst nicht mehr da unten. Schon hat sie der Wind mit dem andern Staub verweht.

DIE FRAU DES WEISEN

Hier werde ich lange bleiben. Über diesem Orte zwischen Meer und Wald liegt eine schwermütige Langeweile, die mir wohltut. Alles ist still und unbewegt. Nur die weißen Wolken treiben langsam; aber der Wind streicht so hoch über Wellen und Wipfel hin, daß das Meer und die Bäume nicht rauschen. Hier ist tiefe Einsamkeit, denn man fühlt sie immer; auch wenn man unter den vielen Leuten ist, im Hotel, auf der Promenade. Die Kurkapelle spielt meist melancholische schwedische und dänische Lieder, aber auch ihre lustigen Stücke klingen müd und gedämpft. Wenn die Musikanten fertig sind, steigen sie schweigend über die Stufen aus dem Kiosk herab und verschwinden mit ihren Instrumenten langsam und traurig in den Alleen.

Dies schreibe ich auf ein Blatt, während ich mich in einem Boote längs des Ufers hin rudern lasse.

Das Ufer ist mild und grün. Einfache Landhäuser mit Gärten; in den Gärten gleich am Wasser Bänke; hinter den Häusern die schmale, weiße Straße, jenseits der Straße der Wald. Der dehnt sich ins Land, weit, leicht ansteigend, und dort, wo er aufhört, steht die Sonne. Auf der schmalen und langgestreckten gelben Insel drüben liegt ihr Abendglanz. Der Ruderer sagt, man kann in zwei Stunden dort sein. Ich möchte wohl einmal hin. Aber hier ist man seltsam festgehalten; immer bin ich im nächsten Umkreis des kleinen Orts; am liebsten gleich am Ufer oder auf meiner Terrasse.

Ich liege unter den Buchen. Der schwere Nachmittag drückt die Zweige nieder; ab und zu hör' ich nahe Schritte von Menschen, die über den Waldweg kommen; aber ich kann sie nicht sehen, denn ich rühre mich nicht, und meine Augen tauchen in die Höhe. Ich höre auch das helle Lachen von Kindern, aber die große Stille um mich trinkt alles Geräusch rasch auf, und ist es kaum eine Sekunde lang verklungen, so scheint es längst vorbei. Wenn ich die Augen schließe und gleich wieder öffne, so erwache ich wie aus einer langen Nacht. So entgleite ich mir selbst und verschwebe wie ein Stück Natur in die große Ruhe um mich.

Mit der schönen Ruhe ist es aus. Nicht im Ruderboot und nicht unter den Buchen wird sie wiederkommen. Alles scheint mit einem Male verändert. Die Melodien der Kapelle klingen sehr heiß und lustig; die Leute, die an einem vorbeigehen, reden viel; die Kinder lachen und schreien. Sogar das liebe Meer, das so schweigend schien, schlägt nachts lärmend an das Ufer. Das Leben ist wieder laut für mich geworden. Nie war ich so leicht vom Hause abgereist; ich hatte nichts Unvollendetes zurückgelassen. Ich hatte mein Doktorat gemacht; eine künstlerische Illusion, die mich eine Jugend hindurch begleitet, hatte ich endgültig begraben, und Fräulein Jenny war die Gattin eines Uhrmachers geworden. So hatte ich das seltene Glück gehabt, eine Reise anzutreten, ohne eine Geliebte zu Hause zu lassen und ohne eine Illusion mitzunehmen. In der Empfindung eines abgeschlossenen Lebensabschnittes hatte ich mich sicher und wohl gefühlt. Und nun ist alles wieder aus;—denn Frau Friederike ist da.

Spät abends auf meiner Terrasse; ich hab' ein Licht auf meinen Tisch gestellt und schreibe. Es ist die Zeit, über alles ins klare zu kommen. Ich zeichne mir das Gespräch auf, das erste mit ihr nach sieben Jahren, das erste nach jener Stunde...

Es war am Strand, um die Mittagszeit. Ich saß auf einer Bank. Zuweilen gingen Leute an mir vorüber. Eine Frau mit einem kleinen Jungen stand auf der Landungsbrücke, zu weit, als daß ich die Gesichtszüge hätte ausnehmen können. Sie war mir übrigens durchaus nicht aufgefallen; ich wußte nur, daß sie schon lange dort gestanden war, als sie endlich die Brücke verließ und mir immer näher kam. Sie führte den Knaben an der Hand. Nun sah ich, daß sie jung und schlank war. Das Gesicht kam mir bekannt vor. Sie war noch zehn Schritte von mir; da erhob ich mich rasch und ging ihr entgegen. Sie hatte gelächelt, und ich wußte, wer sie war.

«Ja, ich bin es», sagte sie und reichte mir die Hand.

«Ich habe Sie gleich erkannt», sagte ich.

«Ich hoffe, das ist nicht zu schwer gewesen», erwiderte sie. «Und Sie haben sich eigentlich auch gar nicht verändert.»

«Sieben Jahre...» sagte ich.

Sie nickte. «Sieben Jahre...»

Wir schwiegen beide. Sie war sehr schön. Jetzt glitt ein Lächeln über ihr Gesicht, sie wandte sich zu dem Jungen, den sie noch immer an der Hand hielt, und sagte: «Gib dem Herrn die Hand.» Der Kleine reichte sie mir, schaute mich aber dabei nicht an.

«Das ist mein Sohn», sagte sie.

Es war ein hübscher brauner Bub mit hellen Augen.

«Es ist doch schön, daß man einander wieder begegnet im Leben», begann sie, «ich hätte nicht gedacht...»

«Es ist auch sonderbar», sagte ich.

«Warum?» fragte sie, indem sie mir lächelnd und das erstemal ganz voll in die Augen sah. «Es ist Sommer... alle Leute reisen, nicht wahr?»

Jetzt lag mir die Frage nach ihrem Mann auf den Lippen; aber ich vermochte es nicht, sie auszusprechen.

«Wie lange werden Sie hier bleiben?» fragte ich.

«Vierzehn Tage. Dann treffe ich mit meinem Manne in Kopenhagen zusammen.»

Ich sah sie mit einem raschen Blick an; der ihre antwortete unbefangen: «Wundert dich das vielleicht?»

Ich fühlte mich unsicher, unruhig beinahe. Wie etwas Unbegreifliches erschien es mir plötzlich, daß man Dinge so völlig vergessen kann. Denn nun merkte ich erst: an jene Stunde vor sieben Jahren hatte ich seit langem so wenig gedacht, als wäre sie nie erlebt worden.

«Sie werden mir aber viel erzählen müssen», begann sie aufs neue, «sehr, sehr viel. Gewiß sind Sie schon lange Doktor?»

«Nicht so lange—seit einem Monat.»

«Sie haben aber noch immer Ihr Kindergesicht», sagte sie. «Ihr Schnurrbart sieht aus, als wenn er aufgeklebt wäre.»

Vom Hotel her, überlaut, tönte die Glocke, die zum Essen rief.

«Adieu», sagte sie jetzt, als hätte sie nur darauf gewartet.

«Können wir nicht zusammen gehen?» fragte ich.

«Ich speise mit dem Buben auf meinem Zimmer, ich bin nicht gern unter so vielen Menschen.»

«Wann sehen wir uns wieder?»

Sie wies lächelnd mit den Augen auf die kleine Strandpromenade. «Hier muß man einander doch immer begegnen», sagte sie—und als sie merkte, daß ich von ihrer Antwort unangenehm berührt war, setzte sie hinzu: «Besonders, wenn man Lust dazu hat.—Auf Wiedersehen.»

Sie reichte mir die Hand, und ohne sich noch einmal umzusehen, entfernte sie sich. Der kleine Junge blickte aber noch einmal nach mir zurück.

Ich bin den ganzen Nachmittag und den ganzen Abend auf der Promenade hin und her gegangen, und sie ist nicht gekommen. Am Ende ist sie schon wieder fort? Ich dürfte eigentlich nicht darüber staunen.

Ein Tag ist vergangen, ohne daß ich sie gesehen. Den ganzen Vormittag hat es geregnet, und außer mir war fast niemand auf der Promenade. Ein paarmal bin ich an dem Haus vorbei, in dem sie wohnt; ich weiß aber nicht, welches ihre Fenster sind. Nachmittag ließ der Regen nach, und ich machte einen langen Spaziergang auf der Straße längs des Meeres bis zum nächsten Orte. Es war trüb und schwül.

Auf dem Wege habe ich an nichts anderes denken können als an jene Zeit. Alles habe ich deutlich wieder vor mir gesehen. Das freundliche Haus, in dem ich gewohnt, und das Gärtchen mit den grünlackierten Stühlen und Tischen. Und die kleine Stadt mit ihren stillen weißen Straßen. Und die fernen, im Nebel verschwimmenden Hügel. Und über all dem lag ein Stück blaßblauer Himmel, der so dazugehörte, als wenn er auf der ganzen Welt nur dort so blaß und blau gewesen wäre. Auch die Menschen von damals sah ich alle wieder; meine Mitschüler, meine Lehrer, auch Friederikens Mann. Ich sah ihn anders, als er mir in jenem letzten Augenblick erschienen war;—ich sah ihn mit dem milden, etwas müden Ausdruck im Gesicht, wie er nach der Schule auf der Straße an uns Knaben freundlich grüßend vorüberzuschreiten pflegte, und wie er bei Tische zwischen Friederike und mir, meist schweigend, saß; ich sah ihn, wie ich ihn oft von meinem Fenster aus erblickt hatte: im Garten vor dem grünlackierten Tisch, die Arbeiten von uns Schülern korrigierend. Und ich erinnerte mich, wie Friederike in den Garten gekommen war, ihm den Nachmittagskaffee gebracht und dabei zu meinem Fenster hinaufgeschaut hatte, lächelnd, mit einem Blicke, den ich damals nicht verstanden... bis zu jener letzten Stunde.—Jetzt weiß ich auch, daß ich mich oft an all das erinnert habe. Aber nicht wie an etwas Lebendiges, sondern wie an ein Bild, das still und friedlich an einer Wand zu Hause hängt.

Wir sind heute am Strand nebeneinander gesessen und haben miteinander gesprochen wie Fremde. Der Bub spielte zu unseren Füßen mit Sand und Steinen. Es war nicht, als wenn irgend etwas auf uns lastete: wie Menschen, die einander nichts bedeuten, und die der Zufall des Badelebens auf kurze Zeit zusammengeführt, haben wir miteinander geplaudert; über das Wetter, über die Gegend, über die Leute, auch über Musik und über ein paar neue Bücher. Während ich neben ihr saß, empfand ich es nicht unangenehm; als sie aber aufstand und fortging, war es mir mit einemmal unerträglich. Ich hätte ihr nachrufen mögen: Laß mir doch etwas da; aber sie hätte es nicht einmal verstanden. Und wenn ich's überlege, was durfte ich anderes erwarten? Daß sie mir bei unserer ersten Begegnung so freundlich entgegengekommen, war offenbar nur in der Überraschung begründet; vielleicht auch in dem frohen Gefühl, an einem fremden Orte einen alten Bekannten wiederzufinden. Nun aber hat sie Zeit gehabt, sich an alles zu erinnern wie ich; und was sie auf immer vergessen zu haben hoffte, ist mächtig wieder aufgetaucht. Ich kann es ja gar nicht ermessen, was sie um meinetwillen hat erdulden müssen, und was sie vielleicht noch heute leiden muß. Daß sie mit ihm zusammengeblieben ist, seh' ich wohl; und daß sie sich wieder versöhnt haben, dafür ist der vierjährige Junge ein lebendiges Zeugnis;—aber man kann sich versöhnen, ohne zu verzeihen, und man kann verzeihen, ohne zu vergessen.——Ich sollte fort, es wäre besser für uns beide.

In einer seltsamen, wehmütigen Schönheit steigt jenes ganze Jahr vor mir auf, und ich durchlebe alles aufs neue. Einzelheiten fallen mir wieder ein. Ich erinnere mich des Herbstmorgens, an dem ich, von meinem Vater begleitet, in der kleinen Stadt ankam, wo ich das letzte Gymnasialjahr zubringen sollte. Ich sehe das Schulgebäude deutlich wieder vor mir, mitten in dem Park mit seinen hohen Bäumen. Ich erinnere mich an mein ruhiges Arbeiten in dem schönen geräumigen Zimmer, an die freundlichen Gespräche über meine Zukunft, die ich bei Tisch mit dem Professor führte und denen Friederike lächelnd lauschte; an die Spaziergänge mit Kollegen auf die Landstraße hinaus bis zum nächsten Dorf; und alle Nichtigkeiten ergreifen mich so tief, als wenn sie meine Jugend zu bedeuten hätten. Wahrscheinlich würden alle diese Tage im tiefen Schatten des Vergessens liegen, wenn nicht von jener letzten Stunde ein geheimnisvoller Glanz auf sie zurückfiele. Und das Merkwürdigste ist: seit Friederike in meiner Nähe weilt, scheinen mir jene Tage sogar näher als die vom heurigen Mai, da ich das Fräulein liebte, das im Juni den Uhrmacher geheiratet hat.

Als ich heute frühmorgens an mein Fenster trat und auf die große Terrasse hinunterblickte, sah ich Friederike mit ihrem Buben an einem der Tische sitzen; sie waren die ersten Frühstücksgäste. Ihr Tisch war grade unter meinem Fenster, und ich rief ihr einen guten Morgen zu. Sie schaute auf. «So früh schon wach?» sagte sie. «Wollen Sie nicht zu uns kommen?»

In der nächsten Minute saß ich an ihrem Tisch. Es war ein wunderbarer Morgen, kühl und sonnig. Wir plauderten wieder über so gleichgültige Dinge als das letztemal, und doch war alles anders. Hinter unseren Worten glühte die Erinnerung. Wir gingen in den Wald. Da fing sie an, von sich zu sprechen und von ihrem Heim.

«Bei uns ist alles noch geradeso wie damals», sagte sie, «nur unser Garten ist schöner geworden; mein Mann verwendet jetzt viel Sorgfalt auf ihn, seit wir den Buben haben. Im nächsten Jahr bekommen wir sogar ein Glashaus.»

Sie plauderte weiter. «Seit zwei Jahren gibt es ein Theater bei uns, den ganzen Winter bis Palmsonntag wird gespielt. Ich gehe zwei-, dreimal in der Woche hinein, meistens mit meiner Mutter, der macht es großes Vergnügen.»

«Ich auch Theater!» rief der Kleine, den Friederike an der Hand führte.

«Freilich, du auch. Sonntag nachmittag», wandte sie sich erklärend an mich, «spielen sie nämlich manchmal Stücke für die Kinder; da gehe ich mit dem Buben hin. Aber ich amüsiere mich auch sehr gut dabei.»

Von mir mußte ich ihr mancherlei erzählen. Nach meinem Beruf und anderen ernsten Dingen fragte sie wenig; sie wollte vielmehr wissen, wie ich meine freie Zeit verbrächte, und ließ sich gern über die geselligen Vergnügungen der großen Stadt berichten.

Die ganze Unterhaltung floß heiter fort; mit keinem Wort wurde jene gemeinschaftliche Erinnerung angedeutet—und doch war sie ihr gewiß ununterbrochen so gegenwärtig wie mir. Stundenlang spazierten wir herum, und ich fühlte mich beinahe glücklich. Manchmal ging der Kleine zwischen uns beiden, und da begegneten sich unsere Hände über seinen Locken. Aber wir taten beide, als wenn wir es nicht bemerkten, und redeten ganz unbefangen weiter.

Als ich wieder allein war, verflog mir die gute Stimmung bald. Denn plötzlich fühlte ich wieder, daß ich nichts von Friederike wußte. Es war mir unbegreiflich, daß mich diese Ungewißheit nicht während unseres ganzen Gesprächs gequält und es kam mir sonderbar vor, daß Friederike selbst nicht das Bedürfnis gehabt hatte, davon zu sprechen. Denn selbst wenn ich annehmen wollte, daß zwischen ihr und ihrem Manne seit Jahren jener Stunde nicht mehr gedacht worden war—sie selbst konnte sie doch nicht vergessen haben. Irgend etwas Ernstes mußte damals meinem stummen Abschied gefolgt sein—wie hat sie es vermocht, nicht davon zu reden? Hat sie vielleicht erwartet, daß ich selbst beginne? Was hat mich davon zurückgehalten? Dieselbe Scheu vielleicht, die ihr eine Frage verbot? Fürchten wir uns beide, daran zu rühren?—Das ist wohl möglich. Und doch muß es endlich geschehen; denn bis dahin bleibt etwas zwischen uns, was uns trennt. Und daß uns etwas trennt, peinigt mich mehr als alles andere.

Nachmittag bin ich im Walde herumgeschlendert, dieselben Wege wie morgens mit ihr. Es war in mir eine Sehnsucht wie nach einer unendlich Geliebten. Am späten Abend ging ich an ihrem Haus vorbei, nachdem ich sie vergebens überall gesucht. Sie stand am Fenster. Ich rief hinauf, wie sie heute früh zu mir: «Kommen Sie nicht herunter?»

Sie sagte, kühl, wie mir vorkam: «Ich bin müd. Gute Nacht»—und schloß das Fenster.

In der Erinnerung erscheint mir Friederike in zwei verschiedenen Gestalten. Meist seh' ich sie als eine blasse, sanfte Frau, die, mit einem weißen Morgenkleid angetan, im Garten sitzt, wie eine Mutter zu mir ist und mir die Wangen streichelt. Hätte ich nur diese hier wiedergetroffen, so wäre meine Ruhe gewiß nicht gestört worden und ich läge nachmittags unter den schattigen Buchen wie in den ersten Tagen meines Hierseins.

Aber auch als eine völlig andere erscheint sie mir, wie ich sie doch nur einmal gesehen; und das war in der letzten Stunde, die ich in der kleinen Stadt verbrachte.

Es war der Tag, an dem ich mein Abiturientenzeugnis bekommen hatte. Wie alle Tage hatte ich mit dem Professor und seiner Frau zu Mittag gespeist, und, da ich nicht zur Bahn begleitet werden wollte, hatten wir einander gleich beim Aufstehen vom Tische Adieu gesagt. Ich empfand durchaus keine Rührung. Erst wie ich in meinem kahlgeräumten Zimmer auf dem Bette saß, den gepackten Koffer zu meinen Füßen, und zu dem weit offenen Fenster hinaus über das zarte Laub des Gärtchens zu den weißen Wolken sah, die regungslos über den Hügeln standen, kam leicht, beinahe schmeichelnd, die Wehmut des Abschiedes über mich. Plötzlich öffnete sich die Tür. Friederike trat herein. Ich erhob mich rasch. Sie trat näher, lehnte sich an den Tisch, stützte beide Hände nach rückwärts auf dessen Kante und sah mich ernst an. Ganz leise sagte sie: «Also heute?» Ich nickte nur und fühlte das erstemal sehr tief, wie traurig es eigentlich war, daß ich von hier fort mußte. Sie schaute eine Weile zu Boden und schwieg. Dann erhob sie den Kopf und kam näher auf mich zu. Sie legte beide Hände ganz leicht auf meine Haare, wie sie es ja schon früher oft getan, aber ich wußte in diesem Moment, daß es etwas anderes bedeutete als sonst. Dann ließ sie ihre Hände langsam über meine Wangen heruntergleiten, und ihr Blick ruhte mit unendlicher Innigkeit auf mir. Sie schüttelte den Kopf mit einem schmerzlichen Ausdruck, als könnte sie irgend etwas nicht fassen. «Mußt du denn schon heute weg?» fragte sie leise.—«Ja», sagte ich.—«Auf immer?» rief sie aus, «Nein», antwortete ich.—«O ja», sagte sie mit schmerzlichem Zucken der Lippen, «es ist auf immer. Wenn du uns auch einmal besuchen wirst... in zwei oder drei Jahren—heute gehst du doch für immer von uns fort.»—Sie sagte das mit einer Zärtlichkeit, die gar nichts mütterliches mehr hatte. Mich durchschauerte es. Und plötzlich küßte sie mich. Zuerst dachte ich nur: das hat sie ja nie getan. Aber als ihre Lippen sich von den meinen gar nicht lösen wollten, verstand ich, was dieser Kuß zu bedeuten hatte. Ich war verwirrt und glücklich; ich hätte weinen mögen. Sie hatte die Arme um meinen Hals geschlungen, ich sank, als wenn sie mich hingedrängt hätte, in die Ecke des Divans; Friederike lag mir zu Füßen auf den Knien und zog meinen Mund zu dem ihren herab. Dann nahm sie meine beiden Hände und vergrub ihr Gesicht darin. Ich flüsterte ihren Namen und staunte, wie schön er war. Der Duft von ihren Haaren stieg zu mir auf; ich atmete ihn mit Entzücken ein... In diesem Augenblicke—ich glaubte vor Schrecken starr zu werden—öffnet sich leise die Tür, die nur angelehnt war, und Friederikens Mann steht da. Ich will aufschreien, bringe aber keinen Laut hervor. Ich starre ihm ins Gesicht—ich kann nicht sehen, ob sich irgendwas in seinem Ausdruck verändert—denn noch im selben Augenblick ist er wieder verschwunden und die Tür geschlossen. Ich will mich erheben, meine Hände befreien, auf denen noch immer Friederikens Antlitz ruht, will sprechen, stoße mühsam wieder ihren Namen hervor—da springt sie selbst mit einem Male auf—totenbleich—flüstert mir beinahe gebieterisch zu: «Schweig!» und steht eine Sekunde lang regungslos da, das Gesicht der Türe zugewandt, als wolle sie lauschen. Dann öffnet sie leicht und blickt durch die Spalte hinaus. Ich stehe atemlos. Jetzt öffnet sie ganz, nimmt mich bei der Hand und flüstert: «Geh, geh, rasch.» Sie schiebt mich hinaus—ich schleiche rasch über den kleinen Gang bis zur Stiege, dann wende ich mich noch einmal um—und sehe sie an der Türe stehen, mit unsäglicher Angst in den Mienen, und mit einer heftigen Handbewegung, die mir andeutet: fort! fort! Und ich stürze davon.

An das, was zunächst geschah, denke ich wie an einen tollen Traum. Ich bin zum Bahnhof geeilt, von tödlicher Angst gepeinigt. Ich bin die Nacht durchgefahren und habe mich im Kupee schlaflos herumgewälzt. Ich bin zu Hause angekommen, habe erwartet, daß meine Eltern schon von allem unterrichtet seien und bin beinahe erstaunt gewesen, als sie mich mit Freundlichkeit und Freude empfingen. Dann habe ich noch tagelang in heftiger Erregung hingebracht, auf irgend etwas Schreckliches gefaßt; und jedes Klingeln an der Türe, jeder Brief machte mich zittern. Endlich kam eine Nachricht, die mich beruhigte: es war eine Karte von einem Schulkameraden, der in der kleinen Stadt zu Hause war, und der mir harmlose Neuigkeiten und lustige Grüße sandte.

Also, es war nichts Entsetzliches geschehen, zum mindesten war es zu keinem öffentlichen Skandal gekommen. Ich durfte glauben, daß sich zwischen Mann und Frau alles im stillen abgespielt, daß er ihr verziehen, daß sie bereut hatte.

Trotzdem lebte dieses erste Abenteuer in meiner Erinnerung anfangs als etwas Trauriges, beinahe Düsteres fort, und ich erschien mir wie einer, der ohne Schuld den Frieden eines Hauses vernichtet hat. Allmählich verschwand diese Empfindung, und später erst, als ich in neuen Erlebnissen jene Stunde besser und tiefer verstehen lernte, kam zuweilen eine seltsame Sehnsucht nach Friederike über mich—wie der Schmerz darüber, daß eine wunderbare Verheißung sich nicht erfüllt hätte. Aber auch diese Sehnsucht ging vorüber, und so war es geschehen, daß ich die junge Frau beinahe völlig vergessen hatte.—Nun aber ist mit einemmal alles wieder da, was jenes Geschehnis damals zum Erlebnis machte; und alles ist heftiger als damals, denn ich liebe Friederike.

Heute scheint mir alles so klar, was mir noch in den letzten Tagen rätselhaft gewesen ist. Wir sind spät abends am Strand gesessen, wir zwei allein; der Junge war schon zu Bette gebracht. Ich hatte sie am Vormittag gebeten, zu kommen; ganz harmlos; nur von der nächtlichen Schönheit des Meeres hatte ich gesprochen, und wie wunderbar es wäre, wenn alles ganz still ringsum, am Ufer zu sein und in die große Dunkelheit hinauszublicken. Sie hatte nichts gesagt, aber ich wußte, daß sie kommen würde. Und nun sind wir am Strand gesessen, beinahe schweigend, unsere Hände ineinander geschlungen, und ich fühlte, daß Friederike mir gehören mußte, wann ich wollte. Wozu über das Vergangene reden, dachte ich—und ich wußte, daß sie von unserem ersten Wiedersehen an so gedacht. Sind wir denn noch dieselben, die wir damals waren? Wir sind so leicht, so frei; die Erinnerungen flattern hoch über uns, wie ferne Sommervögel. Vielleicht hat sie noch manches andere erlebt während der sieben Jahre, wie ich;—was geht es mich an? Jetzt sind wir Menschen von heute und streben zu einander. Sie war gestern vielleicht eine Unglückliche, vielleicht eine Leichtsinnige; heute sitzt sie schweigend neben mir am Meer und hält meine Hand und sehnt sich, in meinen Armen zu sein.

Langsam begleitete ich sie die wenigen Schritte bis zu ihrem Hause. Lange schwarze Schatten warfen die Bäume längs der Straße.

«Wir wollen morgen früh eine Fahrt im Segelboot machen», sagte ich.

«Ja», erwiderte sie.

«Ich werde an der Brücke warten, um sieben Uhr...»

«Wohin?» fragte sie.

«Zu der Insel drüben... wo der Leuchtturm steht, sehen Sie ihn?»

«O ja, das rote Licht. Ist es weit?»

«Eine Stunde;—wir können sehr bald zurück sein.»

«Gute Nacht», sagte sie und trat in den Hausflur.

Ich ging.——In ein paar Tagen wirst du mich vielleicht wieder vergessen haben, dachte ich, aber morgen ist ein schöner Tag.

Ich war früher auf der Brücke als sie. Das kleine Boot wartete; der alte Jansen hatte die Segel aufgespannt und rauchte, am Steuer sitzend, seine Pfeife. Ich sprang zu ihm hinein und ließ mich von den Wellen schaukeln. Ich schlürfte die Minuten der Erwartung ein wie einen Morgentrunk. Die Straße, auf die ich meinen Blick gerichtet hatte, war noch ganz menschenleer. Nach einer Viertelstunde erschien Friederike. Schon von weitem sah ich sie, es schien mir, als ginge sie rascher als sonst: als sie die Brücke betrat, erhob ich mich; jetzt erst konnte sie mich sehen und grüßte mich mit einem Lächeln. Endlich war sie am Ende der Brücke, ich reichte ihr die Hand und half ihr ins Boot. Jansen machte das Tau los, und unser Schiff glitt davon. Wir saßen eng beieinander; sie hing sich in meinen Arm. Sie war ganz weiß gekleidet und sah aus wie ein achtzehnjähriges Mädchen.

«Was gibt's auf dieser Insel zu sehen?» fragte sie.

Ich mußte lächeln.

Sie errötete und sagte: «Der Leuchtturm jedenfalls?»

«Vielleicht auch die Kirche», setzte ich dazu.

«Fragen Sie doch den Mann...» Sie wies auf Jansen.

Ich fragte ihn. «Wie alt ist die Kirche auf der Insel?»

Aber er verstand kein Wort deutsch; und so konnten wir uns nach diesem Versuch noch einsamer miteinander fühlen als früher.

«Dort drüben», sagte sie und wies mit den Augen hin—«ist das auch eine Insel?»

«Nein», antwortete ich, «das ist Schweden selbst, das Festland.»

«Das wär noch schöner», sagte sie.

«Ja», erwiderte ich—«aber dort müßte man bleiben können... lang... immer—»

Wenn sie mir jetzt gesagt hätte: Komm, wir wollen zusammen in ein anderes Land und wollen nie wieder zurück—ich wäre darauf eingegangen. Wie wir so auf dem Boote hinglitten, von der reinen Luft umspielt, den hellen Himmel über uns und um uns das glitzernde Wasser, da schien es mir eine festliche Fahrt, wir selbst ein königliches Paar, und alle früheren Bedingungen unseres Daseins abgefallen.

Bald konnten wir die kleinen Häuser auf der Insel unterscheiden; die weiße Kirche auf dem Hügel, der sich, allmählich ansteigend, der ganzen Insel entlang hinzog, bot sich in schärferen Umrissen dar. Unser Boot flog geradewegs dem Ufer entgegen. In unserer Nähe zeigten sich kleine Fischerkähne; einige, an denen die Ruder eingezogen waren, trieben lässig auf dem Wasser hin. Friederike hatte den Blick meist auf die Insel gerichtet; aber sie s c h a u t e nicht. In weniger als einer Stunde fuhren wir in den Hafen ein, der rings von einer hölzernen Brücke umschlossen war, sodaß man sich in einem kleinen Teich vermeinen konnte.

Ein paar Kinder standen auf der Brücke. Wir stiegen aus und gingen langsam ans Ufer; die Kinder hinter uns; aber die verloren sich bald. Das ganze Dorf lag vor uns; es bestand aus höchstens zwanzig Häusern, die rings verstreut waren. Wir sanken fast in den dünnen, braunen Sand ein, den das Wasser hier angeschwemmt hat. Auf einem sonnbeglänzten freien Platz, der bis ans Meer hinunterreichte, hingen Netze, zum Trocknen ausgebreitet; ein paar Weiber saßen vor den Haustüren und flickten Netze. Nach hundert Schritten waren wir ganz allein. Wir waren auf einen schmalen Weg geraten, der uns von den Häusern fort dem Ende der Insel zuführte, wo der Leuchtturm stand. Zu unserer Linken, durch ärmliches Ackerland, das immer schmäler wurde, von uns getrennt, lag das Meer; zu unserer Rechten stieg der Hügel an, auf dessen Kamm wir den Weg zur Kirche laufen sahen, die in unserem Rücken war. Über all dem lag schwer die Sonne und das Schweigen.— Friederike und ich hatten die ganze Zeit über nichts gesprochen. Ich fühlte auch kein Verlangen darnach; mir war unendlich wohl, so mit ihr in der großen Stille hinzuwandeln.

Aber sie begann zu sprechen.

«Heute vor acht Tagen», sagte sie…

«Nun—?»

«Da hab' ich noch nichts gewußt… noch nicht einmal, wohin ich reisen werde.»

Ich antwortete nichts.

«Ah, ist's da schön», rief sie aus und ergriff meine Hand.

Ich fühlte mich zu ihr hingezogen; am liebsten hätte ich sie in meine Arme geschlossen und auf die Augen geküßt.

«Ja?» fragte ich leise.

Sie schwieg und wurde eher ernst.

Wir waren bis zu dem Häuschen gekommen, das an den Leuchtturm angebaut war; hier endete der Weg; wir mußten umkehren. Ein schmaler Feldweg führte ziemlich steil den Hügel hinan. Ich zögerte.

«Kommen Sie», sagte sie.

Wie wir jetzt gingen, hatten wir die Kirche im Auge. Ihr näherten wir uns. Es war sehr warm. Ich legte meinen Arm um Friederikens Hals; sie mußte ganz nahe bei mir bleiben, wenn sie nicht abgleiten wollte. Ich berührte mit der Hand ihre heißen Wangen.

«Warum haben wir eigentlich die ganze Zeit nichts von Ihnen gehört?» fragte sie plötzlich—«ich wenigstens», setzte sie hinzu, indem sie zu mir aufschaute.

«Warum», wiederholte ich befremdet.

«Nun ja!»

«Wie konnte ich denn?»

«O darum», sagte sie. «Waren Sie denn verletzt?»

Ich war zu sehr erstaunt, um etwas erwidern zu können.

«Nun, was haben Sie sich eigentlich gedacht?»

«Was ich mir—»

«Ja——oder erinnern Sie sich gar nicht mehr?»

«Gewiß, ich erinnere mich. Warum sprechen Sie jetzt davon?»

«Ich wollte Sie schon lange fragen», sagte sie.

«So sprechen Sie», erwiderte ich tief bewegt.

«Sie haben es für eine Laune gehalten»—«o gewiß!» setzte sie lebhaft hinzu, als sie merkte, daß ich etwas entgegnen wollte—«aber ich sage Ihnen, es war keine. Ich habe mehr gelitten in jenem Jahre, als ein Mensch weiß.»

«In welchem?»

«Nun... als Sie bei uns... Warum fragen Sie das?—Anfangs habe ich mir selbst... Aber warum erzähle ich Ihnen das?»

Ich faßte heftig ihren Arm. «Erzählen Sie... ich bitte Sie... ich habe Sie ja lieb.»

«Und ich dich», rief sie plötzlich aus; nahm meine beiden Hände und küßte sie—«immer—immer.»

«Ich bitte dich, erzähle mir weiter», sagte ich; «und alles, alles...»

Sie sprach, während wir langsam den Feldweg in der Sonne weiterschritten.

«Anfangs habe ich mir selbst gesagt: er ist ein Kind... wie eine Mutter habe ich ihn gern. Aber je näher die Stunde kam, um die Sie abreisen sollten...»

Sie unterbrach sich eine Weile, dann sprach sie weiter:

«Und endlich war die Stunde da.—Ich habe nicht zu dir wollen—ich weiß nicht, was mich hinaufgetrieben hat. Und wie ich schon bei dir war, hab' ich dich auch nicht küssen wollen—aber...»

«Weiter, weiter», sagte ich.

«Und dann hab' ich dir plötzlich gesagt, daß du gehen sollst—du hast wohl gemeint, das ganze war eine Komödie, nicht wahr?»

«Ich verstehe dich nicht.»

«Das habe ich die ganze Zeit gedacht. Ich habe dir sogar schreiben wollen... Aber wozu?... Also... der Grund, daß ich dich weggeschickt habe, war... Ich hatte mit einem Male Angst bekommen.»

«Das weiß ich.»

«Wenn du das weißt—warum hab' ich nie wieder von dir gehört?» rief sie lebhaft aus.

«Warum hast du Angst bekommen?» fragte ich, allmählich verstehend.

«Weil ich glaubte, es wäre jemand in der Nähe.»

«Du glaubtest? Wie kam das?»

«Ich meinte Schritte auf dem Gang zu hören. Das war's. Schritte! Ich dachte, e r wär es... Da hat mich die Furcht gepackt—denn es wäre entsetzlich gewesen, wenn er—oh, ich will gar nicht daran denken.—Aber niemand war da—niemand. Erst spät am Abend ist er nach Hause gekommen, du warst längst, längst fort.»—

Während sie das erzählte, fühlte ich, wie irgend etwas in meinem Innern erstarrte. Und als sie geendet hatte, schaute ich sie an, als müßte ich sie fragen: Wer bist du?—Ich wandte mich unwillkürlich nach dem Hafen, wo ich die Segel unseres Bootes glänzen sah, und ich dachte: Wie lange, wie unendlich lange ist es her, daß wir auf diese Insel gekommen sind? Denn ich bin mit einer Frau hier gelandet, die ich geliebt habe, und jetzt geht eine Fremde an meiner Seite. Es war mir unmöglich, auch nur ein Wort zu sprechen. Sie merkte es kaum; sie hatte sich in meinen Arm gehängt und hielt es wohl für zärtliches Schweigen. Ich dachte an i h n. Er hat es ihr also nie gesagt! Sie weiß es nicht, sie hat es nie gewußt, daß er sie zu meinen Füßen liegen sah. Er hat sich damals von der Tür wieder davongeschlichen und ist erst später.... stundenlang später zurückgekommen und hat ihr nichts gesagt! Und er hat die ganzen Jahre an ihrer Seite weitergelebt, ohne sich mit einem Worte zu verraten! Er hat ihr verziehen—und sie hat es nicht gewußt!

Wir waren in der Nähe der Kirche angelangt; kaum zehn Schritte vor uns lag sie. Hier bog ein steiler Weg ab, der in wenigen Minuten ins Dorf führen mußte. Ich schlug ihn ein. Sie folgte mir.

«Gib mir die Hand», sagte sie, «ich gleite aus.» Ich reichte sie ihr, ohne mich umzuwenden. «Was hast du denn?» fragte sie. Ich konnte nichts antworten und drückte ihr nur heftig die Hand, was sie zu beruhigen schien. Dann sagte ich, nur um etwas zu reden: «Es ist schade, wir hätten die Kirche besichtigen können.»—Sie lachte: «An der sind wir ja vorüber, ohne es zu merken!»

«Wollen Sie zurück?» fragte ich.

«O nein, ich freue mich, bald wieder im Boot zu sitzen. Einmal möchte ich mit Ihnen allein so eine Segelpartie machen, ohne diesen Mann.»

«Ich verstehe mich nicht auf Segeln.»

«O», sagte sie und hielt inne, als wäre ihr plötzlich etwas eingefallen, was sie doch nicht sagen wollte.—Ich fragte nicht. Bald waren wir auf der Brücke. Das Boot lag bereit. Die Kinder waren wieder da, die uns beim Kommen begrüßt hatten. Sie sahen uns mit großen blauen Augen an. Wir segelten ab. Das Meer war ruhiger geworden; wenn man die Augen schloß, merkte man kaum, daß man sich in Bewegung befand.

«Zu meinen Füßen sollen Sie liegen», sagte Friederike, und ich streckte mich am Boden des Kahnes aus, legte meinen Kopf auf den Schoß Friederikens. Es war mir recht, daß ich ihr nicht ins Gesicht sehen mußte. Sie sprach, und mir war, als klänge es aus weiter Ferne. Ich verstand alles und konnte doch zugleich meine Gedanken weiterdenken.

Mich schauderte vor ihr.

«Heute Abend fahren wir zusammen aufs Meer hinaus», sagte sie.

Etwas Gespenstisches schien mir um sie zu gleiten.

«Heut Abend aufs Meer», wiederholte sie langsam, «auf einem Ruderboot. Rudern kannst du doch?»

«Ja», sagte ich. Mich schauderte vor dem tiefen Verzeihen, das sie schweigend umhüllte, ohne daß sie es wußte.

Sie sprach weiter. «Wir werden uns ins Meer hinaustreiben lassen—und werden allein sein.—Warum redest du nicht?» fragte sie.

«Ich bin glücklich», sagte ich.

Mir schauerte vor dem stummen Schicksal, das sie seit so vielen Jahren erlebt, ohne es zu ahnen.

Wir glitten hin.

Einen Augenblick fuhr es mir durch den Sinn: Sag es ihr. Nimm dieses Unheimliche von ihr; dann wird sie wieder ein Weib sein für dich wie andere, und du wirst sie begehren. Aber ich durfte es nicht.—Wir legten an.

Ich sprang aus dem Boot; half ihr beim Aussteigen.

«Der Bub wird sich schon nach mir sehnen. Ich muß rasch gehen. Lassen Sie mich jetzt allein.»

Es war lebhaft am Strand; ich merkte, daß wir von einigen Leuten beobachtet wurden.

«Und heute Abend», sagte sie, «um neun bin ich... aber was hast du denn?»

«Ich bin sehr glücklich», sagte ich.

«Heute Abend», sagte sie, «um neun Uhr bin ich hier am Strand, bin ich bei dir.—Auf Wiedersehen!»

Und sie eilte davon.

«Auf Wiedersehen!» sagte auch ich und blieb stehen. — Aber ich werde sie nie wiedersehen.

Während ich diese Zeilen schreibe, bin ich schon weit fort—weiter mit jeder Sekunde; ich schreibe sie in einem Kupee des Eisenbahnzuges, der vor einer Stunde von Kopenhagen abgefahren ist. Eben ist es neun. Jetzt steht sie am Strande und wartet auf mich. Wenn ich die Augen schließe, sehe ich die Gestalt vor mir. Aber es ist nicht eine Frau, die dort am Ufer im Halbdunkel hin und her wandelt—ein Schatten gleitet auf und ab.

DIE TOTEN SCHWEIGEN

Er ertrug es nicht länger, ruhig im Wagen zu sitzen; er stieg aus und ging auf und ab. Es war schon dunkel; die wenigen Laternenlichter in dieser stillen, abseits liegenden Straße flackerten, vom Winde bewegt, hin und her. Es hatte aufgehört zu regnen; die Trottoirs waren beinahe trocken; aber die ungepflasterten Fahrstraßen waren noch feucht, und an einzelnen Stellen hatten sich kleine Tümpel gebildet.

Es ist sonderbar, dachte Franz, wie man sich hier, hundert Schritt von der Praterstraße, in irgend eine ungarische Kleinstadt versetzt glauben kann. Immerhin—sicher dürfte man hier wenigstens sein; hier wird sie keinen ihrer gefürchteten Bekannten treffen.

Er sah auf die Uhr... Sieben—und schon völlige Nacht. Der Herbst ist diesmal früh da. Und der verdammte Sturm.

Er stellte den Kragen in die Höhe und ging rascher auf und ab. Die Laternenfenster klirrten. «Noch eine halbe Stunde», sagte er zu sich, «dann kann ich gehen. Ah—ich wollte beinahe, es wäre so weit.» Er blieb an der Ecke stehen; hier hatte er einen Ausblick auf beide Straßen, von denen aus sie kommen könnte.

Ja, heute wird sie kommen, dachte er, während er seinen Hut festhielt, der wegzufliegen drohte.—Freitag—Sitzung des Professorenkollegiums—da wagt sie sich fort und kann sogar länger ausbleiben... Er hörte das Geklingel der Pferdebahn; jetzt begann auch die Glocke von der nahen Nepomukkirche zu läuten. Die Straße wurde belebter. Es kamen mehr Menschen an ihm vorüber: meist, wie ihm schien, Bedienstete aus den Geschäften, die um sieben geschlossen wurden. Alle gingen rasch und waren mit dem Sturm, der das Gehen erschwerte, in einer Art von Kampf begriffen. Niemand beachtete ihn; nur ein paar Ladenmädel blickten mit leichter Neugier zu ihm auf.—Plötzlich sah er eine bekannte Gestalt rasch herankommen. Er eilte ihr entgegen. Ohne Wagen? dachte er. Ist sie's?

Sie war es; als sie seiner gewahr wurde, beschleunigte sie ihre Schritte.

«Du kommst zu Fuß?» sagte er.

«Ich hab' den Wagen schon beim Karltheater fortgeschickt. Ich glaube, ich bin schon einmal mit demselben Kutscher gefahren.»

Ein Herr ging an ihnen vorüber und betrachtete die Dame flüchtig.

Der junge Mann fixierte ihn scharf, beinahe drohend; der Herr ging rasch weiter. Die Dame sah ihm nach. «Wer war's?» fragte sie ängstlich.

«Ich kenne ihn nicht. Hier gibt es keine Bekannten, sei ganz ruhig.— Aber jetzt komm rasch; wir wollen einsteigen.»

«Ist das dein Wagen?»

«Ja.»

«Ein offener?»

«Vor einer Stunde war es noch so schön.»

Sie eilten hin; die junge Frau stieg ein.

«Kutscher», rief der junge Mann.

«Wo ist er denn?» fragte die junge Frau.

Franz schaute rings umher. «Das ist unglaublich», rief er, «der Kerl ist nicht zu sehen.»

«Um Gottes willen!» rief sie leise.

«Wart' einen Augenblick, Kind; er ist sicher da.»

Der junge Mann öffnete die Tür zu dem kleinen Wirtshause; an einem Tisch mit ein paar anderen Leuten saß der Kutscher; jetzt stand er rasch auf.

«Gleich, gnä' Herr», sagte er und trank stehend sein Glas Wein aus.

«Was fällt Ihnen denn ein?»

«Bitt schön, Euer Gnaden; i bin schon wieder da.»

Er eilte ein wenig schwankend zu den Pferden. «Wohin fahr'n mer denn, Euer Gnaden?»

«Prater—Lusthaus.»

Der junge Mann stieg ein. Die junge Frau lehnte ganz versteckt, beinahe zusammengekauert, in der Ecke unter dem aufgestellten Dach.

Franz faßte ihre beiden Hände. Sie blieb regungslos.—«Willst du mir nicht wenigstens guten Abend sagen?»

«Ich bitt dich; laß mich nur einen Moment, ich bin noch ganz atemlos.»

Der junge Mann lehnte sich in seine Ecke. Beide schwiegen eine Weile. Der Wagen war in die Praterstraße eingebogen, fuhr an dem Tegethoff-Monument vorüber, und nach wenigen Sekunden flog er die breite, dunkle Praterallee hin. Jetzt umschlang Emma plötzlich mit beiden Armen den Geliebten. Er schob leise den Schleier zurück, der ihn noch von ihren Lippen trennte, und küßte sie.

«Bin ich endlich bei dir!» sagte sie.

«Weißt du denn, wie lang wir uns nicht gesehen haben?» rief er aus.

«Seit Sonntag.»

«Ja, und da auch nur von weitem.»

«Wieso? Du warst ja bei uns.»

«Nun ja... bei euch. Ah, das geht so nicht fort. Zu euch komm' ich überhaupt nie wieder. Aber was hast du denn?»

«Es ist ein Wagen an uns vorbeigefahren.»

«Liebes Kind, die Leute, die heute im Prater spazieren fahren, kümmern sich wahrhaftig nicht um uns.»

«Das glaub' ich schon. Aber zufällig kann einer hereinschaun.»

«Es ist unmöglich, jemanden zu erkennen.»

«Ich bitt dich, fahren wir wo anders hin.»

«Wie du willst.»

Er rief dem Kutscher, der aber nicht zu hören schien. Da beugte er sich vor und berührte ihn mit der Hand. Der Kutscher wandte sich um.

«Sie sollen umkehren. Und warum hauen Sie denn so auf die Pferde ein? Wir haben ja gar keine Eile, hören Sie! Wir fahren in die... wissen Sie, die Allee, die zur Reichsbrücke führt.»

«Auf die Reichsstraßen?»

«Ja, aber rasen Sie nicht so, das hat ja gar keinen Sinn.»

«Bitt schön, gnä' Herr, der Sturm, der macht die Rösser so wild.»

«Ah freilich, der Sturm.» Franz setzte sich wieder.

Der Kutscher wandte die Pferde. Sie fuhren zurück.

«Warum habe ich dich gestern nicht gesehen?» fragte sie.

«Wie hätt' ich denn können?»

«Ich dachte, du warst auch bei meiner Schwester geladen.»

«Ach so.»

«Warum warst du nicht dort?»

«Weil ich es nicht vertragen kann, mit dir unter anderen Leuten zusammen zu sein. Nein, nie wieder.»

Sie zuckte die Achseln.

«Wo sind wir denn?» fragte sie dann.

Sie fuhren unter der Eisenbahnbrücke in die Reichsstraße ein.

«Da geht's zur großen Donau», sagte Franz, «wir sind auf dem Weg zur Reichsbrücke. Hier gibt es keine Bekannten!» setzte er spöttisch hinzu.

«Der Wagen schüttelt entsetzlich.»

«Ja, jetzt sind wir wieder auf Pflaster.»

«Warum fährt er so im Zickzack?»

«Es scheint dir so.»

Aber er fand selbst, daß der Wagen sie heftiger als nötig hin und her warf. Er wollte nichts davon sagen, um sie nicht noch ängstlicher zu machen.

«Ich habe heute viel und ernst mit dir zu reden, Emma.»

«Da mußt du bald anfangen, denn um neun muß ich zu Hause sein.»

«In zwei Worten kann alles entschieden sein.»

«Gott, was ist denn das?»... schrie sie auf. Der Wagen war in ein Pferdebahngeleise geraten und machte jetzt, als der Kutscher herauswenden wollte, eine so scharfe Biegung, daß er fast zu stürzen drohte. Franz packte den Kutscher beim Mantel. «Halten Sie», rief er ihm zu. «Sie sind ja betrunken.»

Der Kutscher brachte die Pferde mühsam zum Stehen. «Aber gnä' Herr...»

«Komm, Emma, steigen wir hier aus.»

«Wo sind wir?»

«Schon an der Brücke. Es ist auch jetzt nicht mehr gar so stürmisch. Gehen wir ein Stückchen. Man kann während des Fahrens nicht ordentlich reden.»

Emma zog den Schleier herunter und folgte.

«Nicht stürmisch nennst du das?» rief sie aus, als ihr gleich beim Aussteigen ein Windstoß entgegenfuhr.

Er nahm ihren Arm. «Nachfahren», rief er dem Kutscher zu.

Sie spazierten vorwärts. So lang die Brücke allmählich anstieg, sprachen sie nichts; und als sie beide das Wasser unter sich rauschen hörten, blieben sie eine Weile stehen. Tiefes Dunkel war um sie. Der breite Strom dehnte sich grau und in unbestimmten Grenzen hin, in der Ferne sahen sie rote Lichter, die über dem Wasser zu schweben schienen und sich darin spiegelten. Von dem Ufer her, das die beiden eben verlassen hatten, senkten sich zitternde Lichtstreifen ins Wasser; jenseits war es, als verlöre sich der Strom in die schwarzen Auen. Jetzt schien ein ferneres Donnern zu ertönen, das immer näher kam; unwillkürlich sahen sie beide nach der Stelle, wo die roten Lichter schimmerten; Bahnzüge mit hellen Fenstern rollten zwischen eisernen Bogen hin, die plötzlich aus der Nacht hervorzuwachsen und gleich wieder zu versinken schienen. Der Donner verlor sich allmählich, es wurde still; nur der Wind kam in plötzlichen Stößen.

Nach langem Schweigen sagte Franz: «Wir sollten fort.»

«Freilich», erwiderte Emma leise.

«Wir sollten fort», sagte Franz lebhaft, «ganz fort, mein' ich...»

«Es geht ja nicht.»

«Weil wir feig sind, Emma; darum geht es nicht.»

«Und mein Kind?»

«Er würde es dir lassen, ich bin fest überzeugt.»

«Und wie?» fragte sie leise… «Davonlaufen bei Nacht und Nebel?»

«Nein, durchaus nicht. Du hast nichts zu tun, als ihm einfach zu sagen, daß du nicht länger bei ihm leben kannst, weil du einem andern gehörst.»

«Bist du bei Sinnen, Franz?»

«Wenn du willst, erspar' ich dir auch das,—ich sag' es ihm selber.»

«Das wirst du nicht tun, Franz.»

Er versuchte, sie anzusehen; aber in der Dunkelheit konnte er nicht mehr bemerken, als daß sie den Kopf erhoben und zu ihm gewandt hatte.

Er schwieg eine Weile. Dann sagte er ruhig: «Hab' keine Angst, ich werde es nicht tun.»

Sie näherten sich dem anderen Ufer.

«Hörst du nichts?» sagte sie. «Was ist das?»

«Es kommt von drüben», sagte er.

Langsam rasselte es aus dem Dunkel hervor; ein kleines rotes Licht schwebte ihnen entgegen; bald sahen sie, daß es von einer kleinen Laterne kam, die an der vorderen Deichsel eines Landwagens befestigt war; aber sie konnten nicht sehen, ob der Wagen beladen war und ob Menschen mitfuhren. Gleich dahinter kamen noch zwei gleiche Wagen. Auf dem letzten konnten sie einen Mann in Bauerntracht gewahren, der eben seine Pfeife anzündete. Die Wagen fuhren vorbei. Dann hörten sie wieder nichts als das dumpfe Geräusch des Fiakers, der zwanzig Schritte hinter ihnen langsam weiterrollte. Jetzt senkte sich die Brücke leicht gegen das andere Ufer. Sie sahen, wie die Straße vor ihnen zwischen Bäumen ins Finstere weiterlief. Rechts und links von ihnen lagen in der Tiefe die Auen; sie sahen wie in Abgründe hinein.

Nach langem Schweigen sagte Franz plötzlich: «Also das letztemal…»

«Was?» fragte Emma in besorgtem Ton.

«—Daß wir zusammen sind. Bleib' bei ihm. Ich sag' dir Adieu.»

«Sprichst du im Ernst?»

«Vollkommen.»

«Siehst du, daß du es bist, der uns immer die paar Stunden verdirbt, die wir haben; nicht ich!»

«Ja, ja, du hast Recht», sagte Franz. «Komm, fahren wir zurück.»

Sie nahm seinen Arm fester. «Nein», sagte sie zärtlich, «jetzt will ich nicht. Ich laß' mich nicht so fortschicken.»

Sie zog ihn zu sich herab und küßte ihn lang. «Wohin kämen wir», fragte sie dann, «wenn wir hier immer weiterführen?»

«Da geht's direkt nach Prag, mein Kind.»

«So weit nicht», sagte sie lächelnd, «aber noch ein bißchen weiter da hinaus, wenn du willst.» Sie wies ins Dunkle.

«He, Kutscher!» rief Franz. Der hörte nichts.

Franz schrie: «Halten Sie doch!»

Der Wagen fuhr immer weiter. Franz lief ihm nach. Jetzt sah er, daß der Kutscher schlief. Durch heftiges Anschreien weckte ihn Franz auf. «Wir fahren noch ein kleines Stück weiter—die gerade Straße—verstehen Sie mich?»

«Is' schon gut, gnä' Herr...»

Emma stieg ein; nach ihr Franz. Der Kutscher hieb mit der Peitsche drein; wie rasend flogen die Pferde über die aufgeweichte Straße hin. Aber die beiden im Wagen hielten einander fest umarmt, während der Wagen sie hin- und herwarf.

«Ist das nicht auch ganz schön», flüsterte Emma ganz nahe an seinem Munde.

In diesem Augenblick war ihr, als flöge der Wagen plötzlich in die Höhe—sie fühlte sich fortgeschleudert, wollte sich an etwas klammern, griff ins Leere; es schien ihr, als drehe sie sich mit rasender Geschwindigkeit im Kreise herum, so daß sie die Augen schließen mußte—und plötzlich fühlte sie sich auf dem Boden liegen, und eine ungeheure schwere Stille brach herein, als wenn sie fern von aller Welt und völlig einsam wäre. Dann hörte sie verschiedenes durcheinander: Geräusch von Pferdehufen, die ganz in ihrer Nähe auf den Boden schlugen, ein leises Wimmern; aber sehen konnte sie nichts. Jetzt faßte sie eine tolle Angst; sie schrie; ihre Angst ward noch größer, denn sie hörte ihr Schreien nicht. Sie wußte plötzlich ganz genau, was geschehen war: der Wagen war an irgend etwas gestoßen, wohl an einen der Meilensteine, hatte umgeworfen, und sie waren herausgestürzt. Wo ist er? war ihr nächster Gedanke, Sie rief seinen Namen. Und sie hörte sich rufen, ganz leise zwar, aber sie hörte sich. Es kam keine Antwort. Sie versuchte, sich zu erheben. Es gelang ihr so weit, daß sie auf den Boden zu sitzen kam, und als sie mit den Händen ausgriff, fühlte sie einen menschlichen Körper neben sich. Und nun konnte sie auch die Dunkelheit mit ihrem Auge durchdringen. Franz lag neben ihr, völlig regungslos. Sie berührte mit der ausgestreckten Hand sein Gesicht; sie fühlte etwas Feuchtes und Warmes darüberfließen. Ihr Atem stockte. Blut...? Was war da geschehen? Franz war verwundet und bewußtlos. Und der Kutscher—wo war er denn? Sie rief nach ihm. Keine Antwort. Noch immer saß sie auf dem Boden. Mir ist nichts geschehen, dachte sie, obwohl sie Schmerzen in allen Gliedern fühlte. Was tu' ich nur, was tu' ich nur... es ist doch nicht möglich, daß mir gar nichts geschehen ist. «Franz!» rief sie. Eine Stimme antwortete ganz in der Nähe: «Wo sind S' denn, gnä' Fräul'n, wo ist der gnä' Herr? Es ist doch nix g'schehn? Warten S' Fräulein,—i zünd' nur die Latern' an, daß wir was sehn; i weiß net, was die Krampen heut hab'n. Ich bin net Schuld, meiner Seel'... in ein' Schoderhaufen sein s' hinein, die verflixten Rösser.»

Emma hatte sich, trotzdem ihr alle Glieder weh taten, vollkommen aufgerichtet, und daß dem Kutscher nichts geschehen war, machte sie ein wenig ruhiger. Sie hörte, wie der Mann die Laternenklappe öffnete und Streichhölzchen anrieb. Angstvoll wartete sie auf das Licht. Sie wagte es nicht, Franz noch einmal zu berühren, der vor ihr auf dem Boden lag; sie dachte: wenn man nichts sieht, scheint alles furchtbarer; er hat gewiß die Augen offen... es wird nichts sein.

Ein Lichtschimmer kam von der Seite. Sie sah plötzlich den Wagen, der aber zu ihrer Verwunderung nicht auf dem Boden lag, sondern nur schief gegen den Straßengraben zu gestellt war, als wäre ein Rad gebrochen. Die Pferde standen vollkommen still. Das Licht näherte sich; sie sah den Schein allmählich über einen Meilenstein, über den Schotterhaufen in den Graben gleiten; dann kroch er auf die Füße Franzens, glitt über seinen Körper, beleuchtete sein Gesicht und blieb darauf ruhen. Der Kutscher hatte die Laterne auf den Boden gestellt; gerade neben den Kopf des Liegenden. Emma ließ sich auf die Knie nieder, und es war ihr, als hörte ihr Herz zu schlagen auf, wie sie das Gesicht erblickte. Es war blaß; die Augen halb offen, so daß sie nur das Weiße von ihnen sah. Von der rechten Schläfe rieselte langsam ein Streifen Blut über die Wange und verlor sich unter dem Kragen am Halse. In die Unterlippe waren die Zähne gebissen. «Es ist ja nicht möglich!» sagte Emma vor sich hin.

Auch der Kutscher war niedergekniet und starrte das Gesicht an. Dann packte er mit beiden Händen den Kopf und hob ihn in die Höhe. «Was machen Sie?» schrie Emma mit erstickter Stimme, und erschrak vor diesem Kopf, der sich selbständig aufzurichten schien.

«Gnä' Fräul'n, mir scheint, da ist ein großes Malheur gescheh'n.»

«Es ist nicht wahr», sagte Emma. «Es kann nicht sein. Ist denn Ihnen was geschehen? Und mir...»

Der Kutscher ließ den Kopf des Regungslosen wieder langsam sinken;—in den Schoß Emmas, die zitterte. «Wenn nur wer käm'... wenn nur die Bauersleut' eine Viertelstund' später daher'kommen wären...»

«Was sollen wir denn machen?» sagte Emma mit bebenden Lippen.

«Ja, Fräul'n wenn der Wagen net brochen wär'... aber so, wie er jetzt zug'richt ist... Wir müssen halt warten, bis wer kommt.» Er redete noch weiter, ohne daß Emma seine Worte auffaßte; aber während dem war es ihr, als käme sie zur Besinnung, und sie wußte, was zu tun war.

«Wie weit ist's bis zu den nächsten Häusern?» fragte sie.

«Das ist nimmer weit, Fräul'n, da ist ja gleich das Franz Josefsland... Wir müßten die Häuser sehen, wenn's licht wär', in fünf Minuten müßte man dort sein.»

«Gehen Sie hin. Ich bleibe da, holen Sie Leute.»

«Ja, Fräul'n, ich glaub' schier, es ist g'scheiter, ich bleib' mit Ihnen da—es kann ja nicht so lang dauern, bis wer kommt, es ist ja schließlich die Reichsstraße, und—»

«Da wird's zu spät, da kann's zu spät werden. Wir brauchen einen Doktor.»

Der Kutscher sah auf das Gesicht des Regungslosen, dann schaute er kopfschüttelnd Emma an.

«Das können Sie nicht wissen»,—rief Emma, «und ich auch nicht.»

«Ja, Fräul'n... aber wo find' i denn ein' Doktor im Franz Josefsland?»

«So soll von dort jemand in die Stadt und—»

«Fräul'n, wissen's was! I denk' mir, die werden dort vielleicht ein Telephon haben. Da könnten wir um die Rettungsgesellschaft telephonieren.»

«Ja, das ist das Beste! Gehen Sie nur, laufen Sie, um Himmels willen! Und Leute bringen Sie mit... Und... bitt' Sie, gehen Sie nur, was tun Sie denn noch da?»

Der Kutscher schaute in das blasse Gesicht, das nun auf Emmas Schoß ruhte. «Rettungsgesellschaft, Doktor, wird nimmer viel nützen.»

«Gehen Sie! Um Gottes willen! Gehen Sie!»

«I geh' schon—daß S' nur nicht Angst kriegen, Fräul'n, da in der Finstern.» Und er eilte rasch über die Straße fort. «I kann nix dafür, meiner Seel», murmelte er vor sich hin. «Ist auch eine Idee, mitten in der Nacht auf die Reichsstraßen...»

Emma war mit dem Regungslosen allein auf der dunklen Straße. «Was jetzt?» dachte sie. Es ist doch nicht möglich... das ging ihr immer wieder durch den Kopf... es ist ja nicht möglich.—Es war ihr plötzlich, als hörte sie neben sich atmen. Sie beugte sich herab zu den blassen Lippen. Nein, von da kam kein Hauch. Das Blut an Schläfe und Wangen schien getrocknet zu sein. Sie starrte die Augen an; die gebrochenen Augen, und bebte zusammen. Ja, warum glaube ich es denn nicht—es ist ja gewiß... das ist der Tod! Und es durchschauerte sie. Sie fühlte nur mehr: ein Toter. Ich und ein Toter, der Tote auf meinem Schoß. Und mit zitternden Händen rückte sie den Kopf weg, so daß er wieder auf den Boden zu liegen kam. Und jetzt erst kam ein Gefühl entsetzlicher Verlassenheit über sie. Warum hatte sie den Kutscher weggeschickt? Was für ein Unsinn! Was soll sie denn da auf der Landstraße mit dem toten Manne allein anfangen? Wenn Leute kommen... Ja, was soll sie denn tun, wenn Leute kommen? Wie lang wird sie hier warten müssen? Und sie sah wieder den Toten an. Ich bin nicht allein mit ihm, fiel ihr ein. Das Licht ist ja da. Und es kam ihr vor, als wäre dieses Licht etwas Liebes und Freundliches, dem sie danken müßte. Es war mehr Leben in dieser kleinen Flamme, als in der ganzen weiten Nacht um sie; ja, es war ihr fast, als sei ihr dieses Licht ein Schutz gegen den blassen fürchterlichen Mann, der neben ihr auf dem Boden lag... Und sie sah in das Licht so lang, bis ihr die Augen flimmerten, bis es zu tanzen begann. Und plötzlich hatte sie das Gefühl, als wenn sie erwachte. Sie sprang auf! Das geht ja nicht, das ist ja unmöglich, man darf mich doch nicht hier mit ihm finden... Es war ihr, als sähe sie sich jetzt selbst auf der Straße stehen, zu ihren Füßen den Toten und das Licht; und sie sah sich, als ragte sie in sonderbarer Größe in die Dunkelheit hinein. Worauf wart' ich, dachte sie, und ihre Gedanken jagten... Worauf wart' ich? Auf die Leute?—Was brauchen mich denn die? Die Leute werden kommen und fragen... und ich... was tu' ich denn hier? Alle werden fragen, wer ich bin. Was soll ich ihnen antworten? Nichts. Kein Wort werd' ich reden, wenn sie kommen, schweigen werd' ich. Kein Wort... sie können mich ja nicht zwingen.

Stimmen kamen von weitem.

Schon? dachte sie. Sie lauschte angstvoll. Die Stimmen kamen von der Brücke her. Das konnten also nicht die Leute sein, die der Kutscher geholt hatte. Aber wer immer sie waren—jedenfalls werden sie das Licht bemerken—und das durfte nicht sein, dann war sie entdeckt.

Und sie stieß mit dem Fuß die Laterne um. Die verlöschte. Nun stand sie in tiefer Finsternis. Nichts sah sie. Auch ihn sah sie nicht mehr. Nur der weiße Schotterhaufen glänzte ein wenig. Die Stimmen kamen näher. Sie begann am ganzen Körper zu zittern. Nur hier nicht entdeckt werden. Um Himmels willen, das ist ja das einzige Wichtige, nur auf das und auf gar nichts anderes kommt es an—sie ist ja verloren, wenn ein Mensch erfährt, daß sie die Geliebte von ... Sie faltet die Hände krampfhaft. Sie betet, daß die Leute auf der anderen Seite der Straße vorübergehen mögen, ohne sie zu bemerken. Sie lauscht. Ja von drüben... Was reden Sie doch?... Es sind zwei Frauen oder drei. Sie haben den Wagen bemerkt, denn sie reden etwas davon, sie kann Worte unterscheiden. Ein Wagen... umgefallen... was sagen sie sonst? Sie kann es nicht verstehen. Sie gehen weiter... sie sind vorüber... Gott sei Dank! Und jetzt, was jetzt? Oh, warum ist sie nicht tot wie er? Er ist zu beneiden, für ihn ist alles vorüber... für ihn gibt es keine Gefahr mehr und keine Furcht. Sie aber zittert vor vielem. Sie fürchtet, daß man sie hier finden, daß man sie fragen wird: wer sind Sie?... Daß sie mit auf die Polizei muß, daß alle Menschen es erfahren werden, daß ihr Mann—daß ihr Kind—

Und sie begreift nicht, daß sie so lange schon dagestanden ist wie angewurzelt... Sie kann ja fort, sie nützt ja keinem hier, und sich selbst bringt sie ins Unglück. Und sie macht einen Schritt... Vorsichtig... sie muß durch den Straßengraben... hinüber... einen Schritt hinauf—oh, er ist so seicht!—und noch zwei Schritte, bis sie in der Mitte der Straße ist... und dann steht sie einen Augenblick still, sieht vor sich hin und kann den grauen Weg ins Dunkle hinein verfolgen. Dort—dort ist die Stadt. Sie kann nichts von ihr sehen... aber die Richtung ist ihr klar. Noch einmal wendet sie sich um. Es ist ja gar nicht so dunkel. Sie kann den Wagen ganz gut sehn; auch die Pferde... und wenn sie sich sehr anstrengt, merkt sie auch etwas wie die Umrisse eines menschlichen Körpers, der auf dem Boden liegt. Sie reißt die Augen weit auf, es ist ihr, als hielte sie etwas hier zurück... der Tote ist es, der sie hier behalten will, und es graut sie vor seiner Macht... Aber gewaltsam macht sie sich frei, und jetzt merkt sie: der Boden ist zu feucht; sie steht auf der glitschigen Straße, und der nasse Staub hat sie nicht fortgelassen. Nun aber geht sie... geht rascher... läuft... und fort von da... zurück... in das Licht, in den Lärm, zu den Menschen! Die Straße läuft sie entlang, hält das Kleid hoch, um nicht zu fallen. Der Wind ist ihr im Rücken, es ist, als wenn er sie vorwärts triebe. Sie weiß nicht mehr recht, wovor sie flieht. Es ist ihr, als ob sie vor dem bleichen Manne fliehen müßte, der dort, weit hinter ihr, neben dem Straßengraben liegt... dann fällt ihr ein, daß sie ja den Lebendigen entkommen will, die gleich dort sein und sie suchen werden. Was werden die denken? Wird man ihr nicht nach? Aber man kann sie nicht mehr einholen, sie ist ja gleich bei der Brücke, sie hat einen großen Vorsprung, und dann ist die Gefahr vorbei. Man kann ja nicht ahnen, wer sie ist, keine Seele kann ahnen, wer die Frau war, die mit jenem Mann über die Reichsstraße gefahren ist. Der Kutscher kennt sie nicht, er wird sie auch nicht erkennen, wenn er sie später einmal sieht. Man wird sich auch nicht darum kümmern, wer sie war. Wen geht es an?—Es ist sehr klug, daß sie nicht dort geblieben ist, es ist auch nicht gemein. Franz selbst hätte ihr recht gegeben. Sie muß ja nach Haus, sie hat ein Kind, sie hat einen Mann, sie wäre ja verloren, wenn man sie dort bei ihrem toten Geliebten gefunden hätte. Da ist die Brücke, die Straße scheint heller... ja, schon hört sie das Wasser rauschen wie früher; sie ist da, wo sie mit ihm Arm in Arm gegangen—wann—wann? Vor wieviel Stunden? Es kann noch nicht lange sein. Nicht lang? Vielleicht doch! Vielleicht war sie lange bewußtlos, vielleicht ist es längst Mitternacht, vielleicht ist der Morgen schon nahe, und sie wird daheim schon vermißt. Nein, nein, das ist ja nicht möglich, sie weiß, daß sie gar nicht bewußtlos war; sie erinnert sich jetzt genauer als im ersten Augenblick, wie sie aus dem Wagen gestürzt und gleich über alles im klaren gewesen ist. Sie läuft über die Brücke und hört ihre Schritte hallen. Sie sieht nicht nach rechts und links. Jetzt bemerkt sie, wie eine Gestalt ihr entgegenkommt. Sie mäßigt ihre Schritte. Wer kann das sein, der ihr entgegenkommt? Es ist jemand in Uniform. Sie geht ganz langsam. Sie darf nicht auffallen. Sie glaubt zu merken, daß der Mann den Blick fest auf sie gerichtet hält. Wenn er sie fragt? Sie ist neben ihm, erkennt die Uniform; es ist ein Sicherheitswachmann; sie geht an ihm vorüber. Sie hört, daß er hinter ihr stehengeblieben ist. Mit Mühe hält sie sich davon zurück, wieder zu laufen; es wäre verdächtig. Sie geht noch immer so langsam wie früher. Sie hört das Geklingel der Pferdeeisenbahn. Es kann noch lang nicht Mitternacht sein. Jetzt geht sie wieder schneller; sie eilt der Stadt entgegen, deren Lichter sie schon unter dem Eisenbahnviadukt am Ausgang der Straße entgegenschimmern sieht, deren gedämpften Lärm sie schon zu vernehmen glaubt. Noch diese einsame Straße, und dann ist die Erlösung da. Jetzt hört sie von weitem schrille Pfiffe, immer schriller, immer näher; ein Wagen saust an ihr vorüber. Unwillkürlich bleibt sie stehen und sieht ihm nach. Es ist der Wagen der Rettungsgesellschaft. Sie weiß, wohin er fährt. Wie schnell! denkt sie... Es ist wie Zauberei. Einen Moment lang ist ihr, als müßte sie den Leuten nachrufen, als müßte sie mit, als müßte sie wieder dahin zurück, woher sie gekommen—einen Moment lang packt sie eine ungeheure Scham, wie sie sie nie empfunden; und sie weiß, daß sie feig und schlecht gewesen ist. Aber wie sie das Rollen und Pfeifen immer ferner verklingen hört, kommt eine wilde Freude über sie, und wie eine Gerettete eilt sie vorwärts. Leute kommen ihr entgegen; sie hat keine Angst mehr vor ihnen—das Schwerste ist überstanden. Der Lärm der Stadt wird deutlich, immer lichter wird es vor ihr; schon sieht sie die Häuserzeile der Praterstraße, und es ist ihr, als werde sie dort von einer Flut von Menschen erwartet, in der sie spurlos verschwinden darf. Wie sie jetzt zu einer Straßenlaterne kommt, hat sie schon die Ruhe, auf ihre Uhr zu sehen. Es ist zehn Minuten vor Neun. Sie hält die Uhr ans Ohr—sie ist nicht stehengeblieben. Und sie denkt: ich bin lebendig, gesund... sogar meine Uhr geht... und er... er... tot... Schicksal... Es ist ihr, als wäre ihr alles verziehen... als wäre nie irgend eine Schuld auf ihrer Seite gewesen. Es hat sich erwiesen, ja es hat sich erwiesen. Sie hört, wie sie diese Worte laut spricht. Und wenn es das Schicksal anders bestimmt hätte?— Und wenn sie jetzt dort im Graben läge und er am Leben geblieben wäre? Er wäre nicht geflohen, nein... er nicht. Nun ja, er ist ein Mann. Sie ist ein Weib— und sie hat ein Kind und einen Gatten.—Sie hat recht gehabt,—es ist ihre Pflicht—ja ihre Pflicht. Sie weiß ganz gut, daß sie nicht aus Pflichtgefühl so gehandelt... Aber sie hat doch das Rechte getan. Unwillkürlich... wie... gute Menschen immer. Jetzt wäre sie schon entdeckt. Jetzt würden die Ärzte sie fragen. Und Ihr Mann, gnädige Frau? O Gott!... Und die Zeitungen morgen—und die Familie—sie wäre für alle Zeit vernichtet gewesen und hätte ihn doch nicht zum Leben erwecken können. Ja, das war die Hauptsache; für nichts hätte sie sich zu Grunde gerichtet.—Sie ist unter der Eisenbahnbrücke.—Weiter... weiter... Hier ist die Tegethoffsäule, wo die vielen Straßen ineinander laufen. Es sind heute, an dem regnerischen, windigen Herbstabend wenig Leute mehr im Freien, aber ihr ist es, als brause das Leben der Stadt mächtig um sie; denn woher sie kommt, dort war die fürchterlichste Stille. Sie hat Zeit. Sie weiß, daß ihr Mann heute erst gegen zehn nach Hause kommen wird—sie kann sich sogar noch umkleiden. Jetzt fällt es ihr ein, ihr Kleid zu betrachten. Mit Schrecken merkt sie, daß es über und über beschmutzt ist. Was wird sie dem Stubenmädchen sagen? Es fährt ihr durch den Kopf, daß morgen die Geschichte von dem Unglücksfall in allen Zeitungen zu lesen sein wird. Auch von einer Frau, die mit im Wagen war, und die dann nicht mehr zu finden war, wird überall zu lesen stehen, und bei diesem Gedanken bebt sie von neuem— eine Unvorsichtigkeit, und all ihre Feigheit war umsonst. Aber sie hat den Wohnungsschlüssel bei sich; sie kann ja selbst aufsperren;—sie wird sich nicht hören lassen. Sie steigt rasch in einen Fiaker. Schon will sie ihm ihre Adresse angeben, da fällt ihr ein, daß das vielleicht unklug wäre, und sie ruft ihm irgend einen Straßennamen zu, der ihr eben einfällt. Wie sie durch die Praterstraße fährt, möchte sie gern irgend etwas empfinden, aber sie kann es nicht; sie fühlt, daß sie nur einen Wunsch hat: zu Hause, in Sicherheit sein. Alles andere ist ihr gleichgültig. Im Augenblick, da sie sich entschlossen hat, den Toten allein auf der Straße liegen zu lassen, hat alles in ihr verstummen müssen, was um ihn klagen und jammern wollte. Sie kann jetzt nichts mehr empfinden als Sorge um sich. Sie ist ja nicht herzlos... o nein!... sie weiß ganz gewiß, es werden Tage kommen, wo sie verzweifeln wird; vielleicht wird sie daran zu Grunde gehen; aber jetzt ist nichts in ihr, als die Sehnsucht, mit trockenen Augen und ruhig zu Hause am selben Tisch mit ihrem Gatten und ihrem Kinde zu sitzen. Sie sieht durchs Fenster hinaus. Der Wagen fährt durch die innere Stadt; hier ist es hell erleuchtet, und ziemlich viele Menschen eilen vorbei. Da ist ihr plötzlich, als könne alles, was sie in den letzten Stunden durchlebt, gar nicht wahr sein. Wie ein böser Traum erscheint es ihr... unfaßbar als Wirkliches, Unabänderliches. In einer Seitengasse nach dem Ring läßt sie den Wagen halten, steigt aus, biegt rasch um die Ecke und nimmt dort einen andern Wagen, dem sie ihre richtige Adresse angibt. Es kommt ihr vor, als wäre sie jetzt überhaupt nicht mehr fähig, einen Gedanken zu fassen. Wo ist er jetzt, fährt es ihr durch den Sinn. Sie schließt die Augen, und sie sieht ihn vor sich auf einer Bahre liegen, im Krankenwagen—und plötzlich ist ihr, als sitze sie neben ihm und fahre mit ihm. Und der Wagen beginnt zu schwanken, und sie hat Angst, daß sie herausgeschleudert werde, wie damals—und sie schreit auf. Da hält der Wagen. Sie fährt zusammen; sie ist vor ihrem Haustor.—Rasch steigt sie aus, eilt durch den Flur, mit leisen Schritten, so daß der Portier hinter seinem Fenster gar nicht aufschaut, die Treppen hinauf, sperrt leise die Tür auf, um nicht gehört zu werden... durchs Vorzimmer in ihr Zimmer—es ist gelungen! Sie macht Licht, wirft eilig ihre Kleider ab und verbirgt sie wohl im Schrank. Über Nacht sollen sie trocknen—morgen will sie sie selber bürsten und reinigen. Dann wäscht sie sich Gesicht und Hände und nimmt einen Schlafrock um.

Jetzt klingelt es draußen. Sie hört das Stubenmädchen an die Wohnungstür kommen und öffnen. Sie hört die Stimme ihres Mannes; sie hört, wie er den Stock hinstellt. Sie fühlt, daß sie jetzt stark sein müsse, sonst kann noch immer alles vergeblich gewesen sein. Sie eilt ins Speisezimmer, so daß sie im selben Augenblick eintritt wie ihr Gatte.

«Ah, du bist schon zu Haus?» sagte er.

«Gewiß», antwortete sie, «schon lang.»

«Man hat dich offenbar nicht kommen gesehn.» Sie lächelt, ohne sich dazu zwingen zu müssen. Es macht sie nur sehr müde, daß sie auch lächeln muß. Er küßt sie auf die Stirn.

Der Kleine sitzt schon bei Tisch; er hat lang warten müssen, ist eingeschlafen. Auf dem Teller hat er sein Buch liegen, auf dem offenen Buch ruht sein Gesicht. Sie setzt sich neben ihn, der Gatte ihr gegenüber, nimmt eine Zeitung und wirft einen flüchtigen Blick hinein. Dann legt er sie weg und sagt: «Die anderen sitzen noch zusammen und beraten weiter.»

«Worüber?» fragt sie.

Und er beginnt zu erzählen, von der heutigen Sitzung, sehr lang, sehr viel. Emma tut, als höre sie zu, nickt zuweilen.

Aber sie hört nichts, sie weiß nicht, was er spricht, es ist ihr zu Mute, wie einem, der furchtbaren Gefahren auf wunderbare Weise entronnen ... sie fühlt nichts als: Ich bin gerettet, ich bin daheim. Und während ihr Mann immer weiter erzählt, rückt sie ihren Sessel näher zu ihrem Jungen, nimmt seinen Kopf und drückt ihn an ihre Brust. Eine unsägliche Müdigkeit überkommt sie—sie kann sich nicht beherrschen, sie fühlt, daß der Schlummer über sie kommt; sie schließt die Augen.

Plötzlich fährt ihr eine Möglichkeit durch den Sinn, an die sie seit dem Augenblick, da sie sich aus dem Graben erhoben hat, nicht mehr gedacht. Wenn er nicht tot wäre! Wenn er... Ach nein, es war kein Zweifel möglich... Diese Augen... dieser Mund—und dann... kein Hauch von seinen Lippen.—Aber es gibt ja den Scheintod. Es gibt Fälle, wo sich geübte Blicke irren. Und sie hat gewiß keinen geübten Blick. Wenn er lebt, wenn er schon wieder zu Bewußtsein gekommen ist, wenn er sich plötzlich mitten in der Nacht auf der Landstraße allein gefunden... wenn er nach ihr ruft... ihren Namen... wenn er am Ende fürchtet, sie sei verletzt... wenn er den Ärzten sagt, hier war eine Frau, sie muß weiter weggeschleudert worden sein. Und... und... ja, was dann? Man wird sie suchen. Der Kutscher wird zurückkommen vom Franz Josefsland mit Leuten... er wird erzählen... die Frau war ja da, wie ich fortgegangen bin—und Franz wird ahnen. Franz wird wissen... er kennt sie ja so gut... er wird wissen, daß sie davongelaufen ist, und ein gräßlicher Zorn wird ihn erfassen, und er wird ihren Namen nennen, um sich zu rächen. Denn er ist ja verloren... und es wird ihn so tief erschüttern, daß sie ihn in seiner letzten Stunde allein gelassen, daß er rücksichtslos sagen wird: Es war Frau Emma, meine Geliebte.. feig und dumm zugleich, denn nicht wahr, meine Herren Ärzte, Sie hätten sie gewiß nicht um ihren Namen gefragt, wenn man Sie um Diskretion ersucht hätte. Sie hätten sie ruhig gehen lassen, und ich auch, o ja—nur hätte sie dableiben müssen, bis Sie gekommen sind. Aber da sie so schlecht gewesen ist, sag' ich Ihnen, wer sie ist... es ist... Ah!

«Was hast du?» sagt der Professor sehr ernst, indem er aufsteht.

«Was... wie?... Was ist?»

«Ja, was ist dir denn?»

«Nichts.» Sie drückte den Jungen fester an sich.

Der Professor sieht sie lang an. «Weißt du, daß du begonnen hast, einzuschlummern und—»

«Und?»

«Dann hast du plötzlich aufgeschrien.»

«... So?»

«Wie man im Traum schreit, wenn man Alpdrücken hat. Hast du geträumt?»

«Ich weiß nicht. Ich weiß gar nichts.»

Und sich selbst gegenüber im Wandspiegel sieht sie ein Gesicht, das lächelt, grausam, und mit verzerrten Zügen. Sie weiß, daß es ihr eigenes ist, und doch schaudert ihr davor... Und sie merkt, daß es starr wird, sie kann den Mund nicht bewegen, sie weiß es: dieses Lächeln wird, so lange sie lebt, um ihre Lippen spielen. Und sie versucht zu schreien. Da fühlt sie, wie sich zwei Hände auf ihre Schultern legen, und sie sieht, wie sich zwischen ihr eigenes Gesicht und das im Spiegel das Antlitz ihres Gatten drängt; seine Augen, fragend und drohend, senken sich in die ihren. Sie weiß: übersteht sie diese letzte Prüfung nicht, so ist alles verloren. Und sie fühlt, wie sie wieder stark wird, sie hat ihre Züge, ihre Glieder in der Gewalt; sie kann in diesem Augenblick mit ihnen anfangen, was sie will; aber sie muß ihn benützen, sonst ist es vorbei, und sie greift mit ihren beiden Händen nach denen ihres Gatten, die noch auf ihren Schultern liegen, zieht ihn zu sich; sieht ihn heiter und zärtlich an.

Und während sie die Lippen ihres Mannes auf ihrer Stirn fühlt, denkt sie: freilich... ein böser Traum. Er wird es niemandem sagen, wird sich nie rächen, nie... er ist tot... er ist ganz gewiß tot... und die Toten schweigen.

«Warum sagst du das?» hörte sie plötzlich die Stimme ihres Mannes. Sie erschrickt tief. «Was hab' ich denn gesagt?» Und es ist ihr, als habe sie plötzlich alles ganz laut erzählt... als habe sie die ganze Geschichte dieses Abends hier bei Tisch mitgeteilt... und noch einmal fragt sie, während sie vor seinem entsetzten Blick zusammenbricht: «Was hab' ich denn gesagt?»

«Die Toten schweigen», wiederholt ihr Mann sehr langsam.

«Ja...» sagt sie, «ja...»

Und in seinen Augen liest sie, daß sie ihm nichts mehr verbergen kann, und lange seh'n die beiden einander an. «Bring' den Buben zu

Bett», sagte er dann zu ihr; «ich glaube, du hast mir noch etwas zu erzählen...»

«Ja», sagte sie.

Und sie weiß, daß sie diesem Manne, den sie durch Jahre betrogen hat, im nächsten Augenblick die ganze Wahrheit sagen wird.

Und während sie mit ihrem Jungen langsam durch die Tür schreitet, immer die Augen ihres Gatten auf sich gerichtet fühlend, kommt eine große Ruhe über sie, als würde vieles wieder gut.......................

ANDREAS THAMEYERS LETZTER BRIEF

Keineswegs kann ich weiterleben. Denn solange ich lebe, würden die Leute höhnen, und niemand sähe die Wahrheit ein. Die Wahrheit aber ist, daß mir meine Frau treu war—ich schwöre es bei allem, was mir heilig ist, und ich besiegle es durch meinen Tod. Auch habe ich in vielen Büchern nachgelesen, die diese schwierige und rätselhafte Materie behandeln, und wenn es auch Leute gibt, welche die Tatsache an sich bezweifeln, so sind doch anderseits Gelehrte von Bedeutung aufgestanden, die völlig überzeugt sind, und ich gedenke hierselbst Beispiele anzuführen, die jedem Unparteiischen als unwidersprechlich erscheinen müssen. So erzählt Malebranche, daß eine Frau anläßlich der Kanonisationsfeier des heiligen Pius dessen Bildnis so scharf betrachtete, daß der Knabe, den sie bald darauf zur Welt brachte, diesem Heiligen vollkommen glich;—ja sein Antlitz zeigte die müden Züge des Alters, seine Arme waren über die Brust gekreuzt, seine Augen gen Himmel gerichtet, und zum Überfluß zeigte sich noch auf einer Schulter in Gestalt eines Muttermales die herabhängende Mütze. Wem aber diese Erzählung trotz der Autorität des Zeugen, der ein Nachfolger des berühmten Philosophen Cartesius war, nicht genügend beglaubigt erscheint, dem wird vielleicht Martin Luther als Gewährsmann genügen. Luther nämlich—so ist in seinen Tischreden nachzulesen—hat in Wittenberg einen Bürger mit einem Totenkopf gekannt, und es war erwiesen, daß die Mutter dieses bedauernswerten Mannes während ihrer Schwangerschaft durch den Anblick eines Leichnams aufs heftigste erschreckt worden war. Die Geschichte aber, die mir am wichtigsten erscheint und an der zu zweifeln kein vernünftiger Anlaß vorliegt, wird von Heliodor in den «*Libri aethiopicorum*» berichtet. Diesem geschätzten Autor nach hat die Königin Persina nach zehnjähriger kinderloser Ehe ihrem Gatten, dem Äthioperkönig Hydaspes, eine weiße Tochter geboren, die sie aus Angst vor dem voraussichtlichen Zorn ihres Gemahls gleich nach der Geburt aussetzen ließ. Doch gab sie ihr einen Gürtel mit, auf dem der wahre Grund des verhängnisvollen Zufalls angegeben war: im Garten des königlichen Palastes, wo die Königin die Umarmungen ihres schwarzen Ehegemahls empfing, waren herrliche Marmorstatuen griechischer Götter und Göttinnen aufgestellt gewesen, auf die Persina ihre entzückten Blicke gerichtet hatte.

Aber noch weiter geht die Macht des Geistes, und nicht nur Abergläubische oder Ungebildete huldigen dieser Anschauung, wie die folgende Geschichte beweist, die sich im Jahre 1637 in Frankreich zutrug. Dortselbst gebar ein Weib nach vierjähriger Abwesenheit ihres Gatten einen Knaben und schwor, daß sie in der entsprechenden Zeit vorher mit der vollkommensten Lebhaftigkeit von der inbrünstigen Umarmung ihres Gatten geträumt hatte. Die Ärzte und Wehefrauen von Montpellier erklärten eidlich die Tatsache für möglich, und der Gerichtshof von Havre sprach dem Kinde alle Rechte der legitimen Geburt zu. Des ferneren finde ich in Hambergs «Rätselhaften Vorgängen der Natur», Seite 74, die Geschichte von einer Frau, die ein Kind mit einem Löwenkopf zur Welt brachte, nachdem sie im siebenten Monate ihrer Schwangerschaft mit ihrem Gatten und ihrer Mutter der Produktion eines Löwenbändigers beigewohnt hatte. Ich habe ferner eine Geschichte gelesen—sie ist zu finden in Limböcks «Über das Versehen der Frauen», Basel 1846, Seite 19—daß ein Kind mit einem großen Brandmal auf der Wange geboren wurde, weil die Mutter einige Wochen vor der Geburt das Haus gegenüber in Flammen hatte aufgehen sehen. In diesem Buch stehen noch andere, höchst verwunderliche Dinge. Während ich dieses schreibe, liegt es vor mir auf dem Tisch, eben habe ich wieder darin geblättert, und es sind beglaubigte, wissenschaftlich feststehende Tatsachen, die darin erzählt werden, und ebenso beglaubigt ist die Tatsache, die ich selbst erlebt habe, oder vielmehr mein gutes Weib, das mir treu gewesen ist, so wahr ich in diesem Augenblick noch lebe! Wirst du mir verzeihen, liebe Gattin, daß ich nun sterben gehe? Siehe, du mußt es tun. Es ist ja nur aus Liebe zu dir, daß ich sterbe, denn ich kann es nicht ertragen, daß die Leute höhnen, daß sie dich verlachen und mich! Nun werden sie wohl aufhören zu lachen, nun werden sie es verstehen, wie ich es verstehe. Ihr, die ihr mich, die ihr diesen Brief finden werdet, wisset, daß sie, während ich dieses schreibe, in dem Zimmer nebenan schläft, ruhig schläft, wie man nur mit einem guten Gewissen schlafen kann; und ihr Kind—unser Kind, das nun vierzehn Tage alt ist, liegt in der Wiege neben dem Bett und schläft gleichfalls. Und bevor ich das Haus verlasse, werde ich hingehen und werde meine Frau und mein Kind auf die Stirne küssen, ohne sie aufzuwecken. Ich schreibe das alles so genau, damit man nicht etwa meint, ich sei wahnsinnig... nein, es ist wohlüberlegt, und ich bin vollkommen ruhig. Sobald ich diesen Brief beendet habe, gehe ich fort, in tiefer Nacht, durch die leeren Straßen, immer weiter, den Weg, den ich so oft mit meiner Frau gegangen bin im ersten Jahre unserer Ehe, nach Dornbach—und immer weiter, bis in den Wald. Ja, es ist alles wohl überlegt, und ich bin im Vollbesitze meiner Sinne. Und so verhält sich die Sache. Ich heiße Andreas Thameyer, bin Beamter in der österreichischen Sparkassa, vierunddreißig Jahre alt, wohnhaft Hernalser Hauptstraße Nr. 64, verheiratet seit vier Jahren. Ich habe meine Frau sieben Jahre gekannt, ehe sie meine Gattin wurde, und sie hat zwei Bewerber ausgeschlagen, weil sie mich liebte und auf mich wartete: einen Kommissär mit 1800 Gulden Gehalt, und einen sehr schönen jungen Kandidaten der Medizin aus Triest, der als Zimmerherr bei ihren Eltern wohnte, man merke auf!—ausgeschlagen um meinetwillen, obzwar ich weder schön, noch reich war, und obwohl sich unsere Heirat von Jahr zu Jahr verzögerte. Und nun wollen die Leute behaupten, daß diese Frau mich betrogen hat, die sieben Jahre auf mich geduldig wartete! Die Menschen sind dumm und armselig, sie können, wie ich mich ausdrücken möchte, in unser Inneres nicht hineinblicken, sie sind schadenfroh und höchst gemein! Aber nun werden sie alle verstummen... ja nun werden sie alle sagen: wir haben unrecht getan, wir sehen es ein, deine Frau ist dir treu gewesen, und es war gar nicht notwendig, daß du dich umbringst... Aber ich sage euch: es ist notwendig! Denn solange ich am Leben bliebe, würdet ihr weiter höhnen, ihr alle. Nur einer ist edel und gut: das ist der alte Doktor Walter Brauner... Ja, er hat es mir gleich gesagt; bevor er mich hineinführte, sagte er mir: «Mein lieber Thameyer, erschrecken Sie nicht und regen Sie sich und Ihre Frau nicht auf. Solche Dinge sind schon öfters dagewesen. Ich werde Ihnen morgen das Buch von Limböck bringen und andere über das Versehen der Schwangeren.»—Diese Bücher liegen vor mir—jawohl! und ich richte die höfliche Bitte an meine Angehörigen, daß diesem vortrefflichen Mann, dem Doktor Brauner, seine Bücher mit ergebenstem Danke zurückgestellt werden. Weiter habe ich keine Verfügungen zu treffen. Mein Testament ist längst gemacht, ich habe keinen Grund, es abzuändern, denn meine Frau ist mir treu gewesen, und das Kind, das sie mir geboren hat, ist mein Kind. Und daß es eine so eigentümliche Hautfarbe hat, werde ich nunmehr auf die einfachste Weise erklären. Nur Böswilligkeit und Unbildung kann sich dieser Erklärung verschließen, und ich wage zu behaupten, wenn wir unter Menschen lebten, die nicht boshaft und albern wären, könnte ich am Leben bleiben, denn jeder sähe es ein. So aber will es niemand einsehen, und sie lächeln und lachen. Sogar Herr Gustav Rengelhofer, der Onkel meiner Frau, dem ich stets die größte Achtung erwiesen, hat in einer mich sehr verletzenden Weise mit den

Augen gezwinkert, als er mein Kind zum erstenmal sah, und meine eigene Mutter—sie hat mir die Hand gedrückt, in einer höchst sonderbaren Art, als bedürfe ich ihrer Teilnahme. Und meine Kollegen im Bureau haben miteinander geflüstert, als ich gestern eintrat, und der Hausmeister, dessen Kindern ich zu Weihnachten meine alte verdorbene Uhr geschenkt habe—immerhin, als Spielzeug tut solch ein Uhrgehäuse seine Dienste... der Hausmeister hat sich das Lachen verbissen, als ich gestern an ihm vorbeiging, und unsere Köchin macht ein Gesicht, so lustig, als wenn sie betrunken wäre, und der Spezereihändler an der Ecke hat mir nachgeschaut, schon drei- oder viermal... neulich ist er an der Türe stehengeblieben und sagte zu einer alten Dame: das ist er. Und ein Beweis für die schleunige Verbreitung der unsinnigsten Gerüchte:—es gibt Leute, die ich gar nicht kenne, und die es wissen, ich weiß nicht, woher. Als ich vorgestern im Stellwagen nach Hause fuhr, hörte ich drei alte Weiber drin über mich sprechen, ich hörte meinen Vornamen ganz genau; ich stand auf der Plattform. Daher frage ich laut: (ich gebrauche diesen Ausdruck absichtlich, obwohl dies schriftliche Aufzeichnungen sind)—ich frage mit vernehmlicher Stimme: Was soll ich tun? Was bleibt mir übrig? Ich kann es nicht jedem sagen: Leset Hambergs «Wunder der Natur» und Limböcks vorzügliches Werk «Über das Versehen der Schwangeren». Ich kann nicht vor ihnen niederknien und sie anflehen: «Seid nicht so grausam... seht es doch ein... meine Frau ist mir immer treu gewesen!» Sie hat sich versehen, als sie im August mit ihrer Schwester unten im Tiergarten war, wo diese fremden Leute ihr Lager hatten, diese unheimlichen Schwarzen. Ich kann es beschwören, daß sie sich versehen hat, denn die Geschichte trug sich folgendermaßen zu: Ich war an jenem Tag—und schon ein paar Tage vorher—bei meinen Eltern auf dem Lande gewesen—mein Vater war nämlich krank, sehr krank... Man ermesse es daraus, daß er tatsächlich wenige Wochen darauf verstorben ist.—Aber dies gehört nicht her.—Nun, Anna war allein. Und als ich zurückkam, fand ich meine Frau zu Bett liegen—jawohl, vor Aufregung, vor Sehnsucht... was weiß ich! lag sie danieder.—Und ich war doch nur drei Tage fort gewesen. So sehr liebte mich meine Frau. Und ich mußte mich gleich an ihr Bett setzen und mir erzählen lassen, wie sie die drei Tage verbracht hatte. Und ohne daß ich sie erst fragte, erzählte sie alles. Ich notiere es hier mit der in diesem Falle erforderlichen Genauigkeit. Montag war sie den ganzen Vormittag zu Hause gewesen, Nachmittag aber ging sie mit Fritzi—so nennen wir ihre ledige Schwester, ihr Taufname ist Friederike—mit Fritzi in die innere Stadt, Einkäufe besorgen. Fritzi ist verlobt mit einem sehr braven jungen Mann, der nun eine Stellung in Deutschland hat, und zwar in Bremen in einem großen Handlungshaus, und Fritzi soll ihm bald nachkommen, um seine Frau zu werden... Doch auch dies ist nebensächlich. Ich weiß es sehr wohl. Dienstag verbrachte meine Frau den ganzen Tag zu Hause, denn es regnete.—Auch auf dem Lande, bei meinen Eltern, regnete es an diesem Tage, wie ich mich genau erinnern kann. Dann kam der Mittwoch. An diesem Tag gingen meine Frau und Fritzi gegen Abend in den Tiergarten, wo Neger ihr Lager aufgeschlagen hatten. Hier füge ich bei, daß ich selbst diese Leute später gesehen habe, im September nämlich, und zwar ging ich mit Rudolf Bittner hinunter, mit ihm und seiner Frau, an einem Sonntagsabend; Anna wollte durchaus nicht mit, ein solches Grauen war ihr zurückgeblieben seit jenem Mittwoch. Sie sagte mir, niemals in ihrem Leben habe sie ein solches Grauen empfunden als an jenem Abend, da sie allein bei den Negern war... Allein, denn Fritzi hatte sich plötzlich verloren... Es ist mir nicht möglich, diese Tatsache zu verschweigen. Nun, ich will gegen Fritzi nichts sagen, da dieses mein letzter Brief ist. Aber hier scheint es mir am Platze, an Fritzi die ernste Mahnung zu richten, ihren Bräutigam nicht zu kränken, da dieser als anständiger Mensch darüber sehr unglücklich wäre. Leider aber bleibt es eine Tatsache, daß an jenem Abend Herr... doch wozu soll ich hier einen Namen niederschreiben... kurz und gut, mit diesem Herrn, den ich sehr wohl kenne und der sich nicht des besten Rufes erfreut, obzwar er verheiratet ist, verlor sich Fritzi an jenem Abend, und meine arme Frau war plötzlich allein. Es war ein nebeliger Abend, wie sie im Spätsommer zuweilen vorkommen; ich für meinen Teil gehe niemals abends ohne Überrock in den Prater... ich erinnere mich, daß da auf den Wiesen oft graue Dämpfe liegen, in denen sich die Lichter spiegeln... Nun, solch ein Abend war es an jenem Mittwoch, und Fritzi war plötzlich fort, und meine Anna war allein—mit einem Male allein... wer begreift nicht, daß sie unter diesen Umständen ein ungeheures Grauen vor diesen Riesenmenschen mit den glühenden Augen und den großen schwarzen Bärten empfinden mußte?... Zwei Stunden lang wartete sie auf Fritzi und hoffte immer, daß sie wiederkommen würde, endlich wurden die Tore geschlossen, da mußte sie gehen. So war es. Dies alles erzählte mir Anna in der Frühe, als ich an ihrem Bette saß, wie ich schon früher bemerkt habe... sie hatte die Arme um meinen Nacken geschlungen und zitterte, ihre Augen waren ganz trüb, ich selber bekam Angst, und dabei wußte ich an diesem Tag noch nicht, was ich später wußte, so wenig als sie. Denn hätte ich gewußt, daß sie bereits unser Kind unter dem Herzen trage, dann hätte ich nie und nimmer gestattet, daß sie mit Fritzi an einem nebeligen Abend in den Prater ginge und sich allerlei Gefahren aussetzte. Denn für eine Frau in solchem Zustand ist alles Gefahr... Freilich, wenn Fritzi sich nicht verloren hätte, so wäre meine Frau nie und nimmer in eine so entsetzliche Angst geraten; aber dies war eben das große Unglück, daß sie so allein war und um Fritzi zitterte... Nun ist ja alles vorüber, und ich werfe auf niemand einen Stein. Aber ich habe dies alles aufgeschrieben, denn ich finde es notwendig, daß diese Sache völlig klar gestellt werde. Würde ich das nicht tun, wer weiß, ob die Leute in ihrer Erbärmlichkeit nicht endlich noch sagten: er hat sich umgebracht, weil seine Frau ihn betrogen hat... Nein, ihr Leute, nochmals, meine Frau ist treu, und das Kind, das sie geboren hat ist mein Kind! Und ich liebe sie beide bis zum letzten Augenblick. In den Tod treibt nur ihr mich, ihr alle, die ihr zu armselig oder zu boshaft seid, zu glauben oder zu verstehen. Und je mehr ich zu euch reden und versuchen würde, euch den Vorfall wissenschaftlich zu erklären... ich weiß es ja, um so mehr würdet ihr höhnen und lachen, wenn auch nicht vor mir, so hinter meinem Rücken—oder ihr würdet gar sagen: «Thameyer ist wahnsinnig.» Nun ist euch das genommen, meine Verehrten, ich sterbe für meine Überzeugung, für die Wahrheit und vor allem für die Ehre meiner Frau; denn wenn ich tot bin, werdet ihr meine Frau nicht verhöhnen und werdet über mich nicht lachen; ihr werdet einsehen, daß es solche Dinge gibt, wie sie Hamberg, Heliodor, Malebranche, Welsenburg, Preuß, Limböck und andere berichten.—Auch du, liebe Mutter—wahrhaftig, du mußtest mir nicht die Hand drücken, als wäre ich zu bedauern! Du wirst jetzt doch meine Frau um Verzeihung bitten—ich weiß es... Nun, scheint mir, habe ich nichts mehr zu sagen. Es schlägt eins. Gute Nacht, meine Lieben. Nun geh' ich noch einmal ins Nebenzimmer und küsse mein Kind und meine Frau zum letzten Mal—dann geh' ich fort.—Lebt wohl.

DER BLINDE GERONIMO UND SEIN BRUDER

Der blinde Geronimo stand von der Bank auf und nahm die Gitarre zur Hand, die auf dem Tisch neben dem Weinglas bereit gelegen war. Er hatte das ferne Rollen der ersten Wagen vernommen. Nun tastete er sich den wohlbekannten Weg bis zur offenen Türe hin, und dann ging er die schmalen Holzstufen hinab, die frei in den gedeckten Hofraum hinunterliefen. Sein Bruder folgte ihm, und beide stellten sich gleich neben der Treppe auf, den Rücken zur Wand gekehrt, um gegen den naßkalten Wind geschützt zu sein, der über den feuchtschmutzigen Boden durch die offenen Tore strich.

Unter dem düsteren Bogen des alten Wirtshauses mußten alle Wagen passieren, die den Weg über das Stilfserjoch nahmen. Für die Reisenden, welche von Italien her nach Tirol wollten, war es die letzte Rast vor der Höhe. Zu langem Aufenthalte lud es nicht ein, denn gerade hier lief die Straße ziemlich eben, ohne Ausblicke, zwischen kahlen Erhebungen hin. Der blinde Italiener und sein Bruder Carlo waren in den Sommermonaten hier so gut wie zu Hause.

Die Post fuhr ein, bald darauf kamen andere Wagen. Die meisten Reisenden blieben sitzen, in Plaids und Mäntel wohl eingehüllt, andere stiegen aus und spazierten zwischen den Toren ungeduldig hin und her. Das Wetter wurde immer schlechter, ein kalter Regen klatschte herab. Nach einer Reihe schöner Tage schien der Herbst plötzlich und allzu früh hereinzubrechen.

Der Blinde sang und begleitete sich dazu auf der Gitarre; er sang mit einer ungleichmäßigen, manchmal plötzlich aufkreischenden Stimme, wie immer, wenn er getrunken hatte. Zuweilen wandte er den Kopf wie mit einem Ausdruck vergeblichen Flehens nach oben. Aber die Züge seines Gesichtes mit den schwarzen Bartstoppeln und den bläulichen Lippen blieben vollkommen unbeweglich. Der ältere Bruder stand neben ihm, beinahe regungslos. Wenn ihm jemand eine Münze in den Hut fallen ließ, nickte er Dank und sah dem Spender mit einem raschen, wie irren Blick ins Gesicht. Aber gleich, beinahe ängstlich, wandte er den Blick wieder fort und starrte gleich dem Bruder ins Leere. Es war, als schämten sich seine Augen des Lichts, das ihnen gewährt war, und von dem sie dem blinden Bruder keinen Strahl schenken konnten.

«Bring mir Wein», sagte Geronimo, und Carlo ging, gehorsam wie immer. Während er die Stufen aufwärts schritt, begann Geronimo wieder zu singen. Er hörte längst nicht mehr auf seine eigene Stimme, und so konnte er auf das merken, was in seiner Nähe vorging. Jetzt vernahm er ganz nahe zwei flüsternde Stimmen, die eines jungen Mannes und einer jungen Frau. Er dachte, wie oft diese beiden schon den gleichen Weg hin und her gegangen sein mochten; denn in seiner Blindheit und in seinem Rausch war ihm manchmal, als kämen Tag für Tag dieselben Menschen über das Joch gewandert, bald von Norden gegen Süden, bald von Süden gegen Norden. Und so kannte er auch dieses junge Paar seit langer Zeit.

Carlo kam herab und reichte Geronimo ein Glas Wein. Der Blinde schwenkte es dem jungen Paare zu und sagte: «Ihr Wohl, meine Herrschaften!»

«Danke», sagte der junge Mann; aber die junge Frau zog ihn fort, denn ihr war dieser Blinde unheimlich.

Jetzt fuhr ein Wagen mit einer ziemlich lärmenden Gesellschaft ein: Vater, Mutter, drei Kinder, eine Bonne.

«Deutsche Familie», sagte Geronimo leise zu Carlo.

Der Vater gab jedem der Kinder ein Geldstück, und jedes durfte das seine in den Hut des Bettlers werfen. Geronimo neigte jedesmal den Kopf zum Dank. Der älteste Knabe sah dem Blinden mit ängstlicher Neugier ins Gesicht. Carlo betrachtete den Knaben. Er mußte, wie immer beim Anblick solcher Kinder, daran denken, daß Geronimo gerade so alt gewesen war, als das Unglück geschah, durch das er das Augenlicht verloren hatte. Denn er erinnerte sich jenes Tages auch heute noch, nach beinahe zwanzig Jahren, mit vollkommener Deutlichkeit. Noch heute klang ihm der grelle Kinderschrei ins Ohr, mit dem der kleine Geronimo auf den Rasen hingesunken war, noch heute sah er die Sonne auf der weißen Gartenmauer spielen und kringeln und hörte die Sonntagsglocken wieder, die gerade in jenem Augenblick getönt hatten. Er hatte wie oftmals mit dem Bolzen nach der Esche an der Mauer geschossen, und als er den Schrei hörte, dachte er gleich, daß er den kleinen Bruder verletzt haben mußte, der eben vorbeigelaufen war. Er ließ das Blasrohr aus den Händen gleiten, sprang durchs Fenster in den Garten und stürzte zu dem kleinen Bruder hin, der auf dem Grase lag, die Hände vors Gesicht geschlagen, und jammerte. Über die rechte Wange und den Hals floß ihm Blut herunter. In derselben Minute kam der Vater vom Felde heim, durch die kleine Gartentür, und nun knieten beide ratlos neben dem jammernden Kinde. Nachbarn eilten herbei; die alte

Vanetti war die erste, der es gelang, dem Kleinen die Hände vom Gesicht zu entfernen. Dann kam auch der Schmied, bei dem Carlo damals in der Lehre war und der sich ein bißchen aufs Kurieren verstand; und der sah gleich, daß das rechte Auge verloren war. Der Arzt, der abends aus Poschiavo kam, konnte auch nicht mehr helfen. Ja, er deutete schon die Gefahr an, in der das andere Auge schwebte. Und er behielt recht. Ein Jahr später war die Welt für Geronimo in Nacht versunken. Anfangs versuchte man, ihm einzureden, daß er später geheilt werden könnte, und er schien es zu glauben. Carlo, der die Wahrheit wußte, irrte damals tage- und nächtelang auf der Landstraße, zwischen den Weinbergen und in den Wäldern umher, und war nahe daran, sich umzubringen. Aber der geistliche Herr, dem er sich anvertraute, klärte ihn auf, daß es seine Pflicht war, zu leben und sein Leben dem Bruder zu widmen. Carlo sah es ein. Ein ungeheures Mitleid ergriff ihn. Nur wenn er bei dem blinden Jungen war, wenn er ihm die Haare streicheln, seine Stirne küssen durfte, ihm Geschichten erzählte, ihn auf den Feldern hinter dem Hause und zwischen den Rebengeländen spazieren führte, milderte sich seine Pein. Er hatte gleich anfangs die Lehrstunden in der Schmiede vernachlässigt, weil er sich von dem Bruder gar nicht trennen mochte, und konnte sich nachher nicht mehr entschließen, sein Handwerk wieder aufzunehmen, trotzdem der Vater mahnte und in Sorge war. Eines Tages fiel es Carlo auf, daß Geronimo vollkommen aufgehört hatte, von seinem Unglück zu reden. Bald wußte er, warum: der Blinde war zur Einsicht gekommen, daß er nie den Himmel, die Hügel, die Straßen, die Menschen, das Licht wieder sehen würde. Nun litt Carlo noch mehr als früher, so sehr er sich auch selbst damit zu beruhigen suchte, daß er ohne jede Absicht das Unglück herbeigeführt hatte. Und manchmal, wenn er am frühen Morgen den Bruder betrachtete, der neben ihm ruhte, ward er von einer solchen Angst erfaßt, ihn erwachen zu sehen, daß er in den Garten hinauslief, nur um nicht dabei sein zu müssen, wie die toten Augen jeden Tag von neuem das Licht zu suchen schienen, das ihnen für immer erloschen war. Zu jener Zeit war es, daß Carlo auf den Einfall kam, Geronimo, der eine angenehme Stimme hatte, in der Musik weiter ausbilden zu lassen. Der Schullehrer von Tola, der manchmal Sonntags herüberkam, lehrte ihn die Gitarre spielen. Damals ahnte der Blinde freilich noch nicht, daß die neuerlernte Kunst einmal zu seinem Lebensunterhalt dienen würde.

Mit jenem traurigen Sommertag schien das Unglück für immer in das Haus des alten Lagardi eingezogen zu sein. Die Ernte mißriet ein Jahr nach dem anderen, um eine kleine Geldsumme, die der Alte erspart hatte, wurde er von einem Verwandten betrogen; und als er an einem schwülen Augusttag auf freiem Felde vom Schlag getroffen hinsank und starb, hinterließ er nichts als Schulden. Das kleine Anwesen wurde verkauft, die beiden Brüder waren obdachlos und arm und verließen das Dorf.

Carlo war zwanzig, Geronimo fünfzehn Jahre alt. Damals begann das Bettel- und Wanderleben, das sie bis heute führten. Anfangs hatte Carlo daran gedacht, irgendeinen Verdienst zu finden, der zugleich ihn und den Bruder ernähren könnte; aber es wollte nicht gelingen. Auch hatte Geronimo nirgend Ruhe; er wollte immer auf dem Wege sein.

Zwanzig Jahre war es nun, daß sie auf Straßen und Pässen herumzogen, im nördlichen Italien und im südlichen Tirol, immer dort, wo eben der dichtere Zug der Reisenden vorüberströmte.

Und wenn auch Carlo nach so vielen Jahren nicht mehr die brennende Qual verspürte, mit der ihn früher jedes Leuchten der Sonne, der Anblick jeder freundlichen Landschaft erfüllt hatte, es war doch ein stetes nagendes Mitleid in ihm, beständig und ihm unbewußt, wie der Schlag seines Herzens und sein Atem. Und er war froh, wenn Geronimo sich betrank.

Der Wagen mit der deutschen Familie war davongefahren. Carlo setzte sich, wie er gern tat, auf die untersten Stufen der Treppe, Geronimo aber blieb stehen, ließ die Arme schlaff herabhängen und hielt den Kopf nach oben gewandt.

Maria, die Magd, kam aus der Wirtsstube.

«Habt's viel verdient heut?» rief sie herunter.

Carlo wandte sich gar nicht um. Der Blinde bückte sich nach seinem Glas, hob es vom Boden auf und trank es Maria zu. Sie saß manchmal abends in der Wirtsstube neben ihm; er wußte auch, daß sie schön war.

Carlo beugte sich vor und blickte gegen die Straße hinaus. Der Wind blies, und der Regen prasselte, so daß das Rollen des nahenden Wagens in den heftigen Geräuschen unterging. Carlo stand auf und nahm wieder seinen Platz an des Bruders Seite ein.

Geronimo begann zu singen, schon während der Wagen einfuhr, in dem nur ein Passagier saß. Der Kutscher spannte die Pferde eilig aus, dann eilte er hinauf in die Wirtsstube. Der Reisende blieb eine Weile in seiner Ecke sitzen, ganz eingewickelt in einen grauen Regenmantel; er schien auf den Gesang gar nicht zu hören. Nach einer Weile aber sprang er aus dem Wagen und lief mit großer Hast hin und her, ohne sich weit vom Wagen zu entfernen. Er rieb immerfort die Hände aneinander, um sich zu erwärmen. Jetzt erst schien er die Bettler zu bemerken. Er stellte sich ihnen gegenüber und sah sie lange wie prüfend an. Carlo neigte leicht den Kopf, wie zum Gruße. Der Reisende war ein sehr junger Mensch mit einem hübschen, bartlosen Gesicht und unruhigen Augen. Nachdem er eine ganze Weile vor den Bettlern gestanden, eilte er wieder zu dem Tore, durch das er weiterfahren sollte, und schüttelte bei dem trostlosen Ausblick in Regen und Nebel verdrießlich den Kopf.

«Nun?» fragte Geronimo.

«Noch nichts», erwiderte Carlo. «Er wird wohl geben, wenn er fortfährt.»

Der Reisende kam wieder zurück und lehnte sich an die Deichsel des Wagens. Der Blinde begann zu singen. Nun schien der junge Mann plötzlich mit großem Interesse zuzuhören. Der Knecht erschien und spannte die Pferde wieder ein. Und jetzt erst, als besänne er sich eben, griff der junge Mann in die Tasche und gab Carlo einen Frank.

«O danke, danke», sagte dieser.

Der Reisende setzte sich in den Wagen und wickelte sich wieder in seinen Mantel. Carlo nahm das Glas vom Boden auf und ging die Holzstufen hinauf. Geronimo sang weiter. Der Reisende beugte sich zum Wagen heraus und schüttelte den Kopf mit einem Ausdruck von Überlegenheit und Traurigkeit zugleich. Plötzlich schien ihm ein Einfall zu kommen, und er lächelte. Dann sagte er zu dem Blinden, der kaum zwei Schritte weit von ihm stand: «Wie heißt du?»

«Geronimo.»

«Nun, Geronimo, laß dich nur nicht betrügen.» In diesem Augenblick erschien der Kutscher auf der obersten Stufe der Treppe.

«Wieso, gnädiger Herr, betrügen?»

«Ich habe deinem Begleiter ein Zwanzigfrankstück gegeben.»

«O Herr, Dank, Dank!»

«Ja; also paß auf.»

«Er ist mein Bruder, Herr; er betrügt mich nicht.»

Der junge Mann stutzte eine Weile, aber während er noch überlegte, war der Kutscher auf den Bock gestiegen und hatte die Pferde angetrieben. Der junge Mann lehnte sich zurück mit einer Bewegung des Kopfes, als wollte er sagen: Schicksal, nimm deinen Lauf! Und der Wagen fuhr davon.

Der Blinde winkte mit beiden Händen lebhafte Gebärden des Dankes nach. Jetzt hörte er Carlo, der eben aus der Wirtsstube kam. Der rief herunter: «Komm, Geronimo, es ist warm heroben, Maria hat Feuer gemacht!»

Geronimo nickte, nahm die Gitarre unter den Arm und tastete sich am Geländer die Stufen hinauf. Auf der Treppe schon rief er: «Laß es mich anfühlen! Wie lang hab' ich schon kein Goldstück angefühlt!»

«Was gibt's?» fragte Carlo. «Was redest du da?»

Geronimo war oben und griff mit beiden Händen nach dem Kopf seines Bruders, ein Zeichen, mit dem er stets Freude oder Zärtlichkeit auszudrücken pflegte. «Carlo, mein lieber Bruder, es gibt doch gute Menschen!»

«Gewiß», sagte Carlo. «Bis jetzt sind es zwei Lire und dreißig Centesimi; und hier ist noch österreichisches Geld, vielleicht eine halbe Lira.»

«Und zwanzig Franken—und zwanzig Franken!» rief Geronimo. «Ich weiß es ja!» Er torkelte in die Stube und setzte sich schwer auf die Bank.

«Was weißt du?» fragte Carlo.

«So laß doch die Späße! Gib es mir in die Hand! Wie lang hab' ich schon kein Goldstück in der Hand gehabt!»

«Was willst du denn? Woher soll ich ein Goldstück nehmen? Es sind zwei Lire oder drei.»

Der Blinde schlug auf den Tisch. «Jetzt ist es aber genug, genug! Willst du es etwa vor mir verstecken?»

Carlo blickte den Bruder besorgt und verwundert an. Er setzte sich neben ihn, rückte ganz nahe und faßte wie begütigend seinen Arm: «Ich verstecke nichts vor dir. Wie kannst du das glauben? Niemandem ist es eingefallen, mir ein Goldstück zu geben.»

«Aber er hat mir's doch gesagt!»

«Wer?»

«Nun, der junge Mensch, der hin- und herlief.»

«Wie? Ich versteh' dich nicht!»

«So hat er zu mir gesagt: ‚Wie heißt du?' und dann: ‚Gib acht, gib acht, laß dich nicht betrügen!'»

«Du mußt geträumt haben, Geronimo—das ist ja Unsinn!»

«Unsinn? Ich hab' es doch gehört, und ich höre gut. ‚Laß dich nicht betrügen; ich habe ihm ein Goldstück...'—nein, so sagte er: ‚Ich habe ihm ein Zwanzigfrankstück gegeben.'»

Der Wirt kam herein. «Nun, was ist's mit euch? Habt ihr das Geschäft aufgegeben? Ein Vierspänner ist gerade angefahren.»

«Komm!» rief Carlo, «komm!»

Geronimo blieb sitzen. «Warum denn? Warum soll ich kommen? Was hilft's mir denn? Du stehst ja dabei und—»

Carlo berührte ihn am Arm. «Still, komm jetzt hinunter!»

Geronimo schwieg und gehorchte dem Bruder. Aber auf den Stufen sagte er: «Wir reden noch, wir reden noch!»

Carlo begriff nicht, was geschehen war. War Geronimo plötzlich verrückt geworden? Denn, wenn er auch leicht in Zorn geriet, in dieser Weise hatte er noch nie gesprochen.

In dem eben angekommenen Wagen saßen zwei Engländer; Carlo lüftete den Hut vor ihnen, und der Blinde sang. Der eine Engländer war ausgestiegen und warf einige Münzen in Carlos Hut. Carlo sagte: «Danke» und dann, wie vor sich hin: «Zwanzig Centesimi.» Das Gesicht Geronimos blieb unbewegt; er begann ein neues Lied. Der Wagen mit den zwei Engländern fuhr davon.

Die Brüder gingen schweigend die Stufen hinauf. Geronimo setzte sich auf die Bank, Carlo blieb beim Ofen stehen.

«Warum sprichst du nicht?» fragte Geronimo.

«Nun», erwiderte Carlo, «es kann nur so sein, wie ich dir gesagt habe.» Seine Stimme zitterte ein wenig.

«Was hast du gesagt?» fragte Geronimo.

«Es war vielleicht ein Wahnsinniger.»

«Ein Wahnsinniger? Das wäre ja vortrefflich! Wenn einer sagt: ‚Ich habe deinem Bruder zwanzig Franken gegeben', so ist er wahnsinnig! —Eh, und warum hat er gesagt: ‚Laß dich nicht betrügen'—eh?»

«Vielleicht war er auch nicht wahnsinnig... aber es gibt Menschen, die mit uns armen Leuten Späße machen...»

«Eh!» schrie Geronimo, «Späße?—Ja, das hast du noch sagen müssen —darauf habe ich gewartet!» Er trank das Glas Wein aus, das vor ihm stand.

«Aber, Geronimo!» rief Carlo, und er fühlte, daß er vor Bestürzung kaum sprechen konnte, «warum sollte ich... wie kannst du glauben...?»

«Warum zittert deine Stimme.... eh.... warum...?»

«Geronimo, ich versichere dir, ich—»

«Eh—und ich glaube dir nicht! Jetzt lachst du... ich weiß ja, daß du jetzt lachst!»

Der Knecht rief von unten: «He, blinder Mann, Leut' sind da!»

Ganz mechanisch standen die Brüder auf und schritten die Stufen hinab. Zwei Wagen waren zugleich gekommen, einer mit drei Herren, ein anderer mit einem alten Ehepaar. Geronimo sang; Carlo stand neben ihm, fassungslos. Was sollte er nur tun? Der Bruder glaubte ihm nicht! Wie war das nur möglich?—Und er betrachtete Geronimo, der mit zerbrochener Stimme seine Lieder sang, angstvoll von der Seite. Es war ihm, als sähe er über diese Stirne Gedanken fliehen, die er früher dort niemals gewahrt hatte.

Die Wagen waren schon fort, aber Geronimo sang weiter. Carlo wagte nicht, ihn zu unterbrechen. Er wußte nicht, was er sagen sollte, er fürchtete, daß seine Stimme wieder zittern würde. Da tönte Lachen von oben, und Maria rief: «Was singst denn noch immer? Von mir kriegst du ja doch nichts!»

Geronimo hielt inne, mitten in einer Melodie; es klang, als wäre seine Stimme und die Saiten zugleich abgerissen. Dann ging er wieder die Stufen hinauf, und Carlo folgte ihm. In der Wirtsstube setzte er sich neben ihn. Was sollte er tun? Es blieb ihm nichts anderes übrig: er mußte noch einmal versuchen, den Bruder aufzuklären.

«Geronimo», sagte er, «ich schwöre dir... bedenk doch, Geronimo, wie kannst du glauben, daß ich—»

Geronimo schwieg, seine toten Augen schienen durch das Fenster in den grauen Nebel hinauszublicken. Carlo redete weiter: «Nun, er braucht ja nicht wahnsinnig gewesen zu sein, er wird sich geirrt haben.. ja, er hat sich geirrt...» Aber er fühlte wohl, daß er selbst nicht glaubte, was er sagte.

Geronimo rückte ungeduldig fort. Aber Carlo redete weiter, mit plötzlicher Lebhaftigkeit: «Wozu sollte ich denn—du weißt doch, ich esse und trinke nicht mehr als du, und wenn ich mir einen neuen Rock kaufe, so weißt du's doch... wofür brauch' ich denn soviel Geld? Was soll ich denn damit tun?»

Da stieß Geronimo zwischen den Zähnen hervor: «Lüg nicht, ich höre, wie du lügst!»

«Ich lüge nicht, Geronimo, ich lüge nicht!» sagte Carlo erschrocken.

«Eh! hast du ihr's schon gegeben, ja? Oder bekommt sie's erst nachher?» schrie Geronimo.

«Maria?»

«Wer denn, als Maria? Eh, du Lügner, du Dieb!» Und als wollte er nicht mehr neben ihm am Tische sitzen, stieß er mit dem Ellbogen den Bruder in die Seite.

Carlo stand auf. Zuerst starrte er den Bruder an, dann verließ er das Zimmer und ging über die Stiege in den Hof. Er schaute mit weit offenen Augen auf die Straße hinaus, die vor ihm in bräunlichen Nebel versank. Der Regen hatte nachgelassen. Carlo steckte die Hände in die Hosentaschen und ging ins Freie. Es war ihm, als hätte ihn sein Bruder davongejagt. Was war denn nur geschehen?... Er konnte es noch immer nicht fassen. Was für ein Mensch mochte das gewesen sein? Einen Franken schenkt er her und sagt, es waren zwanzig! Er mußte doch irgendeinen Grund dazu gehabt haben?... Und Carlo suchte in seiner Erinnerung, ob er sich nicht irgendwo jemanden zum Feind gemacht, der nun einen anderen hergeschickt hatte, um sich zu rächen... Aber soweit er zurückdenken mochte, nie hatte er jemanden beleidigt, nie irgendeinen ernsten Streit mit jemandem vorgehabt. Er hatte ja seit zwanzig Jahren nichts anderes getan, als daß er in Höfen oder an Straßenrändern gestanden war mit dem Hut in der Hand... War ihm vielleicht einer wegen eines Frauenzimmers böse?... Aber wie lange hatte er schon mit keiner was zu tun gehabt... die Kellnerin in La Rosa war die letzte gewesen, im vorigen Frühjahr... aber um die war ihm gewiß niemand neidisch... Es war nicht zu begreifen!... Was mochte es da draußen in der Welt, die er nicht kannte, für Menschen geben?... Von überall her kamen sie... was wußte er von ihnen?... Für diesen Fremden hatte es wohl irgendeinen Sinn gehabt, daß er zu Geronimo sagte: Ich habe deinem Bruder zwanzig Franken gegeben... Nun ja... Aber was war nun zu tun?... Mit einemmal war es offenbar geworden, daß Geronimo ihm mißtraute!... Das konnte er nicht ertragen! Irgend etwas mußte er dagegen unternehmen... Und er eilte zurück.

Als er wieder in die Wirtsstube trat, lag Geronimo auf der Bank ausgestreckt und schien das Eintreten Carlos nicht zu bemerken. Maria brachte den beiden Essen und Trinken. Sie sprachen während der Mahlzeit kein Wort. Als Maria die Teller abräumte, lachte Geronimo plötzlich auf und sagte zu ihr: «Was wirst du dir denn dafür kaufen?»

«Wofür denn?»

«Nun, was? Einen neuen Rock oder Ohrringe?»

«Was will er denn von mir?» wandte sie sich an Carlo.

Indes dröhnte unten der Hof von lastenbeladenen Fuhrwerken, laute Stimmen tönten herauf und Maria eilte hinunter. Nach ein paar Minuten kamen drei Fuhrleute und nahmen an einem Tische Platz; der Wirt trat zu ihnen und begrüßte sie. Sie schimpften über das schlechte Wetter.

«Heute nacht werdet ihr Schnee haben», sagte der eine.

Der zweite erzählte, wie er vor zehn Jahren Mitte August auf dem Joch eingeschneit und beinahe erfroren war. Maria setzte sich zu ihnen. Auch der Knecht kam herbei und erkundigte sich nach seinen Eltern, die unten in Bormio wohnten.

Jetzt kam wieder ein Wagen mit Reisenden. Geronimo und Carlo gingen hinunter, Geronimo sang, Carlo hielt den Hut hin, und die Reisenden gaben ihr Almosen. Geronimo schien jetzt ganz ruhig. Er fragte manchmal: «Wieviel?» und nickte zu den Antworten Carlos leicht mit dem Kopfe. Indes versuchte Carlo selbst seine Gedanken zu fassen. Aber er hatte immer nur das dumpfe Gefühl, daß etwas Schreckliches geschehen und daß er ganz wehrlos war.

Als die Brüder wieder die Stufen hinaufschritten, hörten sie die Fuhrleute oben wirr durcheinander reden und lachen. Der jüngste rief dem Geronimo entgegen: «Sing uns doch auch was vor, wir zahlen schon! —Nicht wahr?» wandte er sich an die anderen.

Maria, die eben mit einer Flasche rotem Wein kam, sagte: «Fangt heut nichts mit ihm an, er ist schlechter Laune.»

Statt jeder Antwort stellte sich Geronimo mitten ins Zimmer hin und fing an zu singen. Als er geendet, klatschten die Fuhrleute in die Hände.

«Komm her, Carlo!» rief einer, «wir wollen dir unser Geld auch in den Hut werfen wie die Leute unten!» Und er nahm eine kleine Münze und hielt die Hand hoch, als wollte er sie in den Hut fallen lassen, den ihm Carlo entgegenstreckte. Da griff der Blinde nach dem Arm des Fuhrmannes und sagte: «Lieber mir, lieber mir! Es könnte daneben fallen—daneben!»

«Wieso daneben?»

«Eh, nun! Zwischen die Beine Marias!»

Alle lachten, der Wirt und Maria auch, nur Carlo stand regungslos da. Nie hatte Geronimo solche Späße gemacht!...

«Setz dich zu uns!» riefen die Fuhrleute. «Du bist ein lustiger Kerl!» Und sie rückten zusammen, um Geronimo Platz zu machen. Immer lauter und wirrer war das Durcheinanderreden; Geronimo redete mit, lauter und lustiger als sonst, und hörte nicht auf zu trinken. Als Maria eben wieder hereinkam, wollte er sie an sich ziehen; da sagte der eine von den Fuhrleuten lachend: «Meinst du vielleicht, sie ist schön? Sie ist ja ein altes häßliches Weib!»

Aber der Blinde zog Maria auf seinen Schoß. «Ihr seid alle Dummköpfe», sagte er. «Glaubt ihr, ich brauche meine Augen, um zu sehen? Ich weiß auch, wo Carlo jetzt ist—eh!—dort am Ofen steht er, hat die Hände in den Hosentaschen und lacht.»

Alle schauten auf Carlo, der mit offenem Munde am Ofen lehnte und nun wirklich das Gesicht zu einem Grinsen verzog, als dürfte er seinen Bruder nicht Lügen strafen.

Der Knecht kam herein; wenn die Fuhrleute noch vor Dunkelheit in Bormio sein wollten, mußten sie sich beeilen. Sie standen auf und verabschiedeten sich lärmend. Die beiden Brüder waren wieder allein in der Wirtsstube. Es war die Stunde, um die sie sonst manchmal zu schlafen pflegten. Das ganze Wirtshaus versank in Ruhe wie immer um diese Zeit der ersten Nachmittagsstunden. Geronimo, den Kopf auf dem Tisch, schien zu schlafen. Carlo ging anfangs hin und her, dann setzte er sich auf die Bank. Er war sehr müde. Es schien ihm, als wäre er in einem schweren Traum befangen. Er mußte an allerlei denken, an gestern, vorgestern und alle Tage, die früher waren, und besonders an warme Sommertage und an weiße Landstraßen, über die er mit seinem Bruder zu wandern pflegte, und alles war so weit und unbegreiflich, als wenn es nie wieder so sein könnte.

Am späten Nachmittage kam die Post aus Tirol und bald darauf in kleinen Zwischenpausen Wagen, die den gleichen Weg nach dem Süden nahmen. Noch viermal mußten die Brüder in den Hof hinab. Als sie das letztemal heraufgingen, war die Dämmerung hereingebrochen, und das Öllämpchen, das von der Holzdecke herunterhing, fauchte. Arbeiter kamen, die in einem nahen Steinbruche beschäftigt waren und ein paar hundert Schritte unterhalb des Wirtshauses ihre Holzhütten aufgeschlagen hatten. Geronimo setzte sich zu ihnen; Carlo blieb allein an seinem Tische. Es war ihm, als dauerte seine Einsamkeit schon sehr lange. Er hörte, wie Geronimo drüben laut, beinahe schreiend, von seiner Kindheit erzählte: daß er sich noch ganz gut an allerlei erinnerte, was er mit seinen Augen gesehen, Personen und Dinge: an den Vater, wie er auf dem Felde arbeitete, an den kleinen Garten mit der Esche an der Mauer, an das niedrige Häuschen, das ihnen gehörte, an die zwei kleinen Töchter des Schusters, an den Weinberg hinter der Kirche, ja an sein eigenes Kindergesicht, wie es ihm aus dem Spiegel entgegengeblickt hatte. Wie oft hatte Carlo das alles gehört. Heute ertrug er es nicht. Es klang anders als sonst: jedes Wort, das Geronimo sprach, bekam einen neuen Sinn und schien sich gegen ihn zu richten. Er schlich hinaus und ging wieder auf die Landstraße, die nun ganz im Dunkel lag. Der Regen hatte aufgehört, die Luft war sehr kalt, und der Gedanke erschien Carlo beinahe verlockend, weiterzugehen, immer weiter, tief in die Finsternis hinein, sich am Ende irgendwohin in den Straßengraben zu legen, einzuschlafen, nicht mehr zu erwachen.—Plötzlich hörte er das Rollen eines Wagens und erblickte den Lichtschimmer von zwei Laternen, die immer näher kamen. In dem Wagen, der vorüberfuhr, saßen zwei Herren. Einer von ihnen mit einem schmalen, bartlosen Gesichte fuhr erschrocken zusammen, als Carlos Gestalt im Lichte der Laternen aus dem Dunkel hervortauchte. Carlo, der stehengeblieben war, lüftete den Hut. Der Wagen und die Lichter verschwanden. Carlo stand wieder in tiefer Finsternis. Das erstemal in seinem Leben machte ihm das Dunkel Angst. Es war ihm, als könnte er es keine Minute länger ertragen. In einer sonderbaren Art vermengten sich in seinem dumpfen Sinnen die Schauer, die er für sich selbst empfand, mit einem quälenden Mitleid für den blinden Bruder und jagten ihn nach Hause.

Als er in die Wirtsstube trat, sah er die beiden Reisenden, die vorher an ihm vorbeigefahren waren, bei einer Flasche Rotwein an einem Tische sitzen und sehr angelegentlich miteinander reden. Sie blickten kaum auf, als er eintrat.

An dem anderen Tische saß Geronimo wie früher unter den Arbeitern.

«Wo steckst du denn, Carlo?» sagte ihm der Wirt schon an der Tür. «Warum läßt du deinen Bruder allein?»

«Was gibt's denn?» fragte Carlo erschrocken.

«Geronimo traktiert die Leute. Mir kann's ja egal sein, aber ihr solltet doch denken, daß bald wieder schlechtere Zeiten kommen.»

Carlo trat rasch zu dem Bruder und faßte ihn am Arme. «Komm!» sagte er.

«Was willst du?» schrie Geronimo.

«Komm zu Bett», sagte Carlo.

«Laß mich, laß mich! Ich verdiene das Geld, ich kann mit meinem Gelde tun, was ich will—eh!—alles kannst du ja doch nicht einstecken! Ihr meint wohl, er gibt mir alles! O nein! Ich bin ja ein blinder Mann! Aber es gibt Leute—es gibt gute Leute, die sagen mir: ‚Ich habe deinem Bruder zwanzig Franken gegeben!'»

Die Arbeiter lachten auf.

«Es ist genug», sagte Carlo, «komm!» Und er zog den Bruder mit sich, schleppte ihn beinahe die Treppe hinauf bis in den kahlen Bodenraum, wo sie ihr Lager hatten. Auf dem ganzen Wege schrie Geronimo: «Ja, nun ist es an den Tag gekommen, ja, nun weiß ich's! Ah, wartet nur. Wo ist sie? Wo ist Maria? Oder legst du's ihr in die Sparkassa?—Eh, ich singe für dich, ich spiele Gitarre, von mir lebst du—und du bist ein Dieb!» Er fiel auf den Strohsack hin.

Vom Gang her schimmerte ein schwaches Licht herein; drüben stand die Tür zu dem einzigen Fremdenzimmer des Wirtshauses offen, und Maria richtete die Betten für die Nachtruhe her. Carlo stand vor seinem Bruder und sah ihn daliegen mit dem gedunsenen Gesicht, mit den bläulichen Lippen, das feuchte Haar an der Stirne klebend, um viele Jahre älter aussehend, als er war. Und langsam begann er zu verstehen. Nicht von heute konnte das Mißtrauen des Blinden sein, längst mußte es in ihm geschlummert haben, und nur der Anlaß, vielleicht der Mut hatte ihm gefehlt, es auszusprechen. Und alles, was Carlo für ihn getan, war vergeblich gewesen; vergeblich die Reue, vergeblich das Opfer seines ganzen Lebens. Was sollte er nun tun?—Sollte er noch weiterhin Tag für Tag, wer weiß wie lange noch, ihn durch die ewige Nacht führen, ihn betreuen, für ihn betteln und keinen anderen Lohn dafür haben als Mißtrauen und Schimpf? Wenn ihn der Bruder für einen Dieb hielt, so konnte ihm ja jeder Fremde dasselbe oder Besseres leisten als er. Wahrhaftig, ihn allein lassen, sich für immer von ihm trennen, das wäre das Klügste. Dann mußte Geronimo wohl sein Unrecht einsehen, denn dann erst würde er erfahren, was es heißt, betrogen und bestohlen werden, einsam und elend sein. Und er selbst, was sollte er beginnen? Nun, er war ja noch nicht alt; wenn er für sich allein war, konnte er noch mancherlei anfangen. Als Knecht zum mindesten fand er überall sein Unterkommen. Aber während diese Gedanken durch seinen Kopf zogen, blieben seine Augen immer auf den Bruder geheftet. Und er sah ihn plötzlich vor sich, allein am Rande einer sonnbeglänzten Straße auf einem Stein sitzen, mit den weit offenen, weißen Augen zum Himmel starrend, der ihn nicht blenden konnte, und mit den Händen in die Nacht greifend, die immer um ihn war. Und er fühlte, so wie der Blinde niemand anderen auf der Welt hatte als ihn, so hatte auch er niemand anderen als diesen Bruder. Er verstand, daß die Liebe zu diesem Bruder der ganze Inhalt seines Lebens war, und wußte zum ersten Male mit völliger Deutlichkeit, nur der Glaube, daß der Blinde diese Liebe erwiderte und ihm verziehen, hatte ihn alles Elend so geduldig tragen lassen. Er konnte auf diese Hoffnung nicht mit einem Male verzichten. Er fühlte, daß er den Bruder gerade so notwendig brauchte als der Bruder ihn. Er konnte nicht, er wollte ihn nicht verlassen. Er mußte entweder das Mißtrauen erdulden oder ein Mittel finden, um den Blinden von der Grundlosigkeit seines Verdachtes zu überzeugen... Ja, wenn er sich irgendwie das Goldstück verschaffen könnte! Wenn er dem Blinden morgen früh sagen könnte: «Ich habe es nur aufbewahrt, damit du's nicht mit den Arbeitern vertrinkst, damit es dir die Leute nicht stehlen»... oder sonst irgend etwas...

Schritte näherten sich auf der Holztreppe; die Reisenden gingen zur Ruhe. Plötzlich durchzuckte seinen Kopf der Einfall, drüben anzuklopfen, den Fremden wahrheitsgetreu den heutigen Vorfall zu erzählen und sie um die zwanzig Franken zu bitten. Aber er wußte auch gleich: das war vollkommen aussichtslos! Sie würden ihm die ganze Geschichte nicht einmal glauben. Und er erinnerte sich jetzt, wie erschrocken der eine blasse zusammengefahren war, als er, Carlo, plötzlich im Dunkel vor dem Wagen aufgetaucht war.

Er streckte sich auf den Strohsack hin. Es war ganz finster im Zimmer. Jetzt hörte er, wie die Arbeiter laut redend und mit schweren Schritten über die Holzstufen hinabgingen. Bald darauf wurden beide

Tore geschlossen. Der Knecht ging noch einmal die Treppe auf und ab, dann war es ganz still. Carlo hörte nur mehr das Schnarchen Geronimos. Bald verwirrten sich seine Gedanken in beginnenden Träumen. Als er erwachte, war noch tiefe Dunkelheit um ihn. Er sah nach der Stelle, wo das Fenster war; wenn er die Augen anstrengte, gewahrte er dort mitten in dem undurchdringlichen Schwarz ein tiefgraues Viereck. Geronimo schlief noch immer den schweren Schlaf des Betrunkenen. Und Carlo dachte an den Tag, der morgen war; und ihn schauderte. Er dachte an die Nacht nach diesem Tage, an den Tag nach dieser Nacht, an die Zukunft, die vor ihm lag, und Grauen erfüllte ihn vor der Einsamkeit, die ihm bevorstand. Warum war er abends nicht mutiger gewesen? Warum war er nicht zu den Fremden gegangen und hatte sie um die zwanzig Franken gebeten? Vielleicht hätten sie doch Erbarmen mit ihm gehabt. Und doch—vielleicht war es gut, daß er sie nicht gebeten hatte. Ja, warum war es gut?... Er setzte sich jäh auf und fühlte sein Herz klopfen. Er wußte, warum es gut war: Wenn sie ihn abgewiesen hätten, so wäre er ihnen jedenfalls verdächtig geblieben—so aber... Er starrte auf den grauen Fleck, der matt zu leuchten begann... Das, was ihm gegen seinen eigenen Willen durch den Kopf gefahren, war ja unmöglich, vollkommen unmöglich!... Die Tür drüben war versperrt—und überdies: sie konnten aufwachen... Ja, dort—der graue leuchtende Fleck mitten im Dunkel war der neue Tag———

Carlo stand auf, als zöge es ihn dorthin, und berührte mit der Stirn die kalte Scheibe. Warum war er denn aufgestanden? Um zu überlegen?... Um es zu versuchen?... Was denn?... Es war ja unmöglich—und überdies war es ein Verbrechen. Ein Verbrechen? Was bedeuten zwanzig Franken für solche Leute, die zum Vergnügen tausend Meilen weit reisen? Sie würden ja gar nicht merken, daß sie ihnen fehlten... Er ging zur Türe und öffnete sie leise. Gegenüber war die andere, mit zwei Schritten zu erreichen, geschlossen. An einem Nagel im Pfosten hingen Kleidungsstücke. Carlo fuhr mit der Hand über sie... Ja, wenn die Leute ihre Börsen in der Tasche ließen, dann wäre das Leben sehr einfach, dann brauchte bald niemand mehr betteln zu gehen... Aber die Taschen waren leer. Nun, was blieb übrig? Wieder zurück ins Zimmer, auf den Strohsack. Es gab vielleicht doch eine bessere Art, sich zwanzig Franken zu verschaffen—eine weniger gefährliche und rechtlichere. Wenn er wirklich jedesmal einige Centesimi von den Almosen zurückbehielte, bis er zwanzig Franken zusammengespart, und dann das Goldstück kaufte... Aber wie lang konnte das dauern—Monate, vielleicht ein Jahr. Ah, wenn er nur Mut hätte! Noch immer stand er auf dem

Gang. Er blickte zur Tür hinüber... Was war das für ein Streif, der senkrecht von oben auf den Fußboden fiel? War es möglich? Die Tür war nur angelehnt, nicht versperrt?... Warum staunte er denn darüber? Seit Monaten schon schloß die Tür nicht. Wozu auch? Er erinnerte sich: nur dreimal hatten hier in diesem Sommer Leute geschlafen, zweimal Handwerksburschen und einmal ein Tourist, der sich den Fuß verletzt hatte. Die Tür schließt nicht—er braucht jetzt nur Mut—ja, und Glück! Mut? Das Schlimmste, was ihm geschehen kann, ist, daß die beiden aufwachen, und da kann er noch immer eine Ausrede finden. Er lugt durch den Spalt ins Zimmer. Es ist noch so dunkel, daß er eben nur die Umrisse von zwei auf den Betten lagernden Gestalten gewahren kann. Er horcht auf: sie atmen ruhig und gleichmäßig. Carlo öffnet die Tür leicht und tritt mit seinen nackten Füßen völlig geräuschlos ins Zimmer. Die beiden Betten stehen der Länge nach an der gleichen Wand dem Fenster gegenüber. In der Mitte des Zimmers ist ein Tisch; Carlo schleicht bis hin. Er fährt mit der Hand über die Fläche und fühlt einen Schlüsselbund, ein Federmesser, ein kleines Buch—weiter nichts... Nun natürlich!... Daß er nur daran denken konnte, sie würden ihr Geld auf den Tisch legen! Ah, nun kann er gleich wieder fort!... Und doch, vielleicht braucht er nur einen guten Griff und es ist geglückt... Und er nähert sich dem Bett neben der Tür; hier auf dem Sessel liegt etwas—er fühlt danach—es ist ein Revolver... Carlo zuckt zusammen... Ob er ihn nicht lieber gleich behalten sollte? Denn warum hat dieser Mensch den Revolver bereitliegen? Wenn er erwacht und ihn bemerkt... Doch nein, er würde ja sagen: Es ist drei Uhr, gnädiger Herr, aufstehn!... Und er läßt den Revolver liegen.

Und er schleicht tiefer ins Zimmer. Hier auf dem anderen Sessel unter den Wäschestücken... Himmel! das ist sie... das ist eine Börse—er hält sie in der Hand!... In diesem Moment hört er ein leises Krachen. Mit einer raschen Bewegung streckt er sich der Länge nach zu Füßen des Bettes hin... Noch einmal dieses Krachen—ein schweres Aufatmen—ein Räuspern—dann wieder Stille, tiefe Stille. Carlo bleibt auf dem Boden liegen, die Börse in der Hand, und wartet. Es rührt sich nichts mehr. Schon fällt der Dämmer blaß ins Zimmer herein. Carlo wagt nicht aufzustehen, sondern kriecht auf dem Boden vorwärts bis zur Tür, die weit genug offen steht, um ihn durchzulassen, kriecht weiter bis auf den Gang hinaus, und hier erst erhebt er sich langsam, mit einem tiefen Atemzug. Er öffnet die Börse; sie ist dreifach geteilt: links und rechts nur kleine Silberstücke. Nun öffnet Carlo den mittleren Teil, der durch einen Schieber nochmals verschlossen ist, und fühlt drei Zwanzigfrankenstücke. Einen Augenblick denkt er daran, zwei davon zu nehmen, aber rasch weist er diese Versuchung von sich, nimmt nur ein Goldstück heraus und schließt die Börse zu. Dann kniet er nieder, blickt durch die Spalte in die Kammer, in der es wieder völlig still ist, und dann gibt er der Börse einen Stoß, so daß sie bis unter das zweite Bett gleitet. Wenn der Fremde aufwacht, wird er glauben müssen, daß sie vom Sessel heruntergefallen ist. Carlo erhebt sich langsam. Da knarrt der Boden leise, und im gleichen Augenblick hört er eine Stimme von drinnen: «Was ist's? Was gibt's denn?» Carlo macht rasch zwei Schritte rückwärts, mit verhaltenem Atem, und gleitet in seine eigene Kammer. Er ist in Sicherheit und lauscht... Noch einmal kracht drüben das Bett, und dann ist alles still. Zwischen seinen Fingern hält er das Goldstück. Es ist gelungen—gelungen! Er hat die zwanzig Franken, und er kann seinem Bruder sagen: ‚Siehst du nun, daß ich kein Dieb bin!' Und sie werden sich noch heute auf die Wanderschaft machen—gegen den Süden zu, nach Bormio, dann weiter durchs Veltlin... dann nach Tirano ... nach Edole... nach Breno... an den See von Iseo wie voriges Jahr... Das wird durchaus nicht verdächtig sein, denn schon vorgestern hat er selbst zum Wirt gesagt: «In ein paar Tagen gehen wir hinunter.»

Immer lichter wird es, das ganze Zimmer liegt in grauem Dämmer da. Ah, wenn Geronimo nur bald aufwachte! Es wandert sich so gut in der Frühe! Noch vor Sonnenaufgang werden sie fortgehen. Einen guten Morgen dem Wirt, dem Knecht und Maria auch, und dann fort, fort... Und erst wenn sie zwei Stunden weit sind, schon nahe dem Tale, wird er es Geronimo sagen.

Geronimo reckt und dehnt sich. Carlo ruft ihn an: «Geronimo!»

«Nun, was gibt's?» Und er stützt sich mit beiden Händen und setzt sich auf.

«Geronimo, wir wollen aufstehen.»

«Warum?» Und er richtet die toten Augen auf den Bruder. Carlo weiß, daß Geronimo sich jetzt des gestrigen Vorfalles besinnt, aber er weiß auch, daß der keine Silbe darüber reden wird, ehe er wieder betrunken ist.

«Es ist kalt, Geronimo, wir wollen fort. Es wird heuer nicht mehr besser; ich denke, wir gehen. Zu Mittag können wir in Boladore sein.»

Geronimo erhob sich. Die Geräusche des erwachenden Hauses wurden vernehmbar. Unten im Hof sprach der Wirt mit dem Knecht. Carlo stand auf und begab sich hinunter. Er war immer früh wach und ging oft schon in der Dämmerung auf die Straße hinaus. Er trat zum Wirt hin und sagte: «Wir wollen Abschied nehmen.»

«Ah, geht ihr schon heut?» fragte der Wirt.

«Ja. Es friert schon zu arg, wenn man jetzt im Hof steht, und der Wind zieht durch.»

«Nun, grüß mir den Baldetti, wenn du nach Bormio hinunterkommst, und er soll nicht vergessen, mir das Öl zu schicken.»

«Ja, ich will ihn grüßen. Im übrigen—das Nachtlager von heut.» Er griff in den Sack.

«Laß sein, Carlo», sagte der Wirt. «Die zwanzig Centesimi schenk' ich deinem Bruder; ich hab' ihm ja auch zugehört. Guten Morgen.»

«Dank», sagte Carlo. «Im übrigen, so eilig haben wir's nicht. Wir sehen dich noch, wenn du von den Hütten zurückkommst; Bormio bleibt am selben Fleck stehen, nicht wahr?» Er lachte und ging die Holzstufen hinauf.

Geronimo stand mitten im Zimmer und sagte: «Nun, ich bin bereit zu gehen.»

«Gleich», sagte Carlo.

Aus einer alten Kommode, die in einem Winkel des Raumes stand, nahm er ihre wenigen Habseligkeiten und packte sie in ein Bündel. Dann sagte er: «Ein schöner Tag, aber sehr kalt.»

«Ich weiß», sagte Geronimo. Beide verließen die Kammer.

«Geh leise», sagte Carlo, «hier schlafen die zwei, die gestern Abend gekommen sind.» Behutsam schritten sie hinunter. «Der Wirt läßt dich grüßen», sagte Carlo; «er hat uns die zwanzig Centesimi für heut Nacht geschenkt. Nun ist er bei den Hütten draußen und kommt erst in zwei Stunden wieder. Wir werden ihn ja im nächsten Jahre wiedersehen.»

Geronimo antwortete nicht. Sie traten auf die Landstraße, die im Dämmerschein vor ihnen lag. Carlo ergriff den linken Arm seines Bruders, und beide schritten schweigend talabwärts. Schon nach kurzer Wanderung waren sie an der Stelle, wo die Straße in langgezogenen Kehren weiterzulaufen beginnt. Nebel stiegen nach aufwärts, ihnen entgegen, und über ihnen die Höhen schienen von den Wolken wie eingeschlungen. Und Carlo dachte: Nun will ich's ihm sagen.

Carlo sprach aber kein Wort, sondern nahm das Goldstück aus der Tasche und reichte es dem Bruder; dieser nahm es zwischen die Finger der rechten Hand, dann führte er es an die Wange und an die Stirn, endlich nickte er. «Ich hab's ja gewußt», sagte er.

«Nun ja», erwiderte Carlo und sah Geronimo befremdet an.

«Auch wenn der Fremde mir nichts gesagt hätte, ich hätte es doch gewußt.»

«Nun ja», sagte Carlo ratlos. «Aber du verstehst doch, warum ich da oben vor den anderen—ich habe gefürchtet, daß du das Ganze auf einmal——Und sieh, Geronimo, es wäre doch an der Zeit, hab' ich mir gedacht, daß du dir einen neuen Rock kaufst und ein Hemd und Schuhe auch, glaube ich; darum habe ich...»

Der Blinde schüttelte heftig den Kopf. «Wozu?» Und er strich mit der einen Hand über seinen Rock. «Gut genug, warm genug; jetzt kommen wir nach dem Süden.»

Carlo begriff nicht, daß Geronimo sich gar nicht zu freuen schien, daß er sich nicht entschuldigte. Und er redete weiter: «Geronimo, war es denn nicht recht von mir? Warum freust du dich denn nicht? Nun haben wir es doch, nicht wahr? Nun haben wir es ganz. Wenn ich dir's oben gesagt hätte, wer weiß... Oh, es ist gut, daß ich dir's nicht gesagt habe—gewiß!»

Da schrie Geronimo: «Hör' auf zu lügen, Carlo, ich habe genug davon!»

Carlo blieb stehen und ließ den Arm des Bruders los. «Ich lüge nicht.»

«Ich weiß doch, daß du lügst!... Immer lügst du!... Schon hundertmal hast du gelogen!... Auch das hast du für dich behalten wollen, aber Angst hast du bekommen, das ist es!»

Carlo senkte den Kopf und antwortete nichts. Er faßte wieder den Arm des Blinden und ging mit ihm weiter. Es tat ihm weh, daß Geronimo so sprach; aber er war eigentlich erstaunt, daß er nicht trauriger war.

Die Nebel zerteilten sich. Nach langem Schweigen sprach Geronimo: «Es wird warm.» Er sagte es gleichgültig, selbstverständlich, wie er es schon hundertmal gesagt, und Carlo fühlte in diesem Augenblick: für Geronimo hatte sich nichts geändert. Für Geronimo war er immer ein Dieb gewesen.

«Hast du schon Hunger?» fragte er.

Geronimo nickte, zugleich nahm er ein Stück Käse und Brot aus der Rocktasche und aß davon. Und sie gingen weiter.

Die Post von Bormio begegnete ihnen; der Kutscher rief sie an: «Schon hinunter?» Dann kamen noch andere Wagen, die alle aufwärts fuhren.

«Luft aus dem Tal», sagte Geronimo, und im gleichen Augenblick, nach einer raschen Wendung, lag das Veltlin zu ihren Füßen.

Wahrhaftig—nichts hat sich geändert, dachte Carlo... Nun hab' ich gar für ihn gestohlen—und auch das ist umsonst gewesen.

Die Nebel unter ihnen wurden immer dünner, der Glanz der Sonne riß Löcher hinein. Und Carlo dachte: ‚Vielleicht war es doch nicht klug, so rasch das Wirtshaus zu verlassen... Die Börse liegt unter dem Bett, das ist jedenfalls verdächtig...' Aber wie gleichgültig war das alles! Was konnte ihm noch Schlimmes geschehen? Sein Bruder, dem er das Licht der Augen zerstört, glaubte sich von ihm bestohlen und glaubte es schon jahrelang und wird es immer glauben—was konnte ihm noch Schlimmes geschehen?

Da unter ihnen lag das große weiße Hotel wie in Morgenglanz gebadet, und tiefer unten, wo das Tal sich zu weiten beginnt, lang hingestreckt, das Dorf. Schweigend gingen die beiden weiter, und immer lag Carlos Hand auf dem Arm des Blinden. Sie gingen an dem Park des Hotels vorüber, und Carlo sah auf der Terrasse Gäste in lichten Sommergewändern sitzen und frühstücken. «Wo willst du rasten?» fragte Carlo.

«Nun, im ‚Adler', wie immer.»

Als sie bei dem kleinen Wirtshause am Ende des Dorfes angelangt waren, kehrten sie ein. Sie setzten sich in die Schenke und ließen sich Wein geben.

«Was macht ihr so früh bei uns?» fragte der Wirt.

Carlo erschrak ein wenig bei dieser Frage. «Ist's denn so früh? Der zehnte oder elfte September—nicht?»

«Im vergangenen Jahr war es gewiß viel später, als ihr herunterkamt.»

«Es ist so kalt oben», sagte Carlo. «Heut nacht haben wir gefroren. Ja richtig, ich soll dir bestellen, du möchtest nicht vergessen, das Öl hinaufzuschicken.»

Die Luft in der Schenke war dumpf und schwül. Eine sonderbare Unruhe befiel Carlo; er wollte gern wieder im Freien sein, auf der großen Straße, die nach Tirano, nach Edole, nach dem See von Iseo, überallhin, in die Ferne führt! Plötzlich stand er auf.

«Gehen wir schon?» fragte Geronimo.

«Wir wollen doch heut mittag in Boladore sein, im ‚Hirschen' halten die Wagen Mittagsrast; es ist ein guter Ort.»

Und sie gingen. Der Friseur Benozzi stand rauchend vor seinem Laden. «Guten Morgen», rief er. «Nun, wie sieht's da oben aus? Heut nacht hat es wohl geschneit?»

«Ja, ja», sagte Carlo und beschleunigte seine Schritte.

Das Dorf lag hinter ihnen, weiß dehnte sich die Straße zwischen Wiesen und Weinbergen, dem rauschenden Fluß entlang. Der Himmel war blau und still. ‚Warum hab' ich's getan?' dachte Carlo. Er blickte den Blinden von der Seite an. ‚Sieht sein Gesicht denn anders aus als sonst? Immer hat er es geglaubt—immer bin ich allein gewesen—und immer hat er mich gehaßt.' Und ihm war, als schritte er unter einer schweren

Last weiter, die er doch niemals von den Schultern werfen dürfte, und als könnte er die Nacht sehen, durch die Geronimo an seiner Seite schritt, während die Sonne leuchtend auf allen Wegen lag.

Und sie gingen weiter, gingen, gingen stundenlang. Von Zeit zu Zeit setzte sich Geronimo auf einen Meilenstein, oder sie lehnten beide an einem Brückengeländer, um zu rasten. Wieder kamen sie durch ein Dorf. Vor dem Wirtshause standen Wagen, Reisende waren ausgestiegen und gingen hin und her; aber die beiden Bettler blieben nicht. Wieder hinaus auf die offene Straße. Die Sonne stieg immer höher; Mittag mußte nahe sein. Es war ein Tag wie tausend andere.

«Der Turm von Boladore», sagte Geronimo. Carlo blickte auf. Er wunderte sich, wie genau Geronimo die Entfernungen berechnen konnte: wirklich war der Turm von Boladore am Horizont erschienen. Noch von ziemlich weither kam ihnen jemand entgegen. Es schien Carlo, als sei er am Wege gesessen und plötzlich aufgestanden. Die Gestalt kam näher. Jetzt sah Carlo, daß es ein Gendarm war, wie er ihnen so oft auf der Landstraße begegnete. Trotzdem schrak Carlo leicht zusammen. Aber als der Mann näher kam, erkannte er ihn und war beruhigt. Es war Pietro Tenelli; erst im Mai waren die beiden Bettler im Wirtshaus des Raggazzi in Morignone mit ihm zusammen gesessen, und er hatte ihnen eine schauerliche Geschichte erzählt, wie er von einem Strolch einmal beinahe erdolcht worden war.

«Es ist einer stehengeblieben», sagte Geronimo.

«Tenelli, der Gendarm», sagte Carlo.

Nun waren sie an ihn herangekommen.

«Guten Morgen, Herr Tenelli», sagte Carlo und blieb vor ihm stehen.

«Es ist nun einmal so», sagte der Gendarm, «ich muß euch vorläufig beide auf den Posten nach Boladore führen.»

«Eh!» rief der Blinde.

Carlo wurde blaß. ‚Wie ist das nur möglich?‘ dachte er. ‚Aber es kann sich nicht darauf beziehen. Man kann es ja hier unten noch nicht wissen.‘

«Es scheint ja euer Weg zu sein», sagte der Gendarm lachend, «es macht euch wohl nichts, wenn ihr mitgeht.»

«Warum redest du nichts, Carlo?» fragte Geronimo.

«O ja, ich rede... Ich bitte, Herr Gendarm, wie ist es denn möglich... was sollen wir denn... oder vielmehr, was soll ich... wahrhaftig, ich weiß nicht...»

«Es ist nun einmal so. Vielleicht bist du auch unschuldig. Was weiß ich. Jedenfalls haben wir die telegraphische Anzeige ans Kommando bekommen, daß wir euch aufhalten sollen, weil ihr verdächtig seid dringend verdächtig, da oben den Leuten Geld gestohlen zu haben. Nun, es ist auch möglich, daß ihr unschuldig seid. Also vorwärts!»

«Warum sprichst du nichts, Carlo?» fragte Geronimo.

«Ich rede—o ja, ich rede...»

«Nun geht endlich! Was hat es für einen Sinn, auf der Straße stehen zu bleiben! Die Sonne brennt. In einer Stunde sind wir an Ort und Stelle. Vorwärts!»

Carlo berührte den Arm Geronimos wie immer, und so gingen sie langsam weiter, der Gendarm hinter ihnen.

«Carlo, warum redest du nicht?» fragte Geronimo wieder.

«Aber was willst du, Geronimo, was soll ich sagen? Es wird sich alles herausstellen; ich weiß selber nicht...»

Und es ging ihm durch den Kopf: ‚Soll ich's ihm erklären, eh wir vor Gericht stehen?... Es geht wohl nicht. Der Gendarm hört uns zu... Nun, was tut's. Vor Gericht werd' ich ja doch die Wahrheit sagen. «Herr Richter», werd' ich sagen, «es ist doch kein Diebstahl wie ein anderer. Es war nämlich so:...» Und nun mühte er sich, die Worte zu finden, um vor Gericht die Sache klar und verständlich darzustellen. «Da fuhr gestern ein Herr über den Paß... es mag ein Irrsinniger gewesen sein—oder am End' hat er sich nur geirrt... und dieser Mann...»

Aber was für ein Unsinn! Wer wird es glauben?... Man wird ihn gar nicht so lange reden lassen.—Niemand kann diese dumme Geschichte glauben... nicht einmal Geronimo glaubt sie...—Und er sah ihn von der Seite an. Der Kopf des Blinden bewegte sich nach alter Gewohnheit während des Gehens wie im Takte auf und ab, aber das Gesicht war regungslos, und die leeren Augen stierten in die Luft.—Und Carlo wußte plötzlich, was für Gedanken hinter dieser Stirne liefen... ‚So also stehen die Dinge', mußte Geronimo wohl denken.—‚Carlo bestiehlt nicht nur mich, auch die anderen Leute bestiehlt er... Nun, er hat es gut, er hat Augen, die sehen, und er nützt sie aus...'—Ja, das denkt Geronimo, ganz gewiß... Und auch, daß man kein Geld bei mir finden wird, kann mir nicht helfen,—nicht vor Gericht, nicht vor Geronimo. Sie werden mich einsperren und ihn... Ja, ihn geradeso wie mich, denn er hat ja das Geldstück.—Und er konnte nicht mehr weiter denken, er fühlte sich so sehr verwirrt. Es schien ihm, als verstünde er überhaupt nichts mehr von der ganzen Sache, und wußte nur eines: daß er sich gern auf ein Jahr in den Arrest setzen ließe... oder auf zehn, wenn nur Geronimo wüßte, daß er für ihn allein zum Dieb geworden war.

Und plötzlich blieb Geronimo stehen, so daß auch Carlo innehalten mußte.

«Nun, was ist denn?» sagte der Gendarm ärgerlich. «Vorwärts, vorwärts!» Aber da sah er mit Verwunderung, daß der Blinde die Gitarre auf den Boden fallen ließ, seine Arme erhob und mit beiden Händen nach den Wangen des Bruders tastete. Dann näherte er seine Lippen dem Munde Carlos, der zuerst nicht wußte, wie ihm geschah, und küßte ihn.

«Seid ihr verrückt?» fragte der Gendarm.« Vorwärts! Vorwärts! Ich habe keine Lust, zu braten.»

Geronimo hob die Gitarre vom Boden auf, ohne ein Wort zu sprechen. Carlo atmete tief auf und legte die Hand wieder auf den Arm des Blinden. War es denn möglich? Der Bruder zürnte ihm nicht mehr? Er begriff am Ende—? Und zweifelnd sah er ihn von der Seite an.

«Vorwärts!» schrie der Gendarm. «Wollt ihr endlich—!» Und er gab Carlo eins zwischen die Rippen.

Und Carlo, mit festem Druck den Arm des Blinden leitend, ging wieder vorwärts. Er schlug einen viel rascheren Schritt ein als früher. Denn er sah Geronimo lächeln in einer milden glückseligen Art, wie er es seit den Kinderjahren nicht mehr an ihm gesehen hatte. Und Carlo lächelte auch. Ihm war, als könnte ihm jetzt nichts Schlimmes mehr geschehen, —weder vor Gericht, noch sonst irgendwo auf der Welt.—Er hatte seinen Bruder wieder... Nein, er hatte ihn zum erstenmal...

LEUTNANT GUSTL

Wie lange wird denn das noch dauern? Ich muß auf die Uhr schauen ... schickt sich wahrscheinlich nicht in einem so ernsten Konzert. Aber wer sieht's denn? Wenn's einer sieht, so paßt er gerade so wenig auf, wie ich, und vor dem brauch' ich mich nicht zu genieren... Erst viertel auf zehn?... Mir kommt vor, ich sitz' schon drei Stunden in dem Konzert. Ich bin's halt nicht gewohnt... Was ist es denn eigentlich? Ich muß das Programm anschauen... Ja, richtig: Oratorium? Ich hab' gemeint: Messe. Solche Sachen gehören doch nur in die Kirche. Die Kirche hat auch das Gute, daß man jeden Augenblick fortgehen kann.— Wenn ich wenigstens einen Ecksitz hätt'!—Also Geduld, Geduld! Auch Oratorien nehmen ein End'! Vielleicht ist es sehr schön, und ich bin nur nicht in der Laune. Woher sollt' mir auch die Laune kommen? Wenn ich denke, daß ich hergekommen bin, um mich zu zerstreuen... Hätt' ich die Karte lieber dem Benedek geschenkt, dem machen solche Sachen Spaß; er spielt ja selber Violine. Aber da wär' der Kopetzky beleidigt gewesen. Es war ja sehr lieb von ihm, wenigstens gut gemeint. Ein braver Kerl, der Kopetzky! Der einzige, auf den man sich verlassen kann... Seine Schwester singt ja mit unter denen da oben. Mindestens hundert Jungfrauen, alle schwarz gekleidet; wie soll ich sie da herausfinden? Weil sie mitsingt, hat er auch das Billett gehabt, der Kopetzky ...Warum ist er denn nicht selber gegangen?—Sie singen übrigens sehr schön. Es ist sehr erhebend—sicher! Bravo! bravo!... Ja, applaudieren wir mit. Der neben mir klatscht wie verrückt. Ob's ihm wirklich so gut gefällt?—Das Mädel drüben in der Loge ist sehr hübsch. Sieht sie mich an oder den Herrn dort mit dem blonden Vollbart?... Ah, ein Solo! Wer ist das? Alt: Fräulein Walker, Sopran: Fräulein Michalek... das ist wahrscheinlich Sopran... Lang' war ich schon nicht in der Oper. In der Oper unterhalt' ich mich immer, auch wenn's langweilig ist. Übermorgen könnt' ich eigentlich wieder hineingehn', zur «Traviata». Ja, übermorgen bin ich vielleicht schon eine tote Leiche! Ah, Unsinn, das glaub' ich selber nicht! Warten S' nur, Herr Doktor, Ihnen wird's vergeh'n, solche Bemerkungen zu machen! Das Nasenspitzel hau' ich Ihnen herunter...

Wenn ich die in der Loge nur genau sehen könnt'! Ich möcht' mir den Operngucker von dem Herrn neben mir ausleih'n, aber der frißt mich ja auf, wenn ich ihn in seiner Andacht stör'... In welcher Gegend die Schwester vom Kopetzky steht? Ob ich sie erkennen möcht'? Ich hab' sie ja nur zwei- oder dreimal gesehen, das letztemal im Offizierskasino... Ob das lauter anständige Mädeln sind, alle hundert? O jeh!... «Unter Mitwirkung des Singvereins!»—Singverein... komisch! Ich hab' mir darunter eigentlich immer so was Ähnliches vorgestellt, wie die Wiener Tanzsängerinnen, das heißt, ich hab' schon gewußt, daß es was anderes ist!... Schöne Erinnerungen! Damals beim «Grünen Tor» ... Wie hat sie nur geheißen? Und dann hat sie mir einmal eine Ansichtskarte aus Belgrad geschickt... auch eine schöne Gegend!—Der Kopetzky hat's gut, der sitzt jetzt längst im Wirtshaus und raucht seine Virginia!...

Was guckt mich denn der Kerl dort immer an? Mir scheint, der merkt, daß ich mich langweil' und nicht herg'hör'... Ich möcht' Ihnen raten, ein etwas weniger freches Gesicht zu machen, sonst stell' ich Sie mir nachher im Foyer!—Schaut schon weg!... Daß sie alle vor meinem Blick so eine Angst hab'n... «Du hast die schönsten Augen, die mir je vorgekommen sind!» hat neulich die Steffi gesagt... O Steffi, Steffi, Steffi!—Die Steffi ist eigentlich schuld, daß ich dasitz' und mir stundenlang vorlamentieren lassen muß.—Ah, diese ewige Abschreiberei von der Steffi geht mir wirklich schon auf die Nerven! Wie schön hätt' der heutige Abend sein können. Ich hätt' große Lust, das Brieferl von der Steffi zu lesen. Da hab' ich's ja. Aber wenn ich die Brieftasche herausnehm', frißt mich der Kerl daneben auf!—Ich weiß ja, was drinsteht... sie kann nicht kommen, weil sie mit «ihm» nachtmahlen gehen muß... Ah, das war komisch vor acht Tagen, wie sie mit ihm in der Gartenbaugesellschaft gewesen ist, und ich vis-à-vis mit'm Kopetzky; und sie hat mir immer die Zeichen gemacht mit den Augerln, die verabredeten. Er hat nichts gemerkt—unglaublich! Muß übrigens ein Jud' sein! Freilich, in einer Bank ist er, und der schwarze Schnurrbart... Reserveleutnant soll er auch sein! Na, in mein Regiment sollt' er nicht zur Waffenübung kommen! Überhaupt, daß sie noch immer so viel Juden zu Offizieren machen—da pfeif' ich auf'n ganzen Antisemitismus! Neulich in der Gesellschaft, wo die G'schicht' mit dem Doktor passiert ist bei den Mannheimers... die Mannheimer selber sollen ja auch Juden sein, getauft natürlich... denen merkt man's aber gar nicht an—besonders die Frau... so blond, bildhübsch die Figur... War sehr amüsant im ganzen. Famoses Essen, großartige Zigarren... Na ja, wer hat's Geld?...

Bravo, bravo! Jetzt wird's doch bald aus sein?—Ja, jetzt steht die ganze G'sellschaft da droben auf... sieht sehr gut aus—imposant!—

Orgel auch?... Orgel hab' ich sehr gern... So, das laß' ich mir g'fall'n—sehr schön! Es ist wirklich wahr, man sollt' öfter in Konzerte gehen... Wunderschön ist's g'wesen, werd' ich dem Kopetzky sagen... Werd' ich ihn heut' im Kaffeehaus treffen?—Ah, ich hab' gar keine Lust, ins Kaffeehaus zu geh'n; hab' mich gestern so gegiftet! Hundertsechzig Gulden auf einem Sitz verspielt—zu dumm! Und wer hat alles gewonnen? Der Ballert, grad' der, der's nicht notwendig hat... Der Ballert ist eigentlich schuld, daß ich in das blöde Konzert hab' geh'n müssen... Na ja, sonst hätt' ich heut wieder spielen können, vielleicht doch was zurückgewonnen. Aber es ist ganz gut, daß ich mir selber das Ehrenwort gegeben hab', einen Monat lang keine Karte anzurühren... Die Mama wird wieder ein G'sicht machen, wenn sie meinen Brief bekommt!—Ah, sie soll zum Onkel geh'n, der hat Geld wie Mist; auf die paar hundert Gulden kommt's ihm nicht an. Wenn ich's nur durchsetzen könnt', daß er mir eine regelmäßige Sustentation gibt... aber nein, um jeden Kreuzer muß man extra betteln. Dann heißt's wieder: Im vorigen Jahr war die Ernte schlecht!... Ob ich heuer im Sommer wieder zum Onkel fahren soll auf vierzehn Tag'? Eigentlich langweilt man sich dort zum Sterben... Wenn ich die... wie hat sie nur geheißen?... Es ist merkwürdig, ich kann mir keinen Namen merken!... Ah, ja: Etelka!... Kein Wort deutsch hat sie verstanden, aber das war auch nicht notwendig... hab' gar nichts zu reden brauchen!... Ja, es wird ganz gut sein, vierzehn Tage Landluft und vierzehn Nächt' Etelka oder sonstwer... Aber acht Tag' sollt' ich doch auch wieder beim Papa und bei der Mama sein... Schlecht hat sie ausg'seh'n heuer zu Weihnachten... Na, jetzt wird die Kränkung schon überwunden sein. Ich an ihrer Stelle wär' froh, daß der Papa in Pension gegangen ist.—Und die Klara wird schon noch einen Mann kriegen... Der Onkel kann schon was hergeben... Achtundzwanzig Jahr, das ist doch nicht so alt... Die Steffi ist sicher nicht jünger... Aber es ist merkwürdig: die Frauenzimmer erhalten sich länger jung. Wenn man so bedenkt: die Maretti neulich in der «Madame Sans-Gêne»—siebenunddreißig Jahr ist sie sicher, und sieht aus... Na, ich hätt' nicht Nein g'sagt!—Schad', daß sie mich nicht g'fragt hat...

Heiß wird's! Noch immer nicht aus? Ah, ich freu' mich so auf die frische Luft! Werd' ein bißl spazieren geh'n, übern Ring... Heut' heißt's: früh ins Bett, morgen nachmittag frisch sein! Komisch, wie wenig ich daran denk', so egal ist mir das! Das erstemal hat's mich doch ein bißl aufgeregt. Nicht, daß ich Angst g'habt hätt'; aber nervös bin ich gewesen in der Nacht vorher... Freilich, der Oberleutnant Bisanz war ein ernster Gegner.—Und doch, nichts ist mir g'scheh'n!... Auch schon anderthalb Jahr her. Wie die Zeit vergeht! Und wenn mir der Bisanz nichts getan hat, der Doktor wird mir schon gewiß nichts tun! Obzwar, gerade diese ungeschulten Fechter sind manchmal die gefährlichsten. Der Doschintzky hat mir erzählt, daß ihn ein Kerl, der das erstemal einen Säbel in der Hand gehabt hat, auf ein Haar abgestochen hätt'; und der Doschintzky ist heut Fechtlehrer bei der Landwehr. Freilich—ob er damals schon so viel können hat... Das Wichtigste ist: kaltes Blut. Nicht einmal einen rechten Zorn hab' ich mehr in mir, und es war doch eine Frechheit—unglaublich! Sicher hätt' er sich's nicht getraut, wenn er nicht Champagner getrunken hätt' vorher... So eine Frechheit! Gewiß ein Sozialist! Die Rechtsverdreher sind doch heutzutag' alle Sozialisten! Eine Bande... am liebsten möchten sie gleich's ganze Militär abschaffen; aber wer ihnen dann helfen möcht', wenn die Chinesen über sie kommen, daran denken sie nicht. Blödisten!—Man muß gelegentlich ein Exempel statuieren. Ganz recht hab' ich g'habt. Ich bin froh, daß ich ihn nimmer auslassen hab' nach der Bemerkung. Wenn ich dran denk', werd' ich ganz wild! Aber ich hab' mich famos benommen; der Oberst sagt auch, es war absolut korrekt. Wird mir überhaupt nützen, die Sache. Ich kenn' manche, die den Burschen hätten durchschlüpfen lassen. Der Müller sicher, der wär' wieder objektiv gewesen oder so was. Mit dem Objektivsein hat sich noch jeder blamiert ... «Herr Leutnant!»... schon die Art, wie er «Herr Leutnant» gesagt hat, war unverschämt!... «Sie werden mir doch zugeben müssen»...—Wie sind wir denn nur d'rauf gekommen? Wieso hab' ich mich mit dem Sozialisten in ein Gespräch eingelassen? Wie hat's denn nur angefangen?... Mir scheint, die schwarze Frau, die ich zum Büfett geführt hab', ist auch dabei gewesen... und dann dieser junge Mensch, der die Jagdbilder malt—wie heißt er denn nur?... Meiner Seel', der ist an der ganzen Geschichte schuld gewesen! Der hat von den Manövern geredet; und dann erst ist dieser Doktor dazugekommen und hat irgendwas g'sagt, was mir nicht gepaßt hat, von Kriegsspielerei oder so was—aber wo ich noch nichts hab' reden können... Ja, und dann ist von den Kadettenschulen gesprochen worden... ja, so war's... und ich hab' von einem patriotischen Fest erzählt... und dann hat der Doktor gesagt—nicht gleich, aber aus dem Fest hat es sich entwickelt—«Herr Leutnant, Sie werden mir doch zugeben, daß nicht alle Ihre Kameraden zum Militär gegangen sind, ausschließlich um das Vaterland zu verteidigen!» So eine Frechheit! Das wagt so ein Mensch einem Offizier ins Gesicht zu sagen! Wenn ich mich nur erinnern könnt', was ich d'rauf geantwortet hab'?... Ah ja, etwas von Leuten, die sich in Dinge dreinmengen, von denen sie nichts versteh'n... Ja, richtig... und dann war einer da, der hat die Sache gütlich beilegen wollen, ein älterer Herr mit einem Stockschnupfen... Aber ich war zu wütend! Der Doktor hat das absolut in dem Ton gesagt, als wenn er direkt mich gemeint hätt'. Er hätt' nur noch sagen müssen, daß sie mich aus dem Gymnasium hinausg'schmissen haben, und daß ich deswegen in die Kadettenschul' gesteckt worden bin... Die Leut' können eben unserein'n nicht versteh'n, sie sind zu dumm dazu... Wenn ich mich so erinner', wie ich das erstemal den Rock angehabt hab', so was erlebt eben nicht ein jeder... Im vorigen Jahr bei den Manövern—ich hätt' was drum gegeben, wenn's plötzlich Ernst gewesen wär'... Und der Mirovic hat mir g'sagt, es ist ihm ebenso gegangen. Und dann, wie Seine Hoheit die Front abgeritten sind, und die Ansprache vom Obersten—da muß einer schon ein ordentlicher Lump sein, wenn ihm das Herz nicht höher schlägt... Und da kommt so ein Tintenfisch daher, der sein Lebtag nichts getan hat, als hinter den Büchern gesessen, und erlaubt sich eine freche Bemerkung! ... Ah, wart' nur, mein Lieber—bis zur Kampfunfähigkeit... jawohl, du sollst so kampfunfähig werden...

Ja, was ist denn? Jetzt muß es doch bald aus sein?... «Ihr, seine Engel, lobet den Herrn»...—Freilich, das ist der Schlußchor... Wunderschön, da kann man gar nichts sagen. Wunderschön!—Jetzt hab' ich ganz die aus der Loge vergessen, die früher zu kokettieren angefangen hat. Wo ist sie denn?... Schon fortgegangen... Die dort scheint auch sehr nett zu sein... Zu dumm, daß ich keinen Operngucker bei mir hab'! Der Brunnthaler ist ganz gescheit, der hat sein Glas immer im Kaffeehaus bei der Kassa liegen, da kann einem nichts g'scheh'n... Wenn sich die Kleine da vor mir nur e i n mal umdreh'n möcht'! So brav sitzt s' alleweil da. Das neben ihr ist sicher die Mama.—Ob ich nicht doch einmal ernstlich ans Heiraten denken soll? Der Willy war nicht älter als ich, wie er hineingesprungen ist. Hat schon was für sich, so immer gleich ein hübsches Weiberl zu Haus vorrätig zu haben... Zu dumm, daß die Steffi grad heut' keine Zeit hat! Wenn ich wenigstens wüßte, wo sie ist, möcht' ich mich wieder vis-à-vis von ihr hinsetzen. Das wär' eine schöne G'schicht', wenn ihr der draufkommen möcht', da hätt' i c h sie am Hals... Wenn ich so denk', was dem Fließ sein Verhältnis mit der Winterfeld kostet! Und dabei betrügt sie ihn hinten und vorn. Das nimmt noch einmal ein Ende mit Schrecken... Bravo, bravo! Ah, aus!... So, das tut wohl, aufsteh'n können... Na, vielleicht! Wie lang' wird der da noch brauchen, um sein Glas ins Futteral zu stecken?

«Pardon, pardon, wollen mich nicht hinauslassen?»

Ist das ein Gedränge! Lassen wir die Leut' lieber vorbeipassieren...

Elegante Person... ob das echte Brillanten sind?... Die da ist nett... Wie sie mich anschaut!... O ja, mein Fräulein, ich möcht' schon!... O, die Nase!—Jüdin... Noch eine... Es ist doch fabelhaft, da sind auch die Hälfte Juden... nicht einmal ein Oratorium kann man mehr in Ruhe genießen... So, jetzt schließen wir uns an... Warum drängt denn der Idiot hinter mir? Das werd' ich ihm abgewöhnen... Ah, ein älterer Herr!... Wer grüßt mich denn dort von drüben?... Habe die Ehre, habe die Ehre! Keine Ahnung hab' ich, wer das ist... das Einfachste wär', ich ging gleich zum Leidinger hinüber nachtmahlen... oder soll ich in die Gartenbaugesellschaft? Am End' ist die Steffi auch dort? Warum hat sie mir eigentlich nicht geschrieben, wohin sie mit ihm geht? Sie wird's selber noch nicht gewußt haben. Eigentlich schrecklich, so eine abhängige Existenz... Armes Ding!—So, da ist der Ausgang... Ah, die ist aber bildschön! Ganz allein? Wie sie mich anlacht. Das wär' eine Idee, der geh' ich nach!... So, jetzt die Treppen hinunter... Oh, ein Major von Fünfundneunzig... Sehr liebenswürdig hat er gedankt ... Bin doch nicht der einzige Offizier hier gewesen... Wo ist denn das hübsche Mädel? Ah, dort... am Geländer steht sie... So, jetzt heißt's noch zur Garderobe... Daß mir die Kleine nicht auskommt... Hat ihm schon! So ein elender Fratz! Laßt sich da von einem Herrn abholen, und jetzt lacht sie noch auf mich herüber!—Es ist doch keine was wert ... Herrgott, ist das ein Gedränge bei der Garderobe!... Warten wir lieber noch ein bissel... So! Ob der Blödist meine Nummer nehmen möcht'?...

«Sie, zweihundertvierundzwanzig! Da hängt er! Na, hab'n Sie keine Augen? Da hängt er! Na, Gott sei Dank!... Also bitte!»... Der Dicke da verstellt einem schier die ganze Garderobe... «Bitte sehr!»...

«Geduld, Geduld!»

Was sagt der Kerl?

«Nur ein bissel Geduld!»

Dem muß ich doch antworten... «Machen Sie doch Platz!»

«Na, Sie werden's auch nicht versäumen!»

Was sagt er da? Sagt er das zu mir? Das ist doch stark! Das darf ich mir nicht gefallen lassen! «Ruhig!»

«Was meinen Sie?»

Ah, so ein Ton? Da hört sich doch alles auf!

«Stoßen Sie nicht!»

«Sie, halten Sie das Maul!» Das hätt' ich nicht sagen sollen, ich war zu grob... Na, jetzt ist's schon g'scheh'n!

«Wie meinen?»

Jetzt dreht er sich um... Den kenn' ich ja!—Donnerwetter, das ist ja der Bäckermeister, der immer ins Kaffeehaus kommt... Was macht denn der da? Hat sicher auch eine Tochter oder so was bei der Singakademie... Ja, was ist denn das? Ja, was macht er denn? Mir scheint gar ... ja, meiner Seel', er hat den Griff von meinem Säbel in der Hand... Ja, ist der Kerl verrückt?... «Sie, Herr...»

«Sie, Herr Leutnant, sein S' jetzt ganz stad.»

Was sagt er da? Um Gottes willen, es hat's doch keiner gehört? Nein, er red't ganz leise... Ja, warum laßt er denn meinen Säbel net aus?... Herrgott noch einmal... Ah, da heißt's rabiat sein... ich bring' seine Hand vom Griff nicht weg... nur keinen Skandal jetzt!... Ist nicht am End' der Major hinter mir?... Bemerkt's nur niemand, daß er den Griff von meinem Säbel hält? Er red't ja zu mir! Was red't er denn?

«Herr Leutnant, wenn Sie das geringste Aufsehen machen, so zieh' ich den Säbel aus der Scheide, zerbrech' ihn und schick' die Stück' an Ihr Regimentskommando. Versteh'n Sie mich, Sie dummer Bub?»

Was hat er g'sagt? Mir scheint, ich träum'! Red't er wirklich zu mir? Ich sollt' was antworten... Aber der Kerl macht ja Ernst—der zieht wirklich den Säbel heraus. Herrgott—er tut's!... Ich spür's, er reißt schon dran. Was red't er denn?... Um Gottes willen, nur kein' Skandal——Was red't er denn noch immer?

«Aber ich will Ihnen die Karriere nicht verderben... Also, schön brav sein!... So, hab'n S' keine Angst, 's hat niemand was gehört... es ist schon alles gut... so! Und damit keiner glaubt, daß wir uns gestritten haben, werd' ich jetzt sehr freundlich mit Ihnen sein!—Habe die Ehre, Herr Leutnant, hat mich sehr gefreut—habe die Ehre.»

Um Gottes willen, hab' ich geträumt?... Hat er das wirklich gesagt? ... Wo ist er denn?... Da geht er... Ich müßt' ja den Säbel ziehen und ihn zusammen hauen——Um Gottes willen, es hat's doch niemand gehört?... Nein, er hat ja nur ganz leise geredet, mir ins Ohr... Warum geh' ich denn nicht hin und hau' ihm den Schädel auseinander?... Nein, es geht ja nicht, es geht ja nicht... gleich hätt' ich's tun müssen... Warum hab' ich's denn nicht gleich getan?... Ich hab's ja nicht können... er hat ja den Griff nicht auslassen, und er ist zehnmal stärker als ich... Wenn ich noch ein Wort gesagt hätt', hätt' er mir wirklich den Säbel zerbrochen... Ich muß ja noch froh sein, daß er nicht laut geredet hat! Wenn's ein Mensch gehört hätt', so müßt' ich mich ja *stante pede* erschießen... Vielleicht ist es doch ein Traum gewesen... Warum schaut mich denn der Herr dort an der Säule so an?—hat er am End' was gehört?... Ich werd' ihn fragen... Fragen?—Ich bin ja verrückt!—Wie schau' ich denn aus?—Merkt man mir was an?—Ich muß ganz blaß sein.—Wo ist der Hund?... Ich muß ihn umbringen!... Fort ist er... Überhaupt schon ganz leer... Wo ist denn mein Mantel?... Ich hab' ihn ja schon angezogen... Ich hab's gar nicht gemerkt... Wer hat mir denn geholfen?... Ah, der da... dem muß ich ein Sechserl geben... So!... Aber was ist denn das? Ist es denn wirklich gescheh'n? Hat wirklich einer so zu mir geredet? Hat mir wirklich einer «dummer Bub» gesagt? Und ich hab' ihn nicht auf der Stelle zusammengehauen?... Aber ich hab' ja nicht können... er hat ja eine Faust gehabt wie Eisen... ich bin ja dagestanden wie angenagelt... Nein, ich muß den Verstand verloren gehabt haben, sonst hätt' ich mit der anderen Hand... Aber da hätt' er ja meinen Säbel herausgezogen und zerbrochen, und aus wär's gewesen—alles wär' aus gewesen! Und nachher, wie er fortgegangen ist, war's zu spät... ich hab' ihm doch nicht den Säbel von hinten in den Leib rennen können.

Was, ich bin schon auf der Straße? Wie bin ich denn da herausgekommen?—So kühl ist es... ah, der Wind, der ist gut... Wer ist denn das da drüben? Warum schau'n denn die zu mir herüber? Am Ende haben die was gehört... Nein, es kann niemand was gehört haben... ich weiß ja, ich hab' mich gleich nachher umgeschaut! Keiner hat sich um mich gekümmert, niemand hat was gehört... Aber gesagt hat er's, wenn's auch niemand gehört hat; gesagt hat er's doch. Und ich bin dagestanden und hab' mir's gefallen lassen, wie wenn mich einer vor den Kopf geschlagen hätt'!... Aber ich hab' ja nichts sagen können, nichts tun können; es war ja noch das einzige, was mir übrig geblieben ist: stad sein, stad sein!... 's ist fürchterlich, es ist nicht zum Aushalten; ich muß ihn totschlagen, wo ich ihn treff'!... Mir sagt das einer! Mir sagt das so ein Kerl, so ein Hund! Und er kennt mich... Herrgott noch einmal, er kennt mich, er weiß, wer ich bin!... Er kann jedem Menschen erzählen, daß er mir das g'sagt hat!... Nein, nein, das wird er ja nicht tun, sonst hätt' er auch nicht so leise geredet... er hat auch nur wollen, daß ich es allein hör'!... Aber wer garantiert mir, daß er's nicht doch erzählt, heut' oder morgen, seiner Frau, seiner Tochter, seinen Bekannten im Kaffeehaus. ——Um Gottes willen, morgen seh' ich ihn ja wieder! Wenn ich morgen ins Kaffeehaus komm', sitzt er wieder dort wie alle Tag' und spielt seinen Tapper mit dem Herrn Schlesinger und mit dem Kunstblumenhändler... Nein, nein, das geht ja nicht, das geht ja nicht... Wenn ich ihn seh', so hau' ich ihn zusammen... Nein, das darf ich ja nicht... gleich hätt' ich's tun müssen, gleich!... Wenn's nur gegangen wär'! Ich werd' zum Obersten geh'n und ihm die Sache melden... ja, zum Obersten... Der Oberst ist immer sehr freundlich—und ich werd' ihm sagen: Herr Oberst, ich melde gehorsamst, er hat den Griff gehalten, er hat ihn nicht aus'lassen; es war genau so, als wenn ich ohne Waffe gewesen wäre... —Was wird der Oberst sagen?—Was er sagen wird?—Aber da gibt's ja nur eins: quittieren mit Schimpf und Schand'—quittieren!... Sind das Freiwillige da drüben?... Ekelhaft, bei der Nacht schau'n sie aus, wie Offiziere... sie salutieren!—Wenn die wüßten—wenn die wüßten! ...—Da ist das Café Hochleitner... Sind jetzt gewiß ein paar Kameraden drin... vielleicht auch einer oder der andere, den ich kenn'... Wenn ich's dem ersten besten erzählen möcht', aber so, als wär's einem andern passiert?...—Ich bin ja schon ganz irrsinnig... Wo lauf' ich denn da herum? Was tu' ich denn auf der Straße?—Ja, aber wo soll ich denn hin? Hab' ich nicht zum Leidinger wollen? Haha, unter Menschen mich niedersetzen... ich glaub', ein jeder müßt' mir's anseh'n... Ja, aber irgendwas muß doch gescheh'n... Was soll denn gescheh'n?... Nichts, nichts—es hat ja niemand was gehört... es weiß ja niemand was... in dem Moment weiß niemand was... Wenn ich jetzt zu ihm in die Wohnung ginge und ihn beschwören möchte, daß er's niemanden erzählt?...—Ah, lieber gleich eine Kugel vor den Kopf, als so was!... Wär' so das Gescheiteste!... Das Gescheiteste? Das Gescheiteste?—Gibt ja überhaupt nichts anderes... gibt nichts anderes... Wenn ich den Oberst fragen möcht', oder den Kopetzky—oder den Blany—oder den Friedmair:—jeder möcht' sagen: Es bleibt dir nichts anderes übrig!... Wie wär's, wenn ich mit dem Kopetzky spräch'?... Ja, es wär' doch das Vernünftigste... schon wegen morgen... Ja, natürlich—wegen morgen... um vier in der Reiterkasern'... ich soll mich ja morgen um vier Uhr schlagen... und ich darf's ja nimmer, ich bin satisfaktionsunfähig ... Unsinn! Unsinn! Kein Mensch weiß was, kein Mensch weiß was!—Es laufen viele herum, denen ärgere Sachen passiert sind, als mir... Was hat man nicht alles von dem Deckener erzählt, wie er sich mit dem Rederow geschossen hat... und der Ehrenrat hat entschieden, das Duell darf stattfinden... Aber wie möcht' der Ehrenrat bei mir entscheiden? —Dummer Bub—dummer Bub... und ich bin dagestanden—heiliger Himmel, es ist doch ganz egal, ob ein anderer was weiß!... ich weiß es doch, und das ist die Hauptsache! Ich spür', daß ich jetzt wer anderer bin, als vor einer Stunde—Ich weiß, daß ich satisfaktionsunfähig bin, und darum muß ich mich totschießen... Keine ruhige Minute hätt' ich mehr im Leben... immer hätt' ich die Angst, daß es doch einer erfahren könnt', so oder so... und daß mir's einer einmal ins Gesicht sagt, was heut' abend gescheh'n ist!—Was für ein glücklicher Mensch bin ich vor einer Stund' gewesen... Muß mir der Kopetzky die Karte schenken— und die Steffi muß mir absagen, das Mensch!—Von so was hängt man ab... Nachmittag war noch alles gut und schön, und jetzt bin ich ein verlorener Mensch und muß mich totschießen... Warum renn' ich denn so? Es lauft mir ja nichts davon... Wieviel schlagt's denn?... 1, 2, 3, 4, 5, 6, 7, 8, 9, 10, 11... elf, elf... ich sollt' doch nachtmahlen geh'n! Irgendwo muß ich doch schließlich hingeh'n... ich könnt' mich ja in irgendein Beisl setzen, wo mich kein Mensch kennt—schließlich, essen muß der Mensch, auch wenn er sich nachher gleich totschießt... Haha, der Tod ist ja kein Kinderspiel... wer hat das nur neulich gesagt?... Aber das ist ja ganz egal...

Ich möcht' wissen, wer sich am meisten kränken möcht'?... die Mama, oder die Steffi?... die Steffi... Gott, die Steffi... die dürft' sich ja nicht einmal was anmerken lassen, sonst gibt «er» ihr den Abschied... Arme Person!—Beim Regiment—kein Mensch hätt' eine Ahnung, warum ich's getan hab'... sie täten sich alle den Kopf zerbrechen... warum hat sich denn der Gustl umgebracht?—Darauf möcht' keiner kommen, daß ich mich hab' totschießen müssen, weil ein elender Bäkkermeister, so ein niederträchtiger, der zufällig stärkere Fäust' hat... es ist ja zu dumm, zu dumm!—Deswegen soll ein Kerl wie ich, so ein junger, fescher Mensch... Ja, nachher möchten's gewiß alle sagen: das hätt' er doch nicht tun müssen, wegen so einer Dummheit; ist doch schad'!... Aber wenn ich jetzt wen immer fragen tät', jeder möcht' mir die gleiche Antwort geben... und ich selber, wenn ich mich frag'... das ist doch zum Teufelholen... ganz wehrlos sind wir gegen die Zivilisten ... Da meinen die Leut', wir sind besser dran, weil wir einen Säbel haben ... und wenn schon einmal einer von der Waffe Gebrauch macht, geht's über uns her, als wenn wir alle die geborenen Mörder wären... In der Zeitung möcht's auch steh'n:... «Selbstmord eines jungen Offiziers»... Wie schreiben sie nur immer?... «Die Motive sind in Dunkel gehüllt» ... Haha!... «An seinem Sarge trauern»...—Aber es ist ja wahr... mir ist immer, als wenn ich mir eine Geschichte erzählen möcht'... aber es ist wahr... ich muß mich umbringen, es bleibt mir ja nichts anderes übrig—ich kann's ja nicht drauf ankommen lassen, daß morgen früh der Kopetzky und der Blany mir ihr Mandat zurückgeben und mir sagen: wir können dir nicht sekundieren!... Ich wär' ja ein Schuft, wenn ich's ihnen zumuten möcht'... So ein Kerl wie ich, der dasteht und sich einen dummen Buben heißen läßt... morgen wissen's ja alle Leut'... das ist zu dumm, daß ich mir einen Moment einbilde, so ein Mensch erzählt's nicht weiter... überall wird er's erzählen... seine Frau weiß's jetzt schon... morgen weiß es das ganze Kaffeehaus... die Kellner werdn's wissen... der Herr Schlesinger—die Kassierin— —Und selbst wenn er sich vorgenommen hat, er red't nicht davon, so sagt er's übermorgen... und wenn er's übermorgen nicht sagt, in einer Woche... Und wenn ihn heut nacht der Schlag trifft, so weiß ich's... ich weiß es ... und ich bin nicht der Mensch, der weiter den Rock trägt und den Säbel, wenn ein solcher Schimpf auf ihm sitzt!... So, ich muß es tun, und Schluß!—Was ist weiter dabei?—Morgen nachmittag könnt' mich der Doktor mit 'm Säbel erschlagen... so was ist schon einmal dagewesen... und der Bauer, der arme Kerl, der hat eine Gehirnentzündung 'kriegt und war in drei Tagen hin... und der Brenitsch ist vom Pferd gestürzt und hat sich 's Genick gebrochen... und schließlich und endlich: es gibt nichts anderes—für mich nicht, für mich nicht!—Es gibt ja Leut', die's leichter nähmen... Gott, was gibt's für Menschen!... Dem Ringeimer hat ein Fleischselcher, wie er ihn mit seiner Frau erwischt hat, eine Ohrfeige gegeben, und er hat quittiert und sitzt irgendwo auf'm Land und hat geheiratet... Daß es Weiber gibt, die so einen Menschen heiraten!...—Meiner Seel', ich gäb' ihm nicht die Hand, wenn er wieder nach Wien käm'... Also, hast's gehört, Gustl:— aus, aus, abgeschlossen mit dem Leben! Punktum und Streusand drauf!... So, jetzt weiß ich's, die Geschichte ist ganz einfach...So! Ich bin eigentlich ganz ruhig... Das hab' ich übrigens immer gewußt: wenn's einmal dazu kommt, werd' ich ruhig sein, ganz ruhig... aber daß es so dazu kommt, das hab' ich doch nicht gedacht... daß ich mich umbringen muß, weil so ein... Vielleicht hab' ich ihn doch nicht recht verstanden ... am End' hat er ganz was anderes gesagt... Ich war ja ganz blöd von der Singerei und der Hitz'... vielleicht bin ich verrückt gewesen, und es ist alles gar nicht wahr?... Nicht wahr, haha, nicht wahr!—Ich hör's ja noch... es klingt mir noch immer im Ohr... und ich spür's in den Fingern, wie ich seine Hand vom Säbelgriff hab' wegbringen wollen... Ein Kraftmensch ist er, ein Jagendorfer... Ich bin doch auch kein Schwächling... der Franziski ist der einzige im Regiment, der stärker ist als ich...

Die Aspernbrücke... Wie weit renn' ich denn noch?—Wenn ich so weiterrenn', bin ich um Mitternacht in Kagran... Haha!—Herrgott, froh sind wir gewesen, wie wir im vorigen September dort eingerückt sind. Noch zwei Stunden, und Wien... todmüd' war ich, wie wir angekommen sind... den ganzen Nachmittag hab' ich geschlafen wie ein Stock, und am Abend waren wir schon beim Ronacher... der Kopetzky, der Ladinser und... wer war denn nur noch mit uns?—Ja, richtig, der Freiwillige, der uns auf dem Marsch die jüdischen Anekdoten erzählt hat... Manchmal sind's ganz nette Burschen, die Einjährigen... aber sie sollten alle nur Stellvertreter werden—denn was hat das für einen Sinn? Wir müssen uns jahrelang plagen, und so ein Kerl dient ein Jahr und hat genau dieselbe Distinktion wie wir... es ist eine Ungerechtigkeit!—Aber was geht mich denn das alles an?—Was scher' ich mich denn um solche Sachen?—Ein Gemeiner von der Verpflegsbranche ist ja jetzt mehr als ich... ich bin ja überhaupt nicht mehr auf der Welt... es ist ja aus mit mir... Ehre verloren, alles verloren!... Ich hab' ja nichts anderes zu tun, als meinen Revolver zu laden und... Gustl, Gustl, mir scheint, du glaubst noch immer nicht recht dran? Komm' nur zur Besinnung... es gibt nichts anderes... wenn du auch dein Gehirn zermarterst, es gibt nichts anderes!—Jetzt heißt's nur mehr, im letzten Moment sich anständig benehmen, ein Mann sein, ein Offizier sein, so daß der Oberst sagt: Er ist ein braver Kerl gewesen, wir werden ihm ein treues Angedenken bewahren!... Wieviel Kompagnien rücken denn aus beim Leichenbegängnis von einem Leutnant?... Das müßt' ich eigentlich wissen... Haha! wenn das ganze Bataillon ausrückt, oder die ganze Garnison, und sie feuern zwanzig Salven ab, davon wach' ich doch nimmer auf!—Vor dem Kaffeehaus, da bin ich im vorigen Sommer einmal mit dem Herrn von Engel gesessen, nach der Armee-Steeple-Chase... Komisch, den Menschen hab' ich seitdem nie wieder geseh'n... Warum hat er denn das linke Aug' verbunden gehabt? Ich hab' ihn immer drum fragen wollen, aber es hätt' sich nicht gehört... Da geh'n zwei Artilleristen... die denken gewiß, ich steig' der Person nach... Muß sie mir übrigens anseh'n... O schrecklich!—Ich möcht' nur wissen, wie sich so eine ihr Brot verdient... da möcht' ich doch eher... Obzwar, in der Not frißt der Teufel Fliegen... in Przemysl—mir hat's nachher so gegraut, daß ich gemeint hab', nie wieder rühr' ich ein Frauenzimmer an... Das war eine gräßliche Zeit da oben in Galizien... eigentlich ein Mordsglück, daß wir nach Wien gekommen sind. Der Bokorny sitzt noch immer in Sambor und kann noch zehn Jahr dort sitzen und alt und grau werden ... Aber wenn ich dort geblieben wär', wär' mir das nicht passiert, was mir heut passiert ist... und ich möcht' lieber in Galizien alt und grau werden, als daß... als was? als was?—Ja, was ist denn? was ist denn? —Bin ich denn wahnsinnig, daß ich das immer vergeß'?—Ja, meiner

Seel', vergessen tu' ich's jeden Moment... ist das schon je erhört worden, daß sich einer in ein paar Stunden eine Kugel durch'n Kopf jagen muß, und er denkt an alle möglichen Sachen, die ihn gar nichts mehr angeh'n? Meiner Seel', mir ist geradeso, als wenn ich einen Rausch hätt'! Haha! ein schöner Rausch! ein Mordsrausch! ein Selbstmordsrausch!—Ha! Witze mach' ich, das ist sehr gut!—Ja, ganz gut aufgelegt bin ich—so was muß doch angeboren sein... Wahrhaftig, wenn ich's einem erzählen möcht', er würd' es nicht glauben.—Mir scheint, wenn ich das Ding bei mir hätt'... jetzt würd' ich abdrücken—in einer Sekunde ist alles vorbei... Nicht jeder hat's so gut—andere müssen sich monatelang plagen... meine arme Cousin', zwei Jahr ist sie gelegen, hat sich nicht rühren können, hat die gräßlichsten Schmerzen g'habt—so ein Jammer!... Ist es nicht besser, wenn man das selber besorgt? Nur Obacht geben heißt's, gut zielen, daß einem nicht am End' das Malheur passiert, wie dem Kadett-Stellvertreter im vorigen Jahr... Der arme Teufel, gestorben ist er nicht, aber blind ist er geworden... Was mit dem nur geschehen ist? Wo er jetzt lebt?—Schrecklich, so herumlaufen, wie der—das heißt: herumlaufen kann er nicht, g'führt muß er werden—so ein junger Mensch, kann heut noch keine Zwanzig sein... seine Geliebte hat er besser getroffen... gleich war sie tot... Unglaublich, weswegen sich die Leut' totschießen! Wie kann man überhaupt nur eifersüchtig sein?... Mein Lebtag hab' ich so was nicht gekannt... Die Steffi ist jetzt gemütlich in der Gartenbaugesellschaft; dann geht sie mit «ihm» nach Haus... Nichts liegt mir dran, gar nichts! Hübsche Einrichtung hat sie—das kleine Badezimmer mit der roten Latern'.—Wie sie neulich in dem grünseidenen Schlafrock hereingekommen ist... den grünen Schlafrock werd' ich auch nimmer seh'n—und die ganze Steffi auch nicht... und die schöne, breite Treppe in der Gußhausstraße werd' ich auch nimmer hinaufgeh'n... Das Fräulein Steffi wird sich weiter amüsieren, als wenn gar nichts gescheh'n wär'... nicht einmal erzählen darf sie's wem, daß ihr lieber Gustl sich umgebracht hat... Aber weinen wird s' schon—ah ja, weinen wird s'... Überhaupt, weinen werden gar viele Leut'... Um Gottes willen, die Mama!—Nein, nein, daran darf ich nicht denken.—Ah, nein, daran darf absolut nicht gedacht werden... An Zuhaus wird nicht gedacht, Gustl, verstanden?—nicht mit dem allerleisesten Gedanken...

Das ist nicht schlecht, jetzt bin ich gar im Prater... mitten in der Nacht... das hätt' ich mir auch nicht gedacht in der Früh, daß ich heut' nacht im Prater spazieren geh'n werd'... Was sich der Sicherheitswachmann dort denkt?... Na, geh'n wir nur weiter... es ist ganz schön... Mit'm Nachtmahlen ist's eh' nichts, mit dem Kaffeehaus auch nichts; die Luft ist angenehm, und ruhig ist es... sehr... Zwar, ruhig werd' ich's jetzt bald haben, so ruhig, als ich's mir nur wünschen kann. Haha!—aber ich bin ja ganz außer Atem... ich bin ja gerannt wie nicht g'scheit... langsamer, langsamer, Gustl, versäumst nichts, hast gar nichts mehr zu tun—gar nichts, aber absolut nichts mehr!—Mir scheint gar, ich fröstel'?—Es wird halt doch die Aufregung sein... dann hab' ich ja nichts gegessen... Was riecht denn da so eigentümlich?... es kann doch noch nichts blühen?... Was haben wir denn heut'?—den vierten April... freilich, es hat viel geregnet in den letzten Tagen... aber die Bäume sind beinah' noch ganz kahl... und dunkel ist es, hu! man könnt' schier Angst kriegen... Das ist eigentlich das einzigemal in meinem Leben, daß ich Furcht gehabt hab', als kleiner Bub, damals im Wald... aber ich war ja gar nicht so klein... vierzehn oder fünfzehn... Wie lang ist das jetzt her?—neun Jahr'... freilich—mit achtzehn war ich Stellvertreter, mit zwanzig Leutnant... und im nächsten Jahr werd' ich... Was werd' ich im nächsten Jahr? Was heißt das überhaupt: nächstes Jahr? Was heißt das: in der nächsten Woche? Was heißt das: übermorgen?... Wie? Zähneklappern? Oho!—Na lassen wir's nur ein bissel klappern... Herr Leutnant, Sie sind jetzt allein, brauchen niemandem einen Pflanz vorzumachen... es ist bitter, es ist bitter...

Ich will mich auf die Bank setzen... Ah!—wie weit bin ich denn da?—So eine Dunkelheit! Das da hinter mir, das muß das zweite Kaffeehaus sein... bin ich im vorigen Sommer auch einmal gewesen, wie unsere Kapelle konzertiert hat... mit'm Kopetzky und mit'm Rüttner—noch ein paar waren dabei...—Ich bin aber müd'... nein, ich bin müd', als wenn ich einen Marsch von zehn Stunden gemacht hätt'... Ja, das wär' sowas, da einschlafen.—Ha! ein obdachloser Leutnant... Ja, ich sollt' doch eigentlich nach Haus... was tu' ich denn zu Haus? aber was tu' ich denn im Prater?—Ah, mir wär' am liebsten, ich müßt' gar nicht aufsteh'n—da einschlafen und nimmer aufwachen... ja, das wär' halt bequem!—Nein, so bequem wird's Ihnen nicht gemacht, Herr Leutnant... Aber wie und wann?—Jetzt könnt' ich mir doch endlich einmal die Geschichte ordentlich überlegen... überlegt muß ja alles werden... so ist es schon einmal im Leben... Also überlegen wir... Was denn?...—Nein, ist die Luft gut... man sollt' öfters bei der Nacht in' Prater geh'n... Ja, das hätt' mir eben früher einfallen müssen, jetzt ist's aus mit'm Prater, mit der Luft und mit'm Spazierengeh'n... Ja, also was ist denn?—Ah, fort mit dem Kappl; mir scheint, das drückt mir aufs Gehirn... ich kann ja gar nicht ordentlich denken... Ah... so!... also jetzt Verstand zusammennehmen, Gustl... letzte Verfügungen treffen! Also morgen früh wird Schluß gemacht... morgen früh um sieben Uhr... sieben Uhr ist eine schöne Stund'. Haha!—also um acht, wenn die Schul' anfangt, ist alles vorbei... der Kopetzky wird aber keine Schul' halten können, weil er zu sehr erschüttert sein wird... Aber vielleicht weiß er's noch gar nicht... man braucht ja nichts zu hören... Den Max Lippay haben sie auch erst am Nachmittag gefunden, und in der Früh hat er sich erschossen, und kein Mensch hat was davon gehört ... Aber was geht mich das an, ob der Kopetzky Schul' halten wird oder nicht?... Ha!—also um sieben Uhr!—Ja... na, was denn noch?... Weiter ist ja nichts zu überlegen. Im Zimmer schieß' ich mich tot, und dann is basta! Montag ist die Leich'... Einen kenn' ich, der wird eine Freud' haben: das ist der Doktor... Duell kann nicht stattfinden wegen Selbstmord des einen Kombattanten... Was sie bei Mannheimers sagen werden?—Na, er wird sich nicht viel draus machen... aber die Frau, die hübsche, blonde... mit der wär was zu machen... O ja, mir scheint, bei der hätt' ich Chance gehabt, wenn ich mich nur ein bissl zusammengenommen hätt'... ja, das wär' doch was anders gewesen, als die Steffi, dieses Mensch... Aber faul darf man halt nicht sein... da heißt's: Cour machen, Blumen schicken, vernünftig reden... das geht nicht so, daß man sagt: Komm' morgen nachmittag zu mir in die Kasern'!... Ja, so eine anständige Frau, das wär' halt was g'wesen... Die Frau von meinem Hauptmann in Przemysl, das war ja doch keine anständige Frau... ich könnt' schwören: der Libitzky und der Wermutek und der schäbige Stellvertreter, der hat sie auch g'habt... Aber die Frau Mannheimer... ja, das wär' was anders, das wär' doch auch ein Umgang gewesen, das hätt' einen beinah' zu einem andern Menschen gemacht—da hätt' man doch noch einen andern Schliff gekriegt—da hätt' man einen Respekt vor sich selber haben dürfen.——Aber ewig diese Menscher... und so jung hab' ich ang'fangen—ein Bub war ich ja noch, wie ich damals den ersten Urlaub gehabt hab' und in Graz bei den Eltern zu Haus war... der Riedl war auch dabei—eine Böhmin ist es gewesen... die muß doppelt so alt gewesen sein wie ich—in der Früh bin ich erst nach Haus gekommen... Wie mich der Vater ang'schaut hat... und die Klara... Vor der Klara hab' ich mich am meisten g'schämt... Damals war sie verlobt ... warum ist denn nichts draus geworden? Ich hab' mich eigentlich nicht viel drum gekümmert... Armes Hascherl, hat auch nie Glück gehabt—und jetzt verliert sie noch den einzigen Bruder... Ja, wirst mich nimmer seh'n, Klara—aus! Was, das hast du dir nicht gedacht, Schwesterl, wie du mich am Neujahrstag zur Bahn begleitet hast, daß du mich nie wieder seh'n wirst?—und die Mama... Herrgott, die Mama... nein, ich darf daran nicht denken... wenn ich daran denk', bin ich imstand, eine Gemeinheit zu begehen... Ah... wenn ich zuerst noch nach Haus fahren möcht'... sagen, es ist ein Urlaub auf einen Tag... noch einmal den Papa, die Mama, die Klara seh'n, bevor ich einen Schluß mach'... Ja, mit dem ersten Zug um sieben kann ich nach Graz fahren, um eins bin ich dort... Grüß dich Gott, Mama... Servus Klara,! Na, wie geht's euch denn?... Nein, das ist eine Überraschung!... Aber sie möchten was merken... wenn niemand anders... die Klara... die Klara gewiß... Die Klara ist ein so gescheites Mädel... Wie lieb sie mir neulich geschrieben hat, und ich bin ihr noch immer die Antwort schuldig—und die guten Ratschläge, die sie mir immer gibt... ein so seelengutes Geschöpf.... Ob nicht alles ganz anders geworden wär', wenn ich zu Haus geblieben wär'? Ich hätt' Ökonomie studiert, wär' zum Onkel gegangen... sie haben's ja alle wollen, wie ich noch ein Bub war... Jetzt wär' ich am End' schon verheiratet, ein liebes, gutes Mädel... vielleicht die Anna, die hat mich so gern gehabt... auch jetzt hab' ich's noch gemerkt, wie ich das letztemal zu Haus war, obzwar sie schon einen Mann hat und zwei Kinder... ich hab's g'seh'n, wie sie mich ang'schaut hat... Und noch immer sagt sie mir «Gustl» wie früher... Der wird's ordentlich in die Glieder fahren, wenn sie erfährt, was es mit mir für ein End' genommen hat—aber ihr Mann wird sagen: Das hab' ich voraus gesehen—so ein Lump!—Alle werden meinen, es ist, weil ich Schulden gehabt hab'... und es ist doch gar nicht wahr, es ist doch alles bezahlt... nur die letzten hundertsechzig Gulden—na, und die sind morgen da... Ja, dafür muß ich auch noch sorgen, daß der Ballert die hundertsechzig Gulden kriegt... das muß ich niederschreiben, bevor ich mich erschieß'... Es ist schrecklich, es ist schrecklich!... Wenn ich lieber auf und davon fahren möcht'—nach Amerika, wo mich niemand kennt... In Amerika weiß kein Mensch davon, was hier heut' abend gescheh'n ist... da kümmert sich kein Mensch drum... Neulich ist in der Zeitung gestanden von einem Grafen Runge, der hat fortmüssen wegen einer schmutzigen Geschichte, und jetzt hat er drüben ein Hotel und pfeift auf den ganzen Schwindel... Und in ein paar Jahren könnt' man ja wieder zurück... nicht nach Wien natürlich... auch nicht nach Graz... aber aufs Gut könnt' ich... und der Mama und dem Papa und der Klara möcht's doch tausendmal lieber sein, wenn ich nur lebendig blieb'... Und was geh'n mich denn die andern Leut' an? Wer meint's denn sonst gut mit mir?—Außerm Kopetzky könnt' ich allen gestohlen werden... der Kopetzky ist doch der einzige... Und gerad der hat mir heut das Billett geben müssen... und das Billett ist an allem schuld... ohne das Billett wär' ich nicht ins Konzert gegangen, und alles das wär' nicht passiert... Was ist denn nur passiert?... Es ist grad', als wenn hundert Jahr seitdem vergangen wären, und es kann noch keine zwei Stunden sein... Vor zwei Stunden hat mir einer «dummer Bub» gesagt und hat meinen Säbel zerbrechen wollen... Herrgott, ich fang' noch zu schreien an mitten in der Nacht! Warum ist denn das alles gescheh'n? Hätt' ich nicht länger warten können, bis es ganz leer wird in der Garderobe? Und warum hab' ich ihm denn nur gesagt: «Halten Sie's Maul!» Wie ist mir denn das nur ausgerutscht? Ich bin doch sonst ein höflicher Mensch... nicht einmal mit meinem Burschen bin ich sonst so grob... aber natürlich, nervös bin ich gewesen—alle die Sachen, die da zusammengekommen sind... das Pech im Spiel und die ewige Absagerei von der Steffi—und das Duell morgen nachmittag—und zu wenig schlafen tu' ich in der letzten Zeit—und die Rackerei in der Kasern'—das halt' man auf die Dauer nicht aus!... Ja, über kurz oder lang wär' ich krank geworden—hätt' um einen Urlaub einkommen müssen... Jetzt ist es nicht mehr notwendig—jetzt kommt ein langer Urlaub—mit Karenz der Gebühren—haha!...

Wie lang werd' ich denn da noch sitzenbleiben? Es muß Mitternacht vorbei sein... hab' ich's nicht früher schlagen hören?—Was ist denn das... ein Wagen fährt da? Um die Zeit? Gummiradler—kann mir schon denken... Die haben's besser wie ich—vielleicht ist es der Ballert mit der Berta... Warum soll's grad' der Ballert sein?—Fahr' nur zu!—Ein hübsches Zeug'l hat Seine Hoheit in Przemysl gehabt... mit dem ist er immer in die Stadt hinuntergefahren zu der Rosenberg... Sehr leutselig war Seine Hoheit—ein echter Kamerad, mit allen auf du und du... War doch eine schöne Zeit... obzwar... die Gegend war trostlos und im Sommer zum Verschmachten... an einem Nachmittag sind einmal drei vom Sonnenstich getroffen worden... auch der Korporal von meinem Zug—ein so verwendbarer Mensch... Nachmittag haben wir uns nackt auf's Bett hingelegt.—Einmal ist plötzlich der Wiesner zu mir hereingekommen; ich muß grad' geträumt haben und steh' auf und zieh' den Säbel, der neben mir liegt... muß gut ausg'schaut haben... der Wiesner hat sich halb tot gelacht—der ist jetzt schon Rittmeister... —Schad', daß ich nicht zur Kavallerie gegangen bin... aber das hat der Alte nicht wollen—wär' ein zu teurer Spaß gewesen—jetzt ist es ja doch alles eins... Warum denn?—Ja, ich ich weiß schon: sterben muß ich, darum ist es alles eins—sterben muß ich... Also wie?—Schau, Gustl, du bist doch extra da herunter in den Prater gegangen, mitten in der

Nacht, wo dich keine Menschenseele stört—jetzt kannst du dir alles ruhig überlegen... Das ist ja lauter Unsinn mit Amerika und quittieren, und du bist ja viel zu dumm, um was anderes anzufangen—und wenn du hundert Jahr alt wirst, und du denkst dran, daß dir einer hat den Säbel zerbrechen wollen und dich einen dummen Buben geheißen, und du bist dag'standen und hast nichts tun können—nein, zu überlegen ist da gar nichts—gescheh'n ist gescheh'n—auch das mit der Mama und mit der Klara ist ein Unsinn—die werden's schon verschmerzen—man verschmerzt alles... Wie hat die Mama gejammert, wie ihr Bruder gestorben ist—und nach vier Wochen hat sie kaum mehr dran gedacht... auf den Friedhof ist sie hinausgefahren... zuerst alle Wochen, dann alle Monat—und jetzt nur mehr am Todestag.——Morgen ist mein Todestag—fünfter April.——Ob sie mich nach Graz überführen? Haha! da werden die Würmer in Graz eine Freud' haben!—Aber das geht mich nichts an—darüber sollen sich die andern den Kopf zerbrechen... Also, was geht's mich denn eigentlich an?... Ja, die hundertsechzig Gulden für den Ballert—das ist alles—weiter brauch' ich keine Verfügungen zu treffen.—Briefe schreiben? Wozu denn? An wen denn?... Abschied nehmen?—Ja, zum Teufel hinein, das ist doch deutlich genug, wenn man sich totschießt!—Dann merken's die andern schon, daß man Abschied genommen hat... Wenn die Leut' wüßten, wie egal mir die ganze Geschichte ist, möchten sie mich gar nicht bedauern—ist eh' nicht schad' um mich... Und was hab' ich denn vom ganzen Leben gehabt? —Etwas hätt' ich gern noch mitgemacht: einen Krieg—aber da hätt' ich lang' warten können... Und alles übrige kenn' ich... Ob so ein Mensch Steffi oder Kunigunde heißt, bleibt sich gleich.——Und die schönsten Operetten kenn' ich auch—und im Lohengrin bin ich zwölfmal drin gewesen—und heut' abend war ich sogar bei einem Oratorium —und ein Bäckermeister hat mich einen dummen Buben geheißen— meiner Seel', es ist grad' genug!—Und ich bin gar nimmer neugierig... —Also geh'n wir nach Haus, ganz langsam... Eile hab' ich ja wirklich keine.—Noch ein paar Minuten ausruhen da im Prater, auf einer Bank —obdachlos.—Ins Bett leg' ich mich ja doch nimmer—hab' ja genug Zeit zum Ausschlafen.——Ah, die Luft!—Die wird mir abgeh'n...

Was ist denn?—He, Johann, bringen S' mir ein Glas frisches Wasser ... Was ist?... Wo... Ja, träum' ich denn?... Mein Schädel... o, Donnerwetter... Fischamend... Ich bring' die Augen nicht auf!—Ich bin ja angezogen!—Wo sitz' ich denn?—Heiliger Himmel, eingeschlafen bin ich! Wie hab' ich denn nur schlafen können; es dämmert ja schon!

—Wie lang' hab' ich denn geschlafen?—Muß auf die Uhr schau'n... Ich seh' nichts?... Wo sind denn meine Zündhölzeln?... Na, brennt eins an?... Drei... und ich soll mich um vier duellieren—nein, nicht duellieren—totschießen soll ich mich!—Es ist gar nichts mit dem Duell; ich muß mich totschießen, weil ein Bäckermeister mich einen dummen Buben genannt hat... Ja, ist es denn wirklich g'scheh'n?—Mir ist im Kopf so merkwürdig... wie in einem Schraubstock ist mein Hals—ich kann mich gar nicht rühren—das rechte Bein ist eingeschlafen.—Aufstehn! Aufstehn!... Ah, so ist es besser!—Es wird schon lichter... Und die Luft... ganz wie damals in der Früh, wie ich auf Vorposten war und im Wald kampiert hab'... Das war ein anderes Aufwachen—da war ein anderer Tag vor mir... Mir scheint, ich glaub's noch nicht recht.—Da liegt die Straße, grau, leer—ich bin jetzt sicher der einzige Mensch im Prater.—Um vier Uhr früh war ich schon einmal herunten, mit'm Pausinger—geritten sind wir—ich auf dem Pferd vom Hauptmann Mirovic und der Pausinger auf seinem eigenen Krampen—das war im Mai, im vorigen Jahr—da hat schon alles geblüht—alles war grün. Jetzt ist's noch kahl—aber der Frühling kommt bald—in ein paar Tagen ist er schon da.—Maiglöckerln, Veigerln—schad', daß ich nichts mehr davon haben werd'—jeder Schubiak hat was davon, und ich muß sterben! Es ist ein Elend! Und die andern werden im Weingartl sitzen beim Nachtmahl, als wenn gar nichts g'wesen wär'—so wie wir alle im Weingartl g'sessen sind, noch am Abend nach dem Tag, wo sie den Lippay hinausgetragen haben... Und der Lippay war so beliebt... sie haben ihn lieber g'habt, als mich, beim Regiment—warum sollen sie denn nicht im Weingartl sitzen, wenn ich abkratz'?—Ganz warm ist es—viel wärmer als gestern—und so ein Duft—es muß doch schon blühen... Ob die Steffi mir Blumen bringen wird?—Aber fallt ihr ja gar nicht ein! Die wird grad' hinausfahren... Ja, wenn's noch die Adel' wär'... Nein, die Adel'! Mir scheint, seit zwei Jahren hab' ich an die nicht mehr gedacht ... Was die für G'schichten gemacht hat, wie's aus war... mein Lebtag hab' ich kein Frauenzimmer so weinen geseh'n... Das war doch eigentlich das Hübscheste, was ich erlebt hab'... So bescheiden, so anspruchslos, wie die war—die hat mich gern gehabt, da könnt' ich drauf schwören.—War doch was ganz anderes, als die Steffi... Ich möcht' nur wissen, warum ich die aufgegeben hab'... so eine Eselei! Zu fad ist es mir geworden, ja, das war das Ganze... So jeden Abend mit ein und derselben ausgeh'n... Dann hab' ich eine Angst g'habt, daß ich überhaupt nimmer loskomm'—eine solche Raunzen——Na, Gustl, hätt'st schon noch warten können—war doch die einzige, die dich gern gehabt hat... Was sie jetzt macht? Na was wird s' machen?—Jetzt wird s' halt einen andern haben. ... Freilich, das mit der Steffi ist bequemer—wenn man nur gelegentlich engagiert ist und ein anderer hat die ganzen Unannehmlichkeiten, und ich hab' nur das Vergnügen ... Ja, da kann man auch nicht verlangen, daß sie auf den Friedhof hinauskommt... Wer ging denn überhaupt mit, wenn er nicht müßt'!—Vielleicht der Kopetzky, und dann wär' Rest!—Ist doch traurig, so gar niemanden zu haben...

Aber so ein Unsinn! der Papa und die Mama und die Klara... Ja, ich bin halt der Sohn, der Bruder... aber was ist denn weiter zwischen uns? gern haben sie mich ja—aber was wissen sie denn von mir?—Daß ich meinen Dienst mach', daß ich Karten spiel' und daß ich mit Menschern herumlauf'... aber sonst?—Daß mich manchmal selber vor mir graust, das hab' ich ihnen ja doch nicht geschrieben—na, mir scheint, ich hab's auch selber gar nicht recht gewußt—Ah was, kommst du jetzt mit solchen Sachen, Gustl? Fehlt nur noch, daß du zum Weinen anfangst... pfui Teufel!—Ordentlich Schritt... so! Ob man zu einem Rendezvous geht oder auf Posten oder in die Schlacht... wer hat das nur gesagt?... ah ja, der Major Lederer, in der Kantin', wie man von dem Wingleder erzählt hat, der so blaß geworden ist vor seinem ersten Duell—und gespieben hat... Ja: ob man zu einem Rendezvous geht oder in den sichern Tod, am Gang und am G'sicht laßt sich das der richtige Offizier nicht anerkennen!—Also Gustl—der Major Lederer hat's g'sagt! ha!—

Immer lichter... man könnt' schon lesen... Was pfeift denn da?... Ah, drüben ist der Nordbahnhof... Die Tegetthoffsäule... so lang hat sie noch nie ausg'schaut... Da drüben stehen Wagen. ... Aber nichts als Straßenkehrer auf der Straße... meine letzten Straßenkehrer—ha! ich muß immer lachen, wenn ich dran denk'... das versteh' ich gar nicht ... Ob das bei allen Leuten so ist, wenn sie's einmal ganz sicher wissen? Halb vier auf der Nordbahnuhr... jetzt ist nur die Frage, ob ich mich um sieben nach Bahnzeit oder nach Wiener Zeit erschieß'?... Sieben ... ja, warum grad' sieben?... Als wenn's gar nicht anders sein könnt' ... Hunger hab' ich—meiner Seel', ich hab' Hunger—kein Wunder... seit wann hab' ich denn nichts gegessen?... Seit—seit gestern sechs Uhr abends im Kaffeehaus... ja! Wie mir der Kopetzky das Billett gegeben hat—eine Melange und zwei Kipfel.—Was der Bäckermeister sagen wird, wenn er's erfahrt?... der verfluchte Hund!—Ah, der wird wissen, warum—dem wird der Knopf aufgeh'n—der wird draufkommen, was es heißt: Offizier!—So ein Kerl kann sich auf offener Straße prügeln lassen, und es hat keine Folgen, und unsereiner wird unter vier

Augen insultiert und ist ein toter Mann... Wenn sich so ein Fallot wenigstens schlagen möcht'—aber nein, da wär' er ja vorsichtiger, da möcht' er sowas nicht riskieren... Und der Kerl lebt weiter, ruhig weiter, während ich—krepieren muß!—Der hat mich doch umgebracht... Ja, Gustl, merkst d' was?—der ist es, der dich umbringt! Aber so glatt soll's ihm doch nicht ausgeh'n!—Nein, nein, nein! Ich werd' dem Kopetzky einen Brief schreiben, wo alles drinsteht, die ganze G'schicht' schreib' ich auf... oder noch besser: ich schreib's dem Obersten, ich mach' eine Meldung ans Regimentskommando... ganz wie eine dienstliche Meldung... Ja, wart', du glaubst, daß sowas geheim bleiben kann? —Du irrst dich—aufgeschrieben wird's zum ewigen Gedächtnis, und dann möcht' ich sehen, ob du dich noch ins Kaffeehaus traust—Ha!— «das möcht' ich sehen», ist gut!... Ich möcht' noch manches gern sehen, wird nur leider nicht möglich sein—aus is!—

Jetzt kommt der Johann in mein Zimmer, jetzt merkt er, daß der Herr Leutnant nicht zu Haus geschlafen hat.—Na, alles mögliche wird er sich denken; aber daß der Herr Leutnant im Prater übernachtet hat, das, meiner Seel', das nicht... Ah, die Vierundvierziger! zur Schießstätte marschieren s'—lassen wir sie vorübergeh'n... so, stellen wir uns daher...—Da oben wird ein Fenster aufgemacht—hübsche Person—na, ich möcht' mir wenigstens ein Tüchel umnehmen, wenn ich zum Fenster geh'... Vorigen Sonntag war's zum letztenmal... Daß grad' die Steffi die letzte sein wird, hab' ich mir nicht träumen lassen.—Ach Gott, das ist doch das einzige reelle Vergnügen... Na ja, der Herr Oberst wird in zwei Stunden nobel nachreiten... die Herren haben's gut—ja, ja, rechts g'schaut!—Ist schon gut... Wenn ihr wüßtet, wie ich auf euch pfeif'!—Ah, das ist nicht schlecht: der Katzer... seit wann ist denn der zu den Vierundvierzigern übersetzt?—Servus, servus!— Was der für ein G'sicht macht?... Warum deut' er denn auf seinen Kopf?—Mein Lieber, dein Schädel interessiert mich sehr wenig... Ah, so! Nein, mein Lieber, du irrst dich: im Prater hab' ich übernachtet ... wirst schon heut' im Abendblatt lesen.—«Nicht möglich!» wird er sagen, «heut' früh, wie wir zur Schießstätte ausgerückt sind, hab' ich ihn noch auf der Praterstraße getroffen!»—Wer wird denn meinen Zug kriegen?—Ob sie ihn dem Walterer geben werden?—Na, da wird was Schönes herauskommen—ein Kerl ohne Schneid, der hätt' auch lieber Schuster werden sollen... Was, geht schon die Sonne auf?—Das wird heut ein schöner Tag—so ein rechter Frühlingstag... Ist doch eigentlich zum Teufelholen!—der Komfortabelkutscher wird noch um achte in der Früh auf der Welt sein, und ich... na, was ist denn das? He, das wär' sowas—noch im letzten Moment die Kontenance verlieren wegen einem Komfortabelkutscher... Was ist denn das, daß ich auf einmal so ein blödes Herzklopfen krieg'?—Das wird doch nicht deswegen sein ... Nein, o nein... es ist, weil ich so lang' nichts gegessen hab'.—— Aber Gustl, sei doch aufrichtig mit dir selber:—Angst hast du—Angst, weil du's noch nie probiert hast... Aber das hilft dir ja nichts, die Angst hat noch keinem was geholfen, jeder muß es einmal durchmachen, der eine früher, der andere später, und du kommst halt früher dran... Viel wert bist du ja nie gewesen, so benimm dich wenigstens anständig zu guter Letzt, das verlang' ich von dir!—So, jetzt heißt's nur überlegen—aber was denn?... Immer will ich mir was überlegen... ist doch ganz einfach:—im Nachtkastelladel liegt er, geladen ist er auch, heißt's nur: losdrucken—das wird doch keine Kunst sein!——

Die geht schon ins Geschäft... die armen Mädeln! die Adel' war auch in einem G'schäft—ein paarmal hab' ich sie am Abend abg'holt... Wenn sie in einem Geschäft sind, werd'n sie doch keine solchen Menscher... Wenn die Steffi mir allein g'hören möcht', ich ließ sie Modistin werden oder sowas... Wie wird sie's denn erfahren?—Aus der Zeitung! ... Sie wird sich ärgern, daß ich ihr's nicht geschrieben hab'... Mir scheint', ich schnapp' doch noch über...Was geht denn das mich an, ob sie sich ärgert... Wie lang' hat denn die ganze G'schicht' gedauert?... Seit'm Jänner?... Ah nein, es muß doch schon vor Weihnachten gewesen sein... ich hab' ihr ja aus Graz Zuckerln mitgebracht, und zu Neujahr hat sie mir ein Brieferl g'schickt... Richtig, die Briefe, die ich zu Haus hab',—sind keine da, die ich verbrennen sollt'?... Hm, der vom Fallsteiner—wenn man den Brief findet... der Bursch könnt' Unannehmlichkeiten haben... Was mir das schon aufliegt!—Na, es ist ja keine große Anstrengung... aber hervorsuchen kann ich den Wisch nicht... Das beste ist, ich verbrenn' alles zusammen... Und meine paar Bücher könnt' ich dem Blany vermachen.—«Durch Nacht und Eis»... schad', daß ich's nimmer auslesen kann... bin wenig zum Lesen gekommen in der letzten Zeit... Orgel—ah, aus der Kirche... Frühmesse—bin schon lang bei keiner gewesen... das letztemal im Feber, wie mein Zug dazu kommandiert war... Aber das galt nichts—ich hab' auf meine Leut' aufgepaßt, ob sie andächtig sind und sich ordentlich benehmen...—Möcht' in die Kirche hineingeh'n... am End' ist doch was dran...—Na, heut nach Tisch werd' ich's schon genau wissen... Ah, «nach Tisch» ist sehr gut! ...Also, was ist, soll ich hineingehn?—Ich glaub', der Mama wär's ein Trost, wenn sie das wüßt'!... Die Klara gibt weniger drauf...Na, geh'n wir hinein—schaden kann's ja nicht!

Orgel—Gesang—hm!—was ist denn das?—Mir ist ganz schwindlig ... O Gott, o Gott, o Gott! ich möcht' einen Menschen haben, mit dem ich ein Wort reden könnt' vorher!—Das wär' so was—zur Beicht' geh'n! Der möcht' Augen machen, der Pfaff', wenn ich zum Schluß sagen möcht': Habe die Ehre, Hochwürden; jetzt geh' ich mich umbringen!...—Am liebsten läg' ich da auf dem Steinboden und tät' heulen... Ah nein, das darf man nicht tun! Aber weinen tut manchmal so gut... Setzen wir uns einen Moment—aber nicht wieder einschlafen wie im Prater!...—Die Leut', die eine Religion haben, sind doch besser dran... Na, jetzt fangen mir gar die Händ' zu zittern an!... Wenn's so weitergeht, werd' ich mir selber auf die Letzt' so ekelhaft, daß ich mich vor lauter Schand' umbring'!—Das alte Weib da—um was betet denn die noch?... Wär' eine Idee, wenn ich ihr sagen möcht': Sie, schließen Sie mich auch ein... ich hab' das nicht ordentlich gelernt, wie man das macht...Ha!mir scheint, das Sterben macht blöd'!—Aufsteh'n!—Woran erinnert mich denn nur die Melodie?—Heiliger Himmel! gestern abend!—Fort, fort! das halt' ich gar nicht aus!... Pst! keinen solchen Lärm, nicht mit dem Säbel schleppern—die Leut' nicht in der Andacht stören—so!—doch besser im Freien... Licht... Ah, es kommt immer näher—wenn es lieber schon vorbei wär'!—Ich hätt's gleich tun sollen —im Prater... man sollt' nie ohne Revolver ausgehn... Hätt' ich gestern abend einen gehabt... Herrgott noch einmal!—In das Kaffeehaus könnt' ich geh'n frühstücken... Hunger hab' ich... Früher ist's mir immer sonderbar vorgekommen, daß die Leut', die verurteilt sind, in der Früh noch ihren Kaffee trinken und ihr Zigarrl rauchen... Donnerwetter, geraucht hab' ich gar nicht! gar keine Lust zum Rauchen!—Es ist komisch: ich hätt' Lust, in mein Kaffeehaus zu geh'n... Ja, aufgesperrt ist schon,und von uns ist jetzt doch keiner dort—und wenn schon... ist höchstens ein Zeichen von Kaltblütigkeit. «Um sechs hat er noch im Kaffeehaus gefrühstückt, und um sieben hat er sich erschossen»...—Ganz ruhig bin ich wieder... das Gehen ist so angenehm—und das Schönste ist, daß mich keiner zwingt.—Wenn ich wollt', könnt' ich noch immer den ganzen Krempel hinschmeißen... Amerika... Was ist das: «Krempel»? Was ist ein «Krempel»? Mir scheint, ich hab' den Sonnenstich!... Oho, bin ich vielleicht deshalb so ruhig, weil ich mir immer noch einbild', ich muß nicht?... Ich muß! Ich muß! Nein, ich will!—Kannst du dir denn überhaupt vorstellen, Gustl, daß du dir die Uniform ausziehst und durchgehst? Und der verfluchte Hund lacht sich den Buckel voll—und der Kopetzky selbst möcht' dir nicht mehr die Hand geben... Mir kommt vor, ich bin ganz rot geworden.——Der

Wachmann salutiert mir... ich muß danken... «Servus!»—Jetzt hab' ich gar «Servus» gesagt!... Das freut so einen armen Teufel immer... Na, über mich hat sich keiner zu beklagen gehabt—außer Dienst war ich immer gemütlich.—Wie wir auf Manöver waren, hab' ich den Chargen von der Kompagnie Britannikas geschenkt;—einmal hab' ich gehört, wie ein Mann hinter mir bei den Gewehrgriffen was von «verfluchter Rackerei» g'sagt hat, und ich hab' ihn nicht zum Rapport geschickt —ich hab' ihm nur gesagt: «Sie, passen S' auf, das könnt' einmal wer anderer hören—da ging's Ihnen schlecht!»... Der Burghof... Wer ist denn heut auf der Wach'?—Die Bosniaken—schau'n gut aus—der Oberstleutnant hat neulich g'sagt: Wie wir im 78er Jahr unten waren, hätt' keiner geglaubt, daß uns die einmal so parieren werden!... Herrgott, bei so was hätt' ich dabei sein mögen—Da steh'n sie alle auf von der Bank.—Servus, servus!—Das ist halt zuwider, daß unsereiner nicht dazu kommt.—Wär' doch schöner gewesen, auf dem Felde der Ehre, fürs Vaterland, als so... Ja, Herr Doktor, Sie kommen eigentlich gut weg!... Ob das nicht einer für mich übernehmen könnt'?—Meiner Seel', das sollt' ich hinterlassen, daß sich der Kopetzky oder der Wymetal an meiner Statt mit dem Kerl schlagen... Ah, so leicht sollt' der doch nicht davonkommen!—Ah, was! Ist das nicht egal, was nachher geschieht? Ich erfahr's ja doch nimmer!—Da schlagen die Bäume aus... Im Volksgarten hab' ich einmal eine angesprochen—ein rotes Kleid hat sie angehabt—in der Strozzigasse hat sie gewohnt—nachher hat sie der Rochlitz übernommen... Mir scheint, er hat sie noch immer, aber er red't nichts mehr davon—er schämt sich vielleicht... Jetzt schlaft die Steffi noch... so lieb sieht sie aus, wenn sie schläft... als wenn sie nicht bis fünf zählen könnt'!—Na, wenn sie schlafen, schau'n sie alle so aus! —Ich sollt' ihr doch noch ein Wort schreiben... warum denn nicht? Es tut's ja doch ein jeder, daß er vorher noch Briefe schreibt.—Auch der Klara sollt' ich schreiben, daß sie den Papa und die Mama tröstet—und was man halt so schreibt!—und dem Kopetzky doch auch... Meiner Seel', mir kommt vor, es wär' viel leichter, wenn man ein paar Leuten Adieu gesagt hätt'... Und die Anzeige an das Regimentskommando—und die hundertsechzig Gulden für den Ballert... eigentlich noch viel zu tun... Na, es hat's mir ja keiner g'schafft, daß ich's um sieben tu'... von acht an ist noch immer Zeit genug zum Totsein!... Totsein, ja—so heißt's—da kann man nichts machen...

Ringstraße—jetzt bin ich ja bald in meinem Kaffeehaus... Mir scheint gar, ich freu' mich aufs Frühstück... es ist nicht zum glauben.— —Ja, nach dem Frühstück zünd' ich mir eine Zigarre an, und dann geh' ich nach Haus und schreib'... Ja, vor allem mach' ich die Anzeige ans Kommando; dann kommt der Brief an die Klara—dann an den Kopetzky—dann an die Steffi... Was soll ich denn dem Luder schreiben ... «Mein liebes Kind, du hast wohl nicht gedacht»...—Ah, was, Unsinn!—«Mein liebes Kind, ich danke dir sehr»...—«Mein liebes Kind, bevor ich von hinnen gehe, will ich es nicht verabsäumen»...—Na, Briefschreiben war auch nie meine starke Seite... «Mein liebes Kind, ein letztes Lebewohl von deinem Gustl»...—Die Augen, die sie machen wird! Ist doch ein Glück, daß ich nicht in sie verliebt war... das muß traurig sein, wenn man eine gern hat und so... Na, Gustl, sei gut: so ist es auch traurig genug... Nach der Steffi wär' ja noch manche andere gekommen, und am End' auch eine, die was wert ist—junges Mädel aus guter Familie mit Kaution—es wär' ganz schön gewesen...—Der Klara muß ich ausführlich schreiben, daß ich nicht hab' anders können ... «Du mußt mir verzeihen, liebe Schwester, und bitte, tröste auch die lieben Eltern. Ich weiß, daß ich euch allen manche Sorge gemacht habe und manchen Schmerz bereitet; aber glaube mir, ich habe euch alle immer sehr lieb gehabt, und ich hoffe, du wirst noch einmal glücklich werden, meine liebe Klara, und deinen unglücklichen Bruder nicht ganz vergessen»...—Ah, ich schreib' ihr lieber gar nicht!... Nein, da wird mir zum Weinen... es beißt mich ja schon in den Augen, wenn ich dran denk'... Höchstens dem Kopetzky schreib' ich—ein kameradschaftliches Lebewohl, und er soll's den andern ausrichten...—Ist's schon sechs?—Ah, nein: halb—dreiviertel.—Ist das ein liebes G'sichtel!... der kleine Fratz mit den schwarzen Augen, den ich so oft in der Florianigasse treff'!—was die sagen wird?—Aber die weiß ja gar nicht, wer ich bin—die wird sich nur wundern, daß sie mich nimmer sieht... Vorgestern hab' ich mir vorgenommen, das nächste Mal sprech' ich sie an. —Kokettiert hat sie genug... so jung war die—am End' war die gar noch eine Unschuld!... Ja, Gustl! Was du heute kannst besorgen, das verschiebe nicht auf morgen!... Der da hat sicher auch die ganze Nacht nicht geschlafen.—Na, jetzt wird er schön nach Haus geh'n und sich niederlegen—ich auch!—Haha! jetzt wird's ernst, Gustl, ja!... Na, wenn nicht einmal das biss'l Grausen wär', so wär' ja schon gar nichts dran—und im ganzen, ich muß's schon selber sagen, halt' ich mich brav ... Ah, wohin denn noch? Da ist ja schon mein Kaffeehaus... auskehren tun sie noch... Na, geh'n wir hinein...

Da hinten ist der Tisch, wo die immer Tarock spielen... Merkwürdig, ich kann mir's gar nicht vorstellen, daß der Kerl, der immer da hinten sitzt an der Wand, derselbe sein soll, der mich...—Kein Mensch ist noch da... Wo ist denn der Kellner?... He! Da kommt er aus der Küche... er schlieft schnell in den Frack hinein... Ist wirklich nimmer notwendig!... ah, für ihn schon... er muß heut' noch andere Leut' bedienen!—

«Habe die Ehre, Herr Leutnant!»

«Guten Morgen.»

«So früh heute, Herr Leutnant?»

«Ah, lassen S' nur—ich hab' nicht viel Zeit, ich kann mit'm Mantel dasitzen.»

«Was befehlen Herr Leutnant?»

«Eine Melange mit Haut.»

«Bitte gleich, Herr Leutnant!»

Ah, da liegen ja Zeitungen... schon heutige Zeitungen?... Ob schon was drinsteht?... Was denn?—Mir scheint, ich will nachseh'n, ob drinsteht, daß ich mich umgebracht hab'! Haha!—Warum steh' ich denn noch immer?... Setzen wir uns da zum Fenster... Er hat mir ja schon die Melange hingestellt... So, den Vorhang zieh' ich zu; es ist mir zuwider, wenn die Leut' hereingucken... Es geht zwar noch keiner vorüber... Ah, gut schmeckt der Kaffee—doch kein leerer Wahn, das Frühstücken!... Ah, ein ganz anderer Mensch wird man—der ganze Blödsinn ist, daß ich nicht genachtmahlt hab'... Was steht denn der Kerl schon wieder da?—Ah, die Semmeln hat er mir gebracht...

«Haben Herr Leutnant schon gehört?»...

«Was denn?» Ja, um Gottes willen, weiß der schon was?... Aber, Unsinn, es ist ja nicht möglich!

«Den Herrn Habetswallner...»

Was? So heißt ja der Bäckermeister... was wird der jetzt sagen?... Ist der am End' schon dagewesen? Ist er am End' gestern schon dagewesen und hat's erzählt?... Warum red't er denn nicht weiter?... Aber er red't ja...

«... hat heut' nacht um zwölf der Schlag getroffen.»

«Was?»... Ich darf nicht so schreien... nein, ich darf mir nichts anmerken lassen... aber vielleicht träum' ich... ich muß ihn noch einmal fragen... «Wen hat der Schlag getroffen?»—Famos, famos!—ganz harmlos hab' ich das gesagt!—

«Den Bäckermeister, Herr Leutnant!... Herr Leutnant werd'n ihn ja kennen... na, den Dicken, der jeden Nachmittag neben die Herren Offiziere seine Tarockpartie hat... mit'n Herrn Schlesinger und 'n Herrn Wasner von der Kunstblumenhandlung vis-à-vis!»

Ich bin ganz wach—stimmt alles—und doch kann ich's noch nicht recht glauben—ich muß ihn noch einmal fragen... aber ganz harmlos..

«Der Schlag hat ihn getroffen?... Ja, wieso denn? Woher wissen S' denn das?»

«Aber Herr Leutnant, wer soll's denn früher wissen, als unsereiner—die Semmel, die der Herr Leutnant da essen, ist ja auch vom Herrn Habetswallner. Der Bub, der uns das Gebäck um halber fünfe in der Früh bringt, hat's uns erzählt.»

Um Himmels willen, ich darf mich nicht verraten... ich möcht' ja schreien... ich möcht' ja lachen... ich möcht' ja dem Rudolf ein Bussel geben... Aber ich muß ihn noch was fragen!... Vom Schlag getroffen werden, heißt noch nicht: tot sein... ich muß fragen, ob er tot ist... aber ganz ruhig, denn was geht mich der Bäckermeister an—ich muß in die Zeitung schau'n, während ich den Kellner frag'...

«Ist er tot?»

«Na, freilich, Herr Leutnant; auf'm Fleck ist er tot geblieben.»

O, herrlich, herrlich!—Am End' ist das alles, weil ich in der Kirchen g'wesen bin...

«Er ist am Abend im Theater g'wesen; auf der Stiegen ist er umg'fallen—der Hausmeister hat den Krach gehört... na, und dann haben s' ihn in die Wohnung getragen, und wie der Doktor gekommen ist, war's schon lang' aus.»

«Ist aber traurig. Er war doch noch in den besten Jahren.»—Das hab' ich jetzt famos gesagt—kein Mensch könnt' mir was anmerken... und ich muß mich wirklich zurückhalten, daß ich nicht schrei' oder aufs Billard spring'...

«Ja, Herr Leutnant, sehr traurig; war ein so lieber Herr, und zwanzig Jahr' ist er schon zu uns kommen—war ein guter Freund von unserm Herrn. Und die arme Frau...»

Ich glaub', so froh bin ich in meinem ganzen Leben nicht gewesen... Tot ist er—tot ist er! Keiner weiß was, und nichts ist g'scheh'n!—Und das Mordsglück, daß ich in das Kaffeehaus gegangen bin... sonst hätt' ich mich ja ganz umsonst erschossen—es ist doch wie eine Fügung des Schicksals... Wo ist denn der Rudolf?—Ah, mit dem Feuerburschen redt' er...—Also, tot ist er—tot ist er—ich kann's noch gar nicht glauben! Am liebsten möcht' ich hingeh'n, um's zu seh'n.——Am End' hat ihn der Schlag getroffen aus Wut, aus verhaltenem Zorn... Ah, warum, ist mir ganz egal! Die Hauptsach' ist: er ist tot, und ich darf leben, und alles g'hört wieder mein!... Komisch, wie ich mir da immerfort die Semmel einbrock', die mir der Herr Habetswallner gebacken hat! Schmeckt mir ganz gut, Herr von Habetswallner! Famos!—So, jetzt möcht' ich noch ein Zigarrl rauchen...

«Rudolf! Sie, Rudolf! Sie, lassen S' mir den Feuerburschen dort Ruh'!»

«Bitte, Herr Leutnant!»

«Trabucco»...—Ich bin so froh, so froh!... Was mach' ich denn nur? ... Was mach ich denn nur?... Es muß ja was gescheh'n, sonst trifft mich auch noch der Schlag vor lauter Freud'!... In einer Viertelstund' geh' ich hinüber in die Kasern' und laß mich vom Johann kalt abreiben ... um halb acht sind die Gewehrgriff', und um halb zehn ist Exerzieren. —Und der Steffi schreib' ich, sie muß sich für heut abend frei machen, und wenn's Graz gilt! Und nachmittag um vier... na wart', mein Lieber, wart', mein Lieber! Ich bin grad' gut aufgelegt... Dich hau' ich zu Krenfleisch!

DIE GRIECHISCHE TÄNZERIN

Die Leute mögen sagen, was sie wollen, ich glaube nicht daran, daß Frau Mathilde Samodeski an Herzschlag gestorben ist. Ich weiß es besser. Ich gehe auch nicht in das Haus, aus dem man sie heute zur ersehnten Ruhe hinausträgt; ich habe keine Lust, den Mann zu sehen, der es ebensogut weiß als ich, warum sie gestorben ist; ihm die Hand zu drükken und zu schweigen.

Einen anderen Weg schlag' ich ein; er ist allerdings etwas weit, aber der Herbsttag ist schön und still, und es tut mir wohl, allein zu sein. Bald werde ich hinter dem Gartengitter stehen, hinter dem ich im vergangenen Frühjahr Mathilde zum letztenmal gesehen habe. Die Fensterladen der Villa werden alle geschlossen sein, auf dem Kiesweg werden rötliche Blätter liegen, und an irgendeiner Stelle werde ich wohl den weißen Marmor durch die Bäume schimmern sehen, aus dem die griechische Tänzerin gemeißelt ist.

An jenen Abend muß ich heute viel denken. Es kommt mir fast wie eine Fügung vor, daß ich mich damals noch im letzten Augenblick entschlossen hatte, die Einladung von Wartenheimers anzunehmen, da ich doch im Laufe der Jahre die Freude an allem geselligen Treiben so ganz verloren habe. Vielleicht war der laue Wind schuld, der abends von den Hügeln in die Stadt geweht kam und mich aufs Land hinauslockte. Überdies sollte es ja ein Gartenfest sein, mit dem die Wartenheimers ihre Villa einweihen wollten, und man brauchte keinerlei besonderen Zwang zu fürchten. Sonderbar ist es auch, daß ich im Hinausfahren kaum an die Möglichkeit dachte, Frau Mathilde draußen zu begegnen. Und dabei war mir doch bekannt, daß Herr Wartenheimer die griechische Tänzerin von Samodeski für seine Villa gekauft hatte;—und daß Frau von Wartenheimer in den Bildhauer verliebt war, wie alle übrigen Frauen, das wußt' ich nicht minder. Aber selbst davon abgesehen, hätte ich wohl an Mathilde denken können, denn zur Zeit, da sie noch Mädchen war, hatte ich manche schöne Stunde mit ihr verbracht. Insbesondere gab es einen Sommer am Genfer See vor sieben Jahren, gerade ein Jahr vor ihrer Verlobung, den ich nicht so leicht vergessen werde. Es scheint sogar, daß ich mir damals trotz meiner grauen Haare mancherlei eingebildet hatte, denn als sie im Jahre darauf Samodeskis Gattin wurde, empfand ich einige Enttäuschung und war vollkommen überzeugt—oder hoffte sogar—, daß sie mit ihm nicht glücklich werden könnte. Erst auf dem Fest, das Gregor Samodeski kurz nach der Rückkehr von der Hochzeitsreise in seinem Atelier in der Gußhausstraße gab, wo alle Geladenen lächerlicherweise in japanischen oder chinesischen Kostümen erscheinen mußten, habe ich Mathilde wiedergesehen. Ganz unbefangen begrüßte sie mich; ihr ganzes Wesen machte den Eindruck der Ruhe und Heiterkeit. Aber später, während sie im Gespräch mit anderen war, traf mich manchmal ein seltsamer Blick aus ihren Augen, und nach einiger Bemühung habe ich deutlich verstanden, was er zu bedeuten hatte. Er sagte: ‚Lieber Freund, Sie glauben, daß er mich um des Geldes willen geheiratet hat; Sie glauben, daß er mich nicht liebt; Sie glauben, daß ich nicht glücklich bin—aber Sie irren sich... Sie irren sich ganz bestimmt. Sehen Sie doch, wie gut gelaunt ich bin, wie meine Augen leuchten.‘

Ich bin ihr auch später noch einige Male begegnet, aber immer nur ganz flüchtig. Einmal auf einer Reise kreuzten sich unsere Züge; ich speiste mit ihr und ihrem Gatten in einem Bahnhofsrestaurant, und er erzählte allerhand Witze, die mich nicht sonderlich amüsierten. Auch im Theater sprach ich sie einmal, sie war mit ihrer Mutter dort, die eigentlich noch immer schöner ist als sie... der Teufel weiß, wo Herr Samodeski damals gewesen ist. Und im letzten Winter hab' ich sie im Prater gesehen; an einem klaren, kalten Tage. Sie ging mit ihrem kleinen Mäderl unter den kahlen Kastanien über den Schnee. Der Wagen fuhr langsam nach. Ich befand mich auf der anderen Seite der Fahrbahn und ging nicht einmal hinüber. Wahrscheinlich war ich innerlich mit ganz anderen Dingen beschäftigt; auch interessierte mich Mathilde schließlich nicht mehr besonders. So würde ich mir heute vielleicht gar keine weiteren Gedanken über sie und über ihren plötzlichen Tod machen, wenn nicht jenes letzte Wiedersehen bei Wartenheimers stattgefunden hätte. Dieses Abends erinnere ich mich heute mit einer merkwürdigen, geradezu peinlichen Deutlichkeit, etwa so wie manchen Tags am Genfer See. Es war schon ziemlich dämmerig, als ich hinauskam. Die Gäste gingen in den Alleen spazieren, ich begrüßte den Hausherrn und einige Bekannte. Irgendwoher tönte die Musik einer kleinen Salonkapelle, die in einem Boskett versteckt war. Bald kam ich zu dem kleinen Teich, der im Halbkreis von hohen Bäumen umgeben ist; in der Mitte auf einem dunklen Postament, so daß sie über dem Wasser zu schweben schien, leuchtete die griechische Tänzerin; durch elektrische Flammen vom Hause her war sie übrigens etwas theatralisch beleuchtet. Ich erinnere mich des Aufsehens, das sie im Jahre vorher in der Secession erregt hatte; ich muß gestehen, auch auf mich machte sie einigen Eindruck, obwohl mir Samodeski ausnehmend zuwider ist, und trotzdem ich die sonderbare Empfindung habe, daß eigentlich nicht er es ist, der die schönen Sachen macht, die ihm zuweilen gelingen, sondern irgend etwas anderes in ihm, irgend etwas Unbegreifliches, Glühendes, Dämonisches meinethalben, das ganz bestimmt erlöschen wird, wenn er einmal aufhören wird, jung und geliebt zu sein. Ich glaube, es gibt mancherlei Künstler dieser Art, und dieser Umstand erfüllt mich seit jeher mit einer gewissen Genugtuung.

In der Nähe des Teiches begegnete ich Mathilden. Sie schritt am Arm eines jungen Mannes, der aussah wie ein Korpsstudent und sich mir als Verwandter des Hauses vorstellte. Wir spazierten zu dritt sehr vergnügt plaudernd im Garten hin und her, in dem jetzt überall Lichter aufgeflackert waren. Die Frau des Hauses mit Samodeski kam uns entgegen. Wir blieben alle eine Weile stehen, und zu meiner eigenen Verwunderung sagte ich dem Bildhauer einige höchst anerkennende Worte über die griechische Tänzerin. Ich war eigentlich ganz unschuldig daran; offenbar lag in der Luft eine friedliche, heitere Stimmung, wie das an solchen Frühlingsabenden manchmal vorkommt: Leute, die einander sonst gleichgültig sind, begrüßen sich herzlich, andere, die schon eine gewisse Sympathie verbindet, fühlen sich zu allerlei Herzensergießungen angeregt. Als ich beispielsweise eine Weile später auf einer Bank saß und eine Zigarette rauchte, gesellte sich ein Herr zu mir, den ich nur oberflächlich kannte und der plötzlich die Leute zu preisen begann, die von ihrem Reichtum einen so vornehmen Gebrauch machen wie unser Gastgeber. Ich war vollkommen seiner Meinung, obwohl ich Herrn von Wartenheimer sonst für einen ganz einfältigen Snob halte. Dann teilte ich wieder dem Herrn ganz ohne Grund meine Ansichten über moderne Skulptur mit, von der ich nicht sonderlich viel verstehe, Ansichten, die für ihn sonst gewiß ohne jedes Interesse gewesen wären; aber unter dem Einflusse dieses verführerischen Frühlingsabends stimmte er mir begeistert zu. Später traf ich die Nichten des Hausherrn, die das Fest äußerst romantisch fanden, hauptsächlich, weil die Lichter zwischen den Blättern hervorglänzten und Musik in der Ferne ertönte. Dabei standen wir gerade neben der Kapelle: aber trotzdem fand ich die Bemerkung nicht unsinnig. Sosehr stand auch ich unter dem Banne der allgemeinen Stimmung.

Das Abendessen wurde an kleinen Tischen eingenommen, die, soweit es der Platz erlaubte, auf der großen Terrasse, zum anderen Teil im anstoßenden Salon aufgestellt waren. Die drei großen Glastüren standen weit offen. Ich saß an einem Tisch im Freien mit einer der Nichten; an meiner anderen Seite hatte Mathilde Platz genommen mit dem Herrn, der aussah wie ein Korpsstudent, übrigens aber Bankbeamter und Reserveoffizier war. Gegenüber von uns, aber schon im Saal, saß Samodeski zwischen der Frau des Hauses und irgendeiner anderen schönen Dame, die ich nicht kannte. Er warf seiner Gattin eine scherzhaft verwegene Kußhand zu; sie nickte ihm zu und lächelte. Ohne weitere Absicht beobachtete ich ihn ziemlich genau. Er war wirklich schön mit seinen stahlblauen Augen und dem langen schwarzen Spitzbarte, den er manchmal mit zwei Fingern der linken Hand am Kinn zurechtstrich. Ich glaube aber auch, daß ich nie in meinem Leben einen Mann sosehr von Worten, Blicken, Gebärden gewissermaßen umglüht gesehen habe als ihn an diesem Abend. Anfangs schien es, als ließe er sich das eben nur gefallen. Aber bald sah ich an seiner Art, den Frauen leise zuzuflüstern, an seinen unerträglichen Siegerblicken und besonders an der erregten Munterkeit seiner Nachbarinnen, daß die scheinbar harmlose Unterhaltung von irgendeinem geheimen Feuer genährt wurde. Natürlich mußte Mathilde das alles geradeso gut bemerken, als ich; aber sie plauderte anscheinend unbewegt bald mit ihrem Nachbarn, bald mit mir. Allmählich wandte sie sich zu mir allein, erkundigte sich nach verschiedenen äußeren Umständen meines Lebens und ließ sich von meiner vorjährigen Reise nach Athen berichten. Dann sprach sie von ihrer Kleinen, die merkwürdigerweise schon heute Lieder von Schumann nach dem Gehör singen konnte, von ihren Eltern, die sich nun auch auf ihre alten Tage ein Häuschen in Hietzing gekauft, von alten Kirchenstoffen, die sie selbst im vorigen Jahr in Salzburg angeschafft hatte, und von hundert anderen Dingen. Aber unter der Oberfläche dieses Gespräches ging etwas ganz anderes zwischen uns vor; ein stummer erbitterter Kampf: sie versuchte mich durch ihre Ruhe von der Ungetrübtheit ihres Glückes zu überzeugen—und ich wehrte mich dagegen, ihr zu glauben. Ich mußte wieder an jenen japanisch-chinesischen Abend in Samodeskis Atelier denken, wo sie sich in gleicher Weise bemüht hatte. Diesmal fühlte sie wohl, daß sie gegen meine Bedenken wenig ausrichtete und daß sie irgend etwas ganz Besonderes ausdenken mußte, um sie zu zerstreuen. Und so kam sie auf den Einfall, mich selbst auf das zutunliche und verliebte Benehmen der zwei schönen Frauen ihrem Gatten gegenüber aufmerksam zu machen und begann von seinem Glück bei Frauen zu sprechen, als wenn sie sich auch daran geradeso wie an seiner Schönheit und an seinem Genie ohne jede Unruhe und jedes Mißtrauen als gute Kameradin freuen dürfte. Aber je mehr sie sich bemühte, vergnügt und ruhig zu scheinen, um so tiefere Schatten flogen über ihre Stirne hin. Als sie einmal das Glas erhob, um Samodeski zuzutrinken, zitterte ihre Hand. Das wollte sie verbergen, unterdrücken; dadurch verfiel aber nicht nur ihre Hand, sondern der Arm, ihre ganze Gestalt für einige Sekunden in eine solche Starrheit, daß mir beinahe bange wurde. Sie faßte sich wieder, sah mich rasch von der Seite an, merkte offenbar, daß sie daran war, ihr Spiel endgültig zu verlieren, und sagte plötzlich, wie mit einem letzten verzweifelten Versuch: «Ich wette, Sie halten mich für eifersüchtig.» Und ehe ich Zeit hatte, etwas zu erwidern, setzte sie rasch hinzu: «Oh, das glauben viele. Im Anfang hat es Gregor selbst geglaubt.» Sie sprach absichtlich ganz laut, man hätte drüben jedes Wort hören können. «Nun ja», sagte sie mit einem Blick hinüber, «wenn man einen solchen Mann hat: schön und berühmt... und selber den Ruf, nicht sonderlich hübsch zu sein... Oh, Sie brauchen mir nichts zu erwidern... ich weiß ja, daß ich seit meinem Mäderl ein bißchen hübscher geworden bin.» Sie hatte möglicherweise recht, aber für ihren Gemahl—davon war ich völlig überzeugt—hatte der Adel ihrer Züge nie sonderlich viel bedeutet, und was ihre Gestalt anlangt, so hatte sie mit der mädchenhaften Schlankheit für ihn wahrscheinlich ihren einzigen Reiz verloren. Doch ich stimmte ihr natürlich mit übertriebenen Worten bei; sie schien erfreut und fuhr mit wachsendem Mute fort: «Aber ich habe nicht das geringste Talent zur Eifersucht. Das habe ich selbst nicht gleich gewußt; ich bin erst allmählich daraufgekommen, und zwar hauptsächlich vor ein paar Jahren in Paris... Sie wissen ja, daß wir dort waren?»

Ich erinnerte mich.

«Gregor hat dort die Büsten der Fürstin La Hire und des Ministers Chocquet gemacht und mancherlei anderes. Wir haben dort so angenehm gelebt wie junge Leute... das heißt, jung sind wir ja noch beide... ich meine, wie ein Liebespaar, wenn wir auch gelegentlich in die große Welt gingen... Wir waren ein paarmal beim österreichischen Botschafter, die La Hires haben wir besucht und andere. Im ganzen aber machten wir uns nicht viel aus dem eleganten Leben. Wir wohnten sogar draußen auf Montmartre, in einem ziemlich schäbigen Haus, wo übrigens Gregor auch sein Atelier hatte. Ich versichere Sie, unter den jungen Künstlern, mit denen wir dort verkehrten, hatten manche keine Ahnung, daß wir verheiratet waren. Ich bin überall mit ihm herumgestiefelt. Oft bin ich in der Nacht mit ihm im Café Athènes gesessen, mit Léandre, Carabin und vielen anderen. Auch allerlei Frauen waren zuweilen in unserer Gesellschaft, mit denen ich wahrscheinlich in Wien nicht verkehren möchte... obzwar schließlich———» Sie warf einen hastigen Blick hinüber auf Frau Wartenheimer und fuhr rasch wieder fort: «Und manche war sehr hübsch. Ein paarmal war auch die letzte Geliebte von Henri Chabran dort, die seit seinem Tode immer ganz in Schwarz ging und jede Woche einen anderen Liebhaber hatte, die aber in dieser Zeit auch alle Trauer tragen mußten, das verlangte sie... Sonderbare Leute lernt man kennen. Sie können sich denken, daß die Frauen meinem Manne dort nicht weniger nachgelaufen sind als anderswo; es war zum Lachen. Aber da ich doch immer mit ihm war—oder meistens, so wagten sie sich nicht recht an ihn heran, um so weniger, als ich für seine Geliebte galt... Ja, wenn sie gewußt hätten, daß ich nur seine Frau war—! Und da bin ich einmal auf einen sonderbaren Einfall gekommen, den Sie mir gewiß nie zugetraut hätten—und, aufrichtig gestanden, ich wundere mich heute selbst über meinen Mut.» Sie sah vor sich hin und sprach leiser als früher: «Es ist übrigens auch möglich, daß es schon mit etwas im Zusammenhang stand—nun, Sie können sich's ja denken. Seit ein paar Wochen wußte ich, daß ich ein Kind zu erwarten hatte. Das machte mich unerhört glücklich. Im Anfang war ich nicht nur heiterer, sondern merkwürdigerweise auch viel beweglicher als jemals früher... Also denken Sie, eines schönen Abends habe ich mir Männerkleider angezogen und bin so mit Gregor auf Abenteuer aus. Natürlich hab' ich ihm vor allem das Versprechen abgenommen, daß er sich keinerlei Zwang antun dürfte... nun ja, sonst hätte die ganze Geschichte keinen Sinn gehabt. Ich habe übrigens famos ausgesehen—Sie hätten mich nicht erkannt... niemand hätte mich erkannt. Ein Freund von Gregor, ein gewisser Léonce Albert, ein junger Maler, ein buckliger Mensch, holte uns an diesem Abend ab. Es war wunderschön... Mai... ganz warm... und ich war frech, davon machen Sie sich keinen Begriff! Denken Sie sich, ich hab' meinen Überzieher—einen sehr eleganten gelben Überzieher—einfach abgelegt und ihn auf dem Arm getragen... so wie das eben Herren zu tun pflegen... Es war allerdings schon ziemlich dunkel... In einem kleinen Restaurant auf dem äußeren Boulevard haben wir diniert, dann sind wir in die Roulotte gegangen, wo damals Legay sang und Montoya... ‚*Tu t'en iras les pieds devant*'... Sie haben es ja neulich hier gehört im Wiedener Theater—nicht wahr?» Jetzt warf Mathilde einen raschen Blick zu ihrem Mann hinüber, der nicht darauf achtete. Es war, als wenn sie nun auf längere Zeit von ihm Abschied nähme. Und nun erzählte sie drauflos, immer heftiger, stürzte sozusagen vorwärts. «In der Roulotte», sagte sie, «war eine sehr elegante Dame, die ganz nahe vor uns saß; die kokettierte mit Gregor, aber in einer Weise... nun, ich versichere Sie, man kann sich nichts Unanständigeres vorstellen. Ich werde nie begreifen, daß ihr Gatte sie nicht auf der Stelle erwürgt hat. Ich hätte es getan. Ich glaube, es war eine Herzogin... Nun, Sie müssen nicht lachen, es war gewiß eine Dame der großen Welt, trotz ihres Benehmens... das kann man schon beurteilen... Und ich wollte eigentlich, daß Gregor auf die Sache einginge... natürlich!—ich hätte gern gesehen, wie man so etwas anfängt... ich wünschte, daß er ihr einen Brief zusteckte—oder sonst was täte—was er eben in solchen Fällen getan haben wird, bevor ich seine Frau wurde... Ja, das wollte ich, trotzdem es nicht ohne Gefahr für ihn gewesen wäre. Offenbar steckt in uns Frauen eine so grausame Neugier... Aber Gregor hatte, Gott sei Dank, keine Lust. Wir gingen sogar recht bald fort, wieder hinaus in die schöne Mainacht, Léonce blieb immer mit uns. Der hat sich übrigens an diesem Abend in mich verliebt und wurde gegen seine Gewohnheit geradezu galant. Es war sonst ein sehr verschüchterter Mensch—wegen seines Aussehens... Ich sagte ihm noch: ‚Man muß wohl einen gelben Überzieher haben, damit Sie einem den Hof machen.' Wir sind so vergnügt weiterspaziert wie drei Studenten. Und jetzt kam das Interessante: wir gingen nämlich ins Moulin Rouge. Das gehörte zum Programm. Es war auch notwendig, daß endlich irgend etwas geschah. Bisher hatten wir ja noch gar nichts erlebt... nur mich—denken Sie: mich selbst—hatte ein Frauenzimmer auf der Straße angeredet. Aber das war ja nicht die Absicht gewesen... Um ein Uhr waren wir im Moulin Rouge. Wie es da zugeht, wissen Sie ja wahrscheinlich; eigentlich hatte ich mir's ärger vorgestellt... Es passierte auch anfangs dort nicht das geringste, und es sah ganz danach aus, als sollte der ganze Scherz zu nichts führen. Ich war ein bißchen ärgerlich. ‚Du bist ein Kind', sagte Gregor. ‚Wie denkst du dir das eigentlich? Wir kommen, und sie fallen uns zu Füßen—?' Er sagte ‚uns' aus Höflichkeit für Léonce; es war keine Rede davon, daß man Léonce zu Füßen fallen konnte. Aber wie wir nun schon alle ernstlich daran dachten, nach Hause zu gehen, nahm die Sache eine Wendung. Mir fiel nämlich eine Person auf... mir, wirklich mir... die schon ein paarmal ganz zufällig an uns vorübergegangen war... Sie war ganz ernst und sah ziemlich anders aus als die meisten anwesenden Damen. Sie war gar nicht auffallend gekleidet—in Weiß, vollkommen in Weiß... Ich hatte bemerkt, wie sie zwei oder drei Herren, die sie ansprachen, überhaupt gar keine Antwort gab, einfach weiterging, ohne sie eines Blickes zu würdigen. Sie schaute nur dem Tanze zu, sehr ruhig, interessiert, sachlich möchte ich sagen... Léonce fragte—ich hatte ihn darum gebeten—ein paar Bekannte, ob ihnen das hübsche Wesen schon irgendwo begegnet wäre, und einer erinnerte sich, daß er sie im vorigen Winter auf einem der Donnerstagsbälle im Quartier Latin gesehen hatte. Léonce sprach sie dann in einiger Entfernung von uns an, und ihm gab sie Antwort. Dann kam er mit ihr näher, wir setzten uns alle an einen kleinen Tisch und tranken Champagner. Gregor kümmerte sich gar nicht um sie—als wenn sie überhaupt nicht dagewesen wäre... Er plauderte mit mir, immer nur mit mir... Das schien sie nun besonders zu reizen. Sie wurde immer heiterer, gesprächiger, ungenierter, und wie das so kommt, allmählich hatte sie ihre ganze Lebensgeschichte erzählt. Was so ein armes Ding alles erleben kann—oder erleben muß, möglicherweise! Man liest ja so oft davon, aber wenn man es einmal als etwas ganz Wirkliches hört, von einer, die daneben sitzt, da ist es doch ganz sonderbar. Ich erinnere mich noch an mancherlei. Wie sie fünfzehn Jahre alt war, hat sie irgendeiner verführt und sitzen lassen. Dann war sie Modell. Auch Statistin an einem kleinen Theater ist sie gewesen.—Was sie uns vom Direktor für Dinge erzählte!... Ich wäre auf und davon gelaufen, wenn ich nicht vom Champagner schon ein wenig angeheitert gewesen wäre... Dann hatte sie sich in einen Studenten der Medizin verliebt, der in der Anatomie arbeitete, den holte sie manchmal aus der Leichenkammer ab... oder blieb vielmehr mit ihm dort... nein, es ist nicht möglich, zu wiederholen, was sie uns erzählt hat!—Der Mediziner verließ sie natürlich auch. Und das wollte sie nicht überleben—gerade das! Und sie brachte sich um, das heißt, sie versuchte es. Sie machte sich selbst darüber lustig... in Ausdrücken! Ich höre noch ihre Stimme... es klang gar nicht so gemein, als es war. Und sie lüftete ihr Kleid ein wenig und zeigte über der linken Brust eine kleine rötliche Narbe. Und wie wir alle diese kleine Narbe ganz ernsthaft betrachten, sagte sie—nein, schreit sie plötzlich meinen Mann an: ‚Küssen!‘ Ich sagte Ihnen schon, Gregor kümmerte sich gar nicht um sie. Auch während sie ihre Geschichten erzählte, hörte er kaum zu, sah in den Saal hinein, rauchte Zigaretten, und jetzt, wie sie ihn so anrief, lächelte er kaum. Ich hab' ihn aber gestoßen, gezwickt, ich war ja wirklich etwas beduselt... jedenfalls war es die sonderbarste Stimmung meines Lebens. Und ob er nun wollte oder nicht, er mußte die Narbe... das heißt, er mußte so tun, als berührte er die Stelle mit den Lippen. Ja, und dann wurde es immer lustiger und toller. Nie hab' ich so viel gelacht wie an diesem Abend—und gar nicht gewußt, warum. Und nie hätte ich es für möglich gehalten, daß sich ein weibliches Wesen—und noch dazu solch eines—im Verlauf einer Stunde so wahnsinnig in einen Mann verlieben könnte, wie dieses Geschöpf in Gregor. Sie hieß Madeleine.»

Ich weiß nicht, ob Frau Mathilde den Namen absichtlich lauter aussprach—jedenfalls schien es mir, als hörte ihn ihr Gatte, denn er sah zu uns herüber; seine Frau sah er sonderbarerweise nicht an, aber unsere Blicke begegneten sich und blieben eine ganze Weile ineinander ruhen, nicht eben mit besonderer Sympathie. Dann plötzlich lächelte er seiner Gattin zu, sie nickte zurück, er sprach mit seinen Nachbarinnen weiter, und sie wandte sich wieder zu mir.

«Ich kann mich natürlich nicht mehr an alles erinnern, was Madeleine später gesprochen hat», sagte sie, «es war ja alles so wirr. Aber ich will aufrichtig sein: es gab eine Sekunde, in der ich ein bißchen verstimmt wurde. Das war, als Madeleine die Hand meines Mannes nahm und küßte. Aber gleich war es wieder vorbei. Denn, sehen Sie, in diesem Augenblick mußte ich an unser Kind denken. Und da hab' ich gefühlt, wie unauflöslich ich und Gregor miteinander verbunden waren, und wie alles andere nichts sein konnte, als Schatten, Nichtigkeiten oder Komödie, wie heute abend. Und da war alles wieder gut. Wir sind dann noch alle bis zum Morgengrauen auf dem Boulevard in einem Kaffeehause gesessen. Da hörte ich, wie Madeleine meinen Gatten bat, er solle sie nach Hause begleiten. Er lachte sie aus. Und dann, um den Spaß zu einem guten und in gewissem Sinne vorteilhaften Ende zu führen—Sie wissen ja, was die Künstler alle für Egoisten sind... insofern es sich nämlich um ihre Kunst handelt...—kurz, er sagte ihr, daß er Bildhauer sei, und forderte sie auf, nächstens zu ihm zu kommen, er wollte sie modellieren. Sie antwortete: ‚Wenn du ein Bildhauer bist, lasse ich mich hängen! Aber ich komm' doch.'»

Mathilde schwieg. Aber nie habe ich die Augen eines weiblichen Wesens so viel Leid ausdrücken—oder verbergen sehen. Dann, nachdem sie sich gefaßt zu dem Letzten, was sie mir noch zu sagen hatte, fuhr sie fort:

«Gregor wollte durchaus, ich sollte am nächsten Tag im Atelier sein. Ja, er machte mir sogar den Vorschlag, hinter dem Vorhang verborgen zu bleiben, wenn sie käme. Nun, es gibt Frauen, viele Frauen, ich weiß es, die darauf eingegangen wären. Ich aber finde: entweder man glaubt oder man glaubt nicht... Und ich habe mich entschlossen, zu glauben. Hab' ich nicht recht?» Und sie sah mich mit großen, fragenden Augen an. Ich nickte nur, und sie sprach weiter: «Madeleine kam natürlich am Tag darauf und dann sehr oft... wie manche andere vorher und nachher gekommen ist... und daß sie eine der schönsten war, können Sie mir glauben. Sie selbst sind erst heute vor ihr in Bewunderung gestanden, draußen am Teich.»

«Die Tänzerin?»

«Ja, Madeleine hat zu ihr Modell gestanden. Und nun denken Sie, daß ich in einem solchen oder in einem anderen Falle mißtrauisch gewesen wäre! Würde ich nicht ihm und mir das Dasein zur Qual gemacht haben? Ich bin sehr froh, daß ich keine Anlage zur Eifersucht habe.»

Irgend jemand stand in der offenen Mitteltür und hatte begonnen, einen wahrscheinlich sehr witzigen Toast auf den Hausherrn zu sprechen, denn die Leute lachten von ganzem Herzen. Ich aber betrachtete Mathilde, die ebensowenig zuhörte wie ich. Und ich sah, wie sie zu ihrem Gatten hinüberschaute und ihm einen Blick zuwarf, der nicht nur eine unendliche Liebe verriet, sondern auch ein unerschütterliches Vertrauen heuchelte, als wäre es wahrhaftig ihre höchste Pflicht, ihn im Genuß des Daseins auf keine Weise zu stören. Und er empfing auch diesen Blick—lächelnd, unbeirrt, obwohl er natürlich ebensogut wußte wie ich, daß sie litt und ihr Leben lang gelitten hat wie ein Tier.

Und darum glaub' ich nicht an die Fabel von dem Herzschlag. Ich habe an jenem Abend Mathilde zu gut kennengelernt, und für mich steht es fest: so wie sie vor ihrem Gatten die glückliche Frau gespielt hat vom ersten Augenblick bis zum letzten, während er sie belogen und zum Wahnsinn getrieben hat, so hat sie ihm auch schließlich einen natürlichen Tod vorgespielt, als sie das Leben hinwarf, weil sie es nicht mehr ertragen konnte. Und er hatte auch dieses letzte Opfer hingenommen, als käme es ihm zu.

Da stehe ich vor dem Gitter... Die Läden sind fest geschlossen. Weiß und wie verzaubert liegt die kleine Villa im Dämmerschein, und dort schimmert der Marmor zwischen den roten Zweigen...

Vielleicht bin ich übrigens ungerecht gegen Samodeski. Am Ende ist er so dumm, daß er die Wahrheit wirklich nicht ahnt. Aber es ist traurig, zu denken, daß es für Mathilde im Tode keine größere Wonne gäbe, als zu wissen, daß ihr letzter himmlischer Betrug gelungen ist.

Oder irre ich mich gar? Und es war ein natürlicher Tod?... Nein, ich lasse mir nicht das Recht nehmen, den Mann zu hassen, den Mathilde so sehr geliebt hat. Das wird ja wahrscheinlich für lange Zeit mein einziges Vergnügen sein...

DAS SCHICKSAL DES FREIHERRN VON LEISENBOHG

An einem lauen Maiabend trat Kläre Hell als «Königin der Nacht» zum ersten Male wieder auf. Der Anlaß, der die Sängerin beinahe durch zwei Monate der Oper ferngehalten hatte, war allgemein bekannt. Fürst Richard Bedenbruck war am fünfzehnten März durch einen Sturz vom Pferde verunglückt und nach einem Krankenlager von wenigen Stunden, währenddessen Kläre nicht von seiner Seite gewichen war, in ihren Armen gestorben. Kläres Verzweiflung war so groß gewesen, daß man anfangs für ihr Leben, später für ihren Verstand und bis vor kurzem für ihre Stimme fürchtete. Diese letzte Befürchtung erwies sich so unbegründet als die früheren. Als sie vor dem Publikum erschien, wurde sie freundlich und zuwartend begrüßt; aber schon nach der ersten großen Arie konnten ihre vertrauteren Freunde die Glückwünsche der entfernteren Bekannten entgegennehmen. Auf der vierten Galerie strahlte das rote Kindergesicht des kleinen Fräulein Fanny Ringeiser vor Fröhlichkeit, und die Stammgäste der oberen Ränge lächelten ihrer Kameradin verständnisvoll zu. Sie wußten alle, daß Fanny, obzwar sie nichts weiter war als die Tochter eines Mariahilfer Posamentierers, zu dem engeren Kreise der beliebten Sängerin gehörte, daß sie manchmal bei ihr zur Jause geladen war und den verstorbenen Fürsten insgeheim geliebt hatte. Im Zwischenakte erzählte Fanny ihren Freundinnen und Freunden, daß Kläre durch den Freiherrn von Leisenbohg auf die Idee gebracht worden war, die «Königin der Nacht» zu ihrem ersten Auftreten zu wählen,—in der Erwägung, daß das dunkle Kostüm am ehesten ihrer Stimmung entsprechen würde.

Der Freiherr selbst nahm seinen Orchestersitz ein; Mittelgang, erste Reihe, Ecke, wie immer, und dankte den Bekannten, die ihn grüßten, mit einem liebenswürdigen, aber beinahe schmerzlichen Lächeln. Manche Erinnerungen gingen ihm heute durch den Sinn. Vor zehn Jahren hatte er Kläre kennengelernt. Damals sorgte er für die Ausbildung einer schlanken jungen Dame mit rotem Haar und wohnte einem Theaterabend in der Gesangsschule Eisenstein bei, an dem sein Schützling als Mignon zum ersten Male öffentlich auftrat. An demselben Abend sah und hörte er Kläre, die in der gleichen Szene die Philine sang. Er war damals fünfundzwanzig Jahre alt, unabhängig und rücksichtslos. Er kümmerte sich um Mignon nicht mehr, ließ sich nach der

Vorstellung durch Frau Natalie Eisenstein Philinen vorstellen und erklärte ihr, daß er ihr sein Herz, sein Vermögen und seine Beziehungen zu der Intendanz zur Verfügung stelle. Kläre wohnte damals bei ihrer Mutter, der Witwe eines höheren Postbeamten, und war in einen jungen Studenten der Medizin verliebt, mit dem sie manchmal auf seinem Zimmer in der Alservorstadt Tee trank und plauderte. Sie lehnte die stürmischen Werbungen des Freiherrn ab, wurde aber, durch Leisenbohgs Huldigungen zu mildern Stimmungen geneigt, die Geliebte des Mediziners. Der Freiherr, dem sie kein Geheimnis daraus machte, wandte sich wieder seinem roten Schützling zu, pflegte aber die Bekanntschaft mit Kläre weiter. Zu allen Festtagen, die irgendeinen Anlaß boten, sandte er ihr Blumen und Bonbons, und zuweilen erschien er zu einem Anstandsbesuch in dem Hause der Postbeamtenwitwe.

Im Herbst trat Kläre ihr erstes Engagement in Detmold an. Der Freiherr von Leisenbohg—damals noch Ministerialbeamter—benutzte den ersten Weihnachtsurlaub, um Kläre in ihrem neuen Aufenthaltsorte zu besuchen. Er wußte, daß der Mediziner Arzt geworden war und im September geheiratet hatte, und wiegte sich in neuer Hoffnung. Aber Kläre, aufrichtig wie immer, teilte dem Freiherrn gleich nach seinem Eintreffen mit, daß sie indessen zu dem Tenor des Hoftheaters zärtliche Beziehungen angeknüpft hätte, und so geschah es, daß Leisenbohg aus Detmold keine andere Erinnerung mitnehmen durfte als die an eine platonische Spazierfahrt durch das Stadtwäldchen und an ein Souper im Theaterrestaurant in Gesellschaft einiger Kollegen und Kolleginnen. Trotzdem wiederholte er die Reise nach Detmold einige Male, freute sich in kunstsinniger Anhänglichkeit an den beträchtlichen Fortschritten Klärens und hoffte im übrigen auf die nächste Saison, für die der Tenor bereits kontraktlich nach Hamburg verpflichtet war. Aber auch in diesem Jahre wurde er enttäuscht, da Kläre sich genötigt sah, den Werbungen eines Großkaufmanns holländischer Abstammung namens Louis Verhajen nachzugeben.

Als Kläre in der dritten Saison in eine Stellung an das Dresdner Hoftheater berufen wurde, gab der Freiherr trotz seiner Jugend eine vielversprechende Staatskarriere auf und übersiedelte nach Dresden. Nun verbrachte er jeden Abend mit Kläre und ihrer Mutter, die sich allen Verhältnissen ihrer Tochter gegenüber eine schöne Ahnungslosigkeit zu bewahren gewußt hatte, und hoffte von neuem. Leider hatte der Holländer die unangenehme Gewohnheit, in jedem Brief sein Kommen für den nächsten Tag anzukündigen, der Geliebten anzudeuten, daß sie von einem Heer von Spionen umgeben sei und ihr im übrigen äußerst schmerzhafte Todesarten anzudrohen für den Fall, daß sie ihm die Treue nicht bewahrt haben sollte. Da er aber nie kam und Kläre allmählich in einen Zustand höchster Nervosität geriet, beschloß Leisenbohg, der Sache um jeden Preis ein Ende zu machen, und reiste zum Zwecke persönlicher Verhandlungen nach Detmold ab. Zu seinem Erstaunen erklärte der Holländer, daß er seine Liebes- und Drohbriefe an Kläre nur aus Ritterlichkeit geschrieben hätte und daß ihm eigentlich nichts willkommener wäre, als jeder weiteren Verpflichtung ledig zu sein. Glückselig reiste Leisenbohg nach Dresden zurück und teilte Kläre den angenehmen Ausgang der Unterredung mit. Sie dankte ihm herzlich, wehrte aber schon den ersten Versuch weiterer Zärtlichkeit mit einer Bestimmtheit ab, die den Freiherrn befremdete. Nach einigen kurzen und dringenden Fragen gestand sie ihm endlich, daß während seiner Abwesenheit kein Geringerer als Prinz Kajetan eine heftige Leidenschaft zu ihr gefaßt und geschworen hätte, sich ein Leids anzutun, wenn er nicht erhört würde. Es war nur natürlich, daß sie ihm schließlich hatte nachgeben müssen, um nicht das Herrscherhaus und das Land in namenlose Trauer zu versetzen.

Mit ziemlich gebrochenem Herzen verließ Leisenbohg die Stadt und kehrte nach Wien zurück. Hier begann er seine Beziehungen spielen zu lassen, und nicht zum geringsten seinen unausgesetzten Bemühungen war es zu danken, daß Kläre schon für das nächste Jahr einen Antrag an die Wiener Oper erhielt. Nach einem erfolgreichen Gastspiel trat sie im Oktober ihr Engagement an, und der herrliche Blumenkorb des Freiherrn, den sie am Abend ihres ersten Auftretens in der Garderobe fand, schien Bitte und Hoffnung zugleich auszusprechen. Aber der begeisterte Spender, der sie nach der Vorstellung erwartete, mußte erfahren, daß er wieder zu spät gekommen war. Der blonde Korrepetitor—auch als Liederkomponist nicht ohne Bedeutung—, mit dem sie in den letzten Wochen studiert hatte, war von ihr in Rechte eingesetzt worden, die sie um nichts in der Welt hätte verletzen wollen.

Seither waren sieben Jahre verstrichen. Dem Korrepetitor war Herr Klemens von Rhodewyl gefolgt, der kühne Herrenreiter; Herrn von Rhodewyl der Kapellmeister Vincenz Klaudi, der manchmal die Opern, die er dirigierte, so laut mitsang, daß man die Sänger nicht hörte; dem Kapellmeister der Graf von Alban-Rattony, ein Mann, der im Kartenspiel seine ungarischen Güter verspielt und dafür später ein Schloß in Niederösterreich gewonnen hatte; dem Grafen Herr Edgar Wilhelm, Verfasser von Ballettexten, deren Komposition er hoch bezahlte, von

Tragödien, für deren Aufführung er das Jantschtheater mietete, und von Gedichten, die im dümmsten Adelsblatt der Residenz mit den schönsten Lettern gedruckt wurden; Herrn Edgar Wilhelm ein Herr, namens Amandus Meier, der nichts war als neunzehn Jahre alt und sehr hübsch—und nichts besaß als einen Foxterrier, der auf dem Kopf stehen konnte; Herrn Meier der eleganteste Herr der Monarchie: der Fürst Richard Bedenbruck.

Kläre hatte ihre Beziehungen nie als Geheimnis behandelt. Sie führte jederzeit ein einfaches bürgerliches Haus, in dem nur die Hausherren zuweilen wechselten. Ihre Beliebtheit im Publikum war außerordentlich. In höheren Kreisen berührte es angenehm, daß sie jeden Sonntag zur Messe ging, zweimal monatlich beichtete, ein vom Papst geweihtes Bildnis der Madonna als Amulett am Busen trug und sich niemals schlafen legte, ohne ihr Gebet zu verrichten. Selten gab es ein Wohltätigkeitsfest, bei dem sie nicht als Verkäuferin beteiligt war, und sowohl Aristokratinnen als Damen der jüdischen Finanzkreise fühlten sich beglückt, wenn sie unter dem gleichen Zelt wie Kläre ihre Waren ausbieten durften. Jugendliche Enthusiasten und Enthusiastinnen, die bei der Bühnentür ihrer harrten, grüßte sie mit einem berückenden Lächeln. Blumen, die ihr gespendet worden, verteilte sie unter die geduldige Schar, und einmal, als die Blumen in der Garderobe zurückgeblieben waren, sagte sie in dem erquickenden Wienerisch, das ihr so gut zu Gesicht stand: «Meiner Seel', jetzt hab' ich den Salat oben in meinem Kammerl vergessen! Kommt's halt morgen nachmittag zu mir, Kinder, wer noch was haben will.» Dann stieg sie in den Wagen, aus dem Fenster steckte sie den Kopf hervor, und im Davonfahren rief sie: «Kriegt's auch ein' Kaffee!»

Zu den wenigen, die den Mut gefunden hatten, dieser Einladung nachzukommen, hatte Fanny Ringeiser gehört. Kläre ließ sich mit ihr in eine scherzhafte Unterhaltung ein, erkundigte sich leutselig wie eine Erzherzogin nach ihren Familienverhältnissen und fand an dem Geplauder des frischen und begeisterten Mädchens so viel Gefallen, daß sie es aufforderte, bald wiederzukommen. Fanny folgte der Einladung, und bald gelang es ihr, im Hause der Künstlerin eine geachtete Stellung einzunehmen, die sie besonders dadurch zu erhalten wußte, daß sie bei allem Vertrauen, das ihr Kläre entgegenbrachte, sich ihr gegenüber nie eine wirkliche Vertraulichkeit erlaubte. Im Laufe der Jahre hatte Fanny eine ganze Reihe von Heiratsanträgen erhalten, meist aus den Kreisen der jungen Mariahilfer Fabrikantensöhne, mit denen sie auf Bällen zu tanzen pflegte. Aber sie wies alle zurück, da sie sich mit unwiderruflicher Regelmäßigkeit in den jeweiligen Liebhaber Klärens verliebte.

Den Fürsten Bedenbruck hatte Kläre durch mehr als drei Jahre ebenso treu, aber mit tieferer Leidenschaft geliebt als seine Vorgänger, und Leisenbohg, der trotz seiner zahlreichen Enttäuschungen die Hoffnung niemals aufgegeben, hatte ernstlich zu fürchten begonnen, daß ihm das seit zehn Jahren ersehnte Glück niemals blühen würde. Immer, wenn er einen in ihrer Gunst wanken sah, hatte er seiner Liebsten den Abschied gegeben, um für alle Fälle und in jedem Augenblick bereit zu sein. So hielt er es auch nach dem plötzlichen Tode des Fürsten Richard; aber zum ersten Male mehr aus Gewohnheit als aus Überzeugung. Denn der Schmerz Klärens schien so grenzenlos, daß jeder glauben mußte, sie hätte nun für alle Zeit mit den Freuden des Lebens abgeschlossen. Jeden Tag fuhr sie auf den Friedhof hinaus und legte Blumen auf das Grab des Dahingeschiedenen. Sie ließ ihre hellen Kleider auf den Boden schaffen und versperrte ihren Schmuck in der unzugänglichsten Lade ihres Schreibtisches. Es bedurfte ernstlichen Zuredens, um sie von der Idee abzubringen, die Bühne für immer zu verlassen.

Nach dem ersten Wiederauftreten, das so glänzend verlaufen war, nahm ihr Leben wenigstens äußerlich den gewohnten Gang. Der frühere Kreis entfernterer Freunde sammelte sich wieder. Der Musikkritiker Bernhard Feuerstein erschien, je nach dem Menü des vergangenen Mittags mit Spinat- oder Paradeisflecken auf dem Jackett und schimpfte zu Klärens unverhohlenem Vergnügen über Kolleginnen, Kollegen und Direktor. Von den beiden Vettern des Fürsten Richard, den Bedenbrucks aus der anderen Linie, Lucius und Christian, ließ sie sich wie früher in der unverbindlichsten und hochachtungsvollsten Weise den Hof machen; ein Herr von der französischen Botschaft und ein junger tschechischer Klaviervirtuose wurden bei ihr eingeführt und am zehnten Juni fuhr sie zum ersten Male wieder zum Rennen. Aber, wie sich Fürst Lucius ausdrückte, der nicht ohne poetische Begabung war: Nur ihre Seele war erwacht, ihr Herz blieb nach wie vor in Schlummer versunken. Ja, wenn einer von ihren jüngeren oder älteren Freunden die leiseste Andeutung wagte, als gäbe es irgend etwas wie Zärtlichkeit oder Leidenschaft auf der Welt, so schwand jedes Lächeln von ihrem Antlitz, ihre Augen blickten düster vor sich hin, und zuweilen erhob sie die Hand zu einer seltsam abwehrenden Bewegung, die hinsichtlich aller Menschen und auf ewige Zeiten zu gelten schien.

Da begab es sich in der zweiten Hälfte des Juni, daß ein Sänger aus dem Norden namens Sigurd Ölse in der Oper den Tristan sang. Seine Stimme war hell und kräftig, wenn auch nicht durchaus edel, seine Gestalt beinahe übermenschlich groß, doch mit einer Neigung zur Fülle, sein Antlitz entbehrte im Zustand der Ruhe wohl manchmal des besonderen Ausdrucks; aber sobald er sang, leuchteten seine stahlgrauen Augen wie von einer geheimnisvollen innern Glut, und durch Stimme und Blick schien er alle, besonders die Frauen, wie in einem Taumel zu sich hinzureißen.

Kläre saß mit ihren nicht beschäftigten Kollegen und Kolleginnen in der Theaterloge. Sie als einzige schien ungerührt zu bleiben. Am nächsten Vormittage wurde ihr Sigurd Ölse in der Direktionskanzlei vorgestellt. Sie sagte ihm einige freundliche, aber beinah kühle Worte über die gestrige Leistung. Am selben Nachmittag machte er ihr einen Besuch, ohne daß sie ihn dazu aufgefordert hätte. Baron Leisenbohg und Fanny Ringeiser waren anwesend. Sigurd trank mit ihnen Tee. Er sprach von seinen Eltern, die in einem kleinen norwegischen Städtchen als Fischerleute lebten; von der wunderbaren Entdeckung seines Gesangstalentes durch einen reisenden Engländer, der auf weißer Jacht in dem entlegenen Fjord gelandet war; von seiner Frau, einer Italienerin, die während der Hochzeitsreise auf dem Atlantischen Ozean gestorben und ins Meer gesenkt worden war. Nachdem er sich verabschiedet hatte, blieben die anderen lange in Schweigen versunken. Fanny sah angelegentlich in ihre leere Teetasse, Kläre hatte sich zum Klavier gesetzt und stützte die Arme auf den geschlossenen Deckel, der Freiherr versenkte sich stumm und angstvoll in die Frage, warum Kläre während der Erzählung von Sigurds Hochzeitsreise jene seltsame Handbewegung unterlassen, mit der sie seit dem Tode des Fürsten alle Andeutungen von der weiteren Existenz leidenschaftlicher oder zärtlicher Beziehungen auf Erden abgewehrt hatte.

Als fernere Gastspielrollen sang Sigurd Ölse den Siegfried und den Lohengrin. Jedesmal saß Kläre ungerührt in der Loge. Aber der Sänger, der sonst mit niemandem verkehrte als mit dem norwegischen Gesandten, fand sich jeden Nachmittag bei Kläre ein, selten ohne Fräulein Fanny Ringeiser, niemals ohne den Freiherrn von Leisenbohg dort anzutreffen.

Am siebenundzwanzigsten Juni trat er als Tristan zum letzten Male auf. Ungerührt saß Kläre in der Theaterloge. Am Morgen darauf fuhr sie mit Fanny auf den Friedhof und legte einen riesigen Kranz auf das Grab des Fürsten nieder. Am Abend dieses Tages gab sie ein Fest zu Ehren des Sängers, der tags darauf Wien verlassen sollte.

Der Freundeskreis war vollzählig versammelt. Keinem blieb die Leidenschaft verborgen, von der Sigurd für Kläre erfaßt war. Wie gewöhnlich sprach er ziemlich viel und erregt. Unter anderem erzählte er, daß ihm während der Herreise auf dem Schiff von einer an einen russischen Großfürsten verheirateten Araberin aus den Linien seiner Hand für die nächste Zeit die verhängnisvollste Epoche seines Lebens prophezeit worden war. Er glaubte fest an diese Prophezeiung, wie überhaupt der Aberglaube bei ihm mehr zu sein schien als eine Art, sich interessant zu machen. Er sprach auch von der übrigens allgemein bekannten Tatsache, daß er im vorigen Jahre gleich nach der Landung in New-York, wo er ein Gastspiel absolvieren sollte, noch am selben Tag, ja in derselben Stunde trotz des hohen Pönales ein Schiff bestiegen, das ihn nach Europa zurückbrachte, nur weil ihm auf der Landungsbrücke eine schwarze Katze zwischen die Beine gelaufen war. Er hatte freilich allen Grund, an solche geheimnisvolle Beziehungen zwischen unbegreiflichen Zeichen und Menschenschicksalen zu glauben. Eines Abends im Coventgarden-Theater zu London, da er vor dem Auftreten versäumt hatte, eine gewisse, von seiner Großmutter überkommene Beschwörungsformel zu murmeln, hatte ihm plötzlich die Stimme versagt. Eines Nachts im Traum war ihm ein geflügelter Genius in Rosatrikots erschienen, der ihm den Tod seines Lieblingsraseurs verkündet hatte, und tatsächlich fand man den Bedauernswerten am Morgen darauf erhängt auf. Überdies trug er stets einen kurzen, aber inhaltsreichen Brief bei sich, der ihm in einer spiritistischen Sitzung in Brüssel von dem Geist der verstorbenen Sängerin Cornelia Lujan überreicht worden war und der in fließendem Portugiesisch die Weissagung enthielt, daß er bestimmt sei, der größte Sänger der alten und neuen Welt zu werden. Alle diese Dinge erzählte er heute; und als der spiritistische, auf Rosapapier der Firma Glienwood geschriebene Brief von Hand zu Hand ging, war die Bewegung in der Gesellschaft tief und allgemein. Kläre selbst aber verzog kaum eine Miene und nickte nur manchmal gleichgültig mit dem Kopf. Trotzdem erreichte die Unruhe Leisenbohgs einen hohen Grad. Für sein geschärftes Auge sprachen sich die Anzeichen der drohenden Gefahr immer deutlicher aus. Vor allem faßte Sigurd, wie alle früheren Liebhaber Klärens, während des Soupers eine auffallende Sympathie zu ihm, lud ihn auf seine Besitzung am Fjord zu Molde und trug ihm endlich das Du an. Ferner zitterte Fanny Ringeiser am ganzen Leibe, wenn Sigurd das Wort an sie richtete, wurde abwechselnd blaß und rot, wenn er sie mit seinen großen stahlgrauen Augen ansah, und als er von seiner bevorstehenden Abreise sprach, fing sie laut zu weinen an. Aber Kläre blieb auch jetzt ruhig und ernst. Sie erwiderte die sengenden Blicke Sigurds kaum, sie sprach zu ihm nicht lebhafter als zu den anderen, und als er ihr endlich die Hand küßte und dann zu ihr aufsah mit Augen, die zu bitten, zu versprechen, zu verzweifeln schienen, blieben die ihren verschleiert und ihre Züge regungslos. All das beobachtete Leisenbohg nur mit Mißtrauen und Angst. Aber als das Fest zu Ende ging und sich alle empfahlen, erlebte der Freiherr etwas Unerwartetes. Er als letzter reichte Klären die Hand zum Abschied, wie die anderen, und wollte sich entfernen. Sie aber hielt seine Hand fest und flüsterte ihm zu: «Kommen Sie wieder.» Er glaubte nicht recht gehört zu haben. Doch noch einmal drückte sie seine Hand und, die Lippen ganz nah an seinem Ohr, wiederholte sie: «Kommen Sie wieder, in einer Stunde erwarte ich Sie.»

Taumelnd beinahe ging er mit den anderen fort. Mit Fanny begleitete er Sigurd zum Hotel, und wie aus weiter Ferne hörte er ihm zu von Kläre schwärmen. Dann führte er Fanny Ringeiser durch die stillen Straßen in der linden Nachtkühle nach Mariahilf, und wie hinter einem Nebel sah er über ihre roten Kinderwangen dumme Tränen rinnen. Dann setzte er sich in einen Wagen und fuhr vor Klärens Haus. Er sah Licht durch die Vorhänge ihres Schlafzimmers schimmern; er sah ihren Schatten vorübergleiten, ihr Kopf erschien in der Spalte neben dem Vorhang und nickte ihm zu. Er hatte nicht geträumt, sie wartete seiner.

Am nächsten Morgen machte Freiherr von Leisenbohg einen Spazierritt in den Prater. Er fühlte sich glücklich und jung. In der späten Erfüllung seiner Sehnsucht schien ihm ein tieferer Sinn zu liegen. Was er heute Nacht erlebt hatte, war die wunderbarste Überraschung gewesen—und doch wieder nichts als Steigerung und notwendiger Abschluß seiner bisherigen Beziehungen zu Kläre. Er fühlte jetzt, daß es nicht anders hatte kommen können, und machte Pläne für die nächste und fernere Zukunft. «Wie lange wird sie noch bei der Bühne bleiben?» dachte er... «Vielleicht vier, fünf Jahre. Dann, aber auch nicht früher, werde ich mich mit ihr vermählen. Wir werden zusammen auf dem Lande wohnen, ganz nah von Wien; vielleicht in St. Veit oder in Lainz. Dort werde ich ein kleines Haus kaufen oder nach ihrem Geschmacke bauen lassen. Wir werden ziemlich zurückgezogen leben, aber oft große Reisen unternehmen... nach Spanien, Ägypten, Indien...»—So träumte er vor sich hin, während er sein Pferd über die Wiesen am Heustadl rascher laufen ließ. Dann trabte er wieder in die Hauptallee und beim

Praterstern setzte er sich in seinen Wagen. Er ließ bei der Fossatti halten und sandte an Kläre ein Bukett von herrlichen dunklen Rosen. Er frühstückte in seiner Wohnung am Schwarzenbergplatz allein wie gewöhnlich, und nach Tisch legte er sich auf den Diwan. Er war von heftiger Sehnsucht nach Kläre erfüllt. Was hatten alle die anderen Frauen für ihn zu bedeuten gehabt?... Sie waren ihm Zerstreuung gewesen— nichts weiter. Und er ahnte den Tag voraus, da ihm auch Kläre sagen würde: Was waren mir alle anderen?—Du bist der einzige und erste, den ich je geliebt habe... Und während er auf dem Diwan lag, mit geschlossenen Augen, ließ er die ganze Reihe an sich vorübergleiten... Gewiß; sie hatte keinen geliebt vor ihm, und ihn vielleicht immer und in jedem!...

Der Freiherr kleidete sich an, und dann ging er langsam, wie um sich ein paar Sekunden länger auf das erste Wiedersehen freuen zu dürfen, den wohlbekannten Weg ihrem Hause zu. Es gab wohl viel Spaziergänger auf dem Ring, aber man konnte doch merken, daß die Saison zu Ende ging. Und Leisenbohg freute sich, daß der Sommer da war, daß er mit Kläre zusammen reisen, mit ihr das Meer oder die Berge sehen würde, und er mußte sich zusammennehmen, um nicht vor Entzücken laut aufzujubeln.

Er stand vor ihrem Hause und sah zu ihren Fenstern auf. Das Licht der Nachmittagssonne strahlte von ihnen wider und blendete ihn beinahe. Er schritt die zwei Treppen hinauf zu ihrer Haustüre und klingelte. Man öffnete nicht. Er klingelte noch einmal. Man öffnete nicht. Jetzt bemerkte Leisenbohg, daß ein Vorhängeschloß an der Türe angebracht war.—Was sollte das bedeuten? war er fehlgegangen?... Sie hatte zwar kein Täfelchen an der Tür, aber gegenüber las er wie gewöhnlich: «Oberstleutnant von Jeleskowits...» Kein Zweifel: er stand vor ihrer Wohnung, und ihre Wohnung war versperrt... Er eilte die Treppen hinunter, riß die Türe zur Hausmeisterwohnung auf. Die Hausmeisterin saß in dem halbdunklen Raum auf dem Bett, ein Kind guckte durch das kleine Souterrainfenster auf die Straße hinaus, das andere blies auf einem Kamm eine unbegreifliche Melodie. «Ist Fräulein Hell nicht zu Hause?» fragte der Freiherr. Die Frau stand auf. «Nein, Herr Baron, das Fräulein Hell ist abgereist...»

«Wie?» schrie der Freiherr auf.—«Ja richtig», setzte er gleich hinzu... «um drei Uhr, nicht wahr?»

«Nein, Herr Baron, um acht in der Früh ist das Fräulein abgereist.»

«Und wohin?... Ich meine, ist sie direkt nach—» er sagte aufs Geratewohl: «ist sie direkt nach Dresden gefahren?»

«Nein, Herr Baron; sie hat keine Adresse dagelassen. Sie hat g'sagt, sie wird schon schreiben, wo sie is.»

«So—ja... ja—so... natürlich... Danke sehr.» Er wandte sich fort und trat wieder auf die Straße. Unwillkürlich blickte er nach dem Haus zurück. Wie anders strahlte die Abendsonne von den Fenstern wider als vorher! Welche dumpfe, traurige Sommerabendschwüle lag über der Stadt. Kläre war fort?!... warum?... Sie war vor ihm geflohen?... Was sollte das bedeuten?... Er dachte zuerst daran, in die Oper zu fahren. Aber es fiel ihm ein, daß die Ferien schon übermorgen anfingen und daß Kläre in den letzten zwei Tagen nicht mehr beschäftigt war.

Er fuhr also in die Mariahilferstraße sechsundsiebzig, wo die Ringeiser wohnten. Eine alte Köchin öffnete und betrachtete den eleganten Besucher mit einigem Mißtrauen. Er ließ Frau Ringeiser herausrufen. «Ist Fräulein Fanny zu Hause?» fragte er in einer Erregung, die er nicht mehr bemeistern konnte.

«Wie meinen?» fragte Frau Ringeiser scharf.

Der Herr stellte sich vor.

«Ah so», sagte Frau Ringeiser. «Wollen sich der Herr Baron nicht weiterbemühen?»

Er blieb im Vorzimmer stehen und fragte nochmals: «Ist Fräulein Fanny nicht zu Hause?»

«Spazieren der Herr Baron doch weiter.» Leisenbohg mußte ihr folgen und befand sich in einem niedern, halbdunkeln Zimmer mit blausamtenen Möbeln und gleichfarbigen Ripsvorhängen an den Fenstern. «Nein», sagte Frau Ringeiser, «die Fanny ist nicht zu Haus. Fräulein Hell hat sie ja mit auf den Urlaub genommen.»

«Wohin?» fragte der Freiherr und starrte auf eine Photographie Klärens, die in einem schmalen Goldrahmen auf dem Klavier stand.

«Wohin—das weiß ich nicht», sagte Frau Ringeiser. «Um acht in der Früh war das Fräulein Hell selber da und hat mich gebeten, daß ich ihr die Fanny mitgeb'. Na, und sie hat so schön gebeten; ich hab' nicht nein sagen können.»

«Aber wohin... wohin?» fragte Leisenbohg dringend.

«Ja, das könnt ich nicht sagen. Die Fanny telegraphiert mir, sobald das Fräulein Hell sich entschlossen hat, wo sie bleiben will. Vielleicht schon morgen oder übermorgen.»

«So», sagte Leisenbohg und ließ sich auf einen kleinen Rohrsessel vor dem Klavier niedersinken. Er schwieg ein paar Sekunden, dann stand er plötzlich auf, reichte Frau Ringeiser die Hand, bat um Entschuldigung wegen der verursachten Störung und ging langsam die dunkle Treppe des alten Hauses hinunter.

Er schüttelte den Kopf. Sie war sehr vorsichtig gewesen—wahrhaftig!... vorsichtiger als notwendig... Daß er nicht zudringlich war, hatte sie wohl wissen können.

«Wohin fahren wir denn, Herr Baron?» fragte der Kutscher, und Leisenbohg merkte, daß er schon eine Weile im offenen Wagen gesessen war und vor sich hingestarrt hatte. Und einer plötzlichen Eingebung folgend, antwortete er: «Ins Hotel Bristol.»

Sigurd Ölse war noch nicht abgereist. Er ließ den Freiherrn auf sein Zimmer bitten, empfing ihn mit Begeisterung und bat ihn, den letzten Abend seines Wiener Aufenthaltes mit ihm zu verbringen. Leisenbohg war schon von dem Umstand ergriffen gewesen, daß Sigurd Ölse überhaupt noch in Wien war, seine Liebenswürdigkeit aber rührte ihn geradezu zu Tränen. Sigurd begann sofort, von Kläre zu sprechen. Er bat Leisenbohg, ihm von ihr zu erzählen, so viel er nur konnte, denn er wußte ja, daß in dem Freiherrn ihr ältester und treuester Freund vor ihm stand. Und Leisenbohg setzte sich auf den Koffer und sprach von Kläre. Es tat ihm wohl, von ihr reden zu können.—Er erzählte dem Sänger beinah alles—mit Ausnahme derjenigen Dinge, die er ihm als Kavalier verschweigen zu müssen glaubte. Sigurd lauschte und schien verzückt.

Beim Souper lud der Sänger seinen Freund ein, noch heute abend Wien mit ihm zu verlassen und ihn auf seine Besitzung nach Molde zu begleiten. Der Freiherr fühlte sich wunderbar beruhigt. Er lehnte für heute ab und versprach Ölse, ihn im Laufe des Sommers zu besuchen.

Sie fuhren zusammen zur Bahn. «Du wirst mich vielleicht für einen Narren halten», sagte Sigurd, «aber ich will noch einmal an ihren Fenstern vorbei.» Leisenbohg sah ihn von der Seite an. War dies vielleicht ein Versuch, ihn hinters Licht zu führen? oder war es der letzte Beweis für die Unverdächtigkeit des Sängers?... Vor Klärens Haus angelangt, warf Sigurd einen Kuß nach den verschlossenen Fenstern. Dann sagte er: «Grüße sie noch einmal von mir.»

Leisenbohg nickte: «Ich will es ihr bestellen, wenn sie wiederkommt.»

Sigurd sah ihn betroffen an.

«Sie ist nämlich schon fort», setzte Leisenbohg hinzu. «Heute früh ist sie abgereist—ohne Abschied... wie es so ihre Art ist», log er dazu.

«Abgereist», wiederholte Sigurd und versank in Sinnen. Dann schwiegen sie beide.

Vor Abfahrt des Zuges umarmten sie sich wie alte Freunde.

Der Freiherr weinte nachts in seinem Bett, wie es ihm seit seinen Kinderjahren nicht mehr geschehen war. Die eine Stunde der Lust, die er mit Kläre verlebt hatte, schien ihm wie von dunkeln Schauern umweht. Es war ihm, als hätten ihre Augen in der gestrigen Nacht wie im Wahnsinn geglüht. Nun begriff er alles. Zu früh war er ihrem Ruf gefolgt. Noch hatte der Schatten des Fürsten Bedenbruck Gewalt über sie, und Leisenbohg fühlte, daß er Kläre nur besessen hatte, um sie auf immer zu verlieren.

Ein paar Tage trieb er sich in Wien herum, ohne zu wissen, was er mit den Tagen und Nächten anfangen sollte; alles, womit er früher seine Zeit hingebracht hatte—Zeitunglesen, Whistspielen, Spazierenreiten—war ihm vollkommen gleichgültig. Er fühlte, wie sein ganzes Dasein nur von Kläre den Sinn erhalten, ja daß selbst seine Verhältnisse zu anderen Frauen nur von dem Abglanze seiner Leidenschaft für Kläre gelebt hatten. Über der Stadt lag es wie ein ewiger grauer Dunst; die Leute, mit denen er sprach, hatten verschleierte Stimmen und starrten ihn merkwürdig, ja verräterisch an. Eines Abends fuhr er zum Bahnhof, und wie mechanisch nahm er sich eine Karte nach Ischl. Dort traf er Bekannte, die sich harmlos nach Kläre erkundigten, er antwortete gereizt und unhöflich und mußte sich mit einem Herrn schlagen, für den er sich nicht im geringsten interessierte. Er trat ohne Erregung an, hörte die Kugel an seinem Kopf vorbeipfeifen, schoß in die Luft und verließ Ischl eine halbe Stunde nach dem Duell. Er reiste nach Tirol, nach dem Engadin, nach dem Berner Oberland, nach dem Genfer See, ruderte, überschritt Pässe, bestieg Berge, schlief einmal in einer Sennhütte und wußte im übrigen an jedem Tag vom vorigen so wenig wie vom nächsten.

Eines Tages erhielt er von Wien aus ein Telegramm nachgesandt. Mit fiebernden Fingern öffnete er es. Er las: «Wenn du mein Freund bist, so halte dein Wort und eile zu mir; denn ich benötige eines Freundes. Sigurd Ölse.» Leisenbohg zweifelte keinen Augenblick, daß der Inhalt dieses Telegramms in irgend einem Zusammenhang mit Kläre stehen müsse. Er packte so rasch als möglich ein und verließ Aix, wo er sich eben befand, mit der nächsten Gelegenheit. Ohne Unterbrechung reiste er über München nach Hamburg und nahm das Schiff, das ihn über Stavanger nach Molde führte, wo er an einem hellen Sommerabend ankam. Die Reise war ihm endlos erschienen. Von allen Reizen der Landschaft war seine Seele unberührt geblieben. Auch war es ihm in der letzten Zeit nicht mehr gelungen, sich an Klärens Gesang oder auch nur an ihre Züge zu erinnern. Jahrelang, jahrzehntelang glaubte er von Wien fort zu sein. Aber als er Sigurd in weißem Flanellanzug mit weißer Kappe am Ufer stehen sah, war ihm, als hätte er ihn gestern Abend zum letzten Male gesehen. Und so zerwühlt er war, er erwiderte lächelnd vom Deck aus den Willkommgruß Sigurds und schritt in guter Haltung die Schiffstreppe hinab.

«Ich danke dir tausendmal, daß du meinem Ruf gefolgt bist», sagte Sigurd. Und einfach setzte er hinzu: «Mit mir ist es aus.»

Der Freiherr betrachtete ihn. Sigurd sah sehr blaß aus, die Haare an seinen Schläfen waren auffallend grau geworden. Auf dem Arm trug er einen grünen mattglänzenden Plaid.

«Was gibt's? was ist geschehen?» fragte Leisenbohg mit einem starren Lächeln.

«Du sollst alles erfahren», sagte Sigurd Ölse. Dem Freiherrn fiel es auf, daß Sigurds Stimme weniger voll klang als früher.—Sie fuhren auf einem kleinen schmalen Wagen durch die liebliche Allee längs des blauen Meeres hin. Beide schwiegen. Leisenbohg wagte nicht zu fragen. Seine Blicke starrten aufs Wasser, das sich kaum bewegte. Er kam auf die sonderbare, aber wie sich herausstellte, undurchführbare Idee, die Wellen zu zählen; dann schaute er in die Luft, und ihm war, als tropften die Sterne langsam herunter. Endlich fiel ihm auch ein, daß eine Sängerin existierte, Kläre Hell mit Namen, die sich irgendwo in der weiten Welt umhertrieb,—aber grade das war ziemlich unwichtig. Nun kam ein Ruck, und der Wagen stand vor einem einfachen weißen Hause still, das ganz im Grünen lag. Auf einer Veranda mit dem Blick aufs Meer speisten sie zu Abend. Ein Diener, mit einem strengen und in den Momenten, da er den Wein einschenkte, geradezu drohenden Gesicht, bediente. Die helle Nordnacht ruhte über den Fernen.

«Nun?» fragte Leisenbohg, über den es mit einem Male wie eine Flut von Ungeduld hinstürzte.

«Ich bin ein verlorener Mensch», sagte Sigurd Ölse und schaute vor sich hin.

«Wie meinst du das?» fragte Leisenbohg tonlos. «Und was kann ich für dich tun?» setzte er mechanisch hinzu.

«Nicht viel. Ich weiß noch nicht.» Und er blickte über Tischdecke, Geländer, Vorgarten, Gitter, Straße und Meer ins Weite.

Leisenbohg war innerlich starr... Allerlei Ideen zugleich durchzuckten ihn... Was mochte geschehen sein?... Kläre war tot—?... Sigurd hatte sie ermordet—?... ins Meer geworfen—?... Oder Sigurd war tot—?... Doch nein, das war unmöglich... der saß ja da vor ihm...

Warum aber sprach er nicht?... Und plötzlich, von einer ungeheuren Angst durchjagd, stieß Leisenbohg hervor: «Wo ist Kläre?»

Da wandte sich der Sänger langsam zu ihm. Sein etwas dickes Gesicht begann von innen zu glänzen, und schien zu lächeln,—wenn es nicht der Mondschein war, der über seinem Gesicht spielte. Jedenfalls fand Leisenbohg in diesem Augenblick, daß der Mann, der hier mit verschleiertem Blick zurückgelehnt neben ihm saß, beide Hände in den Hosentaschen, die Beine lang unter den Tisch hingestreckt, mit nichts auf der Welt mehr Ähnlichkeit hatte als mit einem Pierrot. Der grüne Plaid hing über dem Geländer der Terrasse und schien dem Baron in diesem Moment ein guter alter Bekannter... Aber was ging ihn dieser lächerliche Plaid an? Träumte er vielleicht?... Er war in Molde. Sonderbar genug... Wäre er vernünftig gewesen, so hätte er dem Sänger eigentlich aus Aix telegraphieren können: «Was gibt's? was willst du von mir, Pierrot?» Und er wiederholte plötzlich seine Frage von früher, nur viel höflicher und ruhiger: «Wo ist Kläre?»

Jetzt nickte der Sänger mehrere Male. «Um die handelt es sich allerdings.—Bist du mein Freund?»

Leisenbohg nickte. Er spürte ein leises Frösteln. Ein lauer Wind kam vom Meer her. «Ich bin dein Freund. Was willst du von mir?»

«Erinnerst du dich des Abends, da wir voneinander Abschied nahmen, Baron? an dem wir im Bristol miteinander soupierten und du mich auf die Bahn begleitetest?»

Leisenbohg nickte wieder.

«Du hast wohl nicht geahnt, daß im selben Zuge mit mir Kläre Hell von Wien abreiste.»

Leisenbohg ließ den Kopf schwer auf die Brust herabsinken...

«Ich habe es so wenig geahnt als du», fuhr Sigurd fort. «Erst am nächsten Morgen auf der Frühstückstation hab' ich Kläre gesehen. Sie saß mit Fanny Ringeiser im Speisesaal und trank Kaffee. Ihr Benehmen ließ mich vermuten, daß diese Begegnung ich nur dem Zufall verdankte. Es war kein Zufall.»

«Weiter», sagte der Baron und betrachtete den grünen Plaid, der sich leise bewegte.

«Später hat sie mir nämlich gestanden, daß es kein Zufall war.—Von diesem Morgen an blieben wir zusammen, Kläre, Fanny und ich. An einem eurer entzückenden kleinen österreichischen Seen ließen wir uns nieder. Wir bewohnten ein anmutiges Haus zwischen Wasser und Wald, fern von allen Menschen. Wir waren sehr glücklich.»

Er sprach so langsam, daß Leisenbohg toll zu werden glaubte.

Wozu hat er mich hierhergerufen? dachte er. Was will er von mir?... Hat sie ihm gestanden—?... Was geht's ihn an?... Warum blickt er mir so starr ins Gesicht?... Weshalb sitz' ich hier in Molde auf einer Veranda mit einem Pierrot?... Ist es nicht am Ende doch ein Traum?... Ruh ich vielleicht in Klärens Armen?... Ist es am Ende noch immer dieselbe Nacht?...—Und unwillkürlich riß er die Augen weit auf.

«Wirst du mich rächen?» fragte Sigurd plötzlich.

«Rächen?... Ja warum? was ist denn geschehen?» fragte der Freiherr und hörte seine eigenen Worte wie von ferne her.

«Weil sie mich zugrunde gerichtet hat, weil ich verloren bin.»

«Erzähle mir endlich», sagte Leisenbohg mit harter, trockener Stimme.

«Fanny Ringeiser war mit uns», fuhr Sigurd fort. «Sie ist ein gutes Mädchen, nicht wahr?»

«Ja, sie ist ein gutes Mädchen», erwiderte Leisenbohg und sah mit einem Male das halbdunkle Zimmer vor sich mit den blausamtenen Möbeln und den Ripsvorhängen, wo er vor mehreren hundert Jahren mit Fannys Mutter gesprochen hatte.

«Sie ist ein ziemlich dummes Mädchen, nicht wahr?»

«Ich glaube», erwiderte der Freiherr.

«Ich weiß es», sagte Sigurd. «Sie ahnte nicht, wie glücklich wir waren.» Und er schwieg lange.

«Weiter», sagte Leisenbohg und wartete.

«Eines Morgens schlief Kläre noch», begann Sigurd von neuem. «Sie schlief immer weit in den Morgen hinein. Ich aber ging im Walde spazieren. Da kam plötzlich Fanny hinter mir hergelaufen. ‚Fliehen Sie, Herr Ölse, eh' es zu spät ist; reisen Sie ab, denn Sie befinden sich in höchster Gefahr!' Sonderbarerweise wollte sie mir anfangs durchaus nicht mehr sagen. Aber ich bestand darauf und erfuhr endlich, was für eine Gefahr mir ihrer Meinung nach drohte. Ah, sie glaubte, daß ich noch zu retten wäre, sonst hätte sie mir gewiß nichts gesagt!»

Der grüne Plaid auf dem Geländer blähte sich auf wie ein Segel, das Lampenlicht auf dem Tisch flackerte ein wenig.

«Was hat dir Fanny erzählt?» fragte Leisenbohg streng.

«Erinnerst du dich des Abends», fragte Sigurd, «an dem wir alle in Klärens Haus zu Gaste waren? Am Morgen dieses Tages war Kläre mit Fanny auf den Friedhof hinausgefahren, und auf dem Grabe des Fürsten hatte sie ihrer Freundin das Grauenhafte anvertraut.»

«Das Grauenhafte—?» Der Freiherr erbebte.

«Ja.—Du weißt, wie der Fürst gestorben ist? Er ist vom Pferd gestürzt und hat noch eine Stunde gelebt.»

«Ich weiß es.»

«Niemand war bei ihm als Kläre.»

«Ich weiß.»

«Er wollte niemanden sehen als sie. Und auf dem Sterbebette tat er einen Fluch.»

«Einen Fluch?»

«Einen Fluch.—,Kläre', sprach der Fürst, ,vergiß mich nicht. Ich hätte im Grabe keine Ruhe, wenn du mich vergäßest.'—,Ich werde dich nie vergessen', erwiderte Kläre.—,Schwörst du mir, daß du mich nie vergessen wirst?'—,Ich schwöre es dir.'—,Kläre, ich liebe dich, und ich muß sterben'»...

«Wer spricht?» schrie der Freiherr.

«Ich spreche», sagte Sigurd, «und ich lasse Fanny sprechen, und Fanny läßt Kläre sprechen, und Kläre läßt den Fürsten sprechen. Verstehst du mich nicht?»

Leisenbohg hörte angestrengt zu. Es war ihm, als hörte er die Stimme des toten Fürsten aus dreifach verschlossenem Sarge in die Nacht klingen.

«,Kläre, ich liebe dich, und ich muß sterben! Du bist so jung, und ich muß sterben... Und es wird ein anderer kommen nach mir... Ich weiß es, es wird so sein... Ein anderer wird dich in den Armen halten und mit dir glücklich sein... Er soll nicht—er darf nicht!... Ich fluche ihm.—Hörst du, Kläre? ich fluche ihm... Der erste, der diese Lippen küßt, diesen Leib umfängt nach mir, soll in die Hölle fahren!... Kläre, der Himmel hört den Fluch von Sterbenden... Hüte dich—hüte ihn... In die Hölle mit ihm! in Wahnsinn, Elend und Tod! Wehe! wehe! wehe!'»

Sigurd, aus dessen Mund die Stimme des toten Fürsten tönte, hatte sich erhoben, groß und feist stand er in seinem weißen Flanellanzug da und blickte in die helle Nacht. Der grüne Plaid sank von dem Geländer in den Garten hinab. Den Freiherrn fror entsetzlich. Es war ihm, als wenn ihm der ganze Körper erstarren wollte. Eigentlich hätte er gern geschrien, aber er sperrte nur den Mund weit auf... Er befand sich in diesem Augenblick in dem kleinen Saal der Gesangsprofessorin Eisenstein, wo er Kläre das erste Mal gesehen hatte. Auf der Bühne stand ein Pierrot und deklamierte: «Mit diesem Fluch auf den Lippen ist der Fürst Bedenbruck gestorben, und... höre... der Unglückselige, in dessen Armen sie lag, der Elende, an dem sich der Fluch erfüllen soll, bin ich!... ich!... ich!...» Da stürzte die Bühne ein mit einem lauten Krach und versank vor Leisenbohgs Augen ins Meer. Er aber fiel lautlos mit dem Sessel nach rückwärts, wie eine Gliederpuppe.

Sigurd sprang auf, rief nach Hilfe. Zwei Diener kamen, hoben den Ohnmächtigen auf und betteten ihn auf einen Lehnsessel, der seitlich vom Tische stand; der eine lief nach einem Arzt, der andere brachte Wasser und Essig. Sigurd rieb die Stirn und die Schläfen des Freiherrn ein, aber der wollte sich nicht rühren. Dann kam der Arzt und nahm seine Untersuchung vor. Sie währte nicht lange. Am Schlusse sagte er: «Dieser Herr ist tot.»

Sigurd Ölse war sehr bewegt, bat den Arzt, die nötigen Anordnungen zu treffen, und verließ die Terrasse. Er durchschritt den Salon, ging ins obere Stockwerk, betrat sein Schlafzimmer, zündete ein Licht an und schrieb eilends folgende Worte nieder: «Kläre! deine Depesche habe ich in Molde vorgefunden, wohin ich ohne Aufenthalt geflohen war. Ich will es dir gestehen, ich habe dir nicht geglaubt, ich dachte, du wolltest mich durch eine Lüge beruhigen. Verzeih mir,—ich zweifle nicht mehr. Der Freiherr von Leisenbohg war bei mir. Ich habe ihn gerufen. Aber ich habe ihn um nichts gefragt; denn als Ehrenmann hätte er mich anlügen müssen. Ich hatte eine ingeniöse Idee. Ich habe ihm von dem Fluch des verstorbenen Fürsten Mitteilung gemacht. Die Wirkung war überraschend: der Freiherr fiel mit dem Sessel nach rückwärts und war auf der Stelle tot.»

Sigurd hielt inne, wurde sehr ernst und schien zu überlegen. Dann stellte er sich mitten ins Zimmer und erhob seine Stimme zum Gesang. Anfangs wie furchtsam und verschleiert, hellte sie sich allmählich auf und klang laut und prächtig durch die Nacht, endlich so gewaltig, als wenn sie von den Wellen widerhallte.—Ein beruhigtes Lächeln floß über Sigurds Züge. Er atmete tief auf. Er begab sich wieder an den Schreibtisch und fügte seiner Depesche die folgenden Worte hinzu: «Liebste Kläre! verzeih' mir—alles ist wieder gut. In drei Tagen bin ich bei dir»...

DIE FREMDE

Als Albert um sechs Uhr früh erwachte, war das Bett neben ihm leer, und seine Frau war fort. Auf ihrem Nachttisch lag ein beschriebener Zettel. Albert langte nach ihm und las folgende Worte: «Mein lieber Freund, ich bin früher aufgewacht als du. Adieu. Ich gehe fort. Ob ich zurückkommen werde, weiß ich nicht. Leb wohl. Katharina.»

Albert ließ den Zettel auf die weiße Bettdecke sinken und schüttelte den Kopf. Ob sie nun heute wiederkam oder nicht—es war ja doch ziemlich gleichgültig. Er wunderte sich weder über Inhalt, noch über Ton des Briefes. Es war nur ein wenig früher gekommen, als er erwartet. Vierzehn Tage hatte das ganze Glück gewährt. Was lag daran? Er war bereit.

Langsam erhob er sich, warf den Schlafrock um, tat ein paar Schritte zum Fenster hin und öffnete es. Die Stadt Innsbruck lag in friedlich stillem Morgenschein zu seinen Füßen, und in der Ferne ragten unruhige Felsen in das blaue Licht. Albert kreuzte die Arme über der Brust und sah ins Freie. Ihm war sehr weh ums Herz. Er dachte, wie doch alle Voraussicht und selbst ein vorgefaßter Entschluß ein schweres Geschick nicht leichter, sondern nur mit besserer Haltung tragen ließen. Er zögerte eine Weile. Aber was sollte er jetzt noch abwarten? War es nicht das beste, gleich ein Ende zu machen? War nicht schon die Neugier, die ihn quälte, ein Verrat an seinen Vorsätzen? Sein Los mußte sich erfüllen. Entschieden war es doch schon gewesen, als er vor zwei Jahren beim Tanze das erstemal den kühlen Hauch der geheimnisvollen Lippen seine Wangen streifen fühlte.

Er erinnerte sich, wie er in jener Nacht mit seinem Freunde Vincenz nach Hause gegangen war. An alles mußte er denken, was ihm Vincenz damals erzählt hatte; und der zarte Ton früher Warnung klang ihm wieder im Ohr. Vincenz wußte mancherlei über Katharina und ihre Familie. Der Vater war als Oberst eines Artillerie-Regimentes während des bosnischen Feldzuges in den Freiherrnstand erhoben worden und fiel durch die Kugel eines Insurgenten. Ihr Bruder war Kavallerie-Leutnant gewesen und hatte sein Erbteil rasch durchgebracht; später opferte die Mutter, um den Sohn vor dem Schlimmsten zu bewahren, ihr ganzes Vermögen auf; das half aber nicht für lange, und bald darauf erschoß sich der junge Offizier. Nun stellte der Baron Maaßburg, der als Bräutigam Katharinens galt, seine Besuche in dem Hause ein. Man brachte das nicht nur mit den nunmehr erklärt ärmlichen Verhältnissen der Familie in Zusammenhang, sondern auch mit einer merkwürdigen Szene, die sich während des Leichenbegängnisses zugetragen hatte. Katharina war einem ihr bis dahin ganz unbekannten Kameraden ihres Bruders schluchzend in die Arme gefallen, als wäre er ihr Freund oder Verlobter. Ein Jahr später wurde sie von einer heftigen Schwärmerei für den berühmten Orgelspieler Banetti erfaßt. Er verließ Wien, ohne daß sie ihn jemals gesprochen hatte. Eines Morgens erzählte sie ihrer Mutter den Traum, daß Banetti zu ihnen ins Zimmer getreten, auf dem Klavier eine Fuge von Bach gespielt, dann rücklings zu Boden gestürzt und tot dagelegen war, während sich die Decke öffnete und das Klavier in den Himmel schwebte. Am selben Tage traf die Nachricht ein, daß sich Banetti in einem kleinen lombardischen Dorf von der Kirchturmspitze in den Friedhof hinabgestürzt hatte und tot zu Füßen eines Kreuzes liegen geblieben war. Bald darauf begannen sich bei Katharinen die Anzeichen einer Gemütskrankheit zu zeigen, die sich allmählich bis zu tiefster Versunkenheit steigerte; nur der dringende Widerstand der Mutter und deren fester Glaube an die Genesung Katharinens hielt die Ärzte davon ab, das Mädchen in eine Anstalt zu bringen. Ein ganzes Jahr brachte Katharina tagsüber einsam und schweigend hin; aber nachts erhob sie sich zuweilen aus dem Bette und sang einfache Lieder wie in früherer Zeit. Allmählich, zum größten Staunen der Ärzte, erwachte Katharina aus ihrem Trübsinn. Sie schien dem Leben, ja der Freude wiedergegeben. Bald nahm sie Einladungen, zuerst nur in engere Zirkel an; der Bekanntenkreis breitete sich wieder aus, und als Albert sie auf dem Weißen Kreuz-Balle kennen lernte, war sie ihm von einer solchen Ruhe des Gemütes erschienen, daß er den Erzählungen seines Freundes auf dem Heimweg nur zweifelnd zu folgen vermochte.

Albert von Webeling, der früher nicht sehr viel in der Welt verkehrt hatte, war durch den guten Namen seiner Familie, durch seine Stellung als Vize-Sekretär in einem Ministerium leicht in die Lage versetzt, in den Kreisen Katharinens Zutritt zu finden. Jede Begegnung vertiefte seine Neigung für sie. Katharina trug sich immer einfach, aber ihre hohe Gestalt und ganz besonders ihre einzige, ja königliche Weise, das Haupt zu neigen, wenn sie jemandem zuhörte, verlieh ihr eine Vornehmheit von ganz eigener Art. Sie sprach nicht viel, und ihre Augen pflegten oft, wenn sie in Gesellschaft war, wie in eine für die andern unzugängliche Ferne zu blicken. Die jüngeren Herren behandelte sie mit einiger Unachtsamkeit, lieber unterhielt sie sich mit reiferen Männern von Rang oder Ruf. Und, wieder ein Jahr, nachdem Albert sie kennengelernt hatte, verlobte sie das Gerücht mit dem Grafen Rummingshaus, der eben von einer Forschungsreise in Tibet und Turkestan heimgekehrt war. Damals wußte Albert, daß der Tag, an dem Katharina einem andern die Hand zur Ehe reichte, der letzte seines Lebens sein würde, und er, dessen Dasein bis zu seinem dreißigsten Jahr unbeirrt hingeflossen war, begriff mit einem Male alle Gefahren und allen Wahnsinn, in die heftige Leidenschaft den besonnensten Mann zu stürzen vermag. Von seiner Nichtigkeit Katharinen gegenüber war er völlig durchdrungen. Er hatte sein anständiges Auskommen und konnte als Junggeselle ein recht behagliches Leben führen, aber Reichtum hatte er von keiner Seite zu erwarten. Eine sichere, aber gewiß nicht bedeutende Laufbahn stand ihm bevor. Er kleidete sich mit großer Sorgfalt, ohne jemals wirklich elegant auszusehen, er redete nicht ohne Gewandtheit, hatte aber niemals irgend etwas Besonderes zu sagen, und er war stets gerne gesehen, ohne jemals aufzufallen. Und so fühlte er, daß ein Wesen, geheimnisvoll und gleichsam aus einer andern Welt wie Katharina, sich tief zu ihm herablassen müßte, wenn er sie gewinnen wollte, und daß sie jedenfalls von ihm verlangen durfte, ein unverdientes Glück teuer zu bezahlen. Da er sich aber zu jedem Opfer bereit wußte, schien er sich auch allmählich ihrer würdig zu werden. Eines Morgens erfuhr er, daß der Graf nach Galizien abgereist war, ohne sich erklärt zu haben; mit einer Entschlossenheit, die sonst seine Art nicht war, hielt er den rechten Augenblick für gekommen und begab sich zu Katharina.

Wie weit schien ihm nun jene Stunde zu liegen!

Er sah das Zimmer im Schottenhof vor sich, weitläufig und gewölbt, aber niedrig, mit alten, gut gehaltenen Möbeln, sah den vereinsamten dunkelroten Fauteuil am Fenster stehen, das offene Piano mit den aufgeschlagenen Noten, den runden Mahagonitisch, darauf das Album mit dem Perlmutterdeckel und die Visitkartenschale aus Alt-Meißner Porzellan. Und er erinnerte sich, wie er in den geräumigen Hof hinuntergeblickt hatte, durch den eben viele Leute von der Palmsonntagmesse aus der gegenüberliegenden Schottenkirche kamen. Während die Glocken läuteten, trat Katharina mit ihrer Mutter aus dem Nebenzimmer herein und war nicht so erstaunt über seinen Besuch, als er eigentlich erwartete. Sie hörte ihm freundlich zu und nahm seinen Antrag an, kaum in größerer Bewegung, als wenn er die Einladung zu einem Ball überbracht hätte. Die Mutter, immer mit dem verbindlichen

Lächeln der Schwerhörigen, saß still in der Diwan-Ecke und führte ihren kleinen schwarzen Seidenfächer manchmal ans Ohr. Während des ganzen Gesprächs in dem kühlen, sonntagsstillen Zimmer hatte Albert die Empfindung, als wäre er in eine Gegend gekommen, über die durch lange Zeit heftige Stürme gejagt hätten, und die nun eine große Sehnsucht nach Ruhe atmete. Und als er später die graue Treppe hinunterschritt, ward ihm nicht die beseligende Empfindung eines erfüllten Wunsches, sondern nur das Bewußtsein, daß er in eine wohl wundersame, aber ungewisse und dunkle Epoche seines Lebens eingetreten war. Und wie er so durch den Sonntag spazierte, von Straße zu Straße, durch Gärten und Alleen, den Frühjahrshimmel über sich, an manchen fröhlichen und unbekümmerten Menschen vorbei, da fühlte er, daß er von nun an nicht mehr zu diesen gehörte, und daß über ihm ein Geschick anderer und besonderer Art zu walten begann.

Jeden Abend saß er nun oben in dem gewölbten Zimmer. Zuweilen sang Katharina mit einer angenehmen Stimme, aber beinahe völlig ausdruckslos, einfache, meist italienische Volkslieder, zu denen er sie auf dem Klavier begleitete. Nachher stand er oft mit ihr bis zum späten Abend am Fenster und sah in den stillen Hof hinab, wo die Bäume grünten und knospten. An schönen Nachmittagen traf er manchmal im Belvederegarten mit ihr zusammen; dort war sie meist schon lang gesessen und hatte den Kinderspielen zugesehen. Wenn sie ihn kommen sah, stand sie auf, und dann spazierten sie auf den besonnten Kieswegen auf und ab. Anfangs redete er manchmal von seiner früheren Existenz, von den Jugendjahren im Grazer Elternhaus, von der Studienzeit in Wien, von Sommerreisen, und er wunderte sich nur über die Schattenhaftigkeit, in der beim Versuch erinnernden Gestaltens ihm selbst sein bisheriges Leben erschien. Vielleicht lag es auch daran, daß Katharina allen diesen Dingen nicht das geringste Interesse entgegenbrachte. Seltsame Dinge ereigneten sich, die an sich ohne Bedeutung sein mochten, die aber jedenfalls ohne Erklärung blieben. So begegnete Albert eines Tages um die Mittagsstunde seiner Braut auf dem Stephansplatz in Gesellschaft eines in Trauer gekleideten, eleganten Herrn, den er früher nie gesehen hatte. Albert blieb stehen, aber Katharina grüßte kühl, und ohne sich um ihn zu kümmern, ging sie mit dem fremden Herrn weiter. Albert folgte ihr eine Weile, der Herr stieg in einen Wagen, der an einer Straßenecke auf ihn wartete, und fuhr davon. Katharina ging nach Hause. Als Albert sie abends fragte, wer jener Herr gewesen wäre, sah sie ihn befremdet an, nannte einen ihm gänzlich unbekannten polnischen Namen und zog sich für den Rest des Abends auf ihr Zimmer zurück. Ein anderes Mal ließ sie abends lang vergeblich auf sich warten. Endlich erschien sie, als es zehn Uhr schlug, mit einem Strauß von Feldblumen in der Hand und erzählte, daß sie auf dem Lande gewesen und auf einer Wiese eingeschlafen sei. Die Blumen warf sie zum Fenster hinab. Einmal besuchte sie mit Albert das Künstlerhaus und stand lang mit ihm vor einem Bild, das eine einsame grüne Höhenlandschaft mit weißen Wolken drüber vorstellte. Ein paar Tage darauf sprach sie von dieser Gegend, als wäre sie in Wirklichkeit über diese Höhen gewandelt, und zwar als Kind in Gesellschaft ihres verstorbenen Bruders. Zuerst glaubte Albert, daß sie scherzte, allmählich aber merkte er, daß das Bild für sie in der Erinnerung gleichsam lebendig geworden war. Damals fühlte er, wie sich sein Staunen in ein schmerzliches Grauen zu verwandeln begann. Aber je unfaßlicher ihm ihr Wesen zu entgleiten schien, um so hoffnungslos dringender rief seine Sehnsucht nach ihr. Zuweilen gelang es ihm, sie von ihrer Jugend reden zu machen. Doch alles, was sie berichtete, Erzählungen wirklicher Geschehnisse und Geständnisse ferner Träumereien, schwebte wie im gleichen matten Schimmer vorüber, so daß Albert nicht wußte, was sich ihrem Gedächtnis lebendiger eingeprägt: jener Orgelspieler, der sich vom Kirchturm herabgestürzt hatte, der junge Herzog von Modena, der einmal im Prater an ihr vorübergeritten war, oder ein Van Dyckscher Jüngling, dessen Bildnis sie als junges Mädchen in der Liechtenstein-Galerie gesehen hatte. Und so dämmerte auch jetzt ihr Wesen hin, wie nach unbekannten oder ungewissen Zielen, und Albert ahnte, daß er nichts anderes für sie bedeutete als irgend einer, dem sie in einer Gesellschaft zu einer Runde durch den Saal den Arm gereicht hätte. Und da ihm jede Kraft gebrach, sie aus ihrer verschwommenen Art des Daseins emporzuziehen, fühlte er endlich, wie ihn der verwirrende Hauch ihres Wesens zu betäuben und wie sich allmählich seine Weise zu denken, ja selbst zu handeln, aller durch das tägliche Leben gegebenen Notwendigkeit zu entäußern begann. Es fing damit an, daß er Einkäufe für den künftigen Hausstand machte, die seine Verhältnisse weit überstiegen. Dann schenkte er seiner Braut Schmuckgegenstände von beträchtlichem Wert. Und am Tage vor der Hochzeit kaufte er ein kleines Häuschen in einer Gartenvorstadt, das ihr auf einem Spaziergang gefallen hatte, und überbrachte ihr am selben Abend eine Schenkungsurkunde, durch die es in ihren alleinigen Besitz überging. Sie aber nahm alles mit der gleichen Freundlichkeit und Ruhe hin, wie früher den Antrag seiner Hand. Gewiß hielt sie ihn für reicher, als er war. Im Anfang hatte er natürlich daran gedacht, auch über seine Vermögensverhältnisse mit ihr zu reden. Er schob es von Tag zu Tag hinaus, da ihm die Worte versagten; aber endlich kam es dahin, daß er jede Aussprache über dergleichen Dinge für überflüssig hielt. Denn wenn sie über ihre Zukunft redete, so tat sie das nicht wie jemand, dem ein vorgezeichneter Weg ins Weite weist; vielmehr schienen ihr alle Möglichkeiten nach wie vor offen zu stehen, und nichts in ihrem Verhalten deutete auf innere oder äußere Gebundenheit. So wußte Albert eines Tages, daß ihm ein unsicheres und kurzes Glück bevorstand, daß aber auch alles, was folgen könnte, wenn Katharina ihm einmal entschwunden war, jeglicher Bedeutung für ihn entbehrte. Denn ein Dasein ohne sie war für ihn vollkommen undenkbar geworden, und es war sein fester Entschluß, einfach die Welt zu verlassen, sobald ihm Katharina verloren war. In dieser Sicherheit fand er den einzigen, aber würdigen Halt während dieser wirren und sehnsuchtsvollen Zeit.

Am Morgen, da Albert Katharina zur Trauung abholte, war sie ihm geradeso fremd, als an dem Abend, da er sie kennengelernt hatte. Sie wurde die Seine ohne Leidenschaft und ohne Widerstreben. Sie reisten miteinander ins Gebirge. Durch sommerliche Täler fuhren sie, die sich weiteten und engten; ergingen sich an den milden Ufern heiter bewegter Seen und wandelten auf verlorenen Wegen durch den raunenden Wald. An manchen Fenstern standen sie, schauten hinab zu den stillen Straßen verzauberter Städte, sandten die Blicke weiter den Lauf geheimnisvoller Flüsse entlang, zu stummen Bergen hin, über denen blasse Wolken in Dunst zerflossen. Und sie redeten über die täglichen Dinge des Daseins wie andre junge Paare, spazierten Arm in Arm, verweilten vor Gebäuden und Schaufenstern, berieten sich, lächelten, stießen mit weingefüllten Gläsern an, sanken Wange an Wange in den Schlaf der Glücklichen. Manchmal aber ließ sie ihn allein, in einem matthellen Gasthofzimmer, darin alle Trauer der Fremde dämmerte, auf einer steinernen Gartenbank unter Menschen, die sich des duftenden Blütentags freuten, in einem hohen Saal vor dem gedunkelten Bild eines Landsknechts oder einer Madonna, und niemals wußte er in solcher Stunde, ob Katharina wiederkehren würde oder nicht. Denn unablässig und untrüglich in ihm wie der Schlag seines Herzens war das Gefühl, daß nichts sich geändert hatte seit dem ersten Tag, daß sie frei war wie je und er ihr völlig verfallen.

So kam es, daß ihr Verschwinden heute früh nach einer Hochzeitsreise von vierzehn Tagen, daß auch ihr seltsamer Brief ihn nur erschüttert hatte, ohne ihn eigentlich zu überraschen. Er hätte sie und sich zu erniedrigen geglaubt, wenn er geforscht hätte. Wer sie ihm genommen hatte, ob eine Laune, ob ein Traum, ob ein lebendiger Mensch, war ja völlig gleichgültig; er wußte nichts und brauchte nicht mehr zu wissen, als daß sie ihm nicht mehr gehörte. Vielleicht war es sogar gut, daß das Unvermeidliche so früh gekommen war. Sein Vermögen war durch den Kauf des Hauses auf das Geringste zusammengeschmolzen, und von seinem kleinen Gehalt konnten sie beide nicht leben. Mit ihr von Einschränkungen und von den gewöhnlichen Sorgen des Alltags zu reden, wäre ihm in jedem Fall unmöglich gewesen. Einen Moment fuhr es ihm durch den Sinn, von ihr Abschied zu nehmen. Sein Blick fiel auf die Bettdecke, wo der beschriebene Zettel lag. Der flüchtige Einfall kam ihm, auf die weiße Seite ein kurzes Wort der Erklärung hinzuschreiben. Aber in der deutlichen Empfindung, daß ein solches Wort für Katharina nicht das geringste Interesse haben könnte, stand er wieder davon ab. Er öffnete die Handtasche, steckte seinen kleinen Revolver zu sich und gedachte, irgendwo hinaus vor die Stadt zu wandern, um dort mit Anstand, und ohne jemanden zu stören, seine Tat zu verüben.

Ein Sommermorgen von dunkelblauer Klarheit und vorzeitiger Schwüle lag über der Stadt. Albert ging geradeaus fort. Er war noch nicht hundert Schritte weit vom Hotel entfernt, als er Katharinas Gestalt vor sich erblickte. Sie hielt ihren grauseidenen Sonnenschirm in der Hand und ging langsam des Weges. Die erste Regung Alberts war, in eine andere Straße abzubiegen; aber eine Macht, die heftiger war als alle seine Vorsätze und Überlegungen, drängte ihn, ihr zu folgen, um sich nun doch die Gewißheit zu verschaffen, der er vor einer Minute noch mit Gleichgültigkeit gegenüberzustehen geglaubt hatte. Er bekam sogar einige Angst, daß sie sich umwenden und ihn entdecken könnte. Sie nahm den Weg dem Hofgarten zu, er hielt sich in gemessener Entfernung. Jetzt war sie bei der Hofkirche angelangt, deren Tor offen stand. Sie trat ein. Albert folgte ihr nach einigen Augenblikken. Er blieb in der Nähe des Einganges im tiefsten Schatten stehen; er sah, wie Katharina langsam durch das Mittelschiff zwischen den dunklen Bildsäulen der Helden und Königinnen hindurchschritt. Plötzlich hielt sie inne. Albert entfernte sich von dem Platz, wo er bisher gewartet, und schlich in einem weiten Bogen hinter das Grabmal des Kaisers Maximilian, das gewaltig in der Mitte der Kirche ragte. Katharina stand regungslos vor der Statue des Theodorich. Die Linke auf den Degen gestützt, blickte der erzene Held wie aus ewigen Augen vor sich hin. Seine Haltung war von erhabener Müdigkeit, als sei er sich zugleich der Größe und der Zwecklosigkeit seiner Taten bewußt, und als ginge sein ganzer Stolz in Schwermut unter. Katharina stand vor der Bildsäule und starrte dem Gotenkönig ins Antlitz. Albert blieb einige Zeit in der Verborgenheit, dann wagte er sich vor. Sie hätte die Schritte hören müssen, aber sie wandte sich nicht um; wie gebannt blieb sie auf derselben Stelle. Leute kamen in die Kirche, Fremde mit roten Reisebüchern, man sprach neben ihr, hinter ihr, sie hörte nicht. Es wurde eine Weile stiller, Katharina stand wie früher, in ihrer Bewegungslosigkeit selber einer Bildsäule gleich. Eine neue Viertelstunde und wieder eine verging. Katharina rührte sich nicht.

Albert ging. Am Ausgang wandte er sich noch einmal um; da sah er, wie Katharina nahe an die Statue herangetreten war und mit ihren Lippen den erzenen Fuß berührte. Eilig entfernte sich Albert. Er lächelte. Ein Einfall kam ihm, der ihn mit einer Art von Rührung erfüllte und dessen er sich freute. Nun hatte er noch etwas für die Geliebte zu tun, bevor er dahinging. Er nahm den Weg zu einer Kunsthandlung in der Bahnhofstraße; dort fragte er, ob eine Bronzenachahmung des Theodorich in natürlicher Größe zu beschaffen sei. Ein Zufall wollte es, daß eine solche vor einem Monat fertig geworden war; der Besteller, ein Lord, war gestorben, und die Erben weigerten sich, das Kunstwerk zu übernehmen. Albert fragte nach dem Preis. Er entsprach ungefähr dem Rest seines Vermögens. Albert gab seine Wiener Adresse an und erteilte genaue Weisung, in welcher Art ein Vertrauensmann der Firma die Aufstellung im Garten des Häuschens besorgen sollte. Dann empfahl er sich, eilte durch die Stadt, nahm den Weg durch die Vorstadt Wilten gegen Igls zu, und im Wäldchen erschoß er sich, gerade als die Sonne Mittag zeigte.

Katharina kehrte erst einige Wochen nach diesem Vorfall nach Wien zurück. Indessen war Albert in der Grazer Familiengruft beigesetzt worden. Am Abend ihrer Ankunft stand Katharina eine geraume Weile im Garten vor der Bildsäule, die unter hohen Bäumen einen schönen Platz gefunden. Dann begab sie sich in ihr Zimmer und schrieb einen längeren Brief nach Verona postlagernd an Andrea Geraldini. So hatte sich nämlich ein Herr genannt, der ihr von der Hofkirche aus gefolgt war, als sie Theodorich den Großen verlassen hatte, und von dem sie ein Kind unter dem Herzen trug. Ob das auch der richtige Name des Herrn war, erfuhr sie nie; denn sie erhielt keine Antwort.

DER TOD DES JUNGGESELLEN

Es wurde an die Türe geklopft, ganz leise, doch der Arzt erwachte sofort, machte Licht und erhob sich aus dem Bett. Er warf einen Blick auf seine Frau, die ruhig weiterschlief, nahm den Schlafrock um und trat ins Vorzimmer. Er erkannte die Alte nicht gleich, die mit dem grauen Tuch um den Kopf dastand.

«Unserm gnädigen Herrn ist plötzlich sehr schlecht geworden», sagte sie, «der Herr Doktor möchte so gut sein und gleich hinkommen.»

Nun erkannte der Arzt die Stimme. Es war die der Wirtschafterin seines Freundes, des Junggesellen. Der erste Gedanke des Doktors war: Mein Freund ist fünfundfünfzig Jahre alt, das Herz ist schon seit zwei Jahren nicht in Ordnung, es könnte wohl etwas Ernstes sein.

Und er sagte: «Ich komme sofort, wollen Sie solange warten?»

«Herr Doktor entschuldigen, ich muß noch geschwind zu zwei anderen Herren fahren.» Und sie nannte die Namen des Kaufmanns und des Dichters.

«Was haben Sie bei denen zu tun?»

«Der gnädige Herr will sie noch einmal sehen.»

«Noch—einmal—sehen?»

«Ja, Herr Doktor.»

Er läßt seine Freunde rufen, dachte der Arzt, so nahe fühlt er sich dem Tode... Und er fragte: «Ist wer bei Ihrem Herrn?»

Die Alte erwiderte: «Freilich, Herr Doktor, der Johann rührt sich nicht fort.» Und sie ging.

Der Doktor trat ins Schlafzimmer zurück, und während er sich rasch und möglichst geräuschlos ankleidete, stieg etwas Bitteres in seiner Seele auf. Es war weniger der Schmerz, daß er vielleicht bald einen guten, alten Freund verlieren sollte, als die peinliche Empfindung, daß sie nun so weit waren, sie alle, die noch vor wenig Jahren jung gewesen.

In einem offenen Wagen, durch die milde, schwere Frühlingsnacht fuhr der Arzt in die nahe Gartenstadt, wo der Junggeselle wohnte. Er sah zum Fenster des Schlafzimmers hinauf, das weit offen stand, und aus dem ein blasser Lichtschein in die Nacht herausgeflimmert kam.

Der Arzt ging die Treppen hinauf, der Diener öffnete, grüßte ernst und senkte traurig die linke Hand.

«Wie?» fragte der Arzt mit stockendem Atem, «komm ich zu spät?»

«Ja, Herr Doktor», erwiderte der Diener, «vor einer Viertelstunde ist der gnädige Herr gestorben.»

Der Arzt atmete tief auf und trat ins Zimmer. Sein toter Freund lag da, mit schmalen, bläulichen, halb geöffneten Lippen, die Arme über der weißen Decke ausgestreckt; der dünne Vollbart war zerrauft, in die Stirne, die blaß und feucht war, fielen ein paar graue Haarsträhne. Vom Seidenschirm der elektrischen Lampe, die auf dem Nachtkästchen stand, breitete ein rötlicher Schatten sich über die Polster. Der Arzt betrachtete den Toten. Wann ist er das letztemal in unserem Haus gewesen? dachte er. Ich erinnere mich, es schneite an dem Abend. Im vergangenen Winter also. Man hat sich recht selten gesehen in der letzten Zeit.

Von draußen kam ein Geräusch vom Scharren der Pferde. Der Arzt wandte sich von dem Toten ab und sah drüben dünne Äste in die Nachtluft fließen.

Der Diener trat ein, und nun erkundigte sich der Arzt, wie alles gekommen sei.

Der Diener erzählte dem Arzt eine wohlbekannte Geschichte, von plötzlichem Übelbefinden, Atemnot, Herausspringen aus dem Bett, Auf- und Abgehen im Zimmer, Hineineilen zum Schreibtisch und Wiederzurückwanken ins Bett, von Durst und Stöhnen, von einem letzten Indiehöhefahren und Hinsinken in die Polster. Der Arzt nickte dazu, und seine rechte Hand hielt die Stirne des Toten berührt.

Ein Wagen fuhr vor. Der Arzt trat zum Fenster. Er sah den Kaufmann aussteigen, der einen fragenden Blick zu ihm heraufwarf. Der Arzt senkte unwillkürlich die Hand, wie früher der Diener, der ihn empfangen hatte. Der Kaufmann warf den Kopf zurück, als wollte er's nicht glauben, der Arzt zuckte die Achseln, trat vom Fenster fort und setzte sich, plötzlich ermüdet, auf einen Sessel zu Füßen des Toten hin.

Der Kaufmann trat ein, im offenen, gelben Überzieher, legte seinen Hut auf ein kleines Tischchen nahe der Tür und drückte dem Arzte die Hand. «Das ist ja furchtbar», sagte er, «wie ist es denn geschehen?» Und er starrte den Toten mit mißtrauischen Augen an.

Der Arzt berichtete, was er wußte, und setzte hinzu: «Auch wenn ich zurecht gekommen wäre, so hätt' ich nicht helfen können.» «Denken Sie», sagte der Kaufmann, «es sind heute gerade acht Tage, daß ich ihn zuletzt im Theater gesprochen habe. Ich wollte nachher mit ihm soupieren, aber er hatte wieder eine seiner geheimnisvollen Verabredungen.» «Hatte er die noch immer?» fragte der Arzt mit einem trüben Lächeln.

Wieder hielt ein Wagen. Der Kaufmann trat ans Fenster. Als er den Dichter aussteigen sah, zog er sich zurück, denn nicht einmal durch eine Miene wollte er der Künder der traurigen Neuigkeit sein. Der Arzt hatte aus seinem Etui eine Zigarette genommen und drehte sie verlegen hin und her. «Es ist eine Gewohnheit aus meiner Spitalszeit», bemerkte er entschuldigend. «Wenn ich nachts ein Krankenzimmer verließ, das erste war immer, daß ich mir draußen eine Zigarette anzündete, ob ich nun eine Morphiuminjektion gemacht hatte oder eine Totenbeschau.» «Wissen Sie», sagte der Kaufmann, «wie lang ich keinen Toten gesehen habe? Vierzehn Jahre—seit mein Vater auf der Bahre lag.» «Und—Ihre Frau?» «Meine Frau hab' ich wohl in den letzten Augenblicken gesehen, aber—nachher nicht mehr.»

Der Dichter erschien, reichte den anderen die Hand, einen unsichern Blick zum Bett gerichtet. Dann trat er entschlossen näher und betrachtete den Leichnam ernst, doch nicht ohne ein verachtungsvolles Zucken der Lippen. Also er, sprach es in seinem Sinn. Denn oft hatte er mit der Frage gespielt, wer von seinen näheren Bekannten bestimmt sein mochte, als der erste den letzten Weg zu gehen.

Die Wirtschafterin trat ein. Mit Tränen in den Augen sank sie vor dem Bette nieder, schluchzte und faltete die Hände. Der Dichter legte leicht und tröstend die Hand auf ihre Schulter.

Der Kaufmann und der Arzt standen am Fenster, die dunkle Frühlingsluft spielte um ihre Stirnen.

«Es ist eigentlich sonderbar», begann der Kaufmann, «daß er um uns alle geschickt hat. Wollte er uns um sein Sterbebett versammelt sehen? Hatte er uns irgend etwas Wichtiges zu sagen?»

«Was mich anbelangt», sagte der Doktor schmerzlich lächelnd, «so wär' es weiter nicht sonderbar, da ich ja Arzt bin. Und Sie», wandte er sich an den Kaufmann, «waren wohl zuweilen sein geschäftlicher Beirat. So handelte es sich vielleicht um letztwillige Verfügungen, die er Ihnen persönlich anvertrauen wollte.»

«Das wäre möglich», sagte der Kaufmann.

Die Wirtschafterin hatte sich entfernt, und die Freunde konnten hören, wie sie im Vorzimmer mit dem Diener redete. Der Dichter stand noch immer am Bett und hielt geheimnisvolle Zwiesprache mit dem Toten. «Er», sagte der Kaufmann leise zum Arzt, «er, glaub ich, war in der letzten Zeit häufiger mit ihm zusammen. Vielleicht wird er uns Aufschluß geben können.» Der Dichter stand regungslos; er bohrte seine Blicke in die verschlossenen Augen des Toten. Die Hände, die den breitrandigen, grauen Hut hielten, hatte er am Rücken gekreuzt.

Die beiden andern Herren wurden ungeduldig. Der Kaufmann trat näher und räusperte. «Vor drei Tagen», trug der Dichter vor, «hab' ich einen zweistündigen Spaziergang mit ihm gemacht, draußen auf den Weinbergen. Wollen Sie wissen, wovon er sprach? Von einer Reise nach Schweden, die er für den Sommer vorhatte, von der neuen Rembrandtmappe, die in London bei Watson herausgekommen ist und endlich von Santos Dumont. Er gab allerlei mathematisch-physikalische Erörterungen über das lenkbare Luftschiff, die ich, ehrlich gestanden, nicht vollkommen kapiert habe. Wahrhaftig, er dachte nicht an den Tod. Allerdings dürfte es sich ja so verhalten, daß man in einem gewissen Alter wieder aufhört an den Tod zu denken.»

Der Arzt war ins Nebenzimmer getreten. Hier konnte er es wohl wagen, sich seine Zigarette anzuzünden. Es berührte ihn eigentümlich, gespensterhaft geradezu, als er auf dem Schreibtisch, in der bronzenen Schale, weiße Asche liegen sah. Warum bleib ich eigentlich noch da, dachte er, indem er sich auf dem Sessel vor dem Schreibtisch niederließ. Ich hätte am ehesten das Recht, fortzugehen, da ich doch offenbar nur als Arzt gerufen wurde. Denn mit unserer Freundschaft war es nicht weit her. In meinen Jahren, dachte er weiter, ist es für einen Menschen meiner Art wohl überhaupt nicht möglich, mit einem Menschen befreundet zu sein, der keinen Beruf hat, ja der niemals einen hatte. Wenn er nicht reich gewesen wäre, was hätte er wohl angefangen? Wahrscheinlich hätte er sich der Schriftstellerei ergeben; er war ja sehr geistreich.—Und er erinnerte sich mancher boshaft-treffenden Bemerkung des Junggesellen, insbesondere über die Werke ihres gemeinsamen Freundes, des Dichters.

Der Dichter und der Kaufmann traten herein. Der Dichter machte ein verletztes Gesicht, als er den Doktor auf dem verwaisten Schreibtischsessel sitzen sah, eine Zigarette in der Hand, die übrigens noch immer nicht angebrannt war, und er schloß die Türe hinter sich zu. Nun war man hier doch gewissermaßen in einer anderen Welt. «Haben Sie irgendeine Vermutung?» fragte der Kaufmann. «Inwiefern?» fragte der Dichter zerstreut. «Was ihn veranlaßt haben könnte, nach uns zu schikken, gerade nach uns!» Der Dichter fand es überflüssig, nach einer besonderen Ursache zu forschen. «Unser Freund», erklärte er, «fühlte eben den Tod herannahen, und wenn er auch ziemlich einsam lebte, wenigstens in der letzten Zeit,—in einer solchen Stunde regt sich in Naturen, die ursprünglich zur Geselligkeit geschaffen sind, wahrscheinlich das Bedürfnis, Menschen um sich zu sehen, die ihnen nahestanden.» «Er hatte doch jedenfalls eine Geliebte», bemerkte der Kaufmann.

«Geliebte», wiederholte der Dichter und zog die Augenbrauen verächtlich in die Höhe.

Jetzt gewahrte der Arzt, daß die mittlere Schreibtischlade halb geöffnet war. «Ob hier nicht sein Testament liegt», sagte er. «Was kümmert uns das», meinte der Kaufmann, «zum mindesten in diesem Augenblick. Übrigens lebt eine Schwester von ihm verheiratet in London.»

Der Diener trat ein. Er war so frei, sich Ratschläge zu erbitten wegen der Aufbahrung, des Leichenbegängnisses, der Partezettel. Ein Testament sei wohl seines Wissens beim Notar des gnädigen Herrn hinterlegt, doch ob es Anordnungen über diese Dinge enthielte, sei ihm zweifelhaft. Der Dichter fand es dumpf und schwül im Zimmer. Er zog die schwere, rote Portiere von dem einen Fenster fort und öffnete beide Flügel. Ein breiter, dunkelblauer Streifen Frühlingsnacht floß herein. Der Arzt fragte den Diener, ob ihm nicht etwa bekannt sei, aus welchem Anlaß der Verstorbene nach ihnen habe senden lassen, denn wenn er es recht bedenke, in seiner Eigenschaft als Arzt sei er doch schon jahrelang nicht mehr in dieses Haus gerufen worden. Der Diener begrüßte die Frage wie eine erwartete, zog ein übergroßes Portefeuille aus seiner Rocktasche, entnahm ihm ein Blatt Papier und berichtete, daß der gnädige Herr schon vor sieben Jahren die Namen der Freunde aufgezeichnet hätte, die er an seinem Sterbebett versammelt wünschte. Also auch, wenn der gnädige Herr nicht mehr bei Bewußtsein gewesen wäre, er selbst aus eigener Machtvollkommenheit hätte sich erlaubt, nach den Herren auszusenden.

Der Arzt hatte dem Diener den Zettel aus der Hand genommen und fand fünf Namen aufgeschrieben: außer denen der drei Anwesenden den eines vor zwei Jahren verstorbenen Freundes und den eines Unbekannten. Der Diener erläuterte, daß dieser letztere ein Fabrikant gewesen sei, in dessen Haus der Junggeselle vor neun oder zehn Jahren verkehrt hatte, und dessen Adresse in Verlust und Vergessenheit geraten wäre. Die Herren sahen einander an, befangen und erregt. «Wie ist das zu erklären?» fragte der Kaufmann. «Hatte er die Absicht, eine Rede zu halten in seiner letzten Stunde?» «Sich selbst eine Leichenrede», setzte der Dichter hinzu.

Der Arzt hatte den Blick auf die offene Schreibtischschublade gerichtet und plötzlich, in großen, römischen Lettern, starrten ihm von einem Kuvert die drei Worte entgegen: «An meine Freunde». «Oh», rief er aus, nahm das Kuvert, hielt es in die Höhe und wies es den anderen. «Dies ist für uns», wandte er sich an den Diener und deutete ihm durch eine

Kopfbewegung an, daß er hier überflüssig sei. Der Diener ging. «Für uns», sagte der Dichter mit weit offenen Augen. «Es kann doch kein Zweifel sein», meinte der Arzt, «daß wir berechtigt sind, dies zu eröffnen.» «Verpflichtet», sagte der Kaufmann und knöpfte seinen Überzieher zu.

Der Arzt hatte von einer gläsernen Tasse ein Papiermesser genommen, öffnete das Kuvert, legte den Brief hin und setzte den Zwicker auf. Diesen Augenblick benutzte der Dichter, um das Blatt an sich zu nehmen und zu entfalten. «Da er für uns alle ist», bemerkte er leicht und lehnte sich an den Schreibtisch, so daß das Licht des Deckenlüsters über das Papier hinlief. Neben ihn stellte sich der Kaufmann. Der Arzt blieb sitzen. «Vielleicht lesen Sie laut», sagte der Kaufmann. Der Dichter begann:

«An meine Freunde.» Er unterbrach sich lächelnd. «Ja, hier steht es noch einmal, meine Herren», und mit vorzüglicher Unbefangenheit las er weiter. «Vor einer Viertelstunde ungefähr hab' ich meine Seele ausgehaucht. Ihr seid an meinem Totenbett versammelt und bereitet Euch vor, gemeinsam diesen Brief zu lesen,——wenn er nämlich noch existiert in der Stunde meines Todes, füg ich hinzu. Denn es könnte sich ja ereignen, daß wieder eine bessere Regung über mich käme.» «Wie?» fragte der Arzt. «Bessere Regung über mich käme», wiederholte der Dichter und las weiter, «und daß ich mich entschlösse, diesen Brief zu vernichten, der ja mir nicht den geringsten Nutzen bringt und Euch zum mindesten unangenehme Stunden verursachen dürfte, falls er nicht etwa einem oder dem anderen von Euch geradezu das Leben vergiftet.» «Leben vergiftet», wiederholte fragend der Arzt und wischte die Gläser seines Zwickers. «Rascher», sagte der Kaufmann mit belegter Stimme. Der Dichter las weiter. «Und ich frage mich, was ist das für eine seltsame Laune, die mich heute an den Schreibtisch treibt und mich Worte niederschreiben läßt, deren Wirkung ich ja doch nicht mehr auf Euern Mienen werde lesen können? Und wenn ich's auch könnte, das Vergnügen wäre zu mäßig, um als Entschuldigung gelten zu dürfen für die fabelhafte Gemeinheit, der ich mich soeben, und zwar mit dem Gefühle herzlichsten Behagens schuldig mache.» «Ho», rief der Arzt mit einer Stimme, die er an sich nicht kannte. Der Dichter warf dem Arzt einen hastig-bösen Blick zu und las weiter, schneller und tonloser als früher. «Ja, Laune ist es, nichts anderes, denn im Grunde habe ich gar nichts gegen Euch. Hab' Euch sogar alle recht gern, in meiner, wie Ihr mich in Eurer Weise. Ich achte Euch nicht einmal gering und wenn ich Eurer manchmal gespottet habe, so hab' ich Euch doch nie verhöhnt. Nicht einmal, ja am allerwenigsten in den Stunden, von denen in Euch allen sogleich die lebhaftesten und peinlichsten Vorstellungen sich entwickeln werden. Woher also diese Laune? Ist sie vielleicht doch aus einer tiefen und im Grunde edlen Lust geboren, nicht mit allzuviel Lügen aus der Welt zu gehen? Ich könnte mir's einbilden, wenn ich auch nur ein einzigesmal die leiseste Ahnung von dem verspürt hätte, was die Menschen Reue nennen.» «Lesen Sie doch endlich den Schluß», befahl der Arzt mit seiner neuen Stimme. Der Kaufmann nahm dem Dichter, der eine Art Lähmung in seine Finger kriechen fühlte, den Brief einfach fort, ließ die Augen rasch nach unten fahren und las die Worte: «Es war ein Verhängnis, meine Lieben, und ich kann's nicht ändern. Alle Eure Frauen habe ich gehabt. Alle.» Der Kaufmann hielt plötzlich inne und blätterte zurück. «Was haben Sie?» fragte der Arzt. «Der Brief ist vor neun Jahren geschrieben», sagte der Kaufmann. «Weiter», befahl der Dichter. Der Kaufmann las: «Es waren natürlich sehr verschiedene Arten von Beziehungen. Mit der einen lebte ich beinahe wie in einer Ehe, durch viele Monate. Mit der anderen war es ungefähr das, was man ein tolles Abenteuer zu nennen pflegt. Mit der dritten kam es gar so weit, daß ich mit ihr gemeinsam in den Tod gehen wollte. Die vierte habe ich die Treppe hinuntergeworfen, weil sie mich mit einem anderen betrog. Und eine war meine Geliebte nur ein einziges Mal. Atmet Ihr alle zugleich auf, meine Teuern? Tut es nicht. Es war vielleicht die schönste Stunde meines... und ihres Lebens. So meine Freunde. Mehr habe ich Euch nicht zu sagen. Nun falte ich dieses Papier zusammen, lege es in meinen Schreibtisch, und hier mag es warten, bis ich's in einer anderen Laune vernichte, oder bis es Euch übergeben wird in der Stunde, da ich auf meinem Totenbette liege. Lebt wohl.»

Der Arzt nahm dem Kaufmann den Brief aus der Hand, las ihn anscheinend aufmerksam vom Anfang bis zum Ende. Dann sah er zum Kaufmann auf, der mit verschränkten Armen dastand und wie höhnisch zu ihm heruntersah. «Wenn Ihre Frau auch im vorigen Jahre gestorben ist», sagte der Arzt ruhig, «deswegen bleibt es doch wahr.» Der Dichter ging im Zimmer auf und ab, warf einige Male den Kopf hin und her, wie in einem Krampf, plötzlich zischte er zwischen den Zähnen hervor «Kanaille» und blickte dem Worte nach, wie einem Ding, das in der Luft zerfloß. Er versuchte sich das Bild des jungen Wesens zurückzurufen, das er einst als Gattin in den Armen gehalten. Andere Frauenbilder tauchten auf, oft erinnerte und vergessen geglaubte, gerade das erwünschte zwang er nicht hervor. Denn seiner Gattin Leib war welk und ohne Duft für ihn, und allzu lange war es her, daß sie aufgehört hatte, ihm die Geliebte zu bedeuten. Doch anderes war sie ihm geworden, mehr und edleres: eine Freundin, eine Gefährtin; voll Stolz auf seine Erfolge, voll Mitgefühl für seine Enttäuschungen, voll Einsicht in sein tiefstes Wesen. Es erschien ihm gar nicht unmöglich, daß der alte Junggeselle in seiner Bosheit nichts anderes versucht hatte, als ihm, dem insgeheim beneideten Freunde die Kameradin zu nehmen. Denn all jene anderen Dinge,—was hatten sie im Grunde zu bedeuten? Er gedachte gewisser Abenteuer aus vergangener und naher Zeit, die ihm in seinem reichen Künstlerleben nicht erspart geblieben waren, und über die seine Gattin hinweggelächelt oder -geweint hatte. Wo war dies heute alles hin? So verblaßt, wie jene ferne Stunde, da seine Gattin sich in die Arme eines nichtigen Menschen geworfen, ohne Überlegung, ohne Besinnung vielleicht; so ausgelöscht beinahe, wie die Erinnerung dieser selben Stunde in dem toten Haupt, das da drinnen auf qualvoll zerknülltem Polster ruhte. Ob es nicht sogar Lüge war, was in dem Testament geschrieben stand? Die letzte Rache des armseligen Alltagsmenschen, der sich zu ewigem Vergessen bestimmt wußte, an dem erlesenen Mann, über dessen Werke dem Tode keine Macht gegeben war? Das hatte manche Wahrscheinlichkeit für sich. Aber wenn es selbst Wahrheit war,—kleinliche Rache blieb es doch und eine mißglückte in jedem Fall.

Der Arzt starrte auf das Blatt Papier, das vor ihm lag, und er dachte an die alternde, milde, ja gütige Frau, die jetzt zu Hause schlief. Auch an seine drei Kinder dachte er; den Ältesten, der heuer sein Freiwilligenjahr abdiente, die große Tochter, die mit einem Advokaten verlobt war, und die Jüngste, die so anmutig und reizvoll war, daß ein berühmter Künstler neulich erst auf einem Balle gebeten hatte, sie malen zu dürfen. Er dachte an sein behagliches Heim, und alles das, was ihm aus dem Brief des Toten entgegenströmte, schien ihm nicht sosehr unwahr, als vielmehr von einer rätselhaften, ja erhabenen Unwichtigkeit. Er hatte kaum die Empfindung, daß er in diesem Augenblick etwas Neues erfahren hatte. Eine seltsame Epoche seines Daseins kam ihm ins Gedächtnis, die vierzehn oder fünfzehn Jahre weit zurücklag, da ihn gewisse Unannehmlichkeiten in seiner ärztlichen Laufbahn betroffen und er, verdrossen und endlich bis zur Verwirrung aufgebracht, den Plan gefaßt hatte, die Stadt, seine Frau, seine Familie zu verlassen. Zugleich hatte er damals begonnen, eine Art von wüster, leichtfertiger Existenz zu führen, in die ein sonderbares, hysterisches Frauenzimmer hineingespielt hatte, das sich später wegen eines anderen Liebhabers umbrachte.

Wie sein Leben nachher allmählich wieder in die frühere Bahn eingelaufen war, daran vermochte er sich überhaupt nicht mehr zu erinnern. Aber in jener bösen Epoche, die wieder vergangen war, wie sie gekommen, einer Krankheit ähnlich, damals mußte es geschehen sein, daß seine Frau ihn betrogen hatte. Ja, gewiß verhielt es sich so, und es war ihm ganz klar, daß er es eigentlich immer gewußt hatte. War sie nicht einmal nahe daran gewesen, ihm die Sache zu gestehen? Hatte sie nicht Andeutungen gemacht? Vor dreizehn oder vierzehn Jahren... Bei welcher Gelegenheit nur...? War es nicht einmal im Sommer gewesen, auf einer Ferienreise—spät abends auf einer Hotelterrasse?... Vergebens sann er den verhallten Worten nach.

Der Kaufmann stand am Fenster und sah in die milde, weiße Nacht. Er hatte den festen Willen, sich seiner toten Gattin zu erinnern. Aber sosehr er seine inneren Sinne bemühte, anfangs sah er immer nur sich selbst im Lichte eines grauen Morgens zwischen den Pfosten einer ausgehängten Türe stehen, in schwarzem Anzug, teilnahmsvolle Händedrücke empfangen und erwidern, und hatte einen faden Geruch von Karbol und Blumen in der Nase. Erst allmählich gelang es ihm, sich das Bild seiner Gattin ins Gedächtnis zurückzurufen. Doch war es zuerst nichts als das Bild eines Bildes. Denn er sah nur das große, goldgerahmte Porträt, das daheim im Salon über dem Klavier hing und eine stolze Dame von dreißig Jahren in Balltoilette vorstellte. Dann erst erschien ihm sie selbst als junges Mädchen, das vor beinahe 25 Jahren, blaß und schüchtern, seine Werbung entgegengenommen hatte. Dann tauchte die Erscheinung einer blühenden Frau vor ihm auf, die neben ihm in der Loge gethront hatte, den Blick auf die Bühne gerichtet und innerlich fern. Dann erinnerte er sich eines sehnsüchtigen Weibes, das ihn mit unerwarteter Glut empfangen hatte, wenn er von einer langen Reise zurückgekehrt war. Gleich darauf gedachte er einer nervösen, weinerlichen Person, mit grünlich matten Augen, die ihm seine Tage durch allerlei schlimme Laune vergällt hatte. Dann wieder zeigte sich in hellem Morgenkleid eine geängstigte, zärtliche Mutter, die an eines kranken Kindes Bette wachte, das auch hatte sterben müssen. Endlich sah er ein bleiches Wesen daliegen mit schmerzlich heruntergezogenen Mundwinkeln, kühlen Schweißtropfen auf der Stirn, in einem von Äthergeruch erfüllten Raum, das seine Seele mit quälendem Mitleid erfüllt hatte. Er wußte, daß alle diese Bilder und noch hundert andere, die nun unbegreiflich rasch an seinem innern Auge vorüberflogen, ein und dasselbe Geschöpf vorstellten, das man vor zwei Jahren ins Grab gesenkt, das er beweint, und nach dessen Tod er sich erlöst gefühlt hatte.

Es war ihm, als müßte er aus all den Bildern sich eines wählen, um zu einem unsicheren Gefühl zu gelangen; denn nun flatterten Beschämung und Zorn suchend ins Leere. Unentschlossen stand er da und betrachtete die Häuser drüben in den Gärten, die gelblich und rötlich im Mondschein schwammen und nur blaßgemalte Wände schienen, hinter denen Luft war.

«Gute Nacht», sagte der Arzt und erhob sich. Der Kaufmann wandte sich um. «Ich habe hier auch nichts mehr zu tun.» Der Dichter hatte den Brief an sich genommen, ihn unbemerkt in seine Rocktasche gesteckt und öffnete nun die Tür ins Nebenzimmer. Langsam trat er an das Totenbett, und die anderen sahen ihn, wie er stumm auf den Leichnam niederblickte, die Hände auf dem Rücken. Dann entfernten sie sich.

Im Vorzimmer sagte der Kaufmann zum Diener: «Was das Begräbnis anbelangt, so wär' es ja doch möglich, daß das Testament beim Notar nähere Bestimmungen enthielte.» «Und vergessen Sie nicht», fügte der Arzt hinzu, «an die Schwester des gnädigen Herrn nach London zu telegraphieren.» «Gewiß nicht», erwiderte der Diener, indem er den Herren die Türe öffnete.

Auf der Treppe noch holte sie der Dichter ein. «Ich kann Sie beide mitnehmen», sagte der Arzt, den sein Wagen erwartete. «Danke», sagte der Kaufmann, «ich gehe zu Fuß.» Er drückte den beiden die Hände, spazierte die Straße hinab, der Stadt zu und ließ die Milde der Nacht um sich sein.

Der Dichter stieg mit dem Arzt in den Wagen. In den Gärten begannen die Vögel zu singen. Der Wagen fuhr an dem Kaufmann vorbei, die drei Herren lüfteten jeder den Hut, höflich und ironisch, alle mit den gleichen Gesichtern. «Wird man bald wieder etwas von Ihnen auf dem Theater zu sehen bekommen?» fragte der Arzt den Dichter mit seiner alten Stimme. Dieser erzählte von den außerordentlichen Schwierigkeiten, die sich der Aufführung seines neuesten Dramas entgegenstellten, das freilich, wie er gestehen müsse, kaum erhörte Angriffe auf alle mögliche enthielte, was den Menschen angeblich heilig sei. Der Arzt nickte und hörte nicht zu. Auch der Dichter tat es nicht, denn die oft gefügten Sätze kamen längst wie auswendig gelernt von seinen Lippen.

Vor dem Hause des Arztes stiegen beide Herren aus, und der Wagen fuhr davon.

Der Arzt klingelte. Beide standen und schwiegen. Als die Schritte des Hausmeisters nahten, sagte der Dichter: «Gute Nacht, lieber Doktor» und dann mit einem Zucken der Nasenflügel, langsam: «ich werd' es übrigens der meinen auch nicht sagen.» Der Arzt sah an ihm vorbei und lächelte süß. Das Tor wurde geöffnet, sie drückten einander die Hand, der Arzt verschwand im Flur, das Tor fiel zu. Der Dichter ging.

Er griff in seine Brusttasche. Ja, das Blatt war da. Wohlverwahrt und versiegelt sollte es die Gattin in seinem Nachlaß finden. Und mit der seltenen Einbildungskraft, die ihm nun einmal eigen war, hörte er sie schon an seinem Grabe flüstern: Du Edler... Großer...

DAS TAGEBUCH DER REDEGONDA

Gestern nachts, als ich mich auf dem Heimweg für eine Weile im Stadtpark auf einer Bank niedergelassen hatte, sah ich plötzlich in der anderen Ecke einen Herrn lehnen, von dessen Gegenwart ich vorher nicht das geringste bemerkt hatte. Da zu dieser späten Stunde an leeren Bänken im Park durchaus kein Mangel war, kam mir das Erscheinen dieses nächtlichen Nachbars etwas verdächtig vor; und eben machte ich Anstalten, mich zu entfernen, als der fremde Herr, der einen langen grauen Überzieher und gelbe Handschuhe trug, den Hut lüftete, mich beim Namen nannte und mir einen guten Abend wünschte. Nun erkannte ich ihn, recht angenehm überrascht. Es war Dr. Gottfried Wehwald, ein junger Mann von guten Manieren, ja sogar von einer gewissen Vornehmheit des Auftretens, die zumindest ihm selbst eine immerwährende stille Befriedigung zu gewähren schien. Vor etwa vier Jahren war er als Konzeptspraktikant aus der Wiener Statthalterei nach einer kleinen niederösterreichischen Landstadt versetzt worden, tauchte aber von Zeit zu Zeit wieder unter seinen Freunden im Caféhause auf, wo er stets mit jener gemäßigten Herzlichkeit begrüßt wurde, die seiner eleganten Zurückhaltung gegenüber geboten war. Daher fand ich es auch angezeigt, obzwar ich ihn seit Weihnachten nicht gesehen hatte, keinerlei Befremden über Stunde und Ort unserer Begegnung zu äußern; liebenswürdig, aber anscheinend gleichgültig erwiderte ich seinen Gruß und schickte mich eben an, mit ihm ein Gespräch zu eröffnen, wie es sich für Männer von Welt geziemt, die am Ende auch ein zufälliges Wiedersehen in Australien nicht aus der Fassung bringen dürfte, als er mit einer abwehrenden Handbewegung kurz bemerkte: «Verzeihen Sie, werter Freund, aber meine Zeit ist gemessen und ich habe mich nur zu dem Zwecke hier eingefunden, um Ihnen eine etwas sonderbare Geschichte zu erzählen, vorausgesetzt natürlich, daß Sie geneigt sein sollten, sie anzuhören.»

Nicht ohne Verwunderung über diese Anrede erklärte ich mich trotzdem sofort dazu bereit, konnte aber nicht umhin, meinem Befremden Ausdruck zu verleihen, daß Dr. Wehwald mich nicht im Caféhause aufgesucht habe, ferner wieso es ihm gelungen war, mich nächtlicherweise hier im Stadtpark aufzufinden und endlich, warum gerade ich zu der Ehre ausersehen sei, seine Geschichte anzuhören.

«Die Beantwortung der beiden ersten Fragen», erwiderte er mit ungewohnter Herbheit, «wird sich im Laufe meines Berichtes von selbst ergeben. Daß aber meine Wahl gerade auf Sie fiel, werter Freund (er nannte mich nun einmal nicht anders), hat seinen Grund darin, daß Sie sich meines Wissens auch schriftstellerisch betätigen und ich daher glaube, auf eine Veröffentlichung meiner merkwürdigen, aber ziemlich zwanglosen Mitteilungen in leidlicher Form rechnen zu dürfen.»

Ich wehrte bescheiden ab, worauf Dr. Wehwald mit einem sonderbaren Zucken um die Nasenflügel ohne weitere Einleitung begann: «Die Heldin meiner Geschichte heißt Redegonda. Sie war die Gattin eines Rittmeisters, Baron T. vom Dragonerregiment X, das in unserer kleinen Stadt Z. garnisonierte.» (Er nannte tatsächlich nur diese Anfangsbuchstaben, obwohl mir nicht nur der Name der kleinen Stadt, sondern aus Gründen, die bald ersichtlich sein werden, auch der Name des Rittmeisters und die Nummer des Regiments keine Geheimnisse bedeuteten.) «Redegonda», fuhr Dr. Wehwald fort, «war eine Dame von außerordentlicher Schönheit und ich verliebte mich in sie, wie man zu sagen pflegt, auf den ersten Blick. Leider war mir jede Gelegenheit versagt, ihre persönliche Bekanntschaft zu machen, da die Offiziere mit der Zivilbevölkerung beinahe gar keinen Verkehr pflegten und an dieser Exklusivität selbst gegenüber uns Herren von der politischen Behörde in fast verletzender Weise festhielten. So sah ich Redegonda immer nur von weitem; sah sie allein oder an der Seite ihres Gemahls, nicht selten in Gesellschaft anderer Offiziere und Offiziersdamen, durch die Straßen spazieren, erblickte sie manchmal an einem Fenster ihrer auf dem Hauptplatze gelegenen Wohnung, oder sah sie abends in einem holpernden Wagen nach dem kleinen Theater fahren, wo ich dann das Glück hatte, sie vom Parkett aus in ihrer Loge zu beobachten, die von den jungen Offizieren in den Zwischenakten gerne besucht wurde. Zuweilen war mir, als geruhe sie, mich zu bemerken. Aber ihr Blick streifte immer nur so flüchtig über mich hin, daß ich daraus keine weiteren Schlüsse ziehen konnte. Schon hatte ich die Hoffnung aufgegeben, ihr jemals meine Anbetung zu Füßen legen zu dürfen, als sie mir an einem wundervollen Herbstvormittag in dem kleinen parkartigen Wäldchen, das sich vom östlichen Stadttor aus weit ins Land hinaus erstreckte, vollkommen unerwartet entgegenkam. Mit einem unmerklichen Lächeln ging sie an mir vorüber, vielleicht ohne mich überhaupt zu gewahren und war bald wieder hinter dem gelblichen Laub verschwunden. Ich hatte sie an mir vorübergehen lassen, ohne nur die Möglichkeit in Erwägung zu ziehen, daß ich sie hätte grüßen oder gar das Wort an sie richten können; und auch jetzt, da sie mir entschwunden war, dachte ich nicht daran, die Unterlassung eines Versuchs zu bereuen, dem keinesfalls ein Erfolg hätte beschieden sein können. Aber nun geschah etwas Sonderbares: Ich fühlte mich nämlich plötzlich gezwungen, mir vorzustellen, was daraus geworden wäre, wenn ich den Mut gefunden hätte, ihr in den Weg zu treten und sie anzureden. Und meine Phantasie spiegelte mir vor, daß Redegonda, fern davon mich abzuweisen, ihre Befriedigung über meine Kühnheit keineswegs zu verbergen suchte, es im Laufe eines lebhaften Gespräches an Klagen über die Leere ihres Daseins, die Minderwertigkeit ihres Verkehrs nicht fehlen ließ und endlich ihrer Freude Ausdruck gab, in mir eine verständnisvolle mitfühlende Seele gefunden zu haben. Und so verheißungsvoll war der Blick, den sie zum Abschied auf mir ruhen ließ, daß mir, der ich all dies, auch den Abschiedsblick, nur in meiner Einbildung erlebt hatte, am Abend desselben Tages, da ich sie in ihrer Loge wiedersah, nicht anders zumute war, als schwebe ein köstliches Geheimnis zwischen uns beiden. Sie werden sich nicht wundern, werter Freund, daß ich, der nun einmal von der Kraft seiner Einbildung eine so außerordentliche Probe bekommen hatte, jener ersten Begegnung auf die gleiche Art bald weitere folgen ließ, und daß sich unsere Unterhaltungen von Wiedersehen zu Wiedersehen freundschaftlicher, vertrauter, ja inniger gestalteten, bis eines schönen Tages unter entblätterten Ästen die angebetete Frau in meine sehnsüchtigen Arme sank. Nun ließ ich meinen beglückenden Wahn immer weiterspielen, und so dauerte es nicht mehr lange, bis Redegonda mich in meiner kleinen, am Ende der Stadt gelegenen Wohnung besuchte und mir Seligkeiten beschieden waren, wie sie mir die armselige Wirklichkeit nie so berauschend zu bieten vermocht hätte. Auch an Gefahren fehlte es nicht, unser Abenteuer zu würzen. So geschah es einmal im Laufe des Winters, daß der Rittmeister an uns vorbeisprengte, als wir auf der Landstraße im Schlitten pelzverhüllt in die Nacht hineinfuhren; und schon damals stieg ahnungsvoll in meinen Sinnen auf, was sich bald in ganzer Schicksalsschwere erfüllen sollte. In den ersten Frühlingstagen erfuhr man in der Stadt, daß das Dragonerregiment, dem Redegondas Gatte angehörte, nach Galizien versetzt werden sollte. Meine, nein, unsere Verzweiflung war grenzenlos. Nichts blieb unbesprochen, was unter solchen außergewöhnlichen Umständen zwischen Liebenden erwogen zu werden pflegt: gemeinsame Flucht, gemeinsamer Tod, schmerzliches Fügen ins Unvermeidliche. Doch der letzte Abend erschien, ohne daß ein fester Entschluß gefaßt worden wäre. Ich erwartete Redegonda in meinem blumengeschmückten Zimmer. Daß für alle Möglichkeiten vorgesorgt sei, war mein Koffer gepackt, mein Revolver schußbereit, meine Abschiedsbriefe geschrieben. Dies alles, mein werter Freund, ist die Wahrheit. Denn so völlig war ich unter die Herrschaft meines Wahns geraten, daß ich das Erscheinen der Geliebten an diesem Abend, dem letzten vor dem Abmarsch des Regiments, nicht nur für möglich hielt, sondern daß ich es geradezu erwartete. Nicht wie sonst gelang es mir, ihr Schattenbild herbeizulocken, die Himmlische in meine Arme zu träumen; nein, mir war als hielte etwas Unberechenbares, vielleicht Furchtbares, sie daheim zurück; hundertmal ging ich zur Wohnungstüre, horchte auf die Treppe hinaus, blickte aus dem Fenster, Redegondas Nahen schon auf der Straße zu erspähen; ja, in meiner Ungeduld war ich nahe daran, davonzustürzen, Redegonda zu suchen, sie mir zu holen, trotzig mit dem Recht des Liebenden und Geliebten sie dem Gatten abzufordern,—bis ich endlich, wie von Fieber geschüttelt, auf meinen Diwan niedersank. Da plötzlich, es war nahe an Mitternacht, tönte draußen die Klingel. Nun aber fühlte ich mein Herz stillestehen. Denn daß die Klingel tönte, verstehen Sie mich wohl, war keine Einbildung mehr. Sie tönte ein zweites und ein drittes Mal und erweckte mich schrill und unwidersprechlich zum völligen Bewußtsein der Wirklichkeit. Aber in demselben Augenblick, da ich erkannte, daß mein Abenteuer bis zu diesem Abend nur eine seltsame Reihe von Träumen bedeutet hatte, fühlte ich die kühnste Hoffnung in mir erwachen: Daß Redegonda, durch die Macht meiner Wünsche in den Tiefen ihrer Seele ergriffen, in eigener Gestalt herbeigelockt, herbeigezwungen, draußen vor meiner Schwelle stünde, daß ich sie in der nächsten Minute leibhaftig in den Armen halten würde. In dieser köstlichen Erwartung ging ich zur Türe und öffnete. Aber es war nicht Redegonda, die vor mir stand, es war Redegondas Gatte; er selbst, so wahrhaft und lebendig, wie Sie hier mir gegenüber auf dieser Bank sitzen, und blickte mir starr ins Gesicht. Mir blieb natürlich nichts übrig, als ihn in mein Zimmer treten zu lassen, wo ich ihn einlud, Platz zu nehmen. Er aber blieb aufrecht stehen, und mit unsäglichem Hohn um die Lippen sprach er: ‚Sie erwarten Redegonda. Leider ist sie am Erscheinen verhindert. Sie ist nämlich tot.‘ ‚Tot‘, wiederholte ich, und die Welt stand still. Der Rittmeister sprach unbeirrt weiter: ‚Vor einer Stunde fand ich sie an ihrem Schreibtisch sitzend, dies kleine Buch vor sich, das ich der Einfachheit halber gleich mitgebracht habe. Wahrscheinlich war es der Schreck, der sie tötete, als ich so unvermutet in ihr Zimmer trat. Hier, diese Zeilen sind die letzten, die sie niederschrieb.

Bitte!‘ Er reichte mir ein offenes, in violettes Leder gebundenes Büchlein, und ich las die folgenden Worte: ‚Nun verlasse ich mein Heim auf immer, der Geliebte wartet.‘ Ich nickte nur, langsam, wie zur Bestätigung. ‚Sie werden erraten haben‘, fuhr der Rittmeister fort, ‚daß es Redegondas Tagebuch ist, das Sie in der Hand haben. Vielleicht haben Sie die Güte, es durchzublättern, um jeden Versuch des Leugnens als aussichtslos zu unterlassen.‘ Ich blätterte, nein, ich las. Beinahe eine Stunde las ich, an den Schreibtisch gelehnt, während der Rittmeister regungslos auf dem Diwan saß; las die ganze Geschichte unserer Liebe, diese holde, wundersame Geschichte,—in all ihren Einzelheiten; von dem Herbstmorgen an, da ich im Wald zum erstenmal das Wort an Redegonda gerichtet hatte, las von unserem ersten Kuß, von unseren Spaziergängen, unseren Fahrten ins Land hinein, unseren Wonnestunden in meinem blumengeschmückten Zimmer, von unseren Flucht- und Todesplänen, unserem Glück und unserer Verzweiflung. Alles stand in diesen Blättern aufgezeichnet, alles—was ich niemals in Wirklichkeit,—und doch alles genau so, wie ich es in meiner Einbildung erlebt hatte. Und ich fand das durchaus nicht so unerklärlich, wie Sie es, werter Freund, in diesem Augenblick zu finden scheinen. Denn ich ahnte mit einemmal, daß Redegonda mich ebenso geliebt hatte wie ich sie und daß ihr dadurch die geheimnisvolle Macht geworden war, die Erlebnisse meiner Phantasie in der ihren alle mitzuleben. Und da sie als Weib den Urgründen des Lebens, dort wo Wunsch und Erfüllung eines sind, näher war als ich, war sie wahrscheinlich im tiefsten überzeugt gewesen, alles das, was nun in ihrem violetten Büchlein aufgezeichnet stand, wirklich durchlebt zu haben. Aber noch etwas anderes hielt ich für möglich: daß dieses ganze Tagebuch nicht mehr oder nicht weniger bedeutete, als eine auserlesene Rache, die sie an mir nahm, Rache für meine Unentschlossenheit, die meine, unsere Träume nicht hatte zur Wahrheit werden lassen; ja, daß ihr plötzlicher Tod das Werk ihres Willens und daß es ihre Absicht gewesen war, das verräterische Tagebuch dem betrogenen Gatten auf solche Weise in die Hände zu spielen. Aber ich hatte keine Zeit, mich mit der Lösung dieser Fragen lange aufzuhalten, für den Rittmeister konnte ja doch nur eine, die natürliche Erklärung gelten; so tat ich denn, was die Umstände verlangten, und stellte mich ihm mit den in solchen Fällen üblichen Worten zur Verfügung.»

«Ohne den Versuch»—

«Zu leugnen?!» unterbrach mich Dr. Wehwald herb. «Oh! Selbst wenn ein solcher Versuch die leiseste Aussicht auf Erfolg geboten hätte, er wäre mir kläglich erschienen. Denn ich fühlte mich durchaus verantwortlich für alle Folgen eines Abenteuers, das ich hatte erleben wollen und das zu erleben ich nur zu feig gewesen.—‚Mir liegt daran', sprach der Rittmeister, ‚unsern Handel auszutragen, noch ehe Redegondas Tod bekannt wird. Es ist ein Uhr früh, um drei Uhr wird die Zusammenkunft unserer Zeugen stattfinden, um fünf soll die Sache erledigt sein.' Wieder nickt' ich zum Zeichen des Einverständnisses. Der Rittmeister entfernte sich mit kühlem Gruß. Ich ordnete meine Papiere, verließ das Haus, holte zwei mir bekannte Herren von der Bezirkshauptmannschaft aus den Betten—einer war ein Graf—, teilte ihnen nicht mehr mit als nötig war, um sie zur raschen Erledigung der Angelegenheit zu veranlassen, spazierte dann auf dem Hauptplatz gegenüber den dunklen Fenstern auf und ab, hinter denen ich Redegondas Leichnam liegen wußte, und hatte das sichre Gefühl, der Erfüllung meines Schicksals entgegenzugehen. Um fünf Uhr früh in dem kleinen Wäldchen ganz nahe der Stelle, wo ich Redegonda zum ersten Male hätte sprechen können, standen wir einander gegenüber, die Pistole in der Hand, der Rittmeister und ich.»

«Und Sie haben ihn getötet?»

«Nein. Meine Kugel fuhr hart an seiner Schläfe vorbei. Er aber traf mich mitten ins Herz. Ich war auf der Stelle tot, wie man zu sagen pflegt.»

«Oh!» rief ich stöhnend mit einem ratlosen Blick auf meinen sonderbaren Nachbar. Aber dieser Blick fand ihn nicht mehr. Denn Dr. Wehwald saß nicht mehr in der Ecke der Bank. Ja, ich habe Grund zu vermuten, daß er überhaupt niemals dort gesessen hatte. Hingegen erinnerte ich mich sofort, daß gestern abends im Caféhaus viel von einem Duell die Rede gewesen, in dem unser Freund, Dr. Wehwald, von einem Rittmeister namens Teuerheim erschossen worden war. Der Umstand, daß Frau Redegonda noch am selben Tage mit einem jungen Leutnant des Regiments spurlos verschwunden war, gab der kleinen Gesellschaft trotz der ernsten Stimmung, in der sie sich befand, zu einer Art von wehmütiger Heiterkeit Anlaß, und jemand sprach die Vermutung aus, daß Dr. Wehwald, den wir immer als ein Muster von Korrektheit, Diskretion und Vornehmheit gekannt hatten, ganz in seinem Stil, halb mit seinem, halb gegen seinen Willen, für einen anderen, Glücklicheren, den Tod hatte erleiden müssen.

Was jedoch die Erscheinung des Dr. Wehwald auf der Stadtparkbank anbelangt, so hätte sie gewiß an eindrucksvoller Seltsamkeit erheblich gewonnen, wenn sie sich mir vor dem ritterlichen Ende des

Urbildes gezeigt hätte. Und ich will nicht verhehlen, daß der Gedanke, durch diese ganz unbedeutende Verschiebung die Wirkung meines Berichtes zu steigern, mir anfangs nicht ganz ferne gelegen war. Doch nach einiger Überlegung scheute ich vor der Möglichkeit des Vorwurfs zurück, daß ich durch eine solche, den Tatsachen nicht ganz entsprechende Darstellung der Mystik, dem Spiritismus und anderen gefährlichen Dingen neue Beweise in die Hand gespielt hätte, sah Anfragen voraus, ob meine Erzählung wahr oder erfunden wäre, ja, ob ich Vorfälle solcher Art überhaupt für denkbar hielte—und hätte mich vor der peinlichen Wahl gefunden, je nach meiner Antwort als Okkultist oder als Schwindler erklärt zu werden. Darum habe ich es am Ende vorgezogen die Geschichte meiner nächtlichen Begegnung so aufzuzeichnen, wie sie sich zugetragen, freilich auf die Gefahr hin, daß viele Leute trotzdem an ihrer Wahrheit zweifeln werden,—in jenem weithin verbreiteten Mißtrauen, das Dichtern nun einmal entgegengebracht zu werden pflegt, wenn auch mit weniger Grund als den meisten anderen Menschen.

DIE HIRTENFLÖTE

I.

Ein Mann aus wohlhabender Familie, der sich als Jüngling in städtischer und ländlicher Gesellschaft vielfach umgetan und allerlei Wissenschaften und Künste als Liebhaber betrieben hatte, unternahm in reiferen Jahren Reisen in ferne Lande und kehrte erst mit ergrauenden Haaren in die Heimat wieder. In stiller Gegend am Waldesrand baute er sich ein Haus mit dem Ausblick nach der weiten Ebene und nahm die anmutige eben erst verwaiste Tochter eines Landwirts zur Frau. Eltern und Verwandte waren ihm längst gestorben, zu den Freunden von einst fühlte er sich nicht hingezogen, neue zu gewinnen lockte ihn wenig; und so gab er sich in dieser beinahe stets von einem blauen Himmel überhellten Landschaft der von ihm besonders geliebten Kunde vom Lauf der Sterne hin.

Einmal in einer schwülen Nacht, da Erasmus wie gewöhnlich im Turm seiner Beschäftigung nachgehangen, erhob sich Dunst aus den feuchten Wiesen und trübte allmählich jede Aussicht nach den himmlischen Fernen. Erasmus schritt die Treppe hinab; und früher, als er es in klaren Nächten zu tun pflegte, betrat er das eheliche Gemach, wo er seine Gattin schon schlafend fand. Ohne sie zu wecken, ließ er den Blick lange auf ihr weilen, und obgleich ihre Lider geschlossen und ihre Züge ohne Regung blieben, betrachtete er sie mit angespannter, stetig wachsender Aufmerksamkeit, als müßte er in dieser Stunde hinter der friedlich glatten Stirn das Treiben von Gedanken erkunden, die ihm bisher verborgen geblieben waren. Endlich löschte er das Licht, setzte sich auf einen Lehnstuhl am Fußende des Bettes hin, und im Schweigen der Nacht überließ er sich einem völlig ungewohnten Sinnen über das Wesen, mit dem er seit drei Jahren in ruhig unbekümmerter Ehe verbunden, und das ihm heute zum erstenmal wie eine Unbekannte erschienen war. Erst als das hohe Fenster vom aufsteigenden Frühlicht zu erschimmern begann, erhob er sich und wartete dann geduldig, bis unter seinem Blick Dionysia tief Atem holte, sich dehnte, die Augen aufschlug und ihn mit heiterem Morgenlächeln begrüßte. Da sie ihn aber mit so ungerührtem Ernste am Fußende des Bettes stehen sah, fragte sie verwundert und vorerst im scherzenden Ton: «Was ist dir denn begegnet, mein Erasmus? Hast du dich heute nacht auf dem Himmel nicht zurecht gefunden? Gab es der Wolken zu viele?

Oder entlief dir irgendein Stern in die Unendlichkeit, aus der du ihn selbst mit deinem neuen vortrefflichen Fernrohr nicht mehr zurückzuholen vermochtest?» Erasmus blieb stumm.

Dionysia richtete sich ein wenig auf, sah ihren Gatten forschend an und fragte weiter: «Warum antwortest du nicht? Ist dir etwas Übles widerfahren? Fühlst du dich krank? Oder sollte ich dich am Ende gar gekränkt haben ohne mein Wissen? Das muß ich wohl am ehesten vermuten. Denn über jede andere Unbill dich zu beruhigen oder zu trösten wäre ich ja selber da, und du bliebst mir nicht so lange die Antwort schuldig.»

Nun endlich entschloß sich Erasmus, zu sprechen. «Von dir, Dionysia», begann er, «kann mir diesmal freilich weder Beruhigung noch Trost kommen, denn mein nachdenkliches Wesen rührt eben daher, daß ich viele Stunden lang über dich nachgesonnen und mir zu gleicher Zeit bewußt ward, daß ich es bis zu dieser Nacht niemals getan hatte!»

Dionysia, auf ihre Polster gestützt, lächelte. «Und weißt du nun anders oder besser als früher, daß du eine zärtliche, treue und glückliche Frau dein eigen nennst?»

«Es ist wohl möglich», entgegnete Erasmus trüb, «daß du das wirklich bist; das Schlimme ist nur, daß ich es nicht wissen kann und daß du es ebensowenig wissen kannst als ich.»

«Was sprichst du da? Woher kommen dir mit einem Male solche Zweifel?»

«Das will ich dir sagen, Dionysia. Niemals war mir niemals dir selbst, die früher im Frieden ihres väterlichen Hauses und jetzt an meiner Seite still dahingelebt hat, Gelegenheit gegeben, dich kennen zu lernen. Woher also nimmst du, woher nehme ich das Recht, überzeugt zu sein, daß deine Zärtlichkeit Liebe, deine Unbeirrtheit Treue, das Gleichmaß deiner Seele Glück bedeuten, und sich auch im Drang und Sturm eines bewegteren Lebens so bewähren würden?»

Nun nickte Dionysia wie beruhigt. «Glaubst du wirklich», fragte sie, «daß bisher noch niemals Versuchungen an mich herangetreten sind? Habe ich dir etwa verschwiegen, daß sich, ehe du meine Hand begehrtest, andere Männer um mich beworben haben, jüngere, ja sogar weisere als du? Und ohne dein Erscheinen vorhersehen zu können, mein teuerer Erasmus, habe ich sie alle ohne Bedenken abgewiesen. Und auch in diesen Tagen, wenn an unserm Gartenzaun Wanderer vorbeiziehen, sehe ich in ihren jungen Augen gar oft gefährliche Fragen und Wünsche glühen. Keinem hat mein Blick je Antwort gegeben. Und sogar die fremden Gelehrten, die sich mit dir über die Kometen kommender Jahrhunderte unterhalten, versäumen selten eine Gelegenheit, durch Augenspiel und Lächeln mir anzudeuten, daß meine Huld ihnen werter wäre als alle Kunde von Sonne, Mond und Sternen. Habe ich einem von ihnen jemals andere Höflichkeit erwiesen, als sie eben Gästen geziemt, die an unserem Tische speisen?»

Spöttisch erwiderte Erasmus: «Du bildest dir gewiß nicht ein, Dionysia, daß du mir, der ich die Menschen kenne, mit diesen deinen Worten etwas Neues erzählt hast. Aber wenn dein Betragen auch immer ohne Fehler gewesen ist, weiß ich darum, und weißt du es selbst, Dionysia, ob deine Unnahbarkeit den wahren Ausdruck deines Wesens vorstellt;—oder ob du nur deshalb allen Werbungen widerstanden hast, und dich entschlossen glaubst, ihnen auch in Zukunft zu widerstehen, weil du bisher gar nie auf den Gedanken kamst, daß es anders sein könnte, oder weil du insgeheim fürchtest, der gewohnten Behaglichkeit deines Daseins für alle Zeit verlustig zu werden, wenn du je versuchtest, dich über die Gebote ehelicher Sitte hinwegzusetzen?»

«Ich verstehe nicht», rief Dionysia betroffen, «was du mit alldem sagen willst? Ich habe nicht die geringste Lust, dergleichen zu versuchen und versichere dich, daß ich mich in meinem jetzigen Zustand vollkommen zufrieden und glücklich fühle.»

«Daran zweifle ich nicht, Dionysia. Aber verstehst du denn noch immer nicht, daß mir das gar nichts mehr bedeutet, nichts bedeuten kann, nun, da mir in stiller Nachtstunde die Einsicht geschenkt ward, daß das tiefste Geheimnis deiner Seele noch verborgen und unerweckt in dir ruhen mag? Um aber die Ruhe wiederzufinden, die mir sonst für ewig verloren wäre, ist es unerläßlich, daß dieses Geheimnis ans Licht gebracht werde; und darum Dionysia, habe ich beschlossen, dich frei zu geben.»

«Mich frei zu geben?» wiederholte Dionysia ratlos mit weitgeöffneten Augen.

Unbeirrt fuhr Erasmus fort: «Höre mich wohl an, Dionysia, und versuche mich zu verstehen. Von diesem Augenblick an begebe ich mich aller Rechte auf dich, die mir bisher eingeräumt waren: des Rechts, dich zu warnen, dich zurückzuhalten, dich zu strafen. Ja, ich verlange vielmehr, daß du jeder Neugier, die sich in dir regt, jeder Sehnsucht, die dich lockt, ohne Zögern Folge leistest, wohin sie dich auch führe. Und zugleich schwöre ich dir, Dionysia: du magst von hier gehen, wohin du willst, mit wem du willst—wann du willst, magst heute heimkommen oder in zehn Jahren—als Königin oder Bettlerin, unberührt oder als Dirne—du wirst jederzeit dein Gemach, dein Bett, dein Gewand in diesem Haus bereit finden, wie du sie verlassen; und von mir, der weiter hier verweilen, aber nicht deiner warten wird, für alle Zukunft keinen Vorwurf oder auch nur eine Frage zu fürchten haben.»

Dionysia streckte sich ruhig im Bette hin, die Hände über dem Haupt verschlungen und fragte: «Ist es Ernst oder Scherz, was du hier sprichst?»

«Es ist so völlig Ernst, Dionysia, daß nichts auf dieser Welt, keine Bitte und kein Flehen mich bewegen könnten, die Worte, die ich eben gesprochen, wieder zurückzunehmen. Versteh mich also wohl, und nimm's in seiner ungeheuersten Bedeutung, Dionysia, du bist frei.» Und er wandte sich wie zum Abschied von ihr fort.

In demselben Augenblick warf Dionysia die Decke ab, eilte zum Fenster, riß es auf, und wäre Erasmus nicht herzugeeilt, so hätte sie im nächsten Augenblick zerschmettert in der Tiefe liegen müssen.

«Unglückliche!» rief er aus, die Zitternde in den Armen haltend, «was wolltest du tun?»

«Ein Leben enden, das mir nichts mehr wert ist, da ich dein Vertrauen verloren habe.»

Erasmus' Lippen berührten die Stirne der Gattin, die in seinen Armen die Besinnung zu verlieren schien, und er atmete tief.

Mit einem Male lösten sich aus dem Schweigen des Tales, das im Morgengrauen dalag, liebliche Töne. Dionysia öffnete die Augen, sie horchte auf, und ihre Züge, eben noch wie in verzweifelter Müdigkeit erschlafft gewesen, spannten neu sich an. Erasmus gewahrte es und entließ Dionysia sofort aus seiner Umarmung. «Erkennst du, was eben zu uns heraufklingt?» fragte er. «Es sind die Töne einer Hirtenflöte. Und siehe, ohne daß du es dir gestehen möchtest, ja, ohne daß du dir dessen so recht bewußt wärst, regt sich in dir, die soeben bereit war in den Tod zu gehen, die Neugier, zu erfahren, an welchen Lippen die Flöte ruht, der diese Töne entklingen. So ist es denn Zeit für dich, Dionysia, ganz zu erfassen, was du früher vielleicht nicht fassen konntest: daß du frei bist. Folge dieser ersten Lockung, die an dich ergeht—und jeder andern, die noch kommen mag, gerade so wie dieser. Zieh hin, Dionysia, dein Schicksal zu erfüllen, ganz du selbst zu sein.»

Mit wehem Erstaunen wandte Dionysia den Blick ihrem Gatten zu.

«Zieh hin», wiederholte Erasmus entschiedener als vorher. «Dies ist mein letzter Befehl an dich. Vielleicht bedeutet dieser Flötenton die einzige Lockung, der zu unterliegen du bestimmt bist, vielleicht die erste nur von wenigen oder vielen. Vielleicht ruft eine andere dich in der nächsten Stunde schon zurück nach Hause, vielleicht erscheinst du in Jahren, vielleicht niemals wieder. Des einen aber sei eingedenk: wann du auch wiederkehrest und mit welchen Erinnerungen beladen, —Bett, Gewand und Wohnstatt warten deiner; keine Frage und kein Vorwurf wird dich kränken, und ich selbst werde dich nicht anders empfangen als an dem Abend, da du als meine junge Gattin über diese Schwelle tratest. Und nun, Dionysia, leb wohl.» Mit diesen Worten und einem letzten Blick wandte er sich ab, schritt zur Tür hin, schloß sie hinter sich ab und wandelte langsam die Treppe hinauf, nach seinem Turmgemach. Noch nicht lange stand er oben an der kleinen Fensterluke, die Augen talwärts gewandt, als er sah, wie seine Gattin in einem seltsam schwebenden Gang, den er nie an ihr gekannt hatte, über die Wiese eilte, dem nahen Walde zu, aus dessen Schatten das Flötenlied ihr entgegenklang. Bald verschwand sie unter den Bäumen, und in der nächsten Minute hörte Erasmus die Flöte verstummen.

II.

Der junge Hirte, der unter einem Baum liegend durch die Blätter zum Blau des Himmels emporgeblinzelt hatte, ließ die Flöte von den Lippen sinken, als er ein Rauschen in seiner Nähe vernahm. Er war nicht wenig erstaunt, da er eine junge Frau im weißen, wallenden Nachtgewand mit bloßen Füßen vor sich im Moose stehen sah. «Was willst du?» fragte er. «Warum blickst du mich so böse an? Ist es etwa nicht gestattet, hier zu früher Stunde Flöte zu blasen? Habe ich dich aus deinem Morgenschlummer erweckt? So wisse, ich bin es gewohnt, mit der Sonne aufzustehen und zu blasen, wann es mir beliebt. Und dabei wird es bleiben, das glaube mir.» Mit diesen Worten schüttelte der Hirte das Haupt, so daß die Locken flogen, streckte sich wieder der Länge nach hin, blinzelte in die Höhe und setzte die Flöte an den Mund.

«Wer bist du?» fragte Dionysia bewegt.

Ärgerlich setzte der Jüngling die Flöte ab und erwiderte: «Es dürfte nicht schwer zu merken sein, daß ich ein Hirte bin.» Und er blies weiter.

«Wo ist deine Herde?» fragte Dionysia.

«Siehst du es nicht dort zwischen den Baumstämmen weiß zu uns herschimmern? In jener Lichtung weiden meine Schafe. Aber ich rate dir nicht, nahe hinzugehen, denn sie sind scheu und fliehen nach allen Windrichtungen, wenn sie Fremde in ihrer Nähe spüren.» Und wieder wollte er die Flöte an seine Lippen setzen.

«Wie kommst du in diese Gegend?» fragte Dionysia. «Ich kenne dich nicht.»

Jetzt sprang der Jüngling auf und erwiderte zornig: «Ich ziehe mit meiner Herde durch das ganze Land. Den einen Tag bin ich hier, den zweiten dort, den dritten anderswo, und daher habe ich schon allerlei erlebt. Aber das ist mir wahrlich noch nie vorgekommen, daß in aller Morgenfrühe Damen im Nachtgewand vor mir im Moose stehen und mich um Dinge fragen, die sie nichts kümmern, just wenn ich die Flöte blasen und in die junge Sonne blinzeln will.» Er maß Dionysia verächtlich vom Kopf bis zu den Füßen, setzte die Flöte an den Mund und spazierte blasend davon, der schimmernden Lichtung zu. Da schämte sich Dionysia ihrer bloßen Füße und ihres Nachtgewandes, und sie wandte sich, um nach Hause zu gehen. Während aber die Töne immer ferner klangen, fuhr es ihr durch den Sinn: der freche Knabe! Ich möchte seine Flöte zerbrechen. Und es fiel ihr ein, daß sie nicht das Recht hatte nach Hause zurückzukehren, ehe sie diesem Wunsche nachgegeben, und eilends folgte sie den Flötentönen durch den Wald. Das Geäst schlug über ihrer Stirn zusammen, die Blätter blieben ihr im offenen Haar hängen und Wurzelwerk schlang sich um ihre Füße. Sie aber kehrte sich nicht daran, brach die Zweige, die ihrem Schreiten hinderlich waren, mit ihren feinen Fingern, entwand sich dem Erdgeflecht und schüttelte die Blätter aus ihrem Haar. Als sie aus dem Wald heraustrat, senkte sich die grüne Wiese vor ihr mit blauen, roten und weißen Blumen, und jenseits, wo der Wald wieder anfing, stand der Hirt mitten unter seinem schimmernden Getier, und seine Locken leuchteten im Sonnenglanz. Er sah Dionysia herankommen, runzelte die Brauen und wies die Nahende mit befehlender Gebärde von dannen. Sie aber ließ sich nicht abhalten, schritt gerade auf ihn zu, nahm dem Staunenden die Flöte aus der Hand, brach sie entzwei und schleuderte ihm die Stücke vor die Füße hin. Jetzt erst schien er zur Besinnung zu kommen, packte Dionysia an den Handgelenken und wollte sie zu Boden werfen. Sie wehrte sich, stemmte sich ihm entgegen, seine Augen glühten zornig in die ihren, sein hastender Atem fauchte ihr über die Stirn. Er preßte die Lippen zusammen, sie lachte: plötzlich ließ er ihre Hände frei und umfaßte ihren Leib mit beiden Armen. Heftig wallte es in ihr auf, und sie wollte sich ihm entreißen. Aber da er sie immer mächtiger an sich heranzog, drängte sie selbst sich ihm entgegen, ermattete, sank aufs Gras und mit ungeahnter Wonne gab sie sich seinen grimmigen Küssen hin.—

Manche Tage wandelte sie nun mit dem Hirten und seiner Herde durchs freie Land. In den heißen Mittagsstunden ruhten sie im Schatten der Bäume, nachts schliefen sie auf einsam weiten Auen. Die Herde, sonst gewohnt, einem Flötenspiel zu folgen, das nun für immer verstummt schien, verlief sich allmählich, und am Ende hüpfte nur mehr ein kleines Lämmchen neben dem Paare einher.

Da kam nach hundert Sonnentagen und hundert Sternennächten an einem trüben Morgen ein rauher Wind über die Wiese gesaust, auf der die Liebenden geschlafen hatten, und Dionysia erwachte schaudernd. «Wach auf», rief sie über den Hirten hin, «erhebe dich, mich friert. Fern im Morgennebel sehe ich Häuser liegen; hier läuft der Weg hinab, gehe rasch, kaufe mir Schuhe, Kleid und Mantel.»

Der Hirte stand auf, trieb das letzte Lämmchen vor sich her, verkaufte es in der Stadt, und für den Erlös brachte er Dionysia, was sie gewünscht hatte. Als Dionysia neu gekleidet war, streckte sie sich wieder auf den Boden hin, kreuzte die Arme über ihrem Haupt und sagte: «Nun möchte ich gerne wieder einmal etwas auf der Flöte spielen hören.»

«Ich habe keine Flöte mehr», erwiderte der Hirte. «Du hast sie mir zerbrochen.»

«Du hättest sie fester halten sollen», erwiderte Dionysia. Dann sah sie um sich und fragte: «Wo ist denn unser silberwolliges Gefolge?»

«Es hat sich verlaufen, da es mein Flötenspiel nicht mehr hörte», antwortete der Jüngling.

«Warum hast du nicht besser achtgegeben?» fragte Dionysia.

«Ich habe mich um nichts gekümmert als dich», erwiderte der Jüngling.

«Heute Morgen sah ich ja noch ein Lämmchen neben uns ruhn.»

«Das hab' ich verkauft, um dir Schuhe, Kleid und Mantel zu bringen.»

«Wärst du mir nicht gehorsam gewesen», sagte Dionysia ärgerlich, erhob sich und wandte sich ab.

«Wohin willst du denn?» fragte der Hirte schmerzlich erstaunt.

«Nach Hause», erwiderte Dionysia, und sie fühlte ein leises Sehnen nach Erasmus.

«Das ist ein weiter Weg», sagte der Hirte, «allein findest du nicht zurück, ich will dich begleiten.»

«Das könnte mir fehlen, daß ich den weiten Weg zu Fuße gehe.»

In diesem Augenblick fuhr unten auf der Landstraße ein Wagen vorüber. Dionysia rief laut und winkte mit der Hand. Aber der Kutscher kümmerte sich nicht darum, hieb auf die Pferde ein und trieb sie vorwärts. Dionysia rief noch lauter. Da neigte sich jemand aus dem Wagenfenster und wandte sich nach der Richtung, aus der die Stimme tönte. Als er der schönen Frau gewahr wurde, befahl er dem Kutscher zu halten, stieg aus dem Wagen und ging Dionysia entgegen, die die Wiese heruntereilte.

«Was willst du?» fragte er. «Warum hast du gewinkt und gerufen?»

«Ich bitte dich», erwiderte Dionysia, «gönne mir einen Platz in deinem Wagen und führe mich in meine Heimat.» Und sie nannte ihm den Ort, wo das Haus ihres Gatten stand.

«Gern will ich deinen Wunsch erfüllen, wunderschöne Frau», erwiderte der Fremde, «aber es ist weit in deine Heimat, und da ich eben erst von einer Reise heimkehre, muß ich auf einen Tag nach Hause, um nach meinen Geschäften zu sehen. Doch sollst du mir in meinen Räumen willkommen sein, und ehe du dich auf die Heimreise begibst, dürfte ein Tag und eine Nacht der Ruhe dich wohl erquicken.»

Dionysia war es zufrieden, der Reisende öffnete höflich den Wagenschlag, ließ die junge Frau einsteigen, die sich in die Ecke lehnte, ohne sich noch einmal umzuwenden und nahm an ihrer Seite Platz. Die Kutsche setzte sich in Bewegung. Sie fuhr zuerst auf der Landstraße zwischen grünem Gelände, dann zwischen kleinen wohlgehaltenen Häusern weiter.

«Wo sind wir?» fragte Dionysia.

«Was du hier siehst», erwiderte der Fremde, «ist alles mein. Ich baue Maschinen für das ganze Land, und in den Dörfern, durch die wir fahren, wohnen die Arbeitsleute, die mir dienen.» Während er diese Worte sprach, betrachtete Dionysia ihn aufmerksamer, und sie sah, daß seine schmalen Lippen von verhaltener Kraft schwollen und seine hellen Augen stolz und wie unerbittlich vor sich hinblickten.

Mit Anbruch der Nacht hielt die Kutsche vor einem schloßartigen Gebäude. Das Tor öffnete sich. Eine marmorweiße Halle strahlte von vielen Lichtern wider. Auf den Ruf ihres Herrn erschien das Mädchen, geleitete Dionysia in ein behaglich ausgestattetes Gemach, war ihr beim Auskleiden behilflich und wies ihr dann den anstoßenden kristallblauen Raum, wo ein Bad bereitet war, in dessen laue Fluten Dionysia mit Behagen tauchte. Nachher erschien das Mädchen wieder und fragte Dionysia, ob sie allein oder in Gesellschaft des Herrn zu speisen wünsche. Dionysia erklärte, heute für sich bleiben zu wollen, denn schon wußte sie, daß sie lange genug hier verweilen würde, um ihren Gastgeber so nahe kennenzulernen, als es sie gelüstete.—

III.

Es war Herbst gewesen, da Dionysia in das Schloß gekommen war; das Frühjahr nahte, und noch weilte sie, doch längst nicht mehr als Gast, sondern als Gefährtin des Hausherrn, und als Herrin des Hauses. Von ihrem Balkon aus war der Blick frei auf weites hügeliges Land. Aus fernen Talmulden ragten Schlote auf, der Wind brachte das Geräusch von Räderschnurren und Hämmerschlag, und an dunklen Abenden verglühten über den Rauchfängen hastige Funken in den Lüften. Nah ans Schloß gerückt, eng aneinandergedrängt und von ärmlichen Gärtchen umgeben, standen Wohnhäuser in langen Reihen, aber ein dichter Wald hielt auch die nächsten vom Schlosse ab. Hinter den letzten Maschinenhäusern strebte Ackerland hügelaufwärts und senkte sich wieder nach unsichtbaren Ebenen, doch verrieten ferne Rauchsäulen, daß auch jenseits der Hügel ein Bezirk der Arbeit sich dehnte. Das Schloß selbst stand in einem Park, der sich so weithin streckte, daß Dionysia, die sich täglich darin zu ergehen pflegte, noch in den letzten Wintertagen ihr unbekannt gebliebene Stellen entdeckte. Zuweilen um die Mittagsstunde oder des Abends begleitete sie auf ihren Spaziergängen der Gutsherr, und sie erfuhr von ihm, daß noch vor kaum zwei Jahrzehnten dieser Park eine Art von Urwald gewesen, daß an der Stelle des Schlosses ein kleines Haus gestanden, und daß unten, wo jetzt hundert Schlote rauchten, unter Bauernhütten eine einzige arme Schmiede Arbeit verrichtet hatte. Aber alles, was seither ringsum entstanden war, sollte nicht mehr zu bedeuten haben als den Anfang größeren Werkes. Schon rührte es sich an den Gemarken des freien Hügellandes, sumpfige Stellen wurden trocken gelegt, Bächen wurde durch Wehr und Damm Widerstand und neue Kraft gegeben, Wälder wurden ausgeholzt, im nächsten Sommer sollte eine Riesenhalle fertig stehen, um die Modelle aller Maschinen aufzubewahren, die jemals von hier in die Welt gegangen waren und noch gehen sollten.

Oft erschienen Gäste auf dem Schloß; Erfinder, Baumeister, Abgesandte des Fürsten, Bevollmächtigte fremder Staaten. Einige schieden befriedigt und leichtgemut, andere unlustig und betroffen. Des Gutsherrn Wort aber schien stets von gleichem Ernst und Gewicht, und immer fühlte Dionysia, daß keiner der Gäste einen Vorteil über ihn zu gewinnen vermocht hatte, daß er klüger und stärker gewesen war als die andern alle.

Manchmal durfte sie selbst an seiner Seite zwischen glühenden Hämmern und schnurrenden Rädern, schlürfenden Seilen und brausenden Röhren einhergehen. Auch die Kanzleiräume blieben ihr nicht fremd, wo Zeichnungen und Entwürfe auflagen, Briefe empfangen und abgesandt und die Bücher des Hauses geführt wurden. Mit jedem Schreiber und jedem Arbeiter schien der Gutsherr sich zu beraten, überall war er Lehrer und Lernender zugleich; aber aus welcher Türe er auch trat, stets wußte er sicherer Bescheid darüber, was in dem eben verlassenen Raum gedacht und geschaffen wurde, als diejenigen, die ihre ganzen Tage dort verbrachten. An manchen Abenden ließen Künstler des Gesangs und verschiedener Instrumente sich hören, ja eine vorzügliche Schauspielgesellschaft gab etliche Male im Schloß ihre Vorstellungen, zu der aus der Umgebung und auch aus dem weiteren Umkreis sich Zuschauer einfanden. So war dafür gesorgt, daß keine Stunde für Dionysia auch nur von der Ahnung einer möglichen Leere durchweht war, und doch blieb ihr das Recht der Einsamkeit durchaus gewahrt. Der Gutsherr selbst versäumte es nie anzufragen, ob seine Gesellschaft erwünscht sei, und wenn es Dionysia gefiel, sich allein auf Spaziergänge zu begeben, so bedurfte es nur eines Winks, um jede Begleitung von ihrer Seite zu weisen.

Einmal zu Sommerbeginn, als sie durch ein Dörfchen spazierte, das, wiewohl drei Stunden entfernt, noch immer den Ländereien des Gutsherrn zugerechnet wurde, lief ihr ein blasses kleines Mädchen entgegen und flehte mit ausgestreckten Händen um einen Bissen Brot. Dionysia, befremdet, schüttelte den Kopf und war geneigt, das Kind für ein vorlaut bettelhaftes Geschöpf anzusehen, an denen es am Ende auch hier nicht mangeln mochte; da machte ein traurig ängstlicher Blick aus den Augen des Mädchens sie nachdenklich, und sie beschloß im Hause selbst Nachschau zu halten. Eine nicht mehr junge Frau stand im Vorraum, ein Kind auf dem Arm, zwei andere spielten auf dem Fußboden mit Holzstückchen und Obstkernen. Auf Dionysias Frage erwiderte die Frau, daß jene bettelnde Kleine heute nichts anderes genossen hätte, als ein halbes Gläschen Milch; ohne weitere Fragen abzuwarten, ließ sie ihren Klagen freien Lauf, und so erfuhr Dionysia, daß hier im Ort zumindest innerhalb der mit Kindern gesegneten Familien Mangel und Sorge zu Hause wären. Dionysia, höchst betroffen, ließ all ihr Geld zurück und eilte nach Hause, um den Geliebten von diesen Zuständen in Kenntnis zu setzen, an denen ihrer Überzeugung nach nur Untreue und böser Wille untergeordneter Beamten Schuld tragen konnten. Der Gutsherr klärte sie auf, daß selbst innerhalb der einfachsten, scheinbar gleichmäßigsten Verhältnisse das Schicksal der einzelnen je nach persönlichen Eigenschaften und allerlei Zufälligkeiten sich höchst verschieden zu gestalten pflegte, und riet ihr, sich um dergleichen Dinge fernerhin nicht zu kümmern. Sie erklärte sich außerstande diesem Rat zu folgen, vielmehr erbat sie die Erlaubnis, auf ihre Art und soweit ihre Kräfte reichten, die Mißstände, unter denen ja nicht die Schuldigen allein litten, aufheben oder wenigstens verbessern zu dürfen. Der Gutsherr hatte nichts dagegen, daß sie die Summen, die ihr reichlich zur Verfügung standen, nach Gutdünken verwendete, und erhob auch keinerlei Einspruch gegen die Nachforschungen und Wanderungen, die sie schon vom nächsten Tage an zu unternehmen begann. Bald gewahrte sie, daß mehr zu helfen not tat, als sie je geahnt hätte und daß auch dort, wo die Gegenwart keine Sorgen zu bergen schien, eine düstere und ungewisse Zukunft herandrohte. Wo aber die Leute sich leidlich behagten, dort war es gerade die unbewußte Hoffnungslosigkeit ihres Daseins, die Dionysia mit Verwunderung und Kummer erfüllte. Es kam endlich dahin, daß sie ihren eigenen Überfluß wie ein Unrecht an jenen empfand, denen selbst das Notwendige versagt war, und wenn sie auch hier und dort von einem Tag auf den andern ein Schicksal günstiger zu gestalten imstande war, sie begriff bald, daß sie die Ordnung des Staates, ja die Gesetze der Welt hätte ändern müssen, um vollkommen nur für die Dauer zu helfen. Kummervoll stellte sie ihre Wanderungen ein, und weder die Vergnügungen der Geselligkeit, die ihr zahlreicher und lebhafter geboten waren als je, noch die Zärtlichkeiten ihres Geliebten konnten ihre Schwermut besiegen.

Zu dieser Zeit meldeten Gerüchte eine wachsende Unzufriedenheit der arbeitenden Bevölkerung, und der Gutsherr, ohne ein Wort des Vorwurfs, verhehlte Dionysia nicht, daß gerade sie an solcher in dieser Gegend bisher nicht erhörten Bewegung, nicht minder durch ihre früher geübte Wohltätigkeit als durch deren unerwartete Einstellung mitschuldig sein mochte. Abgesandte erschienen im Schlosse, Erhöhung der Löhne und Herabsetzung der Arbeitszeit zu fordern; und einiges, im Verhältnis wachsenden eigenen Wohlstandes vermochte der Gutsherr zu gewähren. Eine Beruhigung trat ein, die nicht lange anhielt. Neue, immer lebhaftere Forderungen wurden erhoben, denen Erfüllung versagt werden mußte. Die Unruhe stieg an, wandte sich in Erbitterung, in einzelnen Gebieten wurde die Arbeit unterlassen, bald zwangen die Aufständischen auch dort dazu, wo man bisher noch weitergeschafft hatte; es kam zu Gewalttätigkeiten, der Gutsherr sah sich genötigt, die Regierung um Unterstützung anzugehen, Soldaten rückten herbei, der Grimm stieg, und Kämpfe erfolgten, mit Opfern auf beiden Seiten. Bald aber war der Sieg der Staatsgewalt völlig erklärt, einige Führer der Bewegung wurden ins Gefängnis geworfen, andere entlassen, neue Arbeitskräfte, die von überall zuzogen, aufgenommen, und es dauerte nicht lange, so rollten die Räder, rauchten die

Schlote und keuchten die Maschinen rings im Gelände wie zuvor. In jenen schweren Zeiten hatte Dionysia sich stille verhalten. Sie bangte um den Gutsherrn, der stets im Bannkreis der höchsten Gefahr zu finden war, zugleich aber jammerte sie das Los der Schwachen, deren Auflehnung sie besser zu begreifen vermeinte, als irgendwer. Wie immer die Entscheidung fallen sollte, Dionysia sah vorher, daß sie ihr keine Beruhigung bringen konnte; und am Tage der Entscheidung, da der Geliebte als Sieger in sein Schloß zurückgekehrt war, traf er Dionysia nicht mehr an. Arm und frei, wie sie gekommen, hatte sie den Weg nach der Heimat angetreten in der festen Meinung, daß nun keine Lockung mehr ihrer harren könnte.

IV.

Die Bewegung, die an dem Orte, dem Dionysia den Rücken wandte, niedergeworfen schien, war nach anderen, näheren und ferneren, um so entschiedener weitergerückt, ergriff immer neue Kreise, verbreitete sich durch das ganze Land, so daß bald nicht nur die Arbeiter gegen die Fabrikherren, sondern auch die Armen gegen die Begüterten, die Abhängigen gegen die Freien, die Bürger gegen den Adel in Aufruhr standen. So geschah es, daß Dionysia schon am dritten Tag ihrer Wanderung in eine Art von Feldlager geriet, unter eine Rotte von Männern, Frauen, Halberwachsenen, Kindern, die zum Teil mit den sonderbarsten Waffen versehen waren. Man hielt die wohlgekleidete Reisende an; sie erklärte, daß sie auf dem Weg nach ihrer Heimat begriffen sei, und, wie sie leicht beweisen konnte, nicht mehr Geldes bei sich trug, als für die notwendigsten Bedürfnisse eben ausreichte. Ein älterer Mann, der sich ihrer gleich gegen die unziemlichen Späße der Jüngeren angenommen, gab ihr zu bedenken, daß die Straßen unsicher wären, und sie am Ende froh sein müßte, gerade hier angehalten worden zu sein, wo trotz aller erlittenen Unbill die Sehnsucht nach Rache noch nicht in blindwütige Zerstörungs- und Mordlust ausgeartet wäre. Er riet ihr, vorläufig hier Rast zu halten, wo man sie bis auf weiteres jeden Schutzes versichern wollte, statt eine Reise fortzusetzen, auf der ihr, als einer allein wandernden schönen jungen Frau nicht allein die Gefahr des Todes drohen mochte. Dionysia gehorchte dem Rat um so williger, als sie unschwer vorhersehen konnte, wie übel man einen Widerstand aufnehmen würde, und merkte bald, daß sie sich wohl unter entschlossenen, doch nicht unbesonnenen Menschen befand. Es waren Bergleute, die ihr Leben bis vor wenigen Tagen in der Düsternis und dem Todesatem ungeheurer Gruben verbracht hatten, und die ganze nachtgewohnte Schar, als hätte das Licht des Himmels ihr Blut und Sinne berauscht, war der kühnsten Hoffnungen voll. Sie rechneten alle auf die Niederlage der Mächtigen, denen sie bisher Frondienst geleistet, auf die Einsicht und Bundesbrüderschaft der Vernünftigen und auf das Erstehen eines Reichs der Gleichheit und Gerechtigkeit. Dionysia aber, als fühlte sie sich durch höhere Fügung an den ihr angemessenen Ort gestellt, gab sich als Gleichgesinnte zu erkennen und erklärte sich bereit, mit ihren neuen Gefährten zu tragen, was diesen bestimmt sein mochte, Sieg oder Untergang.

Die erste Nacht schlief sie unbehelligt in dem abgeschiedenen Lager der Frauen und Kinder. Am nächsten Tag hielten die Männer Beratung ab; und bald schwirrte es rings von Widerspruch und Streit. Die einen hielten es für das klügste, mit den zaggewordenen Behörden in Unterhandlungen einzutreten, andere, ungeduldig, schlugen vor, ohne weiteren Aufschub in die nächste Stadt nach Feindesart einzubrechen. Am Ende wurde beschlossen, Leute nach benachbarten aufständischen Gruppen auszusenden, um vorerst zu erfahren, wie da und dort die Dinge stünden. Die Boten gingen, keiner von ihnen kam abends wieder, keiner am nächsten Morgen. Die Zurückgebliebenen ahnten Schlimmes. Zu Mittag setzte sich der ganze Haufe in Bewegung, Männer, Frauen und Kinder. Am Horizont erschienen Rauchsäulen und roter Feuerschein. Man durchwanderte eine weite, kahle Ebene, wo es an Wasser und Nahrung mangelte. Man zog durch armselige, beinahe menschenleere Dörfer, brach in Keller und Gehöfte ein, wo Weine und Eßwaren, freilich nicht in ausreichendem Maße, erbeutet wurden. Durstige fielen über Berauschte, Hungrige über Gesättigte her. Die Ordnung war aufgelöst, Frauen und Männer lagerten in der Nacht durcheinander. Ein junger, hagerer Mensch, der sich Dionysia schon auf der Wanderung angeschlossen hatte, näherte sich ihr, zog sie mit sich, und im Gebüsch umschlang er sie mit gierigen Armen. Sie gehörte ihm diese eine Nacht, am Morgen darauf kannte er sie nicht mehr, und auch er verschwand für sie als ein Gleichgültiger in der Menge. Die Wanderung ging weiter, an rauchigen Gehöften und niedergebrannten Dörfern vorbei, durch ausgestorbenes und verwüstetes Land. Endlich machte die Schar Halt vor den dunklen schweigenden Mauern einer Stadt mit verschlossenen Toren. Niemand wußte, was der morgige Tag bringen konnte; Himmel und Erde hüllten sich in Geheimnis; keine Fackel wurde entzündet, Schweigen lastete über der dunklen Menge. Plötzlich aus der Finsternis tönte ein schrilles Lachen, als gälte es, das Furchtbare zu durchbrechen, das nicht länger zu ertragen war. Dem Lachen folgte ein wütender Schrei, dem Schrei ersticktes Stöhnen, wehes Heulen und wieder Gelächter. Männer und Frauen hatten sich durcheinander, aneinander gedrängt, jeder nahm, die ihm am nächsten war, keine leistete Widerstand; denn alle wußten mit einemmal, daß morgen alles zu Ende war. Dionysia wurde von einer ungeheuren Angst erfaßt. Es gelang ihr, zwischen gierig greifenden Händen, heißtrockenen Atemzügen immer weiter hindurchzufliehen und endlich zu entkommen. Die ganze Nacht kauerte sie, in ihren zerrissenen Mantel gehüllt, im Schatten eines Mauervorsprungs, wo das Stöhnen und Schreien und Lachen nur heiser und verhallend zu ihr drang. Plötzlich, im ersten Morgengrauen, sprangen die Tore der Stadt auf. Bewaffnete stürmten hervor, fielen über die Ermatteten, Verwüsteten, Schlaftrunkenen; über Männer und Weiber her, hieben sie zusammen und jagten, was je nach Laune ihr Mordstahl verschonte, in die Stadt hinein. Dionysia war unter diesen; und schon bei Sonnenaufgang lag sie mit Hunderten anderer Frauen in einem Festungshof hinter zugeschmettertem Tor. Das Fieber schüttelte sie, sie verfiel in wüste, unfaßbare Träume, endlich verließen sie die Sinne.

V.

In einem weißen geräumigen Zimmer erwachte sie. Eine Wartefrau saß ihr zu Häupten, von ihr erfuhr sie, daß sie aus dem Gefängnis hierher gebracht worden und viele Tage ohne Bewußtsein gelegen sei. Zugleich hörte sie, daß der Aufruhr im Lande niedergeworfen war, daß viele der Schuldigen im Kerker schmachteten und einige hingerichtet worden waren. Und endlich erzählte ihr die Wärterin, daß ein junger gräflicher Offizier für sie die Haftung übernommen hätte, da es ihm nach ihrem ganzen Aussehen zweifellos erschienen, daß sie unverschuldet und nur durch eine sonderbare Fügung unter die Aufständischen und Gefangenen geraten war; und mit bedeutungsvollem Lächeln fügte die Wärterin hinzu, daß der Graf täglich käme, sich nach ihr zu erkundigen, oft lange Zeit an ihrem Bett verweilt und sie bewegt betrachtet hätte. Ein alter Arzt trat ins Krankenzimmer, zeigte sich nicht sonderlich erstaunt, Dionysia bei Bewußtsein zu finden, da er diesen Umschwung für den heutigen Tag erwartet hätte, nahm eine Untersuchung der Leidenden vor, vermied mit deutlicher Absicht jede Frage nach Dionysias Herkunft und Schicksal und stellte baldige vollkommene Genesung in Aussicht. Dann erhob er sich, verabschiedete sich mit auffallender Höflichkeit und traf am Ausgang mit einem jungen Mann in glänzender Uniform zusammen, dem er freundlich, aber bestimmt, den Eintritt zu verweigern schien, worauf sich hinter beiden die Türe schloß. Doch hatte Dionysia Zeit genug gehabt, einen lebhaften Blick aus hellen Mannesaugen aufzufangen, und sie erinnerte sich wie aus einem Traum, daß diese selben Augen auf ihr geruht hatten, als sie fiebernd und sinnverlassen zwischen ragenden Lanzen durch hallende Straßen in das Gefängnis geführt worden war.

Von Tag zu Tag fühlte sie sich kräftiger werden; allmählich stellte sich auch wieder die Klarheit des Denkens ein, und noch immer sah sie niemanden, außer der Wärterin und dem Arzt, der in einer gewissen vertraulichen Weise auf geheime Freunde anspielte, die an dem Geschick der Kranken wärmsten Anteil nähmen, denen aber gerade in diesen Tagen der fortschreitenden Genesung der Zutritt strenge verwehrt sein müßte. Dionysia hörte all dies mit Gleichgültigkeit an. Sie war entschlossen, sobald sie sich völlig gesund fühlte, die so schlimm unterbrochene Reise nach ihrer Heimat fortzusetzen, vor ihren Gatten hinzutreten, ihm ihre Schicksale zu berichten und ihn zu fragen, ob er sie, seines Wortes eingedenk, trotz allem, was ihr widerfahren, in seinem Hause wieder aufnehmen wollte. Doch fühlte sie auf dem Grunde dieses Vorsatzes mehr Neugier als Sehnsucht, und ein Wiedersehen mit Erasmus lockte sie wie ein neues Abenteuer, nicht als der Abschluß ihres wechselvollen Wanderlebens.

Am Morgen, da sie sich zum erstenmal aus dem Bett erhoben hatte, von dem Balkon ihres Krankenzimmers in ein Gärtchen hinuntersah, und ihre Blicke weiter hinaus über die zerstampften und erstickten Felder schweifen ließ, trat der junge Graf bei ihr ein und entschuldigte sich vor allem wegen der Verfügungen, die er wohl in bester Absicht, doch ohne jede Ermächtigung zu treffen sich erlaubt hätte. Dionysia dankte ihm lebhaft, doch ohne Verwunderung und erklärte nur, so vieler Freundlichkeit gegenüber sich zur Mitteilung verpflichtet zu fühlen, wem man sie erwiesen. Aber einer plötzlichen Eingebung folgend, nannte sie einen Namen als den ihren, den sie nie geführt, als Wohnort eine kleine Stadt, in der sie nie geweilt, und teilte ihrem Gatten einen Beruf zu, den jener niemals ausgeübt hatte. Mit einer ihr selbst erstaunlichen und neuen Freude am Lügen, die sie im Anhören ihrer eigenen Worte wachsen fühlte, erzählte sie, wie sie auf dem Gut von Freunden zu Gast gewesen und auf der Rückreise von einer aufrührerischen Horde aus dem Wagen gerissen und beraubt, ihr Leben nur hätte retten können, indem sie sich als geheime Anhängerin der Aufständischen bekannte; wie sie nun tagelang mit jenen fürchterlichen Menschen in der Irre umhergezogen wäre und endlich unschuldig und gezwungen deren Schicksal hätte teilen müssen. Nun aber war es an der Zeit heimzukehren, und so müßte ihr Dank zu gleicher Zeit ihren Abschied bedeuten. Der junge Graf war betrübt, doch schien er in seine zurückhaltende Rolle so eingewöhnt oder von Natur so schüchtern, daß er keinen Widerspruch versuchte und sich nur als letzte Erlaubnis erbat, Dionysia einen guten Wagen für die Reise zu besorgen. Sie wiederum, sosehr sie sich auch sehnte, von der dunklen und bebenden Stimme des Grafen zärtlichere Worte zu vernehmen, fand soviel Vergnügen an ihrer ihr selbst neuen Verstellungskunst, daß sie wie in überströmender Dankbarkeit des Grafen Hand ergriff und ihn mit Augen anblickte, die sie, wie sie mit Befriedigung merkte, je nach Willen in feuchtem Glanze aufleuchten oder trüb konnte verlöschen lassen. Gleich nachdem der Graf sich entfernt hatte, traf sie Anstalten zur Abreise. Der Arzt kam, schien über ihr Beginnen unwillig und versicherte, keinerlei Bürgschaft übernehmen zu können, ob sie nicht etwa die Reise gleich würde unterbrechen und dann in irgendeinem schlechten Wirtshaus tage- und nächtelang krank liegen müssen. Dionysia, wohl merkend, daß der Arzt mit dem jungen Grafen im Einverständnis handelte, spielte zuerst die Widerstrebende, dann die Zögernde und versprach am Ende seufzend, sich Anordnungen zu fügen, deren vernünftiger Begründung sie sich nicht verschließen könnte. Am Abend kam der junge Graf wieder und schlug Dionysia vor, da die Abreise nun doch einmal hinausgeschoben wäre, sie möge bis zum Eintritt ihrer vollkommenen Genesung ein bescheidenes ihm gehöriges, in frischer Waldluft gelegenes Jagdhäuschen bewohnen. Eine Dame vom besten Ruf werde ihr als Gesellschafterin zur Seite gegeben werden, um jede üble Nachrede von Anbeginn auszuschließen. Dionysia entgegnete, daß sie selbst sich Sicherheit und Bürgschaft bedeute, erklärte aber, die Einladung des Grafen nur dann annehmen zu dürfen, wenn er sich verpflichtete, das Jagdhaus während der Dauer ihres Aufenthaltes überhaupt nicht zu besuchen. Er neigte das Haupt tief, wie zum Zeichen völliger Unterwerfung, sie aber hielt sich in diesem Augenblick nur mit Mühe zurück, die Arme nach ihm auszustrecken und ihn an ihre Brust zu ziehen.

Am nächsten Morgen bezog sie das Jagdhaus, das einfach und wohlgehalten zwei Stunden von der Stadt entfernt in laubdunkler Einsamkeit dalag. Ein hübsches Bauernmädchen war zu Dionysias Empfang und weiterer Bedienung anwesend und verhielt sich still und gefällig. Die Speisen waren wohlschmeckend und trefflich bereitet, das Bett köstlich und weich. Auf den gut gehaltenen Wegen unter hohen kühlen Wipfeln erging sich Dionysia ungestört wie in einem abgeschlossenen Park. Oft lag sie stundenlang auf freiem Wiesenplatz, die Arme unter dem Haupt verkreuzt, die halbgeschlossenen Augen im schwindenden Blau des Himmels verloren. Schmetterlinge, vorüberflatternd, berührten ihre Stirn, der kühle Atem des Waldes strich über ihre Lider und Haare hin, und aller Lärm der Welt verklang in fernen Gründen.

Eines Morgens, da Dionysia das Haus verlassen wollte, zogen schwere Wolken auf und blieben dunkel schweigend über den Wipfeln hängen. Dionysia ging in den niedern Zimmern hin und wieder, spazierte vor der Tür auf und ab, und eine wehe Beklommenheit stieg in ihrer Seele auf. Zu Mittag rührte sie die Speisen nicht an, das Mädchen fand sie am gedeckten Tisch in Tränen, erhielt auf seine Fragen keine Antwort; und erschrocken sandte es in die Stadt nach dem Grafen, der ihm die Obhut über die schöne Frau anvertraut hatte. Am späten Abend, während ein schwül hingezögertes Gewitter mit Hagel, Donner und Blitz endlich niederging, trat so unerwartet als ersehnt der junge Graf ins Zimmer, und sein Glück war ohne Maß, als Dionysia, die er als eine Verstörte oder neuerdings Erkrankte zu finden gefürchtet, mit glanzhellen Augen und jauchzender Begrüßung an seine Brust stürzte.

Doch noch im Dämmer derselben Nacht, in der sie sich ihm gegeben, versicherte ihm Dionysia, daß diese erste zugleich die letzte bedeuten müsse. Der Graf in der rasch erwachten eifersüchtigen Neugier des Besitzenden drang auf Erklärung. Dionysia darauf in einem unbezwinglichen Drang, den Geliebten zu quälen, gab vor, ihr sei mit einem Male, als hätte sie in jener furchtbaren Nacht vor den Toren der ummauerten Stadt, schon vom dumpfen Fieber befallen, mit Schaudern, aber wehrlos, nicht einem, sondern vielen ihrer wilden Gefährten angehört; ließ aber zugleich die Möglichkeit bestehen, daß all dies nur ein grauenhafter Traum gewesen sein mochte, der nun in der Erinnerung wie eine unerträgliche Wahrheit sie bedrücke. Der junge Graf fiel in Verzweiflung, von der tiefsten Verzweiflung in neue Lust, von der höchsten Lust in tolle Raserei, schwur, die Geliebte auf der Stelle zu töten, und flehte sie am Ende doch an, ihn nur nicht zu verlassen, da ein Dasein ohne ihren Besitz ihm von dieser Stunde an nutzlos und elend dünkte.

Dionysia blieb. Und bald war ihre Seele dem Grafen so völlig hingegeben, daß sie all ihrer Lügen sich zu schämen, ja unter ihnen zu leiden begann und endlich den Wunsch in sich aufsteigen fühlte, dem

Geliebten die wahre Geschichte ihres Lebens mitzuteilen, was sie nun aber wieder, in Angst durch dieses späte Geständnis neues Mißtrauen zu erwecken, von einem Tag zum andern hinausschob.

Da erschien an einem regenschweren Herbsttag ein reitender Bote mit der Kunde, daß an der Landesgrenze eine längst erwartete Bewegung des Nachbarheeres immer drohender sich ankündigte, und wies einen Befehl vor, demgemäß der Graf sich innerhalb der nächsten vierundzwanzig Stunden an die Spitze seines Regiments zu stellen hätte. Sobald der Bote wieder davongesprengt war, erklärte Dionysia dem Geliebten, daß sie in keinem Fall von seiner Seite weichen werde und unwiderruflich gesonnen sei, in Männerkleidung mit ihm in den Krieg zu ziehen. Der junge Graf, ergriffen und beglückt, versuchte Dionysia zuerst die Unmöglichkeit eines solchen Beginnens vor Augen zu stellen; doch als sie ihm zuschwor, daß sie schlimmstenfalls auch gegen seinen Willen, ja im Troß des Heeres ihm und seinem Schicksal zu folgen entschlossen sei, verließ er noch am gleichen Tage mit ihr das Jagdhaus, begab sich mit ihr in die Stadt, erbat eine Audienz beim Fürsten und trug diesem, ihm seit jeher wohlgewogenen Herrn ehrerbietig den Fall zur Entscheidung vor. Der Fürst, selbst einer jungen und edlen Frau vermählt, seinem Wesen nach so leicht erzürnt als begeistert und von jeder Art von Seltsamkeit rasch gefangen, fand in so unruhigen Zeitläuften gegen die Ausführung eines wohl abenteuerlichen, doch heldenhaften Planes nichts einzuwenden, und so geschah es, daß am nächsten Morgen Dionysia in kriegerischer Gewandung, aber nicht unerkannt, vielmehr mit Hochachtung und Teilnahme angesehen, an ihres Geliebten Seite aus dem Tor der Stadt durch das aufgeregte Land an die Grenze und dort früher als sie geahnt mitten in ein Gefecht sprengte, das, von ihren Sinnen kaum begriffen, wie eine zerrissene rote Wolke um ihre weiße Stirn und ihren leuchtenden Degen trieb.

Der Krieg nahm seinen blutig-wechselvollen Gang. Dionysia zog an ihres Geliebten Seite weiter in die feindlichen Gaue, ruhte auf verwüsteter und verbrannter Erde, wurde von Trompeten in die Schlacht gerufen, sah Getroffene neben sich zu Boden sinken und lag selbst mit einer Schläfenwunde durch manche Tage und Nächte unter Stöhnenden und Sterbenden in einem wankenden Barackenbau. Sie genas; fand den Geliebten, von dem sie ohne jede Nachricht geblieben war, am Vorabend eines entscheidungsvollen Tags, mit kaum verheilten Wunden gleich ihr, doch schon zu neuen Wagnissen gerüstet, an der Spitze seiner zusammengeschmolzenen Truppen wieder, ritt im Morgengrauen an seiner Seite ins feindliche Gewühl, hatte gleichen Anteil mit ihm an Gefahr und Ehre und trug eine mit ihm gemeinsam erbeutete Fahne in das siegreiche Lager heim. In der Nacht, die diesem Tage folgte und die dunkel und schwül war unter der doppelten Finsternis eines sternenlosen Himmels und eines faltenschweren Zelts, schlief Dionysia zum ersten Male wieder seit Beginn des Kriegs an der Seite des jungen Grafen als sein Weib; am Morgen aber traten sie beide als Kampfgefährten ins Freie, begrüßt von den siegesfrohen Stimmen ihrer Kameraden. Beruhigter Sonnenglanz lag über der Ebene, und draußen im Feld, inmitten wehender Helmbusche und funkelnder Degenspitzen, ahnte man des Fürsten leuchtende Nähe. Da mit einem Male statt der erwarteten Friedensbotschaft tönten die wohlbekannten Zeichen nahenden Angriffs. Hinter einem geringen Hügel stiegen Staubwolken auf, rückten näher, Hörner und Pfeifen klangen, und auf schwarzen Rossen stürmte eine Schar toller Reiter heran. Die so unvermutet Angegriffenen waren rasch zu heftiger Verteidigung bereit, doch zeigte sich bald, daß ihnen nur ein kleiner Trupp tollkühner Jünglinge entgegenstand, entschlossen, statt einen schimpflichen Frieden anzunehmen, ein letztes Mal für ungeheuren Gewinn ihr Leben einzusetzen. Doch da ihre Genossen hinter ihnen zögerten, waren sie nach kurzer Frist umzingelt und bis auf den letzten Mann niedergehauen. Aber nicht wohlfeil hatten sie ihr Dasein dahingegeben: unter denjenigen, die ihr verzweifelter Ansturm zu Boden geworfen hatte, lag auch der junge Graf. Dionysia bettete sein wundes Haupt auf ihre Knie; und während sein letztes Blut über ihre regungslosen Finger floß, winkten die weißen Fahnen rings auf den Höhen, Trompetenstöße kündeten die Einstellung der Feindseligkeiten, und als des Geliebten Augen brachen, schallte an Dionysias Ohr die jauchzende Kunde des endlich errungenen Friedens. In ihrer Nähe aber dämpfte auch der lauteste und froheste Jubel sich ab. Immer weiter von ihr wich der Kreis der Frohen und Glücklichen. Selbst der Fürst, der zur Mittagszeit herbeigeritten kam, grüßte nur aus achtungsvoller Entfernung die Regungslose, die in kriegerischer Rüstung dasaß, doch ohne Helm, und mit gelöstem Haar, das über ihres toten Geliebten Antlitz dahinfloß, wie ein blau-schwarzes Leichentuch. Erst als der Abend gekommen war, erhob sie sich, faßte den teuern Leichnam um den Leib, und mit übermenschlicher Kraft band sie ihn in seiner vollen Rüstung auf den Sattel seines Rosses fest. Dann bestieg sie das ihre, spornte es an; das andere, im Sattel seinen toten Herrn, blieb nach alter Gewohnheit ihr zur Seite; und so ritt das seltsame Paar stumm und abseits, von den heimwärtsziehenden Kriegsscharen, denen es vorbeisprengte, mit staunendem

Grauen betrachtet, durch das besiegte Feindesland der Heimat zu. Als Dionysia aber der Stadttürme ansichtig ward, nahm sie den wohlbekannten Seitenweg zu dem kleinen Jagdhaus, das mit offener Tür, doch ganz verlassen, ihrer zu warten schien; dort schwang sie sich vom Pferd, löste den toten Gefährten vom Sattel, bereitete ein Grab, bettete den Geliebten darein mit Degen, Panzer und Helm und schaufelte die Erde über seinem Leichnam wieder zu. Erst als sie diese Arbeit getan hatte, legte sie ihre Rüstung ab und sank in einen tiefen langen Schlaf von drei Tagen und drei Nächten. Als sie erwachte, stand die Mutter des jungen Grafen ihr zu Häupten, tränenlos, und küßte die Hände, die ihres Sohnes Grab gegraben.

VI.

Der Herbst stürmte dahin, der Winter glitt vorbei. Dionysia wußte, daß seit jener Nacht vor dem letzten Kampf in ihrem Schoß ein neues Wesen keimte; und so fühlte sie sich dem hingeschiedenen Geliebten wie dem Leben selbst neu und hoffnungsreich verbunden.

Im Frühling brachte sie einen Knaben zur Welt, und da er zum erstenmal an ihrer Brust trank, zog auch das erste Lächeln über Dionysias Antlitz. Reiche Geschenke von des Grafen Mutter, von anderen Anverwandten, ja vom Fürsten selbst, wurden dem Söhnlein des Helden in die Wiege gelegt. Als Dionysia das Bett verließ, war ihr, als müßte sie sich zum erstenmal wieder in Weiß kleiden; und in hellen, leicht bewegten Falten, wie das duftige Gewand, fühlte sie auch den lauen, blütenschweren Tag um sich fließen. Über ihrem jungen Haupt, das schon so viel Erinnertes und so viel Vergessenes barg, hing von Zukunft schwer ein neuer lebensblauer Frühling. Noch warf sie sich nicht selbst in den Strom des Daseins, doch ließ sie es zu, daß er bis an ihre Füße heranrauschte. Ein Fest, das das Volk des Landes feierte, zog sich in ihre Nähe. Mit Anteil betrachtete sie einen Reigentanz, der auf der Waldwiese statthatte. Der Heldenwitwe, die selbst eine Heldin war, hielt man sich anfangs in Ehrfurcht fern. Bald aber nahm sie Huldigungen entgegen, die ihr von der begeisterten Jugend des Landes dargebracht wurden, und selbst das geheimnisvoll Unaufgeklärte ihrer Herkunft lag wie ein goldener Glanz über ihrer gepriesenen Stirn.

Zu Beginn des Winters bezog sie das Schloß des verstorbenen Grafen, das als ihr natürliches Eigentum angesehen wurde. Dort waltete sie, anfangs nur mütterlichen Pflichten hingegeben, zurückgezogen und still. Endlich aber öffneten sich die Türen, zuerst nur für die gräfliche Verwandtschaft, später auch für den Anhang der Familie und für entferntere Freunde, und bald war von den durch Geburt oder Verdienst Ausgezeichneten niemand im Lande, der es unterlassen hätte, der unbegreiflichen und hohen Erscheinung Bewunderung und Liebe auszudrücken. Daß auch der Fürst in eigener Person sich einstellte, war keinem verwunderlich. Von Dionysias rätselhafter Anmut bewegt, kam er wieder, der Schimmer seiner Macht drang aus seinen jungen Blicken in ihre erwachten Sinne; das traumhaft stolze Bewußtsein eines unerhörten Geschicks überströmte aus ihrem Wesen in sein Blut. Und keine Bedenken, denen Geringere unterworfen sein mochten, setzten beider Wünschen sich entgegen, als der Fürst, seines angetrauten Weibes vergessend, Dionysia das glühende Geschenk seiner Liebe bot.—

Zuerst wurde auch diese Wendung in der nächsten Umgebung und rings im Land ohne Widerspruch und üble Nachrede, ja von manchen und nicht nur von Schmeichlern und Höflingen, wie etwas Natürliches und Erlaubtes hingenommen. Die erste, die sich abwandte, betroffen, aber stumm, war die Mutter des Grafen. Einige Verwandte folgten ihrem Beispiel und mieden fortan Dionysias Nähe. Dann erst war es der engere Kreis der Fürstin, der anfing, sich verletzt zu zeigen, zu einer Zeit, da die Fürstin selbst noch fern davon war, ihres Gatten Beziehungen zu der fremden Frau für andere als freundschaftliche anzusehen. Doch als jener die Wahrheit kund ward, schloß sie sich ohne ein Wort der Aussprache, im Innersten getroffen, von ihrem Gatten ab, der von nun ab wie mit Absicht und Stolz seine Liebe zu Dionysia vor allem Volk zur Schau zu tragen begann. Er ließ es nicht länger zu, daß sie in ihrem von dem Grafen ererbten Schlosse wohnte, und räumte ihr eine der fürstlichen Besitzungen nahe der Stadt als Wohnsitz ein. Nicht nur die Stunden der Muße weihte er von nun ab der Geliebten; in ihren Gemächern empfing er Minister und Abgesandte; Beratungen über Staat und Volk wurden in Dionysias Beisein abgehalten, und bald sprach ihre Stimme in jeder Entscheidung mit. Da nun alle, die dem Throne nahestanden, sich vor ihr neigten und ohne weiteres, was der Fürst ihr als Einfluß zugestanden, anzuerkennen bereit waren, so hätte sie wohl vor sich selbst als die wahre Fürstin des Landes gelten dürfen, —wenn sie nicht manchmal bei Ausfahrten und öfter von Tag zu Tag bemerkt hätte, daß Begegnende sie nicht zu beachten, ja sich mit Absicht wegzuwenden schienen. Zuerst nahm sie es leicht, lächelte darüber als über Neid und Torheit geringer Seelen, allmählich aber regte sich Ärger in ihr, wuchs weiter an, und eines Tages, da sie an einem jungen Adeligen vorbeiritt, der als Parteigänger der verlassenen Fürstin wohlbekannt, zu ihr, der fürstlichen Geliebten, mit einem höhnischen Zucken der Lippen aufsah, schlug sie ihm mit der Peitsche übers Gesicht. Als er dann in Wut ihr ein ungeheueres Schimpfwort ins Antlitz schrie, ließ sie ihn verhaften, und ihre Fürbitte erst bestimmte den empörten Fürsten, dem unbedachten Beleidiger die Todesstrafe nachzusehen. Doch war seit diesem Zwischenfall der Haß der beiden Parteien, der bisher im stillen gelauert, zu offener und lauter Feindseligkeit gewandelt. Es wurde Dionysia zugetragen, was man im Volk, im Adel und insbesondere in der nächsten Umgebung der Fürstin über sie zu reden wagte. Die noch vor kurzem eine Fremde rätselhafter, doch vielleicht göttlicher Sendung erschienen war, galt heute vielen für nichts Besseres als eine Abenteurerin und Dirne. Noch drohte ihr keine ernste Gefahr, denn der Fürst hielt fester zu ihr als je. Ja zum Trotz gegen den wachsenden Widerstand erweiterte er ungebeten Dionysias Machtvollkommenheiten nach allen Seiten, umgab sie mit einer niemals erhörten Pracht, verlieh ihrem fünfjährigen Sohn den Titel eines Prinzen und heftete auf die Kinderbrust einen Orden, der bisher nur Mitgliedern des Fürstenhauses vorbehalten war. Jedes unvorsichtige Wort, jede zweifelhafte Gebärde, die sich gegen Dionysia zu richten schien, wurde mit der furchtbarsten Strenge geahndet. Dionysia selbst war längst nicht mehr geneigt, bei dem Fürsten Gnade zu erflehen für Hohe oder Niedere, die sich gegen den Glauben an ihre Majestät vergangen hatten. Wenn sie durch die Straßen fuhr, in ihrem von sechs schwarzen Rappen gezogenen goldenen Wagen, dem Reiter voran- und nachsprengten, hörte sie aus dem Jubel, der sie begrüßte, die falschen und erzwungenen Töne und fühlte, daß nicht mehr Ehrfurcht, daß nur mehr dumpfe Scheu, daß Angst und Haß rings um sie webten. Böse Träume von Verschwörungen und Anschlägen störten ihren Schlaf, selbst an der Seite des Fürsten, der doch gewillt schien, sie mit seinem eigenen Leib zu schützen. Ein Gerücht begann durch das Schloß zu irren, daß in der nächsten Umgebung der verstoßenen Fürstin sich Unheilvolles gegen Dionysia vorbereite. Niemand wußte, woher es drang, doch Dionysia hielt die Zeit gekommen, entschiedene Abhilfe von ihrem Geliebten zu fordern, und stellte den Zaudernden vor die Wahl: entweder die angetraute Gattin vom Hof zu verbannen und des Landes zu verweisen, oder sie selbst ziehen zu lassen, wann und wohin es ihr beliebte. Da für das Vorhandensein einer Verschwörung sichere Beweise nicht vorlagen, so glaubten Schranzen sich berechtigt, künstlich solche herzustellen. Ein scheinbar ordentliches Gericht wurde abgehalten, die verdächtige Fürstin in ihrer Abwesenheit schuldig erkannt, und es ward ihr anbefohlen, unter Zurücklassung aller ihrer Briefschaften und ihres Geschmeides Hof und Land zu verlassen. Am nächsten Morgen schon, als wäre sie längst darauf gefaßt gewesen, begab sie sich, von wenigen Getreuen begleitet, auf die Reise nach ihrer königlichen Eltern fernem Reich. Andere aber, die verdächtig schienen, wurden des Landes verwiesen, ja manche, die man für besonders gefährlich hielt, verschwanden in den Gefängnissen des Landes, die unersättlich schienen. Da auch das geringste Zeichen der Unzufriedenheit schonungslos geahndet wurde, kam Ruhe ins Land, und Dionysia war endlich so unumschränkte Herrin, wie sie es kaum mit der Krone auf dem Haupt hätte sein können. Aber je höher ihre Macht anstieg, um so weniger wurde sie ihres Schicksals froh. Die Feste ihr zu Ehren wurden immer lauter, aber entbehrten jeder Heiterkeit. Selbst die Wonnen in des Fürsten Armen wurden schal und trüb, und bald erkannte Dionysia, daß sie im tiefsten wünschte, der Geliebte hätte sich ihren eitlen Wünschen widersetzt, und daß sie ihn zu verachten anfing, weil er ihr in allem zu Willen gewesen war. Um ihn zu erniedern, wie er es ihr zu verdienen schien, gab sie sich in dem fürstlichen Bette den Jünglingen vom Hofe hin, an denen sie ein augenblickliches Gefallen fand. Der Fürst, in Scham und Reue, verschloß zuerst seinen Grimm im Herzen, bald aber, mit erhitzten und verwirrten Sinnen ließ er sich die leicht errungene Gunst anderer Frauen gefallen, für die nun die Tore des Schlosses sich, wie früher für Dionysia, zu öffnen begannen. Doch wie zum Entgelt dafür stiegen die Jünglinge am höchsten bei Hofe, die Dionysias Begehrlichkeit am besten zu schmeicheln wußten. Ohne Zügel, Rücksicht und Scham trieb das Leben im Schlosse weiter, und bald hieß es im Volke, daß die Riesenfackeln der Festsäle in mancher Nacht wie im Grauen vor dem Übermaß der schmachvollen Lüste verlöschten, in denen Fürst und Geliebte, Buhlen und Buhlerinnen sich berauschten.

An einem grauen Morgen, den schimmernden Mantel um die nackten Schultern leicht gerafft, mit verhülltem Gesicht einer Schar von Trunkenen entfliehend, fort aus dem Saal, wo der Fürst selbst wie ein plötzlich rasend Gewordener mit gezücktem Messer ohne Ziel hin und her stürmte, eilte Dionysia die Treppe hinab, und einer Lockung folgend, die sie für die letzte hielt, strebte sie einem trüben Weiher zu, der unter Buchen am Ende des Parks lag, um dort ihren Rausch, ihre Schmach, ihren Ekel mit ihrem abgetanen Leben zugleich und für ewig zu versenken. Doch wie sie in dem schillernden Wasser ihr verzerrtes Bild erblickte, erinnerte sie sich, was ihr zwei Jahre lang kaum mehr begegnet,—daß sie Mutter war. Sie wandte sich, eilte unter hängenden Ästen nach dem Schloß zurück und mit flügeljungem Schritt in das Schlafgemach des siebenjährigen Prinzen. Mit keinem andern Gedanken war sie an sein Bett getreten, als ihn auf den Arm und mit sich in den Tod zu nehmen. Doch als sie ihn hier so ruhig schlummern sah, da schien ihr seine süße Kinderstirn wie von einer wundersamen, früher nie gesehenen Hoheit leuchtend; ein anderer Einfall zuckte ihr mit einem Male durch den Sinn und war gleich im Entstehen so mächtig, daß sie den schlafenden Prinzen auf die Arme nahm, mit ihren bloßen Füßen in den Festsaal zurückeilte, wo sie den Fürsten nur ganz allein, waffenlos, das Haar wirr in die Stirn hängend, mit einem ungeheuren Ernst an dem zerstörten, mit halbwelken Blumen bedeckten Tische sitzend fand. Sie wußte in diesem Augenblick, daß er von der gleichen Todessehnsucht erfüllt war wie sie selbst. Als er Dionysia mit dem schlaftrunkenen Prinzen vor sich sah, schaute er sie lange an und fragte nach dem Anlaß dieses sonderbaren Auftretens. Sie hielt ihm das Kind entgegen wie ein kostbares Geschenk und verlangte von ihm, daß er es noch am gleichen Tage zum Erben seines Reiches ernennen solle. Und als er betroffen schwieg, schwor sie im belebenden Frühglanz der neuen Sonne, die eben aufstieg, daß das wollüstig grauenvolle Treiben der letzten Zeit nun ein Ende haben solle, daß sie entschlossen sei, sich von nun an Werken des Wohltuns und der Gesetzgebung zu widmen und an des geliebten Fürsten Seite als treue Gefährtin zu walten. Sie traute sich die Kraft zu, die Schmach der vergangenen Jahre durch den Ruhm der kommenden auszulöschen und wollte sich dafür verbürgen, daß im Gedächtnis des Volkes die Erinnerung jener verflossenen Zeit nur wie die einer bösen Krankheit dumpf fortleben und endlich wie eine Sage erlöschen sollte. Die Erbschaftserklärung an ihren Sohn sollte die letzte Tat der Willkür sein und schien ihr so verzeihlich als geboten, da sie in jedem Sinne nur zum Heile des Landes geschähe. Der Fürst, aufleuchtenden Auges, stimmte zu. Unverzüglich wurde der Rat der Edlen zusammenberufen. In durchglühtem Ernst trug der Fürst seinen Willen vor, und kein Widerspruch wurde laut. Die Neuigkeit wurde im Volke bekanntgemacht, und es war Sorge getragen, daß sie mit Jubel begrüßt würde. Des Abends flammten Lichter in allen Fenstern auf, anscheinend freudig erregte Scharen zogen durch die Straßen, und was man von Reden erlauschen konnte, klang nicht anders, als wäre am heutigen Tag einem geliebten Fürsten von einer edlen Gattin der langersehnte Erbe geboren worden. Zum ersten Male wieder seit langer Zeit ließ Dionysia sich täuschen und hielt die bezahlten oder durch Furcht erzwungenen Freudenäußerungen der lärmenden Menge für die neuerwachte Hoffnung einer herzenswarmen, niemals ganz verloren gewesenen und darum leicht wiedergewonnenen Bevölkerung. Innern Jubels voll trat sie mit dem Fürsten auf den Balkon, vor dem die Menge sich staute. Die Leute riefen nach dem Prinzen immer lauter, als wäre es ihr gutes Recht, den Erben des Reichs an dem großen Tag, da sein erhabenes Schicksal sich entschieden, von Angesicht zu Angesicht zu sehen. Neu beglückt eilte Dionysia nach den Gemächern ihres Sohnes. Es fiel ihr kaum auf, daß die Wache fehlte, die sonst an der Türe zu stehen pflegte. Sie eilte weiter. Da sah sie die Erzieherin des Prinzen gleich einer Betrunkenen am Eingang liegen. Von böser Ahnung erfaßt, stürzte Dionysia ans Bett ihres Sohnes und fand ihn mit gebrochenen Augen, verzerrtem Antlitz, eine tiefe Wunde auf der Stirn, tot auf dem rotdurchfeuchteten Linnen. Nur einen Augenblick stand Dionysia starr, dann ergriff sie den Leichnam ihres Kindes, stürzte mit ihm von Zimmer zu Zimmer, durch Gänge, über Treppen, durchs ganze Schloß, das wie ausgestorben schien, endlich, immer die blutige Leiche des Prinzen auf den Armen, fand sie sich wieder auf dem Balkon, wo der Fürst allein stand, zeigte zuerst ihm, dann der Menge unten das ermordete Kind und rief sie mit dunkel beschwörenden Worten zu furchtbarer Rache auf. Der Fürst aber, als hätte er ein Gespenst gesehen, war sofort von dannen geeilt, Dionysia stand allein,—und unten vor dem Schloß war mit einemmal jeder Laut erstorben. Kein Jammerruf antwortete der klagenden Mutter, kein Schrei der Wut grimmte auf;—als zweifelte keiner, daß ein von Gott, nicht von übelgesinnten Menschen verhängtes Schicksal hereingebrochen wäre, gegen das jede Auflehnung vergeblich, ja frevelhaft wäre, schweigend, geduckt, wie Zeugen eines längst erwarteten Gerichts, schlichen alle die Tausende davon und verschwanden im Dunkel der Nacht. Die erneuten Entsetzensschreie Dionysias gellten ins Leere und endlich, mit dem blutigen Kinderleichnam im Arm, sank sie auf die Steinfliesen hin.

Als sie erwachte, war eine große Stille um sie. Sie war allein, und die Leiche des Kindes war fort. Einen Augenblick wollte sie sich einbilden, daß sie aus einem grauenhaften Traum erwacht sei. Der Anblick ihrer blutigen Hände rief sie in die Wirklichkeit zurück. Sie erhob sich, sah um sich und hinab über die Balustrade. Das Morgengrauen schlich trüb über den verlassenen Schloßplatz. Dionysia eilte von Gemach zu Gemach. Kein lebendes Wesen war zu sehen. Keine Wache auf den Gängen, kein Lakai, in den Stallungen kein Pferd und kein Wagen;

Dionysia war völlig allein. Wie ein Ort des Fluchs schien das Schloß von allen Atmenden verlassen. Eine Angst ohnegleichen packte Dionysia, und sie wagte nicht, ins Freie zu treten. Da erinnerte sie sich mit einemmal eines unterirdischen Gangs, der von ihrem Schlafgemach aus nach dem fürstlichen Residenzschlosse führte. Durch eine nur ihr bekannte Tür trat Dionysia ins Dunkle, stürmte fort immer geradeaus, mit wändestreifendem Kleid. Allmählich begann mattes Licht um sie her zu spielen, endlos schien der Weg; wie verfolgt jagte sie weiter, bis sie endlich wieder eine Tür erreichte, die sie aufstieß, um plötzlich, wie aus der Wand gespieen, vor dem Fürsten dazustehen, der einsam in dunkler Gewandung vor seinem Schreibtisch saß, auf dem eine Kerze brannte. Er fuhr zusammen, seine Augen flackerten, er versuchte, ein Blatt zu verbergen, das vor ihm lag; sie griff darnach, er ließ die zitternden Hände sinken;—und Dionysia las ihr eigenes Todesurteil, auf dem nichts weiter fehlte als die Unterschrift des Fürsten. Erbärmlicher als sie ihn jemals gesehen, aller Hoheit entkleidet stand der einst Geliebte vor ihr und stammelte feige, doch verhängnisschwere Worte. Unwiderstehlichen Mächten sei er unterlegen, er war ein Gefangener in seinem eigenen Palast. Schon wäre mit ihren Getreuen die verstoßene Fürstin auf dem Wege hierher, und nur, wenn er seinen Namen unter dieses Urteil setzte, rettete er sich selbst, sein Land, seine Herrschaft und vielleicht sein Leben. Er sei schmerzlich verwundert, Dionysia vor sich zu sehen. Im stillen hätte er gehofft, sie wäre schon auf der Flucht und in Sicherheit. War das Schloß nicht menschenleer gewesen? Hatte sie nicht die Wege frei gefunden nach allen Seiten? Daß sie die Verwirrung der Nacht nicht besser ausgenützt, wäre ihre eigene, unbegreifliche Schuld; und wie mit Absicht hatte sie sich selbst in den sicheren Untergang begeben. Nun aber sollte sie erfahren—und seine Rede klang bestimmter und frecher mit jedem Wort—, daß er ein gnädiger Herr sei: er werde nicht, wie sie wohl zu fürchten allen Anlaß hätte, nach der Wache rufen, nein, er stelle es ihr vielmehr frei, sofort wieder durch die gleiche Tür zu verschwinden, aus der sie eben gekommen war, den Tag über sich in dem unterirdischen Gang aufzuhalten und bei Anbruch der Nacht ihn von der anderen Seite wieder zu verlassen. Er werde sie nicht ausliefern, ja sogar dafür Sorge tragen, daß das Lustschloß heute den ganzen Tag verlassen bleibe; nach Ablauf dieser Frist aber möge sie fliehen, so rasch und so weit ihre Füße sie trügen. Und am Ende gab er ihr sein fürstliches Wort, daß sie bis dahin vor jeder Verfolgung werde sicher sein.

Dionysia ließ ihn reden und sah ihm während der ganzen Zeit starr in die Augen, die von ihrem kalten Blick immer wieder abglitten. Dann, ohne ein Wort der Erwiderung, schritt sie an dem jäh Erblassenden vorbei, stieß die Türe zum Vorsaal auf, und zwischen den Wachen, die regungslos standen, über die marmorne Treppe hinab, durch das hohe Schloßtor, dann durch die Straßen der Stadt, an den Menschen vorbei, die sie erkannten, und scheu von ihr abrückten, wie vor einer Gezeichneten—in blutigem Kleid, mit halbgeschlossenen, gerade vor sich hin gerichteten Augen schritt sie dahin. Bis ans Stadttor waren ihr einige, dann aber immer mehr Leute in furchtsam gemessener Entfernung gefolgt. Hier aber wandte Dionysia sich um; mit einer gebieterischen Bewegung ihrer blutigen Hände verbot sie jenen, ihr weiter zu folgen, und nun, in lauer Frühlingsluft, zwischen gelben Feldern, die im Morgenglanz wogten, nahm sie tief atmend den Weg nach Hause.

VII.

Sie wanderte die Nächte durch und schlief bei Tage auf Wiesen und Wäldern, wusch Leib und Gewand in Flüssen und Teichen und lebte von den Früchten, die ihr der Zufall bot. Nicht um sich zu verbergen und um ein Leben zu fristen, das ihr gleichgültig war, nur um Menschenstimmen nicht zu hören, Menschengesichter nicht zu sehen, hielt sie sich abseits vom gewohnten Zug der Straßen. Nach einer Reihe von Tagen, die sie nicht gezählt, zu einer sternenstillen Mitternachtsstunde stand sie an der Pforte des vor so langer Zeit verlassenen Hauses, die offen stand wie für eine Erwartete. Ohne die Wohnung zu betreten, schritt Dionysia die Wendeltreppe hinauf zum Turm, wo sie sicher war, ihren Gatten zu finden. Sie erblickte ihn, aufrecht stehend, das Auge am Fernrohr, das zum Himmel gerichtet war. Als er Schritte hörte, wandte er sich um, und da er Dionysia erkannte, zeigte sein Blick keinerlei Erstaunen, nur ein mildes Lächeln von der Art, wie es liebe Gäste zu begrüßen pflegt.

«Ich bin es», sagte Dionysia.

Der Gatte nickte. «Ich habe dich erwartet. In dieser Nacht, nicht früher und nicht später mußtest du kommen.»

«So kennst du mein Schicksal?»

«Ob du's auch unter fremdem Namen erlebtest, ich kenne es. Es war keines von der Art, daß es geheim bleiben konnte; und von allen Frauen, die leben, konnte es keiner beschieden sein, als dir. Sei willkommen, Dionysia.»

«Willkommen nennst du mich? Dich schaudert nicht vor mir?»

«Du hast dein Leben gelebt, Dionysia. Reiner stehst du vor mir als all die andern, die im trüben Dunst ihrer Wünsche atmen. Du weißt, wer du bist. Wie sollte mich vor dir schaudern?»

«Ich weiß, wer ich bin? So wenig weiß ich's, als da du mich entließest. In der Beschränkung, die du mir zuerst bereitet und wo alles Pflicht wurde, war mir versagt, mich zu finden. Im Grenzenlosen, wohin du mich sandtest, und wo alles Lockung war, mußte ich mich verlieren. Ich weiß nicht, wer ich bin.»

«Was kommt dich an, Dionysia? Willst du, Undankbare, mir zum Vorwurf machen, daß ich tat, was kein Weiser unter den Liebenden je gewagt, was kein Liebender unter den Weisen je sich abgewonnen?»

«Du ein Weiser? Und hast nicht erkannt, daß jedem menschlichen Dasein nur ein schmaler Strich gegönnt ist, sein Wesen zu verstehen und zu erfüllen? Dort, wo das einzige, mit ihm einmal geborene und niemals wiederkehrende Rätsel seines Wesens im gleichen Bett mit den hohen Gesetzen göttlicher und menschlicher Ordnung läuft? Ein Liebender du? Und bist nicht selbst an jenem fernen Morgen ins Tal hinabgestiegen, eine Flöte zerbrechen, deren Töne der Geliebten Verführung drohten? Dein Herz war müd, Erasmus, darum ließest du mich scheiden, ohne einen Kampf aufzunehmen, der damals noch nicht verloren war; und dein Geist war erwürgt im kalten Krallengriff von Worten, darum vermeintest du des Lebens ungeheure Fülle, das Hin- und Widerspiel von Millionen Kräften im hohlen Spiegel einer Formel einzufangen.»

Und sie wandte sich zu gehen.

«Dionysia», rief der Gatte ihr nach. «Komm doch zu dir! Dein buntes Schicksal hat dir den Sinn verwirrt. Hier wirst du Ruhe und Klarheit wiederfinden. Hast du denn vergessen? Gemach, Bett und Gewand warten deiner, und keine Frage, kein Vorwurf wird jemals dich quälen. Hier bist du in Sicherheit, draußen lauern Gefahr und Tod.»

Noch einmal, an der Türe schon, wandte Dionysia sich um: «Was kümmert mich, was draußen meiner harrt? Ich fürchte das Draußen nicht mehr. Bange macht mir deine Nähe allein!»

«Meine Nähe, Dionysia?—Denkst du etwa, ich könnte meines Wortes je vergessen? Sei ohne Sorge, Dionysia! Hier ist der Friede, denn hier ist Verstehn!»

«So sagst du selbst mir, warum ich dich fliehe?—Ja wärst du erschaudert vor dem Hauch der tausend Schicksale, der um meine Stirne fließt, so hätt' ich bleiben dürfen, und unsere Seelen wären vielleicht ineinandergeschmolzen in der Glut namenloser Schmerzen. So aber, tiefer als vor allen Masken und Wundern der Welt, graut mich vor der steinernen Fratze deiner Weisheit.»

Damit schritt sie die Wendeltreppe wieder hinab, ohne nur einen Blick zurückzuwerfen. Eilig verließ sie das Haus und verschwand alsbald im weiten Schatten der Ebene.

Erasmus, nach anfänglicher Starrheit, eilte ihr nach und folgte ihrer Spur stundenlang. Doch sie selbst erreichte er nicht mehr, und er mußte sich endlich entschließen zurückzukehren. Auch alle weiteren Nachforschungen nach Dionysia blieben vergeblich. Sie blieb verschwunden; und kein Mensch weiß, ob sie noch längere Zeit, vielleicht unter fremdem Namen, irgendwo in der Welt weitergelebt oder bald unerkannt ein zufälliges oder selbstgewähltes Ende gefunden hat.—

Erasmus aber entdeckte bald darauf einen rätselhaft glitzernden Stern, der nach neuen, noch nicht erkundeten Gesetzen im weiten Raum umherirrte. Und in seinen Aufzeichnungen fand man, daß er diesem Stern, in Erinnerung an seine Gattin, deren harte Abschiedsworte er ihr nicht weiter nachtrug, den Namen Dionysia zu geben gedachte. Andere Forscher prüften nach, suchten den Himmel nach allen Fernen, zu allen Jahreszeiten und zu allen Stunden ab; doch keinem gelang es, jenen Stern wiederzufinden, der von der Unendlichkeit für immer verschlungen schien.

DIE FRAU DES RICHTERS

I

Nach zweiunddreißigjähriger Regierung, im siebenundfünfzigsten Jahre seines Lebens, wurde Karl Eberhard XVI., Herzog von Sigmaringen, im Hause der Gartenmägdlein, und zwar dem Gerüchte nach in den Armen der allerjüngsten, von einem plötzlichen Tode ereilt. Haus der Gartenmägdlein, so nämlich wurde im Volke das Jagdschloß Karolslust genannt, das, drei Wagenstunden von der Residenz und kaum eine halbe von dem Landstädtchen Karolsmarkt entfernt, innerhalb weitgedehnter Waldungen gelegen war, und in dem die herzoglicher Gunst sich erfreuenden Mädchen oder Frauen—stets zehn bis fünfzehn an der Zahl—ein zwar sorgenfreies, aber im übrigen höchst eingeschränktes Leben führten.

Für den Fall seines plötzlichen Hinscheidens hatte der Herzog schon vor längerer Zeit die Verfügung getroffen, daß sämtliche Gartenmägdlein, mit Geldmitteln ausreichend versehen, unverzüglich aus dem Schlosse zu entfernen und über die nahe Grenze zu bringen wären. Daher stand nach getreuer Ausführung des Befehls durch die des Gehorchens gewöhnten Verwalter und Hofbediensteten nicht nur das Residenzschloß Sigmaringen, sondern auch Karolslust schon wenige Tage nach dem Tode des Herzogs zum Empfange des neuen Herrn bereit, der, wie allgemein bekannt war, Art und Wandel seines Vaters stets mißbilligt und, seit Eintritt seiner Mündigkeit immer auf Reisen, das Herzogtum, das er später regieren sollte, schon drei Jahre lang nicht mehr betreten hatte. So war er von der Trauernachricht in Paris ereilt worden, wo er nicht nur in höfischen und adligen Kreisen wohl aufgenommen war, sondern auch, mehr den Hohn als die Erbitterung seines Vaters herausfordernd, mit Gelehrten und Schriftstellern, darunter mit den berühmten Enzyklopädisten Diderot und Baron von Grimm, persönlichen Verkehr gepflogen hatte.

Der verstorbene Herzog, in jungen Jahren beim Volk ziemlich verhaßt gewesen, hatte seinen Untertanen längst keinen Anlaß zu ernstlicher Klage mehr gegeben. Im Genusse großer Einkünfte aus dem Erbe seiner früh dahingeschiedenen, mit dem unermeßlich reichen polnischen Fürstengeschlecht der Poniatowski verschwägerten Gattin, durfte er darauf verzichten, das Volk mit Steuern und Abgaben über Gebühr zu belasten, und hatte sich's, insbesondere in den letzten Jahren, an den Vergnügungen der Jagd und an der Gesellschaft seiner Gartenmägdlein so völlig genügen lassen, daß ihm für politische und soldatische Spielereien keine Zeit übriggeblieben war. Obwohl sich's daher in dem kleinen Lande, das ein rüstiger Fußgänger in sieben Tagen umwandern mochte, behaglicher und ungefährdeter leben ließ als in manchem anderen deutschen Fürstentum, fehlte es auch hier nicht an Unzufriedenen und Aufmuckern, deren manche sich zuweilen kecker äußerten als ihre Gleichgesinnten in anderen Ländern, wo eine allzu freie oder gar aufrührerische Rede nicht nur dem Sprecher, sondern wohl auch dem Zuhörer hätte übel geraten können.

Als der verwegenste Schwätzer im Fürstentum, ja überhaupt als ein bedenklicher Geselle, galt ein gewisser Tobias Klenk, der immer wieder, auch wenn man ihn schon für alle Zeit losgeworden zu sein glaubte, in seinem Geburtsstädtchen Karolsmarkt auftauchte, wo seine Mutter, eine Schlosserswitwe, zurückgezogen und in dürftigen Umständen lebte. Ihre beiden Zwillingstöchter, Brigitte und Maria, hatten schon als Sechzehnjährige, keineswegs ohne Zustimmung der Mutter, im Hause der Gartenmägdlein Aufnahme gefunden, wo es ihnen gar nicht übel erging, um so weniger, als sie beide, durch die nachbarlichen Umstände begünstigt, öfters Gelegenheit hatten, auf halbe oder ganze Tage zu entweichen und das ärmliche Haus der Mutter mit Backwerk und Wein zu versehen, daran mitzunaschen und mitzutrinken der Bruder Tobias, wenn auch unter allerlei höhnischen Reden, keineswegs verschmähte. Doch schon zehn Jahre vor dem plötzlichen Hinscheiden des Herzogs waren sie aus dem Lustschlößchen und zugleich aus dem Lande geflohen, ohne von ihrer Mutter oder sonst irgendeinem Menschen Abschied zu nehmen.

Geraume Zeit nach ihrem Verschwinden überbrachte ein unbekannter Reisender der alternden Frau Grüße ihrer Töchter aus Rom, wo diese in zweideutigen, aber gesicherten Verhältnissen zu leben schienen, sowie ein ansehnliches Geldgeschenk. Solches wiederholte sich einige Male im Lauf der Jahre, nur daß die Grüße und Gaben stets von einem anderen Reisenden überbracht wurden,—bis endlich auch dies ein Ende nahm und die Zwillingsschwestern für alle Zukunft verschollen blieben.

Ihr Bruder Tobias aber erschien in gemessenen Abständen immer wieder in seinem Heimatsort, ohne daß man je gewußt hätte, woher und warum; wie auch er selbst sich über seine Weltfahrten und sonstigen Umstände nur obenhin und in unklaren Andeutungen auszulassen liebte. Jedenfalls war er weit herumgekommen, hatte trotz mangelnder Vorbildung an verschiedenen deutschen Universitäten studiert und randaliert, später—niemand wußte, unter welchem Feldherrn und auf welchen Kriegsschauplätzen—als Soldat gefochten, war mit einem jungen Baron in Spanien, Portugal und England als Reisebegleiter oder Hofmeister umhergezogen und in allerlei mehr oder minder ehrenvolle Händel verwickelt gewesen, wobei er öfters mit der Polizei und den Gerichten, wohl auch mit den Gefängnissen nähere Bekanntschaft gemacht haben sollte. Noch etliche Jahre vor dem Tod des alten Herzogs war er sehr vornehm, fast kavaliermäßig angetan, in Karolsmarkt aufgetaucht, hatte seiner Mutter Leinenzeug und Tuch aus Holland, sowie ein Halbdutzend silberne Teller mitgebracht, an der Tafel beim Goldenen Ochsen eine Woche lang alle Bekannten freigehalten, und war eines Abends mittels einer alten Kutsche, in der eine nicht mehr ganz junge, reichgekleidete Dame saß, aus dem Wirtshaus abgeholt worden; seither aber war er von einem Mal zum anderen in immer verschlissenerem Gewand, in immer verdrossenerer Laune und mit trotzdem immer loserem Maul—stets nur zu kurzem Aufenthalt—in Karolsmarkt aufgetaucht;—und so hatte es sich gefügt, daß er gerade an dem Tage, da man den alten Herzog in der Gruft seiner Ahnen beisetzte, in schlimmerem Zustand als je, beinahe zerlumpt, in Karolsmarkt eingetroffen war, und sich nun als dreiunddreißigjähriger Mensch anschickte, seiner alten Mutter, die sich längst auch von dem letzten silbernen Teller hatte trennen müssen und sich ihren Unterhalt mühselig durch Näh- und Flickarbeiten in fremden Häusern verdiente, in der Tasche zu liegen.

Aber trotz seines üblen Aus- und Ansehens nahm er allabendlich seinen Platz wie ihm gebührend am Wirtshaustische ein, und obwohl es manchem friedlichen Bürger bei seinen frechen und lästerlichen Reden unbehaglich zumute ward, hörten sie ihn nicht nur mit leidlicher Geduld und Nachsicht an, sondern es zahlte sogar, wie nach einer stillen Verabredung, jeden Abend ein anderer für ihn die Zeche, in geheimer Angst vor dem abenteuerlichen Menschen, den sie, ohne es einer dem anderen zu gestehen, nach seinen wilden Reden jedes bösen Tuns, ja—vielleicht zu Unrecht—selbst einer hinterhältigen Rache für fähig hielten.

Es kam wohl vor, daß der eine oder der andere Tischgenosse ihn mit ängstlichen, wenn auch scherzhaft klingenden Worten zu beschwichtigen suchte; dafür aber gab es einen, der niemals anstand, seine Partei zu ergreifen, ihm wohl auch in seinen aufrührerischen Reden mit Gründen anscheinend philosophischer und historischer Natur beizustehen und sich bei solcher Gelegenheit zuweilen zu noch schlimmeren und gefährlicheren Äußerungen, ja bis zu Prophezeiungen und Drohungen zu versteigen pflegte, wie man sie nicht einmal von Tobias Klenk zu hören gewohnt war. Und dieser eine war wunderlicherweise kein anderer als der Richter in Karolsmarkt, Adalbert Wogelein, ein Altersgenosse und einstiger Schulkamerad des Tobias.

Beider Eltern hatten in den gleichen, zwar bescheidenen, doch auskömmlichen Verhältnissen gelebt, bis durch den frühen Tod des Schlossermeisters, der die Seinen vermögenslos zurückgelassen, sich zwischen den beiden Familien eine Kluft aufzutun begonnen hatte, die sich von Jahr zu Jahr weiter spannte. Dies konnte aber dem Freundschaftsband zwischen den beiden Knaben nichts anhaben, schien es vielmehr in eigentümlicher Weise nur noch fester zu knüpfen. Adalbert, ein musterhaft sanfter und fleißiger Schüler, geriet nämlich zu dem ungebärdigen und leichtfertigen Tobias in ein Verhältnis von unbegreiflicher Botmäßigkeit, so daß er sich von ihm nicht nur allerlei kindlich harmlosen Spaß, sondern auch gelegentliche Bosheit und Tyrannei mit Langmut, ja beinahe mit Lust, gefallen ließ.

Geschah es einmal, daß Adalbert versuchte sich aufzulehnen, indem er etwa sich weigerte, dem anderen bei der Lösung einer Rechenaufgabe behilflich zu sein oder sich an irgendeinem Bubenstreich zu beteiligen, so verstand es Tobias, ihn schon dadurch zu bestrafen, daß er so lange kein Wort an ihn richtete, ja nicht einmal seine Anrede zu hören schien, bis Adalbert nicht umhin konnte, nachzugeben oder gar den Kameraden unterwürfig um Verzeihung zu bitten.

Einmal, kurz nach dem Tode des Schlossermeisters, in der Pause zwischen zwei Schulstunden, ließ sich Adalbert einfallen, dem Freund, der gewissermaßen von einem Tag zum anderen ein armer Schlucker geworden war, zum Ankauf von Brot und Wurst ein paar Silbergroschen anzubieten, worauf ihm als Erwiderung und Dank eine kräftige Ohrfeige zuteil wurde. Doch eine Viertelstunde darauf, unwirsch befehlenden Tons, forderte Tobias von Adalbert alles Eßbare, das dieser bei sich trug, wie eine ihm rechtens zustehende Abgabe ein: und während er sich's vortrefflich schmecken ließ, verhöhnte er den anderen, der mit hungrigem Magen dabeistehen und zusehen mußte.

Ein andermal wieder hatte Adalbert auf einem Spaziergang nahe der Stadt die Schwestern des Tobias zufällig getroffen, als—ob ebenso zufällig, war schwer zu entscheiden—Tobias ihnen in den Weg lief und ohne jeden Anlaß behauptete, daß Adalbert sich gegen die beiden Mädchen, die damals fünfzehn Jahre zählten, ungebührlich benommen habe, ihn unter Drohungen aufforderte, sich mit größter Beschleunigung davonzumachen, und ihm verbot, jemals wieder ein Wort an die Mädchen zu richten. Wenige Tage später lief Adalbert den Geschwistern abends an einer Straßenecke unversehens in die Arme, machte sofort Anstalt, in weitem Bogen auszuweichen, worauf Tobias ihn gebieterisch heranwinkte, das Ansinnen an ihn stellte, Brigitte und Maria nacheinander auf den Mund zu küssen, und den Unschlüssigen so lange in die Rippen puffte, bis der nicht anders konnte, als sich der unbegreiflichen Laune des Freundes zu fügen. Noch aber spürte er die brennenden Lippen der Mädchen auf den seinen, als ihn Tobias auch schon mit harten Worten anfuhr und ihn warnte, sich in Laufe der nächsten Tage bei Gefahr schwerer Prügelstrafe vor ihm und den Schwestern blicken zu lassen,—worauf sich Adalbert, vom Gelächter der Geschwister verfolgt, im zwiespältigen Nachgefühl eines bittersüßen Erlebnisses um die nächste Ecke davonschlich.

Als wenige Tage nach diesem Vorkommnis die beiden Mädchen, wie die Nachbarschaft übrigens seit geraumer Zeit prophezeit hatte, aus der elterlichen Wohnung in das Haus der Gartenmägdlein übersiedelt waren, äußerte sich Tobias vorerst zu Adalbert wie zu einem vertrauten Freunde in finster drohenden Worten über die Unbill, die seinen tugendhaften Schwestern widerfahren sei, schien sich aber bald um so williger in sein und ihr Schicksal zu fügen, als die Zustände im Mutterhaus von diesem Zeitpunkt an sich zusehends behaglicher gestalteten. In der Schule freilich, soweit es Tobias überhaupt beliebte, sie zu besuchen, wollte er immer weniger gut tun; und für den braven Adalbert wurde es geradezu bedenklich, ein Freundschaftsverhältnis aufrechtzuerhalten, das ihm in den Augen der Lehrer, der Mitschüler, ja des ganzen Städtchens, als eine unfaßbare, jedenfalls höchst beklagenswerte Verirrung ausgelegt wurde. Ließ er dies auch wie ein selbstgewähltes Schicksal in Ergebung, ja gewissermaßen freudig über sich ergehen, so atmete er doch, wenn auch zu seiner eigenen Verwunderung, wie befreit auf, als eines Tages, kurze Zeit vor der Flucht der Schwestern aus Karolslust, auch Tobias aus der Stadt verschwunden war, um sich vorerst, wie man von seiner Mutter hören konnte, aufs Land zu Verwandten von väterlicher Seite her zu begeben, die sich angeblich aus Gutmütigkeit des ungeratenen Jungen annehmen wollten.

Während nun von seinem weiteren Lebenslauf nur das Wenige und Unzuverlässige in Karolsmarkt bekannt wurde, was die Gerüchte herbeitrugen und was er selbst bei Gelegenheit seiner flüchtigen Besuche in der Heimat zu erzählen für gut fand, lag des Adalbert Wogelein Werdegang und Wirken klar für jedermann zutage. Nachdem er in Göttingen Jura studiert, innerhalb welcher Epoche seine Eltern kurz hintereinander verstorben waren, und er sich in der Residenzstadt als Gerichtsadjunkt betätigt hatte, trat er im Alter von siebenundzwanzig Jahren in seinem Geburtsort das Richteramt an, das er mit genügendem Anstand und getreu nach dem Buchstaben des Gesetzes verwaltete.

Im Alter von dreißig Jahren nahm er die Tochter des Stadtapothekers und Bürgermeisters zum Weib, ein stilles, heiteres, wohlgebildetes Geschöpf, das dem gelehrten Gatten in Treue und Achtung anhing, ihm sein von den Eltern ererbtes, am Ende des Städtchens gelegenes kleines Haus sowie die Wirtschaft in bestem Stand erhielt und unbeirrt in Herz und Sinnen dahinlebte, wie tausend andere Bürgertöchter, die in engem Kreise ohne Ahnung einer weiteren und größeren Welt und ohne Sehnsucht nach ihr aufgewachsen sind. Noch war die Ehe mit Nachkommenschaft nicht gesegnet; außer dem Vater, etlichen Verwandten und einigen verheirateten und unverheirateten Jugendgespielinnen kam niemand ins Haus; und von den Männern, besonders den unvermählten, hielt sie sich möglichst fern, da Adalbert es nicht gerne sah, wenn irgend jemand dem zarten, hübschen Wesen, das nun einmal ihm gehörte, allzu freundliche Augen machte oder allzu angenehme Dinge sagte, wie das junge Männer, auch ohne jede unehrbare Absicht, nun einmal nicht lassen können.

Zwei- bis dreimal in der Woche begab sich der Herr Richter nach dem Abendessen in das Wirtshaus «Zum Goldenen Ochsen», was ihm Agnes um so weniger verübeln konnte, als auch ihr Vater, der Bürgermeister, und andere geachtete Bürger sich dort regelmäßig als Gäste einzufinden pflegten und Adalbert, der aus angeborener Sparsamkeit sich im Trinken größter Mäßigkeit befliß, niemals nach Mitternacht heimkehrte.

Hierin war nun allerdings in den letzten Tagen, seit Tobias Klenks Wiederkunft an des Herzogs Begräbnistag, ein Wandel eingetreten, der Agnes mit einiger Besorgnis erfüllte. Nicht nur, daß kein Abend mehr verging, an dem es den Adalbert zu Hause gehalten hätte, er kehrte zu immer späterer Stunde heim, und überdies in einem seltsam erregten Gemütszustand, den Agnes anfangs nur dem reichlicher genossenen Weine zuzuschreiben geneigt war, bis sie sich erinnerte, daß auch vor zwei Jahren, als Tobias Klenk zum letzten Male hier geweilt, sich ihr Gatte, dessen Jugendfreundschaft mit Tobias wie eine halb verschollene Legende im Städtchen weiterlebte, für kurze Zeit in gleich unerfreulicher Weise verändert hatte. Damals war Agnes dem Tobias zuweilen in den Straßen des Städtchens begegnet; doch in einer ganz ehrlichen, selbst von unlauterer Neugier freien Scheu hatte sie sich kaum um ihn gekümmert, geschweige denn, daß sie zu einem Gespräch Gelegenheit gefunden oder eine solche gar gesucht hätte.

Diesmal aber hatte sie, da er sich in den Straßen kaum jemals blicken ließ, von seiner Anwesenheit überhaupt erst durch den Vater vernommen, der eines Morgens, als der Schwiegersohn bereits das Haus verlassen, es geraten fand, die Tochter von gewissen bedenklichen Äußerungen zu unterrichten, die ihr Gatte am vorhergegangenen Abend, offenbar unter dem gefährlichen Einfluß des kürzlich heimgekehrten Freundes, und diesen noch überbietend, im Wirtshaus getan, und die, aus dem Munde eines richterlichen Beamten, geradezu unbegreiflich geklungen hätten, und allerlei Unannehmlichkeiten, wenn nicht schlimmere Folgen, nach sich ziehen könnten. Hatte der Herzog selbst auch das Zeitliche gesegnet,—der herzogliche Konseil stand weiter in Amt und Würden, hielt nach wie vor seine Sitzungen, erließ Verordnungen, verhängte Strafen; der Oberjägermeister von Karolslust führte ein wohlbekanntes, strenges Regiment, das insbesondere die Wilderer und Holzklauber oft genug zu fühlen bekamen; und überdies wurde die Ankunft des jungen Herzogs mit jedem Tag erwartet. Und hatte man bisher auch nichts Nachteiliges von ihm vernommen, so konnte doch niemand vorhersagen, wie er sich als Regent betragen würde.

Und als Adalbert am Abend dieses Tages heimkehrte und, wie es in der letzten Zeit seine Art war, sich schon während des Auskleidens über das Unrecht zu ereifern anfing, das rings in deutschen Landen Bürger und Bauer zu erleiden hätten, über die Zehnten und Steuern loszog, die die Fürsten aus der Arbeit und dem Schweiß ihrer Untertanen zur Befriedigung eigener Gelüste preßten, von ihren Jagden sprach, die Acker und Feld zerstampften, von dem Schacher, den sie mit ihren eigenen Landeskindern trieben, indem sie sie als Soldaten nach Amerika verkauften, von der schändlichen Mätressenwirtschaft, deren Duldung für die Frauen und Jungfrauen des Landes eine stete Gefahr und Schande bedeutete,—da nickte Agnes zwar zustimmend, wie sie es gewohnt war, schüttelte auch wie bedauernd ihr blondes Haupt; aber gerade als Adalbert, auf dem Bettrand sitzend, die Stiefel auszog und einen Augenblick im Reden innehielt, wagte sie einen ersten leisen Einwand.

Sie selbst, so bemerkte sie schüchtern, das Ehepaar Wogelein nämlich, auch ihre näheren und entfernteren Verwandten und das ganze Städtchen Karolsmarkt, ja, wenn man es recht bedenke, das gesamte Herzogtum—soweit sie sich zurückerinnern könne—, hätten von all den Übeln, deren Adalbert Erwähnung getan, eigentlich niemals etwas zu spüren bekommen; und so vermöchte sie nicht recht zu verstehen, warum er sich denn mit einemmal über Dinge sosehr erbittere, die ihn im Grunde nichts angingen.

Adalbert, von ihrem ungewohnten Widerspruch überrascht, entgegnete scharf, daß er, wie ihr wohl bekannt sein sollte, mit der Fähigkeit begabt sei, über das eigene Schicksal und das von Verwandten, Freunden und Landsleuten weit hinauszuschauen; daß es aber, wenn man schon davon reden wolle, auch in ihrer nächsten Umgebung keineswegs so vortrefflich bestellt sei, wie Agnes sich einzubilden vorgebe. Und er finde es wahrlich sonderbar, daß Agnes sich anstellte, als wisse sie nicht einmal etwas von der Schmach, die sich in ihrer nächsten Nachbarschaft seit Jahren und Jahrzehnten in frecher und höhnischer Weise breitgemacht habe—, und unvermittelt erklärte er den Tag als nicht mehr fern, an dem Schloß Karolslust, das so viele Jungfrauen und ehrbare Frauen wie in einem Höllenrachen verschlungen habe, so zum Exempel die Schwestern seines alten Freundes Tobias Klenk,—daß Karolslust und manches andere Schloß von ähnlicher Bestimmung spurlos vom Erdboden verschwunden sein werde—und nicht diese Schlösser allein.

Erschrocken setzte sich Agnes im Bette auf, die reichen blonden Haare fielen ihr gelöst über die Schultern, und in wachsender Bangnis lauschte sie den Worten ihres Gatten, der in losem Schlafrock, mit schiefer Perücke, die Stiefel in der Hand schwingend, seiner ersten Prophezeiung noch andere und wildere folgen ließ, so daß das friedliche Schlafgemach sich gleichsam mit einem Geruch von Blut und Brand zu füllen schien. Endlich warf er die Stiefel hin, entledigte sich des Schlafrocks und der Perücke, und während er über seine dunkelrote Stirn und die kurzen, gesträubten Haare eine weiße Nachtmütze stülpte, nahm Agnes die Gelegenheit zu der ängstlichen Frage wahr, ob er so furchtbare Voraussagungen, verführt von seinem Mitgefühl mit der gequälten Menschheit, am Ende auch vor Leuten vernehmen ließe, die vielleicht nicht klug genug seien, ihn recht zu verstehen oder sie ihm übel auslegen und bei irgendeiner Gelegenheit aus Bosheit und Neid gegen ihn ausnützen könnten.

Adalbert rollte die Augen, drehte das Polster ohne jede Ursache zweimal in der Luft umher, ehe er sein Haupt darauf bettete, und wandte sich an Agnes mit der höhnischen Gegenfrage, ob sie ihn für einen Mann oder eine Memme halte, worauf er, den einen Arm wie zur Abwehr jeder Erwiderung vor sich hinstreckend—ohne Agnes eines weiteren Blickes zu würdigen, die Decke über sein Kinn zog und abgewandten Angesichts rascher einschlief, als Agnes nach einem so gewaltigen Leidenschaftsausbruch erwartet oder nur für möglich gehalten hätte.

2

Am nächsten Morgen war ihm von der gestrigen Erregung nicht das geringste mehr anzumerken; und als er sich nach eilig genossenem Frühstück von seiner noch im Bette ruhenden Gattin mit einem flüchtigen Kuß auf die Stirn verabschiedete und in würdiger Amtstracht, erhobenen Hauptes, Hut und Stock in der Hand, das Haus verließ, schien er ein ganz anderer zu sein als der grimmige Empörer, dessen Rede und Gehaben sie in der verflossenen Nacht in Erregung und Schrecken versetzt hatte.

Im Laufe des Tages beruhigte sie sich weiter—und als Adalbert auch nach der Rückkehr vom Amt, ganz nach seiner früheren Art, mit der ihm eigenen Wichtigkeit von allerlei gleichgültigen Vorkommnissen in Markt und Land sowie von seinen im Lauf des Tages gefällten, durchaus scharfsichtigen richterlichen Entscheidungen erzählte,—und sich nach beendeter Mahlzeit, behaglich die Hände über dem Magen gekreuzt, in den Sessel zurücklehnte, Agnes an sich heranzog und ehelichen Zärtlichkeiten nicht abgeneigt schien, gab sie sich schon der Hoffnung hin, den Gatten ohne besondere Schwierigkeiten heute gänzlich zu Hause halten zu können.

Doch plötzlich, in einem Augenblick, da sie es am wenigsten erwartete, erhob er sich mit einem verschlagenen Lächeln, als habe er die arglose Gattin absichtlich in Sicherheit gewiegt; ohne weitere Erklärung, sich an ihrer Enttäuschung weidend, fast ohne Gruß ergriff er Hut und Stock und war mit einem Male aus der Tür.

Agnes aber vermochte keine Ruhe zu finden, bis Adalbert, wieder lange nach Mitternacht, zurückkehrte und, wie leicht zu merken war, in der gleichen oder einer noch schlimmeren Verfassung als an den vorhergegangenen Tagen. Hatte gestern seine Rede bei aller inneren Verwegenheit immer noch eine gewisse Wohlgesetztheit zu bewahren gewußt, so brachte er heute nur abgerissene, wirre Sätze hervor, aus denen zeitweise allzu verständlich ein unheilvolles Wort in die Stube gellte; und als er plötzlich einen fast gotteslästerlichen Fluch ausstieß, wie Agnes ihn noch niemals von ihm gehört, richtete sie sich jählings aus ihren Polstern auf und rief wie erleuchtet: «Nun ist mir alles klar, Adalbert, sie wollen dich verderben!»

Er stand mit offenem Munde da und lallte etwas; sie, seine Betroffenheit nützend, hastig und flehend, als hätte alles, was ihr nun zu eigener Überraschung mühelos von den Lippen floß, ihr seit langem auf dem Herzen gelastet, sagte ihm auf den Kopf zu, daß er offenbar in eine geheime Konspiration verwickelt sei; und daß die Verschwörer, als deren Abgesandter der entsetzliche Tobias Klenk wieder im Lande erschienen sei, gewiß nichts anderes im Sinne hätten, als sich zur Erreichung ihrer dunklen Ziele seines Muts, seiner Schlauheit und insbesondere seiner amtlichen Stellung zu bedienen. Aber sie bringe es nicht länger über sich, diesem Treiben ruhig zuzusehen, denn nicht er, ein richterlicher Beamter, ein Ehemann und vielleicht später einmal Familienvater, sei eingesetzt, um die Übel auszurotten, an denen Deutschland kranken möge, von denen aber gerade in ihrem Herzogtum weniger zu verspüren sei als anderwärts;—dazu seien Junggesellen oder Landstreicher da, überhaupt Leute, die nichts zu verlieren hätten und nicht für das Schicksal von Frauen und Kindern mitverantwortlich seien.

«Hast du den Verstand verloren?» schrie Adalbert.

«Ich wollte», erwiderte sie, «ich hätte so wenig Anlaß, an deinem Verstand zu zweifeln, wie du an dem meinen. Weiß ich doch wahrhaftig nicht, was für ein böser Geist in den letzten Tagen in dich gefahren ist. Solange der Herzog lebte, dem man freilich allerlei Übles nachsagen konnte, auch wenn wir für unseren Teil nie was Schlimmeres zu erleiden hatten, ist es dir nie eingefallen, so schauerliche Reden zu führen, daß einem das Blut erstarren konnte. Und nun, da wohl eine bessere Zeit anbrechen mag und wir einen jungen Fürsten über uns haben, von dem man niemals was Böses gehört hat, und der vielleicht unser Land zum glücklichsten im Reiche machen wird, predigst du Empörung, Brand und Mord.»

Adalbert stand vor ihr mit immer weiter aufgerissenen Augen, erstaunter noch über den ungehemmten Fluß als über die Verwegenheit ihrer Rede. «Woher weißt du, daß der Fürst schon im Lande ist?» fragte er sie drohend.

Ihre Blicke leuchteten hell auf. «Er ist da?» rief sie aus.

«Was schert es dich?» schrie er, «ob er da ist oder nicht.»

«Er ist da!» wiederholte sie, und es klang nicht wie eine Frage, eher wie ein Freudenruf.

«Wer hat dir verraten, daß er im Lande ist?»

Sie lachte. «Niemand als du selbst. Sollte es denn ein Geheimnis sein —oder gerade nur eines für mich?»

«Mittags erst fuhr er in die Residenz ein», schrie Adalbert, «eben erst brachte man uns die Kunde ins Wirtshaus—und du weißt es schon?» Er hatte sich zu ihr aufs Bett gesetzt, faßte ihre beiden Hände und sah ihr fürchterlich ins Auge.

«Warum bist du so zornig, Adalbert?» fragte sie und wunderte sich, daß sie immer weniger Angst vor ihm verspürte. «Soll ich mich nicht freuen? Sollen wir uns nicht alle freuen, daß unser junger Landsherr endlich da ist?»

«Was geht's dich an, ob er jung ist oder alt», fauchte er ihr ins Antlitz.

«Sechsundzwanzig», sagte sie unbefangen. «Als er sich das letztemal im Lande aufhielt, war er einundzwanzig, und das sind eben fünf Jahre her.»

Er starrte sie an. «Du kennst ihn, Agnes?»

Sie lachte lustig auf. «Gerade so gut wie du, wie wir alle. Sollt' ich den Erbprinzen nicht kennen?»

«Du hast ihn gesehen?»

«Was ist dir denn, Adalbert? Sollt' ich mir die Augen verbinden, wenn er durch unser Städtchen zur Jagd fuhr? Ach, es geschah selten genug. Wie edel war seine Haltung, wie milde sein Blick, wie strahlend seine Stirn. Von einem, der so aussieht, Adalbert, kann uns nichts Böses kommen.»

Und wieder schrie er sie an, ob sie denn völlig toll geworden sei; warum sie sich einbilde, daß der junge Fürst aus anderem Holz geschnitzt sei als die anderen hohen Herren. Wenn sich auch mancher in jungen Tagen besser anzulassen scheine,—käme er erst zur Macht—hundertmal hätte man's erfahren—so treibe er's genau so, wie seine Väter und Großväter es getan. Und was den neuen Herzog betreffe, so sei er zwar in Paris der Freund der Gelehrten und Schriftsteller gewesen, zugleich aber habe er sich mit Frauenzimmern der übelsten Art herumgetrieben, und daß er bei diesem Lebenswandel von der abscheulichen Krankheit verschont geblieben, die man mit gutem Grund die «Franzosen» nenne, sei wohl nicht anzunehmen. Und sein erstes hier im Lande werde jedenfalls sein, das Haus der Gartenmägdlein wieder in Betrieb zu setzen, das ja schon, wie man höre, zum Empfang des neuen Herrn sich rüste, woraus man wieder schließen könne, daß der ganze Hof, vom Minister bis zum Leibjäger, wohl wüßte, was er von dem jungen Fürsten zu gewärtigen habe.

«Und hast du nicht gehört, daß es wieder streng verboten ist, sich auf hundert Schritt Entfernung dem Schlößchen zu nähern, und daß keiner im Umkreis des Jagdgebietes sich mit einer Waffe zeigen darf? Man treibt wohl auch schon das Wild zusammen für ihn und seine saubere Gesellschaft,—und unsern armen Bauersleuten gnade Gott für die Dauer der Jagdzeit.»

Agnes lag da mit kindlichen, offenen Augen und hörte ruhig zu, fast wie eine wißbegierige Schülerin dem Lehrer, ohne einen Zweifel zu verraten oder gar einen Widerspruch zu wagen. Und so mochte Adalbert allmählich glauben, daß es ihm gelungen sei, sie von der Wahrheit der Tatsachen, die er berichtete, wie auch von der Unfehlbarkeit seiner Ansichten zu überzeugen. An diesem Glauben beruhigte er sich selbst; der Druck seiner Hände wurde merklich milder, und was ihn durchglühte, war nicht mehr Zorn, sondern ein sanfteres Feuer, das an dem Blick ihrer Augen, die er niemals so hell hatte leuchten gesehen, sich immer heftiger entzündete.

Doch als er sich endlich an ihrer Seite hinstreckte, schien Agnes zu seiner Enttäuschung schon in tiefen Schlaf versunken; und als er sie durch einen sanften Kuß auf die Stirn zu wecken suchte, fuhr sie mit der Hand über ihre Stirn und rollte sich unter der Decke zusammen wie ein kleines Kind, das von einer Fliege im Schlummer gestört worden ist. Und so schlief sie noch weiter, als am nächsten Morgen Adalbert erwachte, sich erhob, vernehmlich räusperte, hin und wider wandelte, frühstückte, sich in seine Amtstracht warf,—und schlief immer noch, als er endlich das Haus verließ und die Türe nicht ohne Geräusch hinter ihm zufiel.

Bald nach seinem Weggehen verließ auch Agnes das Haus und begab sich in den Markt. Die Gassen lagen still wie sonst; die Unterhaltungen der jungen Frau mit Bekannten, denen sie zufällig begegnete, und mit Kaufleuten, bei denen sie Einkäufe zu besorgen hatte, waren gleichgültig wie je, und wenn auch immer wieder auf die Rückkehr des jungen Fürsten die Rede kam, niemand schien sonderlich erregt über ein Ereignis, das ja im Laufe der Dinge ganz natürlich hatte eintreten müssen.

Auch in der Apotheke des Vaters hielt sich Agnes eine kurze Weile auf und teilte ihm mit, daß sie ihrem Gatten das Wort abgenommen, sich von nun an im Wirtshaus gefährlicher Reden zu enthalten, worauf sie zu ihrer Verwunderung vernahm, daß er schon am gestrigen Abend zwar nicht wenig getrunken, doch in des Tobias Klenk Geschwätz, das man nun als ganz widersinnig zu verlachen beginne, nicht wie sonst eingestimmt habe.

Auch zu einer ihrer Freundinnen trat Agnes ins Haus, die vor etlichen Jahren als ganz junges Mädchen ihr anvertraut, daß sie sich kein schöneres Los denken könne als das eines Gartenmägdleins, sich bald darauf, etwa zur selben Zeit wie Agnes, vermählt, seither zwei Kinder geboren hatte und nun ihren Frauen- und Mutterpflichten völlig hingegeben war. Agnes fühlte sich heute versucht, ohne recht zu wissen warum, der Freundin jene harmlos lüsternen Mädchenträume ins Gedächtnis zurückzurufen, indem sie Adalberts Vermutung von gestern abend, daß der junge Fürst das Schloß Karolslust unverzüglich seinen früheren Zwecken wieder zurückgeben werde, als eine ganz bestimmte Tatsache mitteilte. Die Freundin aber schien kaum zu begreifen, was Agnes eigentlich meinte, diese wurde verlegen, fühlte sich auf Wangen, Hals und Nacken blutrot werden und begann jetzt erst selbst zu verstehen, was sie und warum sie es ausgesprochen hatte. «Gartenmägdlein», das war plötzlich nicht mehr ein Wort, wie es bisher eines gewesen. Es war ein Bild, das vor ihr emportauchte und dessen Anblick sie süß erschauern machte. Bis zu dieser Stunde hatte sie es noch nicht beklagt, daß ihr kein Kind geschenkt war. Plötzlich empfand sie es wie einen Schmerz, und im nächsten Augenblick wurde ein Vorwurf gegen Adalbert daraus. Als sie nach kurzem Abschied von der Freundin wieder auf der Straße stand, bebte die Luft in erwartungsvoller Unruhe,—und es war doch nur ein Frühsommertag, wie sie schon viele ohne sonderliche Erregung erlebt hatte. Was kümmert's mich denn, fragte sie sich, daß der junge Fürst wieder im Lande ist! Hätte Adalbert nicht so törichtes Zeug über ihn geschwätzt, ich dächte gar nicht an ihn. Und auch daraus wurde ein Vorwurf gegen Adalbert.

Der aber schien sich wohl bewußt zu sein, welch eine Trübung im Verlauf der letzten Tage sein Bild in der Seele der Gattin erfahren hatte. Während des Mittagessens trug er heute ein minder lautes, ja befangenes Wesen zur Schau, als wollte er den Eindruck seines Gebarens von gestern und vorgestern in Vergessenheit bringen; und als er recht unvermittelt zwischen Suppe und Fleisch eines Gerüchtes Erwähnung tat, daß der junge Herzog sich demnächst mit einer Prinzessin von Württemberg verloben würde, verriet der Ton seiner Stimme nichts davon, daß er von dem gleichen Manne sprach, von dem gestern erst in einer ganz anderen Weise zwischen ihm und Agnes die Rede gewesen war. Und Agnes ließ darauf nur ein gleichgültiges «Ach, wirklich», vernehmen, ohne die Miene zu verziehen.

Nach dem Essen machte er sich mit Akten zu tun, die er aus dem Amt nach Hause genommen, und Agnes merkte, daß der Gedanke, Adalbert könne heute vielleicht auf den gewohnten Wirtshausbesuch Verzicht leisten, nichts Erfreuliches für sie barg. Ja, sie atmete beinahe auf, als Adalbert bei Eintritt der Dämmerung doch das Haus verließ, und sie war entschlossen, wann immer und wie lärmend er auch nach Hause zurückkehren sollte, sich fest schlafend zu stellen.

Doch sie hatte wirklich geschlafen, und so wachte sie auch wirklich auf, als Adalbert um Mitternacht an ihrem Bette stand, und es konnte ihm nicht entgehen, daß sie die Lider öffnete und blinzelte. Er schien diesen Augenblick nur erwartet zu haben; und sofort, in gelassenem, aber wichtigem Ton, berichtete er von dem Begebnis, das heute an der Tafelrunde im «Goldenen Ochsen» das einzige Tischgespräch gewesen war.

Tobias Klenk war im Walde nächst Schloß Karolslust mit einer Flinte betroffen und auf Anordnung des Oberjägermeisters wegen Verdachts der Wilddieberei und tätlicher Widersetzlichkeit gegen die Jagdgehilfen festgenommen und gefesselt in das Gefängnis von Karolsmarkt geschafft worden, wo er morgen dem Richter, also ihm, Adalbert Wogelein, vorgeführt werden sollte.

«Und was wirst du tun?» fragte Agnes ängstlich.

«Dies kann ich nicht sagen, ehe ich den Angeklagten vernommen habe.»

«Du erzähltest doch eben selbst, Adalbert, daß Tobias Klenk Wilddieberei getrieben und sich gewalttätig betragen habe. Sonst hätte man ihn wohl nicht in Ketten ins Gefängnis gebracht. So wirst du ihn in jedem Fall zu einer strengen Strafe verurteilen müssen.»

«Die Wilddieberei ist nicht erwiesen», erwiderte Adalbert stirnrunzelnd. «Und was es mit dem gewalttätigen Betragen gegenüber einer dreifachen Übermacht auf sich hatte, ob es sich nicht vielmehr um Notwehr gehandelt, auch das wird sich erst erweisen müssen. Ich werde meinen Spruch keinesfalls dem Oberjägermeister oder dem Fürsten zu Gefallen, auch nicht nach dem Buchstaben eines hinfälligen Gesetzes, sondern nach dem wahren Rechte fällen. Und selbst, wenn Tobias Klenk für seine arme Mutter einen Rehbock hätte schießen wollen, ja, wenn er einen von den fürstlichen Knechten, der sich an ihm vergriffen, niedergeschlagen hätte,—ich werde vor allem die Frage untersuchen, ob nicht auch diejenigen Personen zur Verantwortung zu ziehen wären, die ihm sein Eigentum, die Flinte, konfisziert, ihn körperlich angegriffen und ihm Hand- und Fußschellen angelegt haben.»

«Adalbert», rief sie und sah ihn mit angstvollen Augen an.

Doch glaubte er in ihren Blicken etwas wie Bewunderung zu lesen, und so fuhr er unbeirrt fort: «Ich überlegte eben, ob ich dem Tobias Klenk nicht ohne weiteres die Fesseln abnehmen oder ihn gar in Freiheit setzen lassen sollte. Aber bei genauerer Erwägung erscheint es mir richtig, daß die Sache in völliger Öffentlichkeit verhandelt werde.»

«Was hast du vor, Adalbert?»

«Hast du Furcht, Agnes, so steht es dir frei, dich heute noch in das Haus deines Vaters, des Bürgermeisters, zu begeben, um die etwaigen Folgen meines Tuns nicht mit mir tragen zu müssen.» Und er fühlte sich immer höher wachsen.

«Nie und nimmer würde ich dich verlassen, Adalbert, aber», sie hob beschwörend die Hände, «noch einmal bitte ich dich, zu bedenken—»

«Es ist alles bedacht, Agnes. Und wenn ich eines bedauere, so ist es, daß der Prozeß in unserem kleinen Städtchen und nicht in der Residenz oder besser noch vor dem Reichsgericht in Wetzlar verhandelt wird. Aber es könnte wohl sein, daß mein Wort auch von hier aus ins Weite dränge und sich an meinem Spruch eine Fackel entzündete, die über ganz Deutschland leuchtete.»

«Adalbert», rief Agnes, «du opferst dich deiner Freundschaft für Tobias Klenk auf.»

Adalbert reckte sich. «Ob Tobias oder ein anderer, ob Freund oder Feind, das kümmert mich nicht.»

«Du stürzest dich ins Verderben, Adalbert, und—mich dazu.»

Doch während sie so sprach, war es ihm wieder, als sähe er in der Tiefe ihres Blickes einen Strahl scheuer Bewunderung erglänzen, und es fuhr ihm durch den Sinn, daß er sich nun den Lohn für seine Kühnheit von ihren Lippen holen wollte. Er neigte sich zu ihr; ihr aber wehte Weindunst entgegen, sie zuckte zusammen;—und als er ihr näherrückte, brach sie plötzlich in Tränen aus. Adalbert war außerstande, sie zu beschwichtigen,—und so bitter es ihm ums Herz war, er mußte endlich von ihr lassen.

3

Als Adalbert Wogelein am nächsten Morgen die Gerichtsstube betrat, die zu ebener Erde in einem geräumigen, alten Gebäude auf dem Marktplatz untergebracht war, legte ihm der Schreiber, wie es Brauch war, eine Liste der zur Verhandlung bestimmten Fälle vor. Zuerst wurden zwei Bürger vorgerufen, zwischen denen eine Schuldforderung schwebte, die Adalbert nach Anhörung der Parteien und dreier Zeugen nach bestem Wissen und Gewissen zuungunsten des Klägers entschied, dessen Forderung als verjährt abgewiesen wurde. Dann wurden zwei Burschen vorgeführt, die einander bei einem Raufhandel erheblich verletzt, sich im Arrest unterdessen versöhnt hatten und nun nicht begreifen wollten, warum sie trotzdem jeder nach dem Spruch des Richters ein paar Wochen bei Wasser und Brot brummen sollten.

Während sie abgeführt wurden, drang in die Gerichtsstube die Kunde, daß soeben der junge Herzog in Karolsmarkt ohne jede Begleitung eingetroffen und vor dem Schulhause abgestiegen sei, wo er nun einer Unterrichtsstunde beiwohne. Der Schreiber, ein Mann in mittleren Jahren, nicht eben gelehrt, aber pfiffig genug, mit dem sich Adalbert Wogelein in eigener Person über verzwickte Rechtsfälle öfters in Diskurse einzulassen liebte, ließ nun den Richter wissen, daß der Herzog schon gestern, also kurz nach seiner Ankunft, in der Residenzstadt gewisse staatliche Ämter und öffentliche Anstalten überraschend visitiert hätte, was einigen Räten und Angestellten nicht sehr wohl bekommen sei.

Dem Adalbert rieselte es leicht über den Rücken; aber ohne sich zu der Mitteilung des Schreibers irgendwie zu äußern, trat er in die Verhandlung des nächsten Falles ein. Ein Landstreicher stand vor Gericht, ein jämmerlich aussehender, magerer, ältlicher Mensch, der verdächtigt war, aus dem Hause einer Witwe, wo er genächtigt, allerlei von ihrem verstorbenen Gatten hinterlassenes Handwerkszeug und auch Lebensmittel entwendet zu haben. Während er sich elend und weinerlich verschwor, daß er in seinem ganzen Leben nicht so viel gestohlen, als unter den Nägeln eines Fingers Platz habe, flog die Türe auf, ein junger Bursche stand da und rief atemlos: «Seine Gnaden, der Herzog!»

Adalbert wußte seine Ruhe völlig zu bewahren, verwies den Schreiber, der aufgesprungen war, auf seinen Platz und schickte sich eben an, dem Landstreicher eine neue Frage vorzulegen, als der Herzog eintrat, vornehm, aber ohne jede Prachtentfaltung in Schwarz gekleidet, schlank und stattlich, zwar jung, aber doch älter aussehend, als seinen Jahren gemäß war.

Adalbert Wogelein erhob sich und wollte dem Herzog ein paar Schritte entgegentun, um ihn mit schuldiger Ehrfurcht zu begrüßen; dieser aber, mit ziemlich leiser, aber wohlklingender Stimme, sagte: «Ich trag' Euch auf, Herr Richter, Eures Amtes weiter zu walten und die Verhandlung weiter zu führen, gerade so, als wenn ich nicht anwesend wäre.» Ebenso bedeutete er dem Gerichtsdiener, der das nachdrängende Volk zurückhalten wollte, er möge so viele hereinlassen, als immer nur Platz finden könnten, ließ es sich gerade noch gefallen, daß der Schreiber ihm einen Stuhl hinschob, und rückte ihn selber so, daß er seitlich neben dem Richter, doch ein wenig hinter ihm zu sitzen kam.

Ohne mit der Stimme zu beben, fuhr Adalbert Wogelein in seinen Fragen fort, und als der Landstreicher noch weiterhin leugnete, während die Witwe schwor, es könne kein anderer als er der Übeltäter gewesen sein, tat Adalbert den Spruch, daß der Angeklagte, bei dem sich nichts von den gestohlenen Sachen vorgefunden, aus der Haft zu entlassen, daß er aber unverzüglich den Ort und innerhalb vierundzwanzig Stunden das Land zu verlassen habe. Dann sagte er einfach: «Weiter», wie das eben seine Art war, wenn ein neuer Fall zur Verhandlung kommen sollte; und er bewies so seine Unbekümmertheit um die Anwesenheit des Herzogs, empfand es aber zugleich mit Genugtuung, daß er damit nach des Herzogs ausdrücklich kundgetanem Willen vorgegangen war.

Ohne den Aufruf des Gerichtsdieners abzuwarten, der sich noch mit dem Landstreicher zu befassen hatte, trat Tobias Klenk ein, in einem kavaliermäßig zugeschnittenen, doch abgetragenen Gewand, zu dem die hohen, gelben Stiefel nicht recht passen wollten. Das dunkle Haar hing ihm wirr in die blasse, gerunzelte Stirn, sein Blick war hochmütig und nicht ohne Tücke, und er sah abenteuerlich und beinahe bedrohlich aus. Er trat, als sei ihm von der Anwesenheit des Herzogs nichts bekannt, gerade vor den Richter hin und sagte in scharfem, aber nicht gerade grobem Ton: «Vor allem, Freund Adalbert, wünsche ich der Handschellen entledigt zu werden.»

Ein Raunen und Murmeln ging durch die enge, menschenerfüllte Stube, die Leute sahen zum Herzog hin, der unbeweglich mit gekreuzten Armen dasaß,—und dann erst zum Richter.

Dieser aber sprach: «Die Handschellen wären Euch schon vor Eurem Eintritt abgenommen worden, wenn Ihr so lange Geduld gehabt hättet, bis man Euch vorrief. Euer Freund aber, Tobias Klenk, wo immer ich es sein mag, hier in der Amtsstube bin ich es nicht.»

Auf seinen Wink wurden dem Tobias die Fesseln abgenommen und zugleich wies der Richter den Schreiber an, die Anklage gegen Tobias Klenk zur Verlesung zu bringen. Doch kaum hatte sich der Schreiber erhoben, als Tobias nach dem Papier griff, das jener in den Händen hielt, es zusammenknitterte und auf den Tisch warf. Er soll es mir nur nicht zu schwer machen, dachte Adalbert.

«Was kümmert mich das Papier!» rief Tobias. «Wo sind die Kerle, die mir meine Flinte weggenommen, mich geprügelt und mir Hand- und Fußschellen angelegt haben? Wo sind die Jagdgehilfen? Wo der Herr

Oberjägermeister? Mit ihnen habe ich zu schaffen, nichts mit dem Papier.»

«Tobias Klenk», sagte Adalbert Wogelein, und er hoffte, daß niemand das leise Zittern in seiner Stimme merken würde, «ich ermahne Euch, der Würde dieses Ortes eingedenk zu sein, der heute überdies durch die Anwesenheit Seiner Gnaden, unseres durchlauchtigsten Herzogs ausgezeichnet ist.» Das hätte ich nicht sagen sollen, dachte er gleich und vernahm auch schon die milde, aber feste Stimme des Herzogs: «Meine Anwesenheit tut nichts zur Sache, Herr Richter.» Und mit einer leichten Handbewegung wehrte er zugleich die allzu tiefe, geradezu höhnische Verbeugung ab, zu der sich Tobias Klenk nun bequemte, als wäre er des Herzogs eben erst gewahr geworden.

Adalbert Wogelein aber wies den Schreiber durch einen Blick an, zu lesen, worauf dieser das zerknitterte Papier, das er schon vorher an sich genommen, völlig entfaltete und begann:

«Am heutigen Nachmittag, bei einem Rundgange durch das herzogliche Revier, kaum hundert Schritte weit vom eingefriedeten Park, betraf ich, der unterzeichnete herzogliche Oberjägermeister Franz Sever von Wolfenstein, den hier gebürtigen, aber meist von hier abwesenden, übel beleumundeten Einwohner von Karolsmarkt Tobias Klenk» (hier lachte Tobias auf, und Adalbert schüttelte mißfällig den Kopf, man wußte nicht, ob über des Tobias Lachen oder über die Bemerkung des Oberjägermeisters zu des Tobias Leumund)—«mit einer Jagdflinte im Arm. Obzwar ich nach bestehendem Gesetz berechtigt, ja vielleicht sogar verpflichtet gewesen wäre, bemeldetem Tobias Klenk die Waffe ohne weiteres abzunehmen und ihn in Arrest führen zu lassen, verwarnte ich ihn vorerst und forderte ihn auf, sich unverzüglich aus dem Revier zu entfernen, das er offenbar nur zum Zwecke der Wilddieberei betreten hatte. Erst als er meine Aufforderung mit unverschämten, ja drohenden Worten erwiderte, pfiff ich um Sukkurs, worauf die in der Nähe befindlichen Jäger Kuno Waldhaber und Franz Rebler herbeieilten, bemeldetem Tobias Klenk die Flinte wegnahmen und, da er mit Händen und Füßen um sich schlug, sich überhaupt gebärdete wie ein Wütender, ihm Fesseln anlegten, worauf ich ihn in den Arrest nach Karolsmarkt abführen ließ, damit er vor dem ordentlichen Gericht in aller Form Rechtens verhört und abgeurteilt würde, wegen folgender drei Vergehen, als da sind: erstens: unbefugtes Tragen einer Waffe im herzoglichen Revier, zweitens: geplante Wilddieberei und drittens: gewalttätiges Vorgehen gegenüber herzoglichen Angestellten im Dienst.»

Sofort, nachdem der Schreiber geendet, richtete Adalbert Wogelein das Wort an den Angeklagten. «Euer Name ist Tobias Klenk?»

«So wahr der deine Adalbert Wogelein ist.»

«Alter—dreiunddreißig Jahre, unvermählt—»

«Und hoffe es zu bleiben.»

«Euer Beruf?»

«Bist du der überflüssigen Fragen nicht endlich müde, Adalbert?»

«Meine Pflicht ist zu fragen, wie die Eure zu antworten.»

«So setze in die Rubrik: was er war, kümmert keinen; was er einmal sein wird, vermag er selbst heute noch nicht vorherzusagen; was er ist, sieht jeder auf den ersten Blick—und wer es nicht sieht, dem ist durch Worte nicht zu helfen.»

«Euer Witz ist etwas zeitraubend», bemerkte Adalbert Wogelein. Und da er, zum Herzog schielend, zu bemerken glaubte, daß dieser lächelte, fügte er leichten Tones hinzu: «Somit werde ich auf eigene Verantwortung einschreiben: Dermalen beschäftigungslos.»

«Wieso, Freund Wogelein? Deine Beschäftigung ist zu fragen, meine zu antworten. Ich kann mir so wenig helfen als du; wir stehen beide unter demselben Gesetz, doch glaube ich fast, daß mir wohler zumute ist als dir.»

Ein leises Murmeln ging durch den Raum. Adalbert Wogelein saß unbeweglich. Und trotzdem werde ich ihn freisprechen, dachte er, mag daraus werden, was will. «Bekennt Ihr Euch schuldig, Tobias Klenk?» fragte er.

«Nein», erwiderte Tobias Klenk.

«So leugnet Ihr die Richtigkeit des Protokolls von des Herrn Oberjägermeisters Hand, das Euch eben vorgelesen wurde?»

«In den Tatsachen keineswegs, doch stelle ich in Abrede, daß diese Tatsachen eine Schuld zu bedeuten haben.»

«Ihr seid erstlich angeklagt, im herzoglichen Jagdrevier eine Waffe, und zwar eine Jagdflinte getragen zu haben, womit Ihr wissentlich ein strenges Gebot überschritten habt.»

«Ich weiß, daß dies ein Verbot ist, doch bestreite ich, daß man sich jedem, auch einem unsinnigen Verbot bedingungslos unterwerfen muß. So könnte es irgendeinem Fürsten einmal einfallen, ein Gebot zu erlassen, daß niemand mit gelben Stiefeln sein Revier betrete,—oder, daß kein Untertan mehr als drei Knöpfe an der Weste tragen dürfe. Wie denkst du, Adalbert Wogelein, wäre ich—oder wärst du gehalten, auch ein solches Gebot zu erfüllen, weil ein Fürst oder ein Oberjägermeister es erlassen?»

«Solche Verbote wären allerdings ohne Sinn», erwiderte Adalbert, «und schon die Annahme, daß ein Fürst solche Gebote erlassen könnte, bedeutet gewissermaßen eine Beleidigung der fürstlichen Autorität... Aber es handelt sich hier um das Verbot des Waffentragens, das keineswegs unsinnig ist, sondern, wie jedermann weiß, den offenbaren Zweck hat, die Wilddieberei zu verhindern.»

«Ich erkläre jedes Verbot als unsinnig», sagte Tobias, «durch das zugunsten eines Mächtigen die Freiheit von tausend Geknechteten willkürlich beschränkt wird. Und ich erkenne eine Welt nicht an, in der dem einen unbeschränkte Gewalt verliehen ist, zu befehlen, und hunderttausend andere verdammt sind, ihm zu gehorchen; eine Welt, wo der eine, der den Rehbraten verspeist, wann es ihm beliebt und ohne dafür zu bezahlen, überdies noch den andern darf einsperren lassen, der auch nur im Verdacht steht, Lust auf den Rehbraten verspürt zu haben.»

Das Raunen und Murmeln ringsum wuchs an. Adalbert Wogelein fühlte es heiß in seine Stirn steigen, denn der Satz, den Tobias Klenk eben vorgebracht, sah einem zum Verwechseln ähnlich, den Adalbert selbst vor wenigen Tagen am Wirtshaustisch «Zum Goldenen Ochsen» ausgesprochen hatte. Doch er behielt die Fassung und bemerkte mit überlegenem Lächeln: «Dies ist eine Philosophie, Tobias Klenk, über die Ihr Euch mit Gelehrten und Staatsmännern oder mit wem immer am Wirtshaustisch unterhalten mögt. Für uns hier bei Gericht steht nur der Kasus als solcher in Frage. Und was diesen anbelangt, kann ich Eure bisherigen Antworten nur einem Geständnis gleichsetzen,—daß Ihr deshalb mit der Flinte ins herzogliche Revier gekommen seid, um Euch... auf wohlfeile Weise einen Rehbraten zu verschaffen.»

«Leg' mir nichts in den Mund, was ich nicht gesagt habe, Adalbert. Man trägt Waffen zu mancherlei Anlaß, manchmal sogar zum eigenen Schutz. Daß ich die Waffe zum Zwecke der sogenannten Wilddieberei getragen, ist nicht bewiesen.»

«Hierüber wird das Gericht entscheiden», bemerkte Adalbert rasch. Und fügte hinzu: «Wir kommen nun zu dem dritten Punkt der Anklage: daß Ihr Euch der Entwaffnung widersetzt und gegen die herzoglichen Jäger tätlich vergangen habt.»

«Auch dies gestehe ich zu,—doch keineswegs als Schuld. Die Flinte ist mein Eigentum und gewiß so redlich von mir erworben, wie manches Jagdrevier und weiteres Gebiet von manchem deutschen Fürsten erworben ward. Kein Mensch hatte das Recht, mir mein Eigentum abzuverlangen oder gar zu entreißen. Ich aber war wohl berechtigt, mich meiner Haut zu wehren, als zwei bewaffnete Kerle über mich herfielen, die keinerlei Strafe zu erwarten gehabt hätten, wenn ich bei dieser Gelegenheit umgebracht worden wäre.»

«Es ist mit Gewißheit anzunehmen», sagte Adalbert mild, «daß Euch nichts zuleide geschehen wäre, wenn Ihr Euch gutwillig gefügt hättet, Tobias Klenk.»

«Ich bin der Mann nicht, mich zu fügen, auch wo mein Recht nicht über allem Zweifel steht. Und ich sollte es tun, wo mir Unrecht und Gewalt angetan wird?»

«Somit gesteht Ihr also zu», sagte Adalbert Wogelein, und es ward ihm schwül zumut, denn er fühlte, daß die Verhandlung ihrem Ende nahte und die Entscheidung, nicht über des Tobias Klenk Schicksal allein, in seine Hand gelegt war—«somit gesteht Ihr auch zu, daß Ihr Euch der Verhaftung tätlich widersetzt habt. Habt Ihr in diesem Punkte etwas zu Eurer Rechtfertigung vorzubringen?»

«Ich habe mich nicht zu rechtfertigen, da ich mir keiner Schuld bewußt bin, sondern ich erhebe Anklage, und zwar vorerst—»

Eilends unterbrach ihn Adalbert. «Habt Ihr eine Anklage vorzubringen, so mögt Ihr es zu gelegener Zeit und in ordnungsgemäßer Weise tun. Noch vier Fälle harren heute meines Spruchs. Wir müssen zu Ende kommen.»

«Ich klage an», begann Tobias Klenk von neuem—

«Stille», rief Adalbert Wogelein und dachte bei sich: Es ist ihm nicht zu helfen—und mir auch nicht.

«Ich klage an», rief Tobias Klenk, «erstens die beiden Jagdgehilfen Kuno Waldhaber und Franz Rebler, ferner den Oberjägermeister Franz Sever von Wolfenstein und drittens»—

Nur weiter, dachte Adalbert Wogelein, er gräbt sich selber sein Grab... und das könnte mich retten...

«Und zum dritten», schrie Tobias, «erhebe ich die Anklage gegen den Fürsten dieses Landes, den Herzog—»

«Es ist genug», rief Adalbert Wogelein mit erhobener Stimme, während aller Augen sich neugierig auf den Herzog richteten, dessen Miene nicht die geringste Bewegung verriet. «Die Anklage gegen den Landesherrn ist bei den Gerichten dieses Landes unzulässig. Doch steht es jedem Untertanen frei, der sich in seiner Ehre oder seinem Wohlergehen, durch wen immer es sei, auch durch den Fürsten seines Landes, gekränkt fühlt, die Klage beim Reichsgericht in Wetzlar einzubringen.» Er atmete tief auf, denn nun war er dem verwegenen und unverschämten Menschen so weit entgegengekommen, als es überhaupt möglich war. «Was aber nun den heute zur Verhandlung stehenden Fall anbelangt»,—er erhob sich,—«so spreche ich, Adalbert Wogelein, Richter in Karolsmarkt, Euch, Tobias Klenk, im Namen Seiner Gnaden des durchlauchtigsten Herzogs in drei Punkten—nach Euerm eigenen Geständnis—schuldig. Erstlich wegen Tragens einer verbotenen Waffe, zweitens wegen versuchter Wilddieberei und drittens wegen tätlicher Widersetzlichkeit gegen Beamte in Diensten Seiner Gnaden des Herzogs. Daß Ihr mit der Jagdflinte im herzoglichen Revier betroffen seid, könnt Ihr selbst nicht leugnen. Daß Ihr sie zu einem andern Zweck als zu dem der Wilddieberei getragen habt, ist durchaus unglaubwürdig. Daß Ihr Euch gegen Eure Festnahme mit unerlaubten Mitteln zur Wehr gesetzt, worauf Gefahr für Gesundheit und Leben der in Ausübung ihrer Pflicht handelnden Personen erfolgte, ist gleichfalls erwiesen. Somit verurteile ich Euch»—er zögerte, denn nun fühlte er, daß er im Begriff war, den Schicksalsspruch über sich selbst zu fällen—«zu Gefängnis in der Dauer von einem Jahr und nachheriger Landesverweisung.»

In diesem Augenblick war Adalbert auf mancherlei gefaßt. Er hielt es ebenso für denkbar, daß Tobias Klenk ihn sofort als Verschwörer und Spießgesellen angeben, als auch, daß er sich auf ihn stürzen und ihn tätlich angreifen würde. Scharf sah er ihm ins Auge, als wollte er ihn durch seinen Blick in Schach halten, doch vermochte er in dem des Tobias nichts anderes zu lesen als den Ausdruck einer grenzenlosen Verachtung. Noch unheimlicher aber war ihm, daß der Herzog nach wie vor schweigend, unbeweglich, mit über der Brust gekreuzten Armen auf seinem Platz sitzengeblieben war.

Adalbert gab dem Gerichtsdiener einen Wink, den Verurteilten abzuführen. Dieser, ohne den Richter, den Fürsten oder sonst einen der Anwesenden auch nur eines Blickes zu würdigen, wandte sich zur Tür und ging. Die übrigen blieben in der Gerichtsstube und, wie durch das Schweigen und die Unbeweglichkeit des Fürsten in Bann gehalten, sahen sich einander wohl unsicher an, verhielten sich aber regungslos.

Adalbert, einsam wie in einem luftlosen Raum, ließ wieder, fast ohne es selbst zu wissen, sein «Weiter» vernehmen. Er nahm einen Akt zur Hand, der vor ihm lag, wandte sich an den Schreiber, als hätte er ihm irgend etwas darauf Bezügliches zu sagen, und nahm die Gelegenheit wahr, ihm zuzuflüstern: «Sorgt dafür, daß der Tobias in eines der unteren völlig sicheren Kellergelasse eingeschlossen werde.» Der Schreiber nickte, erhob sich,—zugleich trat ein Bauer mit seinem Weibe ein, als Klägerin gegen ihren Mann, der sie mißhandelt hatte.

Noch als Adalbert Wogelein die ersten Fragen an die beiden stellte, erhob sich der Herzog; als Adalbert das gleiche tat, wehrte der Herzog ab, sagte mild: «Ihr dürft Euch nicht stören lassen, Herr Richter!», grüßte nach allen Seiten und ging, wie er gekommen, ohne auch nur durch ein Wort seiner Zufriedenheit oder seiner Mißbilligung Ausdruck zu verleihen. Von der Türe aus winkte er, ohne zu lächeln, dem Richter huldvoll zu, der trotzdem nicht vermochte, sich beglückt zu fühlen.

Die Leute, die nun dem Herzog nachströmten, verwies er unwirsch zur Ruhe und fuhr in der Vernehmung des Ehepaares fort. Der Schreiber kam zurück und bedeutete dem Richter durch einen Blick, daß dessen Auftrag bestellt und ausgeführt sei. Adalbert Wogelein brachte die Angelegenheit mit dem uneinigen Ehepaar eilig und etwas verdrossen zu Ende, noch eiliger die nächsten Streitfälle, schloß vorzeitig die Gerichtsstunde, vergewisserte sich beim Gefängnisaufseher, daß Tobias sich in sicherem Gewahrsam befinde, und mahnte nochmals, daß man ja keinerlei Vorsichtsmaßregeln gegenüber Tobias Klenk außer acht, daß man es ihm aber an reichlichem Essen und Trinken nicht fehlen lassen dürfe.

Auf der Straße erfuhr er, daß der Herzog indes einige Handwerker aufgesucht hatte; so einen Goldschmied, dem er ein paar Schmuckstücke abgekauft, einen Drechsler, von dem er ein Schachspiel erworben;—und daß er sich jetzt eben in der Kirche aufhalte, nicht etwa, um seine Andacht zu verrichten, sondern, um sich von dem Schullehrer, der als geschickter Organist bekannt war, auf der Orgel vorspielen zu lassen. Die mächtigen Töne drangen an Adalberts Ohr, als er an der Kirche vorbeiging, vor der der Wagen des Herzogs wartete. Im übrigen war die Straße fast leer, da die Menge dem Herzog in das Gotteshaus gefolgt war.

4

Der Tag war schwüler, als es zu dieser frühen Jahreszeit der Fall zu sein pflegte, kein Lüftchen rührte sich, und Adalbert war es an Leib und Seele nicht behaglich zumute. Obzwar er sich selbst das Zeugnis erteilen mußte, daß er sich in seiner unsäglich schwierigen Lage so würdig und klug betragen, als nur immer möglich war; er fühlte sich nicht nur seltsam unsicher, sondern auch unzufrieden mit sich selbst, wie nie zuvor. Er fragte sich aufs Gewissen, ob sein Spruch anders ausgefallen wäre, wenn der Fürst der Verhandlung nicht beigewohnt hätte. Doch hier erhob sich gleich die zweite Frage, ob nicht vor allem Tobias Klenk in diesem Falle sich anders benommen,—ob sanfter oder frecher war freilich schwer zu sagen. Nun, wie immer, nach dem offenbaren Tatbestand war es nicht möglich gewesen, den Tobias Klenk jeder Strafe zu entheben; und ob man ihn nun auf ein halbes oder für ein ganzes Jahr hinter Schloß und Riegel sperrte, das machte keinen großen Unterschied.

Was den Richter Wogelein am schlimmsten peinigte, das war, daß er sich seinem Weibe gegenüber gerühmt hatte, er würde den Tobias in jedem Falle völlig frei ausgehen lassen. Aber war sie von dieser seiner Absicht nicht selbst aufs heftigste erschreckt gewesen und mußte nun erleichtert aufatmen, wenn sie hörte, daß Tobias Klenk seine Schuld gar nicht geleugnet und sich vor Gericht über alle Maßen frech und herausfordernd betragen hatte, als legte er es geradezu darauf an, das strengste Urteil über sich heraufzubeschwören? Was mochte nur hinter diesem Betragen für eine geheime Absicht gesteckt haben? War es nur leidige Prahlsucht gewesen? Oder ehrliche innere Empörung? Oder am Ende nur der boshafte Drang, den alten Freund und Schulkameraden, den Richter Adalbert Wogelein, in die Tinte zu bringen?

Bei diesem Gedanken überlief es ihn kalt. Was wußte er am Ende von des Herzogs wahrer Gemütsart und eigentlichem Wesen? Hatte der Schreiber heute morgen nicht allerlei verlauten lassen von unangenehmen Dingen, die gewissen Räten in der Residenz zugestoßen waren? Ob man es mit einem milden oder gar edlen Fürsten zu tun hatte, oder mit einem verschlagenen, grausamen Herrn, das mußte sich erst erweisen. Und keineswegs war es außer dem Bereich aller Möglichkeit, daß vor dem Hause des Richters Wogelein schon die Häscher warteten, um ihn wegen geheimen Einverständnisses mit einem frechen und staatsgefährlichen Gesellen festzunehmen und in den Kerker zu schleppen. Durch die undurchdringliche, aber herablassende Art des Herzogs in trügerische Sicherheit gewiegt, hatte Adalbert die furchtbare Gefahr, in der er schwebte, bisher kaum erwogen. War es nicht geraten vorzubauen, soweit das noch möglich war? Sollte er nicht unverzüglich Audienz nehmen beim Herzog und ihn aufklären, daß es mit ihm, dem Richter Wogelein, keineswegs so bestellt sei, wie man nach des Tobias Klenk Geschwätz und Gebaren wohl hätte vermuten dürfen? Daß er ein redlicher und treuer, wenn auch eigenwillig und mutig denkender Beamter des Herzogtums war, der sich in seinem Leben nichts Böses hatte zuschulden kommen lassen?

Und nun erst kam die rechte Erbitterung über ihn. Welch ein heilloser Narr dieser Tobias in jedem Falle! Was war ihm nur ins Gehirn gefahren, daß er sich vor dem Herzog als Empörer gebärdet, ja bekannt hatte, ehe die Zeit für solche Vermessenheit gekommen war? Hatte er nicht Verdacht geweckt gerade an der Stelle, wo Mittel zu Gebote standen, Verschwörungen nachzuspüren, sie im Keim zu ersticken und ihre Anstifter aufs grausamste zu bestrafen? Und was hatte es überhaupt für eine Bewandtnis mit der Verschwörung, von der Tobias immer in dunklen Worten redete? Und wo steckten sie denn, die Kameraden, die nur auf die Zeichen warteten? Und was waren das für Zeichen, die kommen sollten—? Ha, ob dem Tobias Klenk nicht am Ende selbst bange geworden war vor gewissen Verpflichtungen, die er auf sich genommen, vor Schwüren, die er geleistet—und ob er sich nicht einfach ins Gefängnis hatte sperren lassen, um vor den Mahnungen und Befehlen seiner Spießgesellen in Sicherheit zu sein?—Und nun stand er, Adalbert Wogelein, als der allein Verantwortliche, als eingeweiht gewissermaßen, stand selbst als ein Verschworener da, gerade er, der im Grunde von der ganzen Sache so gut wie gar nichts wußte und nicht das geringste verstand—?

Und wie, wenn nun die Verschwörer, die jetzt, wenn man dem Tobias glauben durfte, verstreut, an verschiedenen Orten des Deutschen Reichs in der Verborgenheit warteten, hier in Karolsmarkt erschienen und ihn zur Rechenschaft forderten dafür, daß er den Tobias Klenk ins Gefängnis gesperrt hatte—?

Schweißtropfen perlten ihm auf der Stirn. Gefahren überall—es war, um toll zu werden. Er war so rasch gegangen, daß er sein Haus schon zu sehen vermochte, das, als das letzte im Ort, in freundlicher Spätnachmittagsstille mit blühendem Flieder im Vorgarten, friedlich und unbeirrt heiter dalag, obzwar indes graue Wölkchen am Himmel heraufgezogen waren. Nun, hier sah es keineswegs danach aus, als wenn Häscher irgendwo im Hinterhalt lauerten.

Doch nun war es ein anderer Gedanke, der ihn ganz plötzlich beunruhigte und schlimmer beinahe, als es die früheren getan: er mußte sich gestehen, daß er dem Wiedersehen mit Agnes geradezu mit Angst entgegensah. Am Morgen, da er das Haus verlassen, war sie noch zu Bette gelegen, und eine unbegreifliche Befangenheit hatte ihn erfüllt, als sie ihm mit fremdem Blick, in dem keine Erinnerung des vergangenen Abends mehr zu schimmern schien, die Stirne zum Morgenkuß geboten und sich gleich wieder, als wollte sie den Beginn eines neuen Tages überhaupt noch nicht wahrhaben, abgewandt und die Augen geschlossen hatte. Wie würde sie ihn nun empfangen? Wie aufnehmen, was er ihr zu erzählen hatte?

Er fand Agnes im Erker sitzen, den Blick dem Wäldchen zugewandt, das, ein paar Schritte von hier beginnend, sich bis zum Schlosse Karolslust und darüber hinaus erstreckte, und eine Häkelarbeit ruhte ihr im Schoß. Sonst, wenn sie Adalberts Schritt nur hörte, pflegte sie ihre Arbeit zu unterbrechen und ihm entgegenzugehen. Heute aber schien sie seinen Eintritt zuerst nicht zu bemerken; dann, ganz plötzlich, erhob sie sich, lief ihm entgegen und umhalste ihn so stürmisch, wie es sonst ihre Art nicht war. Zuerst stutzte er, dann dachte er aufatmend: Sie weiß schon! Man hat ihr berichtet, wie würdig ich mich gehalten habe, und sie ist stolz auf ihren Gatten. Er überließ der Magd Mantel und Hut, und heiter bemerkte er: «Das Essen ist hoffentlich fertig. Ich darf sagen, daß ich mich bei recht gutem Appetit befinde.»

Als die Magd das Zimmer verlassen, wollte Agnes, wie sie es manchmal halb scherzend zu tun pflegte, selbst die Perücke vom Haupte ihres Gatten entfernen. Er ließ es sich nicht gefallen und behielt sie, als gälte es, Würde zu bewahren, auf dem Kopf.

«Nun, wie hat man sich heute den ganzen Tag befunden?» fragte er vergnügt. «Viel geschafft in Haus und Garten? Besuch empfangen?»

Sie verneinte. Er wunderte sich. Wenn niemand dagewesen war, woher wußte sie? Und wenn sie nicht wußte, was war es, das sie so fröhlich machte? Und vorsichtig fragte er: «Was hast du denn, meine liebe Frau? So guter Dinge und dabei so schweigsam kenn' ich dich gar nicht.»

«Denk' nur, Adalbert», sagte sie, und ihre Augen leuchteten. «Gleich nachdem du fortgingst heute morgen, ich war eben aufgestanden, fuhr der Herzog vorbei und winkte mir einen Gruß zu.»

Dem Adalbert Wogelein wollte das Herz vor Grimm erstarren. Er ließ sich's nicht merken, und mit abgewandtem Gesicht sagte er: «Das ist weiter nicht wunderbar. Er kann wohl nicht anders als an unserem Haus vorbeifahren, wenn er von der Residenz über Karolslust in den Markt will.»

«Und ich, denk' nur Adalbert, erkannte ihn nicht gleich. Ich dachte, es sei ein Hofkavalier oder sonstwas von der Art. Erst als er lächelte und grüßte, wußte ich, daß er es war und kein anderer. Und da verneigte ich mich tief.» Und in der Erinnerung neigte sie sich wieder und blieb eine Weile in dieser Haltung stehen.

«Da hast du recht daran getan», sagte Adalbert mit noch verhaltenem Grimm, «daß du dich so höflich verneigt hast. Es muß freilich etwas komisch ausgesehen haben, wenn du dabei geradeso rot geworden bist, wie jetzt,—da du mir's berichtest.»

Mühselig beherrscht, nahm er sie um die Hüfte, sie sah ihn befremdet von der Seite an, und er geleitete sie zum Tisch, wo eben die Suppe aufgetragen war.

Agnes teilte vor und sagte: «Es mag wohl sein, daß ich ihm etwas komisch erschienen bin, denn er wandte sich lächelnd nach mir um und winkte mir nochmals einen Gruß zu.» Sie hob die Hand und winkte in der gleichen Art, wie es der Herzog getan haben mochte.

«Ist es möglich?» rief Adalbert, mit dem Löffel heftig in seinem Teller rührend, «winkte dir einen Gruß zu? Was für ein herablassender, gnädiger Herr. Nun, wenn die Tante Katharina am Fenster gestanden wäre, dann hätte sich der Herzog wohl nicht umgewandt, vielleicht kaum gegrüßt,—die würdige Frau am Ende gar nicht bemerkt.» Und er lachte überlaut.

«Was sprichst du denn da, Adalbert! Meinst du wirklich, sein Gruß galt meiner Jugend, meinem Blondhaar und glatten Gesicht? Er grüßt gewiß alle Menschen, Frauen und Männer, Junge und Alte auf die gleiche Weise. Hättest du ihn nur gesehen! Welche Güte, welcher Adel, welche Heiterkeit in seinem Blick! Es hat mich froh gemacht für den ganzen Tag. Nicht nur um meinetwillen, Adalbert, für uns alle!»

«Wahrhaftig, Agnes, was du aus seinem Antlitz alles herauszulesen vermochtest! Es muß wohl an mir liegen, daß mir nicht das gleiche gelang. Was freilich daher kommen mag, daß ich ihn leider nicht lächeln, sondern nur eine ganz verdammte Tyrannenfratze schneiden sah.»

Ihr blieb der Löffel zwischen Mund und Teller stehen. «Was sagst du da? Du hast den Herzog gesehen, Adalbert?»

«Nun was ist daran wieder Wunderbares? Denkst du, im Markte habe er sich unsichtbar gemacht? Oder er habe nur Schule, Bürgermeisteramt und Kirche besucht, ein Schachspiel, Kettlein und Ringe gekauft und sich Orgel vorspielen lassen? Bei Gericht war er gleichfalls, wie sich's gehört,—und hatte die besondere Gnade, wohl eine Stunde lang oder mehr meiner Amtierung beizuwohnen.»

Sie erblaßte. «Und das sagtest du mir nicht gleich, Adalbert? Was ist geschehen? Was sprachst du da früher von Tyrannenfratze und verdammt? Rede, Adalbert, rede! Mir ist, als hätte ich zu heiterer Laune keinen Anlaß mehr! Er war dabei, als du über Tobias Klenk zu Gericht saßest? Rede, Adalbert!—Du hast den Tobias—am Ende gar freigesprochen?»

Adalbert runzelte die Stirn. «Wenn ich's nicht getan, so war es nur, um ihn vor Schlimmerem zu bewahren.» Und den Teller von sich wegschiebend: «Daß du's nur gleich weißt, Agnes, um des Tobias Klenk willen war der Herzog nach Karolsmarkt gefahren.»

«Wie?!»

«Alles andere geschah nur zum Schein. Es war ihm nämlich unverzüglich hinterbracht worden, daß der Oberjägermeister von Tobias Klenk so übel behandelt worden sei, und man ließ mich wissen—daß du's nicht verrätst, Unglückselige—, es werde gewünscht, daß den Tobias die strengste Strafe ereile, kurz und gut, daß er gehängt werden sollte. Denn es ist kein Zweifel, daß das Gerücht von der Verschwörung, die sich vorbereitet, auch schon zum Herzog gedrungen ist.»

«Um Himmels willen», rief Agnes und rührte keinen Bissen von dem Braten an, der eben aufgetragen worden war. «So geht's am Ende auch dir an den Kragen?»

Adalbert stürzte ein Glas Wein hinunter. «Nicht von mir ist die Rede—bis auf weiteres—aber daß du's nur weißt: so verhält es sich in Wahrheit, Agnes, so sieht dein edler, gütiger Herzog in der Nähe aus. Hängen lassen einen armen Teufel, der seiner Mutter was zum Essen heimbringen will!—Und wenn du den Kerl gesehen hättest, Agnes, der sich heute in aller Frühe, ehe ich ins Amt trat, an mich heranschlich und mir zu verstehen gab, man werde meine Dienste zu belohnen wissen! Aus welchem Stoff, frage ich mich, schafft unser Herrgott solche Visagen? Und wie sind einem Fürsten dergleichen Kreaturen immer sofort zur Hand? Und wie machen sie's, daß sie in den Erdboden verschwinden, wenn sie ihr Sprüchlein aufgesagt haben?»

«Erzähl' doch, erzähl' doch», sagte Agnes mit erstickter Stimme.

«Als wüßtest du nicht schon genug», entgegnete Adalbert. «Plötzlich saß der Herzog da, niemand wußte, wie er hereingekommen war. Daß er selbst in höchsteigener Person erscheinen würde, das hatte jener Kerl verschwiegen. Aber nun, als ich ihn da sitzen sah, den Herzog, wußte ich, daß er nur wegen des Tobias Klenk aus der Residenz hierhergefahren war, den man ihm als Anführer denunziert hatte. Ich aber ließ mich's nicht anfechten, waltete meines Amtes weiter wie jeden Tag und gab nicht eher Weisung, den Tobias vorzuführen, als bis die Reihe an ihn kam. Der aber schien es geradezu darauf angelegt zu haben, sich um den Hals zu reden. Nicht nur, daß er ohne weiteres gestand, wessen er beschuldigt war, zum Überfluß hielt er noch eine Rede gegen Fürstentum und Tyrannei, behandelte mich dabei als seinen Duzkameraden, so, als hätte er es verwettet, daß ich neben ihm am Galgen hängen sollte—wahrhaftig, er hat es nicht um mich verdient, daß ich ihn so gelind behandelte, wie ich's tat, und ihn nur zu ein paar Monaten verurteilte, noch weniger aber verdient er's, daß ich ihn, wie es meine feste Absicht ist, sobald es irgend angeht, vielleicht noch in dieser Nacht, aus dem Gefängnis befreien und in sicherer Hut über die Grenze schaffen lasse, um ihn vor der Rache des Herzogs zu erretten.»

«Ist dies dein Ernst?» rief Agnes aus.

«So wahr ich hier an diesem Tische sitze.»

«Nun», rief Agnes, «da mir Gott solch einen unverbesserlichen Narren zum Mann gegeben hat, so will ich selbst um Audienz beim Herzog ansuchen und ihn anflehen, daß er dich dein Betragen nicht soll büßen lassen, weil ja nur der Tobias Klenk an allem schuld ist, der dich verrückt gemacht hat.»

«Was fällt dir ein, Unglückselige», schrie Adalbert auf. «Willst du mich dem Herzog in die Hände liefern, dem in diesem Augenblick doch wohl noch keinerlei triftige Beweise gegen mich vorliegen?» Er packte sie bei den Schultern und hielt sie fest, als hätte er Angst, daß sie ihr Wort gleich wahrmachen könnte. «Oder wünschest du etwa—daß ich ohnmächtig hinter Kerkermauern schmachte, damit der elende Wüstling ungehindert—»

In diesem Augenblick ließ sich von der Straße her ein dumpfer Krach vernehmen. Da der Himmel sich indes völlig umwölkt hatte, dachte Adalbert zuerst, es könnte ein Donnerschlag sein, aber es hatte doch anders geklungen; etwa so, wie wenn irgendein schwerer Gegenstand niedergestürzt wäre. Agnes lief ans Fenster, beugte den Kopf hinaus, wandte sich zurück an Adalbert, der in ahnungsvollem Schreck dastand, wie an den Boden gewurzelt.

«Ein Wagen ist—umgefallen», sagte Agnes tonlos. Adalbert trat zu ihr. Am Fenster vorbei lief eben die Magd der Unfallstelle zu.

Etwa fünfzig Schritte vom Hause entfernt, auf offener Straße, lag die Hofkarosse. Der Kutscher richtete sich eben aus dem Felde auf, auf das der Sturz ihn hingeschleudert; ein Lakei, etwas gekrümmt, reichte seine Hand einer männlichen Gestalt entgegen, die unter allerlei Körperverrenkungen unter dem Wagen emportauchte, plötzlich aufrecht dastand und die Arme reckte. Es war der Herzog. Sie hörte seine Stimme, ohne die Worte verstehen zu können. Er wandte sich anscheinend mit beruhigenden Worten an einige Leute, die herbeigeeilt waren, und schien dem Lakai einen Befehl zu erteilen. Der Kutscher war schon mit den Pferden beschäftigt, der Herzog sah rings um sich, und sein Blick fiel sofort auf das alleinstehende Haus des Richters, ohne daß er von seinem Standort aus die beiden Köpfe am Fenster hätte wahrnehmen können.

Nach kurzer Überlegung schritt er dem Hause zu, die Magd lief ihm voraus, Gartenpforte und Haustür waren offen geblieben. Die Magd stürzte ins Zimmer, vermochte aber kein Wort herauszubringen, wies hilflos mit beiden Armen hinter sich und verschwand wieder. Adalbert und Agnes sahen einander mit leeren Blicken an. Sie hörten Schritte draußen. Adalbert, zuerst seine Fassung gewinnend, ging dem Herzog in den Vorraum entgegen und empfing den Eintretenden mit einem tiefen Bückling.

Der Herzog erkannte ihn sofort. «So, ist das Euer Haus, mein werter Herr Richter? Das trifft sich gut. Wollt Ihr mir Obdach gewähren, bis der kleine Schaden an meinem Wagen repariert ist?»

Die ersten schweren Regentropfen fielen eben auf die Schwelle.

«Herzogliche Gnaden», begann Adalbert, ohne vorerst ein weiteres Wort herauszubringen, und mit devoter Gebärde wies er auf die offene Tür ins Wohngemach. Der Herzog trat ein, Adalbert folgte.

Agnes, immer noch am Fenster, hatte dem Eintretenden den Kopf zugewandt. Sie neigte sich kaum; die Blässe ihres Angesichts, das Leuchten ihres Blicks, das schlaffe Niedersinken ihrer Arme war Gruß genug.

Der Herzog wandte sich flüchtig zu Adalbert, der in gebückter Haltung hinter ihm stand. «Eure Hausfrau, Herr Richter?» Und, ohne eine Antwort abzuwarten, vor Agnes hintretend: «Heute morgen, als ich vorüberfuhr, hielt ich Euch für ein junges Mädchen. Willkommene Fügung, daß mir das Rad gerade vor diesem Hause aus der Achse lief. Schlimmeres nämlich ist nicht geschehen. Ich werde Euch nicht lange zur Last fallen. Aber ich habe Euer Mahl unterbrochen, das war nicht die Absicht; mit Eurer Erlaubnis werde ich an Eurem Tische Platz nehmen.»

«Durchlauchtigster Herzog», sagte Adalbert und rückte einen Sessel zurecht, «die Ehre, die unserem geringen Hause widerfährt, ist so groß, daß auch der untertänigste Dank weit hinter dem Gefühl unseres Glükkes zurückbleiben mußte.» Er warf einen raschen zwinkernden Blick zu Agnes hin, mit dem er sie glauben machen wollte, daß nur versteckter Hohn seiner Rede eine so demütige Fassung verliehen.

Agnes aber, völlig in den Anblick des Herzogs verloren, hatte kaum gehört, was Adalbert gesprochen. Der Herzog lud sie durch eine Gebärde ein, Platz zu nehmen. Sie stand regungslos. Adalbert gab ihr einen Wink, der Aufforderung des Herzogs Folge zu leisten. Sie merkte nichts davon. Nun trat der Herzog selbst auf sie zu, ergriff ihre Hand, führte sie nach höfischer Sitte an den Tisch hin; und erst, als sie sich niedergelassen, setzte er selbst sich ihr gegenüber, während Adalbert unschlüssig stehenblieb.

«Nun, Herr Richter», meinte der Herzog lächelnd, «wollt Ihr uns nicht Gesellschaft leisten?»

«Durchlauchtigster Herzog», erwiderte Adalbert, «unser Mahl war bereits zu Ende. Aber ich bitte um gnädige Erlaubnis, Durchlaucht einen Imbiß und einen Trunk anzubieten.»

Der Herzog entgegnete, daß er gern von den verzuckerten Früchten und dem Backwerk ein paar Bissen verzehren und dazu einen Schluck Wein trinken wolle. Adalbert brachte Teller und Glas, teilte vor und schenkte ein. Nun aber bestand der Herzog darauf, daß Adalbert sich niedersetze; trank seinen Gastgebern zu und forderte sie auf, ihm Bescheid zu tun.

Adalbert tat so, Agnes aber hielt ihr Glas fest umklammert, und erst ein neuer ermutigender Blick des Herzogs vermochte sie dazu, ihr Glas an die Lippen zu führen und daran zu nippen. Adalbert schenkte dem Herzog von neuem ein, dieser trank, aß eine verzuckerte Aprikosenschnitte, sah sich beifällig im Zimmer um, lobte die blitzblanke Wohlgehaltenheit des Raums, die hübsche Lage des Hauses, das anmutige Gärtchen; seine Worte flossen freundlich-harmlos dahin, er legte es sichtlich darauf an, der schönen Hausfrau jede Befangenheit zu nehmen. Adalbert aber, so sehr er es bedauerte, daß der Herzog bei dem Sturz mit dem Wagen sich nicht den Hals gebrochen, fühlte sich widerstandslos von dem Glanz geblendet, den die Anwesenheit des Fürsten in seinem Haus verbreitete.

Der Herzog äußerte sich mit Anerkennung über das treffliche Spiel des Organisten, woran er sich eben in der Kirche erfreut, und pries die Geschicklichkeit der Handwerker, bei denen er Waren eingehandelt hatte; der Besuch der Schule war gleichfalls zu seiner Zufriedenheit abgelaufen, für das reinliche Aussehen sowie die Betriebsamkeit des Städtchens fand er die freundlichsten Worte und kargte nicht mit Lob für die Person des Bürgermeisters, den er schon in früher Morgenstunde, völlig unerwartet aus der Residenz vor dem Stadthaus eintreffend, fleißig über den Stadtakten angetroffen habe.

«Der Bürgermeister, Herzogliche Gnaden», erlaubte sich der Richter einzuwerfen, «ist der Vater meiner Frau.»

Der Herzog nickte und lächelte zu Agnes hin, die noch immer keine Silbe gesprochen und mit großem Blick an den Lippen des Herzogs hing. «So habt Ihr denn, schöne Frau», sagte der Herzog, «nicht nur einen guten Ehemann, sondern einen vorzüglichen Vater; und ich freue mich, so treffliche Männer in meinen Diensten zu wissen.» Und sich an Adalbert wendend, dem das Herz nun wieder heftig zu klopfen anfing.

—«Die Stunde bei Gericht, warum soll ich's verschweigen, war mir die merkwürdigste von allen. Und besonders die Erscheinung dieses abenteuerlichen Gesellen in gelben Stiefeln, wie hieß er doch nur?»

«Tobias Klenk, Herzogliche Gnaden.»

—«war mir unterhaltend und lehrreich zugleich. Ich hätte kaum gedacht, daß es in meinem kleinen Lande so originale Köpfe gibt.»

Adalbert Wogelein hielt den Atem vor angstvoller Spannung an, und der Herzog sprach weiter: «Ich finde es sehr lobenswürdig von Euch, Herr Richter, daß Ihr es nicht verschmäht, Euch mit solchen Subjekten, wenn sich's so fügt, an einen Tisch zu setzen. Nur auf solche Weise gewinnen Menschen, deren Beruf Einblick in andere menschliche Seelen erfordert, Kenntnisse und Erfahrungen, die ihnen sonst leicht versagt bleiben.»

«Dies habe ich früh eingesehen, Herzogliche Gnaden», bemerkte der Richter mit einem unsicheren Blick zu Agnes hin, die sich in ihrem Schweigen immer weiter von ihm zu entfernen schien, und er fügte hinzu: «Es gibt allerhand gefährliche Gesellen in unserem Land.» Dies hatte er eigentlich nicht sagen wollen, aber nun war es einmal geschehen.

«Da mögt Ihr recht haben, Herr Richter», sagte der Herzog. «Aber zu diesen gefährlichen Menschen scheint mir der Tobias Klenk nicht zu gehören. Dergleichen Subjekte sind nicht ernst zu nehmen. Zum mindesten bedeuten sie nichts für sich allein. Vereint mit vielen ihresgleichen und innerhalb einer aufgeregten Masse können sie wohl Unheil stiften, aber hierzulande besteht wenig Gefahr, daß die Ansichten, die der närrische Mensch vor Gericht großtuerisch zum besten gab, bei meinen wohlgesinnten Untertanen irgendwelchen Widerhall fänden. Wie denkt Ihr darüber, Herr Richter Adalbert Wogelein?»

«Hierfür, Herzogliche Gnaden, glaube ich gleichfalls mich verbürgen zu können. Freilich, wenn mir eine Bemerkung verstattet ist—»

«Sprecht nur frei, Adalbert Wogelein», sagte der Herzog.

«Auch als einzelne Personage, Durchlauchtigste Gnaden, wäre gerade Tobias Klenk nicht als ungefährlich anzusehen, wie Durchlauchtigste Gnaden es in fürstlicher Milde anzunehmen geruhen. Solches hat er nicht nur durch sein Verhalten gegenüber dem Herrn Oberjägermeister und dessen Gehilfen, durch sein ungebührliches Betragen vor Gericht, überdies in Anwesenheit seines Durchlauchtigsten Fürsten, in höchst bedauerlicher Art kundgegeben—auch seine Vergangenheit, sein Leumund, die Gerüchte—»

«Nun», unterbrach ihn der Herzog mit leichter Ungeduld, «es wird solchen Gesellen niemals gelingen, in meinem Land irgend was Übles anzurichten, so lange ich so tüchtige Leute, seien es nun Jäger oder Richter, in meinen Diensten habe, als mir—durch Gottes Fügung—vergönnt ist.»

Während er so sprach, sah er wie in wachsendem Unbehagen an dem Richter vorbei. Doch den Blick seiner Frau fühlte Adalbert von Sekunde zu Sekunde immer starrer auf sich gerichtet, und er begann zu wünschen, daß all die freundlich herablassenden Worte des Herzogs, dessen gütig-mildes Betragen nichts anderes zu bedeuten hätte als Verstellung—und Tücke—wünschte beinahe, daß draußen vor dem Hause wirklich die Häscher schon bereitstünden und nur eines herzoglichen Winkes harrten, um ihn, Adalbert, ins Gefängnis zu schleppen, so daß sich am Ende doch alles, was er lügnerisch und feig seiner Frau über den Fürsten erzählt hatte, als traurige Wahrheit erwiese. Doch während er so dachte, fühlte er zugleich, wie er das Haupt zum Dank für das Lob des Herzogs wider Willen gleichsam bis zum Teller hinabneigte; und was er sich zu eigenem Staunen fast wie einen, der gar nicht er selber war, sagen hörte, waren die demütigen Worte: «Meines Durchlauchtigsten Herrn Zufriedenheit zu erringen, wird mir jederzeit das höchste Glück bedeuten.»

Der Lakai trat ein und meldete, daß der Wagen instand gesetzt sei. Der Herzog erhob sich, trank Agnes noch einmal zu und sprach: «Nehmt meinen Dank für die freundliche Bewirtung. Ich möchte mich Euch gerne erkenntlich zeigen, und so bitt' ich Euch, einen Wunsch auszusprechen, dessen Erfüllung Euch am Herzen liegt—noch ehe ich von diesem gastlichen Hause Abschied nehme.»

Doch Adalbert, als wollte er verhüten, daß Agnes vor dem Herzog ihre Stimme vernehmen lasse, erwiderte an ihrer Statt: «Daß Eure Herzogliche Gnaden geruhten, in unsere arme Hütte einzutreten, an unserem bescheidenen Tisch zu sitzen und von unserem schlechten Wein zu trinken, ist uns überreicher Dank.»

«Euch vielleicht, Herr Richter», entgegnete der Herzog kühl. «Und da ich eine Erwiderung dieser Art von Euch beinahe erwarten konnte, zog ich es vor, meine Frage an Eure anmutige Gattin zu richten;—auch darum, daß ich endlich den Ton ihrer Stimme zu vernehmen so glücklich sei, was mir bis zu diesem Augenblick leider noch nicht vergönnt war. Also nochmals, schöne Frau, sprecht einen Wunsch aus;—wenn es irgend in meiner Macht steht, will ich ihn erfüllen.»

«Durchlaucht», begann Agnes mit leiser, aber klarer Stimme—und Adalbert ging ein Zittern durch den ganzen Leib, «Durchlauchtigster

Herzog, ich habe nur diese eine Bitte, daß Ihr huldreichst geruhen mögt, dem Tobias Klenk seine Strafe nachzusehen und ihn aus seiner Haft zu entlassen.»

Des Herzogs Züge wurden mit einem Male ernst. Adalbert schöpfte eine Hoffnung, eine unklare, törichte Hoffnung, der Herzog würde Agnes' Bitte abschlagen mit hartem Wort: Wie, dies eine Jahr, das ohnehin viel zu wenig ist, soll ich ihm nachsehen? Welche Verwegenheit! Nun seh' ich, daß ihr alle im Bunde mit ihm seid. Ins Gefängnis mit euch beiden, und der Tobias soll hängen!

Aber der Herzog sprach anders: «Wie sehr beklag' ich», sagte er, «beste Frau, daß Ihr von hundert oder tausend Wünschen, die Ihr wohl hättet äußern dürfen, gerade den einen aussprecht, den zu erfüllen ich völlig außerstande bin.» Und nach einem kleinen Zögern: «Ich kann dem Tobias Klenk die Freiheit nicht schenken—weil er sich schon seit einer Stunde wieder ihrer erfreuen darf.» Und zu Adalbert gewandt, der, wie auf die Stirn geschlagen dastand: «Mit Eurer Erlaubnis, Herr Richter, habe ich den lächerlichen Patron aus dem Gefängnis entlassen und denke daran, wie ich Euch verraten will, ihn im Schlosse Karolslust als Jagdgehilfen anzustellen, wo er dann seinen Gelüsten in bequemerer Weise als bisher und ohne Fährlichkeiten für sich selbst und meine andern Jäger wird frönen können.»

Adalbert war totenblaß, und ein dünnes, leeres Lächeln verzerrte seinen Mund. Zu Agnes wagte er nicht einmal hinzusehen. Nach einer Entgegnung zu suchen, war ohne Sinn, und so tat er nichts weiter, als daß er sich, wie er schon so oft in dieser Stunde getan, tief neigte, als fühle er sich gedrängt, in des Tobias Klenk Namen dem Herzog für dessen Gnade zu danken.

Dieser aber ermutigte Agnes, irgendeinen andern, leichter zu erfüllenden Wunsch auszusprechen, damit er nicht am Ende genötigt sei, wie er sagte, dies gastliche Haus als Schuldner zu verlassen.

Und mit einer Stimme, die so fern und fremd für Adalbert klang, daß es ihm kalt über den Rücken lief, erwiderte Agnes: «So wünsche ich mir denn, von meinem Durchlauchtigsten Herrn und Herzog als Gartenmägdlein erwählt zu werden—und wenn es meinem Herrn nicht gefällt, mich sofort mit sich nach Karolslust zu nehmen, so erbitte ich mir, unter seinem Schutz unverzüglich an irgendeinen andern sichern Ort gebracht zu werden, um auch nicht eine Stunde länger in diesem Hause, an der Seite dieses Mannes, der mein Gatte war, weiterleben zu müssen.»

Adalbert glaubte, vor Scham, Wut und Verzweiflung zu Boden sinken zu müssen; doch er wurde nur noch blässer, seine Züge noch verzerrter; und seine Lippen bebten.

Der Herzog warf einen mitleidigen, aber kaum verwunderten Blick auf ihn, sah gleich wieder, wie um ihn zu schonen, von ihm fort, dann wandte er sich zu Agnes, die regungslos vor ihm stand, keineswegs einem Weibe gleichend, das gewillt wäre, in plötzlich erwachter Leidenschaft sich einem Geliebten an den Hals zu werfen, sondern wie eines, das zu irgendeiner unwiderruflichen, düsteren Tat fest entschlossen war, und langsam den Kopf schüttelnd, wie in höflichem Bedauern, erwiderte der Herzog: «Seltsam, auch dieser Euer zweiter Wunsch ist einer, den zu erfüllen ich außerstande bin, denn die Institution der Gartenmägdlein, schöne Frau, denke ich abzuschaffen, wie noch mit manchem anderen in diesem Lande geschehen wird—und das Schloß Karolslust soll mir und meiner künftigen Gattin, der Prinzessin von Württemberg, während der Sommermonate als Aufenthalt dienen.»

Agnes stand regungslos, doch alles Blut war aus ihren Wangen gewichen.

Der Herzog betrachtete sie lange, und mit sanfter, fast gütiger Stimme sprach er weiter: «Vielleicht aber, schöne Frau, geht Euer Wunsch gar nicht so weit, als Ihr es Euch in diesem Augenblicke einbildet; und es lockt Euch nur das Schloß, über das so viele Sagen hier im Lande umgehen, einmal in der Nähe zu besehen. Und so lade ich Euch denn zu einer kleinen Spazierfahrt nach Karolslust ein; wir wollen dort, wenn's Euch genehm ist, eine Weile im Park auf und ab wandeln;—Ihr vertraut mir Eure Bedenken und Kümmernisse an, die wohl nicht so schwer zu beschwichtigen sein werden, als es Euch in dieser Stunde erscheinen mag;—und Ihr werdet selbst entscheiden, ob Ihr in Karolslust unter dem Schutz der Frau Oberjägermeisterin Aufenthalt nehmen wollt, oder ob Ihr nicht vorzieht, noch vor Abend in dieses Haus zurückzukehren—um nicht zu tun, was Euch später doch einmal gereuen könnte.»

«Mich», erwiderte Agnes, und Adalbert war es, als hätte er ihre Stimme noch nie gehört, «wird von heute ab nichts mehr gereuen, was immer ich tun werde, mag's eine Spazierfahrt ins Wäldchen sein, mein Durchlauchtigster Fürst, oder eine Reise in die weite Welt.» Sie griff nach einem Mäntelchen, das über einer Stuhllehne hing. «Hier bin ich», sagte sie,—und als wäre sie solche Sitte von jeher gewöhnt, reichte sie dem Herzog erhobenen Arms die Hand, der diese ergriff und Agnes, wie irgendeine Dame adeligen Geblüts, in höfischer Haltung bis zur Türe geleitete.

An Adalbert sah sie vorbei—vielmehr, sie schien ihn überhaupt nicht zu sehen, als wäre er für sie aus der Zahl der Lebendigen weggelöscht.

Der Herzog, wie in plötzlichem Mitleid, wandte sich an der Türe noch einmal nach ihm um. «Herr Richter Wogelein», sagte er, «wir wollen trotz allem hoffen, daß sich die Sache in befriedigender Weise und nicht durchaus zu Eurem Nachteile aufklären werde. Ihr mögt in jedem Fall bis auf weiteres meiner Huld versichert sein.»

So verließ er mit Agnes das Haus. Adalbert, an der Stelle festgewurzelt wo er stand, hörte ihre Schritte über den Gartenkies, gleich darauf klang ein Murmeln von draußen an sein Ohr, und er wußte, ohne es zu sehen, daß Leute den Wagen umstanden und mit ansahen, wie sein Weib mit dem Herzog davonfuhr.

Er hörte, wie das Murmeln sich verstärkte, er glaubte, das eine und andere zusammenhanglose Wort zu verstehen; dann entfernten sich die Stimmen allmählich. Ihm blieb nur ein dumpfes Brausen im Ohr, das Zimmer drehte sich um ihn, die Beine waren ihm bleischwer, es wirbelten ihm die Sinne. Er lauschte in die Küche hinaus. Es war ganz still, auch die Magd war davon. Gewiß war sie in den Markt geeilt, zu seinem Schwiegervater, dem Bürgermeister, ihm schnellstens die kostbare Neuigkeit zu bringen. Er schlich zur Tür, die noch offen stand, und versperrte sie, ohne recht zu wissen warum, dann ließ er sich auf den Stuhl niedersinken, auf dem früher der Herzog gesessen hatte, krampfte das Tischtuch zwischen den Händen, daß die Teller und Gläser klirrten, und stöhnte vor sich hin mit verglasten Augen. Er griff nach einem der Tafelmesser, ließ es in den Fingern hin und her spielen, dachte, daß er am klügsten daran täte, sich den Hals abzuschneiden, und wußte doch, daß er zu solcher Kühnheit nie und nimmer geschaffen war.

Er fragte sich, was er nun eigentlich beginnen sollte. Hier sitzen und warten, bis der Herr Schwiegervater erschiene—und andere Leute aus dem Markt und ihm ihre höhnische Teilnahme bezeigten? Oder so lange etwa, bis Agnes von ihrer Spazierfahrt wieder heimkehrte?—Ha, ha, heimkehrte! Nie kam sie zurück, das war gewiß. Solch ein Narr war der Herzog nicht, daß er nicht nehmen sollte, was man so bereitwillig ihm entgegenbot. Heute Nacht, in dieser Stunde noch, wurde Agnes, was sie werden wollte, Gartenmägdlein, des neuen Herzogs erstes Gartenmägdlein im Schlosse Karolslust. Schon im Augenblick, da der Herzog zum erstenmal durch diese Tür geschritten, ja heute morgen schon, als er vorbeigefahren war, hatte sie sich ihm mit Herz und Sinnen hingegeben. Er, Adalbert, hatte es ja gespürt, und darum nur, aus Wut und Ekel, hatte er über den Herzog all den Unsinn geschwatzt, der doch tiefen Sinnes voll, all diese Lügen, die wahrer als alle Wahrheit waren. Wie hatten seine Herzoglichen Gnaden doch gesagt, ehe sie mit dem infamen Weibsbild durch die Türe hinausspaziert waren? «Wir wollen trotzdem hoffen, daß sich die Sache nicht durchaus zu Eurem Nachteil aufkläre.» Das war schlau vorgebaut. Denn, daß Agnes nicht sonderlich Gutes über ihn reden werde, das konnte der Herzog wohl voraussehen.

Die Elende! Schmach und Schande hatte sie über ihn gebracht, über den Richter Adalbert Wogelein, der vor wenigen Stunden noch in Amt und Würden auf seinem Stuhl gethront hatte, als gerecht und weise, hochgeehrt in Stadt und Land, und der sich nun niemals wieder auf die Gasse wagen durfte, ein Gespött jedem Buben, jeder Magd, dem ganzen Volk von Karolsmarkt. Und auch in die Gerichtsstube nicht mehr, ins Wirtshaus nicht und nirgendshin, wo die Leute ihn kannten! Vorbei war es mit Amt und Würden, vorbei mit dem Aufenthalt an diesem Ort; nicht eine Nacht mehr durfte er hier verweilen;—wie immer er sein Schicksal nahm, dies eine stand über allem fest, er mußte fort, fort, fort, noch ehe Leute kamen.

Er stürzte ins Nebenzimmer, wo er im Kleiderschrank an verborgener Stelle ein Sümmchen verwahrt hatte, das wohl für ein paar Monate reichen mochte. Fort—fort—aber wohin? Mußte er denn nicht vor allem fort, um der Rache des Tobias Klenk zu entfliehen, der, von diesem Unglücksherzog in Freiheit gesetzt, vielleicht jetzt schon auf dem Weg hierher war und weiß Gott, wie Schlimmes gegen ihn im Schilde führte? Sie hatten sich ja alle gegen ihn verschworen, Agnes, der Herzog und Tobias Klenk; und auf irgendeine teuflische Art schienen sie ihm nun alle miteinander gegen ihn im Bunde zu stehen;—ihnen allen mußte er entfliehen.

Und was sollte mit diesem Hause geschehen, das sein Eigentum war? Wem ließ er es zurück? Dem schamlosen Weibsbild, das ihm mit dem Herzog durchgegangen war? Er sah sie vor sich an des Herzogs Seite in stolzer Hofkarosse die Straße nach dem Schlosse zu fahren. Er sah sie aussteigen, sah den Herzog ihr die Hand reichen, sah, wie das Parktor sich vor ihr auftat, wie Lakaien sich tief vor ihr neigten, wie der Herzog sie in der Allee spazierenführte, wie sie mit ihm die breite Treppe des Schlosses hinaufstieg; er sah das Gemach, das für sie bereitet war, das schwellende Bett mit blauem Baldachin darüber, er sah, wie sie dem Herzog in die Arme sank, und hörte, wie sie aufschrie und jauchzte in endlich gestillten Lüsten.

Er ballte die Fäuste, schlug seine Stirn gegen die Kanten der offenen

Schranktüre, es war ihm nun, als müßte er unverzüglich sich aufmachen nach Schloß Karolslust, das Weib zurückfordern, das ihm gehörte und das er mit dem Herzog hatte davonfahren lassen, ohne eine Hand zu rühren, ohne das Maul aufzutun, demütig an der Türe stehend, durch die sie geschritten war wie eine Hofdame—ja—wie eine Prinzessin,—an des Fürsten Hand.

Der Raum, in dem er sich befand, war fast dunkel, und im Dämmer draußen, hinter dem Hause, lag das freie Feld. In diesem Augenblick klopfte es an die Fensterscheibe. Er schrak zusammen; dort draußen, riesengroß, stand einer. Wie ein ungeheurer Schatten stand er da, Tobias Klenk. Eben hob er die Faust, als wollte er das Fenster zerschmettern, aber es wurde nur ein Klopfen daraus, und nicht einmal ein sonderlich heftiges.

Adalbert trat die paar Schritte bis zum Fenster hin, er hörte den Tobias sprechen, leise, beinahe sanft: «Mach' auf, Adalbert! In Küche und Garten ist niemand, nicht deine Frau, nicht die Magd, mach' auf! Mach' auf!»

Adalbert zögerte. Mit den Augen suchte er nach einer Waffe oder nach einem Ding, das dafür gelten konnte. Er griff nach einem Bügeleisen, das in der Nähe lag, ließ es aber wieder fallen, ohne daß Tobias etwas davon hätte wahrnehmen können.

«Mach' auf, Adalbert!» rief Tobias noch einmal, und wieder hob er die Faust, diesmal so drohend, als wollte er das Fenster wirklich in Trümmer schlagen.

Und Adalbert öffnete. Da stand nun Tobias Klenk, wie er heute morgen vor Gericht gestanden, in verschlissenem Reiteranzug mit hohen, gelben Stiefeln und hatte einen braunen Radmantel über die Schultern geworfen. Hinter ihm breiteten sich die dämmernden Felder aus, der Kirchturm von Karolsmarkt ragte dünn und spitzig in den Abend auf.

«Was willst du von mir?» fragte Adalbert und erschauderte vor seiner eigenen Stimme.

«Was fragst du», erwiderte Tobias. «Wenn du Courage genug gehabt hast, mich aus dem Loch herauszulassen, so wirst du wohl auch Courage haben, mich ein Viertelstündchen bei dir zu beherbergen; komm' ich doch mehr um deinet- als um meinetwillen.»

Adalbert riß die Augen weit auf, Tobias aber stieß ihn beiseite, schwang sich ohne weiteres über die Brüstung ins Zimmer und schloß das Fenster hinter sich zu. Wie hatte Tobias gesagt? Courage genug, mich aus dem Loch zu lassen? Hatte er ihn recht verstanden? Adalbert wich zurück und starrte ihm ins Gesicht.

«Ha, ich sehe, es ist dir doch nicht ganz geheuer», lachte Tobias. «Packst ja schon deine Sachen zusammen!» und er wies auf das Wäschezeug, das herumlag.

«Was pack' ich zusammen», stammelte Adalbert. Wollte Tobias ihn höhnen, mit ihm spielen wie die Katze mit der Maus? Genug Courage, um ihn aus dem Loch zu lassen? Was sollte das bedeuten? Hier hatte sich etwas ereignet, was noch nicht zu fassen war, worüber man erst durch des Tobias weitere Reden völlige Klarheit gewinnen konnte; und er selbst, Adalbert, er hatte vorerst nichts anderes zu tun als zu schweigen.

«Und hast dein Weib schon vorausgeschickt? Recht so, Adalbert, recht so. Vorsicht schadet nie!»

«Komm», sprach Adalbert aus verstörtem Sinnen und ging ihm voran ins Wohngemach. Die Teller und die Gläser, halb noch gefüllt, blinkten durch den halbdunklen Raum. «Hier ist noch Backwerk und Wein», sagte Adalbert, «wirst heute nicht viel zu Mittag genossen haben.» Er schenkte ihm das Glas voll, aus dem vor kaum einer Stunde der Herzog getrunken hatte, und es wurde ihm wohler dabei, so, als leite er damit irgendwie ein Werk der Rache ein.

Tobias trank; dann ergriff er selbst den Weinkrug, schenkte sich noch ein Glas voll und stürzte es hinab. «Ich danke dir, Adalbert», sagte Tobias. «Und nun machen wir's rasch. Ich muß gleich über die Grenze. Noch in dieser Nacht. Drüben hab' ich Freunde. Gar nicht weit. Aber was geschieht mit dir? Dem Herzog bleibt's nicht lange verborgen, daß du mich herausgelassen. Trau' dem Kerkermeister nicht, sag' ich dir, und auch sonst keinem.»

Nun war es dem Adalbert über allem Zweifel klar, daß der Herzog selbst den Befehl gegeben, den Tobias, als geschähe es in Adalberts Namen, aus dem Gefängnis zu entlassen. Aber warum? Aus Edelmut oder aus Tücke? Wer fand sich zurecht in dem Mann? Was war ihm nicht alles zuzutrauen? Gutes und Böses! Doch war es nicht derselbe Mensch, der nun eben mit Agnes davongefahren war? Das Blut stieg ihm von neuem zu Kopf. Und wenn der Herzog sie nun doch zurückbrächte, und sie sähe ihn mit Tobias an einem Tische sitzen und trinken, und sie wüßte sicher vom Herzog schon, wie die Sache in Wahrheit sich zugetragen?—Der Tobias mußte fort von hier, dies vor allem. Denn wenn der die Wahrheit erfuhr, dann war alles verloren. Über die Grenze mußte er und durfte niemals wieder zurück.

«Du mußt fort», sagte er zu Tobias. «Du mußt fort! Was stierst du mich an? Noch ein Glas meinethalben, aber dann mach' dich davon—

oder juckt es dich sehr, noch einmal ins Loch zu spazieren, in ein tieferes und finstereres als das, in das ich dich für ein paar Stunden habe sperren lassen—zu deiner vorläufigen Sicherheit?»

«Zu meiner Sicherheit?»

«Zu deiner Sicherheit, ja, zu deiner Rettung. Denn, wenn du ahntest, was dir in Wirklichkeit drohte, so wüßtest du, wie einem zumut ist, der den Raben als Mahlzeit zugedacht war.»

«Bist du bei Sinnen?» rief Tobias, und das Glas in seinen Händen klirrte.

«Von Sinnen bist du, Tobias, und warst es von dem Augenblick an, da du in die Gerichtsstube geführt wurdest, den Herzog da sitzen sahst und trotz all meines Blinzelns und Zwinkerns nicht begreifen wolltest, daß jedes Wort, das ich sprach, darauf angelegt war, deinen Kopf zu retten, vielmehr alles dazu tatest, um ihn nur ganz sicher zu verlieren, als wäre er nicht mehr wert denn ein Kürbis. Jede Sekunde war ich gewärtig, daß der Herzog sich erheben würde, um selbst das Urteil über dich zu sprechen, das er von mir erwartete—den Tod.»

Tobias lachte auf. «Willst du mich zum Narren machen? Oder hat dich einer dazu gemacht, soweit das noch vonnöten war?»

Adalbert aber beugte sich über den Tisch zu ihm hin, daß ihre Stirnen sich fast berührten, und sagte: «Denkst du wirklich, der Herzog wäre nach Karolsmarkt gefahren, um sich einen Wilddieb in der Nähe zu betrachten? Den Anführer, den Verschwörer wollte er von Angesicht zu Angesicht sehen, über den ihm schon ausführlicher Bericht war erstattet worden.»

«Bericht über mich?»

«Und ein kleiner hagerer Mensch in dunkler Hoftracht, mit einer goldenen Kette um den Hals, der dann spurlos verschwand, als hätte ihn der Erdboden verschlungen, der hatte mir schon heute auf dem Weg zum Gericht aufgepaßt und wissen lassen, wenn ich einen bösen Verdacht von mir selbst abschütteln wolle, so gäbe es heute die einzige und letzte Gelegenheit dazu: indem ich den Tobias Klenk in seiner Gefährlichkeit enthüllen und zu der Strafe verdammen würde, die Hochverrätern gebühre.»

«Wahnwitziges Zeug redest du», schrie Tobias, «wer in aller Welt kann mir was nachweisen! Mag ich jemals Übles verbrochen haben, so liegt es weit hinter mir und ist nicht hier im Lande geschehen.»

«Ich weiß von deinen Übeltaten nichts, die du in fremden Landen verbrochen hast. Du hast sie mir bis heute wohlweislich verschwiegen, wenn auch mancherlei darüber gemunkelt wurde. Andere aber, du kannst nicht daran zweifeln, wissen mehr als ich, und insbesondere spinnen sich Fäden von Hof zu Hof, von Fürsten zu Fürsten, von Gericht zu Gericht, geheimnisvolle Fäden aller Art, und Seine Gnaden, der Herzog, jawohl, Freund Tobias, derselbe, der vor kaum einer Stunde hier an dieser Stelle saß, auf dem gleichen Stuhle wie du in diesem Augenblick, und aus demselben Glase trank, aus dem du jetzt trinkst, dem ist wohl bekannt, was man von dir und deinesgleichen zu gewärtigen habe. Und also—»

Nun erhob sich Tobias, die Lehne des Stuhls in der einen Hand. «An dem Tisch hier der Herzog—und getrunken aus dem Glas? Nun denk' ich aber wirklich, du bist toll geworden. Zu welchem Zweck wäre der Herzog hier gewesen? War von mir die Rede?»

«Ha, von dir!» rief Adalbert und sah stier vor sich hin.

«Wann war er da, warum war er da? Willst du reden oder nicht?»

«Vor zwei Stunden, just als der Regen niederging, fuhr er hier an meinem Hause vor und eine Viertelstunde darauf mit Agnes davon—nach Karolslust.»

«Davon mit Agnes, der Herzog?»

«Davon mit meinem Weibe nach Karolslust, und wenn nicht indes ein Wunder geschehen ist, so passiert ihr wohl in dieser Stunde das gleiche, was deinen beiden Schwestern zu ihrer Zeit mit dem alten Herzog passiert ist.»

Tobias Klenk saß mit aufgerissenen Augen, und es klang mehr nach Freude als nach Spott oder Zorn, da er ausrief: «Dein Weib—davon mit dem Herzog? Faselst du, oder hältst du mich zum Narren, so ergeht's dir übel, Adalbert.»

«Du drohst mir noch, Mensch, dem ich all das Unheil verdanke, das über uns gekommen ist? Zum Teufel mein Weib, mein Amt, meine Ehre—und all das, weil ich dich vor dem Galgen gerettet—und du drohst mir?»

«Wenn du die Wahrheit sprichst, Adalbert, so hab' ich nicht gedroht. Aber ich kann mir all das nicht zusammenreimen. Wenn es so gefährlich für dich stand, und du hast's gewußt, warum ließest du mich frei noch am selben Tag? Bist du der Mann dazu? Und ferner, wie gelang es dem Herzog so rasch, dein Weib nach Karolslust zu zwingen, wenn sie nicht schon vorher eines Sinnes mit ihm war? Und wenn du sie ziehen ließest mit ihm, warum packst du deine Sachen zusammen, als hättest du noch irgendwas zu fürchten und wolltest selber davon?»

«Was sollen die Fragen, Tobias? Deine Gefährten will ich kennenlernen, die gleichen Sinnes sind mit mir und mit dir, daß wir uns gemeinsam beraten alle, was zu tun, um das Unrecht und die Schmach aus der Welt zu schaffen und die Tyrannen zu stürzen.»

Tobias Klenk legte die Hand schwer auf Adalberts Schultern. «Hast du auch wohl überlegt, was du sprichst? Gehst du mit mir davon, so wisse, daß es keinen Weg zurück für dich gibt. Reut es dich einmal, sei es morgen schon oder erst in Tagen und Wochen, dann ist es zu spät! Der uns verrät, ja, der auch nur abfällt von uns, ist unerbittlich der Rache ausgeliefert, so gewiß, als hätte die heilige Feme das Urteil über ihn gesprochen. Bleib lieber daheim, Adalbert. Denn hier, dafür leg' ich die Hand ins Feuer, droht dir nun keinerlei Gefahr mehr. Ja, meinen Hals verwett' ich, daß du nun bald so hoch hinaufgelangen wirst, wie schon mancher andere es in deiner Lage erfahren hat, und mag auch mancher anfangs die Nase über dich rümpfen, nicht lange dauert's, so finden sich alle drein, erweisen dir Reverenz und Respekt, und bald gibt es keinen, der dir dein Glück nicht neiden würde.»

«Hältst du mich für einen Schuft», schrie Adalbert, «so bist du's nicht wert, daß ich für dich—»

Ein Wagen stand vor dem Hause still. Adalbert blickte durchs Fenster hinaus, und das Herz ward ihm kalt in der Brust. «Fort, fort!» rief er mit erstickter Stimme, «duck' dich, schleich hier durch die Tür und durchs Fenster dann, wie du gekommen.»

«Der Herzog?» flüsterte Tobias wie fragend und hatte ihn doch selbst gesehen und erkannt.

«Fort, fort, Unglückseliger», rief Adalbert und drängte Tobias in den Nebenraum, wo das Fenster offen stand wie vorher, nur daß der Ausblick aufs freie Feld verstellt war durch zwei dunkle Gestalten, die vom dämmernden Himmel sich übergroß abzeichneten. Zugleich klopfte es an die Haustür. Adalbert stürzte hinaus, und seiner Sinne kaum mächtig öffnete er.

Der Herzog stand da, hinter ihm ein Lakai mit einer Fackel. Auf seines Herrn Wink zündete er mit der Fackel die Kerzen der zwei dreiarmigen Leuchter an, die auf der Anrichte standen. Dies geschah, ohne daß ein Wort gesprochen wurde. Auf einen neuerlichen Wink des Herzogs entfernte sich der Lakai mit der Fackel und schloß die Tür hinter sich.

«Schließt Ihr die andere Tür, Tobias Klenk, und tretet näher», sagte der Herzog.

Tobias tat, wie ihm geheißen. Nun waren die drei Männer in dem abgeschlossenen Raum versammelt;—nur das Fenster gegen die Straße zu stand offen,—und die Kerzen flackerten im Frühlingsabendwind.

Der Herzog, als wäre er hier zu Hause, ließ sich nieder und sprach: «Es trifft sich gut, Tobias Klenk, daß ich Euch hier bei Eurem Freunde finde. Er hat es Euch wohl schon zur Kenntnis gebracht, was ich mit Euch für Pläne habe?»

Dem Adalbert schnürte es die Kehle zu, denn nichts anderes konnte die Frage des Herzogs bedeuten als dies, ob Adalbert dem Tobias des Herzogs Absicht kundgegeben, ihn als Jäger in seine Dienste zu nehmen. Tobias hinwieder mußte glauben, die Frage des Herzogs spiele auf die Todesstrafe an, die nach Adalberts Bericht ihm zugedacht gewesen. Was immer Adalbert nun erwidern konnte, aufs neue und immer furchtbarer hätte er sich verstrickt; nichts anderes blieb ihm übrig, als unverzüglich alles zu bekennen, was ja doch binnen kurzem in Rede und Gegenrede notwendig zu Tage kommen mußte.

Da hörte er schon, wie Tobias an seiner Statt erwiderte: «Was hilft nun alles, Durchlauchtigste Gnaden, da bin ich nun einmal und weiß mich völlig in Euerer Gewalt. Draußen stehen auch zwei, ich hab' sie gesehen, und wenn ich auch keineswegs sagen will, daß ich mich reumütig in mein Schicksal ergebe, es wird nun wohl dafür gesorgt sein, daß ich nicht dawider an kann, was immer über mich beschlossen sei. So wage ich nur die Bitte, Herr Herzog, daß Ihr es meinem kläglichen Freund nicht entgelten lasset, wenn er mir vor der Zeit die Tür des Kerkers wieder aufgetan. Er hatte schlimmere Angst vor mir als vor Eurer Herzoglichen Gnaden. Und dies mit allem Anlaß. Denn die ungerechte Strafe, die er über mich verhängte, wäre ihm übel geraten. Und die Rache wäre schlimmer gewesen als jede Strafe, die Eure Herzogliche Gnaden über ihn hätte verhängen können.»

Adalbert ließ das Haupt sinken wie ein Verurteilter. Er wagte es nicht, dem Herzog ins Antlitz zu sehen, und hielt den Atem an, als jener, wieder an ihn sich wendend, zu reden anfing. «Ehe wir den Fall des Tobias Klenk mit aller nötigen Umsicht behandeln, werdet Ihr wohl über das Schicksal Eurer Gattin Gewißheit haben wollen. Herr Richter Adalbert Wogelein, sorgt Euch nicht um sie. Da sie vorläufig in keiner Weise zu bewegen war, zu Euch zurückzukehren, hab' ich sie bei der Frau Oberjägermeisterin einquartiert. Nach einem Monat, so hab' ich von ihr gefordert, wird sie bereit sein, Euch zu empfangen zu gründlicher Aussprache; und es wird sich erweisen, ob Ihr Euch miteinander verständigen und wieder vereinigen könnt oder nicht. Da ich Euch in Euerm Amt als einen klügeren und gewitzteren Mann erfunden als in Eurer Ehe, mir aber scheint, daß Ihr Eure Rechtskenntnisse besser an Dingen werdet erweisen können, wo mehr Schlauheit als Mut vonnöten, will ich dafür sorgen, daß Euch eine Stelle am Reichsgericht zu Wetzlar zugewiesen werde. Was nun Euer Vergehen anbelangt, das Ihr Euch durch die eigenmächtige Freilassung des Tobias Klenk habt zuschulden kommen lassen, so wollen wir es durch die Angst, die Ihr ausgestanden, als gesühnt erachten. Ihr aber, Tobias Klenk, mögt vor allem dahin aufgeklärt sein, daß die zwei Menschen draußen keineswegs beauftragt waren, Euch wieder gefangen zu setzen, sondern vielmehr: Euch aus dem Gefängnis abzuholen und vor mich nach Karolslust zu bringen. Ich will nicht eben sagen, daß Ihr mir wohlgefallt; doch da Ihr zu nichts Besserem taugt, Euch aber das Jagen Spaß zu machen scheint, so wollt' ich Euch im Schloß Karolslust als Jagdgehilfe in Dienst nehmen. Dies aber merkt wohl, daß Ihr dort unter strenger Hut und Aufsicht stehen und die geringste Auflehnung oder Nachlässigkeit aufs strengste zu büßen haben würdet. Insbesondere aber seid Ihr dringend gewarnt, dem Richter Adalbert Wogelein irgend etwas nachzutragen oder gar auf irgendeine Weise nach Vergeltung zu trachten.» Indes hatte Adalbert manchen bangen Blick zu Tobias Klenk hingeworfen und gewahrte nun ein so tückisches Aufblitzen in dessen Augen, daß er nicht zweifeln konnte, wessen er sich von ihm bei allernächster Gelegenheit zu versehen hätte. Und so stürzte er, von seiner Angst völlig um alle Besinnung gebracht, vor dem Herzog auf die Knie, und noch ehe Tobias antworten konnte, rief er aus: «Was liegt an mir, Herzogliche Gnaden, und an meinem armseligen Leben? Nur durch ein aufrichtiges Geständnis vermag ich meine Dankesschuld an Eure Herzogliche Gnaden abzutragen. Herr Herzog, es gibt eine geheime Brüderschaft in deutschen Landen,—Tobias selbst hat es mir vertraut, er wird es nicht leugnen,—die verbrecherische Anschläge gegen die geheiligten Häupter der Fürsten plant. Ich würde mich zum Mitschuldigen machen, wenn ich es in Kenntnis dieser Umstände wortlos mit ansähe, daß Eure Herzogliche Gnaden ein Mitglied dieser geheimen Brüderschaft, daß Ihr den Tobias Klenk in Eurer unmittelbaren Nähe verweilen ließet, da doch den Versicherungen und Schwüren solcher Leute, auch wenn sie anfangs ehrlichen Willens sein mögen, in keinem Falle zu trauen ist.»

«Erhebt Euch», befahl der Herzog in hartem Ton. Adalbert erhob sich und wagte nicht aufzuschauen. Und noch weniger getraute er sich, den Blick zu Tobias Klenk zu richten. Der Herzog schwieg eine ganze Weile, dann sagte er: «Was ich gesagt habe, Tobias Klenk, bleibt aufrecht. Ich nehm' Euch zum Jagdgehilfen in Schloß Karolslust. Euern Dienst sollt Ihr sofort antreten.»

«Durchlauchtigster Herzog», erwiderte Tobias Klenk, «mit allem schuldigen Dank schlage ich Euer Hoheit gnädiges Angebot aus. Ein so arger Lumpenkerl, mit Respekt zu vermelden, der Herr Richter Adalbert Wogelein auch sein mag, wie ich ihn schon in meinen Kinderjahren erkannt,—es wäre wohl möglich, daß ich noch immer der Schlimmere von uns beiden bin. Und mit seiner Warnung hat er recht, Herzogliche Gnaden, und in höherem Maß, als er selbst ahnen konnte. Denn wenn ich im Revier herumschlich mit geladener Waffe, so war es keineswegs, um einen Rehbock zu schießen, sondern vielmehr, um Örtlichkeit und Umstände in der Nähe von Karolslust auszukundschaften für bessere Gelegenheit.»

«Was meint Ihr damit?» fragte der Herzog. «Des Lebens und der Freiheit dürft Ihr Euch in jedem Fall versichert halten. Sprecht also ohne alle Scheu.»

Tobias zögerte und sah vor sich hin.

Um des Herzogs Mundwinkel zuckte es verächtlich. «Wenn Ihr Furcht hegen solltet ungeachtet meines fürstlichen Worts, daß Ihr des Lebens und der Freiheit sicher seid, so mögt Ihr auch schweigen, Tobias Klenk», und er machte Miene, sich von ihm abzuwenden.

Doch nun, als kenne er keine schlimmere Schmach, als daß man ihm zumute, für sein Leben zu zittern, begann Tobias mit Hast: «Von der geheimen Brüderschaft, Herr Herzog, und all dem Unsinn, den dieser Wicht hier vorgebracht, ist kein Wort wahr,—und ich will nicht, daß irgendein unschuldig Verdächtigter zu leiden habe. Doch was ich für meinen Teil zu tun vorhatte, Herr Herzog, das war und ist meine Sache allein. Und wenn einer den Anfang machen sollte mit den Dingen, die doch einmal geschehen müssen, daß Ordnung, Gerechtigkeit und Gleichheit geschaffen werde in der Welt—ich glaube wohl, daß ich der Richtige gewesen wäre, es zu tun.—Und Ihr, Herr Herzog»,—und er blickte ihm mit düsterer Frechheit ins Auge,—«Ihr wart mir am nächsten zur Hand», und er senkte den Blick nicht.

«Nun, Tobias Klenk», entgegnete der Herzog nach einem kurzen Schweigen, «ob nun Euer Geschwätz nur eitel Prahlerei sein mag oder Schlimmeres oder Besseres—einen Gesellen wie Euch will ich weiterhin weder in meiner Nähe noch in meinem Lande dulden. Die beiden, die da draußen warten, die sollen Euch unverzüglich an die Grenze bringen. Und ich rat' Euch, daß Ihr nicht allzusehr auf meine Großmut baut, der ich an diesem einen Tag müd genug geworden bin für—lange Zeit. Und merkt Euch, Tobias Klenk, trifft man Euch irgendwann oder irgendwo je wieder im Bereiche meines Landes an, so sollt Ihr am nächsten Galgen hängen, so gewiß ich hier auf diesem Stuhle sitze. Und nun öffnet die Tür, an der Ihr steht, Tobias Klenk.»

Der gehorchte. Draußen vor dem Fenster in der Dunkelheit standen die zwei Männer regungslos. «Hört», rief der Herzog ihnen zu. «Im nächsten Augenblick wird einer durchs Fenster springen. Nehmt ihn in eure Mitte und bringt ihn bis zur Grenze nach Feldbach. Gebt aber wohl acht auf ihn; und wenn er Miene macht zu entwischen, so schickt ihm eure Kugeln nach. Von der Grenze aus mag er sich trollen, wohin es ihm beliebt, und sein töricht fruchtloses Leben weiterführen, bis sein Schicksal ihn ereilt.»

Gebieterisch wies er mit gestrecktem Arm gegen das Fenster zu, Tobias wandte sich ohne Gruß, schwang sich über die Brüstung, die beiden Wartenden legten ihm schwer die Hände auf die Schultern und verschwanden mit ihm in die Nacht.

Nun stand Adalbert allein mit dem Herzog da, und dieser sprach weiter: «Ihr habt nun wohl eingesehen, Herr Richter Wogelein, daß es nicht gut tut, vor der Welt, insbesondere aber vor seinem Weib, den Helden spielen zu wollen, wenn man nun einmal als Hasenfuß geboren ward. Es geht in solchem Falle ohne Lüge nicht ab;—und habt Ihr Euch erst zu einer herbeigelassen, so folgen ihr die nächsten unweigerlich und umstehen Euch am Ende alle wie böse Feinde, die Ihr selbst aus Eurer Brust gezeugt, und schlagen Euch zu Boden, daß Ihr Euch nimmer erheben könnt. So ist es Euch geschehen, Adalbert Wogelein, und Ihr liegt nun so kläglich da, daß Ihr mich dauern solltet. Doch Ihr dauert mich nicht;—und da Ihr mir irgendeiner Großmut oder nur geringsten Rücksicht noch weniger wert scheint als Euer Freund Tobias Klenk, vor dem Ihr nun nicht weiter zu zittern braucht, so sollt Ihr wissen, daß ich von hier keineswegs in die Residenz, sondern geradewegs nach dem Schlosse Karolslust zu fahren gedenke, und daß Euer Weib heute nicht im Hause der Oberjägermeisterin, sondern in meinem fürstlichen Bette schlafen wird, wie es ihr eigener Wunsch war. Die Stelle in Wetzlar beim Reichsgericht soll Euch gewahrt sein... Und nun gehabt Euch wohl, Herr Richter Wogelein.»

Er ging. Draußen mit der Fackel stand der Lakai. Die Tür fiel zu, Schritte verhallten, bald darauf auch das Rollen der Räder.

Adalbert, mit einemmal wie gefällt, brach zusammen. Auf dem Boden liegend, wimmerte er eine Weile vor sich hin, plötzlich brüllte er auf wie ein wildes Tier. Die Magd, zu Tode erschrocken, trat ein. «Was will Sie da», schrie Adalbert, die Arme auf den Boden gestützt. «Wo war Sie den ganzen Tag?», und er sprang auf die Füße.

Die Magd machte große Augen, dann fing sie blöde an zu schluchzen. Adalbert trat näher auf sie zu. Da sie zu jammern nicht aufhörte, faßte er sie bei den Schultern, und wie er sie so immer näher an sich heranzog und von ihren Brüsten ein heißer Dunst ihm in die Nüstern stieg, wandelte sich seine ungeheure Wut, wie es ihm nicht zum erstenmal geschah, zu brünstiger Erregung; und während er immer noch schrie: «Hinaus mit ihr! Geh Sie zum Teufel!» preßte er sie immer heftiger an sich, so daß sie endlich zu lachen begann und sich seinen Liebkosungen fügte, noch ehe sie oder er selber wußten, daß es Liebkosungen waren, die sie von ihm zu leiden hatte.

5

Als Frau Agnes am nächsten Morgen in der herzoglichen Karosse vor dem Hause anlangte, fand sie die Tür unverschlossen, niemanden in Vorzimmer und Küche, doch im ehelichen Schlafgemach ihre Magd in Adalberts Armen. Er empfing sie mit höhnisch albernem Grinsen, sie, blaß und stumm, schlug der Magd ins Gesicht, diese sprang heulend aus dem Bett und lief im Hemde hinaus.

Adalbert zog sich unwillkürlich die Decke übers Gesicht, das Gefühl einer untilgbaren Schmach und einer nichtigen Rache rann ihm, zu bitterer Wollust vereint, durch das Blut.

Als er den Kopf wieder hervorstreckte, war er allein. Jählings stand er auf, noch unschlüssig, was er zunächst beginnen sollte, doch da ihm am Ende nichts anderes übrigblieb, machte er sich endlich, wie an jedem andern Morgen, fertig für den gewohnten Lauf des Tags. Und da er sich doch nicht für die künftige Zeit seines Lebens im Hause einschließen und verborgen halten konnte, entschied er sich, wohl etwas verspätet, ins Amt zu gehen.

Die Magd besorgte schon ihre allmorgendliche Arbeit in der Küche, als der Herr vorüberging, und sah nicht auf. Doch was ihn noch seltsamer berührte, war, daß im Vorgarten Frau Agnes saß, im hellen Morgenkleide, und sich von der köstlichen Frühsonne das blonde Haupt bescheinen ließ. Für einen Augenblick war ihm, als sei alles, was sich seit gestern abend begeben, doch nur ein böser Traum gewesen und nicht mehr. Und fast war er daran, Agnes anzurufen, ihr einen guten Morgen zu wünschen, doch er fühlte, wie ihr Blick durch ihn hindurchging wie durch einen Schatten, so daß er unwillkürlich an seinem Leibe auf und ab tastete, ob er überhaupt noch vorhanden und nicht eigentlich ein Gespenst geworden sei.

Auf dem Weg zum Gerichte hin empfing er und erwiderte er, wie allmorgendlich, manchen Gruß, in dem kein Spott, keine Mißachtung, ja keinerlei Ahnung von dem Geschehenen sich zu verraten schien. In der Amtsstube wartete der Schreiber ganz wie gewöhnlich, zeigte keinerlei Erstaunen, daß der Herr Richter so verspätet, noch darüber, daß er überhaupt erschien; und ohne weiteren Verzug nahmen die Verhandlungen ihren Anfang und Fortgang wie jeden Tag. Herr Adalbert Wogelein urteilte streng, aber gerecht, wie man es von ihm gewohnt war, und während er amtshandelte, wurde ihm mit jeder Minute deutlicher bewußt, um wieviel wohler ihm zumute war als gestern zur selben Stunde und im gleichen Raum. Kein Mensch auf Erden, aufatmend fühlte er's, konnte ihm nun etwas anhaben; nach allen Seiten hin war er wie gefeit gegen Unbill und Gefahr.

Erhobenen Hauptes verließ er das Gericht, vom Schreiber aufs devoteste gegrüßt, mit allem Respekt auch von den andern höheren und geringeren Amtspersonen, denen er in Gang und Flur begegnete; auf dem Heimweg hielt er sich eine Weile in der Apotheke auf, um dem Schwiegervater, der zuerst eine gewisse Betroffenheit nicht verbergen konnte, sich aber gleich wieder faßte, die Hand zu drücken und ihm, wie er es auch sonst manchmal tat, im Vorübergehen einen Gruß von seiner Tochter Agnes zu bestellen. Dann schritt er in weit beruhigteren Gedanken als vierundzwanzig Stunden vorher seinem Hause zu.

Agnes fand er nicht daheim, sie war, wie die Magd berichtete, schon in früher Nachmittagsstunde von der herzoglichen Karosse abgeholt worden. Es war ihm behaglicher, als wenn sie dagewesen wäre. Und er wußte sich leidlich die Zeit zu vertreiben, bis am nächsten Morgen der Wagen mit Agnes vor dem Hause wieder hielt.

In der gleichen Weise ging es noch manchen Abend, manche Nacht, manchen Morgen. Und alle, Agnes, ihr Gatte, ihr Vater, der Bürgermeister, und ganz Karolsmarkt fanden sich rascher in den Lauf der Dinge, als irgendeiner an dem Tage hätte prophezeien dürfen, da der Herzog in sein Land wieder heimgekehrt war.

Der aber ward binnen kurzer Frist ein Fürst von ganz ähnlicher Art, wie seine Ahnen es gewesen. Kein geradezu schlimmer Herr, wie von manchen seiner Vorfahren der Ruf ging, aber auch keiner von den besten. Er verblieb noch einige Zeit in Korrespondenz mit dem Baron Grimm, lud manchmal fremde Notabilitäten an den Hof von Sigmaringen, verdankte seinen Ruf aber auch weiterhin mehr der Pracht seiner Jagden und der Üppigkeit seiner Zechgelage, als der Förderung der Wissenschaften und schönen Künste.

Karl Eberhardt XVII. hatte eine Prinzessin von Württemberg zur Frau, hielt manches Gartenmägdlein neben ihr, bekam im Laufe der Jahre drei eheliche und sieben uneheliche Kinder, deren erstes von Agnes war und im Hause ihres Gatten als ein junger Wogelein aufwuchs. Drei Jahre später wurde dem Richter, von dessen Anstellung beim Reichsgericht in Wetzlar nicht weiter die Rede war, noch ein zweiter Sohn geboren, der es aber in seinem ferneren Leben nicht zu gleichem Ansehen brachte, wie sein älterer Bruder, der um die Wende des Jahrhunderts die Würde eines Oberstallmeisters am Hofe zu Sigmaringen bekleidete.

Der Galgen, an dem Tobias Klenk sein abenteuerliches Leben endete, stand in einem andern Land.

SPIEL IM MORGENGRAUEN

I

«Herr Leutnant!... Herr Leutnant!... Herr Leutnant!» Erst beim dritten Anruf rührte sich der junge Offizier, reckte sich, wandte den Kopf zur Tür; noch schlaftrunken, aus den Polstern, brummte er: «Was gibt's?» dann, wacher geworden, als er sah, daß es nur der Bursche war, der in der umdämmerten Türspalte stand, schrie er: «Zum Teufel, was gibt's denn in aller Früh'?»

«Es ist ein Herr unten im Hof, Herr Leutnant, der den Herrn Leutnant sprechen will.»

«Wieso ein Herr? Wie spät ist es denn? Hab' ich Ihnen nicht g'sagt, daß Sie mich nicht wecken sollen am Sonntag?»

Der Bursche trat ans Bett und reichte Wilhelm eine Visitenkarte.

«Meinen Sie, ich bin ein Uhu, Sie Schafskopf, daß ich im Finstern lesen kann? Aufzieh'n!»

Noch ehe der Befehl ausgesprochen war, hatte Joseph die inneren Fensterflügel geöffnet und zog den schmutzig-weißen Vorhang in die Höhe. Der Leutnant, sich im Bette halb aufrichtend, vermochte nun den Namen auf der Karte zu lesen, ließ sie auf die Bettdecke sinken, betrachtete sie nochmals, kraute sein blondes, kurz geschnittenes, morgendlich zerrauftes Haar und überlegte rasch: «Abweisen?—Unmöglich!—Auch eigentlich kein Grund. Wenn man wen empfängt, das heißt ja noch nicht, daß man mit ihm verkehrt. Übrigens hat er ja nur wegen Schulden quittieren müssen. Andere haben halt mehr Glück. Aber was will er von mir?»—Er wandte sich wieder an den Burschen: «Wie schaut er denn aus, der Herr Ober—, der Herr von Bogner?»

Der Bursche erwiderte mit breitem, etwas traurigem Lächeln: «Melde gehorsamst, Herr Leutnant, Uniform ist dem Herrn Oberleutnant besser zu G'sicht gestanden.»

Wilhelm schwieg eine Weile, dann setzte er sich im Bett zurecht: «Also, ich laß bitten. Und der Herr—Oberleutnant möcht' freundlichst entschuldigen, wenn ich noch nicht fertig angezogen bin.—Und hören S'—für alle Fälle, wenn einer von den anderen Herren fragt, der Oberleutnant Höchster oder der Leutnant Wengler oder der Herr Hauptmann oder sonstwer—ich bin nicht mehr zu Haus—verstanden?»

Während Joseph die Tür hinter sich schloß, zog Wilhelm rasch die

Bluse an, ordnete mit dem Staubkamm seine Frisur, trat zum Fenster, blickte in den noch unbelebten Kasernenhof hinab; und als er den einstigen Kameraden unten auf und ab gehen sah, mit gesenktem Kopf, den steifen, schwarzen Hut in die Stirne gedrückt, im offenen, gelben Überzieher, mit braunen, etwas bestaubten Halbschuhen, da wurde ihm beinah weh ums Herz. Er öffnete das Fenster, war nahe daran, ihm zuzuwinken, ihn laut zu begrüßen; doch in diesem Augenblick war eben der Bursche an den Wartenden herangetreten, und Wilhelm merkte den ängstlich gespannten Zügen des alten Freundes die Erregung an, mit der er die Antwort erwartete. Da sie günstig ausfiel, heiterten sich Bogners Mienen auf, er verschwand mit dem Burschen im Tor unter Wilhelms Fenster, das dieser nun schloß, als wenn die bevorstehende Unterredung solche Vorsicht immerhin verlangen könnte. Nun war mit einem Male der Duft von Wald und Frühjahr wieder fort, der in solchen Sonntagsmorgenstunden in den Kasernenhof zu dringen pflegte und von dem an Wochentagen sonderbarerweise überhaupt nichts zu bemerken war. Was immer geschieht, dachte Wilhelm—was soll denn übrigens geschehen?!—nach Baden fahr' ich heute unbedingt und speise zu Mittag in der «Stadt Wien»—wenn sie mich nicht wie neulich bei Keßners zum Essen behalten sollten. «Herein!» Und mit übertriebener Lebhaftigkeit streckte Wilhelm dem Eintretenden die Hand entgegen. «Grüß dich Gott, Bogner. Es freut mich aber wirklich. Willst nicht ablegen? Ja, schau' dich nur um; alles wie früher. Geräumiger ist das Lokal auch nicht geworden. Aber Raum ist in der kleinsten Hütte für ein glücklich...»

Otto lächelte höflich, als merke er Wilhelms Verlegenheit und wollte ihm darüber weghelfen. «Hoffentlich paßt das Zitat für die kleine Hütte manchmal besser als in diesem Augenblick», sagte er.

Wilhelm lachte lauter als nötig war. «Leider nicht oft. Ich leb' ziemlich einschichtig. Wenn ich dich versicher', sechs Wochen mindestens hat diesen Raum kein weiblicher Fuß betreten. Der Plato ist ein Waisenknabe gegen mich. Aber nimm doch Platz.» Er räumte Wäschestücke von einem Sessel aufs Bett. «Und darf ich dich vielleicht zu einem Kaffee einladen?»

«Danke, Kasda, mach' dir keine Umstände. Ich hab' schon gefrühstückt... Eine Zigarette, wenn du nichts dagegen hast...»

Wilhelm ließ nicht zu, daß Otto sich aus der eigenen Dose bediente, und wies auf das Rauchtischchen, wo eine offene Pappschachtel mit Zigaretten stand. Wilhelm gab ihm Feuer, Otto tat schweigend einige Züge, und sein Blick fiel auf das wohlbekannte Bild, das an der Wand über dem schwarzen Lederdiwan hing und eine Offizierssteeplechase aus längst verflossenen Zeiten vorstellte.

«Also, jetzt erzähl'», sagte Wilhelm, «wie geht's dir denn? Warum hat man so gar nichts mehr von dir gehört?—Wie wir uns—vor zwei Jahren oder drei—Adieu gesagt haben, hast du mir doch versprochen, daß du von Zeit zu Zeit—»

Otto unterbrach ihn: «Es war vielleicht doch besser, daß ich nichts hab' von mir hören und sehen lassen, und ganz bestimmt wär's besser, wenn ich auch heut nicht hätt' kommen müssen.» Und, ziemlich überraschend für Wilhelm, setzte er sich plötzlich in die Ecke des Sofas, in dessen anderer Ecke einige zerlesene Bücher lagen—: «Denn du kannst dir denken, Willi»,—er sprach hastig und scharf zugleich—«mein Besuch heute zu so ungewohnter Stunde—ich weiß, du schläfst dich gern aus an einem Sonntag—, dieser Besuch hat natürlich einen Zweck, sonst hätte ich mir natürlich nicht erlaubt—kurz und gut, ich komm', an unsere alte Freundschaft appellieren—an unsere Kameradschaft darf ich ja leider nicht mehr sagen. Du brauchst nicht blaß zu werden, Willi, es ist nicht gar so gefährlich, es handelt sich um ein paar Gulden, die ich halt morgen früh haben muß, weil mir sonst nichts übrigbliebe als—» seine Stimme schnarrte militärisch in die Höhe—, «na—was vielleicht schon vor zwei Jahren das Gescheiteste gewesen wäre.»

«Aber, was red'st denn da», meinte Wilhelm im Ton freundschaftlich-verlegenen Unwillens.

Der Bursche brachte das Frühstück und verschwand wieder. Willi schenkte ein. Er verspürte einen bitteren Geschmack im Mund und empfand es unangenehm, daß er noch nicht dazu gekommen war, Toilette zu machen. Übrigens hatte er sich vorgenommen, auf dem Weg zur Eisenbahn ein Dampfbad zu nehmen. Es genügte ja vollkommen, wenn er gegen Mittag in Baden eintraf. Er hatte keine bestimmte Abmachung; und wenn er sich verspätete, ja, wenn er gar nicht käme, es würde keinem Menschen sonderlich auffallen, weder den Herren im Café Schopf, noch dem Fräulein Keßner; vielleicht eher noch ihrer Mutter, die übrigens auch nicht übel war.

«Bitt' schön, bedien' dich doch», sagte er zu Otto, der die Tasse noch nicht an die Lippen gesetzt hatte. Nun nahm er rasch einen Schluck und begann sofort: «Um kurz zu sein: du weißt ja vielleicht, daß ich in einem Büro für elektrische Installation angestellt bin, als Kassierer, seit einem Vierteljahr. Woher sollst du das übrigens wissen? Du weißt ja nicht einmal, daß ich verheiratet bin und einen Buben hab'—von vier Jahren. Er war nämlich schon auf der Welt, wie ich noch bei euch war. Es hat's keiner gewußt. Na also, besonders gut ist es mir die ganze Zeit über nicht gegangen. Kannst dir ja denken. Und besonders im vergangenen Winter—der Bub war krank—, also, die Details sind ja weiter nicht interessant—da hab' ich mir etliche Male aus der Kasse was ausleihen müssen. Ich hab's immer rechtzeitig zurückgezahlt. Diesmal ist's ein bissel mehr geworden als sonst, leider, und», er hielt inne, indes Wilhelm mit dem Löffel in seiner Tasse rührte, «und das Malheur ist außerdem, daß am Montag, morgen also, wie ich zufällig in Erfahrung gebracht habe, von der Fabrik aus eine Revision stattfinden soll. Wir sind nämlich eine Filiale, verstehst du, und es sind ganz geringfügige Beträge, die bei uns ein- und ausgezahlt werden; es ist ja auch wirklich nur eine Bagatelle—die ich schuldig bin—, neunhundertsechzig Gulden. Ich könnte sagen tausend, das käm' schon auf eins heraus. Es sind aber neunhundertsechzig. Und die müssen morgen vor halb neun Uhr früh dasein, sonst—na—also, du erwiesest mir einen wirklichen Freundschaftsdienst, Willi, wenn du mir diese Summe—» Er konnte plötzlich nicht weiter. Willi schämte sich ein wenig für ihn, nicht sosehr wegen der kleinen Veruntreuung oder—Defraudation, so mußte man's ja wohl nennen, die der alte Kamerad begangen, sondern vielmehr, weil der ehemalige Oberleutnant Otto von Bogner—vor wenigen Jahren noch ein liebenswürdiger, wohlsituierter und schneidiger Offizier—bleich und ohne Haltung in der Diwanecke lehnte und vor verschluckten Tränen nicht weiterreden konnte.

Er legte ihm die Hand auf die Schulter. «Geh, Otto, man muß ja nicht gleich die Kontenance verlieren», und da der andere auf diese nicht sehr ermutigende Einleitung hin mit trübem, fast erschrecktem Blick zu ihm aufsah—«nämlich, ich selber bin so ziemlich auf dem trockenen. Mein ganzes Vermögen beläuft sich auf etwas über hundert Gulden. Hundertzwanzig, um ganz so genau zu sein wie du. Die stehen dir natürlich bis auf den letzten Kreuzer zur Verfügung. Aber wenn wir uns ein bißl anstrengen, so müssen wir doch auf einen Modus kommen.»

Otto unterbrach ihn. «Du kannst dir denken, daß alle sonstigen—Modusse bereits erledigt sind. Wir brauchen also die Zeit nicht mit unnützem Kopfzerbrechen zu verlieren, um so weniger, als ich schon mit einem bestimmten Vorschlage komme.» Wilhelm sah ihm gespannt ins Auge. «Stell' dir einmal vor, Willi, du befändest dich selbst in einer solchen Schwulität. Was würdest du tun?»

«Ich versteh' nicht recht», bemerkte Wilhelm ablehnend.

«Natürlich, ich weiß, in eine fremde Kasse hast du noch nie gegriffen—so was kann einem nur in Zivil passieren. Ja. Aber schließlich, wenn du einmal aus einem—weniger kriminellen Grund eine gewisse Summe dringend benötigtest, an wen würdest du dich wenden?»

«Entschuldige, Otto; darüber hab' ich noch nicht nachgedacht, und ich hoffe... Ich hab' ja auch manchmal Schulden gehabt, das leugne ich nicht, erst im vorigen Monat, da hat mir der Höchster mit fünfzig Gulden ausgeholfen, die ich ihm natürlich am Ersten retourniert habe. Drum geht's mir ja diesmal so knapp zusammen. Aber tausend Gulden —tausend—ich wüßte absolut nicht, wie ich mir die verschaffen könnte.»

«Wirklich nicht?» sagte Otto und faßte ihn scharf ins Auge.

«Wenn ich dir sag'.»

«Und dein Onkel?»

«Was für ein Onkel?»

«Dein Onkel Robert.»

«Wie—kommst du auf den?»

«Es liegt doch ziemlich nahe. Der hat dir ja manchmal ausgeholfen. Und eine regelmäßige Zulage hast du doch auch von ihm.»

«Mit der Zulage ist es längst vorbei», erwiderte Willi ärgerlich über den in diesem Augenblick kaum angemessenen Ton des einstigen Kameraden. «Und nicht nur mit der Zulage. Der Onkel Robert, der ist ein Sonderling geworden. Die Wahrheit ist, daß ich ihn mehr als ein Jahr lang mit keinem Aug' gesehen habe. Und wie ich ihn das letztemal um eine Kleinigkeit ersucht habe—ausnahmsweise—na, nur, daß er mich nicht hinausgeschmissen hat.»

«Hm, so.» Bogner rieb sich die Stirn. «Du hältst es wirklich für absolut ausgeschlossen?»

«Ich hoffe, du zweifelst nicht», erwiderte Wilhelm mit einiger Schärfe.

Plötzlich erhob sich Bogner aus der Sofaecke, rückte den Tisch beiseite und trat zum Fenster hin. «Wir müssen's versuchen», erklärte er dann mit Bestimmtheit. «Jawohl, verzeih, aber wir müssen. Das Schlimmste, das dir passieren kann, ist, daß er nein sagt. Und vielleicht in einer nicht ganz höflichen Form. Zugegeben. Aber gegen das, was mir bevorsteht, wenn ich bis morgen früh die paar schäbigen Gulden nicht beisammen hab', ist doch das alles nichts als eine kleine Unannehmlichkeit.»

«Mag sein», sagte Wilhelm, «aber eine Unannehmlichkeit, die vollkommen zwecklos wäre. Wenn nur die geringste Chance bestünde—na, du wirst doch hoffentlich nicht an meinem guten Willen zweifeln. Und zum Teufel, es muß doch noch andere Möglichkeiten geben. Was ist denn zum Beispiel—sei nicht bös, er fällt mir grad ein—mit deinem Cousin Guido, der das Gut bei Amstetten hat?»

«Du kannst dir denken, Willi», erwiderte Bogner ruhig, «daß es auch mit dem nix ist. Sonst wär' ich ja nicht da. Kurz und gut, es gibt auf der ganzen Welt keinen Menschen—»

Willi hob plötzlich einen Finger, als wäre er auf eine Idee gekommen.

Bogner sah ihn erwartungsvoll an.

«Der Rudi Höchster, wenn du's bei dem versuchen würdest. Er hat nämlich eine Erbschaft gemacht vor ein paar Monaten. Zwanzig- oder fünfundzwanzigtausend Gulden, davon muß doch noch was übrig sein.»

Bogner runzelte die Stirn, und etwas zögernd erwiderte er: «An Höchster habe ich—vor drei Wochen einmal, wie es noch nicht so dringend war—geschrieben—um viel weniger als tausend—nicht einmal geantwortet hat er mir. Also du siehst, es gibt nur einen einzigen Ausweg: dein Onkel.» Und auf Willis Achselzucken: «Ich kenn' ihn ja, Willi—ein so liebenswürdiger, scharmanter alter Herr. Wir waren ja auch ein paarmal im Theater zusammen und im Riedhof—er wird sich gewiß erinnern! Ja, um Gottes willen, er kann doch nicht plötzlich ein anderer Mensch geworden sein.»

Ungeduldig unterbrach ihn Willi. «Es scheint doch. Ich weiß ja auch nicht, was mit ihm eigentlich vorgegangen ist. Aber das kommt ja vor zwischen Fünfzig und Sechzig, daß sich die Leut' so merkwürdig verändern. Ich kann dir nicht mehr sagen, als daß ich—seit fünfviertel Jahren oder länger sein Haus nicht mehr betreten habe und—kurz und gut—es unter keiner Bedingung je wieder betreten werde.»

Bogner sah vor sich hin. Dann plötzlich hob er den Kopf, sah Willi wie abwesend an und sagte: «Also, ich bitt' dich um Entschuldigung, grüß dich Gott», nahm den Hut und wandte sich zum Gehen.

«Otto!» rief Willi. «Ich hätt' noch eine Idee.»

«Noch eine ist gut.»

«Also hör' einmal, Bogner. Ich fahre nämlich heut aufs Land—nach Baden. Da ist manchmal am Sonntag nachmittag im Café Schopf eine kleine Hasardpartie: Einundzwanzig oder Bakkarat, je nachdem. Ich bin natürlich höchst bescheiden daran beteiligt oder auch gar nicht. Drei- oder viermal habe ich mitgetan, aber mehr zum Spaß. Der Hauptmacher ist der Regimentsarzt Tugut, der übrigens eine Mordssau hat, der Oberleutnant Wimmer ist auch gewöhnlich dabei, dann der Greising, von den Siebenundsiebzigern... den kennst du gar nicht. Er ist draußen in Behandlung—wegen einer alten G'schicht, auch ein paar Zivilisten sind dabei, ein Advokat von draußen, der Sekretär vom Theater, ein Schauspieler und ein älterer Herr, ein gewisser Konsul Schnabel. Der hat ein Verhältnis draußen mit einer Operettensängerin, bessere Choristin eigentlich. Das ist die Hauptwurzen. Der Tugut hat ihm vor vierzehn Tagen nicht weniger als dreitausend Gulden auf einem Sitz abgenommen. Bis sechs Uhr früh haben wir gespielt auf der offenen Veranda, die Vögel haben dazu gesungen; die Hundertzwanzig, die ich heut noch hab', verdank' ich übrigens auch nur meiner Ausdauer, sonst wär' ich ganz blank. Also, weißt du was, Otto, hundert von den hundertzwanzig werd' ich heute für dich riskieren. Ich weiß, die Chance ist nicht überwältigend, aber der Tugut hat sich neulich gar nur mit fünfzig hingesetzt, und mit dreitausend ist er aufgestanden. Und dann kommt noch etwas hinzu: daß ich seit ein paar Monaten nicht das geringste Glück in der Liebe habe. Also vielleicht ist auf ein Sprichwort mehr Verlaß als auf die Menschen.»

Bogner schwieg.

«Nun—was denkst du über meine Idee?» fragte Willi.

Bogner zuckte die Achseln. «Ich dank' dir jedenfalls sehr—ich sag' natürlich nicht nein—obwohl—»

«Garantieren kann ich selbstverständlich nicht», unterbrach ihn Willi mit übertriebener Lebhaftigkeit, «aber riskiert ist am End' auch nicht viel. Und wenn ich gewinn'—respektive von dem, was ich gewinn', gehören dir tausend—mindestens tausend gehören dir. Und wenn ich zufällig einen besonderen Riß machen sollte—»

«Versprich nicht zu viel», sagte Otto mit trübem Lächeln.—«Aber jetzt will ich dich nicht länger aufhalten. Schon um meinetwillen. Und morgen früh werde ich mir erlauben—vielmehr... ich warte morgen früh um halb acht drüben vor der Alserkirche.» Und mit bitterem Lachen: «Wir können uns ja auch zufällig begegnet sein.» Den Versuch einer Erwiderung von seiten Willis wehrte Bogner ab und fügte rasch hinzu: «Übrigens, ich lasse meine Hände unterdessen auch nicht im Schoß liegen. Siebzig Gulden hab' ich noch im Vermögen. Die riskier' ich heut nachmittag beim Rennen—auf dem Zehn-Kreuzer-Platz natürlich.» Er trat rasch zum Fenster, sah in den Kasernenhof hinab—: «Die Luft ist rein», sagte er, verzog bitter-höhnisch den Mund, schlug den Kragen hoch, reichte Willi die Hand und ging.

Wilhelm seufzte leicht, sann eine Weile nach, dann machte er sich eilig zum Gehen fertig. Mit dem Zustand seiner Uniform war er übrigens nicht sehr zufrieden. Wenn er heute gewinnen sollte, war er entschlossen, sich mindestens einen neuen Waffenrock anzuschaffen. Das Dampfbad gab er in Anbetracht der vorgerückten Stunde auf; in jedem

Falle aber wollte er sich einen Fiaker zur Bahn nehmen. Auf die zwei Gulden kam es heute wirklich nicht an.

II

Als er um die Mittagsstunde in Baden den Zug verließ, befand er sich in gar nicht übler Laune. Auf dem Bahnhof in Wien hatte der Oberstleutnant Wositzky—im Dienst ein sehr unangenehmer Herr—sich aufs freundlichste mit ihm unterhalten, und im Coupé hatten zwei junge Mädel so lebhaft mit ihm kokettiert, daß er um seines Tagesprogramms willen beinahe froh war, als sie nicht zugleich mit ihm ausstiegen. In all seiner günstigen Stimmung aber fühlte er sich doch versucht, dem einstigen Kameraden Bogner innerlich Vorwürfe zu machen, nicht einmal sosehr wegen des Eingriffs in die Kasse, der ja durch die unglückseligen äußeren Verhältnisse gewissermaßen entschuldbar war, als vielmehr wegen der dummen Spielgeschichte, mit der er sich vor drei Jahren die Karriere einfach abgeschnitten hatte. Ein Offizier mußte doch am Ende wissen, bis wohin er gehen durfte. Er selbst zum Beispiel war vor drei Wochen, als ihn das Unglück beständig verfolgte, einfach vom Kartentisch aufgestanden, obwohl der Konsul Schnabel ihm in der liebenswürdigsten Weise seine Börse zur Verfügung gestellt hatte. Er hatte überhaupt immer gewußt, Versuchungen zu widerstehen, und jederzeit war es ihm gelungen, mit der knappen Gage und den geringen Zuschüssen auszukommen, die er zuerst vom Vater und, nachdem dieser als Oberstleutnant in Temesvar gestorben war, von Onkel Robert erhalten hatte. Und seit diese Zuschüsse eingestellt waren, hatte er sich eben danach einzurichten gewußt: der Kaffeehausbesuch wurde eingeschränkt, von Neuanschaffungen wurde Abstand genommen, an Zigaretten gespart, und die Weiber durften einen überhaupt nichts mehr kosten. Ein kleines Abenteuer vor drei Monaten, das vielverheißend begonnen hatte, war daran gescheitert, daß Willi buchstäblich nicht in der Lage gewesen wäre, an einem gewissen Abend ein Nachtmahl für zwei Personen zu bezahlen.

Eigentlich traurig, dachte er. Niemals noch war ihm die Enge seiner Verhältnisse so deutlich zum Bewußtsein gekommen als heute—an diesem wunderschönen Frühlingstag, da er in einem leider nicht mehr sehr funkelnden Waffenrock, in drap Beinkleidern, die an den Knien ein wenig zu glänzen anfingen, und mit einer Kappe, die erheblich niedriger war, als die neueste Offiziersmode vorschrieb, durch die duftenden Parkanlagen den Weg zu dem Landhaus nahm, in dem die Familie Keßner wohnte—wenn es nicht gar ihr Besitz war. Zum erstenmal auch geschah es ihm heute, daß er die Hoffnung auf eine Einladung zum Mittagessen oder vielmehr den Umstand, daß ihm diese Erwartung eine Hoffnung bedeutete, als beschämend empfand.

Immerhin gab er sich nicht ungern darein, daß diese Hoffnung sich erfüllte, nicht nur wegen des schmackhaften Mittagessens und des trefflichen Weins, sondern auch darum, weil Fräulein Emilie, die zu seiner Rechten saß, durch freundliche Blicke und zutrauliche Berührungen, die übrigens durchaus als zufällig gelten konnten, sich als sehr angenehme Tischnachbarin erwies. Er war nicht der einzige Gast. Auch ein junger Rechtsanwalt war anwesend, den der Hausherr aus Wien mitgebracht hatte und der das Gespräch in einem fröhlichen, leichten, zuweilen auch etwas ironischen Tone zu führen wußte. Der Hausherr war höflich, aber etwas kühl gegenüber Willi, wie er ja im allgemeinen von den Sonntagsbesuchen des Herrn Leutnants, der seinen Damen im vergangenen Fasching auf einem Ball vorgestellt worden war und eine Aufforderung, gelegentlich einmal zum Tee zu kommen, vielleicht allzu wörtlich aufgefaßt hatte, nicht sonderlich entzückt zu sein schien. Auch die noch immer hübsche Hausfrau hatte offensichtlich keinerlei Erinnerung mehr daran, daß sie vor vierzehn Tagen auf einer etwas abseits gelegenen Gartenbank einer unerwartet kühnen Umarmung des Leutnants sich erst entzogen, als das Geräusch nahender Schritte auf dem Kies vernehmbar geworden war. Bei Tische war zuerst in allerlei für den Leutnant nicht ganz verständlichen Ausdrücken von einem Prozeß die Rede, den der Rechtsanwalt für den Hausherrn in Angelegenheit seiner Fabrik zu führen hatte; dann aber kam das Gespräch auf Landaufenthalte und Sommerreisen, und nun war auch für Willi die Möglichkeit gegeben, sich daran zu beteiligen. Er hatte vor zwei Jahren die Kaisermanöver in den Dolomiten mitgemacht, erzählte von Nachtlagern unter freiem Himmel, von den zwei schwarzlockigen Töchtern eines Kastelruther Wirts, die man wegen ihrer Unnahbarkeit die zwei Medusen genannt hatte, und von einem Feldmarschalleutnant, der sozusagen vor Willis Augen wegen eines mißglückten Reiterangriffs in Ungnade gefallen war. Und wie es ihm beim dritten oder vierten Glas Wein leicht zu geschehen pflegte, wurde er immer unbefangener, frischer, ja beinahe witzig. Er fühlte, wie er allmählich den Hausherrn für sich gewann, wie der Rechtsanwalt im Ton immer weniger ironisch wurde, wie in der Hausfrau eine Erinnerung aufzuschimmern begann; und ein lebhafter Druck von Emiliens Knie an dem seinen gab sich nicht mehr die Mühe, als zufällig zu gelten.

Zum schwarzen Kaffee erschien eine wohlbeleibte, ältere Dame mit ihren zwei Töchtern, denen Willi als «unser Tänzer vom Industriellenball» vorgestellt wurde. Es ergab sich bald, daß die drei Damen sich vor zwei Jahren gleichfalls in Südtirol aufgehalten hatten; und war es nicht der Herr Leutnant gewesen, den sie an einem schönen Sommertag an ihrem Hotel in Seis auf einem Rappen vorbeisprengen gesehen hatten? Willi wollte es nicht geradezu in Abrede stellen, obzwar er bei sich sehr gut wußte, daß er, ein kleiner Infanterieleutnant vom Achtundneunzigsten, niemals auf einem stolzen Roß durch irgendeine in Tirol oder sonstwo gelegene Ortschaft gesprengt sein konnte.

Die beiden jungen Damen waren anmutig in Weiß gekleidet; das Fräulein Keßner, hellrosa, in der Mitte, so liefen sie alle drei mutwillig über den Rasen.

«Wie drei Grazien, nicht wahr?» meinte der Rechtsanwalt. Wieder klang es wie Ironie, und dem Leutnant lag es auf der Zunge: Wie meinen Sie das, Herr Doktor? Doch es war um so leichter, diese Bemerkung zu unterdrücken, als Fräulein Emilie sich eben von der Wiese her umgewandt und ihm lustig zugewinkt hatte. Sie war blond, etwas größer als er, und es war anzunehmen, daß sie eine nicht unbeträchtliche Mitgift erwarten durfte. Aber bis man so weit war—wenn man überhaupt von solchen Möglichkeiten zu träumen wagte—, dauerte es noch lange, sehr lange, und die tausend Gulden für den verunglückten Kameraden mußten spätestens bis morgen früh beschafft sein.

So blieb ihm nichts übrig, als sich zu empfehlen, dem einstigen Oberleutnant Bogner zuliebe, gerade als die Unterhaltung im besten Gange war. Man gab sich den Anschein, als wollte man ihn zurückhalten, er bedauerte sehr; leider sei er verabredet, und vor allem mußte er einen Kameraden im Garnisonsspitale besuchen, der hier ein altes rheumatisches Leiden auskurierte. Auch hierzu lächelte der Rechtsanwalt ironisch. Ob denn dieser Besuch den ganzen Nachmittag in Anspruch nähme, fragte Frau Keßner, verheißungsvoll lächelnd. Willi zuckte unbestimmt die Achseln. Nun, jedenfalls würde man sich freuen, falls es ihm gelänge, sich frei zu machen, ihn im Laufe des heutigen Abends wiederzusehen.

Als er das Haus verließ, fuhren eben zwei elegante junge Herren im Fiaker vor, was Willi nicht angenehm berührte. Was konnte in diesem Hause sich nicht alles ereignen, während er genötigt war, für einen entgleisten Kameraden im Kaffeehaus tausend Gulden zu verdienen? Ob es nicht das weitaus Klügere wäre, sich auf die Sache gar nicht einzulassen und in einer halben Stunde etwa, nachdem man angeblich den kranken Freund besucht, wieder in den schönen Garten zu den drei Grazien zurückzukehren? Um so klüger, dachte er mit einiger Selbstgefälligkeit weiter, als seine Chancen für einen Gewinnst im Spiel indes erheblich gesunken sein dürften.

III

Von einer Anschlagsäule starrte ihm ein großes, gelbes Rennplakat entgegen, und es fiel ihm ein, daß Bogner in dieser Stunde schon in der Freudenau bei den Rennen, ja vielleicht eben daran war, auf eigene Faust die rettende Summe zu gewinnen. Wie aber, wenn Bogner ihm einen solchen Glücksfall verschwiege, um noch überdies sich der tausend Gulden zu versichern, die Willi indes dem Konsul Schnabel oder dem Regimentsarzt Tugut im Kartenspiel abgewonnen? Nun ja, wenn man einmal tief genug gesunken war, um in eine fremde Kasse zu greifen... Und in ein paar Monaten oder Wochen würde Bogner wahrscheinlich wieder geradeso weit sein wie heute. Und was dann?

Musik klang zu ihm herüber. Es war irgendeine italienische Ouvertüre von der halb verschollenen Art, wie sie überhaupt nur von Kurorchestern gespielt zu werden pflegen. Willi aber kannte sie gut. Vor vielen Jahren hatte er sie seine Mutter in Temesvar mit irgendeiner entfernten Verwandten vierhändig spielen hören. Er selbst hatte es nie so weit gebracht, der Mutter als Partner im Vierhändigspiel zu dienen, und als sie vor acht Jahren gestorben war, hatte es auch keine Klavierlektionen mehr gegeben wie früher manchmal, wenn er zu den Feiertagen von der Kadettenschule nach Hause gekommen war. Leise und etwas rührend klangen die Töne durch die zitternde Frühlingsluft.

Auf einer kleinen Brücke überschritt er den trüben Schwechatbach, und nach wenigen Schritten schon stand er vor der geräumigen, sonntäglich überfüllten Terrasse des Café Schopf. Nahe der Straße an einem kleinen Tischchen saß Leutnant Greising, der Patient, fahl und hämisch mit ihm der dicke Theatersekretär Weiß in kanariengelbem, etwas zerknittertem Flanellanzug, wie immer mit einer Blume im Knopfloch. Nicht ohne Mühe drängte sich Willi zwischen den Tischen und Stühlen zu ihnen durch. «Wir sind ja spärlich gesät heute», sagte er, ihnen die Hand reichend. Und es war ihm eine Erleichterung, zu denken, daß die Spielpartie vielleicht nicht zusammenkommen würde. Greising aber klärte ihn auf, daß sie beide, er und der Theatersekretär, nur darum hier im Freien säßen, um sich für die «Arbeit» zu stärken. Die anderen seien schon drin, am Kartentisch; auch der Herr Konsul Schnabel, der übrigens wie gewöhnlich im Fiaker aus Wien herausgefahren sei.

Willi bestellte eine kalte Limonade; Greising fragte ihn, wo er sich denn so sehr erhitzt habe, daß er schon eines kühlenden Getränkes bedürfe, und bemerkte ohne weiteren Übergang, daß die Badener Mädel überhaupt hübsch und temperamentvoll seien. Hierauf berichtete er in nicht sonderlich gewählten Ausdrücken von einem kleinen Abenteuer, das er gestern abend im Kurpark eingeleitet und noch in derselben Nacht zum erwünschten Abschluß gebracht habe. Willi trank langsam seine Limonade, und Greising, der merkte, was jenem durch den Sinn gehen mochte, sagte, wie zur Antwort, mit einem kurzen Auflachen: «Das ist der Lauf der Welt, müssen halt andere auch dran glauben.»

Der Oberleutnant Wimmer vom Train, der von Ungebildeten oft für einen Kavalleristen gehalten wurde, stand plötzlich hinter ihnen: «Was glaubt ihr denn eigentlich, meine Herren, sollen wir allein uns mit dem Konsul abplagen?» Und er reichte Willi, der nach seiner Art, obwohl außer Dienst, dem ranghöheren Kameraden stramm salutiert hatte, die Hand.

«Wie steht's denn drin?» fragte Greising mißtrauisch und unwirsch.

«Langsam, langsam», erwiderte Wimmer. «Der Konsul sitzt auf seinem Geld wie ein Drachen, auf meinem leider auch schon. Also auf in den Kampf, meine Herren Toreros.»

Die anderen erhoben sich. «Ich bin wo eingeladen», bemerkte Willi, während er sich mit gespielter Gleichgültigkeit eine Zigarette anzündete. «Ich werde nur eine Viertelstunde kiebitzen.»

«Ha», lachte Wimmer, «der Weg zur Hölle ist mit guten Vorsätzen gepflastert.»—«Und der zum Himmel mit schlechten», bemerkte der Sekretär Weiß.—«Gut gegeben», sagte Wimmer und klopfte ihm auf die Schulter.

Sie traten ins Innere des Kaffeehauses. Willi warf noch einen Blick zurück ins Freie, über die Villendächer, zu den Hügeln hin. Und er schwor sich zu, in spätestens einer halben Stunde bei Keßners im Garten zu sitzen.

Mit den anderen trat er in einen dämmerigen Winkel des Lokals, wo von Frühlingsduft und -licht nichts mehr zu merken war. Den Sessel hatte er weit zurückgeschoben, womit er deutlich zu erkennen gab, daß er keineswegs gesonnen sei, sich am Spiel zu beteiligen. Der Konsul, ein hagerer Herr von unbestimmtem Alter, mit englisch gestutztem Schnurrbart, rötlichem, schon etwas angegrautem, dünnem Haupthaar, elegant in Hellgrau gekleidet, gustierte eben mit der ihm eigenen Gründlichkeit eine Karte, die ihm Doktor Flegmann, der Bankhalter, zugeteilt hatte. Er gewann, und Doktor Flegmann nahm neue Banknoten aus seiner Brieftasche.

«Zuckt nicht mit der Wimper», bemerkte Wimmer mit ironischer Hochachtung.

«Wimperzucken ändert nichts an gegebenen Tatsachen», erwiderte Flegmann kühl mit halbgeschlossenen Augen. Der Regimentsarzt Tugut, Abteilungschef im Badener Garnisonsspital, legte eine Bank mit zweihundert Gulden auf.

Das ist heute wirklich nichts für mich, dachte Willi und schob seinen Sessel noch weiter zurück.

Der Schauspieler Elrief, ein junger Mensch aus gutem Hause, berühmter um seiner Beschränktheit als um seines Talents willen, ließ Willi in die Karten sehen. Er setzte kleine Beträge und schüttelte ratlos den Kopf, wenn er verlor. Tugut hatte bald seine Bank verdoppelt. Sekretär Weiß machte bei Elrief eine Anleihe, und Doktor Flegmann nahm neuerdings Geld aus der Brieftasche. Tugut wollte sich zurückziehen, als der Konsul, ohne nachzuzählen, sagte: «Hopp, die Bank.» Er verlor, und mit einem Griff in die Westentasche beglich er seine Schuld, die dreihundert Gulden betrug. «Noch einmal hopp», sagte er. Der Regimentsarzt lehnte ab, Doktor Flegmann übernahm die Bank und teilte aus. Willi nahm keine Karte an; nur zum Spaß, auf Elriefs dringendes Zureden, «um ihm Glück zu bringen», setzte er auf dessen Blatt einen Gulden—und gewann. Bei der nächsten Runde warf Doktor Flegmann auch ihm eine Karte hin, die er nicht zurückwies. Er gewann wieder, verlor, gewann, rückte seinen Sessel nahe an den Tisch zwischen die andern, die ihm bereitwilligst Platz machten; und gewann—verlor—gewann—verlor, als könnte sich das Schicksal nicht recht entscheiden. Der Sekretär mußte ins Theater und vergaß, Herrn Elrief den entliehenen Betrag zurückzugeben, obwohl er längst einen weit höheren zurückgewonnen hatte. Willi war ein wenig im Gewinn, aber zu den tausend Gulden fehlten immerhin noch etwa neunhundertundfünfzig.

«Es tut sich nichts», stellte Greising unzufrieden fest. Nun übernahm der Konsul wieder die Bank, und alle spürten in diesem Augenblick, daß es endlich ernst werden würde.

Man wußte vom Konsul Schnabel nicht viel mehr, als daß er eben Konsul war, Konsul eines kleinen Freistaats in Südamerika und «Großkaufmann». Der Sekretär Weiß war es, der ihn in die Offiziersgesellschaft eingeführt hatte, und des Sekretärs Beziehungen zu ihm stammten daher, daß der Konsul ihn für das Engagement einer kleinen Schauspielerin zu interessieren gewußt hatte, die sofort nach Antritt ihrer bescheidenen Stellung in ein näheres Verhältnis zu Herrn Elrief getreten war. Gern hätte man sich nach guter alter Sitte über den betrogenen Liebhaber lustig gemacht, aber als dieser kürzlich, während er Karten austeilte, an Elrief, der eben an der Reihe war, ohne aufzublicken, die Zigarre zwischen den Zähnen, die Frage gerichtet hatte: «Na, wie geht's denn unserer gemeinsamen kleinen Freundin?» war es klar, daß man diesem Mann gegenüber mit Spott und Späßen in keiner Weise auf die Kosten kommen würde. Dieser Eindruck befestigte sich, als er dem Leutnant Greising, der einmal spät nachts zwischen zwei Gläsern Kognak eine anzügliche Bemerkung über Konsuln unerforschter Landstriche ins Gespräch warf, mit einem stechenden Blick entgegnet hatte: «Warum frozzeln Sie mich, Herr Leutnant? Haben Sie sich schon erkundigt, ob ich satisfaktionsfähig bin?»

Bedenkliche Stille war nach dieser Erwiderung eingetreten, aber wie nach einem geheimen Übereinkommen wurden keinerlei weitere Konsequenzen gezogen, und man entschloß sich, ohne Verabredung, aber einmütig, nur zu einem vorsichtigeren Benehmen ihm gegenüber.

Der Konsul verlor. Man hatte nichts dagegen, daß er, entgegen sonstiger Gepflogenheit, sofort eine neue Bank und, nach neuerlichem Verlust, eine dritte auflegte. Die übrigen Spieler gewannen, Willi vor allen. Er steckte sein Anfangskapital, die hundertundzwanzig Gulden, ein, die sollten keineswegs mehr riskiert werden. Er legte nun selbst eine Bank auf, hatte sie bald verdoppelt, zog sich zurück, und mit kleinen Unterbrechungen blieb ihm das Glück auch gegen die übrigen Bankhalter treu, die einander rasch ablösten. Der Betrag von tausend Gulden, den er—für einen andern—zu gewinnen unternommen hatte, war um einige hundert überschritten, und da eben Herr Elrief sich erhob, um sich ins Theater zu begeben, zwecks Darstellung einer Rolle, über die er trotz ironisch interessierter Frage Greisings nichts weiter verlauten ließ, benützte Willi die Gelegenheit, sich anzuschließen. Die andern waren gleich wieder in ihr Spiel vertieft; und als Willi an der Tür sich noch einmal umwandte, sah er, daß ihm nur das Auge des Konsuls mit einem kalten, raschen Aufschauen von den Karten gefolgt war.

IV

Nun erst, da er wieder im Freien stand und linde Abendluft um seine Stirn strich, kam er zum Bewußtsein seines Glücks oder, wie er sich gleich verbesserte, zum Bewußtsein von Bogners Glück. Doch auch ihm selbst blieb immerhin so viel, daß er sich, wie er geträumt, einen neuen Waffenrock, eine neue Kappe und ein neues Portepee anschaffen konnte. Auch für etliche Soupers in angenehmer Gesellschaft, die sich nun leicht finden würde, waren die nötigen Fonds vorhanden. Aber abgesehen davon—welche Genugtuung, morgen früh halb acht dem alten Kameraden vor der Alserkirche die rettende Summe überreichen zu können,—tausend Gulden, ja, den berühmten blanken Tausender, von dem er bisher nur in Büchern gelesen hatte und den er nun tatsächlich mit noch einigen Hunderter-Banknoten in der Brieftasche verwahrte. So, mein lieber Bogner, da hast du. Genau die tausend Gulden habe ich gewonnen. Um ganz präzis zu sein, tausendeinhundertfünfundfünfzig. Dann hab' ich aufgehört. Selbstbeherrschung, was? Und hoffentlich, lieber Bogner, wirst du von nun ab——Nein, nein, er konnte doch dem früheren Kameraden keine Moralpredigt halten. Der würde es sich schon selbst zur Lehre dienen lassen und hoffentlich auch taktvoll genug sein, um aus diesem für ihn so günstig erledigten Zwischenfall nicht etwa die Berechtigung zu einem weiteren freundschaftlichen Verkehr abzuleiten. Vielleicht aber war es doch vorsichtiger oder sogar richtiger, den Burschen mit dem Geld zur Alserkirche hinüberzuschicken.

Auf dem Weg zu Keßners fragte sich Willi, ob sie ihn auch zum Nachtmahl dort behalten würden. Ah, auf das Nachtmahl kam es ihm jetzt glücklicherweise nicht mehr an. Er war ja jetzt selber reich genug, um die ganze Gesellschaft zu einem Souper einzuladen. Schade nur, daß man nirgends Blumen zu kaufen bekam. Aber eine Konditorei, an der er vorüberkam, war geöffnet, und so entschloß er sich, eine Tüte Bonbons und, an der Tür wieder umkehrend, eine zweite noch größere zu kaufen, und überlegte, wie er die beiden zwischen Mutter und Tochter richtig zu verteilen hätte.

Als er bei Keßners in den Vorgarten trat, ward ihm vom Stubenmädchen die Auskunft, die Herrschaften, ja die ganze Gesellschaft sei ins Helenental gefahren, wahrscheinlich zur Krainerhütte. Die Herrschaften würden wohl auch auswärts soupieren, wie meistens Sonntag abend.

Gelinde Enttäuschung malte sich in Willis Zügen, und das Stubenmädchen lächelte mit einem Blick auf die beiden Tüten, die der Leutnant in der Hand hielt. Ja, was sollte man nun damit anfangen! «Ich lasse mich bestens empfehlen und—bitte schön»—er reichte dem Stubenmädchen die Tüten hin—, «die größere ist für die gnädige Frau, die andere für das Fräulein, und ich hab' sehr bedauert.»—«Vielleicht, wenn der Herr Leutnant sich einen Wagen nehmen—jetzt sind die Herrschaften gewiß noch in der Krainerhütte.» Willi sah nachdenklich-wichtig auf die Uhr: «Ich werd' schaun», bemerkte er nachlässig, salutierte mit scherzhaft übertriebener Höflichkeit und ging.

Da stand er nun allein in der abendlichen Gasse. Eine fröhliche kleine Gesellschaft von Touristen, Herren und Damen mit bestaubten Schuhen, zog an ihm vorbei. Vor einer Villa auf einem Strohsessel saß ein alter Herr und las Zeitung. Etwas weiter auf einem Balkon eines ersten Stockwerks saß, häkelnd, eine ältere Dame und sprach mit einer andern, die im Haus gegenüber, die gekreuzten Arme auf der Brüstung, am offenen Fenster lehnte. Es schien Willi, als wären diese paar Menschen die einzigen in dem Städtchen, die zu dieser Stunde nicht ausgeflogen waren. Keßners hätten wohl bei dem Stubenmädchen ein Wort für ihn zurücklassen können. Nun, er wollte sich nicht aufdrängen. Im Grunde hatte er das nicht nötig. Aber was tun? Gleich nach Wien zurückfahren? Wäre vielleicht das Vernünftigste! Wie, wenn man die Entscheidung dem Schicksal überließe?

Zwei Wagen standen vor dem Kursalon. «Wieviel verlangen S' ins Helenental?» Der eine Kutscher war bestellt, der andere forderte einen geradezu unverschämten Preis. Und Willi entschied sich für einen Abendgang durch den Park.

Er war zu dieser Stunde noch ziemlich gut besucht. Ehe- und Liebespaare, die Willi mit Sicherheit voneinander zu unterscheiden sich getraute, auch junge Mädchen und Frauen, allein, zu zweit, zu dritt, lustwandelten an ihm vorüber, und er begegnete manchem lächelnden, ja ermutigenden Blick. Aber man konnte nie wissen, ob nicht ein Vater, ein Bruder, ein Bräutigam hinterherging, und ein Offizier war doppelt und dreifach zur Vorsicht verpflichtet. Einer dunkeläugigen, schlanken Dame, die einen Knaben an der Hand führte, folgte er eine Weile. Sie stieg die Treppe zur Terrasse des Kursalons hinauf, schien jemanden zu suchen, anfangs vergeblich, bis ihr von einem entlegenen Tisch aus lebhaft zugewinkt wurde, worauf sie, mit einem spöttischen Blick Willi streifend, inmitten einer größeren Gesellschaft Platz nahm. Auch Willi tat nun, als suchte er einen Bekannten, trat von der Terrasse aus ins Restaurant, das ziemlich leer war, kam von dort in die Eingangshalle, dann in den schon erleuchteten Lesesaal, wo an einem langen, grünen Tisch als einziger Herr ein pensionierter General in Uniform saß. Willi salutierte, schlug die Hacken zusammen, der General nickte verdrossen, und Willi machte eilig wieder kehrt. Draußen vor dem Kursalon stand noch immer der eine von den Fiakern, und der Kutscher erklärte sich ungefragt bereit, den Herrn Leutnant billig ins Helenental zu fahren. «Ja, jetzt zahlt sich's nimmer aus», meinte Willi, und geflügelten Schritts nahm er den Weg zum Café Schopf.

V

Die Spieler saßen da, als wäre seit Willis Fortgehen keine Minute vergangen, in gleicher Weise gruppiert wie vorher. Unter grünem Schirm leuchtete fahl das elektrische Licht. Um des Konsuls Mund, der als erster seinen Eintritt bemerkt hatte, glaubte Willi ein spöttisches Lächeln zu gewahren. Niemand äußerte die geringste Verwunderung, als Willi seinen leergebliebenen Sessel zwischen die andern rückte. Doktor Flegmann, der eben Bank hielt, teilte ihm eine Karte zu, als verstünde sich das von selbst. In der Eile setzte Willi eine größere Banknote, als er beabsichtigt hatte, gewann, setzte vorsichtig weiter; das Glück aber wendete sich, und bald kam ein Augenblick, in dem der Tausender ernstlich gefährdet schien. Was liegt daran, dachte sich Willi, ich hätt' ja doch nichts davon gehabt. Aber nun gewann er wieder, er hatte es nicht nötig, die Banknote zu wechseln, das Glück blieb ihm treu, und um neun Uhr, als man das Spiel beschloß, fand sich Willi im Besitz von über zweitausend Gulden. Tausend für Bogner, tausend für mich, dachte er. Die Hälfte davon reservier' ich mir als Spielfonds für nächsten Sonntag. Aber er fühlte sich nicht so glücklich, als es doch natürlich gewesen wäre.

Man begab sich zum Nachtmahl in die «Stadt Wien», saß im Garten unter einer dichtbelaubten Eiche, sprach über Hasardspiel im allgemeinen und über berühmt gewordene Kartenpartien mit riesigen Differenzen im Jockeiklub. «Es ist und bleibt ein Laster», behauptete Doktor Flegmann ganz ernsthaft. Man lachte, aber Oberleutnant Wimmer zeigte Lust, die Bemerkung krumm zu nehmen. Was bei Advokaten vielleicht ein Laster sei, bemerkte er, sei darum noch lange keines bei Offizieren. Doktor Flegmann erklärte höflich, daß man zugleich lasterhaft und doch ein Ehrenmann sein könne, wofür zahlreiche Beispiele seien: Don Juan zum Beispiel oder der Herzog von Richelieu. Der Konsul meinte, ein Laster sei das Spiel nur, wenn man seine Spielschulden zu zahlen nicht imstande sei. Und in diesem Fall sei es eigentlich kein Laster mehr, sondern ein Betrug; nur eine feigere Art davon. Man schwieg ringsum. Glücklicherweise erschien eben Herr Elrief, mit einer Blume im Knopfloch und sieghaften Augen. «Schon den Ovationen entzogen?» fragte Greising.—«Ich bin im vierten Akt nicht beschäftigt», erwiderte der Schauspieler und streifte nachlässig seinen

Handschuh ab in der Art etwa, wie er vorhatte, es in irgendeiner nächsten Novität als Vicomte oder Marquis zu tun. Greising zündete sich eine Zigarre an. «Wär' g'scheiter, du tät'st nicht rauchen», sagte Tugut.

«Aber Herr Regimentsarzt, ich hab' ja nix mehr im Hals», erwiderte Greising.

Der Konsul hatte einige Flaschen ungarischen Weins bestellt. Man trank einander zu. Willi sah auf die Uhr. «Oh, ich muß mich leider verabschieden. Um zehn Uhr vierzig geht der letzte Zug.»—«Trinken Sie nur aus», sagte der Konsul, «mein Wagen bringt Sie zur Bahn.»—«Oh, Herr Konsul, das kann ich keinesfalls...»

«Kannst schon», unterbrach ihn Oberleutnant Wimmer.

«Na, was is», fragte der Regimentsarzt Tugut, «machen wir heut noch was?»

Keiner hatte gezweifelt, daß die Partie nach dem Abendessen ihre Fortsetzung finden werde. Es war jeden Sonntag dasselbe. «Aber nicht lang», sagte der Konsul.—Die haben's gut, dachte Willi und beneidete sie alle um die Aussicht, sich gleich wieder an den Kartentisch zu setzen, das Glück versuchen, Tausende gewinnen zu können. Der Schauspieler Elrief, dem der Wein sofort zu Kopf stieg, bestellte mit einem etwas dummen und frechen Gesicht dem Konsul einen Gruß von Fräulein Rihoschek, wie ihre gemeinschaftliche Freundin hieß. «Warum haben S' das Fräulein nicht gleich mitgebracht, Herr Mimius?» fragte Greising.—«Sie kommt später ins Kaffeehaus kiebitzen, wenn der Herr Konsul erlaubt», sagte Elrief. Der Konsul verzog keine Miene.

Willi trank aus und erhob sich. «Auf nächsten Sonntag», sagte Wimmer, «da werden wir dich wieder etwas leichter machen.»—Da werdet ihr euch täuschen, dachte Willi, man kann überhaupt nicht verlieren, wenn man vorsichtig ist.—«Sie sind so freundlich, Herr Leutnant», bemerkte der Konsul, «und schicken den Kutscher vom Bahnhof gleich wieder zurück zum Kaffeehaus», und zu den übrigen gewendet: «aber so spät, respektive so früh wie neulich darf's heut nicht werden, meine Herren.»

Willi salutierte nochmals in die Runde und wandte sich zum Gehen. Da sah er zu seiner angenehmen Überraschung an einem der benachbarten Tische die Familie Keßner und die Dame von nachmittag mit ihren zwei Töchtern sitzen. Weder der ironische Advokat war da, noch die eleganten jungen Herren, die im Fiaker bei der Villa vorgefahren waren. Man begrüßte ihn sehr liebenswürdig, er blieb am Tisch stehen, war heiter, unbefangen,—ein fescher, junger Offizier, in behaglichen Umständen, überdies nach drei Gläsern eines kräftigen ungarischen

Weins, und in diesem Augenblick ohne Konkurrenten, angenehm «montiert». Man forderte ihn auf, Platz zu nehmen, er lehnte dankend ab mit einer lässigen Geste zum Ausgang hin, wo der Wagen wartete. Immerhin hatte er noch einige Fragen zu beantworten: wer denn der hübsche junge Mensch in Zivil sei?—Ah, ein Schauspieler?—Elrief?—Man kannte nicht einmal den Namen. Das Theater hier sei überhaupt recht mäßig, höchstens Operetten könne man sich ansehen, so behauptete Frau Keßner. Und mit einem verheißungsvollen Blick regte sie an: wenn der Herr Leutnant nächstens wieder herauskäme, könnte man vielleicht gemeinsam die Arena besuchen. «Das netteste wäre», meinte Fräulein Keßner, «man nähme zwei Logen nebeneinander», und sie sandte ein Lächeln zu Herrn Elrief hinüber, der es leuchtend erwiderte. Willi küßte allen Damen die Hand, grüßte noch einmal hinüber zu dem Tisch der Offiziere, und eine Minute drauf saß er im Fiaker des Konsuls. «G'schwind», sagte er dem Kutscher, «Sie kriegen ein gutes Trinkgeld.» In der Gleichgültigkeit, mit der der Kutscher dieses Versprechen hinnahm, glaubte Willi einen ärgerlichen Mangel an Respekt zu verspüren. Immerhin liefen die Pferde vortrefflich, und in fünf Minuten war man beim Bahnhof. In dem gleichen Augenblick aber setzte sich auch oben in der Station der Zug, der eine Minute früher eingefahren war, in Bewegung. Willi war aus dem Wagen gesprungen, blickte den erleuchteten Waggons nach, wie sie sich langsam und schwer über den Viadukt fortwälzten, hörte den Pfiff der Lokomotive in der Nachtluft verwehen, schüttelte den Kopf und wußte selbst nicht, ob er ärgerlich oder froh war. Der Kutscher saß gleichgültig auf dem Bock und streichelte das eine Roß mit dem Peitschenstiel. «Da kann man nix machen», sagte Willi endlich. Und zum Kutscher: «Also fahren wir zurück zum Café Schopf.»

VI

Es war hübsch, so im Fiaker durch das Städtchen zu sausen; aber noch viel hübscher würde es sein, nächstens einmal an einem lauen Sommerabend in Gesellschaft irgendeines anmutigen weiblichen Wesens aufs Land hinaus zu fahren—nach Rodaun oder zum Roten Stadl—und dort im Freien zu soupieren. Ah, welche Wonne, nicht mehr genötigt sein, jeden Gulden zweimal umzudrehen, ehe man sich entschließen durfte, ihn auszugeben. Vorsicht, Willi, Vorsicht, sagte er sich, und er nahm sich fest vor, keineswegs den ganzen Spielgewinn zu riskieren, sondern höchstens die Hälfte. Und überdies wollte er das

System Flegmann anwenden: mit einem geringen Einsatz beginnen; —nicht höher gehen, bevor man einmal gewonnen, dann aber niemals das Ganze aufs Spiel setzen, sondern nur dreiviertel des Gesamtbetrages —und so weiter. Doktor Flegmann fing immer mit diesem System an, aber es fehlte ihm an der nötigen Konsequenz, es durchzuführen. So konnte er natürlich auf keinen grünen Zweig kommen.

Willi schwang sich vor dem Kaffeehaus aus dem Wagen, noch ehe dieser hielt, und gab dem Kutscher ein nobles Trinkgeld; so viel, daß auch ein Mietwagen ihn kaum hätte mehr kosten können. Der Dank des Kutschers fiel zwar immer noch zurückhaltend, aber immerhin freundlich genug aus.

Die Spielpartie war vollzählig beisammen, auch die Freundin des Konsuls, Fräulein Mizi Rihoscheck, war anwesend; stattlich, mit überschwarzen Augenbrauen, im übrigen nicht allzusehr geschminkt, in hellem Sommerkleid, einen flachkrempigen Strohhut mit rotem Band auf dem braunen, hochgewellten Haar, so saß sie neben dem Konsul, den Arm um die Lehne seines Sessels geschlungen, und schaute ihm in die Karten. Er blickte nicht auf, als Willi an den Tisch trat, und doch spürte der Leutnant, daß der Konsul sofort sein Kommen bemerkt hatte. «Ah, Zug versäumt», meinte Greising.—«Um eine halbe Minute», erwiderte Willi.—«Ja, das kommt davon», sagte Wimmer und teilte Karten aus. Flegmann empfahl sich eben, weil er dreimal hintereinander mit einem kleinen Schlager gegen einen großen verloren hatte. Herr Elrief harrte noch aus, aber er besaß keinen Kreuzer mehr. Vor dem Konsul lag ein Haufen Banknoten. «Das geht ja hoch her», sagte Willi und setzte gleich zehn Gulden statt fünf, wie er sich eigentlich vorgenommen hatte. Seine Kühnheit belohnte sich: er gewann und gewann immer weiter. Auf einem kleinen Nebentisch stand eine Flasche Kognak. Fräulein Rihoscheck schenkte dem Leutnant ein Gläschen ein und reichte es ihm mit schwimmendem Blick. Elrief bat ihn, ihm bis morgen mittag punkt zwölf Uhr fünfzig Gulden leihweise zur Verfügung zu stellen. Willi schob ihm die Banknote hin, eine Sekunde darauf war sie zum Konsul gewandert. Elrief erhob sich, Schweißtropfen auf der Stirn. Da kam eben im gelben Flanellanzug der Direktionssekretär Weiß, ein leise geführtes Gespräch hatte zur Folge, daß der Sekretär sich entschloß, dem Schauspieler die am Nachmittag von ihm entliehene Summe zurückzuerstatten. Elrief verlor auch dies Letzte und anders als es der Vicomte getan hätte, den er nächstens einmal zu spielen hoffte, rückte er wütend den Sessel, stand auf, stieß einen leisen Fluch aus und verließ den Raum. Als er nach einer Weile nicht wiederkam, erhob sich Fräulein Rihoscheck, strich dem Konsul zärtlich-zerstreut über das Haupt und verschwand gleichfalls.

Wimmer und Greising, sogar Tugut waren vorsichtig geworden, da das Ende der Partie nahe war; nur der Direktionssekretär zeigte noch einige Verwegenheit. Doch das Spiel hatte sich allmählich zu einem Einzelkampf zwischen dem Leutnant Kasda und dem Konsul Schnabel gestaltet. Willis Glück hatte sich gewendet, und außer den tausend für den alten Kameraden Bogner hatte Willi kaum hundert Gulden mehr. Sind die hundert weg, so hör' ich auf, unbedingt, schwor er sich zu. Aber er glaubte selbst nicht daran. Was geht mich dieser Bogner eigentlich an? dachte er. Ich habe doch keinerlei Verpflichtung.

Fräulein Rihoscheck erschien wieder, trällerte eine Melodie, richtete vor dem großen Spiegel ihre Frisur, zündete sich eine Zigarette an, nahm ein Billardqueue, versuchte ein paar Stöße, stellte das Queue wieder in die Ecke, dann wippte sie bald die weiße, bald die rote Kugel mit den Fingern über das grüne Tuch. Ein kalter Blick des Konsuls rief sie herbei, trällernd nahm sie ihren Platz an seiner Seite wieder ein und legte ihren Arm über die Lehne. Von draußen, wo es schon seit langem ganz still geworden war, erklang nun vielstimmig ein Studentenlied. Wie kommen die heute noch nach Wien zurück? fragte sich Willi. Dann fiel ihm ein, daß es vielleicht Badener Gymnasiasten waren, die draußen sangen. Seit Fräulein Rihoscheck ihm gegenübersaß, begann das Glück sich ihm zögernd wieder zuzuwenden. Der Gesang entfernte sich, verklang; eine Kirchturmuhr schlug. «Dreiviertel eins», sagte Greising.—«Letzte Bank», erklärte der Regimentsarzt.—«Jeder noch eine», schlug der Oberleutnant Wimmer vor.—Der Konsul gab durch Nicken sein Einverständnis kund.

Willi sprach kein Wort. Er gewann, verlor, trank ein Glas Kognak, gewann, verlor, zündete sich eine neue Zigarette an, gewann und verlor. Tuguts Bank hielt sich lange. Mit einem hohen Satz des Konsuls war sie endgültig erledigt. Sonderbar genug erschien Herr Elrief wieder, nach beinahe einstündiger Abwesenheit, und, noch sonderbarer, er hatte wieder Geld bei sich. Vornehm lässig, als wäre nichts geschehen, setzte er sich hin, wie jener Vicomte, den er doch niemals spielen würde, und er hatte eine neue Nuance vornehmer Lässigkeit, die eigentlich von Doktor Flegmann herrührte: halb geschlossene, müde Augen. Er legte eine Bank von dreihundert Gulden auf, als verstünde sich das von selbst, und gewann. Der Konsul verlor gegen ihn, gegen den Regimentsarzt und ganz besonders gegen Willi, der sich bald im Besitz von nicht weniger als dreitausend Gulden befand. Das bedeutete: neuer Waffenrock, neues Portepee, neue Wäsche, Lackschuhe, Zigaretten, Nachtmähler zu zweit, zu dritt, Fahrten in den Wienerwald, zwei Monate Urlaub mit Karenz der Gebühren—und um zwei Uhr hatte er viertausendzweihundert Gulden gewonnen. Da lagen sie vor ihm, es war kein Zweifel: viertausendzweihundert Gulden und etwas darüber. Die übrigen alle waren zurückgefallen, spielten kaum mehr. «Es ist genug», sagte Konsul Schnabel plötzlich. Willi fühlte sich zwiespältig bewegt. Wenn man jetzt aufhörte, so konnte ihm nichts mehr geschehen, und das war gut. Zugleich aber spürte er eine unbändige, eine wahrhaft höllische Lust, weiterzuspielen, noch einige, alle die blanken Tausender aus der Brieftasche des Konsuls in die seine herüberzuzaubern. Das wäre ein Fonds, damit könnte man sein Glück machen. Es mußte ja nicht immer Bakkarat sein—es gab auch die Wettrennen in der Freudenau und den Trabrennplatz, auch Spielbanken gab es, Monte Carlo zum Beispiel, unten am Meeresstrand,—mit köstlichen Weibern aus Paris... Während so seine Gedanken trieben, versuchte der Regimentsarzt den Konsul zu einer letzten Bank zu animieren. Elrief, als wäre er der Gastgeber, schenkte Kognak ein. Er selbst trank das achte Glas. Fräulein Mizi Rihoscheck wiegte den Körper und trällerte eine innere Melodie. Tugut nahm die verstreuten Karten auf und mischte. Der Konsul schwieg. Dann, plötzlich, rief er nach dem Kellner und ließ zwei neue, unberührte Spiele bringen. Ringsum die Augen leuchteten. Der Konsul sah auf die Uhr und sagte: «Punkt halb drei Schluß, ohne Pardon.» Es war fünf Minuten nach zwei.

VII

Der Konsul legte eine Bank auf, wie sie in diesem Kreise noch nicht erlebt worden war, eine Bank von dreitausend Gulden. Außer der Spielergesellschaft und einem Kellner befand sich kein Mensch mehr im Café. Durch die offenstehende Tür drangen von draußen her morgendliche Vogelstimmen. Der Konsul verlor, aber er hielt sich vorläufig mit seiner Bank. Elrief hatte sich vollkommen erholt, und auf einen mahnenden Blick des Fräulein Rihoscheck zog er sich vom Spiel zurück. Die anderen, alle in mäßigem Gewinn, setzten bescheiden und vorsichtig weiter. Noch war die Bank zur Hälfte unberührt.

«Hopp», sagte Willi plötzlich und erschrak vor seinem eigenen Wort, ja vor seiner Stimme. Bin ich verrückt geworden? dachte er. Der Konsul deckte «Neun» auf, einen großen Schlager, und Willi war um fünfzehnhundert Gulden ärmer. Nun, in Erinnerung an das System Flegmann, setzte Willi einen lächerlich kleinen Betrag, fünfzig Gulden, und gewann. Zu dumm, dachte er. Das Ganze hätte ich mit einem Schlage zurückgewinnen können! Warum war ich so feig. «Wieder hopp.» Er verlor. «Noch einmal hopp.» Der Konsul schien zu zögern.—«Was fallt dir denn ein, Kasda», rief der Regimentsarzt. Willi lachte und spürte es wie einen Schwindel in die Stirne steigen. War es vielleicht der Kognak, der ihm die Besinnung trübte? Offenbar. Er hatte sich natürlich geirrt, er hatte nicht im Traum daran gedacht, tausend oder zweitausend auf einmal zu setzen. «Entschuldigen, Herr Konsul, ich habe eigentlich gemeint—.» Der Konsul ließ ihn nicht zu Ende sprechen. Freundlich bemerkte er: «Wenn Sie nicht gewußt haben, welcher Betrag noch in der Bank steht, so nehme ich natürlich Ihren Rückzug zur Kenntnis.»—«Wieso zur Kenntnis, Herr Konsul?» sagte Willi. «Hopp ist hopp.»—War er das selbst, der sprach? Seine Worte? Seine Stimme? Wenn er verlor, dann war es aus mit dem neuen Waffenrock, dem neuen Portepee, den Soupers in angenehmer weiblicher Gesellschaft;—da blieben eben noch die tausend für den Defraudanten, den Bogner—und er selbst war ein armer Teufel wie zwei Stunden vorher.

Wortlos deckte der Konsul sein Blatt auf. Neun. Niemand sprach die Zahl aus, doch sie klang geisterhaft durch den Raum. Willi fühlte eine seltsame Feuchtigkeit auf der Stirne. Donnerwetter, ging das geschwind! Immerhin, er hatte noch tausend Gulden vor sich liegen, sogar etwas darüber. Er wollte nicht zählen, das brachte vielleicht Unglück. Um wieviel reicher war er immer noch als heute mittag, da er aus dem Zug gestiegen war. Heute mittag—Und es zwang ihn doch nichts, auf einmal die ganzen tausend Gulden aufs Spiel zu setzen! Man konnte ja wieder mit hundert oder zweihundert anfangen. System Flegmann. Nur leider war so wenig Zeit mehr, kaum zwanzig Minuten. Schweigen ringsum. «Herr Leutnant», äußerte der Konsul fragend.—«Ach ja , lachte Willi und faltete den Tausender zusammen. «Die Hälfte, Herr Konsul», sagte er.—«Fünfhundert?—»

Willi nickte. Auch die anderen setzten der Form wegen. Aber ringsum war schon die Stimmung des Aufbruchs. Der Oberleutnant Wimmer stand aufrecht mit umgehängtem Mantel. Tugut lehnte am Billardbrett. Der Konsul deckte seine Karte auf, «Acht», und die Hälfte von Willis Tausender war verspielt. Er schüttelte den Kopf, als ginge es nicht mit rechten Dingen zu. «Den Rest», sagte er und dachte: Bin eigentlich ganz ruhig. Er gustierte langsam. Acht. Der Konsul mußte eine Karte kaufen. Neun. Und fort waren die fünfhundert, fort die tausend. Alles fort.—Alles? Nein. Er hatte ja noch seine hundertzwanzig Gulden, mit denen er mittags angekommen war, und etwas darüber. Komisch, da war man nun plötzlich wirklich ein armer Teufel wie vorher. Und da draußen sangen die Vögel... wie damals... als er noch nach Monte Carlo hätte fahren können. Ja, nun mußte er leider aufhören, denn die paar Gulden durfte man doch nicht mehr riskieren... aufhören, obzwar noch eine Viertelstunde Zeit war. Was für Pech. In einer Viertelstunde konnte man geradeso gut fünftausend Gulden gewinnen, als man sie verloren hatte. «Herr Leutnant», fragte der Konsul. —«Bedauere sehr», erwiderte Willi mit einer hellen, schnarrenden Stimme und wies auf die paar armseligen Banknoten, die vor ihm lagen. Seine Augen lachten geradezu, und wie zum Spaß setzte er zehn Gulden auf ein Blatt. Er gewann. Dann zwanzig und gewann wieder. Fünfzig —und gewann. Das Blut stieg ihm zu Kopf, er hätte weinen mögen vor Wut. Jetzt war das Glück da—und es kam zu spät. Und mit einem plötzlichen, kühnen Einfall wandte er sich an den Schauspieler, der hinter ihm neben Fräulein Rihoschek stand. «Herr von Elrief, möchten Sie jetzt vielleicht so freundlich sein, mir zweihundert Gulden zu leihen?»

«Tut mir unendlich leid», erwiderte Elrief achselzuckend vornehm. «Sie haben ja gesehen, Herr Leutnant, ich habe alles verloren bis auf den letzten Kreuzer.»—Es war eine Lüge, jeder wußte es. Aber es schien, als fänden es alle ganz in Ordnung, daß der Schauspieler Elrief den Herrn Leutnant anlog. Da schob ihm der Konsul lässig einige Banknoten hinüber, anscheinend ohne zu zählen. «Bitte sich zu bedienen», sagte er. Der Regimentsarzt Tugut räusperte vernehmlich. Wimmer mahnte: «Ich möcht' jetzt aufhören an deiner Stelle, Kasda.» Willi zögerte.—«Ich will Ihnen keineswegs zureden, Herr Leutnant», sagte Schnabel. Er hatte die Hand noch leicht über das Geld gebreitet. Da griff Willi hastig nach den Banknoten, dann tat er, als wollte er sie zählen. «Fünfzehnhundert sind's», sagte der Konsul, «Sie können sich darauf verlassen, Herr Leutnant. Wünschen Sie ein Blatt?»—Willi lachte: «Na, was denn?»—«Ihr Einsatz, Herr Leutnant?»—«Oh, nicht das Ganze», rief Willi aufgeräumt, «arme Leute müssen sparen, tausend für'n Anfang.» Er gustierte, der Konsul gleichfalls mit gewohnter, ja übertriebener Langsamkeit. Willi mußte eine Karte kaufen, bekam zu seiner Karo-Vier eine Pik-Drei. Der Konsul deckte auf, auch er hatte sieben. «Ich tät' aufhören», mahnte der Oberleutnant Wimmer nochmals, und nun klang es fast wie ein Befehl. Und der Regimentsarzt fügte hinzu: «Jetzt, wo du so ziemlich auf gleich bist.»—Auf gleich! dachte Willi. Das nennt er: auf gleich. Vor einer Viertelstunde war man ein wohlhabender junger Mann; und jetzt ist man ein Habenichts, und das nennen sie «auf gleich»! Soll ich ihnen das erzählen vom Bogner? Vielleicht begriffen sie's dann.

Neue Karten lagen vor ihm. Sieben. Nein, er kaufte nichts. Aber der Konsul fragte nicht danach, er deckte einfach seinen Achter auf. Tausend verloren, brummte es in Willis Hirn. Aber ich gewinn' sie zurück. Und wenn nicht, ist es doch egal. Ich kann tausend grad so wenig zurückzahlen wie zweitausend. Jetzt ist schon alles eins. Zehn Minuten ist noch Zeit. Ich kann auch die ganzen vier- oder fünftausend von früher zurückgewinnen.—«Herr Leutnant?» fragte der Konsul. Es hallte dumpf durch den Raum; denn alle die anderen schwiegen; schwiegen vernehmlich. Sagte jetzt keiner: Ich möcht' aufhören an deiner Stelle? Nein, dachte Willi, keiner traut sich. Sie wissen, es wäre ein Blödsinn, wenn ich jetzt aufhörte. Aber welchen Betrag sollte er setzen? —er hatte nur mehr ein paar hundert Gulden vor sich liegen. Plötzlich waren es mehr. Der Konsul hatte ihm zwei weitere Tausender hingeschoben. «Bedienen Sie sich, Herr Leutnant.» Jawohl, er bediente sich, er setzte tausendfünfhundert und gewann. Nun konnte er seine Schuld bezahlen und behielt immerhin noch einiges übrig. Er fühlte eine Hand auf seiner Schulter. «Kasda», sagte der Oberleutnant Wimmer hinter ihm. «Nicht weiter.» Es klang hart, streng beinahe. Ich bin ja nicht im Dienst, dachte Willi, kann außerdienstlich mit meinem Geld und mit meinem Leben anfangen, was ich will. Und er setzte, bescheiden nur, tausend Gulden und deckte seinen Schlager auf. Acht. Schnabel gustierte noch immer, tödlich langsam, als wenn endlose Zeit vor ihnen läge. Es war auch noch Zeit, man war ja nicht gezwungen, um halb drei aufzuhören. Neulich war es halb sechs geworden. Neulich... Schöne, ferne Zeit. Warum standen sie denn nun alle herum? Wie in einem Traum. Ha, sie waren alle aufgeregter als er; sogar das Fräulein Rihoschek, die ihm gegenüberstand, den Strohhut mit dem roten Band auf der hochgewellten Frisur, hatte sonderbar glänzende Augen. Er lächelte sie an. Sie hatte ein Gesicht wie eine Königin in einem Trauerspiel und war doch kaum etwas Besseres als eine Choristin. Der Konsul deckte seine Karten auf. Eine Königin. Ha, die Königin Rihoschek und eine Pik-Neun. Verdammte Pik, die brachte ihm immer Unglück. Und die tausend wanderten hinüber zum Konsul. Aber das machte ja nichts, er hatte ja noch einiges. Oder war er schon ganz ruiniert? Oh, keine Idee... Da lagen schon wieder ein paar tausend. Nobel, der Konsul. Nun ja, er war sicher, daß er sie zurückbekam. Ein Offizier mußte ja seine Spielschulden zahlen. So ein

Herr Elrief blieb der Herr Elrief in jedem Falle, aber ein Offizier, wenn er nicht gerade Bogner hieß... «Zweitausend, Herr Konsul.»—«Zweitausend?»—«Jawohl, Herr Konsul.»—Er kaufte nichts, er hatte sieben. Der Konsul aber mußte kaufen. Und diesmal gustierte er nicht einmal, so eilig hatte er's, und bekam zu seiner Eins eine Acht—Pick-Acht—, das waren neun, ganz ohne Zweifel. Acht wären ja auch genug gewesen. Und zwei Tausender wanderten zum Konsul hinüber, und gleich wieder zurück. Oder waren es mehr? Drei oder vier? Besser gar nicht hinsehen, das brachte Unglück. Oh, der Konsul würde ihn nicht betrügen, auch standen ja all die anderen da und paßten auf. Und da er ohnehin nicht mehr recht wußte, was er schon schuldig war, setzte er neuerlich zweitausend. Pik-Vier. Ja, da mußte man wohl kaufen. Sechs, Pik-Sechs. Nun war es um eins zu viel. Der Konsul mußte sich gar nicht bemühen und hatte doch nur drei gehabt... Und wieder wanderten die zweitausend hinüber—und gleich wieder zurück. Es war zum Lachen. Hin und her. Her und hin. Ha, da schlug wieder die Kirchturmuhr—halb. Aber niemand hatte es gehört offenbar. Der Konsul teilte ruhig die Karten aus. Da standen sie alle herum, die Herren, nur der Regimentsarzt war verschwunden. Ja, Willi hatte schon früher bemerkt, wie er wütend den Kopf geschüttelt und irgend etwas in die Zähne gemurmelt hatte. Er konnte es wohl nicht mitansehen, wie der Leutnant Kasda hier um seine Existenz spielte. Wie ein Doktor nur so schwache Nerven haben konnte!

Und wieder lagen Karten vor ihm. Er setzte—wieviel, wußte er nicht genau. Eine Handvoll Banknoten. Das war eine neue Art, es mit dem Schicksal aufzunehmen. Acht. Nun mußte es sich wenden.

Es wendete sich nicht. Neun deckte der Konsul auf, sah rings im Kreis um sich, dann schob er die Karten von sich fort. Willi riß die Augen weit auf. «Nun, Herr Konsul?» Der aber hob den Finger, deutete nach draußen. «Es hat soeben halb geschlagen, Herr Leutnant.»—«Wie?» rief Willi scheinbar erstaunt. «Aber man könnte vielleicht noch ein Viertelstündchen zugeben—?» Er schaute im Kreis herum, als suche er Beistand. Alle schwiegen. Herr Elrief sah fort, sehr vornehm, und zündete sich eine Zigarette an, Wimmer biß die Lippen zusammen, Greising pfiff nervös, fast unhörbar, der Sekretär aber bemerkte roh, als handelte es sich um eine Kleinigkeit: «Der Herr Leutnant hat aber heut wirklich Pech gehabt.»

Der Konsul war aufgestanden, rief nach dem Kellner—als wäre es eine Nacht gewesen, wie jede andere. Es kamen nur zwei Flaschen Kognak auf seine Rechnung, aber der Einfachheit halber wünschte er die gesamte Zeche zu begleichen. Greising verbat sich's und sagte seinen Kaffee und seine Zigaretten persönlich an. Die anderen ließen sich gleichgültig die Bewirtung gefallen. Dann wandte sich der Konsul an Willi, der immer noch sitzen geblieben war, und wieder mit der Rechten nach draußen weisend, wie vorher, da er den Schlag der Turmuhr nachträglich festgestellt hatte, sagte er: «Wenn's Ihnen recht ist, Herr Leutnant, nehm' ich Sie in meinem Wagen nach Wien mit.»—«Sehr liebenswürdig», erwiderte Willi. Und in diesem Augenblick war es ihm, als sei diese letzte Viertelstunde, ja die ganze Nacht mit allem, was darin geschehen war, ungültig geworden. So nahm es wohl auch der Konsul. Wie hätte er ihn sonst in seinen Wagen laden können. «Ihre Schuld, Herr Leutnant», fügte der Konsul freundlich hinzu, «beläuft sich auf elftausend Gulden netto.»—«Jawohl, Herr Konsul», erwiderte Willi in militärischem Ton.—«Was Schriftliches», meinte der Konsul, «braucht's wohl nicht?»—«Nein», bemerkte der Oberleutnant Wimmer rauh, «wir sind ja alle Zeugen.»—Der Konsul beachtete weder ihn noch den Ton seiner Stimme. Willi saß immer noch da, die Beine waren ihm bleischwer. Elftausend Gulden, nicht übel. Ungefähr die Gage von drei oder vier Jahren, mit Zulagen. Wimmer und Greising sprachen leise und erregt miteinander. Elrief äußerte zu dem Direktionssekretär wohl irgend etwas sehr Heiteres, denn dieser lachte laut auf. Fräulein Rihoschek stand neben dem Konsul, richtete eine leise Frage an ihn, die er kopfschüttelnd verneinte. Der Kellner hing dem Konsul den Mantel um, einen weiten, schwarzen, ärmellosen, mit Samtkragen versehenen Mantel, der Willi schon neulich als sehr elegant, doch etwas exotisch aufgefallen war. Der Schauspieler Elrief schenkte sich rasch aus der fast leeren Flasche ein letztes Glas Kognak ein. Es schien Willi, als vermieden sie alle, sich um ihn zu kümmern, ja ihn nur anzusehen. Nun erhob er sich mit einem Ruck. Da stand mit einemmal der Regimentsarzt Tugut neben ihm, der überraschenderweise wiedergekommen war, schien zuerst nach Worten zu suchen und bemerkte endlich: «Du kannst dir's doch hoffentlich bis morgen beschaffen.»—«Aber selbstverständlich, Herr Regimentsarzt», erwiderte Willi und lächelte breit und leer. Dann trat er auf Wimmer und Greising zu und reichte ihnen die Hand. «Auf Wiedersehen nächsten Sonntag», sagte er leicht. Sie antworteten nicht, nickten nicht einmal.—«Ist's gefällig, Herr Leutnant?» fragte der Konsul.—«Stehe zur Verfügung.» Nun verabschiedete er sich noch sehr freundlich und aufgeräumt von den andern; und dem Fräulein Rihoschek—das konnte nicht schaden—küßte er galant die Hand.

Sie gingen alle. Auf der Terrasse die Tische und Sessel glänzten gespenstisch weiß; noch lag die Nacht über Stadt und Landschaft, doch kein Stern mehr war zu sehen. In der Gegend des Bahnhofs begann der Himmelsrand sich leise zu erhellen. Draußen wartete der Wagen des Konsuls, der Kutscher schlief, mit den Füßen auf dem Trittbrett. Schnabel berührte ihn an der Schulter, er wurde wach, lüftete den Hut, sah nach den Pferden, nahm ihnen die Decken ab. Die Offiziere legten nochmals die Hand an die Kappen, dann schlenderten sie davon. Der Sekretär, Elrief und Fräulein Rihoschek warteten, bis der Kutscher fertig war. Willi dachte: Warum bleibt der Konsul nicht in Baden bei Fräulein Rihoschek? Wozu hat er sie überhaupt, wenn er nicht dableibt? Es fiel ihm ein, daß er irgend einmal von einem älteren Herrn erzählen gehört hatte, der im Bett seiner Geliebten vom Schlag getroffen worden war, und er sah den Konsul von der Seite an. Der aber schien sehr frisch und wohlgelaunt, nicht im geringsten zum Sterben aufgelegt, und offenbar um Elrief zu ärgern, verabschiedete er sich eben von Fräulein Rihoschek mit einer handgreiflichen Zärtlichkeit, die zu seinem sonstigen Wesen nicht recht stimmen wollte. Dann lud er den Leutnant in den Wagen ein, wies ihm den Platz auf der rechten Seite an, breitete ihm und sich zugleich eine hellgelbe mit braunem Plüsch gefütterte Decke über die Knie, und nun fuhren sie ab. Herr Elrief lüftete nochmals den Hut mit einer weitausladenden Bewegung, nicht ohne Humor, nach spanischer Sitte, wie er es irgendwo in Deutschland an einem kleinen Hoftheater als Grande im Laufe der nächsten Saison zu tun gedachte. Als der Wagen über die Brücke bog, wandte der Konsul sich nach den Dreien um, die Arm in Arm, Fräulein Rihoschek in der Mitte, eben davonschlenderten, und winkte ihnen einen Gruß zu; doch diese, in lebhafter Unterhaltung begriffen, merkten es nicht mehr.

VIII

Sie fuhren durch die schlafende Stadt, kein Laut war zu vernehmen als der klappernde Hufschlag der Pferde. «Etwas kühl», bemerkte der Konsul. Willi verspürte wenig Lust, ein Gespräch zu führen, aber er sah doch die Notwendigkeit ein, irgend etwas zu erwidern, wäre es auch nur, um den Konsul in freundlicher Stimmung zu erhalten. Und er sagte: «Ja, so gegen den Morgen zu, da ist es immer frisch, das weiß unsereins vom Ausrücken her.»—«Mit den vierundzwanzig Stunden», begann der Konsul nach einer kleinen Pause liebenswürdig, «wollen wir es übrigens nicht so genau nehmen.» Willi atmete auf und ergriff die Gelegenheit. «Ich wollte Sie eben ersuchen, Herr Konsul, da ich die ganze Summe begreiflicherweise im Augenblick nicht flüssig habe—» —«Selbstverständlich», unterbrach ihn der Konsul abwehrend. Die Hufschläge klapperten weiter, nun tönte ein Widerhall, man fuhr unter einem Viadukt der freien Landschaft zu. «Wenn ich auf den üblichen vierundzwanzig Stunden bestände», fuhr der Konsul fort, «so wären Sie nämlich verpflichtet, mir spätestens morgen, nachts um halb drei, Ihre Schuld zu bezahlen. Das wäre unbequem für uns beide. So setzen wir denn die Stunde»—anscheinend überlegte er—«auf Dienstag mittag zwölf Uhr fest, wenn es Ihnen recht ist.» Er entnahm seiner Brieftasche eine Visitenkarte, übergab sie Willi, der sie aufmerksam betrachtete. Die Morgendämmerung war schon so weit vorgeschritten, daß er imstande war, die Adresse zu lesen. Helfersdorfer Straße fünf—kaum fünf Minuten weit von der Kaserne, dachte er. «Also morgen, meinen Herr Konsul, um zwölf?» Und er fühlte sein Herz etwas schneller schlagen. «Ja, Herr Leutnant, das meine ich. Dienstag präzise zwölf. Ich bin von neun Uhr ab im Büro.»—«Und wenn ich bis zu dieser Stunde nicht in der Lage wäre, Herr Konsul—wenn ich zum Beispiel erst im Laufe des Nachmittags oder am Mittwoch...»

Der Konsul unterbrach ihn: «Sie werden sicher in der Lage sein, Herr Leutnant. Da Sie sich an einen Spieltisch setzten, mußten Sie natürlich auch gefaßt sein, zu verlieren, geradeso wie ich darauf gefaßt sein mußte, und, falls Sie über keinen Privatbesitz verfügen, haben Sie jedenfalls allen Grund anzunehmen, daß—Ihre Eltern Sie nicht im Stich lassen werden.»—

«Ich habe keine Eltern mehr», erwiderte Willi rasch, und da Schnabel ein bedauerndes «Oh» hören ließ—«meine Mutter ist acht Jahre lang tot, mein Vater ist vor fünf Jahren gestorben—als Oberstleutnant in Ungarn.»—«So, Ihr Herr Vater war auch Offizier?» Es klang teilnahmsvoll, geradezu herzlich.—«Jawohl, Herr Konsul, wer weiß, ob ich unter anderen Umständen die militärische Karriere eingeschlagen hätte.»

«Merkwürdig», nickte der Konsul. «Wenn man denkt, wie die Existenz für manche Menschen sozusagen vorgezeichnet daliegt, während andere von einem Jahr, manchmal von einem Tag zum nächsten...» Kopfschüttelnd hielt er inne. Diesen allgemein gehaltenen, nicht zu Ende gesprochenen Satz empfand Willi sonderbarerweise als beruhigend. Und um die Beziehung zwischen sich und dem Konsul womöglich noch weiter zu befestigen, suchte er gleichfalls nach einem allgemeinen, gewissermaßen philosophischen Satz; und etwas unüberlegt, wie ihm gleich klar wurde, bemerkte er, daß es immerhin auch Offiziere gäbe, die genötigt seien, ihre Karriere zu wechseln.

«Ja», erwiderte der Konsul, «das stimmt schon, aber dann geschieht es meistens unfreiwillig, und sie sind, vielmehr sie kommen sich lächerlicherweise deklassiert vor, sie können auch kaum wieder zurück zu ihrem früheren Beruf. Hingegen unsereiner—ich meine: Menschen, die durch keinerlei Vorurteile der Geburt, des Standes oder—sonstige behindert sind——ich zum Beispiel war schon mindestens ein halbes dutzendmal oben und wieder unten. Und wie tief unten—ha, wenn das Ihre Herren Kameraden wüßten, wie tief, sie hätten sich kaum mit mir an einen Spieltisch gesetzt—sollte man glauben. Darum haben sie wohl auch vorgezogen, Ihre Herren Kameraden, keine allzu sorgfältigen Recherchen anzustellen.» Willi blieb stumm, er war höchst peinlich berührt und war unschlüssig, wie er sich zu verhalten habe. Ja, wenn Wimmer oder Greising hier an seiner Stelle gesessen wären, die hätten wohl die richtige Antwort gefunden und finden dürfen. Er, Willi, er mußte schweigen. Er durfte nicht fragen: Wie meinen das Herr Konsul, «tief unten», und wie meinen das mit den «Recherchen». Ach, er konnte sich's ja denken, wie es gemeint war. Er war ja nun selber tief unten, so tief, als man nur sein konnte, tiefer, als er es noch vor wenig Stunden für möglich gehalten hätte.

Er war angewiesen auf die Liebenswürdigkeit, auf das Entgegenkommen, auf die Gnade dieses Herrn Konsul, wie tief unten der auch einmal gewesen sein mochte. Aber würde der auch gnädig sein? Das war die Frage. Würde er eingehen auf Ratenzahlung innerhalb eines Jahres oder—innerhalb fünf Jahren—oder auf eine Revanchepartie nächsten Sonntag? Er sah nicht danach aus—nein, vorläufig sah er keineswegs danach aus. Und—wenn er nicht gnädig war—hm, dann blieb nichts anderes übrig als ein Bittgang zu Onkel Robert. Doch—Onkel Robert! Eine höchst peinliche, eine geradezu fürchterliche Sache, aber versucht mußte sie werden. Unbedingt... Und es war doch undenkbar, daß der ihm seine Hilfe verweigern könnte, wenn tatsächlich die Karriere, die Existenz, das Leben, ja, ganz einfach das Leben des Neffen, des einzigen Sohnes seiner verstorbenen Schwester, auf dem Spiel stand. Ein Mensch, der von seinen Renten lebte, recht bescheiden zwar, aber doch eben als Kapitalist, der einfach nur das Geld aus der Kasse zu nehmen brauchte! Elftausend Gulden, das war doch gewiß nicht der zehnte, nicht der zwanzigste Teil seines Vermögens. Und statt um elf, könnte man ihn eigentlich gleich um zwölftausend Gulden bitten, das käme schon auf eins heraus. Und damit wäre auch Bogner gerettet. Dieser Gedanke stimmte Willi zugleich hoffnungsvoller, etwa so, als hätte der Himmel die Verpflichtung, ihn unverzüglich für seine edle Regung zu lohnen. Aber das alles kam ja vorläufig nur in Betracht, wenn der Konsul unerbittlich blieb. Und das war noch nicht bewiesen. Mit einem raschen Seitenblick streifte Willi seinen Begleiter. Der schien in Erinnerungen versunken. Er hatte den Hut auf der Wagendecke liegen, seine Lippen waren halb geöffnet wie zu einem Lächeln, er sah älter und milder aus als vorher. Wäre jetzt nicht der Augenblick—? Aber wie beginnen! Aufrichtig einzugestehen, daß man einfach nicht in der Lage war—daß man sich unüberlegt in eine Sache eingelassen—daß man den Kopf verloren, ja, daß man eine Viertelstunde geradezu unzurechnungsfähig gewesen war? Und, hätte er sich denn jemals so weit gewagt, so weit vergessen, wenn der Herr Konsul—oh, das durfte man schon erwähnen—wenn der Herr Konsul nicht unaufgefordert, ja ohne die leiseste Andeutung, ihm das Geld zur Verfügung gestellt, es ihm hingeschoben, ihm gewissermaßen, wenn auch in liebenswürdigster Weise, aufgedrängt hätte?

«Etwas Wundervolles», bemerkte der Konsul, «eine solche Spazierfahrt am frühen Morgen, nicht wahr?»—«Großartig», erwiderte beflissen der Leutnant.—«Nur schade», fügte der Konsul hinzu, «daß man immer glaubt, sich so etwas um den Preis einer durchwachten Nacht erkaufen zu müssen, ob man sie nun am Spieltisch verbracht oder noch was Dümmeres angestellt hat.»—«Oh, was mich betrifft», bemerkte der Leutnant rasch, «bei mir kommt es gar nicht so selten vor, daß ich auch ohne durchwachte Nacht mich schon zu so früher Stunde im Freien befinde. Vorgestern zum Beispiel bin ich schon um halb vier Uhr im Kasernenhof gestanden mit meiner Kompagnie. Wir haben eine Übung im Prater gehabt. Allerdings bin ich nicht im Fiaker hinuntergefahren.»

Der Konsul lachte herzlich, was Willi wohltat, trotzdem es etwas künstlich geklungen hatte.—«Ja, so was Ähnliches habe ich auch etliche Male mitgemacht», sagte der Konsul, «freilich nicht als Offizier, nicht einmal als Freiwilliger, so weit hab' ich's nicht gebracht. Denken Sie, Herr Leutnant, ich habe meine drei Jahre abgedient seinerzeit und bin nicht weitergekommen als bis zum Korporal. So ein ungebildeter Mensch bin ich—oder war ich wenigstens. Nun, ich habe einiges nachgeholt im Laufe der Zeit, auf Reisen hat man ja dazu Gelegenheit.»—«Herr Konsul sind viel in der Welt herumgekommen», bemerkte Willi zuvorkommend.—«Das kann ich wohl behaupten», entgegnete der Konsul, «ich war nahezu überall—nur gerade in dem Land, das ich als Konsul vertrete, war ich noch nie, in Ecuador. Aber ich habe die Absicht, nächstens auf den Konsultitel zu verzichten und hinzufahren.» Er lachte, und Willi stimmte, wenn auch etwas mühselig, ein.

Sie fuhren durch eine langgestreckte, armselige Ortschaft hin, zwischen ebenerdigen, grauen, wenig gepflegten Häuschen. In einem kleinen Vorgarten begoß ein hemdärmeliger alter Mann das Gesträuch; aus einem früh geöffneten Milchladen trat ein junges Weib in ziemlich abgerissenem Kleid mit einer gefüllten Kanne eben auf die Straße. Willi verspürte einen gewissen Neid auf beide, auf den alten Mann, der sein Gärtchen begoß, auf das Weib, das für Mann und Kinder Milch nach Hause brachte. Er wußte, daß diesen beiden wohler zumute war als ihm. Der Wagen kam an einem hohen, kahlen Gebäude vorüber, vor dem ein Justizsoldat auf und ab schritt; er salutierte dem Leutnant, der höflicher dankte, als es sonst Mannschaftspersonen gegenüber seine Art war. Der Blick, den der Konsul auf dem Gebäude haften ließ, ein verachtungs- und zugleich erinnerungsvoller Blick, gab Willi zu denken. Doch was konnte es ihm in diesem Augenblick helfen, daß des Konsuls Vergangenheit aller Wahrscheinlichkeit nach nicht eben makellos gewesen war? Spielschulden waren Spielschulden, auch ein abgestrafter Verbrecher hatte das Recht, sie einzufordern. Die Zeit verstrich, immer rascher liefen die Pferde, in einer Stunde, in einer halben war man in Wien—und was dann?

«Und Subjekte, wie zum Beispiel diesen Leutnant Greising», sagte der Konsul, wie zum Beschluß eines inneren Gedankengangs, «laßt man frei herumlaufen.»

Also es stimmt, dachte Willi. Der Mensch ist einmal eingesperrt gewesen. Aber in diesem Augenblick kam es auch darauf nicht an, die Bemerkung des Konsuls bedeutete eine nicht mißzuverstehende Beleidigung eines abwesenden Kameraden. Durfte er sie einfach hingehen lassen, als hätte er sie überhört oder als gäbe er ihre Berechtigung zu? «Ich muß bitten, Herr Konsul, meinen Kameraden Greising aus dem Spiel zu lassen.»

Der Konsul hatte darauf nur eine wegwerfende Handbewegung. «Eigentlich merkwürdig», sagte er, «wie die Herren, die so streng auf ihre Standesehre halten, einen Menschen in ihrer Mitte dulden dürfen, der mit vollem Bewußtsein die Gesundheit eines anderen Menschen, eines dummen, unerfahrenen Mädels zum Beispiel, in Gefahr bringt, so ein Geschöpf krank macht, möglicherweise tötet—»

«Es ist uns nicht bekannt», erwiderte Willi etwas heiser, «jedenfalls ist es mir nicht bekannt.»—«Aber, Herr Leutnant, es fällt mir doch gar nicht ein, Ihnen Vorwürfe zu machen. Sie persönlich sind ja nicht verantwortlich für diese Dinge, und keineswegs stünde es in Ihrer Macht, sie zu ändern.»

Willi suchte vergeblich nach einer Erwiderung. Er überlegte, ob er nicht verpflichtet sei, die Äußerung des Konsuls dem Kameraden zur Kenntnis zu bringen,—oder sollte er mit Regimentsarzt Tugut vorerst einmal außerdienstlich über die Angelegenheit reden? Oder den Oberleutnant Wimmer um Rat fragen? Aber was ging ihn das alles an?! Um ihn handelte es sich, um ihn selbst, um seine eigene Sache—um seine Karriere—um sein Leben! Dort im ersten Sonnenglanz ragte schon das Standbild der Spinnerin am Kreuz. Und noch hatte er kein Wort gesprochen, das geeignet wäre, wenigstens einen Aufschub, einen kurzen Aufschub zu erwirken. Da fühlte er, wie sein Nachbar leise an seinem Arm rührte. «Entschuldigen Sie, Herr Leutnant, wir wollen das Thema lassen, mich kümmert's ja im Grunde nicht, ob der Herr Leutnant Greising oder sonstwer——um so weniger, als ich ja kaum mehr das Vergnügen haben werde, mit den Herren an einem Tisch zu sitzen.»

Willi gab es einen Ruck. «Wie ist das zu verstehen, Herr Konsul?» —«Ich verreise nämlich», erwiderte der Konsul kühl.—«So bald?»—«Ja. Übermorgen—richtiger gesagt: morgen, Dienstag.»—«Auf längere Zeit, Herr Konsul?»—«Vermutlich—so auf drei bis—dreißig Jahre.»

Die Reichsstraße war von Last- und Marktwagen schon ziemlich belebt. Willi, den Blick gesenkt, sah im Glanz der aufgehenden Sonne die goldenen Knöpfe seines Waffenrocks blitzen. «Ein plötzlicher Entschluß, Herr Konsul, diese Abreise?» fragte er.—«Oh, keineswegs, Herr Leutnant, steht schon lange fest. Ich fahre nach Amerika, vorläufig nicht nach Ecuador—sondern nach Baltimore, wo meine Familie wohnt und wo ich auch ein Geschäft habe. Freilich habe ich mich seit acht Jahren nicht persönlich an Ort und Stelle darum bekümmern können.»

Er hat Familie, dachte Willi. Und was ist es eigentlich mit Fräulein Rihoschek? Weiß sie überhaupt, daß er fortreist? Aber was kümmert mich das! Es ist höchste Zeit. Es geht mir an den Kragen. Und unwillkürlich fuhr er sich mit der Hand an den Hals. «Das ist ja sehr bedauerlich», sagte er hilflos, «daß der Herr Konsul schon morgen abreisen. Und ich hatte, ja wirklich, ich hatte mit einiger Sicherheit darauf gerechnet»,—er nahm einen leichteren, gewissermaßen scherzhaften Ton an—«daß Herr Konsul mir am nächsten Sonntag eine kleine Revanche geben würden.»—Der Konsul zuckte die Achseln, als wäre der Fall längst abgetan.—Wie mach' ich's nur? dachte Willi. Was tu' ich? Ihn geradezu—bitten? Was kann ihm denn an den paar tausend Gulden liegen? Er hat eine Familie in Amerika—und das Fräulein Rihoschek—. Er hat ein Geschäft drüben—was bedeuten ihm diese paar tausend Gulden?! Und für mich handelt es sich um Leben oder Tod.

Sie fuhren unter dem Viadukt der Stadt zu. Aus der Südbahnhalle brauste eben ein Zug. Da fahren Leute nach Baden, dachte Willi, und weiter, nach Klagenfurt, nach Triest—und von dort vielleicht übers Meer in einen anderen Weltteil... Und er beneidete sie alle.

«Wo darf ich Sie absetzen, Herr Leutnant?»

«Oh, bitte», erwiderte Willi, «wo es Ihnen bequem ist. Ich wohne in der Alserkaserne.»

«Ich bringe Sie bis ans Tor, Herr Leutnant.» Er gab dem Kutscher die entsprechende Weisung.

«Danke vielmals, Herr Konsul, es wäre wirklich nicht notwendig—»

Die Häuser schliefen alle. Die Gleise der Straßenbahn, noch unberührt vom Verkehr des Tages, liefen glatt und glänzend neben ihnen einher. Der Konsul sah auf die Uhr: «Gut ist er gefahren, eine Stunde und zehn Minuten. Haben Sie heute Ausrückung, Herr Leutnant?»—«Nein», erwiderte Willi, «heute habe ich Schule zu halten.»—«Na, da können Sie sich doch noch auf eine Weile hinlegen.»—«Allerdings, Herr Konsul, aber ich glaube, ich werde mir heute einen dienstfreien Tag machen—werde mich marod melden.»—Der Konsul nickte und schwieg.—«Also, Mittwoch fahren Herr Konsul ab?»—«Nein, Herr Leutnant», erwiderte der Konsul mit Betonung jedes einzelnen Wortes, «morgen, Dienstag abend.»

«Herr Konsul—ich will Ihnen ganz aufrichtig gestehen—, es ist mir ja äußerst peinlich, aber ich fürchte sehr, daß es mir total unmöglich sein wird in so kurzer Zeit—bis morgen mittag zwölf Uhr...» Der Konsul blieb stumm. Er schien kaum zuzuhören. «Wenn Herr Konsul vielleicht die besondere Güte hätten, mir eine Frist zu gewähren?»—Der Konsul schüttelte den Kopf. Willi fuhr fort. «Oh, keine lange Frist, ich könnte Herrn Konsul vielleicht eine Bestätigung oder einen Wechsel ausstellen, und ich würde mich ehrenwörtlich verpflichten, innerhalb vierzehn Tagen—es wird sich gewiß ein Modus finden...» Der Konsul schüttelte immer nur den Kopf, ohne irgendwelche Erregung, ganz mechanisch. «Herr Konsul», begann Willi von neuem, und es klang flehend, ganz gegen seinen Willen, «Herr Konsul, mein Onkel, Robert Wilram, vielleicht kennen Herr Konsul den Namen?»

Der andere schüttelte unentwegt weiter den Kopf.—«Ich bin nämlich nicht ganz überzeugt, daß mein Onkel, auf den ich mich im übrigen durchaus verlassen kann, die Summe augenblicklich flüssig hat. Aber selbstverständlich kann er innerhalb weniger Tage... er ist ein wohlhabender Mann, der einzige Bruder meiner Mutter, ein Privatier.»—Und plötzlich, mit einer komisch umschlagenden Stimme, die wie ein Lachen klang: «Es ist wirklich fatal, daß Herr Konsul gleich bis Amerika reisen.»—«Wohin ich reise, Herr Leutnant», erwiderte der Konsul ruhig, «das kann Ihnen vollkommen gleichgültig sein. Ehrenschulden sind bekanntlich innerhalb vierundzwanzig Stunden zu bezahlen.»

«Ist mir bekannt, Herr Konsul, ist mir bekannt. Aber es kommt trotzdem manchmal vor—ich kenne selbst Kameraden, die in ähnlicher Lage... Es hängt ja nur von Ihnen ab, Herr Konsul, ob Sie sich vorläufig mit einem Wechsel oder mit meinem Wort zufrieden geben wollen bis—bis zum nächsten Sonntag wenigstens.»

«Ich gebe mich nicht zufrieden, Herr Leutnant, morgen, Dienstag mittag, letzter Termin... Oder — Anzeige an Ihr Regimentskommando.»—

Der Wagen fuhr über den Ring, am Volksgarten vorbei, dessen Bäume in üppigem Grün über dem vergoldeten Gitter wipfelten. Es war ein köstlicher Frühlingsmorgen, kaum noch ein Mensch auf der Straße zu sehen; nur eine junge, sehr elegante Dame in hochgeschlossenem, drapfarbigem Mantel, mit einem kleinen Hund, spazierte rasch, wie einer Pflicht genügend, längs dem Gitter hin und warf einen gleichgültigen Blick auf den Konsul, der sich nach ihr umwandte, trotz der Gattin in Amerika und des Fräulein Rihoschek in Baden, die freilich mehr dem Schauspieler Elrief gehörte. Was kümmert mich Herr Elrief, dachte Willi, und was kümmert mich das Fräulein Rihoschek. Wer weiß übrigens, wär' ich netter mit ihr gewesen, vielleicht hätte sie ein gutes Wort für mich eingelegt.—Und einen Augenblick lang überlegte er ernstlich, ob er nicht noch rasch nach Baden hinausfahren sollte, sie um ihre Fürsprache bitten. Fürsprache beim Konsul? Ins Gesicht würde sie ihm lachen. Sie kannte ihn ja, den Herrn Konsul, sie mußte ihn kennen... Und die einzige Möglichkeit der Rettung war Onkel Robert. Das stand fest. Sonst blieb nichts übrig als eine Kugel vor die Stirn. Man mußte sich nur klar sein.

Ein regelmäßiges Geräusch wie von dem herannahenden Schritt einer marschierenden Kolonne drang an sein Ohr. Hatten die Achtundneunziger nicht heute eine Übung? Am Bisamberg? Es wäre ihm peinlich gewesen, jetzt im Fiaker Kameraden an der Spitze ihrer Kompagnie zu begegnen. Aber es war kein Militär, das heranmarschiert kam, es war ein Zug von Knaben, offenbar eine Schulklasse, die sich mit ihrem Lehrer auf einen Ausflug begab. Der Lehrer, ein junger, blasser Mensch, streifte mit einem Blick unwillkürlicher Hochachtung die beiden Herren, die zu so früher Stunde im Fiaker an ihm vorüberfuhren. Willi hätte nie geahnt, daß er einen Moment erleben sollte, in dem sogar ein armer Schullehrer ihm als ein beneidenswertes Geschöpf vorkommen würde. Nun überholte der Fiaker eine erste Straßenbahn, in der ein paar Leute im Arbeitsanzug und eine alte Frau als Passagiere saßen. Ein Spritzwagen kam ihnen entgegen, und ein wild aussehender Kerl mit hinaufgekrempelten Hemdärmeln schwang in regelmäßigen Stößen, wie eine Springschnur, den Wasserschlauch, aus dem das Naß die Straße feuchtete. Zwei Nonnen, die Blicke gesenkt, überquerten die Fahrbahn in der Richtung gegen die Votivkirche, die hellgrau mit ihren schlanken Türmen zum Himmel ragte. Auf einer Bank unter einem weißblühenden Baum saß ein junges Geschöpf mit bestaubten Schuhen, den Strohhut auf dem Schoß, lächelnd, wie nach einem angenehmen Erlebnis. Ein geschlossener Wagen mit heruntergelassenen Vorhängen sauste vorüber. Ein dickes, altes Weib bearbeitete die hohe Fensterscheibe eines Kaffeehauses mit Besen und Scheuertuch. All diese Menschen und Dinge, die Willi sonst nicht bemerkt hätte, zeigten sich seinem überwachen Auge in beinahe schmerzhaft scharfen Umrissen. Aber der Mann, an dessen Seite er im Wagen saß, war ihm indes wie aus dem Gedächtnis geschwunden. Nun wandte er ihm einen scheuen Blick zu. Zurückgelehnt, den Hut vor sich auf der Decke, mit geschlossenen Augen, saß der Konsul da. Wie mild, wie gütig sah er aus! Und der—trieb ihn in den Tod? Wahrhaftig, er schlief—oder stellte er sich so? Nur keine Angst, Herr Konsul, ich werde Sie nicht weiter belästigen. Sie werden Dienstag um zwölf Uhr Ihr Geld haben. Oder auch nicht. Aber in keinem Falle ... Der Wagen hielt vor dem Kasernentor, und sofort erwachte der Konsul—oder er tat wenigstens so, als wenn er eben erwacht wäre, er rieb sich sogar die Augen, eine etwas übertriebene Geste nach einem Schlaf von zweieinhalb Minuten. Der Posten am Tor salutierte. Willi sprang aus dem Wagen, gewandt, ohne das Trittbrett zu berühren, und lächelte dem Konsul zu. Er tat noch ein übriges und gab dem Kutscher ein Trinkgeld; nicht zu viel, nicht zu wenig, als ein Kavalier, dem es am Ende nichts verschlug, ob er im Spiel gewonnen oder verloren hatte. «Danke bestens, Herr Konsul—und auf Wiedersehen.»—

Der Konsul reichte Willi aus dem Wagen heraus die Hand und zog ihn zugleich leicht an sich heran, als hätte er ihm etwas anzuvertrauen, das nicht jeder zu hören brauchte. «Ich rate Ihnen, Herr Leutnant», meinte er in fast väterlichem Ton, «nehmen Sie die Angelegenheit nicht leicht, wenn Sie Wert darauf legen... Offizier zu bleiben. Morgen, Dienstag, zwölf Uhr.» Dann laut: «Also, auf Wiedersehen, Herr Leutnant.»— Willi lächelte verbindlich, legte die Hand an die Kappe, der Wagen wendete und fuhr davon.

IX

Von der Alserkirche schlug es dreiviertel fünf. Das große Tor öffnete sich, eine Kompagnie der Achtundneunziger marschierte mit strammer Kopfwendung an Willi vorbei. Willi führte dankend die Hand ein paarmal an die Kappe.—«Wohin, Wieseltier?» fragte er herablassend den Kadetten, der als Letzter kam.—«Feuerwehrwiese, Herr Leutnant.» Willi nickte wie zum Einverständnis und blickte den Achtundneunzigern eine Weile nach, ohne sie zu sehen. Der Posten stand immer noch salutierend, als Willi durch das Tor schritt, das nun hinter ihm geschlossen wurde.

Kommandorufe vom Ende des Hofs her schnarrten ihm ins Ohr. Ein Trupp von Rekruten übte Gewehrgriffe unter der Leitung eines Korporals. Der Hof lag sonnbeglänzt und kahl, da und dort ragten ein paar Bäume in die Luft. Die Mauer entlang schritt Willi weiter; er sah zu seinem Fenster auf, sein Bursche erschien im Rahmen, blickte hinab, stand einen Augenblick stramm und verschwand. Willi eilte die Treppen hinauf; noch im Vorraum, wo der Bursche sich eben anschickte, den Schnellkocher anzuzünden, entledigte er sich des Kragens, öffnete den Waffenrock.—«Herr Leutnant, melde gehorsamst, Kaffee ist gleich fertig.»—«Gut ist's», sagte Willi, trat ins Zimmer, schloß die Tür hinter sich, legte den Rock ab, warf sich in Hosen und Schuhen aufs Bett.

Vor neun kann ich unmöglich zu Onkel Robert, dachte er. Ich werde ihn für alle Fälle gleich um zwölftausend bitten, kriegt der Bogner auch seine tausend, wenn er sich nicht inzwischen totgeschossen hat. Übrigens, wer weiß, vielleicht hat er wirklich beim Rennen gewonnen und ist sogar imstande, *mich* herauszureißen. Ha, elftausend, zwölftausend, die gewinnen sich nicht so leicht beim Totalisator.

Die Augen fielen ihm zu. Pik-Neun—Karo-Aß—Herz-König—Pik-Acht—Pik-Aß—Treff-Bub—Karo-Vier—so tanzten die Karten an ihm vorüber. Der Bursche brachte den Kaffee, rückte den Tisch näher ans

Bett, schenkte ein, Willi stützte sich auf den Arm und trank. «Soll ich Herrn Leutnant vielleicht Stiefel ausziehn?»—Willi schüttelte den Kopf. «Nicht mehr der Müh' wert.»—«Soll ich Herrn Leutnant später wekken?»—und da ihn Willi wie verständnislos ansah—«Melde gehorsamst, sieben Uhr Schul'.»—Willi schüttelte wieder den Kopf. «Bin marod, muß zum Doktor. Sie melden mich beim Herrn Hauptmann... marod, verstehen S', Dienstzettel schick' ich nach. Bin zu einem Professor bestellt, wegen Augen, um neun Uhr. Ich laß den Herrn Kadettstellvertreter Brill bitten, Schule zu halten. Abtreten.—Halt!»—«Herr Leutnant?»—«Um viertel acht gehn S' hinüber zur Alserkirche, der Herr, der gestern früh da war, ja, der Oberleutnant Bogner, wird dort warten. Er möcht' mich freundlichst entschuldigen—habe leider nichts ausgerichtet, verstehen S'?»—«Jawohl, Herr Leutnant.»—«Wiederholen.» —«Herr Leutnant laßt sich entschuldigen, Herr Leutnant haben nichts ausgerichtet.»—«Leider nichts ausgerichtet.—Halt. Wenn vielleicht noch Zeit wär' bis heut abend oder morgen früh»—er hielt plötzlich inne. «Nein, nichts mehr. Ich hab' leider nichts ausgerichtet und damit Schluß. Verstehn S'?»—«Jawohl, Herr Leutnant.»—«Und wenn Sie zurückkommen von der Alserkirche, so klopfen S' für alle Fälle. Und jetzt machen S' noch das Fenster zu.»

Der Bursche tat, wie ihm geheißen, und ein greller Kommandoruf im Hofe schnitt in der Mitte ab. Als Joseph die Tür hinter sich schloß, streckte sich Willi wieder hin, und die Augen fielen ihm zu. Karo-Aß —Treff-Sieben—Herz-König—Karo-Acht—Pik-Neun—Pik-Zehn—Herz-Dame—verdammte Kanaille, dachte Willi. Denn die Herzdame war eigentlich das Fräulein Keßner. Wär' ich nicht bei dem Tisch stehn geblieben, so wär' das ganze Malheur nicht passiert. Treff-Neun—Pik-Sechs—Pik-Fünf—Pik-König—Herz-König—Treff-König—Nehmen Sie's nicht leicht, Herr Leutnant.—Hol' ihn der Teufel, das Geld kriegt er, aber dann schick' ich ihm zwei Herren—geht ja nicht—er ist ja nicht einmal satisfaktionsfähig—Herz-König—Pik-Bub—Karo-Dame—Karo-Neun—Pik-Aß—so tanzten sie vorüber, Karo-Aß—Herz-Aß... sinnlos, unaufhaltsam, daß ihn die Augen unter den Lidern schmerzten. Es gab gewiß auf der ganzen Welt nicht so viele Kartenspiele, als vor ihm in dieser Stunde vorüberrasten.

Es klopfte, jäh erwachte er, auch vor seinen offenen Augen noch rasten sie weiter. Der Bursche stand da. «Herr Leutnant, melde gehorsamst, der Herr Oberleutnant laßt sich vielmals bedanken für die Mühe und laßt den Herrn Leutnant schönstens grüßen.»—«So.—Sonst—sonst hat er nix g'sagt?»—«Nein, Herr Leutnant, der Herr Oberleutnant hat sich umgedreht und ist gleich wieder gegangen.»—«So—hat er sich gleich wieder umgedreht... Und haben S' mich marod gemeldet?»—«Jawohl, Herr Leutnant.» Und da Willi sah, wie der Bursche grinste, fragte er: «Was lachen S' denn so dumm?»—«Melde gehorsamst, wegen dem Herrn Hauptmann.»—«Warum denn? Was hat er denn g'sagt, der Herr Hauptmann?»—Und immer noch grinsend, erzählte der Bursche: «Zum Augenarzt muß der Herr Leutnant, hat der Herr Hauptmann g'sagt, hat sich wahrscheinlich in ein Mädel verschaut, der Herr Leutnant.»—Und da Willi dazu nicht lächelte, fügte der Bursche etwas erschrocken hinzu: «Hat der Herr Hauptmann gesagt, melde gehorsamst.»—«Abtreten», sagte Willi.

Während er sich fertigmachte, überdachte er bei sich allerlei Sätze, übte innerlich den Tonfall der Reden ein, mit denen er des Onkels Herz zu bewegen hoffte. Zwei Jahre lang hatte er ihn nicht gesehen. Er war in diesem Augenblick kaum imstande, sich Wilrams Wesen, ja auch nur dessen Gesichtszüge zu vergegenwärtigen; es tauchte immer wieder eine andere Erscheinung mit anderem Gesichtsausdruck, anderen Gewohnheiten, einer anderen Art zu reden vor ihm auf, und er konnte nicht vorher wissen, welcher er heute gegenüberstehen würde.

Von der Knabenzeit her hatte er den Onkel als einen schlanken, immer sehr sorgfältig gekleideten, immerhin noch jungen Mann im Gedächtnis, wenn ihm auch der um fünfundzwanzig Jahre ältere damals schon als recht reif erschienen war. Robert Wilram kam immer nur für wenige Tage zu Besuch in das ungarische Städtchen, wo der Schwager, damals noch Major Kasda, in Garnison lag. Vater und Onkel verstanden einander nicht sonderlich gut, und Willi erinnerte sich sogar dunkel eines auf den Onkel bezüglichen Wortwechsels zwischen den Eltern, der damit geendet hatte, daß die Mutter weinend aus dem Zimmer gegangen war. Von dem Beruf des Onkels war kaum jemals die Rede gewesen, doch glaubte Willi sich zu besinnen, daß Robert Wilram eine Staatsbeamtenstelle bekleidet und, früh verwitwet, wieder aufgegeben hatte. Von seiner verstorbenen Frau erbte er ein kleines Vermögen, lebte seither als Privatmann und reiste viel in der Welt herum. Die Nachricht vom Tode der Schwester hatte ihn in Italien ereilt, er traf erst nach dem Begräbnis ein, und es blieb Willis Gedächtnis für immer eingeprägt, wie der Onkel, mit ihm am Grabe stehend, tränenlos, doch mit einem Ausdruck düsteren Ernstes auf die kaum noch verwelkten Kränze herabgesehen hatte. Bald darauf waren sie zusammen aus der kleinen Stadt abgereist; Robert Wilram nach Wien und Willi zurück nach Wiener Neustadt in die Kadettenschule. Von dieser Zeit an besuchte er den

Onkel manchmal an Sonn- und Feiertagen, wurde von ihm ins Theater oder in Restaurants mitgenommen; später, nach des Vaters plötzlich erfolgtem Tod, nachdem Willi als Leutnant zu einem Wiener Regiment eingeteilt worden war, bestimmte ihm der Onkel aus freien Stücken einen monatlichen Zuschuß, der auch während seiner gelegentlichen Reisen, durch eine Bank, pünktlich an den jungen Offizier ausbezahlt wurde. Von einer dieser Reisen, auf der er gefährlich erkrankt gewesen war, kam Robert Wilram auffällig gealtert zurück, und während der monatliche Zuschuß auch weiterhin regelmäßig an Willis Adresse gelangte, trat im persönlichen Verkehr zwischen Onkel und Neffe manche kürzere und längere Unterbrechung ein, wie denn die Epochen in Robert Wilrams Existenz überhaupt in eigentümlicher Weise abzuwechseln schienen. Es gab Zeiten, in denen er ein heiteres und geselliges Wesen zur Schau trug, mit dem Neffen wie früher Restaurants, Theater und nun auch Vergnügungslokale leichteren Charakters zu besuchen pflegte, bei welchen Gelegenheiten meist auch irgendeine muntere junge Dame anwesend war, die Willi bei diesem Anlaß gewöhnlich zum erstenmal und niemals ein zweites Mal wiedersah. Dann wieder gab es Wochen, in denen der Onkel sich vollkommen aus der Welt und von den Menschen zurückzuziehen schien; und wenn Willi überhaupt vorgelassen wurde, so fand er sich einem ernsten, wortkargen, frühgealterten Mann gegenüber, der in einen dunkelbraunen talarartigen Schlafrock gehüllt, mit der Miene eines vergrämten Schauspielers, in dem nie ganz hellen, hochgewölbten Zimmer auf und ab ging oder auch lesend oder arbeitend bei künstlichem Licht an seinem Schreibtisch saß. Das Gespräch ging dann meistens mühsam und schleppend, als wäre man einander völlig fremd geworden; einmal nur, da zufällig von einem Kameraden Willis die Rede war, der kürzlich aus unglücklicher Liebe seinem Leben ein Ende gemacht hatte, öffnete Robert Wilram eine Schreibtischlade, entnahm ihr zu Willis Verwunderung eine Anzahl beschriebener Blätter und las dem Neffen einige philosophische Bemerkungen über Tod und Unsterblichkeit, auch manches Abfällige und Schwermütige über die Frauen im allgemeinen vor, wobei er der Anwesenheit des Jüngeren, der nicht ohne Verlegenheit und eher gelangweilt zuhörte, völlig zu vergessen schien. Gerade als Willi ein leichtes Gähnen vergeblich zu unterdrücken versuchte, geschah es, daß der Onkel den Blick von dem Manuskript erhob; seine Lippen kräuselten sich zu einem leeren Lächeln, er faltete die Blätter zusammen, tat sie wieder in die Lade und sprach unvermittelt von anderen Dingen, wie sie dem Interesse eines jungen Offiziers näher liegen mochten. Auch nach diesem wenig geglückten Zusammensein gab es immerhin noch eine Anzahl von vergnügten Abenden nach der alten Weise; auch kleine Spaziergänge zu zweit, besonders an schönen Feiertagsnachmittagen, kamen vor; eines Tages aber, da Willi den Onkel aus der Wohnung abholen sollte, kam eine Absage und kurz darauf ein Brief Wilrams, er sei jetzt so dringend beschäftigt, daß er Willi leider bitten müsse, von weiteren Besuchen vorläufig abzusehen. Bald blieben auch die Geldsendungen aus. Eine höfliche, schriftliche Erinnerung wurde nicht beantwortet, einer zweiten erging es ebenso, auf eine dritte erfolgte der Bescheid, daß Robert Wilram zu seinem Bedauern sich genötigt sehe, «wegen grundlegender Veränderung seiner Verhältnisse», weitere Zuwendungen «selbst an nächststehende Personen» einzustellen. Willi versuchte, den Onkel persönlich zu sprechen. Er wurde zweimal nicht empfangen, ein drittes Mal sah er den Onkel, der sich hatte verleugnen lassen, eben rasch in der Türe verschwinden. So mußte er endlich die Aussichtslosigkeit jeder weiteren Bemühung einsehen, und es blieb ihm nichts übrig, als sich auf das Möglichste einzuschränken. Die geringfügige Erbschaft von der Mutter her, mit der er bisher hausgehalten, war eben erst aufgezehrt, doch hatte er sich seiner Art nach über die Zukunft bisher keinerlei ernste Gedanken gemacht, bis nun mit einemmal, von einem Tag, ja von einer Stunde zur anderen, die Sorge gleich in ihrer drohendsten Gestalt auf seinem Wege stand.

In gedrückter, aber nicht hoffnungsloser Stimmung schritt er endlich die gewundene, stets in Halbdunkel getauchte Offiziersstiege hinab und erkannte den Mann nicht gleich, der ihm mit vorgestreckten Armen den Weg versperrte.

«Willi!» Es war Bogner, der ihn anrief.

«Du bist's?» Was wollte der? «Weißt du denn nicht? Hat dir der Joseph nicht ausgerichtet?»

«Ich weiß, ich weiß, ich will dir nur sagen—für alle Fälle—, daß die Revision auf morgen verschoben ist.»

Willi zuckte die Achseln. Das interessierte ihn wahrhaftig nicht sehr.

«Verschoben, verstehst du!»

«Es ist ja nicht gar so schwer, zu verstehen», und er nahm eine Stufe nach abwärts.

Bogner ließ ihn nicht weiter. «Das ist doch ein Schicksalszeichen», rief er. «Das kann ja die Rettung bedeuten. Sei nicht bös, Kasda, daß ich noch einmal——ich weiß ja, daß du gestern kein Glück gehabt hast—»

«Allerdings», stieß Willi hervor, «allerdings hab' ich kein Glück gehabt.» Und mit einem Auflachen: «Alles hab' ich verloren—und noch etwas mehr.» Und unbeherrscht, als stände in Bogner die eigentliche und einzige Ursache seines Unglücks ihm gegenüber: «Elftausend Gulden, Mensch, elftausend Gulden!»

«Donnerwetter, das ist freilich... was gedenkst du...» Er unterbrach sich. Ihre Blicke trafen einander, und Bogners Züge erhellten sich. «Da gehst du ja doch wohl zu deinem Onkel?»

Willi biß sich in die Lippen. Zudringlich! Unverschämt! dachte er bei sich, und es fehlte nicht viel, so hätte er es ausgesprochen.

«Verzeih—es geht mich ja nichts an—vielmehr, ich darf ja da nichts dreinreden, um so weniger, als ich gewissermaßen mitschuldig———na ja—, aber wenn du's schon versuchst, Kasda———ob zwölf- oder elftausend, das kann doch deinem Onkel ziemlich egal sein.»

«Du bist verrückt, Bogner. Ich werd' die elftausend so wenig kriegen, als ich zwölf kriegen tät.»

«Aber du gehst doch hin, Kasda!»

«Ich weiß nicht—»

«Willi——»

«Ich weiß nicht», wiederholte er ungeduldig. «Vielleicht—vielleicht auch nicht... Adieu.» Er schob ihn beiseite und stürzte die Treppe hinab.

Zwölf oder elf, das war keineswegs gleichgültig. Gerade auf den einen Tausender konnte es ankommen!—Und es summte in seinem Kopf: Elf, zwölf—elf, zwölf—elf, zwölf! Nun, er müßte sich ja nicht früher entscheiden, als er vor dem Onkel stand. Der Moment sollte es ergeben. Jedenfalls war es eine Dummheit, daß er vor Bogner die Summe genannt, daß er sich überhaupt auf der Treppe hatte aufhalten lassen. Was ging ihn der Mensch an? Kameraden—nun ja, aber eigentliche Freunde waren sie doch nie gewesen! Und nun sollte sein Schicksal mit dem Bogners plötzlich unlöslich verbunden sein? Unsinn. Elf, zwölf—elf, zwölf. Zwölf, das klang vielleicht besser als elf, vielleicht brachte es ihm Glück... vielleicht geschah das Wunder—gerade, wenn er zwölf verlangte. Und während des ganzen Weges, von der Alserkaserne durch die Stadt bis zu dem uralten Haus in der engen Straße hinter dem Stephansdom, überlegte er, ob er den Onkel um elf- oder um zwölftausend Gulden bitten sollte—als hinge der Erfolg, als hinge am Ende sein Leben davon ab.

Eine ältliche Person, die er nicht kannte, öffnete auf sein Klingeln. Willi nannte seinen Namen. Der Onkel—ja, er sei nämlich der Neffe des Herrn Wilram—der Onkel möge entschuldigen, es handle sich um eine sehr dringende Angelegenheit, und er werde keineswegs lange stören.

Die Frau, zuerst unschlüssig, entfernte sich, kam merkwürdig rasch mit freundlicherer Miene wieder, und Willi—tief atmete er auf—wurde sofort vorgelassen.

X

Der Onkel stand an einem der beiden hohen Fenster; er trug nicht den talarartigen Schlafrock, in dem Willi ihn anzutreffen erwartet hatte, sondern einen gutgeschnittenen, aber etwas abgetragenen, hellen Sommeranzug und Lackhalbschuhe, die ihren Glanz verloren hatten. Mit einer weitläufigen, aber müden Geste winkte er dem Neffen entgegen. «Grüß dich Gott, Willi. Schön, daß du dich wieder einmal um deinen alten Onkel umschaust. Ich hab' geglaubt, du hast mich schon ganz vergessen.»

Die Antwort lag nahe, daß man ihn die letzten Male nicht empfangen und seine Briefe nicht beantwortet hatte, aber er hielt es für geratener, sich vorsichtiger auszudrücken. «Du lebst ja so zurückgezogen», sagte er, «ich hab' nicht wissen können, ob dir ein Besuch auch willkommen gewesen wäre.»

Das Zimmer war unverändert. Auf dem Schreibtisch lagen Bücher und Papiere, der grüne Vorhang vor der Bibliothek war halbseits zugezogen, so daß einige alte Lederbände sichtbar waren; über den Diwan war, wie früher, der Perserteppich gebreitet, und etliche gestickte Kopfkissen lagen darauf. An der Wand hingen zwei vergilbte Kupferstiche, die italienische Landschaften darstellten, und Familienporträts in mattgoldenen Rahmen; das Bild der Schwester hatte seinen Platz, wie früher, auf dem Schreibtisch, Willi erkannte es an Umriß und Rahmen von rückwärts.

«Willst du dich nicht setzen?» fragte Robert Wilram.

Willi stand, die Kappe in der Hand, mit umgeschnalltem Säbel, stramm, wie zu einer dienstlichen Meldung. Und in einem zu seiner Haltung nicht ganz stimmenden Tone begann er: «Die Wahrheit zu sagen, lieber Onkel, ich wär' wahrscheinlich auch heute nicht gekommen, wenn ich nicht——also, mit einem Wort, es handelt sich um eine sehr, sehr ernste Angelegenheit.»

«Was du nicht sagst», bemerkte Robert Wilram freundlich, aber ohne besondere Teilnahme.

«Für mich wenigstens ernst. Kurz und gut, ohne weitere Umschweife, ich habe eine Dummheit begangen, eine große Dummheit. Ich—habe gespielt und habe mehr verspielt, als ich im Vermögen gehabt habe.»

«Hm, das ist schon ein bißl mehr wie eine Dummheit», sagte der Onkel.

«Ein Leichtsinn war's», bestätigte Willi, «ein sträflicher Leichtsinn. Ich will nichts beschönigen. Aber die Sache steht leider so: Wenn ich meine Schuld bis heute abend sieben Uhr nicht bezahlt habe, bin ich—bin ich einfach—» er zuckte die Achseln und hielt inne wie ein trotziges Kind.

Robert Wilram schüttelte bedauernd den Kopf, aber er erwiderte nichts. Die Stille im Raum wurde sofort unerträglich, so daß Willi gleich wieder zu reden anfing. Hastig berichtete er sein gestriges Erlebnis. Er sei nach Baden gefahren, um einen kranken Kameraden zu besuchen, sei dort mit anderen Offizieren, guten alten Bekannten, zusammengetroffen und habe sich zu einer Spielpartie verleiten lassen, die, anfangs ganz solid, im weiteren Verlauf, ohne sein Dazutun, in ein wildes Hasard ausgeartet sei. Die Namen der Beteiligten möchte er lieber verschweigen mit Ausnahme desjenigen, der sein Gläubiger geworden sei, ein Großkaufmann, ein südamerikanischer Konsul, ein gewisser Herr Schnabel, der unglücklicherweise morgen früh nach Amerika reise und für den Fall, daß die Schuld nicht bis abends beglichen sei, mit der Anzeige ans Regimentskommando gedroht habe. «Du weißt, Onkel, was das zu bedeuten hat», schloß Willi und ließ sich plötzlich ermüdet auf den Diwan nieder.

Der Onkel, den Blick über Willi hinweg auf die Wand gerichtet, aber immer noch freundlich, fragte: «Um was für einen Betrag handelt es sich denn eigentlich?»

Wieder schwankte Willi. Zuerst dachte er doch die tausend Gulden für Bogner dazuzuschlagen, dann aber war er plötzlich überzeugt, daß gerade der kleine Mehrbetrag den Ausgang in Frage stellen könnte, und so nannte er nur die Summe, die er für seinen Teil schuldig war.

«Elftausend Gulden», wiederholte Robert Wilram kopfschüttelnd, und es klang fast ein Ton von Bewunderung mit.

«Ich weiß», erwiderte Willi rasch, «es ist ein kleines Vermögen. Ich versuche auch gar nicht, mich zu rechtfertigen. Es war ein niederträchtiger Leichtsinn, ich glaub' der erste—gewiß aber der letzte meines Lebens. Und ich kann nichts anderes tun, als dir schwören, Onkel, daß ich in meinem ganzen Leben keine Karte mehr anrühren, daß ich mich bemühen werde, dir durch ein streng solides Leben meine ewige Dankbarkeit zu beweisen, ja, ich bin bereit—ich erkläre feierlich, auf jeden Anspruch für später, der mir etwa durch unsere Verwandtschaft erwachsen könnte, ein für allemal zu verzichten, wenn du nur diesmal, dieses eine Mal,—Onkel—»

Nachdem Robert Wilram bisher immer noch keine innere Bewegung gezeigt hatte, schien er nun allmählich in eine gewisse Unruhe zu geraten. Schon früher hatte er die eine Hand wie abwehrend erhoben, nahm nun die andere zu Hilfe, als wolle er den Neffen durch eine möglichst ausdrucksvolle Geste zum Schweigen bringen, und mit einer ungewohnt hohen, fast schrillen Stimme unterbrach er ihn. «Bedaure sehr, bedaure aufrichtig, ich kann dir beim besten Willen nicht helfen.» Und da Willi den Mund zu einer Erwiderung auftat: «Absolut nicht helfen; jedes weitere Wort wäre überflüssig, also bemühe dich nicht weiter.» Und er wandte sich dem Fenster zu.

Willi, zuerst wie vor den Kopf geschlagen, besann sich, daß er doch keineswegs hatte hoffen dürfen, den Onkel im ersten Ansturm zu besiegen, und so begann er von neuem: «Ich gebe mich ja keiner Täuschung hin, Onkel, daß meine Bitte eine Unverschämtheit ist, eine Unverschämtheit ohnegleichen;—ich hätte auch nie und nimmer gewagt, an dich heranzutreten, wenn nur die geringste Möglichkeit bestände, das Geld in irgendeiner anderen Weise aufzutreiben. Du mußt dich nur in meine Lage versetzen, Onkel. Alles, alles steht für mich auf dem Spiel, nicht nur meine Existenz als Offizier. Was soll ich, was kann ich denn anderes anfangen? Ich hab' ja sonst nichts gelernt, ich versteh' ja nichts weiter. Und ich kann doch überhaupt nicht als weggejagter Offizier—grad gestern hab' ich zufällig einen früheren Kameraden wiedergetroffen, der auch—nein, nein, lieber eine Kugel vor den Kopf. Sei mir nicht bös, Onkel. Du mußt dir das nur vorstellen. Der Vater war Offizier, der Großvater ist als Feldmarschalleutnant gestorben. Um Gottes willen, es kann doch nicht so mit mir enden. Das wäre doch eine zu harte Strafe für einen leichtsinnigen Streich. Ich bin ja kein Gewohnheitsspieler, das weißt du. Ich hab' nie Schulden gemacht. Auch im letzten Jahr nicht, wo es mir ja manchmal recht schwer zusammengegangen ist. Und ich habe mich nie verleiten lassen, obwohl man es mir direkt angetragen hat. Freilich, ein solcher Betrag! Ich glaube, nicht einmal zu Wucherzinsen könnte ich mir je einen solchen Betrag beschaffen. Und wenn schon, was käm' dabei heraus? In einem halben Jahr wär' ich das Doppelte schuldig, in einem Jahr das Zehnfache—und—»

«Genug, Willi», unterbrach ihn Wilram endlich mit noch schrillerer Stimme als vorher. «Genug, ich kann dir nicht helfen;—ich möcht' ja gern, aber ich kann nicht. Verstehst du? Ich hab' selber nichts, nicht hundert Gulden hab' ich im Vermögen, wie du mich da siehst. Da, da ...» Er riß eine Lade nach der andern auf, die Schreibtischladen, die Kommodenladen, als wäre es ein Beweis für die Wahrheit seiner Worte, daß dort freilich keinerlei Banknoten oder Münzen zu sehen waren, sondern nur Papiere, Schachteln, Wäsche, allerlei Kram. Dann warf er auch seine Geldbörse auf den Tisch hin. «Kannst selber nachschaun, Willi, und wenn du mehr findest als hundert Gulden, so kannst du mich meinetwegen halten—wofür du willst.» Und plötzlich sank er in den Stuhl vor dem Schreibtisch hin und ließ die Arme schwer auf die Platte hinfallen, so daß einige Bogen Papier auf den Fußboden flatterten.

Willi hob sie beflissen auf, dann ließ er den Blick durch den Raum schweifen, als müßte er nun doch da oder dort irgendwelche Veränderungen entdecken, die den so unbegreiflich veränderten Verhältnissen des Onkels entsprächen. Aber alles sah genau so aus wie vor zwei oder drei Jahren. Und er fragte sich, ob sich denn wirklich die Dinge so verhalten müßten, wie es der Onkel versicherte. War der sonderbare alte Mann, der ihn vor zwei Jahren so unerwartet, so plötzlich im Stich gelassen hatte, nicht auch imstande, durch eine Lüge, die er durch Komödienspielerei glaubhafter machen wollte, sich vor weiterem Drängen und Flehen des Neffen schützen zu wollen? Wie? Man lebte in einer wohlgehaltenen Wohnung der inneren Stadt mit einer Art von Wirtschafterin, die schönen Ledereinbände standen wie früher im Bücherschrank, die mattgold gerahmten Bilder hingen noch alle an den Wänden—, und der Besitzer all dieser Dinge sollte indes zum Bettler geworden sein? Wo wäre denn sein Vermögen hingekommen im Verlauf dieser letzten zwei oder drei Jahre? Willi glaubt ihm nicht. Er hatte nicht den geringsten Grund, ihm zu glauben, und noch weniger Grund hatte er, sich einfach geschlagen zu geben, da er doch in keinem Fall mehr etwas zu verlieren hatte. So entschloß er sich zu einem letzten Versuch, der aber weniger kühn ausfiel, als er sich vorgenommen; denn mit einemmal, zu seiner eigenen Verwunderung, zu seiner Beschämung stand er vor Onkel Robert mit gefalteten Händen da und flehte: «Es geht um mein Leben, Onkel, glaube mir, es geht um mein Leben. Ich bitte dich, ich—» Die Stimme versagte ihm, einer plötzlichen Eingebung folgend ergriff er die Photographie der Mutter und hielt sie dem Onkel wie beschwörend entgegen. Der aber, mit leichtem Stirnrunzeln, nahm ihm das Bild sanft aus der Hand, stellte es ruhig auf seinen Platz zurück, und leise, durchaus nicht unwillig, bemerkte er: «Deine Mutter hat mit der Sache nichts zu tun. Sie kann dir nicht helfen—so wenig als mir. Wenn ich dir nicht helfen w o l l t e, Willi, brauchte ich ja keine Ausrede. Verpflichtungen, besonders in einem solchen Fall, erkenne ich nicht an. Und, meiner Ansicht nach, kann man immer noch ein ganz anständiger Mensch sein—und werden, auch in Zivil. Die E h r e verliert man auf andere Weise. Aber so weit, daß du das begreifst, kannst du heute noch nicht sein. Und darum sage ich dir noch einmal: Hätte ich das Geld, verlaß dich drauf, ich würde es dir geben. Aber ich hab's nicht. Nichts hab' ich. Ich hab' mein Vermögen nicht mehr. Ich besitze nur mehr eine Leibrente. Ja, jeden Ersten und Fünfzehnten kriege ich so und so viel ausgezahlt, und heute»—er wies mit einem trüben Lächeln auf die Geldbörse—, «heute ist der Siebenundzwanzigste.» Und da er in Willis Augen plötzlich einen Hoffnungsstrahl erschimmern sah, fügte er gleich hinzu: «Ah, du meinst, auf meine Leibrente könnte ich ein Darlehen aufnehmen. Ja, mein lieber Willi, es kommt eben darauf an, woher man sie hat und unter welchen Bedingungen man sie gekriegt hat.»

«Vielleicht, Onkel, vielleicht wäre es doch möglich, vielleicht könnten wir gemeinsam—»

Robert Wilram aber unterbrach ihn heftig: «Nichts ist möglich, absolut nichts.» Und wie in dumpfer Verzweiflung: «Ich kann dir nicht helfen, glaub' mir, ich kann nicht.» Und er wandte sich ab.

«Also», erwiderte Willi nach kurzem Besinnen, «da kann ich halt nichts tun, als dich um Verzeihung bitten, daß ich—adieu, Onkel.» Er war schon an der Tür, als die Stimme Roberts ihn wieder festbannte. «Willi, komm her, ich will nicht, daß du mich—ich kann's dir ja sagen, also kurz und gut, ich habe nämlich mein Vermögen, gar so viel war es ja nicht mehr, meiner Frau überschrieben.»

«Du bist verheiratet!» rief Willi erstaunt aus, und eine neue Hoffnung erglänzte in seinen Augen. «Also, wenn deine Frau Gemahlin das Geld hat, dann müßte sich doch ein Modus finden lassen—ich meine, wenn du deiner Frau Gemahlin sagst, daß es sich—»

Robert Wilram unterbrach ihn mit einer ungeduldigen Handbewegung. «Gar nichts werde ich ihr sagen. Dring nicht weiter in mich. Wär' alles vergeblich.» Er hielt inne.

Willi aber, nicht gewillt, die letzte aufgetauchte Hoffnung gleich wieder aufzugeben, versuchte aufs neue anzuknüpfen und begann: «Deine—Frau Gemahlin lebt wahrscheinlich nicht in Wien?»

«O ja, sie lebt in Wien, aber nicht mit mir zusammen, wie du siehst.» Er ging ein paarmal im Zimmer hin und her, dann, mit einem bitteren Lachen, sagte er: «Ja, ich habe mehr verloren als ein Portepee und lebe auch weiter. Ja, Willi—» er unterbrach sich plötzlich und begann gleich wieder von neuem: «Vor anderthalb Jahren habe ich ihr mein Vermögen überschrieben—freiwillig. Und ich habe es eigentlich mehr um meinetwillen getan als um ihretwillen... Denn ich bin ja nicht sehr haushälterisch angelegt, und sie—sie ist sehr sparsam, das muß man ihr lassen, und auch sehr geschäftstüchtig und hat das Geld vernünftiger angelegt, als ich das je getroffen hätte. Sie hat es in irgendwelchen Unternehmungen investiert—in die näheren Umstände bin ich nicht eingeweiht—, ich verstünde auch nichts davon. Und die Rente, die ich ausbezahlt bekomme, beträgt zwölfeinhalb Prozent, das ist nicht wenig, also beklagen darf ich mich nicht... Zwölfeinhalb Prozent. Aber auch keinen Kreuzer mehr. Und jeder Versuch, den ich anfangs unternommen habe, um gelegentlich einen Vorschuß zu bekommen, war umsonst. Nach dem zweiten Versuch habe ich es übrigens wohlweislich unterlassen. Denn dann habe ich sie sechs Wochen nicht zu sehen bekommen, und sie hat einen Eid geschworen, daß ich sie überhaupt nie wieder zu Gesicht bekomme, wenn ich jemals wieder mit einem solchen Ansinnen an sie herantrete. Und das—das hab' ich nicht riskieren wollen. Ich brauch' sie nämlich, Willi, ich kann ohne sie nicht existieren. Alle acht Tage sehe ich sie, alle acht Tage kommt sie einmal zu mir. Ja, sie hält unsern Pakt, sie ist überhaupt das ordentlichste Geschöpf von der Welt. Noch nie ist sie ausgeblieben, und auch das Geld war jeden Ersten und Fünfzehnten pünktlich da. Und im Sommer sind wir alljährlich ganze vierzehn Tage irgendwo auf dem Land beisammen. Das steht auch in unserm Kontrakt. Aber die übrige Zeit, die gehört ihr.»

«Und du selbst, Onkel, besuchst sie nie?» fragte Willi einigermaßen verlegen.

«Aber freilich, Willi. Am ersten Weihnachtsfeiertag, am Ostersonntag und am Pfingstmontag. Der ist heuer am achten Juni.»

«Und wenn du, verzeih, Onkel, wenn es dir einmal einfiele, an irgendeinem andern Tag—du bist doch schließlich ihr Mann, Onkel, und wer weiß, ob es ihr nicht eher schmeicheln würde, wenn du einmal—»

«Kann ich nicht riskieren», unterbrach ihn Robert Wilram. «Einmal—weil ich dir schon alles gesagt habe—also einmal bin ich am Abend in ihrer Straße auf und ab gegangen, in der Nähe von ihrem Haus, zwei Stunden lang—»

«Nun und?»

«Sie ist nicht sichtbar geworden. Aber am nächsten Tag ist ein Brief von ihr gekommen, in dem ist nur gestanden, daß ich sie in meinem Leben nicht wieder zu sehen bekomme, wenn ich es mir noch einmal einfallen ließe, vor ihrem Wohnhaus herumzupromenieren. Ja, Willi, so steht's. Und ich weiß, wenn mein eigenes Leben daran hinge—sie ließ' mich eher zugrunde gehen, als daß sie mir auch nur den zehnten

Teil von dem, was du verlangst, außer der Zeit ausbezahlen würde. Da wirst du viel eher den Herrn Konsul zur Nachgiebigkeit bewegen, als ich jemals das Herz meiner ‚Frau Gemahlin' zu erweichen imstande wäre.»

«Und———war sie denn immer so?» fragte Willi.

«Das ist doch egal», erwiderte Robert Wilram ungeduldig. «Auch wenn ich alles vorausgesehen hätte, es hätte mir nichts genützt. Ich war ihr verfallen vom ersten Moment an, wenigstens von der ersten Nacht an, und die war unsere Hochzeitsnacht.»

«Selbstverständlich», sagte Willi, wie vor sich hin.

Robert Wilram lachte auf. «Ah, du meinst, sie ist eine anständige junge Dame gewesen aus einer guten bürgerlichen Familie? Gefehlt, mein lieber Willi, eine Dirne ist sie gewesen. Und wer weiß, ob sie es nicht heut noch ist—für andere.»

Willi fühlte sich verpflichtet, durch eine Geste seine Zweifel anzudeuten und er hegte sie wirklich, weil er sich nach dem ganzen Bericht des Onkels dessen Frau unmöglich als ein junges und reizvolles Geschöpf vorzustellen imstande war. Er hatte sie die ganze Zeit über als eine hagere, gelbliche, geschmacklos gekleidete, ältliche Person mit einer spitzen Nase vor sich gesehen, und flüchtig dachte er, ob der Onkel nicht seiner Empörung über die unwürdige Behandlung, die er von ihr erleiden mußte, durch eine bewußt ungerechte Beschimpfung Luft machen wollte. Aber Robert Wilram schnitt ihm jedes Wort ab und sprach gleich weiter. «Also, Dirne ist ja vielleicht zu viel gesagt—Blumenmädel war sie halt damals. Beim ‚Hornig' hab' ich sie zum erstenmal gesehen vor vier oder fünf Jahren; du übrigens auch. Ja, du wirst dich vielleicht noch an sie erinnern.» Und auf Willis fragenden Blick: «Wir waren damals in einer größeren Gesellschaft dort, ein Jubiläum von dem Volkssänger Kriebaum war's, ein knallrotes Kleid hat sie angehabt, einen blonden Wuschelkopf und eine blaue Schleife um den Hals.» Und mit einer Art verbissener Freude setzte er hinzu: «Ziemlich ordinär hat sie ausgesehen. Im nächsten Jahr beim Ronacher, da hat sie schon ganz anders ausgeschaut, da hat sie sich ihre Leute schon aussuchen können. Ich hab' leider kein Glück bei ihr gehabt. Mit anderen Worten: ich war ihr halt nicht zahlungsfähig genug im Verhältnis zu meinen Jahren—na, und dann ist es eben gekommen, wie es manchmal zu kommen pflegt, wenn sich ein alter Esel von einem jungen Frauenzimmer den Kopf verdrehen läßt. Und vor zweieinhalb Jahren habe ich das Fräulein Leopoldine Lebus zur Frau genommen.»

Also Lebus hat sie mit dem Zunamen geheißen, dachte Willi. Denn daß das Mädel, von dem der Onkel erzählte, niemand anders sein konnte als die Leopoldine—wenn Willi auch diesen Namen längst wieder vergessen hatte—, das war ihm in demselben Augenblick klar gewesen, da der Onkel den Hornig, das rote Kleid und den blonden Wuschelkopf erwähnt hatte. Natürlich hatte er sich wohl gehütet, sich zu verraten, denn wenn sich der Onkel auch über das Vorleben des Fräulein Leopoldine Lebus keinerlei Illusionen zu machen schien, es wäre ihm doch gewiß recht peinlich gewesen, zu ahnen, wie jener Abend beim Hornig geendet, oder gar zu erfahren, daß Willi nachts um drei, nachdem er den Onkel zuerst nach Hause gebracht, die Leopoldine heimlich wieder getroffen hatte und bis zum Morgen mit ihr zusammengeblieben war. So tat er für alle Fälle so, als könnte er sich des ganzen Abends nicht recht erinnern und als gälte es, dem Onkel etwas Tröstliches zu sagen, bemerkte er, daß gerade aus solchen Wuschelköpfen manchmal sehr brave Haus- und Ehefrauen würden, während im Gegensatz dazu Mädchen aus guter Familie und mit tadellosem Ruf ihren späteren Gatten zuweilen schon recht schlimme Enttäuschungen bereitet hätten. Er wußte auch ein Beispiel von einer Baronesse, die ein Kamerad geheiratet hatte, also eine junge Dame aus feinster, aristokratischer Familie, und die man kaum zwei Jahre nach der Hochzeit einem andern Kameraden in einem «Salon», wo «anständige Frauen» zu fixen Preisen zu haben waren, zugeführt hatte. Der ledige Kamerad hatte sich verpflichtet gefühlt, den Ehemann zu verständigen; die Folge: Ehrengericht, Duell, schwere Verwundung des Gatten, Selbstmord der Frau;—der Onkel mußte ja in der Zeitung davon gelesen haben! Die Affäre hatte ja so viel Aufsehen gemacht. Willi sprach sehr lebhaft, als interessiere ihn diese Angelegenheit plötzlich mehr als seine eigene, und es kam ein Augenblick, in dem Robert Wilram einigermaßen befremdet zu ihm aufsah. Willi besann sich, und obwohl doch der Onkel unmöglich auch nur im entferntesten den Plan ahnen konnte, der indes in Willi aufgetaucht und weitergereift war, hielt er es doch für richtig, den Ton zu dämpfen und das Thema, das doch eigentlich nicht hierher gehörte, zu verlassen. Und etwas unvermittelt erklärte er, daß er nach den Aufschlüssen, die ihm der Onkel gegeben, natürlich nicht weiter in ihn dringen dürfe, und er ließ sogar gelten, daß ein Versuch beim Konsul Schnabel immerhin noch eher Aussicht auf Erfolg haben könnte als bei dem gewesenen Fräulein Leopoldine Lebus; und dann wäre es immerhin nicht undenkbar, daß auch der Oberleutnant Höchster, der eine kleine Erbschaft gemacht, vielleicht auch ein Regimentsarzt, der gestern an der Spielpartie teilgenommen hatte, sich gemeinsam bereitfänden, ihn aus seiner fürchterlichen Situation zu retten. Ja, Höchster müsse er vor allem aufsuchen, der hatte heute Kasernendienst.

Der Boden brannte ihm unter den Füßen, er sah auf die Uhr, stellte sich plötzlich noch eiliger an, als er war, reichte dem Onkel die Hand, schnallte den Säbel fester und ging.

XI

Nun aber kam es vor allem darauf an, Leopoldinens Adresse zu erfahren, und Willi machte sich unverzüglich auf den Weg zum Meldungsamt. Daß sie ihm seine Bitte abschlagen könnte, sobald er sie überzeugt hatte, daß sein Leben auf dem Spiel stand, erschien ihm in diesem Augenblick geradezu unmöglich. Ihr Bild, das im Laufe der seither vergangenen Jahre kaum jemals in ihm aufgetaucht war, jener ganze Abend erstand neu lebendig in seiner Erinnerung. Er sah den blonden Wuschelkopf auf dem grobleinenen weißen, rotdurchschimmerten Bettpolster, das blasse, rührend-kindliche Gesicht, auf das durch die Spalten der schadhaften grünen Holzjalousien das Dämmerlicht des Sommermorgens fiel, sah den schmalen Goldreif mit dem Halbedelstein auf dem Ringfinger ihrer Rechten, die über der roten Bettdecke lag, das schmale silberne Armband um das Gelenk ihrer Linken, die sie Abschied winkend aus dem Bett hervorstreckte, als er sie verließ. Sie hatte ihm so gut gefallen, daß er sich beim Abschied fest entschlossen glaubte, sie wiederzusehen; es traf sich aber zufällig, daß gerade damals ein anderes weibliches Wesen ältere Rechte an ihn hatte, die ihm als die ausgehaltene Geliebte eines Bankiers keinen Kreuzer kostete, was bei seinen Verhältnissen immerhin in Betracht kam;—und so fügte es sich, daß er sich weder beim Hornig wieder blicken ließ, noch auch von der Adresse ihrer verheirateten Schwester Gebrauch machte, bei der sie wohnte und wohin er ihr hätte schreiben können. So hatte er sie seit jener einzigen Nacht niemals wiedergesehen. Aber was immer sich seither in ihrem Leben ereignet haben mochte, so sehr konnte sie sich nicht verändert haben, daß sie ruhig geschehen ließe—was eben geschehen mußte, wenn sie eine Bitte zurückwies, die zu erfüllen für sie doch so leicht war.

Er hatte immerhin eine Stunde im Meldungsamt zu warten, bis er den Zettel mit Leopoldinens Adresse in der Hand hielt. Dann fuhr er in einem geschlossenen Wagen bis zur Ecke der Gasse, in der Leopoldine wohnte, und stieg aus.

Das Haus war ziemlich neu, vier Stock hoch, nicht übermäßig freundlich anzusehen, und lag gegenüber einem eingezäunten Holzplatz. Im zweiten Stock öffnete ihm ein nettgekleidetes Dienstmädchen; auf seine Frage, ob Frau Wilram zu sprechen sei, betrachtete sie ihn zögernd, worauf er ihr seine Visitenkarte reichte: Wilhelm Kasda, Leutnant im k. u. k. Infanterie-Regiment Nr. 98, Alserkaserne. Das Mädchen kam sofort mit dem Bescheid wieder, die gnädige Frau sei sehr beschäftigt; —was der Herr Leutnant wünsche? Nun erst fiel ihm ein, daß Leopoldine wahrscheinlich seinen Zunamen nicht kannte. Er überlegte, ob er sich einfach als einen alten Freund oder etwa scherzhaft als einen Cousin des Herrn von Hornig ausgeben sollte, als die Tür sich öffnete, ein älterer, dürftig gekleideter Mensch mit einer schwarzen Aktentasche heraustrat und dem Ausgang zuschritt. Dann ertönte eine weibliche Stimme: «Herr Kraßny!» was dieser, schon im Stiegenhaus, nicht mehr zu hören schien, worauf die Dame, die gerufen, persönlich ins Vorzimmer trat und nochmals nach Herrn Kraßny rief, so daß dieser sich umwandte. Leopoldine aber hatte den Leutnant schon erblickt und, wie ihr Blick und ihr Lächeln verriet, sofort wiedererkannt. Sie sah dem Geschöpf nicht im geringsten ähnlich, das er in der Erinnerung bewahrt hatte, war stattlich und voll, ja anscheinend größer geworden, trug eine einfache glatte, beinahe strenge Frisur, und, was das merkwürdigste war, auf der Nase saß ihr ein Zwicker, dessen Schnur sie um das Ohr geschlungen hatte.

«Bitte, Herr Leutnant», sagte sie. Und nun merkte er, daß ihre Züge eigentlich ganz unverändert waren. «Bitte nur weiterspazieren, ich stehe gleich zur Verfügung.» Sie wies auf die Tür, aus der sie gekommen war, wandte sich Herrn Kraßny zu und schien ihm irgendeinen Auftrag, zwar leise und für Willi unverständlich, aber eindringlich einzuschärfen. Willi trat indes in ein helles und geräumiges Zimmer, in dessen Mitte ein langer Tisch stand, mit Tintenzeug, Lineal, Bleistiften und Geschäftsbüchern; an den Wänden rechts und links ragten zwei hohe Aktenschränke, auf der Rückwand über einem Tischchen mit Zeitungen und Prospekten war eine große Landkarte von Europa ausgespannt, und Willi mußte unwillkürlich an das Reisebüro einer Provinzstadt denken, in dem er einmal zu tun gehabt hatte. Gleich darauf aber sah er das armselige Hotelzimmer vor sich, mit den schadhaften Jalousien und dem durchscheinenden Bettpolster——und es war ihm sonderbar zumute, beinahe wie in einem Traum.

Leopoldine trat ein, schloß die Tür hinter sich, den Zwicker ließ sie nun in den Fingern hin und her spielen, dann streckte sie dem Leutnant die Hand entgegen, freundlich, aber ohne merkliche Erregung. Er beugte sich über die Hand, als wenn er sie küssen wollte, doch sie entzog sie ihm sofort. «Nehmen Sie doch Platz, Herr Leutnant. Was verschafft mir das Vergnügen?» Sie wies ihm einen bequemen Stuhl an; sie selbst nahm ihren offenbar gewohnten Platz auf einem einfacheren Sessel ihm gegenüber an dem langen Tisch mit den Geschäftsbüchern ein. Willi kam sich vor, als wäre er bei einem Advokaten oder Arzt.— «Womit kann ich dienen?» fragte sie nun mit einem beinahe ungeduldigen Ton, der nicht sehr ermutigend klang.

«Gnädige Frau», begann Willi nach einem leichten Räuspern, «ich muß vor allem vorausschicken, daß es nicht etwa mein Onkel war, der mir Ihre Adresse gegeben hat.»

Sie blickte verwundert auf. «Ihr Onkel?»

«Mein Onkel Robert Wilram», betonte Willi.

«Ach ja», lächelte sie und sah vor sich hin.

«Er weiß selbstverständlich nichts von diesem Besuch», fuhr Willi etwas hastiger fort. «Ich muß das ausdrücklich bemerken.» Und auf ihren verwunderten Blick: «Ich habe ihn überhaupt schon lange nicht gesehen, aber es war nicht meine Schuld. Erst heute, im Laufe des Gesprächs teilte er mir mit, daß er sich—in der Zwischenzeit vermählt hätte.»

Leopoldine nickte freundlich. «Eine Zigarette, Herr Leutnant?» Sie wies auf die offene Schachtel, er bediente sich, sie gab ihm Feuer und zündete sich gleichfalls eine Zigarette an. «Also, darf ich nun endlich wissen, welchem Umstand ich das Vergnügen zu verdanken habe—»

«Gnädige Frau, es handelt sich bei meinem Besuch um die gleiche Angelegenheit, die mich—zu meinem Onkel geführt hat. Eine eher—peinliche Angelegenheit, wie ich leider gleich bemerken muß»,—und da ihr Blick sich sofort auffallend verdunkelte—«ich will Ihre Zeit nicht allzusehr in Anspruch nehmen, gnädige Frau. Ganz ohne Umschweife: ich würde Sie nämlich ersuchen, mir auf—drei Monate einen gewissen Betrag vorzustrecken.»

Nun erhellte sich sonderbarerweise ihr Blick wieder. «Ihr Vertrauen ist für mich sehr schmeichelhaft, Herr Leutnant», sagte sie und streifte die Asche von ihrer Zigarette, «obzwar ich eigentlich nicht recht weiß, wie ich zu dieser Ehre komme. Darf ich in jedem Fall fragen, um welchen Betrag es sich handelt?» Sie trommelte mit ihrem Zwicker leicht auf den Tisch.

«Um elftausend Gulden, gnädige Frau.» Er bereute, daß er nicht zwölf gesagt hatte. Schon wollte er sich verbessern, dann fiel ihm plötzlich ein, daß der Konsul sich vielleicht mit zehntausend zufrieden geben würde, und so ließ er es bei den elf bewenden.

«So», sagte Leopoldine, «elftausend, das kann man ja wirklich schon einen ‚gewissen Betrag' nennen.» Sie ließ ihre Zunge zwischen den Zähnen spielen. «Und welche Sicherheit würden Sie mir bieten, Herr Leutnant?»

«Ich bin Offizier, gnädige Frau.»

Sie lächelte—beinahe gütig. «Verzeihen Sie, Herr Leutnant, aber das bedeutet nach geschäftlichen Usancen noch keine Sicherheit. Wer würde für Sie bürgen?»

Willi schwieg und blickte zu Boden. Eine brüske Abweisung hätte ihn nicht minder verlegen gemacht als diese kühle Höflichkeit. «Verzeihen Sie, gnädige Frau», sagte er. «Die formelle Seite der Angelegenheit habe ich mir freilich noch nicht genügend überlegt. Ich befinde mich nämlich in einer ganz verzweifelten Situation. Es handelt sich um eine Ehrenschuld, die bis morgen acht Uhr früh beglichen werden muß. Sonst ist eben die Ehre verloren und—was bei unsereinem sonst noch dazugehört.» Und da er nun in ihren Augen eine Spur von Teilnahme glaubte schimmern zu sehen, erzählte er ihr, geradeso wie eine Stunde vorher dem Onkel, doch in gewandteren und bewegteren Worten, die Geschichte der vergangenen Nacht. Sie hörte ihn mit immer deutlicheren Anzeichen des Mitgefühls, ja des Bedauerns an. Und als er geendet, fragte sie mit einem verheißungsvollen Augenaufschlag: «Und ich—ich, Willi, bin das einzige menschliche Wesen auf Erden, an das du dich in dieser Situation wenden konntest?»

Diese Ansprache, insbesondere ihr Du, beglückte ihn. Schon hielt er sich für gerettet. «Wär' ich sonst da?» fragte er. «Ich habe wirklich keinen anderen Menschen.»

Sie schüttelte teilnehmend den Kopf. «Um so peinlicher ist es mir», erwiderte sie und drückte langsam ihre glimmende Zigarette aus, «daß ich leider nicht in der Lage bin, dir gefällig zu sein. Mein Vermögen ist in verschiedenen Unternehmungen festgelegt. Über nennenswerte Barbeträge verfüge ich niemals. Bedauere wirklich.» Und sie erhob sich von ihrem Sessel, als wäre eine Audienz beendet. Willi, im tiefsten erschrokken, blieb sitzen. Und zögernd, unbeholfen, fast stotternd, gab er ihr zur Erwägung, ob nicht doch bei dem wahrscheinlich sehr günstigen Stand ihrer geschäftlichen Unternehmungen eine Anleihe aus irgendwelchen Kassenbeständen oder die Inanspruchnahme irgendeines Kredites möglich wäre. Ihre Lippen kräuselten sich ironisch, und seine geschäftliche Naivität nachsichtig belächelnd sagte sie: «Du stellst dir diese Dinge etwas einfacher vor, als sie sind, und offenbar hältst du es für ganz selbstverständlich, daß ich mich in deinem Interesse in irgendeine finanzielle Transaktion einließe, die ich in meinem eigenen nie und nimmer unternähme. Und noch dazu ohne jede Sicherstellung!—Wie komm' ich eigentlich dazu?» Diese letzten Worte klangen nun wieder so freundlich, ja kokett, als sei sie innerlich doch schon bereit nachzugeben und erwarte nur noch ein bittendes, ein beschwörendes Wort aus seinem Mund. Er glaubte es gefunden zu haben und sagte: «Gnädige Frau—Leopoldine—meine Existenz, mein Leben steht auf dem Spiel.»

Sie zuckte leicht zusammen; er spürte, daß er zu weit gegangen war, und fügte leise hinzu: «Bitte um Verzeihung.»

Ihr Blick wurde undurchdringlich, und nach kurzem Schweigen bemerkte sie trocken: «Keineswegs kann ich eine Entscheidung treffen, ohne meinen Advokaten zu Rate gezogen zu haben.» Und da nun sein Auge in neuer Hoffnung zu leuchten begann, mit einer wie abwehrenden Handbewegung: «Ich habe heute ohnehin eine Besprechung mit ihm—um fünf in seiner Kanzlei. Ich will sehen, was sich machen läßt. Jedenfalls rate ich dir, verlaß dich nicht darauf, nicht im geringsten. Denn eine sogenannte Kabinettsfrage werde ich natürlich nicht daraus machen.» Und mit plötzlicher Härte fügte sie hinzu: «Ich wüßte wirklich nicht, warum.» Dann aber lächelte sie wieder und reichte ihm die Hand. Nun erlaubte sie ihm auch, einen Kuß darauf zu drücken.

«Und wann darf ich mir die Antwort holen?»

Sie schien eine Weile nachzudenken: «Wo wohnst du?»

«Alserkaserne», erwiderte er rasch, «Offizierstrakt, dritte Stiege, Zimmer vier.»

Sie lächelte kaum. Dann sagte sie langsam: «Um sieben, halb acht werd' ich jedenfalls schon wissen, ob ich in der Lage bin oder nicht——» überlegte wieder eine Weile und schloß mit Entschiedenheit: «Ich werde dir die Antwort zwischen sieben und acht durch eine Vertrauensperson übermitteln lassen.» Sie öffnete ihm die Tür und geleitete ihn in den Vorraum. «Adieu, Herr Leutnant.»

«Auf Wiedersehn», erwiderte er betroffen. Ihr Blick war kalt und fremd. Und als das Dienstmädchen dem Herrn Leutnant die Tür ins Stiegenhaus auftat, war Frau Leopoldine Wilram schon in ihrem Zimmer verschwunden.

XII

Während der kurzen Zeit, die Willi bei Leopoldine verbracht hatte, war er durch so wechselnde Stimmungen der Entmutigung, der Hoffnung, der Geborgenheit und neuer Enttäuschung gegangen, daß er die Treppe wie benommen hinabstieg. Im Freien erst gewann er einige Klarheit wieder, und nun schien ihm seine Angelegenheit im ganzen nicht ungünstig zu stehen. Daß Leopoldine, wenn sie nur wollte, in der Lage war, sich für ihn das Geld zu verschaffen, war zweifellos; daß es in ihrer Macht lag, ihren Rechtsanwalt zu bestimmen, wie es ihr beliebte, dafür war ihr ganzes Wesen Beweis genug;—daß endlich in ihrem Herzen noch etwas für ihn sprach—, dieses Gefühl wirkte so stark in Willi nach, daß er sich, im Geist eine lange Frist überspringend, plötzlich als Gatten der verwitweten Frau Leopoldine Wilram, nunmehrige Frau Majorin Kasda zu erblicken glaubte.

Doch dieses Traumbild verblaßte bald, während er in Sommermittagsschwüle durch mäßig belebte Gassen eigentlich ziellos dem Ring zu spazierte. Er erinnerte sich nun wieder des unerfreulichen Büroraums, in dem sie ihn empfangen hatte; und ihr Bild, um das eine Weile hindurch eine gewisse weibliche Anmut geflossen war, nahm wieder den harten, beinahe strengen Ausdruck an, der ihn in manchen Momenten eingeschüchtert hatte. Doch wie immer es kommen sollte, noch viele Stunden der Ungewißheit lagen vor ihm und auf irgendeine Weise mußten sie hingebracht werden. Es kam ihm der Einfall, sich, wie man das so nennt, einen «guten Tag» zu machen, und wenn—ja gerade wenn es der letzte wäre. Er entschloß sich, das Mittagessen in einem vornehmen Hotelrestaurant einzunehmen, wo er seinerzeit ein paarmal mit dem Onkel gespeist hatte, ließ sich in einer kühlen, dämmerigen Ecke eine vortreffliche Mahlzeit servieren, trank eine Flasche herbsüßen ungarischen Weins dazu und geriet allmählich in einen Zustand von Behaglichkeit, gegen den er sich nicht zu wehren vermochte. Mit einer guten Zigarre saß er noch geraume Zeit, der einzige Gast, in der Ecke des Samtdiwans, duselte vor sich hin, und als ihm der Kellner echte ägyptische Zigaretten zum Kauf anbot, nahm er gleich eine ganze Schachtel; es war ja alles egal, schlimmstenfalls vererbte er sie seinem Burschen.

Als er wieder auf die Straße trat, war ihm nicht anders zumute, als wenn ihm ein einigermaßen bedenkliches, aber doch im wesentlichen interessantes Abenteuer bevorstünde, etwa ein Duell. Und er erinnerte sich eines Abends, einer halben Nacht, die er vor zwei Jahren mit einem Kameraden verbracht hatte, der am nächsten Morgen auf Pistolen antreten sollte;—zuerst in Gesellschaft von ein paar weiblichen Wesen, dann mit ihm allein unter ernsten, gewissermaßen philosophischen Gesprächen. Ja, so ähnlich mußte dem damals zumute gewesen sein; und daß die Sache damals gut ausgegangen war, erschien Willi wie eine günstige Vorbedeutung.

Er schlenderte über den Ring, ein junger, nicht übermäßig eleganter Offizier, aber schlank gewachsen, leidlich hübsch, und den jungen Damen aus verschiedensten Kreisen, die ihm begegneten, wie er an manchem Augenaufschlag bemerkte, ein nicht unerfreulicher Anblick. Vor einem Kaffeehaus im Freien trank er einen Mokka, rauchte Zigaretten, blätterte in illustrierten Zeitungen, musterte die Vorübergehenden, ohne sie eigentlich zu sehen; und allmählich erst, ungern, aber mit Notwendigkeit erwachte er zum klaren Bewußtsein der Wirklichkeit. Es war fünf Uhr. Unaufhaltsam, wenn auch allzu langsam, schritt der Nachmittag weiter vor; nun war es wohl das klügste, sich nach Hause zu begeben und eine Weile der Ruhe zu pflegen, soweit das möglich war. Er nahm die Pferdebahn, stieg vor der Kaserne aus, und ohne irgendwelche unwillkommene Begegnung gelangte er über den Hof zu seinem Quartier. Joseph war im Vorzimmer beschäftigt, die Garderobe des Herrn Leutnant in Ordnung zu bringen, meldete gehorsamst, daß sich nichts Neues ereignet habe, nur—der Herr von Bogner sei dagewesen, schon am Vormittag, und habe seine Visitenkarte dagelassen. «Was brauch' ich dem seine Karten», sagte Willi unwirsch. Die Karte lag auf dem Tisch, Bogner hatte seine Privatadresse darauf geschrieben: Piaristengasse zwanzig. Gar nicht weit, dachte Willi. Was geht das mich übrigens an, ob er nah oder weit wohnt, der Narr. Wie ein Gläubiger lief er ihm nach—der zudringliche Kerl. Willi war nah daran, die Karte zu zerreißen, dann überlegte er sich's doch—, warf sie nachlässig auf die Kommode hin und wandte sich wieder an den Burschen: Am Abend zwischen sieben und acht würde jemand nach ihm, nach dem Herrn Leutnant Kasda fragen, ein Herr, vielleicht ein Herr mit einer Dame, möglicherweise auch eine Dame allein. «Verstanden?» —«Jawohl, Herr Leutnant.» Willi schloß die Tür hinter sich, streckte sich auf das Sofa hin, das etwas zu kurz war, so daß seine Füße über die niedere Lehne herabbaumelten, und sank in den Schlaf wie in einen Abgrund.

XIII

Es dämmerte schon, als er durch ein unbestimmtes Geräusch erwachte, die Augen aufschlug und eine junge Dame in einem blau-weiß getupften Sommerkleid vor sich stehen sah. Schlaftrunken noch erhob er sich, sah, daß mit einem etwas ängstlichen Blick, wie schuldbewußt, scin Bursche hinter der jungen Dame stand, und schon vernahm er

Leopoldinens Stimme. «Verzeihen Sie, Herr Leutnant, daß ich Ihrem— Herrn Burschen nicht erlaubt habe, mich anzumelden, aber ich habe lieber gewartet, bis Sie von selbst aufwachen.»

Wie lang mag sie schon dastehen, dachte Willi, und was ist denn das für eine Stimme? Und wie sieht sie aus? Das ist doch eine ganz andere als die von vormittag. Sicher hat sie das Geld mitgebracht. Er winkte dem Burschen ab, der gleich verschwand. Und zu Leopoldine gewendet: «Also, gnädige Frau bemühen sich selbst—ich bin sehr glücklich. Bitte, gnädige Frau—» Und er lud sie ein, Platz zu nehmen.

Sie ließ einen hellen, beinahe fröhlichen Blick im Zimmer herumgehen und schien mit dem Raum durchaus einverstanden. In der Hand hielt sie einen weiß-blau gestreiften Schirm, der ihrem blauen, weiß getupften Foulardkleid vortrefflich angepaßt war. Sie trug einen Strohhut von nicht ganz moderner Fasson, breitrandig, nach Florentiner Art, mit herabhängenden, künstlichen Kirschen. «Sehr hübsch haben Sie's da, Herr Leutnant», sagte sie, und die Kirschen schaukelten an ihrem Ohr hin und her. «Ich habe mir gar nicht vorgestellt, daß Zimmer in einer Kaserne so behaglich und nett ausschauen können.»—«Es sind nicht alle gleich», bemerkte Willi mit einiger Genugtuung. Und sie ergänzte lächelnd: «Es wird wohl im allgemeinen auf den Bewohner ankommen.»

Willi, verlegen und froh erregt, rückte Bücher auf dem Tisch zurecht, schloß den schmalen Schrank ab, dessen Tür ein wenig geklafft hatte, und plötzlich bot er Leopoldine aus der im Hotel gekauften Schachtel eine Zigarette an. Sie lehnte ab, ließ sich aber leicht in die Ecke des Diwans sinken. Entzückend sieht sie aus, dachte Willi. Eigentlich wie eine Frau aus guten, bürgerlichen Kreisen. Sie erinnerte so wenig an die Geschäftsdame von heute vormittag als an den Wuschelkopf von einst. Wo mochte sie nur die elftausend Gulden haben? Als erriete sie seine Gedanken, sah sie lächelnd, spitzbübisch beinahe zu ihm auf und fragte dann scheinbar harmlos: «Wie leben Sie denn immer, Herr Leutnant?» Und da Willi mit der Antwort auf ihre doch gar zu allgemein gehaltene Frage zögerte, erkundigte sie sich im einzelnen, ob sein Dienst leicht oder schwer sei, ob er bald avancieren werde, wie er mit seinen Vorgesetzten stehe und ob er oft Ausflüge in die Umgegend unternehme, wie zum Beispiel am vorigen Sonntag. Willi entgegnete, mit dem Dienst sei es bald so, bald so, über seine Vorgesetzten habe er sich im allgemeinen nicht zu beklagen, insbesondere der Oberstleutnant Wositzky sei sehr nett zu ihm, ein Avancement sei vor drei Jahren nicht zu erwarten, zu Ausflügen habe er natürlich wenig Zeit, wie sich die gnädige Frau denken könne, nur eben an Sonntagen—wozu er einen leichten Seufzer vernehmen ließ. Leopoldine bemerkte darauf, den Blick freundlich zu ihm erhoben—denn er stand noch immer durch den Tisch von ihr getrennt gegenüber—, sie hoffe, daß er seine Abende auch nützlicher zu verwenden wisse als am Kartentisch. Und nun hätte sie wohl ungezwungen anknüpfen können: Ja, richtig, Herr Leutnant, daß ich nicht vergesse, hier, die Kleinigkeit, um die Sie mich heute morgen angingen——Aber kein Wort, keine Bewegung, die so zu deuten war. Sie sah immer nur lächelnd, wohlgefällig zu ihm auf, und ihm blieb nichts anderes übrig, als die Unterhaltung mit ihr weiterzuführen, so gut es ging. So erzählte er von der sympathischen Familie Keßner und der schönen Villa, in der sie wohnten, von dem dummen Schauspieler Elrief, von dem geschminkten Fräulein Rihoschek und von der nächtlichen Fiakerfahrt nach Wien. «In netter Gesellschaft, hoffentlich», meinte sie. Oh, keineswegs, er sei mit einem seiner Spielpartner hereingefahren. Nun erkundigte sie sich scherzhaft, ob das Fräulein Keßner blond oder braun oder schwarz sei. Das wisse er selbst nicht genau, antwortete er. Und sein Ton verriet absichtsvoll, daß es in seinem Leben keinerlei Herzenssachen von irgendwelcher Bedeutung gäbe. «Ich glaube überhaupt, gnädige Frau, Sie stellen sich mein Leben ganz anders vor, als es ist.» Teilnahmvoll, die Lippen halb geöffnet, sah sie zu ihm auf. «Wenn man nicht so allein wär'», fügte er hinzu, «könnten einem so fatale Dinge wohl nicht passieren.» Sie hatte einen unschuldig-fragenden Augenaufschlag, als verstünde sie nicht recht, dann nickte sie ernst, aber auch jetzt benützte sie die Gelegenheit nicht; und statt von dem Geld zu reden, das sie doch jedenfalls mitgebracht hatte, oder einfacher noch, ohne viel Worte, die Banknoten auf den Tisch zu legen, bemerkte sie: «Alleinsein und Alleinsein, das ist zweierlei.»—«Das stimmt», sagte er. Und da sie darauf nur verständnisvoll nickte und es ihm immer nur banger wurde, wenn die Unterhaltung stockte, entschloß er sich zu der Frage, wie es ihr denn immer gegangen sei, ob sie viel Schönes erlebt habe und er vermied es, des älteren Herrn Erwähnung zu tun, mit dem sie verheiratet und der sein Onkel war, ebenso wie er es unterließ, vom Hornig zu reden oder gar von einem gewissen Hotelzimmer mit schadhaften Jalousien und rotdurchschimmerten Kissen. Es war ein Gespräch zwischen einem nicht sonderlich gewandten Leutnant und einer hübschen, jungen Frau der bürgerlichen Gesellschaft, die beide wohl allerlei voneinander wußten—recht verfängliche Dinge einer von dem anderen—, die aber beide ihre Gründe haben mochten, an diese Dinge lieber nicht zu rühren, und wäre es auch nur aus dem Grunde, um die Stimmung nicht zu gefährden, die nicht ohne Reiz, ja nicht ohne Verheißungen war. Leopoldine hatte ihren Florentiner Hut abgenommen und vor sich hin auf den Tisch gelegt. Sie trug wohl noch die glatte Frisur von heute morgen, aber seitlich hatten sich ein paar Locken gelöst und fielen geringelt über die Schläfe hin, was nun ganz von ferne den einstigen Wuschelkopf in Erinnerung brachte.

Es dunkelte immer tiefer. Willi überlegte eben, ob er die Lampe anzünden sollte, die in der Nische des weißen Kachelofens stand; in diesem Augenblick griff Leopoldine wieder nach ihrem Hut. Es sah zuerst aus, als hätte das weiter keine Bedeutung, denn sie war indes in die Erzählung von einem Ausflug geraten, der sie voriges Jahr über Mödling, Lilienfeld, Heiligenkreuz gerade nach Baden geführt hatte, aber plötzlich setzte sie den Florentiner Hut auf, steckte ihn fest, und mit einem höflichen Lächeln bemerkte sie, daß es nun an der Zeit für sie sei, sich zu empfehlen. Auch Willi lächelte; aber es war ein unsicheres, fast erschrockenes Lächeln, das um seine Lippen irrte. Hielt sie ihn zum besten? Oder wollte sie sich nur an seiner Unruhe, an seiner Angst weiden, um ihn endlich im letzten Augenblick mit der Kunde zu beglücken, daß sie das Geld mitgebracht habe? Oder war sie nur gekommen, um sich zu entschuldigen, daß es ihr nicht möglich gewesen war, den gewünschten Betrag für ihn flüssig zu machen? und fand nur die rechten Worte nicht, ihm das zu sagen? Jedenfalls aber, das war unverkennbar, es war ihr ernst mit der Absicht zu gehen; und ihm in seiner Hilflosigkeit blieb nichts übrig, als Haltung zu bewahren, sich zu betragen wie ein galanter junger Mann, der den erfreulichen Besuch einer schönen, jungen Frau erhalten und sich unmöglich darein finden konnte, sie mitten in der besten Unterhaltung einfach gehen zu lassen. «Warum wollen Sie denn schon fort?» fragte er im Ton eines enttäuschten Liebhabers. Und dringender: «Sie werden doch nicht wirklich schon fort wollen, Leopoldine?»—«Es ist spät», erwiderte sie. Und leicht scherzend fügte sie hinzu: «Du wirst wohl auch etwas Gescheiteres vor haben an einem so schönen Sommerabend?»

Er atmete auf, da sie ihn nun plötzlich wieder mit dem vertrauten Du ansprach; und es war ihm schwer, eine neu aufsteigende Hoffnung nicht zu verraten. Nein, er habe nicht das geringste vor, sagte er, und selten hatte er etwas mit gleich gutem Gewissen beteuern können. Sie zierte sich ein wenig, behielt den Hut vorerst noch auf dem Kopf, trat zu dem offenen Fenster hin und blickte wie mit plötzlich erwachtem Interesse in den Kasernenhof hinab. Dort gab es freilich nicht viel zu sehen: drüben vor der Kantine, um einen langen Tisch, saßen Soldaten; ein Offiziersbursche, ein verschnürtes Paket unter dem Arm, eilte quer durch den Hof, ein anderer schob ein Wägelchen mit einem Faß Bier der Kantine zu, zwei Offiziere spazierten plaudernd dem Tore zu. Willi stand neben Leopoldine, ein wenig hinter ihr, ihr blau-weiß getupftes Foulardkleid rauschte leise, ihr linker Arm hing schlaff herab, die Hand blieb erst unbeweglich, als die seine sie berührte; allmählich aber glitten ihre Finger leicht zwischen die seinen. Aus einem Mannschaftszimmer gegenüber, dessen Fenster weit offen standen, drangen melancholisch die Übungsläufe einer Trompete. Schweigen.

«Ein bißl traurig ist es da», meinte Leopoldine endlich.—«Findest du?» Und da sie nickte, sagte er: «Es müßte aber gar nicht traurig sein.» Sie wandte langsam den Kopf nach ihm um. Er hätte erwartet, ein Lächeln um ihre Lippen zu sehen, doch er gewahrte einen zarten, fast schwermütigen Zug. Plötzlich aber reckte sie sich und sagte: «Jetzt ist es aber wirklich höchste Zeit, meine Marie wird schon mit dem Nachtmahl warten.»—«Haben Gnädigste die Marie noch nie warten lassen?» Und da sie ihn darauf lächelnd ansah, wurde er kühner und fragte sie, ob sie ihm nicht die Freude bereiten und bei ihm zu Abend essen möchte. Er werde den Burschen hinüberschicken in den Riedhof, sie könne ganz leicht noch vor zehn zu Hause sein. Ihre Einwendungen klangen so wenig ernsthaft, daß Willi ohne weiteres ins Vorzimmer eilte, rasch seinem Burschen die zweckdienlichen Aufträge erteilte und gleich wieder bei Leopoldine war, die, noch immer am Fenster stehend, eben mit einem lebhaften Schwung den Florentiner Hut über den Tisch auf das Bett fliegen ließ. Und von diesem Augenblick an schien sie eine andere geworden. Sie strich Willi lachend über den glatten Scheitel, er faßte sie um die Mitte und zog sie neben sich auf das Sofa. Doch als er sie küssen wollte, wandte sie sich heftig ab, er unterließ weitere Versuche und stellte nun die Frage an sie, wie sie denn eigentlich ihre Abende zu verbringen pflege. Sie sah ihm ernsthaft ins Auge. «Ich hab' ja tagsüber so viel zu tun», sagte sie, «und ich bin ganz froh, wenn ich am Abend meine Ruh' hab' und keinen Menschen seh'.» Er gestand ihr, daß er sich von ihren Geschäften eigentlich keinen rechten Begriff zu machen vermöge; und rätselhaft erschiene es ihm, daß sie überhaupt in diese Art von Existenz geraten sei. Sie wehrte ab. Von solchen Dingen verstünde er ja doch nichts. Er gab nicht gleich nach, sie solle ihm doch wenigstens etwas von ihrem Lebenslauf erzählen, nicht alles natürlich, das könne er nicht verlangen, aber er möchte doch gern so ungefähr wissen, was sie erlebt seit dem Tage, da—da sie einander zum letztenmal gesehen. Noch mancherlei wollte sich auf seine Lippen drängen, auch der Name seines Onkels, aber irgend etwas hielt ihn zurück, ihn auszusprechen. Und er fragte sie nur unvermittelt, fast überstürzt, ob sie glücklich sei.

Sie blickte vor sich hin. «Ich glaub' schon», erwiderte sie dann leise. «Vor allem bin ich ein freier Mensch, das hab' ich mir immer am meisten gewünscht, bin von niemandem abhängig, wie—ein Mann.»

«Das ist aber Gott sei Dank das einzige», sagte Willi, «was du von einem Mann an dir hast.» Er rückte näher an sie, wurde zärtlich. Sie ließ ihn gewähren, doch wie zerstreut. Und als draußen die Türe ging, rückte sie rasch von ihm fort, stand auf, nahm die Lampe aus der Ofennische und machte Licht. Joseph trat mit dem Essen ein. Leopoldine nahm in Augenschein, was er mitgebracht, nickte zustimmend. «Herr Leutnant müssen einige Erfahrung haben», bemerkte sie lächelnd. Dann deckte sie gemeinsam mit Joseph den Tisch, gestattete nicht, daß Willi mit Hand anlegte; er blieb auf dem Sofa sitzen, «wie ein Pascha» bemerkte er, und rauchte eine Zigarette. Als alles in Ordnung war und das Vorgericht auf dem Tische stand, wurde Joseph für heute entlassen. Ehe er ging, drückte ihm Leopoldine ein so reichliches Trinkgeld in die Hand, daß er vor Staunen fassungslos war und ehrerbietigst salutierte wie vor einem General.

«Dein Wohl», sagte Willi und stieß mit Leopoldine an. Beide leerten ihre Gläser, sie stellte das ihre klirrend hin und preßte ihre Lippen heftig an Willis Mund. Als er nun stürmischer wurde, schob sie ihn von sich fort, bemerkte: «Zuerst wird soupiert» und wechselte die Teller.

Sie aß, wie gesunde Geschöpfe zu essen pflegen, die ihr Tagewerk vollbracht haben und es sich nach getaner Arbeit gut schmecken lassen, aß, mit weißen, kraftvollen Zähnen, dabei doch recht fein und manierlich, in der Art von Damen, die immerhin schon manchmal in vornehmen Restaurants mit feinen Herren soupiert haben. Die Weinflasche war bald geleert, und es traf sich gut, daß der Herr Leutnant sich rechtzeitig erinnerte, eine halbe Flasche französischen Kognak, weiß Gott von welcher Gelegenheit her, im Schrank stehen zu haben. Nach dem zweiten Glas schien Leopoldine ein wenig schläfrig zu werden. Sie lehnte sich in die Ecke des Diwans zurück, und als Willi sich über ihre Stirn beugte, ihre Augen, ihre Lippen, ihren Hals küßte, flüsterte sie hingegeben, schon wie aus einem Traum, seinen Namen.

XIV

Als Willi erwachte, dämmerte es, und kühle Morgenluft wehte durch das Fenster herein. Leopoldine aber stand mitten im Zimmer, völlig angekleidet, den Florentiner Hut auf der Frisur, den Schirm in der Hand. Herrgott, muß ich fest geschlafen haben, war Willis erster Gedanke, und sein zweiter: Wo ist das Geld? Da stand sie mit Hut und Schirm, offenbar bereit, in der nächsten Sekunde den Raum zu verlassen. Sie nickte dem Erwachenden einen Morgengruß zu. Da streckte er, wie sehnsüchtig, die Arme nach ihr aus. Sie trat näher, setzte sich zu ihm aufs Bett, mit freundlicher, aber ernster Stirn. Und als er die Arme um sie schlingen, sie an sich ziehen wollte, deutete sie auf ihren Hut, auf ihren Schirm, den sie, fast wie eine Waffe, in der Hand hielt, schüttelte den Kopf: «Keine Dummheiten mehr», und versuchte sich zu erheben.—Er ließ es nicht zu. «Du willst doch nicht gehen?» fragte er mit umflorter Stimme.

«Gewiß will ich», sagte sie und strich ihm schwesterlich übers Haar. «Ein paar Stunden möchte ich mich ordentlich ausruhen, um neun habe ich eine wichtige Konferenz.»

Es ging ihm durch den Sinn, daß dies vielleicht eine Konferenz—wie das Wort klang!—in *seiner* Angelegenheit sein könne—, die Beratung mit dem Advokaten, zu der sie gestern offenbar keine Zeit mehr gefunden. Und in seiner Ungeduld fragte er sie geradezu: «Eine Besprechung mit deinem Anwalt?»—«Nein», erwiderte sie unbefangen, «ich erwarte einen Geschäftsfreund aus Prag.» Sie beugte sich zu ihm herab, strich ihm den kleinen Schnurrbart von den Lippen zurück, küßte ihn flüchtig, flüsterte «Adieu» und erhob sich. In der nächsten Sekunde konnte sie bei der Tür draußen sein. Willi stand das Herz still. Sie wollte fort? *So* wollte sie fort?! Doch eine neue Hoffnung wachte in ihm auf. Vielleicht hatte sie, aus Diskretion gewissermaßen, das Geld unbemerkt irgendwohin gelegt. Ängstlich, unruhig irrte sein Blick im Zimmer hin und her—über den Tisch, zur Nische des Ofens.—Oder hatte sie es vielleicht, während er schlief, unter die Kissen verborgen? Unwillkürlich griff er hin. Nichts. Oder in sein Portemonnaie gesteckt, das neben seiner Taschenuhr lag? Wenn er nur nachsehen könnte! Und zugleich fühlte, wußte, sah er, wie sie immer seinem Blick, seinen Bewegungen gefolgt war, mit Spott, wenn nicht gar mit Schadenfreude. Den Bruchteil einer Sekunde nur traf sein Blick sich mit dem ihren. Er wandte den seinen ab wie ertappt—da war sie auch schon an der Tür und hatte die Klinke in der Hand. Er wollte ihren

Namen rufen, seine Stimme versagte wie unter einem Alpdruck, wollte aus dem Bett springen, zu ihr hin stürzen, sie zurückhalten; ja, er fühlte sich bereit, ihr über die Treppe nachzulaufen, im Hemd—geradeso—er sah das Bild vor sich—, wie er in einem Provinzbordell vor vielen Jahren einmal eine Dirne einem Herrn hatte nachlaufen sehen, der ihr den Liebeslohn schuldig geblieben war...; sie aber, als hätte sie von seinen Lippen ihren Namen vernommen, den er doch gar nicht ausgesprochen, ohne nur die Klinke aus der Hand zu lassen, griff mit der andern in den Ausschnitt ihres Kleides. «Bald hätt' ich vergessen», sagte sie beiläufig, trat nun näher, ließ eine Banknote auf den Tisch gleiten—, «da»—und war schon wieder bei der Tür.

Willi, mit einem Ruck, saß auf dem Rand des Bettes und starrte auf die Banknote hin. Es war nur eine, ein Tausender; Banknoten von höherem Wert gab es nicht, so konnte es nur ein Tausender sein. «Leopoldine», rief er mit einer fremden Stimme. Doch als sie sich daraufhin nach ihm umwandte, immer die Türklinke in der Hand, mit etwas verwundertem, eiskaltem Blick, überfiel ihn eine Scham, so tief, so peinigend, wie er sie niemals in seinem Leben verspürt hatte. Aber nun war es zu spät, er mußte weiter, wohin immer, in welche Schmach er noch geriete. Und unaufhaltsam stürzte es von seinen Lippen:

«Das ist ja zu wenig, Leopoldine, nicht um tausend, du hast mich gestern wahrscheinlich mißverstanden, um elftausend habe ich dich gebeten.» Und unwillkürlich unter ihrem immer eisigeren Blick zog er die Bettdecke über seine nackten Beine.

Sie sah ihn an, als verstünde sie nicht recht. Dann nickte sie ein paarmal, als werde ihr jetzt erst alles klar: «Ah, so», sagte sie, «du hast gedacht...» Und mit einer verächtlich-flüchtigen Kopfwendung zu der Banknote hin: «Darauf hat das keinen Bezug. Die tausend Gulden, die sind nicht geliehen, die gehören dir—für die vergangene Nacht.» Und zwischen ihren halb geöffneten Lippen, ihren blitzenden Zähnen spielte ihre feuchte Zunge hin und her.

Die Decke glitt von Willis Füßen. Aufrecht stand er da, das Blut stieg ihm brennend in Augen und Stirn. Unbewegt, wie neugierig, blickte sie ihn an. Und da er nicht vermochte, ein Wort herauszubringen—wie fragend: «Ist doch nicht zu wenig? Was hast du dir denn eigentlich vorgestellt? Tausend Gulden!—Von dir hab' ich damals nur zehn gekriegt, weißt noch?» Er machte ein paar Schritt auf sie zu. Leopoldine blieb ruhig an der Türe stehen. Nun griff er mit einer plötzlichen Bewegung nach der Banknote, zerknitterte sie, seine Finger bebten, es war, als wollte er ihr das Geld vor die Füße werfen. Da ließ sie die

Klinke los, trat ihm gegenüber, blieb Aug' in Aug' mit ihm stehen. «Das soll kein Vorwurf sein», sagte sie. «Ich hab' ja auf mehr nicht Anspruch gehabt damals. Zehn Gulden—war ja genug, zu viel sogar.» Und das Auge noch tiefer in das seine: «Wenn man's genau nimmt, gerade um zehn Gulden zu viel.»

Er starrte sie an, senkte den Blick, begann zu verstehen. «Das hab' ich nicht wissen können», kam es tonlos von seinen Lippen.—«Hätt'st schon», entgegnete sie, «war nicht so schwer.»

Er hob langsam wieder den Blick; und nun, in der Tiefe ihrer Augen, gewahrte er einen seltsamen Schimmer: der gleiche kindlich-holde Schimmer war darin, der ihm auch in jener längst verflossenen Nacht aus ihren Augen erglänzt war. Und neu lebendig stieg Erinnerung in ihm auf—nicht an die Lust nur, die sie ihm gegeben, wie manche andere vor ihr, manche nach ihr—und an die schmeichelnden Koseworte, wie er sie von anderen auch gehört;—auch der wundersamen, niemals sonst erlebten Hingegebenheit erinnerte er sich nun, mit der sie die schmalen Kinderarme um seinen Hals geschlungen, und verklungene Worte tönten in ihm auf,—der Klang und die Worte selbst, wie er sie von keiner andern je vernommen hatte: «Laß mich nicht allein, ich hab' dich lieb.» All dies Vergessene, nun wußte er es wieder. Und geradeso, wie s i e es heute getan—auch das wußte er nun—, unbekümmert, gedankenlos, während sie noch in süßer Ermattung zu schlummern schien, hatte e r sich damals von ihrer Seite erhoben, nach flüchtiger Erwägung, ob es nicht auch mit einer kleineren Note getan wäre, nobel einen Zehnguldenschein auf das Nachttischchen hingelegt;—dann, in der Tür schon den schlaftrunkenen und doch bangen Blick der langsam Erwachenden auf sich fühlend, hatte er sich eilig davongemacht, um sich in der Kaserne noch für ein paar Stunden ins Bett zu strecken; und in der Frühe, vor Antritt des Dienstes noch, war das kleine Blumenmädel vom Hornig vergessen.

Indessen aber, während jene längst verflossene Nacht in ihm so unbegreiflich lebendig ward, erlosch allmählich der kindlich-holde Schimmer in Leopoldinens Auge wieder. Kalt, grau, fern starrte es in das seine, und in dem Maße, da nun auch das Bild jener Nacht in ihm verblaßte, stieg Abwehr, Zorn, Erbitterung in ihm auf. Was fiel ihr ein? Was nahm sie sich heraus gegen ihn? Wie durfte sie sich anstellen, als glaubte sie wirklich, daß er für Geld sich ihr angeboten? Ihn behandeln wie einen Zuhälter, der sich seine Gunst bezahlen ließ? Und fügte solchem unerhörten Schimpf noch den frechsten Hohn hinzu, indem sie wie ein von den Liebeskünsten einer Dirne enttäuschter

Lüstling einen Preis heruntersetzte, der ausbedungen war? Als zweifelte sie nur im geringsten daran, daß er auch die ganzen elftausend Gulden ihr vor die Füße geschmissen, wenn sie es gewagt hätte, sie ihm als Liebessold anzubieten!

Doch während das Schmähwort, das ihr gebührte, den Weg auf seine Lippen suchte, während er die Faust erhob, als wollte er sie auf die Elende herniedersausen lassen, zerfloß das Wort ihm ungesprochen auf der Zunge, und seine Hand sank langsam wieder herab. Denn plötzlich wußte er,—und hatte er es nicht früher schon geahnt?—daß er auch bereit gewesen war, sich zu verkaufen. Und nicht ihr allein, auch irgendeiner andern, jeder, die ihm die Summe geboten, die ihn retten konnte;—und so—in all dem grausamen und tückischen Unrecht, das ein böses Weib ihm zugefügt—, auf dem Grunde seiner Seele, sosehr er sich dagegen wehrte, begann er eine verborgene und doch unentrinnbare Gerechtigkeit zu verspüren, die sich über das trübselige Abenteuer hinaus, in das er verstrickt war, an sein tiefstes Wesen wandte.

Er blickte auf, er sah rings um sich, es war ihm, als erwache er aus einem wirren Traum. Leopoldine war fort. Er hatte die Lippen noch nicht aufgetan—, und sie war fort. Kaum faßte er, wie sie aus dem Zimmer so plötzlich—so unbemerkt hatte verschwinden können. Er fühlte die zerknitterte Banknote in der immer noch zusammengekrampften Hand, stürzte zum Fenster hin, riß es auf, als wollte er ihr den Tausender nachschleudern. Dort ging sie. Er wollte rufen; doch sie war weit. Längs der Mauer ging sie hin in wiegendem, vergnügtem Schritt, den Schirm in der Hand, mit wippendem Florentiner Hut—ging hin, als käme sie aus irgendeiner Liebesnacht, wie sie wohl schon aus hundert anderen gekommen war. Sie war am Tor. Der Posten salutierte wie vor einer Respektsperson, und sie verschwand.

Willi schloß das Fenster und trat ins Zimmer zurück, sein Blick fiel auf das zerknüllte Bett, auf den Tisch mit den Resten des Mahls, den geleerten Gläsern und Flaschen. Unwillkürlich öffnete sich seine Hand, und die Banknote entsank ihr. Im Spiegel über der Kommode erblickte er sein Bild—mit wirrem Haar, dunklen Ringen unter den Augen; er schauderte, unsäglich widerte es ihn an, daß er noch im Hemde war; er griff nach dem Mantel, der am Haken hing, fuhr in die Ärmel, knöpfte zu, schlug den Kragen hoch. Ein paarmal, sinnlos, lief er in dem kleinen Raum auf und ab. Endlich, wie gebannt, blieb er vor der Kommode stehen. In der mittleren Lade, zwischen den Taschentüchern, er wußte es, lag der Revolver. Ja, nun war er so weit. Geradeso weit wie der andere, der es vielleicht schon überstanden hatte. Oder wartete er noch auf ein Wunder? Nun, immerhin, er, Willi, hatte das Seinige getan, und mehr als das. Und in diesem Augenblick war ihm wirklich, als hätte er sich nur um Bogners willen an den Spieltisch gesetzt, nur um Bogners willen so lange das Schicksal versucht, bis er selbst als Opfer gefallen war.

Auf dem Teller mit der angebrochenen Tortenschnitte lag die Banknote, so wie er sie vor einer Weile aus der Hand hatte sinken lassen, und sah nicht einmal mehr sonderlich zerknittert aus. Sie hatte begonnen, sich wieder aufzurollen;—es dauerte gewiß nicht mehr lange, so war sie glatt, völlig glatt wie irgendein anderes reinliches Papier, und niemand würde ihr mehr ansehen, daß sie eigentlich nichts Besseres war, als was man einen Schandlohn und ein Sündengeld zu nennen pflegt. Nun, wie immer, sie gehörte ihm, zu seiner Verlassenschaft sozusagen. Ein bitteres Lächeln spielte um seine Lippen. Er konnte sie vererben, wem er wollte; und wenn einer darauf Anspruch hatte: Bogner war es mehr als jeder andre. Unwillkürlich lachte er auf. Vortrefflich! Ja, das sollte noch besorgt werden, das in jedem Fall. Hoffentlich hatte Bogner nicht vorzeitig ein Ende gemacht. Für ihn war ja das Wunder da! Es kam nur darauf an, es abzuwarten.

Wo blieb nur der Joseph? Er wußte ja, daß heute Ausrückung war. Punkt drei hätte Willi bereit sein müssen, nun war es halb fünf. Das Regiment war jedenfalls längst fort. Er hatte nichts davon gehört, so tief war sein Schlaf gewesen. Er öffnete die Tür in den Vorraum. Da saß er ja, der Bursch, saß auf dem Stockerl neben dem kleinen, eisernen Ofen, und stellte sich stramm: «Melde gehorsamst, Herr Leutnant, ich habe Herrn Leutnant marod gemeldet.»

«Marod? Wer hat Ihnen das g'schafft... Ah so.»—Leopoldine—! Sie hätte auch gleich den Auftrag geben können, ihn tot zu melden, das wäre einfacher gewesen.—«Gut ist's. Machen S' mir einen Kaffee», sagte er und schloß die Tür.

Wo war die Visitenkarte nur? Er suchte—er suchte in allen Laden, auf dem Fußboden, in allen Winkeln—suchte, als hinge sein eigenes Leben davon ab. Vergeblich. Er fand sie nicht.—So sollte es eben nicht sein. So hatte Bogner eben auch Unglück, so waren ihre Schicksale doch untrennbar miteinander verbunden.—Da plötzlich, in der Ofennische, sah er es weiß schimmern. Die Karte lag da, die Adresse stand darauf: Piaristengasse zwanzig. Ganz nah.—Und wenn's auch weiter gewesen wäre!—Er hatte also doch Glück, dieser Bogner. Wenn die Karte nun überhaupt nicht zu finden gewesen wäre—?!

Er nahm die Banknote, betrachtete sie lange, ohne sie eigentlich zu sehen, faltete sie, tat sie in ein weißes Blatt, überlegte zuerst, ob er ein paar erklärende Worte schreiben sollte, zuckte die Achseln: «Wozu?» und setzte nur die Adresse aufs Kuvert: Herrn Oberleutnant Otto von Bogner. Oberleutnant—ja!—Er gab ihm die Charge wieder, aus eigener Machtvollkommenheit. Irgendwie blieb man doch immer Offizier—da mochte einer angestellt haben, was er wollte—, oder man wurde es doch wieder—wenn man seine Schulden bezahlt hatte.

Er rief den Burschen, gab ihm den Brief zur Bestellung. «Aber tummeln S' sich.»

«Is' eine Antwort, Herr Leutnant?»

«Nein. Sie geben's persönlich ab und—es ist keine Antwort. Und in keinem Fall wecken, wenn Sie zurückkommen. Schlafen lassen. Bis ich von selber aufwach'.»

«Zu Befehl, Herr Leutnant.» Er schlug die Hacken zusammen, machte kehrt und eilte davon. Auf der Stiege hörte er noch, wie der Schlüssel in der Tür hinter ihm sich drehte.

XV

Drei Stunden später läutete es an der Gangtür. Joseph, der längst wieder zurückgekommen und eingenickt war, schrak auf und öffnete. Bogner stand da, dem er befehlsgemäß vor drei Stunden den Brief seines Herrn überbracht hatte. «Ist der Herr Leutnant zu Hause?»

«Bitt' schön, der Herr Leutnant schlaft noch.»

Bogner sah auf die Uhr. Gleich nach erfolgter Revision, in dem lebhaften Drang, seinem Retter unverzüglich zu danken, hatte er sich für eine Stunde frei gemacht, und er legte Wert darauf, nicht länger auszubleiben. Ungeduldig ging er in dem kleinen Vorraum auf und ab. «Hat der Herr Leutnant keinen Dienst heute?»

«Der Herr Leutnant ist marod.»

Die Tür auf dem Gang stand noch offen, Regimentsarzt Tugut trat ein. «Wohnt hier der Herr Leutnant Kasda?»

«Jawohl, Herr Regimentsarzt.»

«Kann ich ihn sprechen?»

«Herr Regimentsarzt, melde gehorsamst, der Herr Leutnant ist marod. Jetzt schlaft er.»

«Melden S' mich bei ihm, Regimentsarzt Tugut.»

«Bitte gehorsamst, Herr Regimentsarzt, der Herr Leutnant hat befohlen, nicht zu wecken.»

«Es ist dringend. Wecken S' den Herrn Leutnant, auf meine Verantwortung.»

Während Joseph nach unmerklichem Zögern an die Tür pochte, warf Tugut einen mißtrauischen Blick auf den Zivilisten, der im Vorraum stand. Bogner stellte sich vor. Der Name des unter peinlichen Umständen verabschiedeten Offiziers war dem Regimentsarzt nicht unbekannt, doch tat er nichts dergleichen und nannte gleichfalls seinen Namen. Von Händedrücken wurde abgesehen.

Im Zimmer des Leutnants Kasda blieb es still. Joseph klopfte stärker, legte das Ohr an die Tür, zuckte die Achseln, und wie beruhigend sagte er: «Herr Leutnant schlaft immer sehr fest.»

Bogner und Tugut sahen einander an, und eine Schranke zwischen ihnen fiel. Dann trat der Regimentsarzt an die Tür und rief Kasdas Namen. Keine Antwort. «Sonderbar», sagte Tugut mit gerunzelter Stirn, drückte die Klinke nieder—vergeblich.

Joseph stand blaß mit weitaufgerissenen Augen.

«Holen S' den Regimentsschlosser, aber g'schwind», befahl Tugut.

«Zu Befehl, Herr Regimentsarzt.»

Bogner und Tugut waren allein.

«Unbegreiflich», meinte Bogner.

«Sie sind informiert, Herr—von Bogner?» fragte Tugut.

«Von dem Spielverlust, meinen Herr Regimentsarzt?» Und auf Tuguts Nicken: «Allerdings.»

«Ich wollte sehen, wie die Angelegenheit steht», begann Tugut zögernd.—«Ob es ihm gelungen ist, sich die Summe—wissen Sie etwa, Herr von Bogner—?»

«Mir ist nichts bekannt», erwiderte Bogner.

Wieder trat Tugut an die Tür, rüttelte, rief Kasdas Namen. Keine Antwort.

Bogner, vom Fenster aus: «Dort kommt schon der Joseph mit dem Schlosser.»

«Sie waren sein Kamerad?» fragte Tugut.

Bogner, mit einem Zucken der Mundwinkel: «Ich bin schon der.»

Tugut nahm von der Bemerkung keine Notiz. «Es kommt ja vor, daß nach großen Aufregungen», begann er wieder,—«es ist ja anzunehmen, daß er auch in der vergangenen Nacht nicht geschlafen hat.»

«Gestern vormittag», bemerkte Bogner sachlich, «hatte er das Geld jedenfalls noch nicht beisammen.»

Tugut, als hielte er es für denkbar, daß Bogner vielleicht einen Teil der Summe mitbrächte, sah ihn fragend an, und wie zur Antwort sagte dieser: «Mir ist es leider nicht gelungen... den Betrag zu beschaffen.»

Joseph erschien, zugleich der Regimentsschlosser, ein wohlgenährter, rotbäckiger, ganz junger Mensch, in der Uniform des Regiments, mit den nötigen Werkzeugen. Noch einmal klopfte Tugut heftig an die Tür—ein letzter Versuch, sie standen alle ein paar Sekunden mit angehaltenem Atem, nichts rührte sich.

«Also», wandte sich Tugut mit einer befehlenden Geste an den Schlosser, der sich sofort an seine Arbeit machte. Die Mühe war gering. Nach wenigen Sekunden sprang die Tür auf.

Der Leutnant Willi Kasda, im Mantel mit hochgestelltem Kragen, lehnte in der dem Fenster zugewandten Ecke des schwarzen Lederdiwans, die Lider halb geschlossen, den Kopf auf die Brust gesunken, schlaff hing der rechte Arm über die Lehne, der Revolver lag auf dem Fußboden, von der Schläfe über die Wange sickerte ein schmaler Streifen dunkelroten Bluts, der sich zwischen Hals und Kragen verlor. So gefaßt sie alle gewesen waren, es erschütterte sie sehr. Der Regimentsarzt als erster trat näher, griff nach dem herunterhängenden Arm, hob ihn in die Höhe, ließ ihn los, und sofort hing er wieder wie früher schlaff über die Lehne herab. Dann knöpfte Tugut zum Überfluß noch Kasdas Mantel auf, das zerknitterte Hemd darunter stand weit offen. Bogner bückte sich unwillkürlich, um den Revolver aufzuheben. «Halt!« rief Tugut, das Ohr an der nackten Brust des Toten. «Alles hat zu bleiben, wie es war.» Joseph und der Schlosser standen noch immer regungslos an der offenen Tür, der Schlosser zuckte die Achseln und warf einen verlegen-bangen Blick auf Joseph, als fühlte er sich mitverantwortlich für den Anblick, der sich hinter der von ihm aufgesprengten Tür geboten.

Schritte näherten sich von unten, langsam zuerst, dann immer rascher, bis sie stillestanden. Bogners Blick wandte sich unwillkürlich dem Ausgang zu. Ein alter Herr erschien in der angelehnten Tür in hellem, etwas abgetragenem Sommeranzug, mit der Miene eines vergrämten Schauspielers, und ließ das Auge unsicher in der Runde schweifen.

«Herr Wilram», rief Bogner. «Sein Onkel», flüsterte er dem Regimentsarzt zu, der sich eben von der Leiche erhob.

Aber Robert Wilram faßte nicht gleich, was geschehen war. Er sah seinen Neffen in der Diwanecke lehnen mit herabhängendem, schlaffem Arm, wollte auf ihn zu;—ihm ahnte wohl Schlimmes, das er doch nicht gleich glauben wollte. Der Regimentsarzt hielt ihn zurück, legte die Hand auf seinen Arm. «Es ist leider ein Unglück geschehen. Zu machen ist nichts mehr.» Und da der andre ihn wie verständnislos anstarrte: «Regimentsarzt Tugut ist mein Name. Der Tod muß schon vor ein paar Stunden eingetreten sein.»

Robert Wilram—und allen erschien die Bewegung höchst sonderbar—griff mit der Rechten in seine Brusttasche, hielt plötzlich ein Kuvert in der Hand und schwang es in der Luft. «Aber ich hab's ja mitgebracht, Willi!» rief er. Und als glaubte er wirklich, daß er ihn damit zum Leben erwecken könnte: «Da ist das Geld, Willi. Heut früh hat sie's mir gegeben. Die ganzen elftausend, Willi. Da sind sie!» Und wie beschwörend zu den andern: «Das ist doch der ganze Betrag, meine Herren. Elftausend Gulden!»—als müßten sie nun, da das Geld herbeigeschafft war, doch wenigstens einen Versuch machen, den Toten wieder zum Leben zu erwecken. «Leider zu spät», sagte der Regimentsarzt. Er wandte sich an Bogner. «Ich gehe, die Meldung erstatten.» Dann im Kommandoton: «Die Leiche ist in der Stellung zu belassen, in der sie gefunden wurde.» Und endlich mit einem Blick auf den Burschen, streng: «Sie sind dafür verantwortlich, daß alles so bleibt.» Und ehe er ging, sich noch einmal umwendend, drückte er Bogner die Hand.

Bogner dachte: Woher hat er die tausend gehabt—für mich? Jetzt fiel sein Blick auf den vom Diwan weggerückten Tisch. Er sah die Teller, die Gläser, die geleerte Flasche. Zwei Gläser...?! Hat er sich ein Frauenzimmer mitgebracht für die letzte Nacht?

Joseph trat neben den Diwan an die Seite seines toten Herrn. Stramm stand er da wie ein Wachtposten. Trotzdem unternahm er nichts dagegen, als Robert Wilram plötzlich vor den Toten hintrat, mit aufgehobenen, wie flehenden Händen, in der einen immer noch das Kuvert mit dem Geld. «Willi!» Wie verzweifelt schüttelte er den Kopf. Dann sank er vor den Toten hin und war ihm nun so nahe, daß von der nackten Brust, dem zerknitterten Hemd ihm ein Parfüm entgegenwehte, das ihm seltsam bekannt vorkam. Er sog es ein, hob den Blick empor zum Antlitz des Toten, als wäre er versucht, eine Frage an ihn zu richten.

Aus dem Hof tönte der regelmäßige Marschtritt des zurückkehrenden Regiments. Bogner hatte den Wunsch, zu verschwinden, ehe, wie es wahrscheinlich war, frühere Kameraden das Zimmer beträten. Seine Anwesenheit war hier in jedem Fall überflüssig. Einen letzten Abschiedsblick sandte er dem Toten hin, der unbeweglich in der Ecke des Diwans lehnte, dann, von dem Schlosser gefolgt, eilte er die Treppe hinunter. Er wartete im Toreingang, bis das Regiment vorbei war, dann schlich er, an die Wand gedrückt, davon.

Robert Wilram, immer noch auf den Knien vor dem toten Neffen, ließ nun den Blick wieder im Zimmer umherschweifen. Jetzt erst gewahrte er den Tisch mit den Resten des Mahls, die Teller, die Flaschen, die Gläser. Auf dem Grund des einen schimmerte es noch goldgelb und feucht. Er fragte den Burschen: «Hat der Herr Leutnant denn gestern abend noch Besuch gehabt?»

Schritte auf der Treppe. Stimmengewirr; Robert Wilram erhob sich.

«Jawohl», erwiderte Joseph, der immer noch stramm stand wie ein Wachtposten: «bis spät in der Nacht——ein Herr Kamerad.»

Und der sinnlose Gedanke, der dem Alten flüchtig durch den Kopf gefahren war, verwehte in nichts.

Die Stimmen, die Schritte kamen näher.

Joseph stand noch strammer als vorher. Die Kommission trat ein.

CASANOVAS HEIMFAHRT

In seinem dreiundfünfzigsten Lebensjahre, als Casanova längst nicht mehr von der Abenteuerlust der Jugend, sondern von der Ruhelosigkeit nahenden Alters durch die Welt gejagt wurde, fühlte er in seiner Seele das Heimweh nach seiner Vaterstadt Venedig so heftig anwachsen, daß er sie, gleich einem Vogel, der aus luftigen Höhen zum Sterben allmählich nach abwärts steigt, in eng und immer enger werdenden Kreisen zu umziehen begann. Öfter schon in den letzten zehn Jahren seiner Verbannung hatte er an den hohen Rat Gesuche gerichtet, man möge ihm die Heimkehr gestatten; doch hatten ihm früher bei der Abfassung solcher Satzschriften, in denen er Meister war, Trotz und Eigensinn, manchmal auch ein grimmiges Vergnügen an der Arbeit selbst die Feder geführt, so schien sich seit einiger Zeit in seinen fast demütig flehenden Worten ein schmerzliches Sehnen und echte Reue immer unverkennbarer auszusprechen. Er glaubte um so sicherer auf Erhörung rechnen zu dürfen, als die Sünden seiner früheren Jahre, unter denen übrigens nicht Zuchtlosigkeit, Händelsucht und Betrügereien meist lustiger Natur, sondern Freigeisterei den Venezianer Ratsherren die unverzeihlichste dünkte, allmählich in Vergessenheit zu geraten begannen und die Geschichte seiner wunderbaren Flucht aus den Bleikammern von Venedig, die er unzählige Male an regierenden Höfen, in adeligen Schlössern, an bürgerlichen Tischen und in übelberüchtigten Häusern zum besten gegeben hatte, jede andere Nachrede, die sich an seinen Namen knüpfte, zu übertönen anfing; und eben wieder, in Briefen nach Mantua, wo er sich seit zwei Monaten aufhielt, hatten hochmögende Herren dem an innerm wie an äußerm Glanz langsam verlöschenden Abenteurer Hoffnung gemacht, daß sich sein Schicksal binnen kurzem günstig entscheiden würde.

Da seine Geldmittel recht spärlich geworden waren, hatte Casanova beschlossen, in dem bescheidenen, aber anständigen Gasthof, den er schon in glücklicheren Jahren einmal bewohnt hätte, das Eintreffen der Begnadigung abzuwarten, und er vertrieb sich indes die Zeit—ungeistigerer Zerstreuungen nicht zu gedenken, auf die gänzlich zu verzichten er nicht imstande war—hauptsächlich mit Abfassung einer Streitschrift gegen den Lästerer Voltaire, durch deren Veröffentlichung er seine Stellung und sein Ansehen in Venedig gleich nach seiner Wiederkehr bei allen Gutgesinnten in unzerstörbarer Weise zu befestigen gedachte.

Eines Morgens auf einem Spaziergang außerhalb der Stadt, während er für einen vernichtenden, gegen den gottlosen Franzosen gerichteten Satz die letzte Abrundung zu finden sich mühte, befiel ihn plötzlich eine außerordentliche, fast körperlich peinvolle Unruhe; das Leben, das er in leidiger Gewöhnung schon durch drei Monate führte: die Morgenwanderungen vor dem Tor ins Land hinaus, die kleinen Spielabende bei dem angeblichen Baron Perotti und dessen blatternarbiger Geliebten, die Zärtlichkeiten seiner nicht mehr ganz jungen, aber feurigen Wirtin, ja sogar die Beschäftigung mit den Werken Voltaires und die Arbeit an seiner eigenen kühnen und bisher, wie ihm dünkte, nicht übel gelungenen Erwiderung;—all dies erschien ihm, in der linden, allzu süßen Luft dieses Spätsommermorgens, gleichermaßen sinnlos und widerwärtig; er murmelte einen Fluch vor sich hin, ohne recht zu wissen, wen oder was er damit treffen wollte; und, den Griff seines Degens umklammernd, feindselige Blicke nach allen Seiten sendend, als richteten aus der Einsamkeit ringsum unsichtbare Augen sich höhnend auf ihn, wandte er plötzlich seine Schritte nach der Stadt zurück, in der Absicht, noch in derselben Stunde Anstalten für seine sofortige Abreise zu treffen. Denn er zweifelte nicht, daß er sich sofort besser befinden würde, wenn er nur erst der ersehnten Heimat wieder um einige Meilen näher gerückt wäre. Er beschleunigte seinen Gang, um sich rechtzeitig einen Platz in der Eilpost zu sichern, die vor Sonnenuntergang in der Richtung nach Osten abfuhr;—weiter hatte er kaum etwas zu tun, da er sich einen Abschiedsbesuch beim Baron Perotti wohl schenken durfte, und ihm eine halbe Stunde vollauf genügte, um seine gesamten Habseligkeiten für die Reise einzupacken. Er dachte der zwei etwas abgetragenen Gewänder, von denen er das schlechtere am Leibe trug, und der vielfach geflickten, einst fein gewesenen Wäsche, die mit ein paar Dosen, einer goldenen Kette samt Uhr und einer Anzahl von Büchern seinen ganzen Besitz ausmachten; —vergangene Tage fielen ihm ein, da er als vornehmer Mann, mit allem Notwendigen und Überflüssigen reichlich ausgestattet, wohl auch mit einem Diener—der freilich meist ein Gauner war—im prächtigen Reisewagen durch die Lande fuhr;—und ohnmächtiger Zorn trieb ihm die Tränen in die Augen. Ein junges Weib, die Peitsche in der Hand, kutschierte ein Wägelchen an ihm vorbei, darin zwischen Säcken und allerlei Hausrat schnarchend ihr betrunkener Mann lag. Sie blickte Casanova, wie er verzerrten Gesichtes, Unverständliches durch die

Zähne murmelnd, unter den abgeblühten Kastanienbäumen der Heerstraße langbeinig ausschreitend einherkam, zuerst neugierig spöttisch ins Gesicht, doch da sie ihren Blick zornig blitzend erwidert sah, nahmen ihre Augen einen erschrockenen, und endlich, wie sie sich im Weiterfahren nach ihm umwandte, einen wohlgefällig lüsternen Ausdruck an. Casanova, der wohl wußte, daß Grimm und Haß länger in den Farben der Jugend zu spielen vermögen als Sanftheit und Zärtlichkeit, erkannte sofort, daß es nur eines frechen Anrufs von seiner Seite bedurft hätte, um dem Wagen Halt zu gebieten und dann mit dem jungen Weib anstellen zu können, was ihm weiter beliebte; doch, obzwar diese Erkenntnis seine Laune für den Augenblick besserte, schien es ihm nicht der Mühe wert, um eines so geringen Abenteuers willen auch nur wenige Minuten zu verziehen; und so ließ er das Bauernwägelchen samt seinen Insassen im Staub und Dunst der Landstraße unangefochten weiterknarren.

Der Schatten der Bäume nahm der emporsteigenden Sonne nur wenig von ihrer sengenden Kraft, und Casanova sah sich genötigt, seinen Schritt allmählich zu mäßigen. Der Staub der Straße hatte sich so dicht auf sein Gewand und Schuhwerk gelegt, daß ihnen ihre Verbrauchtheit nicht mehr anzumerken war, und so konnte man Casanova, nach Tracht und Haltung, ohne weiteres für einen Herrn von Stande nehmen, dem es just gefallen hatte, seine Karosse einmal daheim zu lassen. Schon spannte sich der Torbogen vor ihm aus, in dessen nächster Nähe der Gasthof gelegen war, in dem er wohnte, als ihm ein ländlich schwerfälliger Wagen entgegengeholpert kam, in dem ein behäbiger, gutgekleideter, noch ziemlich junger Mann saß. Er hatte die Hände über dem Magen gekreuzt und schien eben mit blinzelnden Augen einnicken zu wollen, als sein Blick, zufällig Casanova streifend, in unerwarteter Lebhaftigkeit aufglänzte, wie zugleich seine ganze Erscheinung in eine Art von heiterm Aufruhr zu geraten schien. Er erhob sich zu rasch, sank sofort zurück, stand wieder auf, versetzte dem Kutscher einen Stoß in den Rücken, um ihn zum Halten zu veranlassen, drehte sich in dem weiterrollenden Wagen um, um Casanova nicht aus dem Gesicht zu verlieren, winkte ihm mit beiden Händen zu und rief endlich mit einer dünnen hellen Stimme dreimal dessen Namen in die Luft. Erst an der Stimme hatte Casanova den Mann erkannt, trat auf den Wagen zu, der stehengeblieben war, ergriff lächelnd die beiden sich ihm entgegenstreckenden Hände und sagte: «Ist es möglich, Olivo – Sie sind es?» – «Ja, ich bin es, Herr Casanova, Sie erkennen mich also wieder?» – «Warum sollt' ich nicht? Sie haben zwar seit Ihrem Hochzeitstag, an dem ich Sie zuletzt gesehn, an Umfang ein wenig zugenommen,—aber auch ich mag mich in den fünfzehn Jahren nicht unerheblich verändert haben, wenn auch nicht in gleicher Weise.»—«Kaum», rief Olivo, «so gut wie gar nicht, Herr Casanova! Übrigens sind es sechzehn Jahre, vor wenigen Tagen waren es sechzehn! Und wie Sie sich wohl denken können, haben wir, gerade bei dieser Gelegenheit, ein hübsches Weilchen lang von Ihnen gesprochen, Amalia und ich...» —«Wirklich», sagte Casanova herzlich, «Sie erinnern sich beide noch manchmal meiner?» Olivos Augen wurden feucht. Noch immer hielt er Casanovas Hände in den seinen und drückte sie nun gerührt. «Wieviel haben wir Ihnen zu danken, Herr Casanova? Und wir sollten unsres Wohltäters jemals vergessen? Und wenn wir jemals—»—«Reden wir nicht davon», unterbrach Casanova. «Wie befindet sich Frau Amalia? Wie ist es überhaupt zu verstehn, daß ich in diesen ganzen zwei Monaten, die ich nun in Mantua verbringe—freilich recht zurückgezogen, aber ich gehe doch viel spazieren nach alter Gewohnheit—wie kommt es, daß ich Ihnen, Olivo, daß ich Ihnen beiden nicht ein einziges Mal begegnet bin?»—«Sehr einfach, Herr Casanova! Wir wohnen ja längst nicht mehr in der Stadt, die ich übrigens niemals habe leiden können, so wenig als Amalia sie leiden mag. Erweisen Sie mir die Ehre, Herr Casanova, steigen Sie ein, in einer Stunde sind wir bei mir zu Hause»— und da Casanova leicht abwehrte—«Sagen Sie nicht nein. Wie glücklich wird Amalia sein, Sie wiederzusehen, und wie stolz, Ihnen unsre drei Kinder zu zeigen. Ja, drei, Herr Casanova. Lauter Mädchen. Dreizehn, zehn und acht... Also noch keines in den Jahren, sich—mit Verlaub— sich—von Casanova das Köpfchen verdrehen zu lassen.» Er lachte gutmütig und machte Miene, Casanova einfach zu sich in den Wagen hereinzuziehen. Casanova aber schüttelte den Kopf. Denn, nachdem er fast schon versucht gewesen war, einer begreiflichen Neugier nachzugeben und der Aufforderung Olivos zu folgen, überkam ihn seine Ungeduld mit neuer Macht, und er versicherte Olivo, daß er leider genötigt sei, heute noch vor Abend Mantua in wichtigen Geschäften zu verlassen. Was hatte er auch in Olivos Haus zu suchen? Sechzehn Jahre waren eine lange Zeit! Amalia war indes gewiß nicht jünger und schöner geworden; bei dem dreizehnjährigen Töchterlein würde er in seinen Jahren kaum sonderlichen Anwert finden; und Herrn Olivo selbst, der damals ein magerer, der Studien beflissener Jüngling gewesen war, als bäurisch behäbigen Hausvater in ländlicher Umgebung zu bewundern, das lockte ihn nicht genug, als daß er darum eine Reise hätte aufschieben sollen, die ihn Venedig wiederum auf zehn oder zwanzig

Meilen näher brachte. Olivo aber, der nicht gesonnen schien, Casanovas Weigerung ohne weiteres hinzunehmen, bestand darauf, ihn vorerst einmal im Wagen nach dem Gasthof zu bringen, was ihm Casanova füglich nicht abschlagen konnte. In wenigen Minuten waren sie am Ziel. Die Wirtin, eine stattliche Frau in der Mitte der Dreißig, begrüßte in der Einfahrt Casanova mit einem Blick, der das zwischen ihnen bestehende zärtliche Verhältnis auch für Olivo ohne weiters ersichtlich machen mußte. Diesem aber reichte sie die Hand als einem guten Bekannten, von dem sie—wie sie Casanova gegenüber gleich bemerkte—eine gewisse, auf seinem Gut wachsende, sehr preiswürdige, süßlich-herbe Weinsorte regelmäßig zu beziehen pflegte. Olivo beklagte sich sofort, daß der Chevalier von Seingalt (denn so hatte die Wirtin Casanova begrüßt, und Olivo zögerte nicht, sich gleichfalls dieser Anrede zu bedienen) so grausam sei, die Einladung eines wiedergefundenen alten Freundes auszuschlagen, aus dem lächerlichen Grunde, weil er heute, und durchaus gerade heute, von Mantua wieder abreisen müsse. Die befremdete Miene der Wirtin belehrte ihn sofort, daß diese von Casanovas Absicht bisher noch nichts gewußt hatte, und Casanova hielt es daraufhin für angebracht, zu erklären, daß er den Reiseplan zwar nur vorgeschützt, um nicht der Familie des Freundes durch einen so unerwarteten Besuch lästig zu fallen; tatsächlich aber sei er genötigt, ja verpflichtet, in den nächsten Tagen eine wichtige schriftstellerische Arbeit abzuschließen, wofür er keinen geeigneteren Ort wüßte, als diesen vorzüglichen Gasthof, in dem ihm ein kühles und ruhiges Zimmer zur Verfügung stände. Darauf beteuerte Olivo, daß seinem bescheidenen Haus keine größre Ehre widerfahren könne, als wenn der Chevalier von Seingalt dort sein Werk zum Abschluß brächte; die ländliche Abgeschiedenheit könne einem solchen Unternehmen doch nur förderlich sein; an gelehrten Schriften und Hilfsbüchern, wenn Casanova solcher benötigte, wäre auch kein Mangel, da seine, Olivos, Nichte, die Tochter seines verstorbenen Stiefbruders, ein junges, aber trotz ihrer Jugend schon höchst gelehrtes Mädchen, vor wenigen Wochen mit einer ganzen Kiste voll Büchern bei ihnen eingetroffen sei;—und wenn des Abends gelegentlich Gäste erschienen, so brauchte sich der Herr Chevalier weiter nicht um sie zu kümmern; es sei denn, daß ihm nach des Tages Arbeit und Bemühen eine heitre Unterhaltung oder ein kleines Spielchen nicht eher eine willkommene Zerstreuung bedeutete. Casanova hatte kaum von einer jungen Nichte vernommen, als er auch schon entschlossen war, sich dieses Geschöpf in der Nähe zu besehn; anscheinend noch immer zögernd, gab er dem Drängen Olivos endlich nach, erklärte aber gleich, daß er keineswegs länger als ein oder zwei Tage von Mantua fernbleiben könne, und beschwor seine liebenswürdige Wirtin, Briefe, die für ihn indes hier anlangen mochten und vielleicht von höchster Wichtigkeit waren, ihm unverzüglich durch einen Boten nachzusenden. Nachdem die Sache so zu Olivos großer Zufriedenheit geordnet war, begab sich Casanova auf sein Zimmer, machte sich für die Reise fertig, und schon nach einer Viertelstunde trat er in die Gaststube, wo Olivo sich indes in ein eifriges Gespräch geschäftlicher Natur mit der Wirtin eingelassen hatte. Nun erhob er sich, trank stehend sein Glas Wein aus, und verständnisvoll zwinkernd versprach er ihr, den Chevalier—wenn auch nicht bereits morgen oder übermorgen—doch in jedem Falle wohlbehalten und unversehrt an sie zurückzustellen. Casanova aber, plötzlich zerstreut und hastig, empfahl sich so kühl von seiner freundlichen Wirtin, daß sie ihm, schon am Wagenschlag, ein Abschiedswort ins Ohr flüsterte, das eben keine Liebkosung war.

Während die beiden Männer die staubige, im sengenden Mittagsglanz daliegende Straße ins Land hinausfuhren, erzählte Olivo weitschweifig und wenig geordnet von seinen Lebensumständen: wie er bald nach seiner Verheiratung ein winziges Grundstück nahe der Stadt gekauft, einen kleinen Gemüsehandel angefangen; dann seinen Besitz allmählich erweitert und Landwirtschaft zu treiben begonnen;—wie er es endlich durch die eigne und seiner Gattin Tüchtigkeit mit Gottes Segen so weit gebracht, daß er vor drei Jahren von dem verschuldeten Grafen Marazzani dessen altes, etwas verfallenes Schloß samt dazugehörigem Weingut käuflich zu erwerben imstande gewesen, und wie er sich nun auf adligem Grund mit Frau und Kindern behaglich, wenn auch keineswegs gräflich, eingerichtet habe. All dies aber verdanke er zuletzt doch nur den hundertfünfzig Goldstücken, die seine Braut oder vielmehr deren Mutter von Casanova zum Geschenk erhalten habe;—ohne diese zauberkräftige Hilfe wäre sein Los wohl heute noch kein andres, als es damals gewesen: ungezogne Rangen im Lesen und Schreiben zu unterweisen; wahrscheinlich wäre er auch ein alter Junggeselle und Amalie eine alte Jungfer geworden... Casanova ließ ihn reden und hörte ihm kaum zu. Ihm zog das Abenteuer durch den Sinn, in das er damals zugleich mit manchen andern bedeutungsvollern verstrickt gewesen war, und das, als das geringste von allen, seine Seele so wenig als seither seine Erinnerung beschäftigt hatte. Auf einer Reise von Rom nach Turin oder Paris—er wußte es selbst nicht mehr—während eines kurzen Aufenthalts in Mantua hatte er Amalia eines Morgens in der

Kirche erblickt und, da ihm ihr hübsches blasses, etwas verweintes Antlitz wohlgefallen, eine freundlich galante Frage an sie gerichtet. Zutunlich wie sie damals alle gegen ihn waren, hatte sie ihm gern ihr Herz aufgeschlossen, und so erfuhr er, daß sie, die selbst in dürftigen Verhältnissen lebte, in einen armen Schullehrer verliebt war, dessen Vater ebenso wie ihre Mutter zu einer so aussichtslosen Verbindung die Einwilligung entschieden verweigerte. Casanova erklärte sich sofort bereit, die Angelegenheit ins reine zu bringen. Er ließ sich vor allem mit Amaliens Mutter bekannt machen, und da diese als eine hübsche Witwe von sechsunddreißig Jahren auf Huldigungen noch Anspruch machen durfte, war Casanova bald so innig mit ihr befreundet, daß seine Fürsprache alles bei ihr zu erreichen vermochte. Sobald sie erst ihre ablehnende Haltung aufgegeben, versagte auch Olivos Vater, ein heruntergekommener Kaufmann, seine Zustimmung nicht länger, insbesondre als Casanova, der ihm als entfernter Verwandter der Brautmutter vorgestellt wurde, sich großmütig verpflichtete, die Kosten der Hochzeit und einen Teil der Aussteuer zu bezahlen. Amalia selbst aber konnte nicht anders als dem edlen Gönner, der ihr erschienen war wie ein Bote aus einer andern höhern Welt, sich in einer Weise dankbar erzeigen, die das eigne Herz ihr gebot; und als sie sich am Abend vor ihrer Hochzeit der letzten Umarmung Casanovas mit glühenden Wangen entrang, war ihr der Gedanke völlig fern, an ihrem Bräutigam, der sein Glück am Ende doch nur der Liebenswürdigkeit und dem Edelsinn des wunderbaren Fremden verdankte, ein Unrecht begangen zu haben. Ob Olivo von der außerordentlichen Erkenntlichkeit Amaliens gegenüber dem Wohltäter je durch ein Geständnis Kunde erhalten, ob er ihr Opfer vielleicht als ein selbstverständliches vorausgesetzt und ohne nachträgliche Eifersucht hingenommen hatte, oder ob ihm gar, was geschehen, bis heute ein Geheimnis geblieben war,—darum hatte Casanova sich niemals gekümmert und kümmerte sich auch heute nicht darum.

Die Hitze stieg immer höher an. Der Wagen, schlecht gefedert und mit harten Kissen versehn, rumpelte und stieß zum Erbarmen, das dünnstimmig gutmütige Geschwätz Olivos, der nicht abließ, seinen Begleiter von der Ersprießlichkeit seines Bodens, der Vortrefflichkeit seiner Hausfrau, der Wohlgeratenheit seiner Kinder und von dem vergnügt harmlosen Verkehr mit bäuerlicher und adliger Nachbarschaft zu unterhalten, begann Casanova zu langweilen, und ärgerlich fragte er sich, aus welchem Grunde er denn eigentlich eine Einladung angenommen, die für ihn nichts als Unbequemlichkeiten und am Ende gar

Enttäuschungen im Gefolge haben konnte. Er sehnte sich nach seinem kühlen Gasthofszimmer in Mantua, wo er zu dieser selben Stunde ungestört an seiner Schrift gegen Voltaire hätte weiterarbeiten können,— und schon war er entschlossen, beim nächsten Wirtshaus, das eben sichtbar wurde, auszusteigen, ein beliebiges Gefährt zu mieten und zurückzufahren, als Olivo ein lautes Hallo he! hören ließ, nach seiner Art mit beiden Händen zu winken begann und, Casanova beim Arm packend, auf einen Wagen deutete, der neben dem ihren, zugleich mit diesem, wie auf Verabredung, stehengeblieben war. Von jenem andern aber sprangen, eines hinter dem andern, drei ganz junge Mädchen herunter, so daß das schmale Brett, das ihnen als Sitz gedient hatte, in die Höhe flog und umkippte. «Meine Töchter», wandte sich Olivo, nicht ohne Stolz, an Casanova, und als dieser sofort Miene machte, seinen Platz im Wagen zu verlassen: «Bleiben Sie nur sitzen, mein teurer Chevalier, in einer Viertelstunde sind wir am Ziel, und so lange können wir uns schon alle in meiner Kutsche behelfen. Maria, Nanetta, Teresina— seht, das ist der Chevalier von Seingalt, ein alter Freund eures Vaters, kommt nur näher, küßt ihm die Hand, denn ohne ihn wäret ihr»—er unterbrach sich und flüsterte Casanova zu: «Bald hätt' ich was Dummes gesagt.» Dann verbesserte er sich laut: «Ohne ihn wäre manches anders!» Die Mädchen, schwarzhaarig und dunkeläugig wie Olivo, und alle, auch die älteste, Teresina, noch von kindlichem Aussehn, betrachteten den Fremden mit ungezwungener, etwas bäurischer Neugier, und die jüngste, Maria, schickte sich, der väterlichen Weisung folgend, an, ihm allen Ernstes die Hand zu küssen; Casanova aber ließ es nicht zu, sondern nahm eins der Mädchen nach dem andern beim Kopf und küßte jedes auf beide Wangen. Indes wechselte Olivo ein paar Worte mit dem jungen Burschen, der das Wägelchen mit den Kindern bis hierher gebracht hatte, worauf jener auf das Pferd einhieb und die Landstraße in der Richtung nach Mantua weiterfuhr.

Die Mädchen nahmen Olivo und Casanova gegenüber unter Lachen und scherzhaftem Gezänk auf dem Rücksitz Platz; sie saßen eng aneinandergedrängt, redeten alle zugleich, und da ihr Vater gleichfalls zu sprechen nicht aufhörte, war es Casanova anfangs nicht leicht, ihren Worten zu entnehmen, was sie alle einander eigentlich zu erzählen hatten. Ein Name klang auf: der eines Leutnants Lorenzi; er sei, wie Teresina berichtete, vor einer Weile an ihnen vorbeigeritten, habe für den Abend seinen Besuch in Aussicht gestellt und lasse den Vater schönstens grüßen. Ferner meldeten die Kinder, daß die Mutter anfangs gleichfalls beabsichtigt hätte, dem Vater entgegenzufahren; aber in

Anbetracht der großen Hitze hatte sie's doch vorgezogen, daheim bei Marcolina zu bleiben. Marcolina aber war noch in den Federn gelegen, als man vom Hause wegfuhr; und vom Garten aus durchs offene Fenster hatten sie sie mit Beeren und Haselnüssen beworfen, sonst schliefe sie wohl noch zu dieser Stunde.

«Das ist sonst nicht Marcolinens Art», wandte sich Olivo an seinen Gast; «meistens sitzt sie schon um sechs Uhr oder noch früher im Garten und studiert bis zur Mittagszeit. Gestern freilich hatten wir Gäste, und es dauerte etwas länger als gewöhnlich; auch ein kleines Spielchen wurde gemacht,—nicht eins, wie es der Herr Chevalier gewöhnt sein mögen—wir sind harmlose Leute und wollen einander nicht das Geld abnehmen. Und da auch unser würdiger Abbate sich zu beteiligen pflegt, so können Sie sich wohl denken, Herr Chevalier, daß es nicht sehr sündhaft dabei zugeht.»

Als vom Abbate die Rede war, lachten die Mädchen und hatten einander weiß Gott was zu erzählen, worüber es noch mehr zu lachen gab als vorher. Casanova aber nickte nur zerstreut; in der Phantasie sah er das Fräulein Marcolina, das er noch gar nicht kannte, in ihrem weißen Bette liegend, dem Fenster gegenüber, die Decke heruntergestreift, halb entblößten Leibes, mit schlaftrunknen Händen sich gegen die hereinfliegenden Beeren und Haselnüsse wehrend;—und eine törichte Glut flog durch seine Sinne. Daß Marcolina die Geliebte des Leutnants Lorenzi war, daran zweifelte er so wenig, als hätte er selbst sie beide in zärtlichster Umschlingung gesehn, und er war so bereit, den unbekannten Lorenzi zu hassen, als ihn nach der niemals geschauten Marcolina verlangte.

Im zitternden Dunst des Mittags, über graugrünes Laubwerk emporragend, ward ein viereckiges Türmchen sichtbar. Bald bog der Wagen von der Landstraße auf einen Seitenweg; links stiegen Weinhügel gelinde an, rechts über den Rand einer Gartenmauer neigten sich Kronen uralter Bäume. Der Wagen hielt an einem Tor, dessen verwitterte Holzflügel weit offen standen, die Fahrgäste stiegen aus, der Kutscher, auf einen Wink Olivos, fuhr weiter, dem Stalle zu. Ein breiter Weg unter Kastanienbäumen führte zu dem Schlößchen, das sich auf den ersten Anblick etwas kahl, ja vernachlässigt darbot. Was Casanova vor allem ins Auge fiel, war ein zerbrochenes Fenster im ersten Stockwerk; ebenso entging es ihm nicht, daß die Umfassung auf der Plattform des breiten, aber niedern Turmes, der etwas plump auf dem Gebäude saß, da und dort abbröckelte. Hingegen zeigte die Haustüre eine edle Schnitzerei, und in den Flur tretend, erkannte Casanova sofort, daß das Innere des Hauses sich in einem wohlerhaltenen und jedenfalls weit bessern Zustand befand, als dessen Äußres hätte vermuten lassen.

«Amalia», rief Olivo laut, daß es von den gewölbten Mauern widerhallte. «Komm herunter so geschwind du kannst! Ich hab' dir einen Gast mitgebracht, Amalia, und was für einen Gast!»—Aber Amalia war schon vorher oben auf der Stiege erschienen, ohne für die aus der vollen Sonne in das Dämmer Tretenden sofort sichtbar zu sein. Casanova, dessen scharfe Augen sich die Fähigkeit bewahrt hatten, selbst das Dunkel der Nacht zu durchdringen, hatte sie früher bemerkt als der Gatte. Er lächelte und fühlte zugleich, daß dieses Lächeln sein Antlitz jünger machte. Amalia war keineswegs fett geworden, wie er gefürchtet, sondern sah schlank und jugendlich aus. Sie hatte ihn gleich erkannt. «Welche Überraschung, welches Glück!» rief sie ohne jede Verlegenheit aus, eilte rasch die Stufen hinab und reichte Casanova zur Begrüßung die Wange, worauf dieser sie ohne weitres wie eine liebe Freundin umarmte. «Und ich soll wirklich glauben», sagte er dann, «daß Maria, Nanetta und Teresina Ihre leiblichen Töchter sind, Amalia? Der Zeit nach möchte es zwar stimmen—» «Und allem übrigen nach auch», ergänzte Olivo, «verlassen Sie sich darauf, Chevalier!»—«Dein Zusammentreffen mit dem Chevalier», sagte Amalia mit einem erinnerungstrunknen Blick auf den Gast, «ist wohl an deiner Verspätung schuld, Olivo?»—«So ist es, Amalia, aber hoffentlich gibt es trotz der Verspätung noch etwas zu essen?»—«Wir haben uns natürlich nicht allein zu Tisch gesetzt, Marcolina und ich, so hungrig wir schon waren.» —«Und werden Sie sich nun», fragte Casanova, «auch noch so lange gedulden, bis ich meine Kleider und mich selbst ein wenig vom Staub der Landstraße gereinigt habe?»—«Gleich will ich Ihnen Ihr Zimmer zeigen», sagte Olivo, «und hoffe, Chevalier, Sie werden zufrieden sein, beinahe so zufrieden...» er zwinkerte und fügte leise hinzu: «wie in Ihrem Gasthof zu Mantua, wenn es auch an mancherlei fehlen dürfte.» Er ging voraus, die Stiege zur Galerie hinauf, die sich rings um die Halle im Viereck zog, und von deren äußerstem Winkel eine schmale Holztreppe sich nach oben wand. In der Höhe angelangt, öffnete Olivo die Türe zum Turmgemach und, an der Schwelle stehenbleibend, wies er es Casanova mit vielen Komplimenten als bescheidenes Fremdenzimmer an. Eine Magd brachte den Mantelsack nach, entfernte sich mit Olivo, und Casanova stand allein in einem mäßigen, mit allem Notwendigen ausgestattenen, doch ziemlich kahlen Raum, durch dessen vier schmale hohe Bogenfenster sich ein weiter Blick nach allen Seiten auf die sonnbeglänzte Ebene mit grünen Weingeländen, bunten Fluren, gelben Feldern, weißen Straßen, hellen Häusern und dunklen Gärtchen darbot. Casanova kümmerte sich nicht weiter um die Aussicht und machte sich rasch fertig, nicht sosehr aus Hunger, als aus einer quälenden Neugier, Marcolina so bald als möglich von Angesicht zu Angesicht zu sehen; er wechselte nicht einmal das Gewand, weil er erst am Abend glänzender aufzutreten gedachte.

Als er das im Erdgeschoß gelegene holzgetäfelte Speisezimmer betrat, sah er um den wohlbestellten Tisch außer dem Ehepaar und den drei Töchtern ein in mattschimmerndes, einfach herunterfließendes Grau gekleidetes Mädchen von zierlicher Gestalt sitzen, das ihn mit so unbefangenem Blick betrachtete, als wäre er jemand, der zum Hause gehörte oder doch schon hundertmal hier zu Gast gewesen. Daß sich in ihrem Blick nichts von jenem Leuchten zeigte, wie es ihn früher so oft begrüßt, auch wenn er als Nichtgekannter im berückenden Glanz seiner Jugend oder in der gefährlichen Schönheit seiner Mannesjahre erschienen war, das mußte Casanova freilich als eine längst nicht mehr neue Erfahrung hinnehmen. Aber auch in der letzten Zeit noch genügte meist die Nennung seines Namens, um auf Frauenlippen den Ausdruck einer verspäteten Bewunderung oder doch wenigstens ein leises Zucken des Bedauerns hervorzurufen, das gestand, wie gern man ihm ein paar Jahre früher begegnet wäre. Doch als ihn jetzt Olivo seiner Nichte als Herrn Casanova, Chevalier von Seingalt vorstellte, lächelte sie nicht anders, als wenn man ihr irgendeinen gleichgültigen Namen genannt hätte, in dem kein Klang von Abenteuern und Geheimnissen verzitterte. Und selbst als er neben ihr Platz nahm, ihr die Hand küßte, und aus seinen Augen ein Funkenregen von Entzücken und Begier über sie niederging, verriet ihre Miene nichts von der leisen Befriedigung, die doch als bescheidene Antwort auf eine so glühende Huldigung zu erwarten gewesen wäre.

Nach wenigen höflich einleitenden Worten ließ Casanova seine Nachbarin merken, daß er von ihren gelehrten Bestrebungen in Kenntnis gesetzt sei, und fragte sie, mit welcher Wissenschaft sie sich denn besonders abgebe? Sie erwiderte, daß sie vor allem das Studium der höhern Mathematik betreibe, in das sie durch Professor Morgagni, den berühmten Lehrer an der Universität von Bologna, eingeführt worden sei. Casanova äußerte seine Verwunderung über ein solches bei anmutigen jungen Mädchen wahrlich ungewöhnliches Interesse an einem so schwierigen und dabei nüchternen Gegenstand, erhielt aber von Marcolina die Antwort, daß ihrer Ansicht nach die höhere Mathematik die phantastischeste, ja man könnte sagen, unter allen Wissenschaften die ihrer Natur nach wahrhaft göttliche vorstelle. Als Casanova sich über diese ihm ganz neue Auffassung eine nähere Erklärung erbitten wollte, wehrte Marcolina bescheiden ab und äußerte, daß es den Anwesenden, vor allem aber ihrem lieben Oheim, viel erwünschter sein dürfte, Näheres von den Erlebnissen eines vielgereisten Freundes zu erfahren, den er so lange nicht gesehn, als einem philosophischen Gespräch zuzuhören. Amalia schloß sich ihrer Anregung lebhaft an, und Casanova, immer gern bereit, Wünschen solcher Art nachzugeben, bemerkte leichthin, daß er in den letzten Jahren sich vorzüglich auf geheimen diplomatischen Sendungen befunden, die ihn, um nur die größern Städte zu nennen, zwischen Madrid, Paris, London, Amsterdam und Petersburg umhergetrieben. Er berichtete von Begegnungen und Unterhaltungen ernster und heitrer Art mit Männern und Frauen der verschiedensten Stände, auch des freundlichen Empfangs zu erwähnen vergaß er nicht, der ihm am Hof der Katharina von Rußland zuteil geworden, und sehr spaßhaft erzählte er, wie Friedrich der Große ihn beinahe zum Erzieher an einer Kadettenschule für pommersche Junker gemacht hatte;—eine Gefahr, der er sich allerdings durch rasche Flucht entzogen. Von all dem und manchem andern sprach er, als hätte es sich in einer eben erst verflossenen Zeit zugetragen und läge nicht in Wirklichkeit Jahre und Jahrzehnte zurück; mancherlei erfand er dazu, ohne sich seiner größern und kleinern Lügen selber recht bewußt zu werden, freute sich seiner eignen Laune wie der Teilnahme, mit der man ihm lauschte; und während er so erzählte und phantasierte, ward ihm fast, als wäre er in der Tat noch heute der glückverwöhnte, unverschämte, strahlende Casanova, der mit schönen Frauen durch die Welt gefahren, den weltliche und geistliche Fürsten mit hoher Gunst ausgezeichnet, der Tausende verschwendet, verspielt und verschenkt hatte—und nicht ein herabgekommener Schlucker, den ehemalige Freunde von England und Spanien her mit lächerlichen Summen unterstützten,—die indes auch manchmal ausblieben, so daß er auf die paar armseligen Geldstücke angewiesen war, die er dem Baron Perotti oder dessen Gästen abgewann; ja, er vergaß sogar, daß es ihm wie ein höchstes Ziel erschien, in der Vaterstadt, die ihn erst eingekerkert und nach seiner Flucht geächtet und verbannt hatte, als der geringste ihrer Bürger, als ein Schreiber, als ein Bettler, als ein Nichts—sein einst so prangendes Dasein zu beschließen.

Auch Marcolina hörte ihm aufmerksam zu, aber mit keinem andern Ausdruck, als wenn man ihr etwa aus einem Buch leidlich unterhaltsame Geschichten vorläse. Daß ihr ein Mensch, ein Mann, daß ihr Casanova selbst, der all dies erlebt hatte und noch vieles andre, was er nicht erzählte, daß ihr der Geliebte von tausend Frauen gegenübersaß,—und daß sie das wußte, davon verrieten ihre Mienen nicht das geringste. Anders schimmerte es in Amaliens Augen. Für sie war Casanova derselbe geblieben, der er gewesen; ihr klang seine Stimme verführerisch wie vor sechzehn Jahren, und er selbst fühlte, daß es ihn nur ein Wort und kaum so viel kosten würde, das Abenteuer von damals, sobald es ihm beliebte, von neuem aufzunehmen. Doch was war ihm Amalia in dieser Stunde, da ihn nach Marcolina verlangte wie nach keiner vor ihr? Durch das mattglänzend sie umfließende Gewand glaubte er ihren nackten Leib zu sehen; die knospenden Brüste blühten ihm entgegen, und als sie sich einmal neigte, um ihr zu Boden geglittenes Taschentuch aufzuheben, legte Casanovas entflammte Phantasie ihrer Bewegung einen so lüsternen Sinn unter, daß er sich einer Ohnmacht nahe fühlte. Daß er eine Sekunde lang unwillkürlich im Erzählen stockte, entging Marcolina so wenig, wie daß sein Blick seltsam zu flirren begann, und er las in dem ihren ein plötzliches Befremden, Verwahrung, ja eine Spur von Ekel. Rasch faßte er sich wieder und schickte sich eben an, seine Erzählung mit neuer Lebhaftigkeit fortzusetzen, als ein wohlbeleibter Geistlicher eintrat, der vom Hausherrn als der Abbate Rossi begrüßt und von Casanova sofort als derselbe erkannt wurde, mit dem er vor siebenundzwanzig Jahren auf einem Marktschiff zusammengetroffen war, das von Venedig nach Chioggia fuhr. «Sie hatten damals ein Auge verbunden», sagte Casanova, der selten eine Gelegenheit vorübergehen ließ, mit seinem vorzüglichen Gedächtnis zu prunken, «und ein Bauernweib mit gelbem Kopftuch empfahl Ihnen eine heilkräftige Salbe, die ein junger, sehr heisrer Apotheker zufällig mit sich führte.» Der Abbate nickte und lächelte geschmeichelt. Dann aber, mit einem pfiffigen Gesicht, trat er ganz nahe an Casanova heran, als hätte er ihm ein Geheimnis mitzuteilen. Doch mit ganz lauter Stimme sagte er: «Und Sie, Herr Casanova, befanden sich in Begleitung einer Hochzeitsgesellschaft... ich weiß nicht, ob als zufälliger Gast oder gar als Brautführer, jedenfalls sah die Braut Sie mit viel zärtlichern Augen an als den Bräutigam... Ein Wind erhob sich, beinahe ein Sturm, und Sie begannen ein höchst verwegenes Gedicht vorzulesen.»—«Das tat der Chevalier gewiß nur», sagte Marcolina, «um den Sturm zu beschwichtigen.»—«Solche Zaubermacht», erwiderte Casanova, «traute ich mir niemals zu; allerdings will ich nicht leugnen, daß sich niemand mehr um den Sturm kümmerte, als ich zu lesen begonnen.»

Die drei Mädchen hatten sich an den Abbate herangemacht. Sie wußten wohl warum. Denn seinen ungeheuren Taschen entnahm er köstliches Zuckerwerk in großen Mengen und schob es mit seinen dicken Fingern den Kindern zwischen die Lippen. Indes berichtete Olivo dem Abbate in aller Ausführlichkeit, wie er Casanova wiedergefunden. Wie verloren hielt Amalia auf die herrische braune Stirn des teuren Gastes ihren leuchtenden Blick geheftet. Die Kinder liefen in den Garten; Marcolina hatte sich erhoben und sah ihnen durchs offne Fenster nach. Der Abbate hatte Grüße vom Marchese Celsi zu bestellen, der, wenn es seine Gesundheit zuließe, heute abend samt Gemahlin bei seinem werten Freund Olivo erscheinen wollte. «Das trifft sich gut», sagte dieser, «da haben wir gleich dem Chevalier zu Ehren eine hübsche kleine Spielgesellschaft; die Brüder Ricardi erwarte ich gleichfalls, und auch Lorenzi kommt; die Kinder sind ihm auf seinem Spazierritt begegnet.» —«Er ist noch immer da?» fragte der Abbate. «Schon vor einer Woche hieß es, er solle zu seinem Regiment abgehen.»—«Die Marchesa», meinte Olivo lachend, «wird ihm beim Obersten einen Urlaub erwirkt haben.»—«Es wundert mich», warf Casanova ein, «daß es für Mantueser Offiziere jetzt Urlaub gibt.» Und er erfand weiter: «Zwei meiner Bekannten, einer aus Mantua, der andre aus Cremona, sind nachts mit ihren Regimentern in der Richtung gegen Mailand abmarschiert.»—«Gibt's Krieg?» fragte Marcolina vom Fenster her; sie hatte sich umgewandt, die Züge ihres umschatteten Gesichts blieben undeutbar,—doch ein leises Beben ihrer Stimme hatte Casanova als einziger wohl gemerkt. «Es wird vielleicht zu nichts kommen», sagte er leichthin. «Aber da die Spanier eine drohende Haltung einnehmen, heißt es bereit sein.»—«Weiß man denn überhaupt», fragte Olivo wichtig und stirnrunzelnd, «auf welche Seite wir uns schlagen werden, auf die spanische oder auf die französische?»—«Das dürfte dem Leutnant Lorenzi gleich sein», meinte der Abbate. «Wenn er nur endlich dazu kommt, sein Heldentum zu erproben.»—«Das hat er schon getan», sagte Amalia. «Bei Pavia vor drei Jahren hat er mitgefochten.» Marcolina aber schwieg.

Casanova wußte genug. Er trat an Marcolinens Seite und umfaßte den Garten mit einem großen Blick. Er sah nichts als die ausgedehnte wilde Wiese, auf der die Kinder spielten, und die von einer Reihe hoher dichter Bäume gegen die Mauer zu abgeschlossen war. «Was für ein prächtiger Besitz», wandte er sich an Olivo. «Ich wäre neugierig, ihn näher kennenzulernen.»—«Und ich, Chevalier», erwiderte Olivo, «wünsche mir kein größeres Vergnügen, als Sie über meine Weinberge und durch meine Felder zu führen. Ja, wenn ich die Wahrheit sagen soll, fragen Sie doch Amalia, in den Jahren, seit das kleine Gütchen mir gehört, hab' ich mir nichts sehnlicher gewünscht, als Sie endlich auf meinem eignen Grund und Boden als Gast zu begrüßen. Zehnmal war ich daran, Ihnen zu schreiben, Sie einzuladen. Aber war man denn je sicher, daß eine Nachricht Sie erreichen würde? Erzählte einem irgendwer, man hätte Sie kürzlich in Lissabon gesehn—so konnte man sicher sein, daß Sie indes nach Warschau oder nach Wien abgereist waren. Und nun, da ich Sie wie durch ein Wunder eben in der Stunde wiederfinde, da Sie Mantua verlassen wollen, und es mir—es war nicht leicht, Amalia—gelingt, Sie hierherzulocken, da geizen Sie so mit Ihrer Zeit, daß Sie uns—möchten Sie es glauben, Herr Abbate—daß er uns nicht mehr als zwei Tage schenken will!»—«Der Chevalier wird sich vielleicht zu einer Verlängerung seines Aufenthalts überreden lassen», sagte der Abbate, der eben mit viel Behagen eine Pfirsichschnitte im Mund zergehen ließ, und warf auf Amalia einen raschen Blick, aus dem Casanova zu entnehmen glaubte, daß sie den Abbate in tieferes Vertrauen gezogen hatte als ihren Gatten.—«Das wird mir leider nicht möglich sein», erwiderte Casanova förmlich; «denn ich darf Freunden, die solchen Anteil an meinem Schicksal nehmen, nicht verhehlen, daß meine venezianischen Mitbürger im Begriffe sind, mir für das Unrecht, das sie mir vor Jahren zugefügt, eine etwas verspätete, aber um so ehrenvollere Genugtuung zu geben, und ich ihrem Drängen mich nicht länger werde versagen können, wenn ich nicht undankbar oder gar nachträgerisch erscheinen will.» Mit einer leichten Handbewegung wehrte er eine neugierig-ehrfurchtsvolle Frage ab, die er auf Olivos Lippen sich runden sah, und bemerkte rasch: «Nun, Olivo, ich bin bereit. Zeigen Sie mir Ihr kleines Königreich.»

«Wär' es nicht geratener», warf Amalia ein, «dazu die kühlere Tageszeit abzuwarten? Der Chevalier wird jetzt gewiß lieber ein wenig ruhen oder sich im Schatten ergehen wollen?» Und aus ihren Augen schimmerte zu Casanova ein schüchternes Flehen hin, als müßte während eines solchen Lustwandelns draußen im Garten ihr Schicksal sich zum zweitenmal entscheiden.—Niemand hatte gegen Amaliens Vorschlag etwas einzuwenden, und man begab sich ins Freie. Marcolina, den andern voraus, lief im Sonnenschein über die Wiese zu den Kindern, die dort mit Federbällen spielten, und nahm sofort am Spiele teil. Sie war kaum größer als das älteste der drei Mädchen, und, wie ihr nun das freigelockte Haar um die Schultern flatterte, sah sie selber einem Kinde gleich. Olivo und der Abbate ließen sich in der Allee, in der Nähe des Hauses, auf einer steinernen Bank nieder. Amalia wandelte an Casanovas Seite weiter. Als sie von den andern nicht mehr gehört werden konnte, begann sie im Tonfall von einst, als wäre ihre Stimme für Casanova niemals in einem andern erklungen:

«So bist du wieder da, Casanova! Wie hab' ich diesen Tag ersehnt. Daß er einmal kommen würde, hab' ich gewußt.»—«Es ist ein Zufall, daß ich da bin», sagte Casanova kalt. Amalia lächelte nur. «Nenn' es wie du willst. Du bist da! Ich habe in diesen sechzehn Jahren von nichts anderm geträumt als von diesem Tag!»—«Es ist anzunehmen», entgegnete Casanova, «daß du im Laufe dieser Zeit von mancherlei anderm geträumt und—nicht nur geträumt hast.» Amalia schüttelte den Kopf. «Du weißt, daß es nicht so ist, Casanova. Und auch du hast meiner nicht vergessen, sonst hättest du, der du so eilig bist, nach Venedig zu gelangen, Olivos Einladung nicht angenommen!»—«Was denkst du eigentlich, Amalia? Ich sei hergekommen, um deinen guten Mann zum Hahnrei zu machen?»—«Warum sprichst du so, Casanova? Wenn ich dir wieder gehöre, so ist es weder Betrug noch Sünde!» Casanova lachte laut auf. «Keine Sünde? Warum keine Sünde? Weil ich ein alter Mann bin?»—«Du bist nicht alt. Für mich kannst du es niemals werden. In deinen Armen hab' ich meine erste Seligkeit genossen—und so ist es mir gewiß bestimmt, daß mir mit dir auch meine letzte zuteil wird!»—«Deine letzte?» wiederholte Casanova höhnisch, obwohl er nicht ganz ungerührt war,—«dagegen dürfte mein Freund Olivo wohl mancherlei einzuwenden haben.»—«Das», erwiderte Amalia errötend, «das ist Pflicht—meinethalben sogar Vergnügen; aber Seligkeit ist es doch nicht... war es niemals.»

Sie gingen die Allee nicht zu Ende, als scheuten beide die Nähe des Wiesenplatzes, wo Marcolina und die Kinder spielten,—wie auf Verabredung kehrten sie um und waren bald wieder, schweigend, beim Wohnhaus angelangt. An der Schmalseite stand ein Fenster des Erdgeschosses offen. Casanova sah in der dämmernden Tiefe des Gemachs einen halbgerafften Vorhang, hinter dem das Fußende des Bettes sichtbar wurde. Über einem Stuhl daneben hing ein lichtes, schleierartiges Gewand. «Marcolinens Zimmer?» fragte Casanova.—Amalia nickte. Und zu Casanova anscheinend heiter und wie ohne jeden Verdacht: «Sie gefällt dir?»—«Da sie schön ist.»—«Schön und tugendhaft.»—Casanova zuckte die Achseln, als hätte er danach nicht gefragt. Dann sagte er: «Wenn du mich heute zum erstenmal sähest—ob ich dir wohl auch gefiele, Amalia?»—«Ich weiß nicht, ob du heute anders aussiehst als damals. Ich sehe dich—wie du damals warst. Wie ich dich seither immer, auch in meinen Träumen sah.»—«Sieh mich doch an, Amalia! Die Runzeln meiner Stirn... Die Falten meines Halses! Und die tiefe Rinne da von den Augen den Schläfen zu! Und hier—ja, hier in der Ecke fehlt mir ein Zahn»,—er riß den Mund grinsend auf. «Und diese Hände, Amalia! Sieh sie doch an! Finger wie Krallen... kleine gelbe Flecken auf den Nägeln... Und die Adern da—blau und geschwollen—Greisenhände, Amalia!»—Sie nahm seine beiden Hände, so wie er sie ihr wies, und im Schatten der Allee küßte sie eine nach der andern mit Andacht. «Und heute nacht will ich deine Lippen küssen», sagte sie in einer demütig zärtlichen Art, die ihn erbitterte.

Unweit von ihnen, am Ende der Wiese, lag Marcolina im Gras, die Hände unter den Kopf gestützt, den Blick in die Höhe gewandt, und die Bälle der Kinder flogen über sie hin. Plötzlich streckte sie den einen Arm aus und haschte nach einem der Bälle. Sie fing ihn auf, lachte hell, die Kinder fielen über sie her, sie konnte sich ihrer nicht erwehren, ihre Locken flogen. Casanova bebte. «Du wirst weder meine Lippen noch meine Hände küssen», sagte er zu Amalia, «und du sollst mich vergeblich erwartet und vergeblich von mir geträumt haben—es sei denn, daß ich vorher Marcolina besessen habe.»—«Bist du wahnsinnig, Casanova?» rief Amalia mit weher Stimme.—«So haben wir einander nichts vorzuwerfen», sagte Casanova. «Du bist wahnsinnig, da du in mir altem Manne den Geliebten deiner Jugend wiederzusehen glaubst, ich, weil ich mir in den Kopf gesetzt habe, Marcolina zu besitzen. Aber vielleicht ist uns beiden beschieden, wieder zu Verstand zu kommen. Marcolina soll mich wieder jung machen—für dich. Also—führe meine Sache bei ihr, Amalia!»—«Du bist nicht bei dir, Casanova. Es ist unmöglich. Sie will von keinem Mann etwas wissen.»—Casanova lachte auf. «Und der Leutnant Lorenzi?»—«Was soll's mit Lorenzi sein?»—«Er ist ihr Liebhaber, ich weiß es.»—«Wie du dich irrst, Casanova. Er hat um ihre Hand angehalten, und sie hat sie ausgeschlagen. Und er ist jung—er ist schön—ja, fast glaub' ich, schöner als du je gewesen bist, Casanova!»—«Er hätte um sie geworben?»—«Frage doch Olivo, wenn du mir nicht glaubst.»—«Nun, mir gilt's gleich. Was geht's mich an, ob sie eine Jungfrau ist oder eine Dirne, Braut oder Witwe—ich will sie haben, ich will sie!»—«Ich kann sie dir nicht geben, mein Freund.» Und er fühlte aus dem Ton ihrer Stimme, daß sie ihn beklagte. «Nun siehst du», sagte er, «was für ein schmählicher Kerl ich geworden bin, Amalia! Noch vor zehn—noch vor fünf Jahren hätt' ich keinen Beistand und keine Fürsprache gebraucht, und wäre Marcolina die Göttin der Tugend selbst gewesen. Und nun will ich dich zur Kupplerin machen. Oder wenn ich reich wäre... Ja, mit zehntausend Dukaten... Aber ich habe nicht zehn. Ein Bettler bin ich, Amalia.»—«Auch für hunderttausend bekämst du Marcolina nicht. Was kann ihr am Reichtum liegen? Sie liebt die Bücher, den Himmel, die Schmetterlinge und die Spiele mit Kindern... Und mit ihrem kleinen Erbteil hat sie mehr als sie bedarf.» —«O wär' ich ein Fürst!» rief Casanova, ein wenig deklamierend, wie es zuweilen seine Art war, gerade wenn ihn eine echte Leidenschaft durchwühlte. «Hätt' ich die Macht, Menschen ins Gefängnis zu werfen, hinrichten zu lassen... Aber ich bin nichts. Ein Bettler—und ein Lügner dazu. Ich bettle bei den hohen Herrn in Venedig um ein Amt, um ein Stück Brot, um Heimat! Was ist aus mir geworden? Ekelt dich nicht vor mir, Amalia?»—«Ich liebe dich, Casanova!»—«So verschaffe sie mir, Amalia! Es steht bei dir, ich weiß es. Sag' ihr, was du willst. Sag' ihr, daß ich euch gedroht habe. Daß du mir zutraust, ich könnte euch das Dach über dem Hause anzünden! Sag' ihr, ich wär' ein Narr, ein gefährlicher Narr, aus dem Irrenhaus entsprungen, aber die Umarmung einer Jungfrau könnte mich wieder gesund machen. Ja, das sag' ihr.»—«Sie glaubt nicht an Wunder.»—«Wie? Nicht an Wunder? So glaubt sie auch nicht an Gott. Um so besser! Ich bin gut angeschrieben beim Erzbischof von Mailand! Sag' ihr das! Ich kann sie verderben! Euch alle kann ich verderben. Das ist wahr, Amalia! Was sind es für Bücher, die sie liest? Gewiß sind auch solche darunter, die die Kirche verboten hat. Laß sie mich sehen. Ich will eine Liste zusammenstellen. Ein Wort von mir...»—«Schweige, Casanova! Dort kommt sie. Verrate dich nicht! Nimm deine Augen in acht! Nie, Casanova, nie, höre wohl, was ich sage, nie hab' ich ein reineres Wesen gekannt. Ahnte sie, was ich eben habe hören müssen, sie erschiene sich wie beschmutzt; und du würdest sie, solang du hier bist, mit keinem Blick mehr zu sehen bekommen. Sprich mit ihr. Ja, sprich mit ihr—du wirst sie, du wirst mich um Verzeihung bitten.»

Marcolina, mit den Kindern, kam heran; diese liefen an ihr vorbei, ins Haus, sie selber aber, wie um dem Gast eine Höflichkeit zu erweisen, blieb vor ihm stehn, während Amalia, wie mit Absicht, sich entfernte. Und nun war es Casanova in der Tat, als wehte es ihm von diesen blassen, halb geöffneten Lippen, dieser glatten, von dunkelblondem, nun aufgestecktem Haar umrahmten Stirn wie ein Hauch von Herbheit und Keuschheit entgegen;—was er selten einer Frau, was er auch ihr gegenüber früher im geschlossenen Raum nicht verspürt—eine Art von Andacht, von Hingegebenheit ohne jedes Verlangen floß durch seine Seele. Und mit Zurückhaltung, ja in einem Ton von Ehrerbietung, wie man sie Höhergebornen gegenüber an den Tag zu legen liebt, und der ihr schmeicheln mußte, stellte er die Frage an sie, ob sie die kommenden

Abendstunden wieder dem Studium zu widmen beabsichtige. Sie erwiderte, daß sie auf dem Land überhaupt nicht regelmäßig zu arbeiten pflege, doch könne sie's nicht hindern, daß gewisse mathematische Probleme, mit denen sie sich eben beschäftige, ihr auch in den Ruhestunden nachgingen, wie es ihr eben jetzt begegnet sei, während sie auf der Wiese gelegen war und zum Himmel aufgesehn hatte. Doch als Casanova, durch ihre Freundlichkeit ermutigt, sich scherzend erkundigte, was denn dies für ein hohes und dabei so zudringliches Problem gewesen sei, entgegnete sie etwas spöttisch, es habe keineswegs das allergeringste mit jener berühmten Kabbala zu tun, in der der Chevalier von Seingalt, wie man sich erzähle, Bedeutendes leiste, und so würde er kaum viel damit anzufangen wissen. Es ärgerte ihn, daß sie von der Kabbala mit so unverhohlener Ablehnung sprach, und obwohl ihm selbst, in den freilich seltnen Stunden innerer Einkehr, bewußt war, daß jener eigentümlichen Mystik der Zahlen, die man Kabbala nennt, keinerlei Sinn und Berechtigung zukäme, daß sie in der Natur gewissermaßen gar nicht vorhanden, nur von Gaunern und Spaßmachern— welche Rolle er abwechselnd, aber immer mit Überlegenheit gespielt— zur Nasführung von Leichtgläubigen und Toren benutzt würde, so versuchte er jetzt doch gegen seine eigne bessre Überzeugung Marcolina gegenüber die Kabbala als vollgültige und ernsthafte Wissenschaft zu verteidigen. Er sprach von der göttlichen Natur der Siebenzahl, die sich so schon in der Heiligen Schrift angedeutet fände, von der tiefsinnig-prophetischen Bedeutung der Zahlenpyramiden, die er selbst nach einem neuen System aufzubauen gelehrt hatte, und von dem häufigen Eintreffen seiner auf diesem System beruhenden Voraussagen. Hatte er nicht erst vor wenigen Jahren in Amsterdam den Bankier Hope durch den Aufbau einer solchen Zahlenpyramide veranlaßt, die Versicherung eines schon verloren geglaubten Handelsschiffes zu übernehmen und ihn dadurch zweimalhunderttausend Goldgulden verdienen lassen? Noch immer war er so geschickt im Vortrag seiner schwindelhaft geistreichen Theorien, daß er auch diesmal, wie es ihm oft geschah, an all das Unsinnige zu glauben begann, das er vortrug, und sogar mit der Behauptung zu schließen sich getraute, die Kabbala stelle nicht sosehr einen Zweig als vielmehr die metaphysische Vollendung der Mathematik vor. Marcolina, die ihm bisher aufmerksam und anscheinend ganz ernsthaft zugehört hatte, schaute nun plötzlich mit einem halb bedauernden, halb spitzbübischen Blick zu ihm auf und sagte: «Es liegt Ihnen daran, mein werter Herr Casanova» (sie schien ihn jetzt mit Absicht nicht «Chevalier» zu nennen), «mir eine ausgesuchte Probe von Ihrem weltbekannten Unterhaltungstalent zu geben, wofür ich Ihnen aufrichtig dankbar bin. Aber Sie wissen natürlich so gut wie ich, daß die Kabbala nicht nur nichts mit der Mathematik zu tun hat, sondern geradezu eine Versündigung an ihrem eigentlichen Wesen bedeutet; und sich zu ihr nicht anders verhält als das verworrene oder lügenhafte Geschwätz der Sophisten zu den klaren und hohen Lehren des Plato und des Aristoteles.»—«Immerhin», erwiderte Casanova rasch, «werden Sie mir zugeben müssen, schöne und gelehrte Marcolina, daß auch die Sophisten keineswegs durchaus als so verächtliche und törichte Gesellen zu gelten haben, wie man nach Ihrem allzu strengen Urteil annehmen müßte. So wird man—um nur ein Beispiel aus der Gegenwart anzuführen—Herrn Voltaire seiner ganzen Denk- und Schreibart nach gewiß als das Muster eines Sophisten bezeichnen dürfen, und trotzdem wird es niemandem einfallen, auch mir nicht, der ich mich als seinen entschiedenen Gegner bekenne, ja, wie ich nicht leugnen will, eben damit beschäftigt bin, eine Schrift gegen ihn zu verfassen, auch mir fällt es nicht ein, seiner außerordentlichen Begabung die gebührende Anerkennung zu versagen. Und ich bemerke gleich, daß ich mich nicht etwa durch die übertriebene Zuvorkommenheit habe bestechen lassen, die mir Herr Voltaire bei Gelegenheit meines Besuchs in Ferney vor zehn Jahren zu erweisen die Güte hatte.» —Marcolina lächelte. «Das ist ja sehr hübsch von Ihnen, Chevalier, daß Sie den größten Geist des Jahrhunderts so milde zu beurteilen die Gewogenheit haben.»—«Ein großer Geist der größte gar?» rief Casanova aus. «Ihn so zu nennen, scheint mir schon deshalb unstatthaft, weil er bei all seinem Genie ein gottloser Mensch, ja geradezu ein Gottesleugner ist. Und ein Gottesleugner kann niemals ein großer Geist sein.» «Meiner Ansicht nach, Herr Chevalier, bedeutet das durchaus keinen Widerspruch. Aber Sie werden vor allem zu beweisen haben, daß man Voltaire einen Gottesleugner nennen darf.»—

Nun war Casanova in seinem Element. Im ersten Kapitel seiner Streitschrift hatte er eine ganze Menge von Stellen aus Voltaires Werken, vor allem aus der berüchtigten «Pucelle» zusammengetragen, die ihm besonders geeignet schienen, dessen Ungläubigkeit zu beweisen; und die er nun dank seinem vorzüglichen Gedächtnis, zusammen mit seinen eigenen Gegenargumenten, wörtlich zu zitieren wußte. Aber in Marcolina hatte er eine Gegnerin gefunden, die ihm sowohl an Kenntnissen wie an Geistesschärfe wenig nachgab und ihm überdies, wenn auch nicht an Redegewandtheit, so doch an eigentlicher Kunst und insbesondre an Klarheit des Ausdrucks weit überlegen war. Die Stellen, die Casanova als Beweise für die Spottlust, Zweifelsucht und Gottlosigkeit Voltaires auszulegen versucht hatte, deutete Marcolina gewandt und schlagfertig als ebenso viele Zeugnisse für des Franzosen wissenschaftliches und schriftstellerisches Genie, sowie für sein unermüdlich heißes Streben nach Wahrheit, und sie sprach es ungescheut aus, daß Zweifel, Spott, ja daß der Unglaube selbst, wenn er mit so reichem Wissen, solch unbedingter Ehrlichkeit und solch hohem Mut verbunden sei, Gott wohlgefälliger sein müsse als die Demut des Frommen, hinter der sich meist nichts andres verberge, als eine mangelhafte Fähigkeit, folgerichtig zu denken, ja oftmals—wofür es an Beispielen nicht fehle—Feigheit und Heuchelei.

Casanova hörte ihr mit wachsendem Staunen zu. Da er sich außerstande fühlte, Marcolina zu bekehren, um so weniger, als er immer mehr erkannte, wie sehr eine gewisse schwankende Seelenstimmung seiner letzten Jahre, die er als Gläubigkeit aufzufassen sich gewöhnt hatte, durch Marcolinens Einwürfe sich völlig aufzulösen drohte, so rettete er sich in die allgemein gehaltene Betrachtung, daß Ansichten, wie Marcolina sie eben ausgesprochen, nicht nur die Ordnung im Bereich der Kirche, sondern daß sie auch die Grundlagen des Staates in hohem Grade zu gefährden geeignet seien, und sprang von hier aus gewandt auf das Gebiet der Politik über, wo er mit seiner Erfahrung und Weltläufigkeit eher darauf rechnen konnte, Marcolinen gegenüber eine gewisse Überlegenheit zu zeigen. Aber wenn es ihr hier auch an Personenkenntnis und Einblick in das höfisch-diplomatische Getriebe gebrach und sie darauf verzichten mußte, Casanova im einzelnen zu widersprechen, auch wo sie der Verläßlichkeit seiner Darstellung zu mißtrauen Neigung verspürte:—aus ihren Bemerkungen ging unwidersprechlich für ihn hervor, daß sie weder vor den Fürsten dieser Erde noch vor den Staatsgebilden als solchen sonderliche Achtung hegte und der Überzeugung war, daß die Welt im Kleinen wie im Großen von Eigennutz und Herrschsucht nicht sosehr regiert, als vielmehr in Verwirrung gebracht werde. Einer solchen Freiheit des Denkens war Casanova bisher nur selten bei Frauen, bei einem jungen Mädchen gar, daß gewiß noch keine zwanzig Jahre zählte, war er ihr noch nie begegnet; und nicht ohne Wehmut erinnerte er sich, daß sein eigener Geist in vergangenen Tagen, die schöner waren als die gegenwärtigen, mit einer bewußten und etwas selbstzufriedenen Kühnheit die gleichen Wege gegangen war, die er nun Marcolina beschreiten sah, ohne daß diese sich ihrer Kühnheit überhaupt bewußt zu werden schien. Und ganz hingenommen von der Eigenart ihrer Denk- und Ausdrucksweise vergaß er beinahe, daß er an der Seite eines jungen, schönen und höchst begehrenswerten Wesens einherwandelte, was um so verwunderlicher war, als er sich mit ihr ganz allein in der nun völlig durchschatteten Allee, ziemlich weit vom Wohnhaus, befand. Plötzlich aber, sich in einem eben begonnenen Satz unterbrechend, rief Marcolina lebhaft, ja wie freudig aus: «Da kommt mein Oheim!»... Und Casanova, als hätte er Versäumtes nachzuholen, flüsterte ihr zu: «Wie schade. Gar zu gerne hätte ich mich noch stundenlang mit Ihnen weiterunterhalten, Marcolina!»—Er fühlte selbst, wie während dieser Worte in seinen Augen die Begier von neuem aufzuleuchten begann, worauf Marcolina, die in dem abgelaufenen Gespräch in aller Spöttelei sich fast zutraulich gegeben, sofort wieder eine kühlere Haltung annahm, und ihr Blick die gleiche Verwahrung, ja den gleichen Widerwillen ausdrückte, der Casanova heute schon einmal so tief verletzt hatte. Bin ich wirklich so verabscheuungswürdig? fragte er sich angstvoll. Nein, gab er sich selbst die Antwort. Nicht das ist's. Aber Marcolina—ist kein Weib. Eine Gelehrte, eine Philosophin, ein Weltwunder meinethalben— aber kein Weib.—Doch er wußte zugleich, daß er sich so nur selbst zu belügen, zu trösten, zu retten versuchte, und daß diese Versuche vergeblich waren. Olivo stand vor ihnen. «Nun», meinte er zu Marcolina, «hab' ich das nicht gut gemacht, daß ich dir endlich jemanden ins Haus gebracht habe, mit dem sich's so klug reden läßt, wie du's von deinen Professoren in Bologna her gewohnt sein magst?»—«Und nicht einmal unter diesen, liebster Oheim», erwiderte Marcolina, «gibt es einen, der es sich getrauen dürfte, Voltaire selbst zum Zweikampf herauszufordern!»— «Ei, Voltaire? Der Chevalier fordert ihn heraus?» rief Olivo ohne zu verstehen.—«Ihre witzige Nichte, Olivo, spricht von der Streitschrift, die mich in der letzten Zeit beschäftigt. Liebhaberei für müßige Stunden. Früher hatte ich Gescheiteres zu tun.» Marcolina, ohne auf diese Bemerkung zu achten, sagte: «Sie werden eine angenehme kühle Luft für Ihren Spaziergang haben. Auf Wiedersehen.» Sie nickte kurz und eilte über die Wiese dem Hause zu. Casanova hielt sich davor zurück, ihr nachzublicken und fragte: «Wird uns Frau Amalia begleiten?»— «Nein, mein werter Chevalier», erwiderte Olivo, «sie hat allerlei im Hause zu besorgen und anzuordnen—und jetzt ist auch die Stunde, in der sie die Mädchen zu unterrichten pflegt.»— «Was für eine tüchtige, brave Hausfrau und Mutter! Sie sind zu beneiden, Olivo!»—«Ja, das sag' ich mir selbst alle Tage», entgegnete Olivo, und die Augen wurden ihm feucht.

Sie gingen die Schmalseite des Hauses entlang. Das Fenster Marcolinens stand offen, wie vorher; aus dem dämmernden Grund des Gemachs schimmerte das schleierartige helle Gewand. Durch die breite Kastanienallee gelangten sie auf die Straße, die schon völlig im Schatten lag. Langsam gingen sie aufwärts längs der Gartenmauer; wo sie im rechten Winkel umbog, begann das Weingelände. Zwischen den hohen Stöcken, an denen schwere dunkelblaue Beeren hingen, führte Olivo seinen Gast zur Höhe, und deutete mit einer behaglich zufriedenen Handbewegung nach seinem Haus zurück, das nun ziemlich tief unter ihnen lag. Im Fensterrahmen des Turmgemachs glaubte Casanova eine weibliche Figur auf und nieder schweben zu sehen.

Die Sonne neigte sich dem Untergang zu; aber noch war es heiß genug. Über Olivos Wangen rannen die Schweißtropfen, während Casanovas Stirne vollkommen trocken blieb. Allmählich weiter und nun nach abwärts schreitend kamen sie auf üppiges Wiesenland. Von einem Olivenbaum zum andern rankte sich das Geäst der Reben, zwischen den Baumreihen wiegten sich die hohen gelben Ähren.—«Segen der Sonne», sagte Casanova wie anerkennend, «in tausendfältiger Gestalt.» Olivo erzählte wieder und mit noch größerer Ausführlichkeit als vorher, wie er nach und nach diesen schönen Besitz erworben, und wie ein paar glückliche Ernte- und Lesejahre ihn zum wohlhabenden, ja zum reichen Manne gemacht. Casanova aber hing seinen eigenen Gedanken nach und griff nur selten ein Wort Olivos auf, um durch irgendeine höfliche Zwischenfrage seine Aufmerksamkeit zu beweisen. Erst als Olivo, von allem möglichen schwatzend, auf seine Familie und endlich auf Marcolina geraten war, horchte Casanova auf. Aber er erfuhr nicht viel mehr, als er schon vorher gewußt hatte. Da sie schon als Kind, noch im Hause ihres Vaters, der Olivos Stiefbruder, früh verwitwet und Arzt in Bologna gewesen war, durch die zeitig erwachenden Fähigkeiten ihres Verstandes ihre Umgebung in Erstaunen gesetzt, hatte man indes Muße genug gehabt, sich an ihre Art zu gewöhnen. Vor wenigen Jahren war ihr Vater gestorben, und seither lebte sie in der Familie eines berühmten Professors der hohen Schule von Bologna, eben jenes Morgagni, der sich vermaß, seine Schülerin zu einer großen Gelehrten heranzubilden; in den Sommermonaten war sie stets beim Oheim zu Gaste. Eine Anzahl Bewerbungen um ihre Hand, die eines Bologneser Kaufmanns, die eines Gutsbesitzers aus der Nachbarschaft, und zuletzt die des Leutnant Lorenzi habe sie zurückgewiesen und scheine tatsächlich gewillt, ihr Dasein völlig dem Dienst der Wissenschaft zu widmen. Während Olivo dies erzählte, fühlte Casanova sein Verlangen ins Ungemessene wachsen, und die Einsicht, daß es so töricht als hoffnungslos war, brachte ihn der Verzweiflung nahe. Eben als sie aus dem Feld- und Wiesenland auf die Fahrstraße traten, erschallte ihnen aus einer Staubwolke, die sich näherte, Rufen und Grüßen entgegen. Ein Wagen wurde sichtbar, in dem ein vornehm gekleideter älterer Herr an der Seite einer etwas jüngern üppigen und geschminkten Dame saß. «Der Marchese», flüsterte Olivo seinem Begleiter zu, «er ist auf dem Wege zu mir.»

Der Wagen hielt. «Guten Abend, mein trefflicher Olivo», rief der Marchese, «darf ich Sie bitten, mich mit dem Chevalier von Seingalt bekannt zu machen? Denn ich zweifle nicht, daß ich das Vergnügen habe, mich ihm gegenüber zu sehen.»—Casanova verbeugte sich leicht. «Ich bin es», sagte er.—«Und ich der Marchese Celsi,—hier die Marchesa, meine Gattin.» Die Dame reichte Casanova die Fingerspitzen; er berührte sie mit den Lippen.

«Nun, mein bester Olivo», sagte der Marchese, dessen wachsgelbes schmales Antlitz durch die über den stechenden grünlichen Augen zusammengewachsenen dichten roten Brauen ein nicht eben freundliches Ansehen erhielt,—«mein bester Olivo, wir haben denselben Weg, nämlich zu Ihnen. Und da es kaum ein Viertelstündchen bis dahin ist, will ich aussteigen und mit Ihnen zu Fuß gehen. Du hast wohl nichts dagegen, die kleine Strecke allein zu fahren», wandte er sich an die Marchesa, die Casanova die ganze Zeit über mit lüstern prüfenden Augen betrachtet hatte; gab, ohne die Antwort seiner Gattin abzuwarten, dem Kutscher einen Wink, worauf dieser sofort wie toll auf die Pferde einhieb, als käme es ihm aus irgendeinem Grund darauf an, seine Herrin möglichst geschwind davonzubringen; und gleich war der Wagen hinter einer Staubwolke verschwunden.

«Man weiß nämlich schon in unsrer Gegend», sagte der Marchese, der noch ein paar Zoll höher als Casanova und von einer unnatürlichen Magerkeit war, «daß der Chevalier von Seingalt hier angekommen und bei seinem Freund Olivo abgestiegen ist. Es muß ein erhebendes Gefühl sein, einen so berühmten Namen zu tragen.»

«Sie sind sehr gütig, Herr Marchese», erwiderte Casanova, «ich habe allerdings die Hoffnung noch nicht aufgegeben, mir einen solchen Namen zu erwerben, finde mich aber vorläufig davon noch recht weit entfernt.—Eine Arbeit, mit der ich eben beschäftigt bin, wird mich meinem Ziele hoffentlich etwas näher bringen.»

«Wir können den Weg hier abkürzen», sagte Olivo und schlug einen Feldweg ein, der gerade auf die Mauer seines Gartens zuführte.—«Arbeit?» wiederholte der Marchese mit einem unbestimmten Ausdruck. «Darf man fragen, von welcher Art von Arbeit Sie sprechen, Chevalier?»—«Wenn Sie mich danach fragen, Herr Marchese, so sehe ich mich genötigt, meinerseits an Sie die Frage zu richten, von was für einer Art von Ruhm Sie vorhin geredet haben?» Dabei sah er dem Marchese hochmütig in die stechenden Augen. Denn wenn er auch sehr wohl wußte, daß weder sein phantastischer Roman «Icosameron», noch seine dreibändige «Widerlegung von Amelots Geschichte der venezianischen Regierung» ihm nenneswerten schriftstellerischen Ruhm eingebracht hatten, es lag ihm daran, für sich keinen andern als erstrebenswert gelten zu lassen, und er mißverstand absichtlich alle weiteren vorsichtig tastenden Bemerkungen und Anspielungen des Marchese, der sich unter Casanova wohl einen berühmten Frauenverführer, Spieler, Geschäftsmann, politischen Emissär und sonst alles mögliche, nur durchaus keinen Schriftsteller vorzustellen imstande war, um so weniger, als weder von der Widerlegung des Amelotischen Werkes noch von dem «Icosameron» jemals eine Kunde zu ihm gedrungen war. So bemerkte er endlich mit einer gewissen höflichen Verlegenheit: «Immerhin gibt es nur einen Casanova.»—«Auch das ist ein Irrtum, Herr Marchese», entgegnete Casanova kalt. «Ich habe Geschwister, und der Name eines meiner Brüder, des Malers Francesco Casanova, dürfte einem Kenner nicht fremd klingen.»

Es zeigte sich, daß der Marchese auch auf diesem Gebiete nicht zu den Kennern gehörte, und so lenkte er das Gespräch auf Bekannte, die ihm in Neapel, Rom, Mailand und Mantua wohnten, und von denen er annehmen konnte, daß Casanova mit ihnen gelegentlich zusammengetroffen war. In diesem Zusammenhang nannte er auch den Namen des Barons Perotti, doch in einigermaßen verächtlichem Tone, und Casanova mußte zugestehen, daß er manchmal im Hause des Barons ein kleines Spiel zu machen pflege—«zur Zerstreuung», setzte er hinzu, «ein halbes Stündchen vor dem Schlafengehen. Im übrigen hab' ich diese Art von Zeitvertreib so ziemlich aufgegeben.»—«Das täte mir leid», sagte der Marchese, «denn ich will Ihnen nicht verhehlen, Herr Chevalier, daß es ein Traum meines Lebens war, mich mit Ihnen zu messen—sowohl im Spiel als—in jüngeren Jahren—auch auf andern Gebieten. Denken Sie übrigens, daß ich—wie lange mag es her sein?—daß ich in Spa genau an dem Tage, ja in jener Stunde ankam, als Sie es verließen. Unsre Wagen fuhren aneinander vorüber. Und in Regensburg widerfuhr mir ein ähnliches Mißgeschick. Dort bewohnte ich sogar das Zimmer, das Sie eine Stunde vorher verlassen hatten.»—«Es ist ein rechtes Unglück», sagte Casanova, immerhin ein wenig geschmeichelt, «daß man einander manchmal zu spät im Leben begegnet.»—«Es ist noch nicht zu spät», rief der Marchese lebhaft. «In Hinsicht auf mancherlei andres will ich mich gern im vorhinein geschlagen geben, und es kümmert mich wenig,—aber was das Spiel anbelangt, mein lieber Chevalier, so sind wir beide vielleicht gerade in den Jahren—»

Casanova unterbrach ihn: «In den Jahren—mag sein. Aber leider kann ich gerade auf dem Gebiet des Spiels nicht mehr auf das Vergnügen Anspruch erheben, mich mit einem Partner Ihres Ranges messen zu dürfen—weil ich»—und dies sagte er im Ton eines entthronten Fürsten—«weil ich es mit all meinem Ruhm, mein werter Herr Marchese, bis heute nicht viel weiter als bis zum Bettler gebracht habe.»

Der Marchese schlug unwillkürlich vor Casanovas stolzem Blick die Augen nieder und schüttelte dann nur ungläubig, wie zu einem sonderbaren Spaß, den Kopf. Olivo aber, der dem ganzen Gespräch mit Spannung gelauscht und die gewandt überlegenen Antworten seines außerordentlichen Freundes mit beifälligem Nicken begleitet hatte, vermochte eine Bewegung des Erschreckens kaum zu unterdrücken. Sie standen eben alle an der rückwärtigen Gartenmauer vor einer schmalen Holztür, und während Olivo sie mit einem kreischenden Schlüssel öffnete und den Marchese voraus in den Garten treten ließ, flüsterte er Casanova zu, ihn beim Arm fassend: «Sie werden Ihr letztes Wort zurücknehmen, Chevalier, ehe Sie den Fuß wieder in mein Haus setzen. Das Geld, das ich Ihnen seit sechzehn Jahre schulde, liegt bereit. Ich wagte nur nicht... Fragen Sie Amalia... Abgezählt liegt es bereit. Beim Abschied wollte ich mir erlauben—» Casanova unterbrach ihn sanft. «Sie sind nicht mein Schuldner, Olivo. Die paar Goldstücke waren—Sie wissen es wohl—ein Hochzeitsgeschenk, das ich, als Freund von Amaliens Mutter... Doch wozu überhaupt davon reden. Was sollen mir die paar Dukaten? Ich stehe an einer Wende meines Schicksals», setzte er absichtlich laut hinzu, so daß ihn der Marchese, der nach ein paar Schritten stehengeblieben war, hören konnte. Olivo tauschte einen Blick mit Casanova, um sich seiner Zustimmung zu versichern, dann bemerkte er zum Marchese: «Der Chevalier ist nämlich nach Venedig zurückberufen und reist in wenigen Tagen nach seiner Vaterstadt ab.»—«Vielmehr», bemerkte Casanova, während sie alle sich dem Hause näherten, «man ruft bereits seit geraumer Zeit nach mir und immer dringender. Aber ich finde, die Herren Senatoren haben sich lange genug Zeit gelassen. Mögen nun sie sich in Geduld fassen.»—«Ein Stolz», sagte der Marchese, «zu dem Sie im höchsten Maße berechtigt sind, Chevalier!»

Als sie aus der Allee auf die Wiese hinaustraten, die nun schon völlig im Schatten dalag, sahen sie, dem Hause nahe, die kleine Gesellschaft versammelt, von der sie erwartet wurden. Alle erhoben sich, um ihnen entgegenzugehen, zuerst der Abbate, zwischen Marcolina und Amalia; ihnen folgte die Marchesa, ihr zur Seite ein hochgewachsener bartloser junger Offizier in roter silberverschnürter Uniform und glänzenden Reiterstiefeln, der kein andrer sein konnte als Lorenzi. Wie er zu der Marchesa sprach, ihre weißen gepuderten Schultern mit dem Blicke streifend als eine wohlbekannte Probe von nicht minder bekannten hübschen Dingen; noch mehr die Art, wie die Marchesa mit halbgeschlossenen Lidern lächelnd zu ihm aufsah, konnte auch weniger Erfahrene über die Natur der zwischen ihnen bestehenden Beziehungen nicht in Zweifel lassen; sowie auch darüber, daß sie keinen Wert darauf legten, sie vor irgend jemandem geheimzuhalten. Sie unterbrachen ihr leises aber lebhaftes Gespräch erst, als sie den Herankommenden schon gegenüberstanden.

Olivo stellte Casanova und Lorenzi einander vor. Die beiden maßen sich mit einem kurzen kalten Blick, in dem sie sich gegenseitig ihrer Abneigung zu versichern schienen, dann lächelten sie beide flüchtig und verneigten sich, ohne einander die Hände zu reichen, da jeder zu diesem Zweck dem andern hätte einen Schritt entgegentreten müssen. Lorenzi war schön, von schmalem Antlitz und in Anbetracht seiner Jugend auffallend scharfen Zügen; im Hintergrund seiner Augen schillerte irgend etwas Unfaßbares, das den Erfahrenen zur Vorsicht mahnen mußte. Nur eine Sekunde lang überlegte Casanova, an wen ihn Lorenzi erinnerte. Dann wußte er, daß es sein eigenes Bild war, das ihm, um dreißig Jahre verjüngt, hier entgegentrat. Bin ich etwa in seiner Gestalt wiedergekehrt? fragte er sich. Da müßte ich doch vorher gestorben sein... Und es durchbebte ihn: Bin ich's denn nicht seit lange? Was ist denn noch an mir von dem Casanova, der jung, schön und glücklich war?

Er hörte Amaliens Stimme. Sie fragte ihn, wie aus der Ferne, obzwar sie neben ihm stand, wie ihm der Spaziergang behagt habe, worauf er sich laut, so daß es alle hören konnten, mit höchster Anerkennung über den fruchtbaren wohlgepflegten Besitz aussprach, den er mit Olivo durchwandert hatte. Indes deckte die Magd auf der Wiese einen länglichen Tisch, die zwei älteren Töchter Olivos waren ihr dabei behilflich, indem sie aus dem Hause Geschirr, Gläser und was sonst nötig war, mit viel Gekicher und Getu herbeischafften. Mählich brach die Dämmerung ein; ein leise kühlender Wind strich durch den Garten.

Marcolina eilte an den Tisch, um zu vollenden, was die Kinder im Verein mit der Magd begonnen, und zu verbessern, was sie verfehlt hatten. Die übrigen ergingen sich zwanglos auf der Wiese und in den Alleen. Die Marchesa erwies Casanova viele Höflichkeit, auch wünschte sie von ihm die berühmte Geschichte seiner Flucht aus den Bleikammern von Venedig zu vernehmen, wenngleich ihr keineswegs unbekannt sei,—wie sie mit vieldeutigem Lächeln hinzufügte—, daß er weit gefährlichere Abenteuer bestanden, die zu erzählen freilich bedenklicher sein möchte. Casanova erwiderte: wenn er auch mancherlei ernste und heitere Beschwernis mitgemacht—gerade dasjenige Leben, dessen Sinn und eigentliches Wesen die Gefahr bedeute, habe er niemals so recht kennengelernt; denn wenn er auch ein paar Monate lang in unruhigen Zeiten Soldat gewesen, vor vielen Jahren, auf der Insel Korfu,—gab es denn einen Beruf auf Erden, in den ihn das Schicksal nicht verschlagen?!—er habe nie das Glück gehabt, einen wirklichen Feldzug mitzumachen, wie das nun dem Herrn Leutnant Lorenzi bevorstünde, und worum er ihn fast beneiden möchte.—«Da wissen Sie mehr als ich, Herr Casanova», sagte Lorenzi mit einer hellen und frechen Stimme—«und sogar mehr als mein Oberst, denn ich habe eben Verlängerung meines Urlaubs auf unbestimmte Zeit erhalten.»—«Wahrhaftig!» rief der Marchese mit unbeherrschtem Grimme, und höhnisch setzte er hinzu: «Und denken Sie nur, Lorenzi, wir—meine Gattin vielmehr, hatte schon so sicher auf Ihre Abreise gerechnet, daß sie für Anfang nächster Woche einen unsrer Freunde, den Sänger Baldi, auf unser Schloß einlud.»—«Das trifft sich gut», entgegnete Lorenzi unbeirrt, «Baldi und ich sind gute Freunde, wir werden uns vertragen. Nicht wahr?» wandte er sich an die Marchesa und ließ seine Zähne blitzen.—«Ich würde es Ihnen beiden raten», meinte die Marchesa mit einem heitern Lächeln.

Mit diesen Worten nahm sie als erste am Tische Platz; ihr zur Seite Olivo, an ihrer andern Lorenzi. Ihnen gegenüber saß Amalia zwischen dem Marchese und Casanova; neben diesem an einem schmalen Tischende Marcolina; am andern, neben Olivo, der Abbate. Es war wie mittags ein einfaches und dabei höchst schmackhaftes Mahl. Die zwei älteren Töchter des Hauses, Teresina und Nanetta, reichten die Schüsseln und schenkten von dem trefflichen Wein, der auf Olivos Hügeln wuchs; und sowohl der Marchese wie der Abbate dankten den Mädchen mit scherzhaft derben Liebkosungen, die ein gestrengerer Vater als Olivo sich vielleicht verbeten hätte. Amalia schien nichts zu bemerken; sie war blaß, blickte trüb und sah aus wie eine Frau, die entschlossen ist, alt zu werden, weil das Jungsein jeden Sinn für sie verloren hat. Ist dies nun meine ganze Macht? dachte Casanova bitter, sie von der Seite betrachtend. Doch vielleicht war es die Beleuchtung, die Amaliens Züge so traurig veränderte. Es fiel nämlich nur ein breiter Strahl von Licht aus dem Innern des Hauses auf die Gäste; im übrigen ließ man sich's am Dämmerschein des Himmels genügen. In scharfen schwarzen Linien schlossen die Baumwipfel alle Aussicht ab, und Casanova fühlte sich an irgendeinen geheimnisvollen Garten erinnert, in dem er vor vielen Jahren nächtlicherweile eine Geliebte erwartet hatte. «Murano», flüsterte er vor sich hin und erbebte; dann sprach er laut: «Es gibt einen Garten auf einer Insel nahe von Venedig, einen Klostergarten, den ich vor etlichen Jahrzehnten zum letztenmal betreten habe;—in dem duftete es nachts gerade so wie heute hier.»—«Sie sind wohl auch einmal Mönch gewesen?» fragte die Marchesa scherzend.—«Beinahe», erwiderte Casanova lächelnd und erzählte wahrheitsgemäß, daß ihm als einem fünfzehnjährigen Knaben der Patriarch von Venedig die niederen Weihen verliehen, daß er aber schon als Jüngling vorgezogen habe, das geistliche Gewand wieder abzulegen. Der Abbate tat eines nahegelegenen Frauenklosters Erwähnung, zu dessen Besuch er Casanova dringend rate, falls er es noch nicht kennen sollte. Olivo stimmte lebhaft zu; er rühmte den düstern alten Bau, die anmutige Gegend, in der er gelegen war, den abwechslungsreichen Weg dahin. Übrigens, fuhr der Abbate fort, habe die Äbtissin, Schwester Seraphina,—eine höchst gelehrte Frau, Herzogin von Geburt—in einem Brief an ihn den Wunsch geäußert (schriftlich darum, weil in jenem Kloster das Gelübde ewigen Schweigens herrsche), Marcolina, von deren Gelehrsamkeit sie erfahren, von Angesicht zu Angesicht kennenzulernen.—«Ich hoffe, Marcolina», sagte Lorenzi, und es war das erstemal, daß er das Wort geradeaus an sie richtete, «Sie werden sich nicht dazu verführen lassen, der Herzogin-Äbtissin in jeder Beziehung nachzueifern.»—«Warum sollt' ich auch?» erwiderte Marcolina heiter; «man kann seine Freiheit auch ohne Gelübde bewahren—und besser, denn Gelübde ist Zwang.»

Casanova saß neben ihr. Er wagte es nicht einmal, leise ihren Fuß zu berühren, oder sein Knie an das ihre zu drängen: noch ein drittes Mal jenen Ausdruck des Grauens, des Ekels in ihrem Blick gewahren zu müssen—des war er gewiß—, hätte ihn unfehlbar zu einer Tat des Wahnsinns getrieben. Während mit dem Fortschreiten des Mahls und der steigenden Zahl der geleerten Gläser die Unterhaltung lebhafter und allgemeiner wurde, hörte Casanova, wieder wie von fern, Amaliens Stimme. «Ich habe mit Marcolina gesprochen.»—«Du hast mit ihr—»

—Eine tolle Hoffnung flammte in ihm auf. «Stille, Casanova. Von dir war nicht die Rede, nur von ihr und ihren Zukunftsplänen. Und ich sage es dir noch einmal: Niemals wird sie irgendeinem Manne angehören.»—Olivo, der dem Weine stark zugesprochen hatte, erhob sich unerwarteterweise, und, das Glas in der Hand, sprach er ein paar unbeholfene Worte über die hohe Ehre, die seinem armen Hause durch den Besuch seines teuern Freundes, des Chevalier von Seingalt, geworden sei.

«Wo ist der Chevalier von Seingalt, mein lieber Olivo, von dem Sie da reden?» fragte Lorenzi mit seiner hellen, frechen Stimme. Casanovas erste Regung war es, dem Unverschämten sein gefülltes Glas an den Kopf zu schleudern; Amalia aber berührte leicht seinen Arm und sagte: «Viele Leute, Herr Chevalier, kennen Sie bis heute nur unter Ihrem älteren und berühmteren Namen Casanova.»

«Ich wußte nicht», sagte Lorenzi mit beleidigendem Ernst, «daß der König von Frankreich Herrn Casanova den Adel verliehen hat.»

«Ich konnte dem König diese Mühe ersparen», erwiderte Casanova ruhig, «und hoffe, daß Sie, Leutnant Lorenzi, sich mit einer Erklärung zufrieden geben werden, gegen die der Bürgermeister von Nürnberg nichts einzuwenden hatte, dem ich sie bei einer im übrigen gleichgültigen Gelegenheit vorzutragen die Ehre hatte.» Und da die andern in Spannung schwiegen—: «Das Alphabet ist bekanntlich allgemeines Gut. Ich habe mir eine Anzahl Buchstaben ausgesucht, die mir gefallen, und mich zum Edelmann gemacht, ohne einem Fürsten verpflichtet zu sein, der meine Ansprüche zu würdigen kaum imstande gewesen wäre. Ich bin Casanova Chevalier von Seingalt. Es täte mir leid um Ihretwillen, Leutnant Lorenzi, wenn dieser Name Ihren Beifall nicht finden sollte.»—«Seingalt—ein vortrefflicher Name,» sagte der Abbate und wiederholte ihn ein paarmal, als schmeckte er ihn mit den Lippen nach. —«Und es gibt niemanden auf der Welt,» rief Olivo aus, «der sich mit höherem Rechte Chevalier nennen dürfte als mein edler Freund Casanova!»—«Und sobald Ihr Ruhm, Lorenzi,» fügte der Marchese hinzu, «so weit erschallen sollte, als der des Herrn Casanova, Chevalier von Seingalt, werden wir nicht zögern, wenn es Ihnen so beliebt, auch Sie Chevalier zu nennen.»—Casanova, ärgerlich über den unerwünschten Beistand, der ihm von allen Seiten wurde, war eben im Begriffe, sich ihn zu verbitten, um seine Sache persönlich weiterzuführen, als aus dem Dunkel des Gartens zwei eben noch anständig gekleidete, alte Herren an den Tisch traten. Olivo begrüßte sie herzlich und geräuschvoll, sehr froh, damit einem Zwist, der bedenklich zu werden und die Heiterkeit des Abends zu gefährden drohte, die Spitze abzubrechen. Die Neuangekommenen waren die Brüder Ricardi, Junggesellen, die, wie Casanova von Olivo erfuhr, früher in der großen Welt gelebt, mit allerlei Unternehmungen wenig Glück gehabt und sich endlich in das benachbarte Dorf, ihren Geburtsort, zurückgezogen, wo sie in einem elenden Häuschen zur Miete wohnten. Sonderbare, aber harmlose Leute. Die beiden Ricardi drückten ihr Entzücken aus, die Bekanntschaft des Chevaliers zu erneuern, mit dem sie in Paris vor Jahren zusammengetroffen waren. Casanova erinnerte sich nicht. Oder war es in Madrid?... «Das wäre möglich», sagte Casanova, aber er wußte, daß er die beiden niemals gesehen hatte. Nur der eine, offenbar jüngere von ihnen, führte das Wort, der andre, der wie ein Neunzigjähriger aussah, begleitete die Reden seines Bruders mit unaufhörlichem Kopfnicken und einem verlorenen Grinsen.

Man hatte sich vom Tisch erhoben. Die Kinder waren schon früher verschwunden. Lorenzi und die Marchesa spazierten im Dämmer über die Wiese hin, Marcolina und Amalia wurden bald im Saale sichtbar, wo sie Vorbereitungen für das Spiel zu treffen schienen. Was hat das alles zu bedeuten? fragte sich Casanova, der allein im Garten stand. Halten sie mich für reich? Wollen sie mich rupfen? Denn alle diese Anstalten, auch die Zuvorkommenheit des Marchese, die Beflissenheit des Abbate sogar, das Erscheinen der Brüder Ricardi, kamen ihm irgendwie verdächtig vor; konnte nicht auch Lorenzi in die Intrige verwickelt sein? Oder Marcolina? Oder gar Amalia? Ist das Ganze, dachte er flüchtig, ein Streich meiner Feinde, um mir die Rückkehr nach Venedig zu erschweren,—im letzten Augenblick unmöglich zu machen? Aber sofort mußte er sich sagen, daß dieser Einfall völlig unsinnig war, vor allem schon darum, weil er ja nicht einmal mehr Feinde hatte. Er war ein ungefährlicher, herabgekommener alter Tropf; wen konnte seine Rückkehr nach Venedig überhaupt kümmern? Und als er durch die offenen Fenster des Hauses die Herren sich geschäftig um den Tisch reihen sah, auf dem die Karten bereit lagen und gefüllte Weingläser standen, wurde ihm über jeden Zweifel klar, daß hier nichts anderes geplant war als ein gewohnheitsmäßig harmloses Spiel, bei dem ein neuer Partner immerhin willkommen sein mochte. Marcolina streifte an ihm vorüber und wünschte ihm Glück. «Sie bleiben nicht? Schauen dem Spiel nicht wenigstens zu?»—«Was soll ich dabei? Gute Nacht, Chevalier von Seingalt—und auf morgen!»

Stimmen klangen ins Freie. «Lorenzi» rief es—«Herr Chevalier.»—«Wir warten.» Casanova, im Schatten des Hauses, konnte sehen, wie die

Marchesa Lorenzi von der Wiese gegen das Dunkel der Bäume hinzuziehen suchte. Dort drängte sie sich heftig an ihn, Lorenzi aber riß sich ungebärdig von ihr los und eilte dem Hause zu. Er traf am Eingang mit Casanova zusammen und, mit einer Art von spöttischer Höflichkeit, ließ er ihm den Vortritt, was Casanova ohne Dank annahm.

Der Marchese legte die erste Bank. Olivo, die Brüder Ricardi und der Abbate setzten so geringe Münzen ein, daß das ganze Spiel auf Casanova—auch heute, da sein ganzes Vermögen nur in ein paar Dukaten bestand—wie ein Spaß wirkte. Es erschien ihm um so lächerlicher, als der Marchese mit einer so großartigen Miene das Geld einstrich und auszahlte, als wenn es um hohe Summen ginge. Plötzlich warf Lorenzi, der sich bisher nicht beteiligt hatte, einen Dukaten hin, gewann, ließ den so verdoppelten Einsatz stehen, gewann ein zweites und drittes Mal und so mit geringen Unterbrechungen immer weiter. Die andern Herren setzten indes ihre kleinen Münzen wie zuvor, und insbesondere die beiden Ricardi zeigten sich höchst ungehalten, wenn der Marchese sie nicht mit der gleichen Rücksichtnahme zu behandeln schien, wie den Leutnant Lorenzi. Die Brüder spielten gemeinsam auf das gleiche Blatt; dem einen, älteren, der die Karten empfing, perlte der Schweiß von der Stirn, der andere, hinter ihm stehend, redete unablässig auf ihn ein wie mit wichtig-unfehlbaren Ratschlägen. Wenn er den schweigsamen Bruder einziehen sah, leuchteten seine Augen, im andern Falle richteten sie sich verzweifelt gen Himmel. Der Abbate, sonst ziemlich teilnahmslos, gab zuweilen spruchähnliche Sätze zum besten—wie «Das Glück und die Frauen zwingst du nicht»—oder «Die Erde ist rund, der Himmel weit»—manchmal blickte er auch pfiffig ermutigend Casanova und gleich darauf die diesem gegenüber, ihrem Gatten zur Seite sitzende Amalia an, als läge ihm daran, die beiden alten Liebesleute neu miteinander zu verkuppeln. Casanova aber dachte an nichts anderes, als daß Marcolina sich jetzt in ihrem Zimmer langsam entkleidete, und daß, wenn das Fenster offen stand, ihre weiße Haut in die Nacht hinausschimmerte. Von einer Begier erfaßt, die ihm die Sinne verstörte, wollte er sich von seinem Platz neben dem Marchese erheben und den Raum verlassen; der Marchese aber nahm diese Bewegung als einen Entschluß, sich am Spiel zu beteiligen und sagte: «Nun endlich—wir wußten ja, daß Sie nicht Zuschauer bleiben würden, Chevalier.» Er legte eine Karte vor ihn hin, Casanova setzte alles, was er bei sich trug—und dies war so ziemlich alles, was er besaß—zehn Dukaten etwa, er zählte sie nicht, ließ sie aus seiner Börse auf den Tisch gleiten und wünschte, sie auf einen Satz zu verlieren: dies sollte dann ein Zeichen sein, ein glückverheißendes Zeichen—er wußte nicht recht wofür, ob für seine baldige Heimfahrt nach Venedig oder den ihm bevorstehenden Anblick der entkleideten Marcolina;—doch ehe er sich entschieden, hatte der Marchese das Spiel gegen ihn bereits verloren. Auch Casanova ließ, wie Lorenzi es getan, den verdoppelten Einsatz stehen, und auch ihm blieb das Glück treu wie dem Leutnant. Um die übrigen kümmerte sich der Marchese nicht mehr, der schweigsame Ricardi stand beleidigt auf, der andre rang die Hände—dann standen sie zusammen in einer Ecke des Saales wie vernichtet. Der Abbate und Olivo fanden sich leichter ab; der erste aß Süßigkeiten und wiederholte seine Sprüchlein, der andre schaute dem Fall der Karten in Erregung zu. Endlich hatte der Marchese fünfhundert Dukaten verloren, in die sich Casanova und Lorenzi teilten. Die Marchesa erhob sich und gab dem Leutnant einen Wink mit den Augen, ehe sie den Saal verließ, Amalia geleitete sie. Die Marchesa wiegte sich in den Hüften, was Casanova anwiderte; Amalia schlich an ihrer Seite wie ein demütiges ältliches Weib. Da der Marchese sein ganzes Bargeld verloren hatte, übernahm Casanova die Bank, er bestand, zum Mißvergnügen des Marchese darauf, daß die andern wieder am Spiele teilnähmen. Sofort waren die Brüder Ricardi zur Stelle, gierig und erregt; der Abbate schüttelte den Kopf, er hatte genug, und Olivo spielte nur mit, um sich dem Wunsch seines edlen Gastes nicht zu versagen. Lorenzi hatte weiter Glück; als er im ganzen die Summe von vierhundert Dukaten gewonnen, stand er auf und sagte: «Morgen bin ich gern bereit, Revanche zu geben. Jetzt bitte ich um die Erlaubnis, nach Hause reiten zu dürfen.»—«Nach Hause», rief der Marchese hohnlachend, der übrigens ein paar Dukaten zurückgewonnen hatte, «das ist nicht übel! Der Leutnant wohnt nämlich bei mir!» wandte er sich zu den andern. «Und meine Gattin ist voraus nach Hause gefahren. Gute Unterhaltung, Lorenzi!»—«Sie wissen sehr gut», erwiderte Lorenzi, ohne eine Miene zu verziehen, «daß ich geradeswegs nach Mantua reite und nicht nach Ihrem Schloß, wo Sie so gütig waren, mir gestern Unterkunft zu gewähren.»—«Reiten Sie, wohin Sie wollen, zum Teufel meinetwegen!»—Lorenzi empfahl sich von den andern aufs höflichste und ging, ohne dem Marchese eine gebührende Antwort zu erteilen, was Casanova in Verwunderung setzte. Er legte weiter die Karten auf und gewann, so daß der Marchese bald mit ein paar hundert Dukaten in seiner Schuld stand. Wozu? fragte sich Casanova anfangs. Allmählich aber nahm ihn der Reiz des Spiels doch wieder gefangen. Es geht nicht übel, dachte er... Nun sind es bald tausend... es können auch zweitausend werden. Der Marchese wird seine Schuld bezahlen. Mit einem kleinen Vermögen in Venedig Einzug halten, das wäre so übel nicht. Doch warum nach Venedig? Man wird wieder reich, man wird wieder jung. Reichtum ist alles. Nun werd' ich sie mir doch wenigstens wieder kaufen können. Wen? Ich will keine andere... Nackt steht sie am Fenster—ganz gewiß... wartet am Ende... ahnt, daß ich kommen werde... Steht am Fenster, um mich toll zu machen. Und ich bin da.—Indes teilte er weiter die Karten aus, mit unbeweglicher Miene, nicht nur an den Marchese, auch an Olivo und die Brüder Ricardi, denen er zuweilen ein Goldstück hinschob, auf das sie keinen Anspruch hatten. Sie ließen sich's gefallen. Aus der Nacht drang ein Geräusch, wie die Hufschläge eines über die Straße trabenden Rosses. Lorenzi, dachte Casanova... Von der Gartenmauer schallte es wie im Echo wider, dann verklang allmählich Hall und Widerhall. Nun aber wandte sich das Glück gegen Casanova. Der Marchese setzte hoch, immer höher; und um Mitternacht fand sich Casanova so arm wie er gewesen, ärmer noch; er hatte auch seine eigenen paar Goldstücke verloren. Er schob die Karten von sich weg, erhob sich lächelnd. «Ich danke, meine Herren.»

Olivo breitete die Arme nach ihm aus. «Mein Freund, wir wollen weiterspielen... Hunderfünfzig Dukaten,—haben Sie denn vergessen, —nein, nicht hundertfünfzig! Alles, was ich habe, was ich bin—alles—alles!» Er lallte; denn er hatte während des ganzen Abends zu trinken nicht aufgehört. Casanova wehrte mit einer übertrieben vornehmen Handbewegung ab. «Die Frauen und das Glück zwingt man nicht», sagte er mit einer Verneigung gegen den Abbate hin. Dieser nickte befriedigt und klatschte in die Hände. «Auf morgen also, mein verehrter Chevalier», sagte der Marchese, «wir werden gemeinsam dem Leutnant Lorenzi das Geld wieder abnehmen.»

Die Ricardi bestanden darauf, daß weitergespielt würde. Der Marchese, sehr aufgeräumt, gab ihnen eine Bank. Sie rückten mit den Goldstücken heraus, die Casanova sie hatte gewinnen lassen. In zwei Minuten hatte der Marchese sie ihnen abgenommen und lehnte es entschieden ab, mit ihnen weiterzuspielen, wenn sie nicht Bargeld vorzuweisen hätten. Sie rangen die Hände. Der ältere begann zu weinen wie ein Kind. Der andere küßte ihn wie zur Beruhigung auf beide Wangen. Der Marchese fragte, ob sein Wagen schon wieder zurückgekommen sei. Der Abbate bejahte; er hatte ihn vor einer halben Stunde vorfahren gehört. Der Marchese lud den Abbate und die Brüder Ricardi in seinen Wagen ein; er wollte sie vor ihren Wohnhäusern absetzen;—und alle verließen das Haus.

Als die andern fort waren, nahm Olivo Casanovas Arm und versicherte ihn immer wieder, mit Tränen in der Stimme, daß alles in diesem Hause ihm, Casanova, gehöre und daß er damit schalten möge, wie es ihm beliebe. Sie kamen an Marcolinens Fenster vorbei. Es war nicht nur verschlossen, auch ein Gitter war vorgeschoben, und innen senkte sich ein Vorhang herab. Es gab Zeiten, dachte Casanova, wo all das nichts nützte oder wo es nichts zu bedeuten hatte. Sie traten ins Haus. Olivo ließ es sich nicht nehmen, den Gast über die etwas knarrende Treppe bis in das Turmgemach zu begleiten, wo er ihn zum Abschied umarmte. «Also morgen», sagte er, «sollen Sie das Kloster zu sehen bekommen. Doch schlafen Sie nur ruhig, wir brechen nicht in allzu früher Stunde auf und richten uns jedenfalls völlig nach Ihrer Bequemlichkeit. Gute Nacht.» Er ging, die Tür leise hinter sich schließend, aber seine Schritte dröhnten über die Treppe durch das ganze Haus.

Casanova stand allein in seinem durch zwei Kerzen matt erhellten Zimmer und ließ das Auge von einem zum andern der vier Fenster schweifen, die nach den verschiedenen Himmelsrichtungen wiesen. In bläulichem Glanze lag die Landschaft da, nach allen Seiten fast das gleiche Bild: weite Ebenen, mit geringen Erhebungen, nur nordwärts verschwimmende Berglinien, da und dort vereinzelte Häuser, Gehöfte, auch größere Gebäude; darunter eines etwas höher gelegen, aus dem ein Licht herschimmerte, nach Casanovas Vermutung das Schloß des Marchese. Im Zimmer, das außer dem freistehenden breiten Bett nichts enthielt, als einen langen Tisch, auf dem die zwei Kerzen brannten, ein paar Stühle, eine Kommode und einen goldgerahmten Spiegel darüber, war von vorsorglichen Händen Ordnung gemacht, auch war der Reisesack ausgepackt worden. Auf dem Tische lag die versperrte, abgegriffene Ledermappe, die Casanovas Papiere enthielt, sowie ein paar Bücher, deren er für seine Arbeit bedurfte und die er daher mit sich genommen hatte; auch Schreibzeug war bereit. Da er nicht die geringste Schläfrigkeit verspürte, nahm er sein Manuskript aus der Mappe und durchlas beim Schein der Kerzen, was er zuletzt geschrieben. Da er mitten in einem Absatz stehengeblieben, war es ihm ein leichtes, auf der Stelle fortzufahren. Er nahm die Feder zur Hand, schrieb hastig ein paar Sätze und hielt plötzlich wieder inne. Wozu? fragte er sich, wie in einer grausamen inneren Erleuchtung. Und wenn ich auch wüßte, daß das, was ich hier schrieb und schreiben werde, herrlich würde ohne Vergleich,—ja, wenn es mir wirklich gelänge, Voltaire zu vernichten und mit meinem Ruhm den seinen zu überstrahlen;—wäre ich nicht trotzdem mit Freuden bereit, all diese Papiere zu verbrennen, wenn es mir dafür vergönnt wäre, in dieser Stunde Marcolina zu umarmen? Ja, wäre ich um den gleichen Preis nicht zu dem Gelübde bereit, Venedig niemals wieder zu betreten,—auch wenn sie mich im Triumph dahin zurückholen wollten? Venedig!... Er wiederholte das Wort, es klang um ihn in seiner ganzen Herrlichkeit;—und schon hatte es die alte Macht über ihn gewonnen. Die Stadt seiner Jugend stieg vor ihm auf, umflossen von allem Zauber der Erinnerung, und das Herz schwoll ihm in einer Sehnsucht, so qualvoll und über alles Maß, wie er sie noch nie empfunden zu haben glaubte. Auf die Heimkehr zu verzichten erschien ihm als das unmöglichste von allen Opfern, die das Schicksal von ihm fordern dürfte. Was sollte er weiter in dieser kläglich verblaßten Welt ohne die Hoffnung, die Gewißheit, die geliebte Stadt jemals wiederzusehen? Nach Jahren und Jahrzehnten der Wanderungen und Abenteuer, nach all dem Glück und Unglück, das er erlebt, nach all der Ehre und Schmach, nach den Triumphen und nach den Erniedrigungen, die er erfahren, mußte er doch endlich eine Ruhestatt, eine Heimat haben. Und gab es eine andere Heimat für ihn als Venedig? Und ein anderes Glück als das Bewußtsein, wieder eine Heimat zu haben? In der Fremde vermochte er längst nicht mehr ein Glück dauernd an sich heranzuzwingen. Noch war ihm zuweilen die Kraft gegönnt, es zu erfassen, doch nicht mehr die, es festzuhalten. Seine Macht über die Menschen, Frauen wie Männer, war dahin. Nur wo er Erinnerung bedeutete, vermochte sein Wort, seine Stimme, sein Blick noch zu bannen; seiner Gegenwart war die Wirkung versagt. Vorbei war seine Zeit! Und nun gestand er sich auch ein, was er sich sonst mit besonderer Beflissenheit zu verhehlen suchte, daß selbst seinen schriftstellerischen Leistungen, daß sogar seiner Streitschrift gegen Voltaire, auf die er seine letzte Hoffnung gesetzt hatte, niemals ein in die Weite tragender Erfolg beschieden sein würde. Auch dazu war es zu spät. Ja, hätte er in jüngeren Jahren Muße und Geduld gehabt, sich mit derlei Arbeiten ernstlicher zu beschäftigen,—das wußte er wohl—den ersten dieses Fachs, Dichtern und Philosophen hätte er es gleich getan; ebenso wie er als Finanzmann oder als Diplomat mit größerer Beharrlichkeit und Vorsicht, als ihm eigen war, zum Höchsten wäre berufen gewesen. Doch wo war all seine Geduld und seine Vorsicht, wo waren alle seine Lebenspläne hin, wenn ein neues Liebesabenteuer lockte? Frauen—Frauen überall. Für sie hatte er alles hingeworfen in jedem Augenblick; für edle wie für gemeine, für die leidenschaftlichen wie für die kalten; für Jungfrauen wie für Dirnen;—für eine Nacht auf einem neuen Liebeslager waren ihm alle Ehren dieser und alle Seligkeiten jener Welt immer feil gewesen.—Doch bereute er, was er durch dieses ewige Suchen und Niemals- oder Immer-Finden, durch dies irdisch-überirdische Fliehen von Begier zu Lust und von Lust zu Begier sonst im Dasein etwa versäumt haben mochte? Nein, er bereute nichts. Er hatte sein Leben gelebt wie keiner;—und lebte er es nicht noch heute in seiner Art? Überall noch gab es Weiber auf seinem Weg: wenn sie auch nicht mehr gerade toll um ihn wurden wie einstmals.—Amalia?—er konnte sie haben, wann er wollte, in dieser Stunde, in ihres betrunkenen Gatten Bett;—und die Wirtin in Mantua—war sie nicht verliebt in ihn wie in einen hübschen Knaben, mit Zärtlichkeit und Eifersucht? —und die blatternarbige, aber wohlgebaute Geliebte Perottis—hatte sie ihn nicht, berauscht von dem Namen Casanova, der die Wollust von tausend Nächten über sie hinzusprühen schien—hatte sie ihn nicht angebettelt, ihr eine einzige Liebesnacht zu gewähren, und hatte er sie nicht verschmäht wie einer, der noch immer nach eigenem Geschmacke wählen durfte? Freilich—Marcolina—solche wie Marcolina waren nicht mehr für ihn da. Oder—wäre sie niemals für ihn dagewesen? Es gab ja wohl auch Frauen solcher Art. Er war vielleicht in früheren Jahren solch einer begegnet; aber da immer zugleich eine andere, willigere zur Stelle war, hatte er sich nicht damit aufgehalten, auch nur einen Tag vergeblich zu seufzen. Und da es nicht einmal Lorenzi gelungen war, Marcolina zu erobern,—da sie sogar die Hand dieses Menschen ausgeschlagen, der ebenso schön und ebenso frech war, wie er, Casanova, in seiner Jugend es gewesen—so mochte Marcolina in der Tat jenes Wundergeschöpf vorstellen, an dessen Vorhandensein auf Erden er bisher gezweifelt—das tugendhafte Weib. Nun aber lachte er so hell auf, daß es durchs Zimmer hallte. «Der Ungeschickte, der Dummkopf!» rief er laut, wie er es bei solchen Selbstgesprächen öfters tat. «Er hat die Gelegenheit nicht zu benützen verstanden. Oder die Marchesa läßt ihn nicht los. Oder hat er sich die erst genommen, als er Marcolina nicht bekommen konnte, die Gelehrte—die Philosophin?!» Und plötzlich kam ihm der Einfall: Ich will ihr morgen meine Streitschrift gegen Voltaire vorlesen! Sie ist das einzige Geschöpf, dem ich das nötige Verständnis dafür zutrauen darf. Ich werde sie überzeugen ... Sie wird mich bewundern. «Natürlich wird sie ... Vortrefflich, Herr Casanova! Sie schreiben einen glänzenden Stil, alter Herr! Bei Gott... Sie haben Voltaire vernichtet... genialer Greis!» So sprach er, so zischte er vor sich hin und lief im Zimmer hin und her wie in einem Käfig. Ein ungeheurer Grimm hatte ihn erfaßt, gegen Marcolina, gegen

Voltaire, gegen sich selbst, gegen die ganze Welt. Er nahm seine letzte Kraft zusammen, um nicht aufzubrüllen. Endlich warf er sich aufs Bett, ohne sich auszukleiden, und lag nun da, die weit offenen Augen zum Gebälk der Decke gerichtet, inmitten dessen er jetzt an einzelnen Stellen im Schein der Kerzen Spinnengewebe glänzen sah. Dann, wie es ihm zuweilen nach Spielpartien vor dem Einschlafen begegnete, jagten mit phantastischer Geschwindigkeit Kartenbilder an ihm vorbei, und endlich versank er wirklich in einen traumlosen Schlummer, der aber nur eine kurze Weile dauerte. Nun horchte er auf die geheimnisvolle Stille rings um sich. Nach Osten und Süden standen die Fenster des Turmgemachs offen, aus Garten und Feld drangen linde süße Gerüche aller Art, aus der Landschaft unbestimmte Geräusche zu ihm herein, wie die kommende Frühe sie aus der Weite und Nähe zu bringen pflegt. Casanova vermochte nicht länger still zu liegen; ein lebhafter Drang nach Veränderung erfaßte ihn und lockte ihn ins Freie. Vogelgesang rief ihn von draußen, morgenkühler Wind rührte an seine Stirn. Leise öffnete Casanova die Tür, ging vorsichtig über die Treppe hinab, mit seiner oft erprobten Geschicklichkeit brachte er es zuwege, daß die Holzstufen unter seinem Schritt nicht im geringsten knarrten; über die steinerne Treppe gelangte er ins Erdgeschoß, und durch das Speisezimmer, wo auf dem Tisch noch die halbgefüllten Gläser standen, in den Garten. Da auf dem Kies seine Schritte hörbar wurden, trat er gleich auf die Wiese über, die nun, im Frühdämmerschein, zu unwirklicher Weite sich dehnte. Dann schlich er sich in die Allee, nach der Seite hin, wo ihm Marcolinens Fenster in den Blick fallen mußte. Es war vergittert, verschlossen, verhängt, so wie er es zuletzt gesehen. Kaum fünfzig Schritt vom Hause entfernt setzte sich Casanova auf eine Steinbank. Jenseits der Gartenmauer hörte er einen Wagen vorbeifahren, dann war es wieder still. Aus dem Wiesengrund schwebte ein feiner grauer Dunst; als läge da ein durchsichtig-trüber Teich mit verschwimmenden Grenzen. Wieder dachte Casanova jener Jugendnacht im Klostergarten von Murano—oder eines andern Parks—einer andern Nacht;—er wußte nicht mehr welcher—vielleicht waren es hundert Nächte, die ihm in der Erinnerung in eine einzige zusammenflossen, sowie ihm manchmal hundert Frauen, die er geliebt, in der Erinnerung zu einer einzigen wurden, die als Rätselgestalt durch seine fragenden Sinne schwebte. War nicht eine Nacht wie die andere? Und eine Frau wie die andere? Besonders, wenn es vorbei war? Und dieses Wort «vorbei» hämmerte in seinen Schläfen weiter, als sei es bestimmt, von nun ab der Pulsschlag seines verlorenen Daseins zu werden.

Es war ihm, als raschelte irgend etwas hinter ihm längs der Mauer hin. Oder war's nur ein Widerklang? Ja, das Geräusch kam vom Hause her. Marcolinens Fenster stand mit einemmal offen, das Gitter war zurückgeschoben, der Vorhang nach der einen Seite hin gerafft; aus dem Dunkel des Gemachs hob sich eine schattenhafte Erscheinung; Marcolina selbst war es, die in hochgeschlossenem weißen Nachtgewand an die Brüstung trat, wie um die holde Luft des Morgens einzuatmen. Casanova hatte sich rasch von der Bank heruntergleiten lassen; über ihren Rand, durch das Gezweig der Allee sah er gebannt Marcolina an, deren Augen scheinbar gedanken- ja richtungslos in die Dämmerung tauchten. Nach ein paar Sekunden erst schien sie ihr noch wie schlafbefangenes Wesen in einem Blicke sammeln zu können, den sie nun langsam nach rechts und links schweifen ließ. Dann beugte sie sich vornüber, wie um auf dem Kies etwas zu suchen, und gleich darauf wandte sie das Haupt mit dem gelösten Haar nach aufwärts wie zu einem Fenster des oberen Stockwerks. Dann stand sie wieder eine Weile ohne Bewegung, die Hände beiderseits an die Fensterstöcke stützend, wie an ein unsichtbares Kreuz geschlagen. Nun erst, als wären sie plötzlich von innen erleuchtet worden, gewannen ihre dämmernden Züge für Casanova an Deutlichkeit. Ein Lächeln spielte um ihren Mund, das gleich wieder erstarrte. Nun ließ sie die Arme sinken; ihre Lippen bewegten sich sonderbar, als flüsterten sie ein Gebet; wieder schweifte ihr Blick langsam suchend durch den Garten, dann nickte sie kurz, und im selben Augenblick schwang sich jemand über die Brüstung ins Freie, der bis jetzt zu Marcolinens Füßen gekauert sein mußte,— Lorenzi. Er flog mehr als er ging über den Kies zur Allee hin, durchquerte sie kaum zehn Schritte weit von Casanova, der den Atem anhaltend unter der Bank lag, und eilte dann jenseits der Allee, wo ein schmaler Wiesenstreif die Mauer entlang lief, den Blicken Casanovas entschwindend, nach rückwärts. Casanova hörte eine Tür in den Angeln seufzen,—es konnte keine andre sein, als diejenige, durch die er selbst gestern abend mit Olivo und dem Marchese in den Garten zurückgekehrt war—dann war alles still. Marcolina war die ganze Zeit völlig regungslos dagestanden: sobald sie Lorenzi in Sicherheit wußte, atmete sie tief auf, schloß Gitter und Fenster, der Vorhang fiel nieder wie durch eigene Kraft, und alles war, wie es vorher gewesen;—nur daß indes, als hätte er nun keinen Anlaß mehr zu zögern, der Tag über Haus und Garten aufgezogen war.

Auch Casanova lag noch da, wie zuvor, die Hände vor sich hingestreckt, unter der Bank. Nach einer Weile kroch er weiter, in die Mitte der Allee, und weiter auf allen vieren, bis er an eine Stelle kam, wo er weder von Marcolinens Fenster noch von einem andern aus gesehen werden konnte. Nun erhob er sich mit schmerzendem Rücken, reckte sich in die Höhe, dehnte die Glieder und kam endlich zur Besinnung, ja fand sich jetzt erst selber wieder, als hätte er sich aus einem geprügelten Hund in einen Menschen zurückverwandelt, der die Prügel nicht als körperlichen Schmerz, sondern als tiefe Beschämung weiter zu verspüren verdammt war. Warum, fragte er sich, bin ich nicht zu dem Fenster hin, solang es noch offen stand? Und über die Brüstung hinein zu ihr?—Hätte sie Widerstand leisten können—dürfen—die Heuchlerin, die Lügnerin, die Dirne? Und er beschimpfte sie immer weiter, als hätte er ein Recht dazu, als hätte sie ihm Treue gelobt wie einem Geliebten und ihn betrogen. Er schwor sich zu, sie zur Rede zu stellen von Angesicht zu Angesicht, ihr ins Antlitz zu schleudern, vor Olivo, vor Amalia, vor dem Marchese, dem Abbate, vor der Magd und den Knechten, daß sie eine lüsterne kleine Hure war und nichts anderes. Wie zur Übung, in aller Ausführlichkeit erzählte er sich selber vor, was er eben mit angesehen, und machte sich das Vergnügen, allerlei dazu zu erfinden, um sie noch tiefer zu erniedrigen; daß sie nackt am Fenster gestanden, daß sie im Spiel der Morgenwinde von ihrem Geliebten sich habe unzüchtig liebkosen lassen. Nachdem er so seine Wut fürs erste zur Not beschwichtigt hatte, dachte er nach, ob mit dem, was er nun wußte, nicht doch vielleicht was Besseres anzufangen wäre. Hatte er sie jetzt nicht in seiner Gewalt? Konnte er nun die Gunst, die sie ihm gutwillig nicht gewährt hätte, nicht durch Drohungen von ihr erzwingen? Aber dieser schmähliche Plan sank sofort wieder in sich zusammen, nicht sosehr weil Casanova dessen Schmählichkeit, als weil er dessen Zweck- und Sinnlosigkeit gerade in diesem Fall erkennen mußte. Was konnten seine Drohungen Marcolina kümmern, die niemandem Rechenschaft schuldig, die am Ende auch, wenn's ihr darauf ankam, verschlagen genug war, ihn als einen Verleumder und Erpresser von ihrer Schwelle zu jagen? Und selbst wenn sie aus irgendeinem Grunde das Geheimnis ihrer Liebschaft mit Lorenzi durch ihre Preisgabe zu erkaufen bereit war (er wußte freilich, daß er etwas erwog, das außer dem Bereich aller Möglichkeiten lag), mußte ein so erzwungener Genuß für ihn, der, wenn er liebte, tausendmal heißer danach verlangte Glück zu geben, als Glück zu empfangen, sich nicht in eine unnennbare Qual verwandeln,—die ihn zum Wahnsinn und in Selbstvernichtung trieb? Er fand sich plötzlich an der Gartentür. Sie war versperrt. Lorenzi hatte also einen Nachschlüssel. Und wer—fiel ihm nun ein—war denn durch die Nacht auf trabendem Roß davongesprengt, nachdem Lorenzi sich vom Spieltisch erhoben? Ein bestellter Knecht offenbar.—Unwillkürlich mußte Casanova beifällig lächeln... Sie waren einander würdig, Marcolina und Lorenzi, die Philosophin und der Offizier. Und ihnen beiden stand noch eine herrliche Laufbahn bevor. Wer wird Marcolinens nächster Liebhaber sein? fragte er sich. Der Professor in Bologna, in dessen Hause sie wohnt? O ich Narr. Der war's ja längst... Wer noch? Olivo? Der Abbate? Warum nicht?! Oder der junge Knecht, der gestern glotzend am Tore stand, als wir angefahren kamen? Alle! Ich weiß es. Aber Lorenzi weiß es nicht. Das hab' ich vor ihm voraus.—Zwar war er im Innersten überzeugt, daß Lorenzi nicht nur Marcolinens erster Liebhaber, sondern er vermutete sogar, daß es heute die erste Nacht war, die sie ihm geschenkt hatte; doch das hielt ihn nicht ab, seine boshaft-lüsternen Gedankenspiele weiterzutreiben, während er den Garten längs der Mauer umkreiste. So stand er denn wieder vor der Saaltür, die er offen gelassen, und sah ein, daß ihm vorläufig nichts andres zu tun übrigblieb, als ungesehen und ungehört sich zurück ins Turmgemach zu begeben. Mit aller Vorsicht schlich er hinauf und ließ sich oben auf den Lehnstuhl sinken, auf dem er schon früher gesessen; vor den Tisch hin, auf dem die losen Blätter des Manuskriptes seiner Wiederkehr nur zu warten schienen. Unwillkürlich fiel sein Auge auf den Satz, den er vorhin in der Mitte abgebrochen hatte; und er las: «Voltaire wird unsterblich sein, gewiß; aber er wird diese Unsterblichkeit erkauft haben mit seinem unsterblichen Teil;—der Witz hat sein Herz aufgezehrt, wie der Zweifel seine Seele, und also—» In diesem Augenblick brach die Morgensonne rötlich flutend herein, so daß das Blatt, das er in Händen hielt, zu erglühen anfing, und wie besiegt ließ er es auf den Tisch zu den andern sinken. Er fühlte plötzlich die Trockenheit seiner Lippen, schenkte sich ein Glas Wasser ein aus einer Flasche, die auf dem Tisch stand; es schmeckte lau und süßlich. Angewidert wandte er den Kopf nach der Seite; von der Wand, aus dem Spiegel über der Kommode, starrte ihm ein bleiches altes Gesicht entgegen mit wirrem, über die Stirn fließendem Haar. In selbstquälerischer Lust ließ er seine Mundwinkel noch schlaffer herabsinken, als gälte es eine abgeschmackte Rolle auf dem Theater durchzuführen, fuhr sich ins Haar, daß die Strähne noch ungeordneter fielen, streckte seinem Spiegelbild die Zunge heraus, krächzte mit absichtlich heiserer Stimme eine Reihe alberner Schimpfworte gegen sich selbst und blies endlich, wie ein ungezogenes Kind, die Blätter seines Manuskriptes vom Tisch herunter. Dann begann er von neuem

Marcolina zu beschimpfen, und nachdem er sie mit den unflätigsten Worten bedacht, zischte er zwischen den Zähnen: Denkst du, die Freude währt lang? Du wirst fett und runzlig und alt werden wie die andern Weiber, die mit dir zugleich jung gewesen sind,—ein altes Weib mit schlaffen Brüsten, mit trocknem grauem Haar, zahnlos und von üblem Duft... und endlich wirst du sterben! Auch jung kannst du sterben! Und wirst verwesen! Und Speise sein für Würmer.—Um eine letzte Rache an ihr zu nehmen, versuchte er sie sich als Tote vorzustellen. Er sah sie weiß gekleidet im offenen Sarge liegen, doch war er unfähig, irgendwelche Zeichen der Zerstörung an ihr zu denken; sondern ihre wahrhaft überirdische Schönheit brachte ihn in neue Raserei. Vor seinen geschlossenen Augen wurde der Sarg zum Brautbett; Marcolina lag lächelnd da mit blinzelnden Lidern, und mit ihren schmalen bleichen Händen, wie zum Hohn, zerriß sie über ihren zarten Brüsten das weiße Gewand. Doch wie er seine Arme nach ihr ausstreckte, sich auf sie stürzen, sie umfangen wollte, zerfloß die Erscheinung in nichts. —Es klopfte an die Tür; er fuhr aus dumpfem Schlaf empor, Olivo stand vor ihm. «Wie, schon am Schreibtisch?»—«Es ist meine Gewohnheit», erwiderte Casanova sofort gefaßt, «der Arbeit die ersten Morgenstunden zu widmen. Wie spät mag es sein?»—«Acht Uhr», erwiderte Olivo, «das Frühstück steht im Garten bereit; sobald Sie befehlen, Chevalier, wollen wir unsere Fahrt nach dem Kloster antreten. Doch ich sehe, der Wind hat Ihnen die Blätter verstreut!» Und er machte sich daran, die Papiere vom Fußboden aufzulesen. Casanova ließ es geschehen, denn er war ans Fenster getreten und erblickte, um den Frühstückstisch gereiht, den man auf die Wiese in den Schatten des Hauses gestellt hatte, alle weiß gekleidet, Amalia, Marcolina und die drei kleinen Mädchen. Sie riefen ihm einen Morgengruß zu. Er sah nur Marcolina, sie lächelte freundlich zu ihm auf mit hellen Augen, hielt einen Teller mit frühgereiften Trauben auf dem Schoß und steckte eine Beere nach der andern in den Mund. Alle Verachtung, aller Zorn, aller Haß schmolz in Casanovas Herzen dahin; er wußte nur mehr, daß er sie liebte. Wie trunken von ihrem Anblick zog er sich wieder ins Zimmer zurück, wo Olivo, noch immer auf dem Fußboden kniend, die verstreuten Blätter unter Tisch und Kommode hervorsuchte, verbat sich dessen weitere Bemühungen und wünschte allein gelassen zu werden, um sich für die Spazierfahrt fertigzumachen. «Es eilt nicht», sagte Olivo und streifte den Staub von seinen Beinkleidern, «wir sind zum Mittagessen bequem zurück. Übrigens hat der Marchese bitten lassen, daß wir mit dem Spiel heute schon in früher Nachmittagsstunde beginnen; offenbar liegt ihm daran, vor Sonnenuntergang zu Hause zu sein.» «Mir ist es ziemlich gleichgültig, wann das Spiel beginnt», sagte Casanova, während er seine Blätter in die Mappe ordnete; «ich werde mich keineswegs daran beteiligen.» «Sie werden», erklärte Olivo mit einer Entschiedenheit, die sonst nicht seine Art war, und legte eine Rolle von Goldstücken auf den Tisch. «Meine Schuld, Chevalier, spät, doch aus dankerfülltem Herzen.» Casanova wehrte ab. «Sie müssen», beteuerte Olivo, «wenn Sie mich nicht aufs tiefste beleidigen wollen; überdies hat Amalia heute nacht einen Traum gehabt, der Sie veranlassen wird —doch den soll sie Ihnen selbst erzählen.» Und er verschwand eiligst. Casanova zählte immerhin die Goldstücke; es waren hundertfünfzig, genau die Summe, die er vor fünfzehn Jahren dem Bräutigam oder der Braut oder ihrer Mutter—er wußte es selbst nicht mehr recht—zum Geschenk gemacht hatte. Das Vernünftigste wäre, sagte er zu sich, ich steckte das Geld ein, nähme Abschied und verließe das Haus, womöglich ohne Marcolina noch einmal zu sehen. Doch hab' ich je das Vernünftige getan?—Und ob nicht indes eine Nachricht aus Venedig gekommen ist?... Zwar hat meine vortreffliche Wirtin versprochen, sie mir unverzüglich nachzusenden...

Die Magd hatte indes einen großen irdenen Krug mit quellkaltem Wasser heraufgebracht, und Casanova wusch sich den ganzen Leib, was ihn sehr erfrischte; dann legte er sein besseres, eine Art von Staatsgewand an, wie er es schon gestern abend getan hätte, wenn er nur Zeit gefunden, die Kleidung zu wechseln; doch war er's nun ganz zufrieden, daß er heute in vornehmerer Tracht als am vergangenen Tag, ja gewissermaßen in einer neuen Gestalt vor Marcolina erscheinen durfte.

In einem Rock von grauer Glanzseide mit Stickereien und breiten spanischen Silberspitzen, in gelber Weste und kirschroten seidenen Beinkleidern, in edler, dabei nicht geradezu stolzer Haltung, mit einem zwar überlegenen aber liebenswürdigen Lächeln um die Lippen, und das Auge wie im Feuer unverlöschlicher Jugend strahlend, so trat er in den Garten, wo er zu seiner Enttäuschung vorerst nur Olivo vorfand, der ihn einlud, neben ihm am Tische Platz und mit dem bescheidenen Frühmahl vorliebzunehmen. Casanova erlabte sich an Milch, Butter, Eiern, Weißbrot und dann noch an Pfirsichen und Trauben, die ihm köstlicher dünkten als irgendwelche, die er jemals genossen. Die drei Mädchen kamen über den Rasen herbeigelaufen, Casanova küßte sie alle, und der Dreizehnjährigen erwies er kleine Liebkosungen in der Art, wie sie sich gestern solche auch vom Abbate hatte gefallen lassen; doch die Funken, die in ihren Augen aufglimmten, waren, wie Casanova wohl erkannte, von einer andern Lust als der an einem kindisch-harmlosen Spiel entzündet. Olivo hatte seine Freude daran, wie gut der Chevalier mit den Kindern umzugehen verstünde. «Und Sie wollen uns wirklich schon morgen wieder verlassen?» fragte er schüchtern-zärtlich.—«Heute abend», sagte Casanova, aber mit einem scherzhaften Blinzeln. «Sie wissen ja, mein bester Olivo, die Senatoren von Venedig—» «Haben es nicht um Sie verdient», unterbrach ihn Olivo lebhaft. «Lassen Sie sie warten. Bleiben Sie bei uns bis übermorgen, nein, eine Woche lang.» Casanova schüttelte langsam den Kopf, während er die kleine Teresina bei den Händen gefaßt und zwischen seinen Knien wie gefangen hielt. Sie entwand sich ihm sanft mit einem Lächeln, das nun gar nichts Kindliches mehr hatte, als Amalia und Marcolina aus dem Hause traten, jene mit einem schwarzen, diese mit einem weißen Schaltuch über den hellen Gewändern. Olivo forderte sie beide auf, ihre Bitten mit der seinigen zu vereinen. «Es ist unmöglich», sagte Casanova mit einer übertriebenen Härte in Stimme und Ausdruck, da weder Amalia noch Marcolina ein Wort fanden, Olivos Einladung zu unterstützen.

Während sie durch die Kastanienallee dem Tore zuschritten, richtete Marcolina an Casanova die Frage, ob er heute nacht seine Arbeit, über der ihn Olivo, wie er gleich erzählt, noch am hellen Morgen wach gefunden, beträchtlich gefördert habe? Schon gedachte Casanova ihr eine zweideutig-boshafte Antwort zu geben, die sie stutzig gemacht hätte, ohne ihn doch selbst zu verraten; aber er zügelte seinen Witz in der Erwägung, daß jede Voreiligkeit von Übel sein könnte, und erwiderte höflich, daß er nur einige Änderungen angebracht habe, zu denen er die Anregung der gestrigen Unterhaltung mit ihr verdanke. Sie stiegen in den unförmlichen, schlechtgepolsterten, aber sonst bequemen Wagen. Casanova saß Marcolinen, Olivo seiner Gattin gegenüber; doch das Gefährt war so geräumig, daß es trotz des Hinundherrüttelns zu keiner ungewollten Berührung zwischen den Insassen kommen konnte. Casanova bat Amalia, ihm ihren Traum zu erzählen. Sie lächelte ihn freundlich, fast gütig an; jede Spur von Gekränktheit oder Groll war aus ihren Zügen verschwunden. Dann begann sie: «Ich sah Sie, Casanova, in einem herrlichen, mit sechs dunklen Pferden bespannten Wagen vor einem hellen Gebäude vorfahren. Vielmehr: der Wagen hielt an und ich wußte noch nicht, wer drin saß—da stiegen Sie aus, in einem prächtigen, weißen, goldgestickten Staatsgewand, fast noch prächtiger anzuschaun, als Sie heute angetan sind—(es war ein freundlicher Spott in ihren Mienen)—und Sie trugen—wahrhaftig, die gleiche schmale Goldkette trugen Sie, die Sie heute tragen, und die ich doch wahrlich niemals noch an Ihnen gesehen habe! (Diese Kette mit der goldenen Uhr und eine mit Halbedelsteinen besetzte goldene Dose, die Casanova eben wie spielend in der Hand hielt, waren die letzten Schmuckstücke von mäßigem Wert, die er sich zu bewahren gewußt hatte.)—Ein alter, bettelhaft aussehender Mann öffnete den Wagenschlag—es war Lorenzi; Sie aber, Casanova, Sie waren jung, ganz jung, noch jünger, als Sie damals gewesen sind.—(Sie sagte «damals», unbekümmert darum, daß aus diesem Worte flügelrauschend all ihre Erinnerungen geflattert kamen.) «Sie grüßten nach allen Seiten, obwohl weit und breit kein Mensch zu sehen war, und traten durch das Tor; es schlug heftig hinter Ihnen zu, ich wußte nicht, ob es der Sturm zugeschleudert oder Lorenzi;—so heftig, daß die Pferde scheuten und mit dem Wagen davonrasten. Nun hörte ich ein Geschrei aus Nebengassen, wie von Menschen, die sich zu retten suchen, das verstummte gleich. Sie aber erschienen an einem Fenster des Hauses, ich wußte jetzt, daß es ein Spielhaus war, und grüßten herab nach allen Seiten, und es war doch niemand da. Dann wandten Sie sich über Ihre Schulter nach rückwärts, als stände irgendwer hinter Ihnen im Zimmer; aber ich wußte, daß auch dort niemand war. Nun erblickte ich Sie plötzlich an einem andern Fenster, in einem höhern Stockwerk, wo genau dasselbe vor sich ging, dann wieder höher, und wieder, es war, als wüchse das Gebäude ins Unendliche; und von überall grüßten Sie herunter und sprachen mit Menschen, die hinter Ihnen standen, aber doch eigentlich gar nicht da waren. Lorenzi aber lief immerfort auf den Treppen Ihnen nach, ohne Sie einzuholen. Sie hatten nämlich nicht daran gedacht, ihm ein Almosen zu geben...»

«Nun?» fragte Casanova, als Amalia schwieg.—«Es kam wohl noch allerlei, aber ich hab' es vergessen», sagte Amalia. Casanova war enttäuscht; an ihrer Stelle hätte er, wie er es in solchen Fällen, ob es sich nun um Träume handelte oder um Wirklichkeiten, immer tat, der Erzählung eine Abrundung, einen Sinn zu geben versucht, und so bemerkte er nun etwas unzufrieden: «Wie der Traum doch alles verkehrt. —Ich—als reicher Mann und Lorenzi als Bettler und alter Mann.»—«Mit Lorenzis Reichtum», sagte Olivo, «ist es nicht weit her; sein Vater ist zwar ziemlich begütert, aber er steht mit dem Sohne nicht zum besten.»—Und ohne sich mit Fragen weiter bemühen zu müssen, erfuhr Casanova, daß man des Leutnants Bekanntschaft dem Marchese verdanke, der ihn vor wenigen Wochen eines Tages einfach in Olivos Haus mitgebracht habe. Wie der junge Offizier mit der Marchesa stünde, das müsse man einem Kenner, wie dem Chevalier, nicht erst ausdrücklich zu verstehen geben; da übrigens der Gatte nichts dagegen einzuwenden finde, könne man sich als Unbeteiligter gleichfalls dabei beruhigen.

«Ob der Marchese so einverstanden ist, wie Sie zu glauben scheinen, Olivo», sagte Casanova, «möchte ich bezweifeln. Haben Sie nicht bemerkt, mit welchem Gemisch von Verachtung und Grimm er den jungen Menschen behandelt? Ich möchte nicht darauf schwören, daß die Sache ein gutes Ende nimmt.»

Auch jetzt rührte sich nichts in Marcolinens Antlitz und Haltung. Sie schien an dem ganzen Gespräch über Lorenzi nicht den geringsten Anteil zu nehmen und sich still am Anblick der Landschaft zu erfreuen. Man fuhr eine in zahlreichen Windungen sanft ansteigende Straße durch einen Wald von Oliven und Steineichen; und da man eben an eine Stelle kam, wo die Pferde noch langsamer trotteten als vorher, zog es Casanova vor, auszusteigen und neben dem Gefährt einherzugehen. Marcolina sprach von der schönen Umgebung Bolognas und von den Abendspaziergängen, die sie mit der Tochter des Professors Morgagni zu unternehmen pflegte. Auch erwähnte sie der Absicht, nächstes Jahr nach Frankreich zu reisen, um den berühmten Mathematiker Saugrenue von der Pariser Universität, mit dem sie in Korrespondenz stehe, persönlich kennenzulernen. «Vielleicht mache ich mir das Vergnügen», sagte sie lächelnd, «mich auf dem Weg in Ferney aufzuhalten, um aus Voltaires eigenem Mund zu erfahren, wie er die Streitschrift seines gefährlichsten Widersachers, des Chevaliers von Seingalt, aufgenommen.» Casanova, die Hand auf der Seitenlehne des Wagens, neben Marcolinens Arm, dessen sich bauschende Hülle seine Finger streifte, erwiderte kühl: «Es wird sich weniger darum handeln, wie Herr Voltaire, als vielmehr wie die Nachwelt meine Schrift aufnimmt; denn diese erst wird ein Recht darauf haben, die endgültige Entscheidung zu treffen.» —«Sie glauben», meinte Marcolina ernsthaft, «daß in den Fragen, die hier zur Sprache stehen, überhaupt endgültige Entscheidungen gefällt werden können?»—«Diese Frage wundert mich aus Ihrem Munde, Marcolina, deren philosophische, und wenn das Wort hier angebracht erscheint, religiöse Ansichten mir zwar keineswegs an sich unbestreitbar, aber doch in Ihrer Seele—falls Sie eine solche als vorhanden annehmen—vollkommen fest gegründet schienen.»—Marcolina, der Spitzen in Casanovas Rede nicht achtend, sah ruhig zum Himmel auf, der sich in dunkler Bläue über die Wipfel der Bäume breitete, und erwiderte: «Manchmal, besonders an Tagen wie heute»,—und in diesem

Wort klang nur für Casanova, den Wissenden, aus den Tiefen ihres erwachten Frauenherzens eine bebende Andacht mit—«ist mir, als wäre all das, was man Philosophie und Religion nennt, nur ein Spiel mit Worten, edler freilich, doch auch sinnloser als alle andern sind. Die Unendlichkeit und die Ewigkeit zu erfassen wird uns immer versagt sein; unser Weg geht von der Geburt zum Tode; was bleibt uns übrig, als nach dem Gesetz zu leben, das jedem von uns in die Brust gesenkt ist—oder auch wider das Gesetz? Denn Auflehnung wie Demut kommen gleichermaßen von Gott.»

Olivo sah auf seine Nichte mit scheuer Bewunderung, dann ängstlich zu Casanova hin, der nach einer Entgegnung suchte, mit der er Marcolinen klarmachen könnte, daß sie Gott sozusagen in einem Atemzug bewies und leugnete,—oder daß Gott und Teufel für sie eines seien; —aber er spürte, daß er gegen ihr Gefühl nichts andres einzusetzen hatte als leere Worte,—und nicht einmal die boten sich ihm heute dar. Doch der sonderbar sich verzerrende Ausdruck seiner Mienen schien in Amalia die Erinnerung an seine wirren Drohungen von gestern wieder aufzuwecken, und sie beeilte sich zu bemerken: «Und doch ist Marcolina fromm, glauben Sie mir, Chevalier.»—Marcolina lächelte verloren. «Wir sind es alle in unsrer Weise», sagte Casanova höflich und sah vor sich hin.

Eine plötzliche Biegung des Wegs, und das Kloster lag vor ihnen. Über die hohe Umfassungsmauer ragten die schlanken Enden der Zypressen. Auf das Geräusch des heranrollenden Wagens hatte sich das Tor aufgetan, ein Pförtner mit langem weißen Barte grüßte bedächtig und ließ die Gäste ein. Durch einen offenen Bogengang, zwischen dessen Säulen man beiderseits in einen ganz verwachsenen, dunkelgrünen Garten sah, näherten sie sich dem eigentlichen Klostergebäude, von dessen grauen, völlig schmucklosen, gefängnisartigen Mauern eine unfreundlich-kühle Luft über sie geweht kam. Olivo zog an dem Glokkenstrang, es tönte schrill und verhallte sofort, eine tiefverschleierte Nonne öffnete schweigend und geleitete die Gäste in den geräumigen kahlen Sprechsaal, in dem nur ein paar einfache hölzerne Stühle standen. Nach rückwärts war er durch ein dickstäbiges Eisengitter abgeschlossen, jenseits dessen der Raum in ein unbestimmtes Dunkel verschwamm. Bitternis im Herzen, dachte Casanova jenes Abenteuers, das ihm auch heute noch eines seiner wunderbarsten dünkte und das in ganz ähnlicher Umgebung seinen Anfang genommen: in seiner Seele stiegen die Gestalten der zwei Nonnen von Murano auf, die in der Liebe für ihn als Freundinnen sich gefunden und ihm gemeinsam unvergleichliche Stunden der Lust geschenkt hatten. Und als Olivo im Flüsterton von der strengen Zucht zu sprechen anhub, in der hier die Schwestern gehalten seien, die, einmal eingekleidet, ihr Antlitz unverhüllt vor keinem Manne zeigen dürften und überdies zu ewigem Schweigen verurteilt wären, zuckte um seine Lippen ein Lächeln, das gleich wieder erstarrte.

Die Äbtissin stand in ihrer Mitte, wie aus dem Dämmer hervorgetaucht. Stumm begrüßte sie die Gäste: mit einem über alle Maßen gütigen Neigen des verhüllten Hauptes nahm sie Casanovas Dank für den auch ihm gewährten Einlaß entgegen; Marcolina aber, die ihr die Hand küssen wollte, schloß sie in die Arme. Dann lud sie alle durch eine Handbewegung ein, ihr zu folgen, und führte sie durch einen kleinen Nebenraum in einen Gang, der im Viereck rings um einen blühenden Garten lief. Im Gegensatz zu jenem äußeren verwilderten schien er mit besondrer Sorgfalt gepflegt, und die vielen reichen sonnbeglänzten Beete spielten in wundersamen aufgeglühten und verklingenden Farben. Den heißen, fast betäubenden Düften aber, die den Blütenkelchen entströmten, schien ein ganz besonders geheimnisvoller beigemischt, für den Casanova in seiner Erinnerung keinen Vergleich zu finden wußte. Doch wie er eben zu Marcolina hiervon ein Wort sagen wollte, merkte er, daß dieser geheimnisvolle, herz- und sinnerregende Duft von ihr selber ausging, die den Schal, den sie bisher über den Schultern getragen, über den Arm gelegt hatte, so daß aus dem Ausschnitt ihrer nun loser gewordenen Gewandung aufsteigend der Duft ihres Leibes sich dem der hunderttausend Blumen wie ein von Natur verwandter und doch eigentümlicher beigesellte. Die Äbtissin, immer stumm, führte die Besucher zwischen den Beeten auf schmalen, vielfach gewundenen Wegen, wie durch ein zierliches Labyrinth hin und her; in der Leichtigkeit und Raschheit ihres Gangs war die Freude zu merken, die sie selbst daran empfand, den andern die bunte Pracht ihres Gartens zu weisen;—und als hätte sie's drauf angelegt, sie schwindlig zu machen, wie die Führerin eines heiteren Reigentanzes, schritt sie, immer eiliger, ihnen voran. Plötzlich aber—Casanova war es zumute, als wachte er aus einem wirren Traume auf—fanden sie sich alle im Sprechsaal wieder. Jenseits des Gitters schwebten dunkle Gestalten; niemand hätte zu unterscheiden vermocht, ob es drei oder fünf oder zwanzig verschleierte Frauen waren, die hinter den dichtgestellten Stäben wie aufgescheuchte Geister hin und her irrten; und nur Casanovas nachtscharfes Auge war imstande, in der tiefen Dämmerung überhaupt menschliche Umrisse zu erkennen. Die Äbtissin geleitete ihre Gäste zur

Tür, gab ihnen stumm das Zeichen, daß sie entlassen seien, und war spurlos verschwunden, ehe jene nur Zeit gefunden hatten, ihr den schuldigen Dank auszusprechen. Plötzlich, als sie eben den Saal verlassen wollten, erklang es aus der Gegend des Gitters her von einer Frauenstimme—«Casanova»—nichts als der Name, doch mit einem Ausdruck, wie ihn Casanova noch niemals gehört zu haben vermeinte. Ob eine Einstmalsgeliebte,—ob eine Niemalsgeschaute eben ein heiliges Gelübde gebrochen, um ein letztes,—oder ein erstes Mal seinen Namen in die Luft zu hauchen;—ob darin die Seligkeit eines unerwarteten Wiedersehens, der Schmerz um unwiederbringlich Verlorenes oder die Klage gezittert, daß ein heißer Wunsch aus fernen Tagen sich so spät und nutzlos erfüllte,—Casanova vermochte es nicht zu deuten; nur dies eine wußte er, daß sein Name, so oft Zärtlichkeit ihn geflüstert, Leidenschaft ihn gestammelt, Glück ihn gejubelt hatte, heute zum erstenmal mit dem vollen Klang der Liebe an sein Herz gedrungen war. Doch eben darum schien jede weitere Neugier ihm unlauter und sinnlos;—und hinter einem Geheimnis, das er nimmer enträtseln sollte, schloß sich die Tür. Hätten nicht die andern durch Blicke sich scheu und flüchtig zu verstehen gegeben, daß auch sie den gleich wieder verhallten Ruf gehört, so hätte jeder für seinen Teil an eine Sinnestäuschung glauben können; denn keiner sprach ein Wort, während sie durch den Säulengang dem Tore zuschritten. Casanova aber folgte als letzter, mit geneigtem Haupt, wie von einem großen Abschied.—

Der Pförtner stand am Tor, empfing sein Almosen, und die Gäste stiegen in den Wagen, der sie ohne weiteren Verzug heimwärts führte. Olivo schien verlegen, Amalia entrückt, Marcolina jedoch völlig unberührt; und allzu absichtlich, wie es Casanova dünkte, versuchte sie mit Amalia ein Gespräch über Angelegenheiten der Hauswirtschaft einzuleiten, das aber Olivo an Stelle seiner Gattin aufnehmen mußte. Bald nahm auch Casanova daran teil, der sich auf Fragen, die Küche und Keller betrafen, vortrefflich verstand, und keinen Anlaß sah, mit seinen Kenntnissen und Erfahrungen auch auf diesem Gebiet, wie zu einem neuen Beweis seiner Vielseitigkeit, zurückzuhalten. Nun wachte auch Amalia aus ihrer Versonnenheit auf; nach dem fast märchenhaften und doch beklemmenden Abenteuer, aus dem sie eben emporgetaucht waren, schienen sich alle, besonders aber Casanova, in so irdisch alltäglicher Atmosphäre vorzüglich zu behagen, und, als der Wagen vor Olivos Hause hielt, aus dem ihnen schon einladend der Geruch von Braten und allerlei Gewürzen entgegenströmte, war Casanova gerade in der äußerst appetitreizenden Schilderung eines polnischen Pastetengerichts begriffen, der auch Marcolina mit einer liebenswürdig-hausfraulichen, von Casanova als schmeichelhaft empfundenen Teilnahme zuhörte.

In einer seltsam beruhigten, beinahe vergnügten Stimmung, über die er selbst verwundert war, saß er dann mit den andern bei Tische und machte Marcolinen in einer scherzhaft aufgeräumten Weise den Hof, wie es sich etwa für einen vornehmen älteren Herrn einem wohlerzogenen jungen Mädchen aus bürgerlichem Hause gegenüber schicken mochte. Sie ließ es sich gern gefallen und gab ihm seine Artigkeiten mit vollendeter Anmut zurück. Ihm machte es ebenso große Mühe, sich vorzustellen, daß seine gesittete Nachbarin dieselbe Marcolina war, aus deren Fenster er heute nacht einen jungen Offizier hatte flüchten sehen, der offenbar noch in der Sekunde vorher in ihren Armen gelegen war,—als es ihm schwer fiel, anzunehmen, daß dieses zarte Fräulein, das sich mit andern kaum erwachsenen Mädchen im Gras herumzuwälzen liebte,—eine gelehrte Korrespondenz mit dem berühmten Saugrenue in Paris unterhielt; und er schalt sich zugleich ob dieser lächerlichen Trägheit seiner Phantasie. Hatte er nicht schon unzählige Male erfahren, daß in jedes wahrhaft lebendigen Menschen Seele nicht nur verschiedene, daß sogar scheinbar feindliche Elemente auf die friedlichste Weise darin zusammenwohnten? Er selbst, vor kurzem noch ein im tiefsten aufgewühlter, ein verzweifelter, ja ein zu bösem Tun bereiter Mann;—war er jetzt nicht sanft, gütig und zu so lustigen Späßchen aufgelegt, daß die kleinen Töchter Olivos sich manchmal vor Lachen schüttelten? Nur an seinem ganz außerordentlichen, fast tierischen Hunger, der ihn immer nach starken Aufregungen zu überfallen pflegte, erkannte er selbst, daß die Ordnung in seiner Seele noch keineswegs völlig hergestellt war.

Mit dem letzten Gang zugleich brachte die Magd ein Schreiben, das ein Bote aus Mantua soeben für den Chevalier abgegeben hätte. Olivo, der merkte, wie Casanova vor Aufregung erblaßte, gab Auftrag, dem Boten Speise und Trank zu reichen, dann wandte er sich an seinen Gast mit den Worten: «Lassen Sie sich nicht stören, Chevalier, lesen Sie ruhig Ihren Brief.»—«Mit Ihrer Erlaubnis», erwiderte Casanova, erhob sich, mit einer leichten Verneigung, vom Tisch, trat ans Fenster und öffnete das Schreiben mit gut gespielter Gleichgültigkeit. Es kam von Herrn Bragadino, seinem väterlichen Freund aus Jugendtagen, einem alten Hagestolz, der, nun über achtzig, und vor zehn Jahren Mitglied des Hohen Rats geworden, Casanovas Sache in Venedig mit mehr Eifer als die andern Gönner zu führen schien. Der Brief, ausnehmend zierlich, nur von etwas zittriger Hand geschrieben, lautete wörtlich:

«Mein lieber Casanova. Heute endlich befinde ich mich in der angenehmen Lage, Ihnen eine Nachricht zu senden, die, wie ich hoffe, in der Hauptsache Ihren Wünschen gerecht werden dürfte. Der Hohe Rat hat sich in seiner letzten Sitzung, die gestern abend stattfand, nicht nur bereit erklärt, Ihnen die Rückkehr nach Venedig zu gestatten, sondern wünscht sogar, daß Sie diese Ihre Rückkehr tunlichst beschleunigen, da beabsichtigt wird, die tätige Dankbarkeit, die Sie in zahlreichen Briefen in Aussicht gestellt haben, baldigst in Anspruch zu nehmen. Wie Ihnen vielleicht nicht bekannt ist, mein lieber Casanova (da wir ja Ihre Gegenwart so lange entbehren mußten), haben sich die innern Verhältnisse unsrer teuern Vaterstadt im Laufe der letzten Zeit sowohl in politischer als auch in sittlicher Hinsicht einigermaßen bedenklich gestaltet. Geheime Verbindungen bestehen, die gegen unsre Staatsverfassung gerichtet sind, ja einen gewaltsamen Umsturz zu planen scheinen, und wie es in der Natur der Dinge liegt, sind es vor allem gewisse freigeistige, irreligiöse und in jedem Sinne zuchtlose Elemente, die an diesen Verbindungen, die man mit einem härteren Wort auch Verschwörungen nennen könnte, in hervorragendem Maße teilhaben. Auf öffentlichen Plätzen, in den Kaffeehäusern, von Privatörtlichkeiten gar nicht zu reden, werden, wie uns bekannt ist, die ungeheuerlichsten, ja geradezu hochverräterische Unterhaltungen geführt; aber nur in den seltensten Fällen gelingt es, die Schuldigen auf frischer Tat zu ertappen oder ihnen etwas Sicheres nachzuweisen, da gerade gewisse, auf der Folter erzwungene Geständnisse sich als so unzuverlässig erwiesen haben, daß einige Mitglieder unsres Hohen Rats sich dafür aussprachen, in Hinkunft von einer solchen grausamen und dabei oft irreführenden Untersuchungsmethode lieber abzusehen. Zwar ist kein Mangel an Leuten, die sich gern in den Dienst der Regierung stellen, zum Besten der öffentlichen Ordnung und des Staatswohls; aber gerade von diesen Leuten sind die meisten als gesinnungstüchtige Anhänger der bestehenden Verfassung zu sehr bekannt, als daß man sich in ihrer Gegenwart so leicht zu einer unvorsichtigen Bemerkung oder gar zu hochverräterischen Reden hinreißen ließe. Nun wurde von einem der Senatoren, den ich vorläufig nicht nennen will, in der gestrigen Sitzung die Ansicht ausgesprochen, daß jemand, dem der Ruf eines Mannes ohne sittliche Grundsätze und überdies der Ruf eines Freigeistes voranginge—kurzum, daß ein Mensch wie Sie, Casanova, sobald er sich in Venedig wieder zeigte, zweifellos gerade in den verdächtigen Kreisen, von denen hier die Rede ist, sofortiger Sympathie und—bei einiger Geschicklichkeit von seiner Seite—bald einem rückhaltlosen Vertrauen begegnen müßte. Ja, meines Erachtens würden sich mit Notwendigkeit, wie nach dem Walten eines Naturgesetzes, gerade diejenigen Elemente um Sie versammeln, an deren Unschädlichmachung und exemplarischer Bestrafung dem Hohen Rat in seiner unermüdlichen Sorge um das Wohl des Staates am meisten gelegen ist, und so würden wir es nicht nur als einen Beweis Ihres patriotischen Eifers, mein lieber Casanova, sondern auch als ein untrügliches Zeichen Ihrer vollkommenen Abkehr von all jenen Tendenzen betrachten, die Sie seinerzeit unter den Bleidächern zwar hart, doch, wie auch Sie heute einsehen (wenn wir Ihren brieflichen Versicherungen glauben dürfen), nicht ganz ungerecht büßen mußten,—wenn Sie sich bereit fänden, in dem oben angedeuteten Sinne sofort nach Ihrer Heimkehr bei den nun genügend gekennzeichneten Elementen Anschluß zu suchen, sich ihnen in freundschaftlicher Weise zuzugesellen, wie einer, der den gleichen Tendenzen huldigt, und von allem, was Ihnen verdächtig oder sonstwie wissenswürdig erschiene, dem Senat unverzüglichen und eingehenden Bericht zu erstatten. Für diese Dienste wäre man geneigt, Ihnen fürs erste einen monatlichen Gehalt von zweihundertfünfzig Lire auszusetzen, abgesehen von Extragratifikationen in einzelnen besonders wichtigen Fällen, sowie Ihnen natürlich auch alle Ihnen in Ausübung Ihres Dienstes erwachsenden Kosten (als da sind Freihalten des einen oder andern Individuums, kleine Geschenke an Frauenspersonen usw.) ohne Bedenklichkeit und Knickerei ersetzt würden. Ich verhehle mir keineswegs, daß Sie gewisse Skrupel werden niederzukämpfen haben, ehe Sie sich in dem von uns gewünschten Sinne entscheiden sollten; aber erlauben Sie mir als Ihrem alten und aufrichtigen Freunde (der auch einmal jung gewesen ist), Ihnen zur Erwägung zu geben, daß es niemals als unehrenhaft gelten kann, seinem geliebten Vaterlande irgendeinen für dessen gesichertes Weiterbestehen notwendigen Dienst zu erweisen, auch wenn es ein Dienst von einer Art wäre, wie sie dem oberflächlich und nicht patriotisch denkenden Bürger als minder würdig zu erscheinen pflegen. Auch möchte ich noch hinzufügen, daß Sie, Casanova, ja Menschenkenner genug sind, um den Leichtfertigen vom Verbrecher oder den Spötter vom Ketzer zu unterscheiden; und so werden Sie selbst es in der Hand haben, in berücksichtigungswerten Fällen Gnade vor Recht ergehen zu lassen, und immer nur denjenigen der Strafe zuzuführen, dem eine solche Ihrer eigenen Überzeugung nach gebührt. Vor allem aber bedenken Sie, daß die Erfüllung Ihres sehnlichsten Wunsches—Ihre Rückkehr in die Vaterstadt—wenn Sie den gnädigen Vorschlag des Hohen Rates ablehnen sollten, auf lange, ja, wie ich fürchte, auf unabsehbare Frist hinausgeschoben wäre, und daß ich selbst, wenn ich auch das hier erwähnen darf, als einundachtzigjähriger Greis nach aller menschlicher Berechnung auf die Freude verzichten müßte, Sie jemals in meinem Leben wiederzusehen. Da Ihre Anstellung aus begreiflichen Gründen nicht sosehr einen öffentlichen als einen vertraulichen Charakter tragen soll, bitte ich Sie, Ihre Antwort, die ich mich anheischig mache, dem Hohen Rate in der nächsten, heute über acht Tage stattfindenden Sitzung mitzuteilen, an mich persönlich zu adressieren; und zwar mit möglichster Beschleunigung, da, wie ich schon oben andeutete, täglich Gesuche von zum Teil höchst vertrauenswürdigen Personen an uns gelangen, die sich dem Hohen Rate aus Liebe zum Vaterland freiwillig zur Verfügung stellen. Freilich gibt es kaum einen unter diesen, der es an Erfahrung und Geist mit Ihnen, mein lieber Casanova, aufzunehmen imstande wäre; und wenn Sie zu alldem noch meine Sympathie für Sie ein wenig in Betracht ziehen, so kann ich kaum daran zweifeln, daß Sie dem Rufe, der von so hoher und wohlgeneigter Stelle an Sie ergeht, freudig Folge leisten werden. Bis dahin bin ich in unveränderlicher Freundschaft Ihr anhänglicher Bragadino.

Nachschrift. Es wird mir angenehm sein, Ihnen sofort nach Ankündigung Ihres Entschlusses einen Wechsel im Betrage von zweihundert Lire auf das Bankhaus Valori in Mantua zur Bestreitung der Reisekosten auszustellen. Der Obige.»

Casanova hatte längst zu Ende gelesen, aber noch immer hielt er das Blatt vors Gesicht, um die Totenblässe seiner verzerrten Züge nicht merken zu lassen. Das Geräusch des Mahles mit Tellergeklapper und Gläsergeklirr ging indes weiter, doch niemand sprach ein Wort. Endlich ließ sich Amalia schüchtern vernehmen: «Die Schüssel wird kalt, Chevalier, wollen Sie sich nicht bedienen?»—«Ich danke», sagte Casanova und ließ sein Antlitz wieder sehen, dem er nun dank seiner außerordentlichen Verstellungskunst einen ruhigen Ausdruck zu verleihen vermocht hatte. «Es sind vortreffliche Nachrichten, die ich hier aus Venedig erhalten habe, und ich muß unverzüglich meine Antwort absenden. Ich bitte daher um Entschuldigung, wenn ich mich sofort zurückziehe.»—«Tun Sie ganz nach Ihrem Belieben, Chevalier», sagte Olivo. «Aber vergessen Sie nicht, daß in einer Stunde das Spiel beginnt.»

Casanova ging auf sein Zimmer, sank auf einen Stuhl, kalter Schweiß brach an seinem ganzen Körper aus, Frost warf ihn hin und her, und der Ekel stieg ihm bis zum Halse hinauf, so daß er glaubte, auf der Stelle ersticken zu müssen. Einen klaren Gedanken zu fassen, war er vorerst außerstande, und seine ganze Kraft verwandte er darauf, sich zurückzuhalten, ohne daß er zu sagen gewußt hätte, wovor. Denn hier im Hause war ja niemand, an dem er seinen ungeheuren Zorn hätte austoben können, und den dumpfen Einfall, daß Marcolina irgendwie an der namenlosen Schmach mitschuldig sei, die ihm widerfahren, vermochte er immerhin noch als Tollheit zu erkennen. Als er sich zur Not gesammelt, war sein erster Gedanke, an den Schurken Rache zu nehmen, die geglaubt hatten, ihn als Polizeispion dingen zu können. In irgendeiner Verkleidung wollte er sich nach Venedig schleichen und all die Wichte auf listige Weise vom Leben zum Tode bringen—oder wenigstens den einen, der den jämmerlichen Plan ausgeheckt hatte. War es etwa gar Bragadino selbst? Warum nicht? Ein Greis—so schamlos geworden, daß er diesen Brief an Casanova zu schreiben wagte,—so schwachsinnig, daß er Casanova—Casanova! den er doch einst gekannt hatte—für einen Spion eben gut genug hielt! Ah, er kannte eben Casanova nicht mehr! Niemand kannte ihn mehr, so wenig in Venedig als anderswo. Aber man sollte ihn wieder kennenlernen. Er war freilich nicht mehr jung und schön genug, um ein tugendhaftes Mädchen zu verführen—und kaum mehr gewandt und gelenkig genug, um aus Kerkern zu entwischen und auf Dachfirsten zu turnen—aber klüger war er noch immer als alle! Und wenn er nur einmal in Venedig war, so konnte er dort treiben und lassen, was ihm beliebte; es kam nur darauf an, endlich dort zu sein! Dann war es vielleicht gar nicht nötig, irgendwen umzubringen; es gab allerlei Arten von Rache, witzigere, teuflischere, als eine gewöhnliche Mordtat wäre; und wenn man zum Schein etwa den Antrag der Herren annahm, so war es die leichteste Sache von der Welt, gerade diejenigen Leute zu verderben, die man verderben wollte, und nicht diejenigen, auf die es der Hohe Rat abgesehen hatte und die unter allen Venezianern gewiß die allerbravsten Kerle waren! Wie? Weil sie Feinde dieser niederträchtigen Regierung waren, weil sie als Ketzer galten, sollten sie in dieselben Bleikammern, wo er vor fünfundzwanzig Jahren geschmachtet, oder gar unters Beil? Er haßte die Regierung noch hundertmal mehr und mit bessern Gründen als jene taten, und ein Ketzer war er sein Leben lang gewesen, war es heute noch und mit heiligerer Überzeugung als sie alle! Er hatte sich ja selber nur eine vertrackte Komödie vorgespielt in diesen letzten Jahren—aus Langeweile und Ekel. Er an Gott glauben? Was war denn das für ein Gott, der nur den Jungen hold war und die Alten im Stich ließ? Ein Gott, der sich, wann es ihm beliebte, zum Teufel wandelte, Reichtum in Armut, Unglück in Glück, und Lust in Verzweiflung kehrte? Hast du deinen Spaß mit uns—und wir sollen zu dir beten?—An dir zweifeln ist das einzige Mittel, das uns bleibt—dich nicht zu lästern!—Sei nicht! Denn, wenn du bist, so muß ich dir fluchen! Er ballte die Fäuste zum Himmel, er reckte sich auf. Unwillkürlich drängte sich ein verhaßter Name auf seine Lippen. Voltaire! Ja, nun war er in der rechten Verfassung, seine Schrift gegen den alten Weisen von Ferney zu vollenden. Zu vollenden? Nein, nun erst sollte sie begonnen werden. Eine neue! Eine andre!—in der der lächerliche Greis hergenommen werden sollte, wie er es verdiente... um seiner Vorsicht, seiner Halbheit, seiner Kriecherei willen. Ein Ungläubiger der? Von dem man in der letzten Zeit immer wieder hörte, daß er sich aufs trefflichste mit den Pfaffen stand und zur Kirche, an Festtagen sogar zur Beichte ging? Ein Ketzer der? Ein Schwätzer, ein großsprecherischer Feigling—nichts andres! Nun aber war die fürchterliche Abrechnung nah, nach der von dem großen Philosophen nichts übrig bleiben sollte als ein kleines witziges Schreiberlein. Wie hatte er sich aufgespielt, der gute Herr Voltaire... «Ah, mein guter Herr Casanova, ich bin Ihnen ernstlich böse. Was gehen mich die Werke des Herrn Merlin an? Sie sind schuld, daß ich vier Stunden mit Dummheiten verbracht habe.»—Geschmackssache, mein bester Herr Voltaire! Man wird die Werke Merlins noch lesen, wenn die Pucelle längst vergessen ist... und auch meine Sonette wird man möglicherweise dann noch schätzen, die Sie mir mit einem so unverschämten Lächeln zurückgaben, ohne ein Wort darüber zu äußern. Doch das sind Kleinigkeiten. Wir wollen eine große Angelegenheit nicht durch schriftstellerische Empfindlichkeiten verwirren. Es handelt sich um die Philosophie—um Gott...! Wir wollen die Klingen kreuzen, Herr Voltaire, sterben Sie mir nur gefälligst nicht zu früh.

Schon dachte er daran, seine Arbeit auf der Stelle zu beginnen, als ihm einfiel, daß der Bote auf Antwort wartete. Und mit fliegender Hand entwarf er einen Brief an den alten Dummkopf Bragadino, einen Brief voll geheuchelter Demut und verlogenen Entzückens: er nehme die Gnade des Hohen Rats mit freudiger Dankbarkeit an und erwarte den Wechsel mit wendender Post, um sich seinen Gönnern, vor allem seinem hochverehrten väterlichen Freunde Bragadino sobald als möglich zu Füßen legen zu dürfen. Während er eben daran war, den Brief zu versiegeln, klopfte es leise an die Tür; Olivos ältestes Töchterlein, die Dreizehnjährige, trat ein und bestellte, daß die ganze Gesellschaft bereits versammelt sei und den Chevalier mit Ungeduld zum Spiel erwarte. In ihren Augen glimmte es sonderbar, ihre Wangen waren gerötet, das frauenhaft dichte Haar spielte bläulich-schwarz um ihre Schläfen; der kindliche Mund war halb geöffnet: «Hast du Wein getrunken, Teresina?» fragte Casanova und machte einen langen Schritt auf sie zu.—«Wahrhaftig—und der Herr Chevalier merken das gleich?» Sie wurde noch röter, und wie in Verlegenheit strich sie sich mit der Zunge über die Unterlippe. Casanova packte sie bei den Schultern, hauchte ihr seinen Atem ins Gesicht, zog sie mit sich, warf sie aufs Bett; sie sah ihn mit großen hilflosen Augen an, in denen das Glimmen erloschen war; doch als sie ihren Mund wie zum Schreien öffnete, zeigte ihr Casanova eine so drohende Miene, daß sie fast erstarrte und alles mit sich geschehen ließ, was ihm beliebte. Er küßte sie zärtlich wild und flüsterte: «Du mußt es dem Abbate nicht sagen, Teresina, auch in der Beichte nicht. Und wenn du später einen Liebhaber kriegst oder einen Bräutigam oder gar einen Mann, der braucht es auch nicht zu wissen. Du sollst überhaupt immer lügen; auch Vater und Mutter und Geschwister sollst du anlügen; auf daß es dir wohl ergehe auf Erden. Merk' dir das.»—So lästerte er, und Teresina mußte es wohl für einen Segen halten, den er über sie sprach, denn sie nahm seine Hand und küßte sie andächtig wie die eines Priesters. Er lachte laut auf. «Komm», sagte er dann, «komm, meine kleine Frau, wir wollen Arm in Arm im Saal unten erscheinen!» Sie zierte sich wohl ein wenig, lächelte aber dabei nicht unzufrieden.

Es war die höchste Zeit, daß sie aus der Türe traten, denn Olivo kam eben erhitzt mit gerunzelten Brauen die Treppe herauf, und Casanova vermutete gleich, daß unzarte Scherze des Marchese oder des Abbate über das lange Ausbleiben der Kleinen ihm Bedenken verursacht haben mochten. Seine Züge erheiterten sich sofort, als er Casanova wie zum Scherz in die Kleine eingehängt auf der Schwelle stehen sah. «Verzeihen Sie, mein bester Olivo,» sagte Casanova, «daß ich warten ließ. Ich mußte meinen Brief erst zu Ende schreiben.» Er hielt ihn Olivo wie ein Beweisstück entgegen. «Nimm ihn», sagte Olivo zu Teresina, indem er ihr die etwas verwirrten Haare zurecht strich, «und bring' ihn dem Boten.»—«Und hier», fügte Casanova hinzu, «sind zwei Goldstücke, die gibst du dem Mann: er möge sich beeilen, daß der Brief noch heute richtig von Mantua nach Venedig abgehe—und meiner Wirtin möge er bestellen, daß ich... heute abend wieder daheim bin.» —«Heute abend?» rief Olivo. «Unmöglich!»—«Nun, wir werden sehen», sagte Casanova herablassend.—«Und hier, Teresina, ein Goldstück für dich»... und auf Olivos Einrede: «Leg' es in deine Sparbüchse, Teresina, der Brief, den du in Händen hast, ist seine paar tausend Goldstücke wert.»—Teresina lief, und Casanova nickte vergnügt; es machte ihm einen ganz besonderen Spaß, das Dirnchen, deren Mutter und Großmutter ihm auch schon gehört hatten, im Angesicht ihres eigenen Vaters für ihre Gunst zu bezahlen.

Als Casanova mit Olivo in den Saal trat, war das Spiel schon im Gange. Die emphatische Begrüßung der andern erwiderte er mit heitrer Würde und nahm gegenüber dem Marchese Platz, der die Bank hielt. Die Fenster waren gegen den Garten zu offen; Casanova hörte Stimmen, die sich näherten; Marcolina und Amalia kamen vorüber, blickten flüchtig in den Saal, verschwanden und waren dann nicht mehr zu sehen. Während der Marchese die Karten auflegte, wandte sich Lorenzi mit großer Höflichkeit an Casanova. «Ich mache Ihnen mein Kompliment, Chevalier, Sie waren besser unterrichtet, als ich gewesen bin: unser Regiment marschiert in der Tat bereits morgen vor Abend aus.» Der Marchese schien erstaunt. «Und das sagen Sie uns erst jetzt, Lorenzi?»—«Es ist wohl nicht so wichtig!»—«Für mich nicht sosehr», meinte der Marchese, «aber für meine Gattin! Finden Sie nicht?» Er lachte in einer abstoßenden heisern Art. «Übrigens ein wenig doch auch für mich! Da ich gestern vierhundert Dukaten an Sie verloren habe und am Ende keine Zeit bleibt, sie zurückzugewinnen.»—«Auch uns hat der Leutnant Geld abgewonnen», sagte der jüngere Ricardi, und der ältere, schweigende, sah über die Schulter zu dem Bruder auf, der wie gestern, hinter ihm stand.—«Glück und Frauen»... begann der Abbate. Und der Marchese schloß statt seiner: «Zwingt, wer mag.»—Lorenzi streute seine Goldstücke wie achtlos vor sich hin. «Da sind sie. Wenn Sie wünschen, alle auf ein Blatt, Marchese, damit Sie Ihrem Gelde nicht lange nachzulaufen haben.» Casanova verspürte plötzlich eine Art Mitleid für Lorenzi, das er sich selbst nicht recht erklären konnte; doch da er von seinem Ahnungsvermögen etwas hielt, war er überzeugt, daß der Leutnant im ersten Gefechte, das ihm bevorstand, fallen werde. Der Marchese nahm den hohen Satz nicht an; Lorenzi bestand nicht darauf; so ging das Spiel, an dem sich auch die andern in ihrer bescheidenen Weise, wie tags vorher, beteiligten, vorerst nur mit mäßigen Einsätzen weiter. Schon in der nächsten Viertelstunde wurden diese höher; und vor Ablauf der darauffolgenden hatte Lorenzi seine vierhundert Dukaten an den Marchese verloren. Um Casanova schien sich das Glück nicht zu kümmern; er gewann, verlor und gewann wieder in fast lächerlich regelmäßigem Wechsel. Lorenzi atmete auf, als sein letztes Goldstück zum Marchese hinübergerollt war und erhob sich. «Ich danke, meine Herren. Dies wird nun», er zögerte— «für lange mein letztes Spiel in diesem gastfreundlichen Hause gewesen sein. Und nun, mein verehrter Herr Olivo, gestatten Sie mir noch, mich von den Damen zu verabschieden, ehe ich nach der Stadt reite, wo ich vor Sonnenuntergang eintreffen möchte, um meine Zurüstungen für morgen zu treffen.»—Unverschämter Lügner, dachte Casanova. In der Nacht bist du wieder hier und—bei Marcolina! Neu flammte der Zorn in ihm auf. «Wie?» rief der Marchese übel gelaunt, «der Abend noch stundenfern, und das Spiel soll schon zu Ende sein? Wenn Sie wünschen, Lorenzi, mag mein Kutscher nach Hause fahren und der Marchesa bestellen, daß Sie sich verspäten.»—«Ich reite nach Mantua», entgegnete Lorenzi ungeduldig.—Der Marchese, ohne daruf zu achten, sprach weiter: «Es ist noch Zeit genug; rücken Sie nur mit Ihren eigenen Goldstücken heraus, so wenig es sein mögen.» Und er warf ihm eine Karte hin. «Ich habe nicht ein einziges Goldstück mehr», sprach Lorenzi müde.—«Was Sie nicht sagen!»—«Nicht eines», wiederholte Lorenzi wie angeekelt.—«Was tut's», rief der Marchese mit einer plötzlichen, nicht sehr angenehm wirkenden Freundlichkeit. «Sie sind mir für zehn Dukaten gut, und wenn's sein muß, für mehr.»—«Ein Dukaten also», sagte Lorenzi und nahm Karten auf. Der Marchese schlug sie mit den seinen. Lorenzi spielte weiter, als verstände sich das nun von selbst; und bald war er dem Marchese hundert Dukaten schuldig. Casanova übernahm die Bank und hatte noch mehr Glück als der Marchese. Es war indes wieder ein Spiel zu dreien geworden, heute ließen sich's auch die Brüder Ricardi ohne Einspruch gefallen; mit Olivo und dem Abbate waren sie bewundernde Zuschauer. Kein lautes Wort wurde gewechselt, nur die Karten sprachen, und sie sprachen deutlich genug. Der Zufall des Spieles wollte, daß alles Bargeld zu Casanova hinüberfloß, und als eine Stunde vergangen war, hatte er zweitausend Dukaten zwar von Lorenzi gewonnen, aber sie kamen alle aus des Marchese Tasche, der nun ohne einen Soldo dasaß. Casanova stellte ihm zur Verfügung, was ihm belieben sollte. Der Marchese schüttelte den Kopf. «Ich danke», sagte er, «nun ist es genug. Für mich ist das Spiel zu Ende.» Aus dem Garten klang das Lachen und Rufen der Kinder. Casanova hörte Teresinas Stimme heraus; er saß mit dem Rücken gegen das Fenster und wandte sich nicht um. Noch einmal versuchte er, zugunsten Lorenzis, er wußte selbst nicht warum, den Marchese zum Weiterspielen zu bewegen. Dieser erwiderte nur durch ein noch entschiedeneres Kopfschütteln. Lorenzi erhob sich. «Ich werde mir erlauben, Herr Marchese, die Summe, die ich Ihnen schulde, morgen vor zwölf Uhr mittags persönlich in Ihre Hände zu übergeben.» Der Marchese lachte kurz. «Ich bin neugierig, wie Sie das anstellen wollen, Herr Leutnant Lorenzi. Es gibt keinen Menschen in Mantua oder anderswo, der Ihnen auch nur zehn Dukaten leihen würde, geschweige zweitausend, insbesondre heute, da Sie morgen ins Feld gehen; und es ist nicht so ausgemacht, daß Sie zurückkehren.»—«Sie werden Ihr Geld morgen früh acht Uhr erhalten, Herr Marchese, auf—Ehrenwort.»—«Ihr Ehrenwort», sagte der Marchese kalt, «ist mir nicht einmal einen Dukaten wert, viel weniger zweitausend.»—Die andern hielten den Atem an. Doch Lorenzi erwiderte nur, anscheinend ohne tiefere Erregung: «Sie werden mir Genugtuung geben, Herr Marchese.»—«Mit Vergnügen, Herr Leutnant», entgegnete der Marchese, «sobald Sie Ihre Schuld bezahlt haben.»—Olivo, aufs peinlichste berührt, sagte ein wenig stotternd: «Ich bürge für die Summe, Herr Marchese. Leider habe ich nicht Bargeld genug zur Hand, um sofort—doch mein Haus, meine Besitzung»—und er wies mit einer ungeschickten Bewegung rings im Kreise umher. «Ich nehme Ihre Bürgschaft nicht an», sagte der Marchese, «um Ihretwillen, Sie würden Ihr Geld verlieren.» Casanova sah, wie sich alle Blicke auf das Gold richteten, das vor ihm lag.—Wenn ich für Lorenzi bürgte—dachte er. Wenn ich für ihn zahlte... Dies könnte der Marchese nicht zurückweisen... Wär' es nicht beinahe meine Verpflichtung? Es ist ja das Gold des Marchese.—Doch er schwieg. Er fühlte, wie ein Plan in ihm dumpf erstand, dem er vor allem Zeit lassen mußte, sich klar zu gestalten. «Sie sollen Ihr Geld noch heute vor Anbruch der Nacht haben», sagte Lorenzi. «In einer Stunde bin ich in Mantua.»—«Ihr Pferd kann den Hals brechen», erwiderte der Marchese, «Sie auch... am Ende gar mit Absicht.»—«Immerhin», sagte der Abbate unwillig, «kann Ihnen der Leutnant das Geld nicht herzaubern.» Die beiden Ricardi lachten, brachen aber gleich wieder ab. «Es ist klar», wandte sich Olivo an den Marchese, «daß Sie dem Leutnant Lorenzi vor allem einmal gestatten müssen, sich zu entfernen.»—«Gegen ein Pfand», rief der Marchese mit funkelnden Augen, als machte ihm sein Einfall ein besonderes Vergnügen. «Das scheint mir nicht übel», sagte Casanova etwas zerstreut, denn sein Plan reifte heran. Lorenzi zog einen Ring vom Finger und ließ ihn auf den Tisch gleiten. Der Marchese nahm ihn. «Der mag für tausend gelten.»—«Und der hier?» Lorenzi schleuderte einen zweiten Ring vor den Marchese hin. Dieser nickte und meinte: «Für ebensoviel.»—«Sind Sie nun zufrieden, Herr Marchese?» sagte Lorenzi und schickte sich an, zu gehen. «Ich bin zufrieden», entgegnete der Marchese schmunzelnd, «um so mehr, als diese Ringe gestohlen sind.» Lorenzi wandte sich rasch um, und über den Tisch hin erhob er die Faust, um sie auf den Marchese niedersausen zu lassen. Olivo und der Abbate hielten seinen Arm fest. «Ich kenne die beiden Steine», sagte der Marchese, ohne sich von seinem Platz zu rühren, «wenn sie auch neu gefaßt sind. Sehen Sie, meine Herren, der Smaragd hat einen kleinen Fehler, sonst wäre er zehnmal soviel wert. Der Rubin ist tadellos, aber nicht sehr groß. Beide Steine stammen aus einem Schmuck, den ich selbst einmal meiner Frau geschenkt habe. Und da ich doch nicht annehmen kann, daß die Marchesa diese Steine für den Leutnant Lorenzi zu Ringen hat fassen lassen, so können sie,—so kann offenbar der ganze Schmuck nur gestohlen sein. Also—das Pfand genügt mir, Herr Leutnant, bis auf weiteres.»—«Lorenzi!» rief Olivo, «von uns allen haben Sie das Wort, daß keine Seele jemals erfahren wird, was soeben hier vorgegangen ist.»—«Und was auch Herr Lorenzi begangen haben mag», sagte Casanova, «Sie Herr Marchese, sind der größre Schuft.»—«Das will ich hoffen», erwiderte der Marchese. «Wenn man einmal so alt ist wie unsereiner, Herr Chevalier von Seingalt, darf man sich wenigstens in der Schurkerei von niemandem andern übertreffen lassen. Guten Abend, meine Herren.» Er stand auf, niemand erwiderte seinen Gruß, und er ging. Für eine kurze Weile ward es so still, daß wieder das Lachen der Kinder vom Garten her wie in übertriebener Lautheit vernehmlich wurde. Wer hätte auch das Wort zu finden vermocht, das jetzt bis in Lorenzis Seele gedrungen wäre, der noch immer mit über dem Tisch erhobenem Arm dastand wie vorher? Casanova, der als einziger auf seinem Platz sitzengeblieben war, fand ein unwillkürliches künstlerisches Gefallen an dieser zwar sinnlos gewordenen, gleichsam versteinerten, aber drohend-edlen Geste, die den ganzen Jüngling in ein Standbild zu verwandeln schien. Endlich wandte sich Olivo an ihn wie mit einer Gebärde der Beschwichtigung, auch die Ricardis näherten sich, und der Abbate schien sich zu einer Anrede entschließen zu wollen; da fuhr es durch Lorenzis Glieder wie ein kurzes Beben; eine gebieterisch unwillige Bewegung wehrte jeden Versuch einer Einmischung ab, und mit einem höflichen Neigen des Kopfes verließ er ohne Hast den Raum. Im selben Augenblick erhob sich Casanova, der indes das Gold, das vor ihm lag, in ein Seidentuch zusammengerafft hatte, und folgte ihm auf dem Fuß. Er fühlte, ohne die Mienen der andern zu sehen, daß sie alle der Meinung waren, er beeile sich nun, dasjenige zu tun, was sie die ganze Zeit über von ihm erwartet, und werde Lorenzi die gewonnene Geldsumme zur Verfügung stellen.

In der Kastanienallee, die vom Hause zum Tore führte, holte er Lorenzi ein und sagte in leichtem Tone: «Würden Sie mir erlauben, Herr Leutnant Lorenzi, mich Ihrem Spaziergang anzuschließen?» Lorenzi, ohne ihn anzusehen, erwiderte in einem hochmütigen, seiner Lage kaum angemessenen Tone: «Wie's beliebt, Herr Chevalier; aber ich fürchte, Sie werden in mir keinen unterhaltenden Gesellschafter finden.»—«Sie, Leutnant Lorenzi, vielleicht einen um so unterhaltenderen in mir», sagte Casanova, «und wenn Sie einverstanden sind, nehmen wir den Weg über die Weinberge, wo wir ungestört plaudern können.» Sie bogen von der Fahrstraße auf denselben schmalen Pfad ein, den, die Gartenmauer entlang, Casanova tags vorher mit Olivo gegangen war. «Sie vermuten ganz richtig», so setzte Casanova ein, «daß ich gesonnen bin, Ihnen die Summe Geldes anzubieten, die Sie dem Marchese schuldig sind; nicht leihweise, denn das—Sie werden mir verzeihen—hielte ich für ein allzu riskantes Geschäft, sondern als —freilich geringen Gegenwert für eine Gefälligkeit, die Sie mir zu erweisen vielleicht imstande wären.»—«Ich höre», sagte Lorenzi kalt.— «Ehe ich mich weiter äußere», erwiderte Casanova im selben Tone, «bin ich genötigt, eine Bedingung zu stellen, von deren Annahme durch Sie ich die Fortsetzung dieser Unterhaltung abhängig mache.»—«Nennen Sie Ihre Bedingung.»—«Ich verlange Ihr Ehrenwort, daß Sie mich anhören, ohne mich zu unterbrechen, auch wenn das, was ich Ihnen zu sagen habe, Ihr Befremden oder Ihr Mißfallen oder gar Ihre Empörung erregen sollte. Es steht vollkommen bei Ihnen, Herr Leutnant Lorenzi, ob Sie nachher meinen Vorschlag annehmen wollen, über dessen Ungewöhnlichkeit ich mich keiner Täuschung hingebe, oder nicht; aber die Antwort, die ich von Ihnen erwarte, ist nur ein Ja oder Nein; und wie immer sie ausfallen sollte,—von dem, was hier verhandelt wurde, zwischen zwei Ehrenmännern, die vielleicht beide zugleich Verlorene sind, wird niemals eine Menschenseele erfahren.»— «Ich bin bereit, Ihren Vorschlag zu hören.»—«Und nehmen meine Vorbedingung an?»—«Ich werde Sie nicht unterbrechen.»—«Und werden kein andres Wort erwidern als Ja oder Nein?»—«Kein andres als Ja oder Nein.»—«Gut denn», sagte Casanova. Und während sie langsam hügelaufwärts stiegen, zwischen den Rebenstöcken, unter einem schwülen Spätnachmittagshimmel, begann Casanova: «Lassen Sie uns die Angelegenheit nach den Gesetzen der Logik behandeln, so werden wir einander am besten verstehen. Es besteht offenbar keine Möglichkeit für Sie, sich das Geld, das Sie dem Marchese schuldig sind, bis zu der von ihm festgesetzten Frist zu verschaffen; und für den Fall, daß Sie es ihm nicht zahlen sollten, auch darüber kann kein Zweifel sein, ist er fest entschlossen, Sie zu vernichten. Da er mehr von Ihnen weiß (hier wagte sich Casanova weiter vor als er mußte, doch er liebte solche kleine nicht ganz ungefährliche Abenteuer auf einem im übrigen vorgezeichneten Weg), als er uns heute verraten hat, sind Sie tatsächlich völlig in der Gewalt dieses Schurken, und Ihr Schicksal als Offizier, als Edelmann wäre besiegelt. Das ist die eine Seite der Sache. Dagegen sind Sie gerettet, sobald Sie Ihre Schuld bezahlt und die—irgendwie in Ihren Besitz gelangten Ringe wieder in Händen haben;—und gerettet sein: das heißt für Sie in diesem Fall nicht weniger, als daß Ihnen ein Dasein wieder gehört, mit dem Sie schon so gut wie abgeschlossen hatten, und zwar, da Sie jung, schön und kühn sind, ein Dasein voll Glanz, Glück und Ruhm. Eine solche Aussicht scheint mir herrlich genug, besonders wenn auf der andern Seite nichts winkt als ein ruhmloser, ja schimpflicher Untergang, um ihr zuliebe ein Vorurteil aufzuopfern, das man persönlich eigentlich niemals besaß. Ich weiß es, Lorenzi», setzte er rasch hinzu, als sei er einer Entgegnung gewärtig und wollte ihr zuvorkommen, «Sie haben gar keine Vorurteile, so wenig als ich sie habe oder jemals hatte; und was ich von Ihnen zu verlangen willens bin, ist nichts andres, als was ich selbst an Ihrer Stelle unter den gleichen Umständen zu erfüllen mich keinen Augenblick besonnen hätte,—wie ich mich auch tatsächlich nie gescheut habe, wenn es das Schicksal oder auch nur meine Laune so forderte, eine Schurkerei zu begehen oder vielmehr das, was die Narren dieser Erde so zu nennen pflegen. Dafür war ich aber auch, gleich Ihnen, Lorenzi, in jeder Stunde bereit, mein Leben für weniger als nichts aufs Spiel zu setzen, und das macht alles wieder wett. Ich bin es auch jetzt—für den Fall, daß Ihnen mein Vorschlag nicht gefiele. Wir sind aus gleichem Stoff gemacht, Lorenzi, sind Brüder im Geiste, und so dürfen sich unsre Seelen ohne falsche Scham, stolz und nackt, gegenüberstehen. Hier sind meine zweitausend Dukaten—vielmehr die Ihren—wenn Sie es ermöglichen, daß ich die heutige Nacht an Ihrer Stelle mit Marcolina verbringe. Wir wollen nicht stehenbleiben, Lorenzi, wir wollen weiterspazieren.»

Sie gingen in den Feldern, unter den niedrigen Obstbäumen, zwischen denen die Rebenranken beerenbeladen sich hinschlangen; und Casanova sprach ohne Pause weiter. «Antworten Sie mir noch nicht, Lorenzi, denn ich bin noch nicht zu Ende. Mein Ansinnen wäre natürlich—nicht etwa frevelhaft, aber aussichts- und daher sinnlos, wenn Sie die Absicht hätten, Marcolina zu Ihrer Gattin zu machen, oder wenn Marcolina selbst ihre Hoffnungen und Wünsche in dieser Richtung schweifen ließe. Aber ebenso, wie die vergangene Liebesnacht Ihre erste war (er sprach auch diese seine Vermutung wie eine unbezweifelbare Gewißheit aus), ebenso war die kommende aller menschlichen Berechnung nach, ja auch nach Ihrer eigenen und Marcolinens Voraussicht bestimmt, Ihre letzte zu sein—auf sehr lange Zeit—wahrscheinlich auf immer; und ich bin völlig überzeugt, daß Marcolina selbst, um ihren Geliebten vor dem sicheren Untergange zu bewahren, einfach auf seinen Wunsch hin, ohne Zögern bereit wäre, diese eine Nacht seinem Retter zu gewähren. Denn auch sie ist Philosophin und daher von Vorurteilen so frei wie wir beide. Aber so gewiß ich bin, daß sie diese Probe bestünde, es liegt keineswegs in meiner Absicht, daß sie ihr auferlegt werde. Denn eine Willenlose, eine innerlich Widerstrebende zu besitzen, das ist etwas, das gerade in diesem Falle meinen Ansprüchen nicht genügen würde. Nicht nur als ein Liebender,—als ein Geliebter will ich ein Glück genießen, das mir am Ende auch groß genug erschiene, um es mit meinem Leben zu bezahlen. Verstehen Sie mich wohl, Lorenzi. Daher darf Marcolina nicht einmal ahnen, daß ich es bin, den sie an ihren himmlischen Busen schließt; sie muß vielmehr fest davon überzeugt sein, daß sie keinen andern als Sie in ihren Armen empfängt. Diese Täuschung vorzubereiten ist Ihre Sache, sie aufrechtzuerhalten, die meine. Ohne besondre Schwierigkeiten werden Sie ihr begreiflich machen können, daß Sie genötigt sind, sie vor Eintritt der Morgendämmerung zu verlassen; und um einen Vorwand dafür, daß diesmal nur stumme Zärtlichkeiten sie beglücken sollen, werden Sie auch nicht verlegen sein. Um im übrigen auch jede Gefahr einer nachträglichen Entdeckung auszuschließen, werde ich mich im gegebenen Moment anstellen, als hörte ich ein verdächtiges Geräusch vor dem Fenster, meinen Mantel nehmen—oder vielmehr den Ihren, den Sie mir zu diesem Zwecke natürlich leihen müssen—und durchs Fenster verschwinden—auf Nimmerwiedersehen. Denn selbstverständlich werde ich dem Anschein nach bereits heute abend abreisen, dann unter dem Vorgeben, ich hätte wichtige Papiere vergessen, den Kutscher auf halbem Wege zur Umkehr veranlassen und mich durch die Hintertür—den Nachschlüssel stellen Sie mir zur Verfügung, Lorenzi,—in den Garten, ans Fenster Marcolinens schleichen, das sich um Mitternacht auftun wird. Meines Gewands, auch der Schuhe und Strümpfe, werde ich mich im Wagen entledigt haben und nur mit dem Mantel angetan sein, so daß bei meinem fluchtartigen Entweichen nichts zurückbleibt, was mich oder Sie verraten könnte. Den Mantel aber werden Sie zugleich mit den zweitausend Dukaten morgen früh fünf Uhr in meinem Gasthof zu Mantua in Empfang nehmen, so daß Sie dem Marchese noch vor der festgesetzten Stunde sein Geld vor die Füße schleudern können. Hierauf nehmen Sie meinen feierlichen Eid entgegen. Und nun bin ich zu Ende.»

Er blieb plötzlich stehen. Die Sonne neigte sich zum Niedergang, ein leiser Wind strich über die gelben Ähren, rötlicher Abendschein lag über dem Turm von Olivos Haus. Auch Lorenzi stand stille; keine Muskel in seinem blassen Antlitz bewegte sich, und er blickte über Casanovas Schulter unbewegt ins Weite. Seine Arme hingen schlaff herab, während Casanovas Hand, der auf alles gefaßt war, wie zufällig den Griff des Degens hielt. Einige Sekunden vergingen, ohne daß Lorenzi seine starre Haltung und sein Schweigen aufgab. Er schien in ein ruhiges Nachdenken versunken; doch Casanova blieb weiter auf seiner Hut, und in der Linken das Tuch mit den Dukaten, die Rechte auf dem Degengriff, sagte er: «Sie haben meine Vorbedingung erfüllt als ein Ehrenmann. Ich weiß, daß es Ihnen nicht leicht geworden ist. Denn wenn wir auch keine Vorurteile besitzen,—die Atmosphäre, in der wir leben, ist von ihnen so vergiftet, daß wir uns ihrem Einfluß nicht völlig entziehen können. Und so wie Sie, Lorenzi, im Laufe der letzten Viertelstunde mehr als einmal nah daran waren, mir an die Gurgel zu fahren, so habe ich wieder—lassen Sie mich's Ihnen gestehen—eine Weile mit dem Gedanken gespielt, Ihnen die zweitausend Dukaten zu schenken—wie einem—nein, als meinem Freund; denn selten, Lorenzi, habe ich zu einem Menschen vom ersten Augenblick eine solche rätselhafte Sympathie empfunden wie zu Ihnen. Aber hätt' ich dieser großmütigen Regung nachgegeben, in der Sekunde darauf hätte ich sie aufs tiefste bereut, geradeso wie Sie, Lorenzi, in der Sekunde, eh' Sie sich die Kugel in den Kopf jagten, zur verzweiflungsvollen Erkenntnis kämen, daß Sie ein Narr ohnegleichen gewesen sind,—um tausend Liebesnächte mit immer neuen Frauen hinzuwerfen für eine einzige, der dann keine Nacht—und kein Tag mehr folgte.»

Noch immer schwieg Lorenzi; sein Schweigen dauerte sekunden-, es dauerte minutenlang, und Casanova fragte sich, wie lang er sich's noch dürfte gefallen lassen. Schon war er im Begriff, sich mit einem kurzen Gruße abzuwenden und so anzudeuten, daß er seinen Vorschlag als abgelehnt betrachte, als Lorenzi, immer wortlos, mit einer durchaus nicht raschen Bewegung der rechten Hand nach rückwärts in die

Tasche seines Rockschoßes griff, und Casanova, der im gleichen Augenblick, nach wie vor auf alles gefaßt, einen Schritt zurückgetreten war, wie um sich niederzuducken—den Gartenschlüssel überreichte. Die Bewegung Casanovas, die immerhin eine Regung von Furcht ausgedrückt hatte, ließ um Lorenzis Lippen ein sofort wieder verschwindendes Lächeln des Hohns erscheinen. Casanova verstand es, seine aufsteigende Wut, deren wirklicher Ausbruch alles wieder hätte zunichte machen können, zu unterdrücken, ja zu verbergen, und, den Schlüssel mit einem leichten Kopfneigen an sich nehmend, bemerkte er nur: «Das darf ich wohl als ein Ja gelten lassen. Von jetzt in einer Stunde—bis dahin werden Sie sich mit Marcolina wohl verständigt haben—erwarte ich Sie im Turmgemach, wo ich mir erlauben werde, Ihnen gegen Überlassung Ihres Mantels die zweitausend Goldstücke sofort zu übergeben. Erstens zum Zeichen meines Vertrauens und zweitens, weil ich ja wirklich nicht wüßte, wo ich das Gold im Laufe der Nacht verwahren sollte.»—Sie trennten sich ohne weitere Förmlichkeit, Lorenzi nahm den Weg zurück, den sie beide gekommen, Casanova, auf einem andern, begab sich ins Dorf und sicherte sich im Wirtshaus durch ein reichliches Angeld ein Gefährt, das ihn um zehn Uhr nachts vor Olivos Hause zur Fahrt nach Mantua erwarten sollte.

Bald darauf, nachdem er sein Gold vorerst an sichrer Stelle im Turmgemach verwahrt hatte, trat er in Olivos Garten, wo sich ihm ein Anblick bot, der an sich keineswegs merkwürdig, ihn in der Stimmung dieser Stunde sonderbar genug berührte. Auf einer Bank am Wiesenrand saß Olivo neben Amalia, den Arm um ihre Schulter geschlungen; ihnen zu Füßen lagerten die drei Mädchen, wie ermüdet von den Spielen des Nachmittags; das jüngste, Maria, hatte das Köpfchen auf dem Schoß der Mutter liegen und schien zu schlummern, Nanetta lag ihr zu Füßen auf den Rasen hingestreckt, die Arme unter dem Nacken; Teresina lehnte an den Knien des Vaters, dessen Finger zärtlich in ihren Locken ruhten; und als Casanova sich näherte, grüßte ihn aus ihren Augen keineswegs ein Blick lüsternen Einverständnisses, wie er unwillkürlich ihn erwartet, sondern ein offenes Lächeln kindlicher Vertrautheit, als wäre, was zwischen ihr und ihm vor wenig Stunden erst geschehen, eben nichts andres gewesen als ein nichts bedeutendes Spiel. In Olivos Zügen leuchtete es freundlich auf, und Amalia nickte dem Herantretenden dankbar herzlich zu. Sie beide empfingen ihn, Casanova konnte nicht daran zweifeln, wie jemanden, der eben eine edle Tat begangen, aber der zugleich erwartet, daß man aus Feingefühl vermeiden werde, ihrer mit einem Worte Erwähnung zu tun. «Bleibt es wirklich dabei», fragte Olivo, «daß Sie uns schon morgen verlassen, mein teurer Chevalier?»—«Nicht morgen», erwiderte Casanova, «sondern—wie gesagt—schon heute abend.» Und als Olivo eine neue Einwendung erheben wollte, mit einem bedauernden Achselzucken: «Der Brief, den ich heute aus Venedig erhielt, läßt mir leider keine andre Entscheidung übrig. Die an mich ergangene Aufforderung ist in jedem Sinne so ehrenvoll, daß eine Verzögerung meiner Heimkehr eine arge, ja eine unverzeihliche Unhöflichkeit gegenüber meinen hohen Gönnern bedeuten würde.» Zugleich bat er um die Erlaubnis, sich jetzt zurückziehen zu dürfen, um sich für die Abreise bereitzumachen und dann die letzten Stunden seines Hierseins ungestört im Kreise seiner liebenswürdigen Freunde verbringen zu können.

Und aller Einrede nicht achtend, begab er sich ins Haus, stieg die Treppe zum Turmgemach empor und vertauschte vor allem seine prächtige Gewandung wieder mit der einfacheren, die für die Fahrt gut genug sein mußte. Dann packte er seinen Reisesack und horchte mit einer von Minute zu Minute gespannteren Aufmerksamkeit, ob sich nicht endlich die Schritte Lorenzis vernehmen ließen. Noch eh' die Frist verstrichen war, klopfte es mit einem kurzen Schlag an die Türe, und Lorenzi trat ein, im weiten dunkelblauen Reitermantel. Ohne ein Wort zu reden, mit einer leichten Bewegung ließ er ihn von den Schultern gleiten, so daß er zwischen den beiden Männern als ein formloses Stück Tuch auf dem Boden lag. Casanova holte seine Goldstücke unter dem Polster des Bettes hervor und streute sie auf den Tisch. Er zählte sorgfältig vor Lorenzis Augen, was ziemlich rasch geschehen war, da viele Goldstücke von höherm als eines Dukaten Wert darunter waren, übergab Lorenzi die verabredete Summe, nachdem er sie zuvor in zwei Beutel verteilt hatte, worauf ihm selbst noch etwa hundert Dukaten übrigblieben. Lorenzi tat die Geldbeutel in seine beiden Rockschöße und wollte sich wortlos entfernen. «Halt, Lorenzi», sagte Casanova, «es wäre immerhin möglich, daß man einander noch einmal im Leben begegnete. Dann sei es nicht mit Groll. Es war ein Handel wie ein andrer, wir sind quitt.» Er streckte ihm die Hand entgegen. Lorenzi nahm sie nicht; doch nun sprach er das erste Wort. «Ich erinnere mich nicht», sagte er, «daß auch dies in unserm Pakt enthalten gewesen wäre.» Er wandte sich und ging.

Sind wir so genau, mein Freund? dachte Casanova. So darf ich mich um so sicherer darauf verlassen, daß ich nicht am Ende der Geprellte sein werde. Freilich hatte er an diese Möglichkeit keinen Augenblick ernstlich gedacht; er wußte aus eigener Erfahrung, daß Leute wie

Lorenzi ihre besondre Art von Ehre haben, deren Gesetze in Paragraphen nicht aufzuzeichnen sind, über die aber von Fall zu Fall ein Zweifel kaum bestehen kann.—Er legte Lorenzis Mantel zu oberst in den Reisesack, schloß diesen zu; die Goldstücke, die ihm geblieben, steckte er zu sich, blickte sich in dem Raum, den er wohl niemals wieder betreten sollte, nach allen Seiten um, und, mit Degen und Hut, zur Abfahrt fertig, begab er sich in den Saal, wo er Olivo mit Frau und Kindern schon am gedeckten Tische sitzend fand. Marcolina trat zugleich mit ihm, was Casanova als günstiges Schicksalszeichen deutete, von der andern Seite aus dem Garten ein und erwiderte seinen Gruß mit einem unbefangenen Neigen des Hauptes. Das Essen wurde aufgetragen; die Unterhaltung ging anfangs langsam, ja wie gedämpft von der Stimmung des Abschieds in fast mühseliger Weise vonstatten. Amalia schien in auffallender Weise mit ihren Kindern beschäftigt und immer besorgt, daß diese nicht zuviel oder zuwenig auf ihre Teller bekämen. Olivo, ohne ersichtliche Nötigung, sprach von einem unbedeutenden, zu seinen Gunsten entschiedenen Prozeß mit einem Gutsnachbar, sowie von einer Geschäftsreise, die ihn demnächst nach Mantua und Cremona führen sollte. Casanova gab der Hoffnung Ausdruck, den Freund in nicht allzu ferner Zeit in Venedig zu begrüßen. Gerade dort, ein sonderbarer Zufall, war Olivo noch niemals gewesen. Amalia aber hatte die wunderbare Stadt vor langen Jahren als Kind gesehen; wie sie dahingekommen, wußte sie nicht mehr zu sagen und erinnerte sich nur eines alten, in einen scharlachroten Mantel gehüllten Mannes, der aus einem länglichen schwarzen Schiff ausgestiegen, gestolpert und der Länge nach hingefallen war. «Auch Sie kennen Venedig nicht?» fragte Casanova Marcolina, die gerade ihm gegenübersaß und über seine Schulter in das tiefe Dunkel des Gartens schaute. Sie schüttelte wortlos den Kopf. Und Casanova dachte: Könnt' ich sie dir zeigen, die Stadt, in der ich jung gewesen bin! O wärst du jung gewesen mit mir... Und noch ein Gedanke kam ihm, sinnloser beinahe als jene: Wenn ich dich jetzt mit mir dahin nähme? Aber während all dies unausgesprochen durch seine Seele ging, hatte er schon mit jener Leichtigkeit, die ihm auch in Momenten stärkster innerer Erregung gegeben war, von der Stadt seiner Jugend zu reden begonnen; so kunstvoll und kühl, als gälte es, ein Gemälde zu schildern, bis er, unwillkürlich den Ton erwärmend, in die Geschichte seines Lebens geriet, und mit einemmal in eigner Gestalt mitten in dem Bilde stand, das nun erst zu leben und zu leuchten anfing. Er sprach von seiner Mutter, der berühmten Schauspielerin, für die der große Goldoni, ihr Bewunderer, seine vortreffliche Komödie «Das Mündel» verfaßt hatte; dann erzählte er von seinem trübseligen Aufenthalt in der Pension des geizigen Doktors Gozzi, von seiner kindischen Liebe zu der kleinen Gärtnerstochter, die später mit einem Lakaien durchgegangen war, von seiner ersten Predigt als junger Abbate, nach der er in dem Beutel des Sakristans nicht nur die üblichen Geldstücke, sondern auch ein paar zärtliche Briefchen vorgefunden, von den Spitzbübereien, die er als Geiger im Orchester des Theaters San Samuele mit ein paar gleichgesinnten Kameraden in den Gäßchen, Schenken, Tanz- und Spielsälen Venedigs maskiert oder auch unmaskiert verübt; doch auch von diesen übermütigen und manchmal recht bedenklichen Streichen berichtete er, ohne irgendein anstößiges Wort zu gebrauchen, ja in einer poetisch verklärenden Weise, als wollte er auf die Kinder Rücksicht nehmen, die wie die andern, Marcolina nicht ausgenommen, gespannt an seinen Lippen hingen. Doch die Zeit schritt vor, und Amalia schickte ihre Töchter zu Bett. Ehe sie gingen, küßte Casanova sie alle aufs zärtlichste, Teresina nicht anders als die zwei jüngern, und alle mußten ihm versprechen, ihn bald mit den Eltern in Venedig zu besuchen. Als die Kinder fort waren, tat er sich wohl weniger Zwang an, aber alles, was er erzählte, brachte er ohne jede Zweideutigkeit und vor allem ohne jede Eitelkeit vor, so daß man eher den Bericht eines gefühlvollen Narren der Liebe als den eines gefährlich-wilden Verführers und Abenteurers zu hören vermeinte.— Er sprach von der wunderbaren Unbekannten, die wochenlang mit ihm als Offizier verkleidet herumgereist und eines Morgens plötzlich von seiner Seite verschwunden war; von der Tochter des adligen Schuhflickers in Madrid, die ihn zwischen zwei Umarmungen immer wieder zum frommen Katholiken hatte bekehren wollen, von der schönen Jüdin Lia in Turin, die prächtiger zu Pferde gesessen war als irgendeine Fürstin; von der lieblich-unschuldigen Manon Balletti, der einzigen, die er beinahe geheiratet hätte, von jener schlechten Sängerin in Warschau, die er ausgepfiffen, worauf er sich mit ihrem Geliebten, dem Krongeneral Branitzky, hatte duellieren und aus Warschau fliehen müssen; von der bösen Charpillon, die ihn in London so jämmerlich zum Narren gehalten; von einer nächtlichen Sturmfahrt, die ihm fast das Leben gekostet, durch die Lagunen nach Murano zu seiner angebeteten Nonne; von dem Spieler Croce, der, nachdem er in Spa ein Vermögen verloren, auf der Landstraße tränenvollen Abschied von ihm genommen und sich auf den Weg nach Petersburg gemacht hatte—so wie er dagestanden war, in seidenen Strümpfen, in einem apfelgrünen Samtrock und ein Rohrstöckchen in der Hand. Er erzählte von Schauspielerinnen, Sängerinnen, Modistinnen, Gräfinnen, Tänzerinnen, Kammermädchen; von Spielern, Offizieren, Fürsten, Gesandten, Finanzleuten, Musikanten und Abenteurern; und so wundersam ward ihm selbst der Sinn von dem wieder neu gefühlten Zauber seiner eigenen Vergangenheit umfangen, so vollständig war der Triumph all des herrlichen durchlebten, doch unwiederbringlich Gewesenen über das armselig Schattenhafte, das sich seiner Gegenwärtigkeit brüsten durfte, daß er eben im Begriffe war, die Geschichte eines hübschen blassen Mädchens zu berichten, das ihm im Dämmer einer Kirche zu Mantua seinen Liebeskummer anvertraut hatte, ohne daran zu denken, daß ihm dieses selbe Geschöpf, um sechzehn Jahre gealtert, als die Frau seines Freundes Olivo hier am Tische gegenübersaß;—als mit plumpem Schritt die Magd eintrat und meldete, daß vor dem Tore der Wagen bereitstehe. Und sofort, mit seiner unvergleichlichen Gabe, sich in Traum und Wachen, wann immer es nötig war, ohne Zögern zurechtzufinden, erhob sich Casanova, um Abschied zu nehmen. Er forderte Olivo, dem vor Rührung die Worte versagten, nochmals mit Herzlichkeit auf, ihn mit Frau und Kindern in Venedig zu besuchen, und umarmte ihn; als er sich mit der gleichen Absicht Amalien näherte, wehrte sie leicht ab und reichte ihm nur die Hand, die er ehrerbietig küßte. Wie er sich nun zu Marcolina wandte, sagte diese: «All das, was Sie uns heute abend erzählt haben—und noch viel mehr—sollten Sie niederschreiben, Herr Chevalier, so wie Sie es mit Ihrer Flucht aus den Bleikammern gemacht haben.»—«Ist das Ihr Ernst, Marcolina?» fragte er mit der Schüchternheit eines jungen Autors. Sie lächelte mit leisem Spott. «Ich vermute», sagte sie, «ein solches Buch könnte noch weit unterhaltender werden als Ihre Streitschrift gegen Voltaire.»—Das möchte leicht wahr sein, dachte er, ohne es auszusprechen. Wer weiß, ob ich deinen Rat nicht einmal befolge? Und du selbst, Marcolina, sollst das letzte Kapitel sein.—Dieser Einfall, mehr noch der Gedanke, daß dieses letzte Kapitel im Laufe der kommenden Nacht erlebt werden sollte, ließ seinen Blick so seltsam erflackern, daß Marcolina die Hand, die sie ihm zum Abschied gereicht, aus der seinen gleiten ließ, eh' er, sich herabbeugend, einen Kuß darauf zu drücken vermocht hatte. Ohne sich irgendetwas, sei es Enttäuschung, sei es Groll, merken zu lassen, wandte sich Casanova zum Gehen, indem er durch eine jener klaren und einfachen Gesten, die nur ihm gehörten, zu verstehen gab, daß ihm niemand, auch Olivo nicht, folgen solle. Raschen Schritts durcheilte er die Kastanienallee: gab der Magd, die den Reisesack in den Wagen geschafft hatte, ein Goldstück, stieg ein und fuhr davon.

Der Himmel war von Wolken verhängt. Nachdem man das Dorf hinter sich gelassen, wo noch hinter armen Fenstern da und dort ein kleines Licht geschimmert hatte, leuchtete nur mehr die gelbe Laterne, die vorn an der Deichsel befestigt war, durch die Nacht. Casanova öffnete den Reisesack, der zu seinen Füßen lag, nahm Lorenzis Mantel heraus und, nachdem er ihn über sich gebreitet, entkleidete er sich unter dessen Schutz mit aller gebotenen Vorsicht. Die abgelegte Gewandung, auch Schuhe und Strümpfe, versperrte er in den Sack und hüllte sich fester in den Mantel ein. Jetzt rief er den Kutscher an: «He, wir müssen wieder zurück!»—Der Kutscher wandte sich verdrossen um. —«Ich habe meine Papiere im Hause vergessen. Hörst du? Wir müssen zurück.» Und da jener, ein verdrossener, magerer, graubärtiger Mensch, zu zögern schien: «Ich verlange es natürlich nicht umsonst. Da!» Und er drückte ihm ein Goldstück in die Hand. Der Kutscher nickte, murmelte etwas, und mit einem gänzlich überflüssigen Peitschenhieb auf das Pferd, wandte er den Wagen. Als sie wieder durch das Dorf fuhren, lagen die Häuser alle stumm und ausgelöscht. Noch ein Stück Wegs die Landstraße hin, und nun wollte der Kutscher in die schmälere, leicht ansteigende Straße einlenken, die zu Olivos Besitzung führte. «Halt!» rief Casanova, «wir wollen nicht so nah heranfahren, sonst wecken wir die Leute auf. Warte hier an der Ecke. Ich bin bald wieder da... Und sollt' es etwas länger dauern, jede Stunde trägt einen Dukaten!» Nun glaubte der Mann ungefähr zu wissen, woran er war; Casanova merkte es an der Art, wie jener mit dem Kopf nickte. Er stieg aus und eilte weiter, den Augen des Kutschers bald entschwindend, bis ans verschlossene Tor, daran vorüber, die Mauer entlang bis zu der Ecke, wo sie im rechten Winkel nach oben bog, und nahm nun den Weg durch die Weinberge, den er, nachdem er ihn schon zweimal im Tagesschein gegangen, leicht zu finden wußte. Er hielt sich der Mauer nahe und folgte ihr auch, als sie nun, etwa auf der mittleren Höhe des Hügels, wieder im rechten Winkel umbog. Hier ging er auf weichem Wiesengrund, im Dunkel der verhängten Nacht weiter, und mußte nur achtgeben, daß er die Gartentür nicht verfehlte. Er tastete längs der glatten steinernen Umfassung, bis seine Finger das rauhe Holz spürten; worauf er die Türe auch in ihrem schmalen Umriß deutlich wahrzunehmen vermochte. Er steckte den Schlüssel in das rasch gefundene Schloß, öffnete, trat in den Garten und sperrte hinter sich wieder zu. Er sah das Haus mit dem Turm jenseits der Wiese in unwahrscheinlicher Entfernung und in einer ebenso unwahrscheinlichen Höhe aufragen. Eine Weile stand er ruhig; er sah um sich; denn was für andre Augen noch undurchdringliche Finsternis gewesen wäre, war für die seinen nur tiefe Dämmerung. Er wagte es, statt in der Allee, deren Kies seinen nackten Füßen weh tat, auf der Wiese weiterzugehen, die den Ton seiner Schritte verschlang. Er glaubte zu schweben; so leicht war sein Gang.—War mir anders zumute, dachte er, zur Zeit, da ich als Dreißigjähriger solche Wege ging? Fühl' ich nicht wie damals alle Gluten des Verlangens und alle Säfte der Jugend durch meine Adern kreisen? Bin ich nicht heute Casanova, wie ich's damals war?... Und da ich Casanova bin, warum sollte an mir das klägliche Gesetz nicht zuschanden werden, dem andre unterworfen sind, und das Altern heißt! Und immer kühner werdend, fragte er sich: Warum schleich ich in einer Maske zu Marcolina? Ist Casanova nicht mehr als Lorenzi, auch wenn er um dreißig Jahre älter ist? Und wäre sie nicht das Weib, dies Unbegreifliche zu begreifen?... War es nötig, eine kleine Schurkerei zu begehen und einen andern zu einer etwas größern zu verleiten? Wäre man nicht mit etwas Geduld zum gleichen Ziel gekommen? Lorenzi ist morgen fort, ich wäre geblieben... Fünf Tage... drei—und sie hätte mir gehört—wissend mir gehört.—Er stand an die Wand des Hauses gedrückt, neben Marcolinens Fenster, das noch fest verschlossen war, und seine Gedanken flogen weiter. Ist es denn zu spät dazu?... Ich könnte wiederkommen,—morgen, übermorgen... und begänne das Werk der Verführung—als ehrlicher Mann sozusagen. Die heutige Nacht wäre ein Vorschuß auf die künftigen. Ja, Marcolina müßte nicht einmal erfahren, daß ich heute dagewesen bin—oder erst später—viel später.—

Das Fenster war noch immer fest geschlossen; auch dahinter rührte sich nichts. Es fehlten wohl noch ein paar Minuten auf Mitternacht. Sollte er sich irgendwie bemerkbar machen? Leise ans Fenster klopfen? Da nichts dergleichen ausgemacht war, hätte es vielleicht doch in Marcolina einen Verdacht werfen können. Also warten. Lange konnte es nicht mehr dauern. Der Gedanke, daß sie ihn sofort erkennen, den Betrug durchschauen konnte, eh' er vollzogen war, kam ihm, nicht zum erstenmal, doch ebenso flüchtig und als die natürliche verstandesmäßige Erwägung einer entfernten, ins Unwahrscheinliche verschwimmenden Möglichkeit, nicht als eine ernstliche Befürchtung. Ein etwas lächerliches Abenteuer fiel ihm ein, das nun zwanzig Jahre zurücklag; das mit der häßlichen Alten in Solothurn, mit der er eine köstliche Nacht verbracht hatte, in der Meinung, eine angebetete schöne junge Frau zu besitzen—und die ihn überdies tags darauf in einem unverschämten Brief ob seines ihr höchst erwünschten, von ihr mit infamer List geförderten Irrtums verhöhnt hatte. Er schüttelte sich in der Erinnerung vor Ekel. Gerade daran hätte er jetzt lieber nicht denken sollen, und er verjagte das abscheuliche Bild.—Nun, war es nicht endlich Mitternacht? Wie lange sollte er noch hier stehen an die Mauer gedrückt, fröstelnd in der Kühle der Nacht? Oder gar vergeblich warten? Der Geprellte sein—trotz allem?—Zweitausend Dukaten für nichts? Und Lorenzi mit ihr hinter dem Vorhang? Seiner spottend?—Unwillkürlich faßte er den Degen etwas fester, den er unter dem Mantel an seinen nackten Leib gepreßt hielt. Von einem Kerl wie Lorenzi mußte man am Ende auch der peinlichsten Überraschung gewärtig sein.—Aber dann... In diesem Augenblick hörte er ein leises knackendes Geräusch, —er wußte, daß nun das Gitter von Marcolinens Fenster sich zurückschob, gleich darauf öffneten sich beide Flügel weit, während der Vorhang noch zugezogen blieb. Casanova hielt sich ein paar Sekunden regungslos, bis von unsichtbarer Hand gerafft der Vorhang sich nach der einen Seite hob; das war für Casanova ein Zeichen, sich über die Brüstung ins Zimmer zu schwingen und sofort Fenster und Gitter hinter sich zu schließen. Der geraffte Vorhang war über seinen Schultern wieder gesunken, so daß er genötigt war, darunter hervorzukriechen, und nun wäre er in völliger Finsternis dagestanden, wenn nicht aus der Tiefe des Gemachs, in unbegreiflicher Entfernung, wie von seinem eignen Blick erweckt, ein mattes Schimmern ihm den Weg gewiesen hätte. Nur drei Schritt—und sehnsüchtige Arme breiteten sich nach ihm aus; er ließ den Degen aus der Hand, den Mantel von seinen Schultern gleiten und sank in sein Glück.

An Marcolinens seufzendem Vergehen, an den Tränen der Seligkeit, die er ihr von den Wangen küßte, an der immer wieder erneuten Glut, mit der sie seine Zärtlichkeiten empfing, erkannte er bald, daß sie seine Entzückungen teilte, die ihm als höhere, ja von neuer, andrer Art erschienen, als er jemals genossen. Lust ward zur Andacht, tiefster Rausch ward Wachsein ohnegleichen; hier endlich war, die er schon so oft, töricht genug zu erleben geglaubt, und die er noch niemals wirklich erlebt hatte—Erfüllung war an Marcolinens Herzen. Er hielt die Frau in seinen Armen, an die er sich verschwenden durfte, um sich unerschöpflich zu fühlen;—an deren Brüsten der Augenblick des letzten Hingegebenseins und des neuen Verlangens in einen einzigen von ungeahnter Seelenwonne zusammenfloß. War an diesen Lippen nicht Leben und Sterben, Zeit und Ewigkeit Eines? War er nicht ein Gott—? Jugend und Alter nur eine Fabel, von Menschen erfunden?—Heimat und Fremde, Glanz und Elend, Ruhm und Vergessensein—wesenlose Unterscheidungen zum Gebrauch von Ruhelosen, von Einsamen, von

Eiteln—und sinnlos geworden, wenn man Casanova war und Marcolina gefunden? Unwürdig, ja lächerlicher von Minute zu Minute erschien es ihm, sich, einem Vorsatz getreu, den er früher als Kleinmütiger gefaßt, aus dieser Wundernacht stumm, unerkannt, wie ein Dieb zu flüchten. Im untrüglichen Gefühl ebenso der Beglückende zu sein, als er der Beglückte war, glaubte er sich schon zu dem Wagnis entschlossen, seinen Namen zu nennen, wenn er sich auch immer noch bewußt war, damit ein großes Spiel zu spielen, das er, wenn er es verlor, bereit sein mußte, mit dem Dasein zu bezahlen. Noch war undurchdringliche Dunkelheit um ihn, und bis durch den dichten Vorhang das erste Dämmern brach, durfte er ein Geständnis hinauszögern, an dessen Aufnahme durch Marcolina sein Schicksal, ja sein Leben hing. Aber war denn nicht gerade dieses stummselige, süßverlorene Zusammensein dazu gemacht, ihm Marcolina von Kuß zu Kuß unlöslicher zu verbinden? Wurde, was sich als Betrug entsponnen, nicht Wahrheit in den namenlosen Entzückungen dieser Nacht? Ja, durchschauerte sie, die Betrogene, die Geliebte, die Einzige, nicht selbst schon eine Ahnung, daß es nicht Lorenzi, der Jüngling, der Wicht, daß es ein Mann,—daß es Casanova war, in dessen Göttergluten sie verging? Und schon begann er es für möglich zu halten, daß ihm der ersehnte und doch gefürchtete Augenblick des Geständnisses gänzlich erspart bleiben würde; er träumte davon, daß Marcolina selbst, bebend, gebannt, erlöst ihm seinen Namen entgegenflüstern würde. Und dann—wenn sie so ihm verziehen—nein—seine Verzeihung empfangen—, dann wollte er sie mit sich nehmen, sofort, in dieser selben Stunde noch;—mit ihr im Grauen der Frühe das Haus verlassen, mit ihr in den Wagen steigen, der draußen an der Straßenbiegung wartete... mit ihr davonfahren, für immer sie halten, sein Lebenswerk damit krönen, daß er, in Jahren, da andre sich zu einem trüben Greisentum bereiten, die Jüngste, die Schönste, die Klügste durch die ungeheure Macht seines unverlöschlichen Wesens gewonnen und sie für alle Zeit zur Seinen gemacht hatte. Denn diese war sein, wie keine vor ihr. Er glitt mit ihr durch geheimnisvolle schmale Kanäle, zwischen Palästen hin, in deren Schatten er nun wieder heimisch war, unter geschwungenen Brücken, über die verdämmernde Gestalten huschten; manche winkten über die Brüstung ihnen entgegen und waren wieder verschwunden, eh' man sie recht erblickt. Nun legte die Gondel an; Marmorstufen führten in das prächtige Haus des Senators Bragadino; es war als das einzige festlich beleuchtet; treppauf, treppab liefen Vermummte—manche blieben neugierig stehen, aber wer konnte Casanova und Marcolina hinter ihren Masken erkennen? Er trat mit ihr in den Saal. Hier wurde ein großes Spiel gespielt. Alle Senatoren, auch Bragadino, in ihren Purpurmänteln, reihten sich um den Tisch. Als Casanova eintrat, flüsterten sie alle seinen Namen wie im höchsten Schrecken; denn am Blitz seiner Augen hinter der Maske hatten sie ihn erkannt. Er setzte sich nicht nieder; er nahm keine Karten, aber er spielte mit. Er gewann, er gewann alles Gold, das auf dem Tische lag, das war aber zuwenig; die Senatoren mußten Wechsel ausstellen; sie verloren ihr Vermögen, ihre Paläste, ihre Purpurmäntel,—sie waren Bettler, sie krochen in Lumpen um ihn her, sie küßten ihm die Hände, und daneben, in einem dunkelroten Saale, war Musik und Tanz. Casanova wollte mit Marcolina tanzen, doch die war fort. Die Senatoren in ihren Purpurmänteln saßen wieder um den Tisch wie vorher; aber nun wußte Casanova, daß es nicht Karten waren, sondern Angeklagte, Verbrecher und Unschuldige, um deren Schicksal es ging. Wo war Marcolina? Hatte er nicht die ganze Zeit ihr Handgelenk umklammert gehalten? Er stürzte die Treppen hinunter, die Gondel wartete; nur weiter, weiter, durch das Gewirr von Kanälen, natürlich wußte der Ruderer, wo Marcolina weilte; warum aber war auch er maskiert? Das war früher nicht üblich gewesen in Venedig. Casanova wollte ihn zur Rede stellen, aber er wagte es nicht. Wird man so feig als alter Mann? Und immer weiter—was für eine Riesenstadt war Venedig in diesen fünfundzwanzig Jahren geworden! Nun endlich wichen die Häuser zurück, breiter wurde der Kanal—zwischen Inseln glitten sie hin, dort ragten die Mauern des Klosters von Murano, in das Marcolina sich geflüchtet hatte. Fort war die Gondel,—jetzt hieß es schwimmen—, wie war das schön! Indes spielten freilich die Kinder in Venedig mit seinen Goldstücken; aber was lag ihm an Gold?... Das Wasser war bald warm, bald kühl; es tropfte von seinen Kleidern, als er die Mauer hinankletterte.—Wo ist Marcolina? fragte er im Sprechsaal laut, schallend, wie nur ein Fürst fragen darf. Ich werde sie rufen, sagte die Herzogin-Äbtissin und versank. Casanova ging, flog, flatterte hin und her, immer längs der Gitterstäbe, wie eine Fledermaus. Hätte ich das nur früher gewußt, daß ich fliegen kann. Ich werde es auch Marcolina lehren. Hinter den Stäben schwebten weibliche Gestalten. Nonnen—doch sie trugen alle weltliche Tracht. Er wußte es, obwohl er sie gar nicht sah, und er wußte auch, wer sie waren. Henriette war es, die Unbekannte, und die Tänzerin Corticelli und Cristina, die Braut, und die schöne Dubois und die verfluchte Alte aus Solothurn und Manon Balletti... und hundert andre, nur Marcolina war nicht unter ihnen! Du hast mich belogen, rief er dem Ruderer zu, der unten in der Gondel wartete; er hatte noch keinen Menschen auf Erden so gehaßt wie den, und er schwor sich zu, eine ausgesuchte Rache an ihm zu nehmen. Aber war es nicht auch eine Narrheit, daß er Marcolina im Kloster von Murano gesucht hatte, da sie doch zu Voltaire gereist war? Wie gut, daß er fliegen konnte, einen Wagen hätte er doch nicht mehr bezahlen können. Und er schwamm davon; aber nun war das gar kein solches Glück mehr, als er gedacht hatte; es wurde kalt und immer kälter, er trieb im offenen Meer, weit von Murano, weit von Venedig—kein Schiff ringsum, seine schwere goldgestickte Gewandung zog ihn nach unten; er versuchte sich ihrer zu entledigen, doch es war unmöglich, da er sein Manuskript in der Hand hielt, das er Herrn Voltaire überreichen mußte,—er bekam Wasser in den Mund, in die Nase, Todesangst überfiel ihn, er griff um sich, er röchelte, er schrie und öffnete mühselig die Augen.

Durch einen schmalen Spalt zwischen Vorhang und Fensterrand war ein Strahl der Dämmerung hereingebrochen. Marcolina, in ihr weißes Nachtgewand gehüllt, das sie mit beiden Händen über der Brust zusammenhielt, stand am Fußende des Bettes und betrachtete Casanova mit einem Blick unnennbaren Grauens, der ihn sofort und völlig wach machte. Unwillkürlich, wie mit einer Gebärde des Flehens, streckte er die Arme nach ihr aus. Marcolina, wie zur Erwiderung, wehrte mit einer Bewegung ihrer Linken ab, während sie mit der Rechten ihr Gewand über der Brust noch krampfhafter zusammenfaßte. Casanova erhob sich halb, sich mit beiden Händen auf das Lager stützend, und starrte sie an. Er vermochte den Blick von ihr so wenig abzuwenden als sie von ihm. Wut und Scham war in dem seinen, in dem ihren Scham und Entsetzen. Und Casanova wußte, wie sie ihn sah; denn er sah sich selbst gleichsam im Spiegel der Luft und erblickte sich so, wie er sich gestern in dem Spiegel gesehen, der im Turmgemach gehangen: ein gelbes böses Antlitz mit tiefgegrabenen Falten, schmalen Lippen, stechenden Augen—und überdies von den Ausschweifungen der verflossenen Nacht, dem gehetzten Traum des Morgens, der furchtbaren Erkenntnis des Erwachens dreifach verwüstet. Und was er in Marcolinens Blick las, war nicht, was er tausendmal lieber darin gelesen: Dieb—Wüstling—Schurke—; er las nur dies eine—, das ihn schmachvoller zu Boden schlug als alle andern Beschimpfungen vermocht hätten—er las das Wort, das ihm von allen das furchtbarste war, da es sein endgültiges Urteil sprach: Alter Mann.—Wäre es in diesem Augenblick in seiner Macht gestanden, sich selbst durch ein Zauberwort zu vernichten—er hätte es getan, nur um nicht unter der Decke hervorkriechen und sich Marcolinen in seiner Blöße zeigen zu müssen, die ihr verabscheuungswürdiger dünken mußte als der Anblick eines ekelhaften Tieres.—Sie aber, wie allmählich zur Besinnung kommend, und offenbar in dem Bedürfnis, ihm möglichst rasch zu dem Gelegenheit zu geben, was doch unerläßlich war, kehrte ihr Gesicht nach der Wand, und er benutzte die Zeit, um aus dem Bette zu steigen, den Mantel vom Boden aufzunehmen und sich darein zu hüllen. Auch seines Degens versicherte er sich sofort, und nun, da er sich zum mindesten der schlimmsten Schmach, der Lächerlichkeit entronnen dünkte, dachte er schon daran, ob er nicht etwa die ganze, für ihn so klägliche Angelegenheit durch wohlgesetzte Worte, um die er ja sonst nicht verlegen war, in ein andres Licht rücken, ja irgendwie zu seinen Gunsten wenden könnte. Daß Lorenzi Marcolina an ihn verkauft hatte, daran konnte nach der Lage der Dinge kein Zweifel für sie sein;—aber wie tief sie den Elenden in diesem Augenblick auch hassen mochte, Casanova fühlte, daß er, der feige Dieb, ihr noch tausendmal hassenswerter erscheinen mußte. Etwas andres verhieß vielleicht eher Genugtuung: Marcolina mit anspielungsreicher, mit höhnisch-lüsterner Rede zu erniedrigen:—doch auch dieser tückische Einfall schwand dahin vor einem Blick, dessen entsetzensvoller Ausdruck sich allmählich in eine unendliche Traurigkeit gewandelt hatte, als wäre es nicht nur Marcolinens Weiblichkeit, die Casanova geschändet—nein, als hätte in dieser Nacht List gegen Vertrauen, Lust gegen Liebe, Alter gegen Jugend sich namenlos und unsühnbar vergangen. Unter diesem Blick, der zu Casanovas schlimmster Qual alles, was noch gut in ihm war, für eine kurze Weile neu entzündete, wandte er sich ab;—ohne sich noch einmal nach Marcolinen umzusehen, ging er ans Fenster, raffte den Vorhang zur Seite, öffnete Fenster und Gitter, warf einen Blick in den dämmernden Garten, der noch zu schlummern schien, und schwang sich über die Brüstung ins Freie. Da er die Möglichkeit erwog, daß irgendwer im Hause schon erwacht sein und ihn von einem Fenster aus erblicken könnte, vermied er die Wiese und ließ sich von der Allee in ihren schützenden Schatten aufnehmen. Er trat durch die Gartentür ins Freie hinaus und hatte kaum hinter sich zugeschlossen, als ihm jemand entgegentrat und den Weg verstellte. Der Ruderer... war sein erster Gedanke. Denn nun wußte er plötzlich, daß der Gondelführer in seinem Traum niemand andrer gewesen war als Lorenzi. Da stand er. Sein roter Waffenrock mit der silbernen Verschnürung brannte durch den Morgen. Welche prächtige Uniform, dachte Casanova in seinem verwirrten und ermüdeten Gehirn, sieht sie nicht aus wie neu?

—Und ist sicher nicht bezahlt... Diese nüchternen Erwägungen brachten ihn völlig zur Besinnung, und sobald er sich der Lage bewußt war, fühlte er sich froh. Er nahm seine stolzeste Haltung an, faßte den Degengriff unter dem hüllenden Mantel fester und sagte im liebenswürdigsten Ton: «Finden Sie nicht, Herr Leutnant Lorenzi, daß Ihnen dieser Einfall etwas verspätet kommt?»—«Doch nicht», erwiderte Lorenzi —und er war schöner in diesem Augenblick als irgendein Mensch, den Casanova je gesehen—, «da doch nur einer von uns den Platz lebend verlassen wird.»—«Sie haben es eilig, Lorenzi», sagte Casanova in einem fast weichen Ton, «Wollen wir die Sache nicht wenigstens bis Mantua aufschieben? Es wird mir eine Ehre sein, Sie in meinem Wagen mitzunehmen. Er wartet an der Straßenbiegung. Auch hätte es manches für sich, wenn die Formen gewahrt würden... gerade in unserm Fall.»—«Es bedarf keiner Formen. Sie, Casanova, oder ich,—und noch in dieser Stunde.» Er zog den Degen. Casanova zuckte die Achseln. «Wie Sie wünschen, Lorenzi. Aber ich möchte Ihnen doch zu bedenken geben, daß ich leider gezwungen wäre, in einem völlig unangemessenen Kostüm anzutreten.» Er schlug den Mantel auseinander und stand nackt da, den Degen wie spielend in der Hand. In Lorenzis Augen stieg eine Welle von Haß. «Sie sollen nicht im Nachteil mir gegenüber sein», sagte er und begann mit großer Geschwindigkeit, sich all seiner Kleidungsstücke zu entledigen. Casanova wandte sich ab und hüllte sich solange wieder in seinen Mantel, da es trotz der allmählich durch den Morgendunst brechenden Sonne nun empfindlich kühl geworden war. Von den Bäumen, die spärlich auf der Höhe des Hügels standen, fielen lange Schatten über den Rasen hin. Einen Moment lang dachte Casanova, ob nicht am Ende jemand hier vorbeikommen könnte? Doch der Pfad, der längs der Mauer zur rückwärtigen Gartentür lief, wurde wohl nur von Olivo und den Seinen benutzt. Es fiel Casanova ein, daß er nun vielleicht die letzten Minuten seines Daseins durchlebte, und er wunderte sich, daß er vollkommen ruhig war. Herr Voltaire hat Glück, dachte er flüchtig; aber im Grunde war ihm Voltaire höchst gleichgültig, und er hätte gewünscht, in dieser Stunde holdere Bilder vor seine Seele zaubern zu können als das widerliche Vogelgesicht des alten Literaten. War es übrigens nicht sonderbar, daß jenseits der Mauer in den Wipfeln der Bäume keine Vögel sangen? Das Wetter würde sich wohl ändern. Doch was ging ihn das Wetter an? Er wollte lieber Marcolinens gedenken, der Wonnen, die er in ihren Armen genossen, und die er nun teuer bezahlen sollte. Teuer?—Wohlfeil genug! Ein paar Greisenjahre—in Elend und Niedrigkeit... Was hatte er noch zu tun auf der Welt?... Herrn Bragadino vergiften?—War es der Mühe wert? Nichts war der Mühe wert... Wie dünn dort oben die Bäume standen! Er begann sie zu zählen. Fünf... sieben... zehn—Sollte ich nichts Wichtigeres zu tun haben?...—«Ich bin bereit, Herr Chevalier!» Rasch wandte sich Casanova um. Lorenzi stand ihm gegenüber, herrlich in seiner Nacktheit wie ein junger Gott. Alles Gemeine war aus seinem Antlitz weggelöscht; er schien so bereit, zu töten als zu sterben.—Wenn ich meinen Degen hinwürfe? dachte Casanova. Wenn ich ihn umarmte? Er ließ den Mantel von seinen Schultern gleiten und stand nun da wie Lorenzi, schlank und nackt. Lorenzi senkte den Degen zum Gruß nach den Regeln der Fechtkunst, Casanova gab den Gruß zurück; im nächsten Augenblick kreuzten sie die Klingen, und silbernes Morgenlicht spielte glitzernd von Stahl zu Stahl. Wie lang ist es nur her, dachte Casanova, seit ich zum letztenmal einem Gegner mit dem Degen gegenübergestanden bin? Doch keines seiner ernsthafteren Duelle wollte ihm jetzt einfallen, sondern nur die Fechtübungen, die er vor zehn Jahren noch mit Costa, seinem Kammerdiener, abzuhalten pflegte, dem Lumpen, der ihm später mit hundertfünfzigtausend Lire durchgegangen war. Immerhin, dachte Casanova, er war ein tüchtiger Fechter;—und auch ich habe nichts verlernt! Sein Arm war sicher, seine Hand war leicht, sein Auge blickte so scharf wie je. Eine Fabel ist Jugend und Alter, dachte er... Bin ich nicht ein Gott? Wir beide nicht Götter? Wer uns jetzt sähe!—Es gäbe Damen, die sich's was kosten ließen. Die Schneiden bogen sich, die Spitzen flirrten; nach jeder Berührung der Klingen sang es leise in der Morgenluft nach. Ein Kampf? Nein, ein Turnier... Warum dieser Blick des Entsetzens, Marcolina? Sind wir nicht beide deiner Liebe wert? Er ist nur jung, ich aber bin Casanova!... Da sank Lorenzi hin, mit einem Stich mitten ins Herz. Der Degen entfiel seiner Hand, er riß die Augen weit auf, wie im höchsten Erstaunen, hob noch einmal das Haupt, seine Lippen verzogen sich schmerzlich, er ließ das Haupt sinken, seine Nasenflügel öffneten sich weit, ein leises Röcheln, er starb.—Casanova beugte sich zu ihm hinab, kniete neben ihm nieder, sah ein paar Blutstropfen aus der Wunde sickern, führte die Hand ganz nahe an des Gefallenen Mund; kein Hauch des Lebens berührte sie. Ein kühler Schauer floß durch Casanovas Glieder. Er erhob sich und nahm seinen Mantel um. Dann trat er wieder an die Leiche und blickte auf den Jünglingsleib hinab, der in unvergleichlicher Schönheit auf dem Rasen hingestreckt lag. Ein leises Rauschen ging durch die Stille; es war der Morgenwind, der durch die Wipfel jenseits der Gartenmauer strich. Was tun? fragte sich Casanova. Leute rufen? Olivo? Amalia? Marcolina?—Wozu? Lebendig macht ihn keiner mehr!—Er überlegte mit der kalten Ruhe, die ihm in den gefährlichsten Momenten seines Daseins immer eigen gewesen war.—Bis man ihn findet, kann es viele Stunden dauern, vielleicht bis zum Abend, auch länger. Bis dahin hab' ich Zeit gewonnen, und darauf allein kommt es an.—Er hielt immer noch seinen Degen in der Hand, er sah Blut daran schimmern und wischte es im Grase ab. Der Einfall kam ihm, die Leiche anzukleiden, aber das hätte ihn Minuten verlieren lassen, die kostbar und unwiederbringlich waren. Wie zu einem letzten Opfer beugte er sich nochmals nieder und drückte dem Toten die Augen zu. «Glücklicher», sagte er vor sich hin, und, wie in traumhafter Benommenheit, küßte er den Ermordeten auf die Stirn. Dann erhob er sich rasch und eilte, der Mauer entlang, um die Ecke, nach abwärts biegend, der Straße zu. Der Wagen stand an der Kreuzung, wo er ihn verlassen, der Kutscher war auf dem Bock fest eingeschlafen. Casanova hatte acht, ihn nicht aufzuwecken, stieg mit äußerster Vorsicht ein, und jetzt erst rief er ihn an. «He! Wird's bald?» und puffte ihn in den Rücken. Der Kutscher schrak auf, schaute um sich, staunte, daß es schon ganz licht war, dann hieb er auf die Rosse ein und fuhr davon. Casanova lehnte sich tief zurück, in den Mantel gehüllt, der einmal Lorenzi gehört hatte. Im Dorf waren nur ein paar Kinder auf der Straße zu sehen; die Männer und Weiber offenbar schon alle bei der Arbeit auf dem Feld. Als die Häuser hinter ihnen lagen, atmete Casanova auf; er öffnete den Reisesack, nahm seine Sachen heraus und begann sich unter dem Schutz des Mantels anzukleiden, nicht ohne Sorge, daß der Kutscher sich umdrehen und ihm seines Fahrgastes sonderbares Gebaren auffallen könnte. Doch nichts dergleichen geschah; Casanova konnte sich ungestört fertigmachen, brachte Lorenzis Mantel im Sack unter und nahm wieder den seinen um. Er blickte nach dem Himmel, der sich indes getrübt hatte. Er fühlte sich nicht müde, vielmehr aufs höchste angespannt und überwach. Er überdachte seine Lage und kam, wie immer er sie betrachtete, zu dem Schluß, daß sie wohl einigermaßen bedenklich war, aber nicht so gefährlich, wie sie ängstlichern Gemütern vielleicht erschienen wäre. Daß man ihn sofort verdächtigen würde, Lorenzi getötet zu haben, war freilich wahrscheinlich; aber keiner konnte zweifeln, daß es im ehrlichen Zweikampf geschehen war, und besser noch: er war von Lorenzi überfallen, zum Duell gezwungen worden, und niemand durfte es ihm als Verbrechen anrechnen, daß er sich zur Wehr gesetzt hatte. Aber warum hatte er ihn auf dem Rasen liegen lassen wie einen toten Hund? Auch das durfte ihm niemand zum Vorwurf machen: rasche Flucht war sein gutes Recht, beinahe seine Pflicht gewesen. Lorenzi hätte es nicht anders gemacht. Aber konnte ihn Venedig nicht ausliefern? Sofort nach seiner Ankunft wollte er sich in den Schutz seines Gönners Bragadino stellen. Aber bezichtigte er sich so nicht selbst einer Tat, die am Ende unentdeckt bleiben oder doch nicht ihm zur Last gelegt werden würde? Gab es überhaupt einen Beweis gegen ihn? War er nicht nach Venedig berufen? Wer durfte sagen, daß es eine Flucht war? Der Kutscher etwa, der die halbe Nacht an der Straße gewartet? Mit noch ein paar Goldstücken war ihm das Maul gestopft. So liefen seine Gedanken im Kreise. Plötzlich war ihm, als hörte er hinter seinem Rücken das Getrabe von Pferden. Schon? war sein erster Gedanke. Er steckte den Kopf zum Wagenfenster hinaus, sah nach rückwärts, die Straße war leer. Sie waren an einem Gehöft vorbeigefahren; es war der Widerhall vom Hufschlag seiner eignen Pferde gewesen. Daß er sich getäuscht hatte, beruhigte ihn für eine Weile so sehr, als wäre nun jede Gefahr für allemal vorüber. Dort ragten die Türme von Mantua... «Vorwärts, vorwärts», sagte er vor sich hin; denn er wollte gar nicht, daß es der Kutscher hörte. Der aber, in der Nähe des Ziels, ließ die Rosse aus eignem Antrieb immer rascher laufen; bald waren sie am Tor, durch das Casanova vor noch nicht zweimal vierundzwanzig Stunden mit Olivo die Stadt verlassen; er gab dem Kutscher den Namen des Gasthofs an, vor dem er zu halten hätte; nach wenigen Minuten zeigte sich das Schild mit dem goldenen Löwen, und Casanova sprang aus dem Wagen. In der Tür stand die Wirtin; frisch, mit lachendem Gesicht, und schien nicht übel gelaunt, Casanova zu empfangen, wie man eben einen Geliebten empfängt, der nach unerwünschter Abwesenheit als ein Heißersehnter wiederkehrt; er aber wies mit einem ärgerlichen Blick auf den Kutscher wie auf einen lästigen Zeugen und hieß ihn dann, sich an Speise und Trank nach Herzenslust gütlich tun. «Ein Brief aus Venedig ist gestern abend für Sie angekommen, Herr Chevalier», sagte die Wirtin. —«Noch einer?» fragte Casanova und lief die Treppen hinauf in sein Zimmer. Die Wirtin folgte ihm. Auf dem Tisch lag ein versiegeltes Schreiben. In höchster Erregung öffnete es Casanova.—Ein Widerruf? dachte er in Angst. Doch als er gelesen, erheiterte sich sein Gesicht. Es waren ein paar Zeilen von Bragadino mit einer Anweisung auf zweihundertfünfzig Lire, die beilag, damit er seine Reise, wenn er etwa dazu entschlossen, auch nicht einen Tag länger aufzuschieben genötigt sei. Casanova wandte sich zu der Wirtin und erklärte ihr mit einer angenommenen verdrießlichen Miene, daß er leider gezwungen sei, schon in dieser selben Stunde seine Reise fortzusetzen, wenn er nicht Gefahr laufen wolle, die Stelle zu verlieren, die ihm sein Freund Bragadino in Venedig verschafft habe, und um die hundert Bewerber da seien. Aber, setzte er gleich hinzu, als er bedrohliche Wolken auf der Wirtin Stirn aufziehen sah, er wolle sich die Stelle nur erst einmal sichern, sein Dekret—nämlich als Sekretär des Hohen Rats von Venedig—in Empfang nehmen, dann, wenn er einmal in Amt und Würden sei, werde er sofort einen Urlaub verlangen, um seine Angelegenheiten in Mantua zu ordnen, den könne man ihm natürlich nicht verweigern; er lasse ja sogar seine meisten Habseligkeiten hier zurück—und dann, dann hänge es nur von seiner teuern, von seiner entzückenden Freundin ab, ob sie nicht ihr Wirtsgeschäft hier aufgeben und ihm als seine Gattin nach Venedig folgen wolle... Sie fiel ihm um den Hals und fragte ihn mit schwimmenden Augen, ob sie ihm nicht vor seiner Abfahrt wenigstens ein tüchtiges Frühstück ins Zimmer bringen dürfe. Er wußte, daß es auf eine Abschiedsfeier abgesehen war, zu der er nicht das geringste Verlangen verspürte, doch er erklärte sich einverstanden, um sie nur endlich einmal los zu sein; als sie die Treppe hinunter war, packte er noch von Wäsche und Büchern, was er am dringendsten benötigte, in seine Tasche, begab sich in die Wirtsstube, wo er den Kutscher bei einem reichlichen Mahle fand, und fragte ihn, ob er—gegen eine Summe, die den gewöhnlichen Preis um das Doppelte überstieg—bereit wäre, sofort mit den gleichen Pferden in der Richtung gegen Venedig zu fahren, bis zur nächsten Poststation. Der Kutscher schlug ohne weiteres ein, und so war Casanova für den Augenblick die schlimmste Sorge los. Die Wirtin trat ein, zornrot im Gesicht, und fragte ihn, ob er vergessen habe, daß sein Frühstück ihn auf dem Zimmer erwarte. Casanova erwiderte ihr in der unbefangensten Weise, er habe es keineswegs vergessen, und bat sie zugleich, da es ihm an Zeit mangle, das Bankhaus aufzusuchen, auf das sein Wechsel ausgestellt war, ihm gegen die Anweisung, die er ihr überreichte, zweihundertfünfzig Lire auszuhändigen. Während sie lief, das Geld zu holen, ging Casanova auf sein Zimmer und begann mit einer wahrhaft tierischen Gier das Essen hinunterzuschlingen, das bereitgestellt war. Er ließ sich nicht stören, da die Wirtin erschien, steckte nur rasch das Geld ein, das sie ihm gebracht hatte;—als er fertig war, wandte er sich der Frau zu, die zärtlich an seine Seite gerückt war, nun endlich ihre Stunde für gekommen hielt und in nicht mißzuverstehender Weise ihre Arme gegen ihn ausbreitete,—er umschlang sie heftig, küßte sie auf beide Wangen, drückte sie an sich, und als sie bereit schien, ihm nichts mehr zu versagen, riß er sich mit den Worten: «Ich muß fort... auf Wiedersehen!» so heftig von ihr los, daß sie nach rückwärts in die Ecke des Sofas fiel. Der Ausdruck ihrer Mienen, in seiner Mischung von Enttäuschung, Zorn, Ohnmacht, hatte etwas so unwiderstehlich Komisches, daß Casanova, während er die Tür hinter sich zuschloß, sich nicht enthalten konnte, laut aufzulachen.

Daß sein Fahrgast es eilig hatte, konnte dem Kutscher nicht entgangen sein; sich über die Gründe Gedanken zu machen, war er nicht verpflichtet; jedenfalls saß er fahrtbereit auf dem Bock, als Casanova aus der Tür des Gasthofs trat, und hieb mächtig auf die Pferde ein, sobald jener eingestiegen war. Auch hielt er es für richtig, nicht mitten durch die Stadt zu fahren, sondern umkreiste sie, um an ihrem andern Ende wieder auf die Landstraße zu geraten. Noch stand die Sonne nicht hoch, es fehlten drei Stunden auf Mittag. Casanova dachte: Es ist sehr wohl möglich, daß man den toten Lorenzi noch nicht einmal gefunden hat. Daß er selbst Lorenzi umgebracht hatte, kam ihm kaum recht zu Bewußtsein; er war nur froh, daß er sich immer weiter von Mantua entfernte, daß ihm endlich für eine Weile Ruhe gegönnt war... Er verfiel in den tiefsten Schlaf seines Lebens, der gewissermaßen zwei Tage und zwei Nächte dauerte; denn die kurzen Unterbrechungen, die das Wechseln der Pferde notwendig machte, und während deren er in Wirtsstuben saß, vor Posthäusern auf und ab ging, mit Postmeistern, Wirten, Zollwächtern, Reisenden gleichgültige Zufallsworte tauschte, hatte er als Einzelvorfälle nicht im Gedächtnis zu bewahren vermocht. So floß später die Erinnerung dieser zwei Tage und Nächte mit dem Traum zusammen, den er in Marcolinens Bett geträumt, und auch der Zweikampf der zwei nackten Menschen auf einem grünen Rasen im Frühsonnenschein gehörte irgendwie zu diesem Traum, in dem er manchmal in einer rätselhaften Weise nicht Casanova, sondern Lorenzi, nicht der Sieger, sondern der Gefallene, nicht der Entfliehende, sondern der Tote war, um dessen blassen Jünglingsleib einsamer Morgenwind spielte; und beide, er selbst und Lorenzi, waren nicht wirklicher als die Senatoren in den roten Purpurmänteln, die als Bettler vor ihm auf den Knien herumgerutscht waren, und nicht weniger wirklich als jener ans Geländer irgendeiner Brücke gelehnte Alte, dem er in der Abenddämmerung aus dem Wagen ein Almosen zugeworfen hatte. Hätte Casanova nicht mittelst seiner Urteilskraft das Erlebte und Geträumte auseinanderzuhalten vermocht, so hätte er sich einbilden können, daß er in Marcolinens Armen in einen wirren Traum verfallen war, aus dem er erst beim Anblick des Campanile von Venedig erwachte.

Es war am dritten Morgen seiner Reise, daß er, von Mestre aus, den Glockenturm nach mehr als zwanzig Jahren der Sehnsucht zum erstenmal wieder erschaute,—ein graues Steingebilde, das einsam ragend aus der Dämmerung wie aus weiter Ferne vor ihm auftauchte. Aber er wußte, daß ihn jetzt nur mehr eine Fahrt von zwei Stunden von der geliebten Stadt trennte, in der er jung gewesen war. Er entlohnte den Kutscher, ohne zu wissen, ob es der vierte, fünfte oder sechste war, mit dem er seit Mantua abzurechnen hatte, und eilte, von einem Jungen gefolgt, der ihm das Gepäck nachtrug, durch die armseligen Straßen zum Hafen, um das Marktschiff zu erreichen, das heute noch, wie vor fünfundzwanzig Jahren, um sechs Uhr nach Venedig abging. Es schien nur noch auf ihn gewartet zu haben; kaum hatte er unter Weibern, die ihre Ware zur Stadt brachten, kleinen Geschäftsleuten, Handwerkern auf einer schmalen Bank seinen Platz eingenommen, als sich das Schiff in Bewegung setzte. Der Himmel war trüb; Dunst lag auf den Lagunen; es roch nach faulem Wasser, nach feuchtem Holz, nach Fischen und nach frischem Obst. Immer höher ragte der Campanile, andre Türme zeichneten sich in der Luft ab, Kirchenkuppeln wurden sichtbar; von irgendeinem Dach, von zweien, von vielen glänzte der Strahl der Morgensonne ihm entgegen;—Häuser rückten auseinander, wuchsen in die Höhe; Schiffe, größere und kleinere, tauchten aus dem Nebel; Grüße von einem zum andern wurden getauscht. Das Geschwätz rings um ihn wurde lauter; ein kleines Mädchen bot ihm Trauben zum Kauf; er verzehrte die blauen Beeren, spuckte die Schalen nach der Art seiner Landsleute hinter sich über Bord und ließ sich in ein Gespräch mit irgendeinem Menschen ein, der seine Befriedigung darüber äußerte, daß nun endlich schönes Wetter anzubrechen scheine. Wie, es hatte hier drei Tage lang geregnet? Er wußte nichts davon; er kam aus dem Süden, aus Neapel, aus Rom... Schon fuhr das Schiff durch die Kanäle der Vorstadt; schmutzige Häuser starrten ihn aus trüben Fenstern wie mit blöden fremden Augen an, zwei-, dreimal hielt das Schiff an, ein paar junge Leute, einer mit einer großen Mappe unterm Arm, Weiber mit Körben stiegen aus;—nun kam man in freundlichere Bezirke. War dies nicht die Kirche, in der Martina zur Beichte gegangen war?—Und dies nicht das Haus, in dem er die blasse, todkranke Agathe auf seine Weise wieder rot und gesund gemacht hatte?—Und hatte er in jenem nicht den schuftigen Bruder der reizenden Silvia braun und blau geprügelt? Und in jenem Seitenkanal das kleine gelbliche Haus, auf dessen wasserbespülten Stufen ein dickes Frauenzimmer mit nackten Füßen stand... Ehe er sich noch zu besinnen vermochte, welche Erscheinung aus fernen Jugendtagen er dahin zu versetzen hatte, war das Schiff in den großen Kanal eingelenkt und fuhr nun auf der breiten Wasserstraße langsam zwischen Palästen weiter. Es war Casanova, von seinem Traume her, als wär' er erst tags vorher denselben Weg gefahren. An der Rialtobrücke stieg er aus; denn eh' er sich zu Herrn Bragadino begab, wollte er in einem nahen kleinen wohlfeilen Gasthof, dessen er sich der Lage, aber nicht dem Namen nach erinnerte, sein Gepäck unterbringen und sich eines Zimmers versichern. Er fand das Haus verfallener, oder mindestens vernachlässigter, als er es im Gedächtnis bewahrt hatte; ein verdrossener unrasierter Kellner wies ihm einen wenig freundlichen Raum mit der Aussicht auf die fensterlose Mauer eines gegenüberliegenden Hauses an. Doch Casanova wollte keine Zeit verlieren; auch war ihm, da sich seine Barschaft auf der Reise beinahe gänzlich erschöpft hatte, der niedrige Preis des Zimmers sehr erwünscht; so beschloß er, vorläufig hier zu bleiben, befreite sich vom Staub und Schmutz der langen Reise, überlegte eine Weile, ob er sich in sein Prachtgewand werfen sollte, fand es dann doch angemessen, wieder das bescheidenere anzulegen, und verließ endlich den Gasthof. Nur hundert Schritte waren es, durch ein schmales Gäßchen und über eine Brükke, zu dem kleinen vornehmen Palazzo, in dem Bragadino wohnte. Ein junger Bedienter mit einem ziemlich unverschämten Gesicht nahm Casanovas Anmeldung entgegen, tat, als wenn er den berühmten Namen niemals gehört hätte, kam aber mit einer etwas freundlicheren Miene aus den Gemächern seines Herrn wieder und ließ den Gast eintreten. Bragadino saß an einem nah ans offene Fenster gerückten Tisch beim Frühstück; er wollte sich erheben, was Casanova nicht zuließ.—«Mein teuerer Casanova», rief Bragadino aus, «wie glücklich bin ich, Sie wiederzusehen! Ja, wer hätte gedacht, daß wir uns überhaupt jemals wiedersehen würden?» Und er streckte ihm beide Hände entgegen. Casanova ergriff sie, als wenn er sie küssen wollte, tat es aber nicht und erwiderte die herzliche Begrüßung mit Worten heißen Dankes in der etwas hochtrabenden Art, von der seine Ausdrucksweise bei solchen Gelegenheiten nicht frei war. Bragadino forderte ihn auf, Platz zu nehmen, und fragte ihn vor allem, ob er schon gefrühstückt habe. Als Casanova verneinte, klingelte Bragadino dem Diener und gab ihm die entsprechende Weisung. Als der Diener sich entfernt hatte, äußerte Bragadino seine Befriedigung darüber, daß Casanova das Anerbieten des Hohen Rats ohne Vorbehalt angenommen; es werde ihm gewiß nicht zum Nachteil gereichen, daß er sich entschlossen habe, dem Vaterland seine Dienste zu widmen. Casanova erklärte, daß er sich glücklich schätzen werde, die Zufriedenheit des Hohen Rats zu erwerben.—So sprach er und dachte sich sein Teil dabei. Freilich, von irgendwelchem Haß gegen Bragadino verspürte er nichts mehr in sich; eher eine gewisse Rührung über den einfältig gewordenen uralten Mann, der ihm da gegenübersaß mit dünngewordenem weißem Bart und rotgeränderten Augen, und dem die Tasse in der mageren Hand zitterte. Als Casanova ihn zum letztenmal gesehen hatte, mochte Bragadino etwa soviel Jahre zählen als Casanova heute; freilich war er ihm schon damals wie ein Greis erschienen.

Nun brachte der Diener das Frühstück für Casanova, der sich's, ohne sich viel zureden zu lassen, vortrefflich schmecken ließ, da er auf seiner Reise nur hie und da einen spärlichen Imbiß in Hast zu sich genommen. —Ja, Tag und Nacht war er von Mantua bis hierher gereist;—so eilig hatte er's, dem Hohen Rat seine Bereitwilligkeit, dem edlen Gönner seine unauslöschliche Dankbarkeit zu beweisen: dies brachte er zur Entschuldigung vor für die beinahe unanständige Gier, mit der er die dampfende Schokolade schlürfte. Durchs Fenster drangen die tausendfältigen Geräusche des Lebens von den großen und kleinen Kanälen; die Rufe der Gondelführer schwebten eintönig über alle andern hin; irgendwo, nicht zu weit, vielleicht in dem Palast gegenüber—war es nicht der des Fogazzari?—sang eine schöne, ziemlich hohe Frauenstimme Koloraturen; sie gehörte offenbar einem sehr jungen Wesen an, einem Wesen, das noch nicht einmal geboren war zur Zeit, da Casanova aus den Bleikammern entflohen war.—Er aß Zwieback und Butter, Eier, kaltes Fleisch; und entschuldigte sich immer wieder ob seiner Unersättlichkeit bei Bragadino, der ihm vergnügt zusah. «Ich liebe es», sagte er, «wenn junge Leute Appetit haben! Und soviel ich mich erinnere, mein teuerer Casanova, hat es Ihnen daran nie gefehlt!» Und er entsann sich eines Mahls, das er in den ersten Tagen ihrer Bekanntschaft gemeinsam mit Casanova genossen—vielmehr, bei dem er seinem jungen Freunde bewundernd zugeschaut hatte—wie heute; denn er selbst war damals noch nicht so weit gewesen, es war nämlich, kurz nachdem Casanova den Arzt hinausgeworfen, der den armen Bragadino durch die ewigen Aderlässe fast ins Grab gebracht hatte... Sie redeten von vergangenen Zeiten; ja—damals war das Leben in Venedig schöner gewesen als heute.—«Nicht überall», sagte Casanova und spielte durch ein feines Lächeln auf die Bleidächer an. Bragadino wehrte mit einer Handbewegung ab, als wäre nun nicht die Stunde, sich solcher kleiner Unannehmlichkeiten zu erinnern. Übrigens, er, Bragadino, hatte auch damals alles mögliche versucht, um Casanova vor der Strafe zu retten, wenn auch leider vergeblich. Ja, wenn er schon damals dem Rat der Zehn angehört hätte!—

So kamen sie auf politische Angelegenheiten zu reden, und Casanova erfuhr von dem alten Mann, der, von seinem Thema entzündet, den Witz und die ganze Lebendigkeit seiner jüngeren Jahre wiederzufinden schien, gar Vieles und Merkwürdiges über die bedenkliche Geistesrichtung, der ein Teil der Venezianer Jugend neuerdings anzuhängen, und über die gefährlichen Umtriebe, die sich in unverkennbaren Zeichen anzukündigen begännen; und er war gar nicht übel vorbereitet, als er sich noch am Abend desselben Tags, den er, in sein trübseliges Gasthofzimmer eingeschlossen, nur zur Beschwichtigung seiner vielfach aufgestörten Seele mit dem Ordnen und teilweisen Verbrennen von Papieren verbracht hatte, in das Café Quadri am Markusplatz verfügte, das als Hauptversammlungsort der Freidenker und Umstürzler galt. Durch einen alten Musiker, der ihn sofort wiedererkannte, den einstigen Kapellmeister des Theaters San Samuele, desselben, in dem Casanova vor dreißig Jahren Geige gespielt hatte, wurde er auf die ungezwungenste Weise in eine Gesellschaft von meist jüngern Leuten eingeführt, deren Namen ihm von seinem Morgengespräch mit Bragadino her als besonders verdächtige in Erinnerung verblieben waren. Sein eigner Name aber schien auf die andern keineswegs in der Art zu wirken, die zu erwarten er berechtigt gewesen wäre; ja die meisten wußten offenbar nicht mehr von Casanova, als daß er vor langer Zeit aus irgendeinem Grunde oder vielleicht auch ganz unschuldig in den Bleikammern gefangen gesessen und unter allerlei Fährlichkeiten von dort entkommen war. Das Büchlein, in dem er schon vor Jahren seine Flucht so lebendig geschildert hatte, war zwar nicht unbekannt geblieben, doch mit der gebührenden Aufmerksamkeit schien es niemand gelesen zu haben. Es machte Casanova einigen Spaß, zu denken, daß es nur von ihm abhinge, jedem dieser jungen Herren baldigst zu persönlichen Erfahrungen über die Lebensbedingungen unter den Bleidächern von Venedig und über die Schwierigkeiten des Entkommens zu verhelfen; aber fern davon, einen so boshaften Einfall durchschimmern oder gar erraten zu lassen, verstand er es vielmehr, auch hier den Harmlosen und Liebenswürdigen zu spielen, und unterhielt bald die Gesellschaft nach seiner Art mit der Erzählung von allerlei heitern Abenteuern, die ihm auf seiner letzten Reise von Rom hierher begegnet waren;—Geschichten, die, wenn auch im ganzen ziemlich wahr, in Wirklichkeit immerhin fünfzehn bis zwanzig Jahre zurücklagen. Während man ihm noch angeregt zuhörte, brachte irgendwer mit andern

Neuigkeiten die Kunde, daß ein Offizier aus Mantua in der Nähe des Landguts eines Freundes, wo er zu Besuch geweilt, umgebracht und die Leiche von den Räubern bis aufs Hemd ausgeplündert worden wäre. Da dergleichen Überfälle und Mordtaten zu jener Zeit nicht gerade selten vorkamen, erregte der Fall auch in diesem Kreise kein sonderliches Aufsehen, und Casanova fuhr in seiner Erzählung fort, wo man ihn unterbrochen hatte,—als ginge ihn die Sache so wenig an wie die übrigen; ja, von einer Unruhe befreit, die er sich nur nicht recht eingestanden hatte, fand er noch lustigere und frechere Worte als vorher.

Mitternacht war vorbei, als er nach flüchtigem Abschied von seinen neuen Bekannten unbegleitet auf den weiten leeren Platz hinaustrat, über dem sternenlos, doch ruhelos flimmernd ein dunstschwerer Himmel hing. Mit einer Art von schlafwandlerischer Sicherheit, ohne sich eigentlich bewußt zu werden, daß er ihn in dieser Stunde nach einem Vierteljahrhundert zum ersten Male wieder ging, fand er den Weg durch enge Gäßchen zwischen dunklen Häusermauern und über schmale Brückenstege, unter denen die schwärzlichen Kanäle den ewigen Wassern zuzogen, nach seinem elenden Gasthof, dessen Tor erst auf wiederholtes Klopfen sich träg und unfreundlich vor ihm öffnete; —und wenige Minuten später, in einer schmerzenden Müdigkeit, die durch seine Glieder lastete, ohne sie zu lösen, mit einem bittern Nachgeschmack auf den Lippen, den er gleichsam aus dem Innersten seines Wesens nach oben steigen fühlte, warf er sich, nur halb ausgekleidet, auf ein schlechtes Bett, um nach fünfundzwanzig Jahren der Verbannung den ersten, so lang ersehnten Heimatschlaf zu tun, der endlich, bei anbrechendem Morgen, traumlos und dumpf, sich des alten Abenteurers erbarmte.

Anmerkung

Ein Besuch Casanovas bei Voltaire in Ferney hat tatsächlich stattgefunden, doch alle in der vorstehenden Novelle daran geknüpften Folgerungen, wie insbesondre die, daß Casanova sich mit einer gegen Voltaire gerichteten Streitschrift beschäftigt hätte, haben mit der geschichtlichen Wahrheit nichts zu tun. Historisch ist ferner, daß Casanova sich im Alter zwischen fünfzig und sechzig genötigt sah, in seiner Vaterstadt Venedig Spionendienste zu leisten; wie man auch über manche andre frühere Erlebnisse des berühmten Abenteurers, deren im Verlaufe der Novelle beiläufig Erwähnung geschieht, in seinen «Erinnerungen» ausführlichere und getreuere Nachrichten finden kann. Im übrigen ist die ganze Erzählung von „Casanovas Heimfahrt“ frei erfunden. A. S.

FRÄULEIN ELSE

«*Du willst wirklich nicht mehr weiterspielen, Else?*»—«Nein, Paul, ich kann nicht mehr. Adieu.—Auf Wiedersehen, gnädige Frau.»—«*Aber, Else, sagen Sie mir doch: Frau Cissy.—Oder lieber noch: Cissy, ganz einfach.*»—«Auf Wiedersehen, Frau Cissy.»—«*Aber warum gehen Sie denn schon, Else? Es sind noch volle zwei Stunden bis zum Dinner.*»—«Spielen Sie nur Ihr Single mit Paul, Frau Cissy, mit mir ist's doch heut' wahrhaftig kein Vergnügen.»—«*Lassen Sie sie, gnädige Frau, sie hat heut' ihren ungnädigen Tag.—Steht dir übrigens ausgezeichnet zu Gesicht, das Ungnädigsein, Else.—Und der rote Sweater noch besser.*»—«Bei Blau wirst du hoffentlich mehr Gnade finden, Paul. Adieu.»

Das war ein ganz guter Abgang. Hoffentlich glauben die zwei nicht, daß ich eifersüchtig bin.—Daß sie was miteinander haben, Cousin Paul und Cissy Mohr, darauf schwör' ich. Nichts auf der Welt ist mir gleichgültiger.—Nun wende ich mich noch einmal um und winke ihnen zu. Winke und lächle. Sehe ich nun gnädig aus?—Ach Gott, sie spielen schon wieder. Eigentlich spiele ich besser als Cissy Mohr; und Paul ist auch nicht gerade ein Matador. Aber gut sieht er aus—mit dem offenen Kragen und dem Bösen-Jungen-Gesicht. Wenn er nur weniger affektiert wäre. Brauchst keine Angst zu haben, Tante Emma...

Was für ein wundervoller Abend! Heut' wär' das richtige Wetter gewesen für die Tour auf die Rosettahütte. Wie herrlich der Cimone in den Himmel ragt!—Um fünf Uhr früh wär' man aufgebrochen. Anfangs wär' mir natürlich übel gewesen, wie gewöhnlich. Aber das verliert sich.—Nichts köstlicher als das Wandern im Morgengrauen.—Der einäugige Amerikaner auf der Rosetta hat ausgesehen wie ein Boxkämpfer. Vielleicht hat ihm beim Boxen wer das Aug' ausgeschlagen. Nach Amerika würd' ich ganz gern heiraten, aber keinen Amerikaner. Oder ich heirat' einen Amerikaner und wir leben in Europa. Villa an der Riviera. Marmorstufen ins Meer. Ich liege nackt auf dem Marmor.—Wie lang' ist's her, daß wir in Mentone waren? Sieben oder acht Jahre. Ich war dreizehn oder vierzehn. Ach ja, damals waren wir noch in besseren Verhältnissen.—Es war eigentlich ein Unsinn, die Partie aufzuschieben. Jetzt wären wir jedenfalls schon zurück.—Um vier, wie ich zum Tennis gegangen bin, war der telegraphisch angekündigte Expreßbrief von Mama noch nicht da. Wer weiß, ob jetzt. Ich hätt' noch ganz gut ein Set spielen können.—Warum grüßen mich diese zwei jungen Leute? Ich kenn' sie gar nicht. Seit gestern wohnen sie im Hotel, sitzen beim Essen links am Fenster, wo früher die Holländer gesessen sind. Hab' ich ungnädig gedankt? Oder gar hochmütig? Ich bin's ja gar nicht. Wie sagte Fred auf dem Weg vom «Coriolan» nach Hause? Frohgemut. Nein, hochgemut. Hochgemut sind Sie, nicht hochmütig, Else.—Ein schönes Wort. Er findet immer schöne Worte. Warum geh' ich so langsam? Fürcht' ich mich am Ende vor Mamas Brief? Nun, Angenehmes wird er wohl nicht enthalten. Expreß! Vielleicht muß ich wieder zurückfahren. O weh! Was für ein Leben—trotz rotem Seidensweater und Seidenstrümpfen. Drei Paar! Die arme Verwandte, von der reichen Tante eingeladen. Sicher bereut sie's schon. Soll ich's dir schriftlich geben, teuere Tante, daß ich an Paul nicht im Traume denke? Ach, an niemanden denke ich. Ich bin nicht verliebt. In niemanden. Und war noch nie verliebt. Auch in Albert bin ich's nicht gewesen, obwohl ich es mir acht Tage lang eingebildet habe. Ich glaube, ich kann mich nicht verlieben. Eigentlich merkwürdig. Denn sinnlich bin ich gewiß. Aber auch hochgemut und ungnädig, Gott sei Dank. Mit dreizehn war ich vielleicht das einzige Mal wirklich verliebt. In den van Dyck—oder vielmehr in den Abbé des Grieux, und in die Renard auch. Und wie ich sechzehn war, am Wörthersee.—Ach nein, das war nichts. Wozu nachdenken, ich schreibe ja keine Memoiren. Nicht einmal ein Tagebuch wie die Bertha. Fred ist mir sympathisch, nicht mehr. Vielleicht, wenn er eleganter wäre. Ich bin ja doch ein Snob. Der Papa findet's auch und lacht mich aus. Ach, lieber Papa, du machst mir viel Sorgen. Ob er die Mama einmal betrogen hat? Sicher. Öfters. Mama ist ziemlich dumm. Von mir hat sie keine Ahnung. Andere Menschen auch nicht. Fred?—Aber eben nur eine Ahnung.—Himmlischer Abend. Wie festlich das Hotel aussieht. Man spürt: Lauter Leute, denen es gut geht und die keine Sorgen haben. Ich zum Beispiel. Haha! Schad'. Ich wär' zu einem sorgenlosen Leben geboren. Es könnt' so schön sein. Schad'.—Auf dem Cimone liegt ein roter Glanz. Paul würde sagen: Alpenglühen. Das ist noch lang' kein Alpenglühen. Es ist zum Weinen schön. Ach, warum muß man wieder zurück in die Stadt!

«*Guten Abend, Fräulein Else.*»—«Küss' die Hand, gnädige Frau.»—«*Vom Tennis?*»—Sie sieht's doch, warum fragt sie? «Ja, gnädige Frau.—Und gnädige Frau machen noch einen Spaziergang?»—«*Ja, meinen gewohnten Abendspaziergang. Den Rolleweg. Der geht so schön zwischen den Wiesen, bei Tag ist er beinahe zu sonnig.*»—«Ja, die Wiesen hier sind herrlich. Besonders im Mondenschein von meinem Fenster aus.»—

«*Guten Abend, Fräulein Else.—Küss' die Hand, gnädige Frau.*»—«Guten Abend, Herr von Dorsday.»—«*Vom Tennis, Fräulein Else?*»—«Was für ein Scharfblick, Herr von Dorsday.»—«*Spotten Sie nicht, Else.*»—Warum sagt er nicht, Fräulein Else?—«*Wenn man mit dem Rakett so gut ausschaut, darf man es gewissermaßen auch als Schmuck tragen.*»—Esel, darauf antworte ich gar nicht. «Den ganzen Nachmittag haben wir gespielt. Wir waren leider nur drei. Paul, Frau Mohr und ich.»—«*Ich war früher ein enragierter Tennisspieler.*»—«Und jetzt nicht mehr?»—«*Jetzt bin ich zu alt dazu.*»—«Ach, alt, in Marienlyst, da war ein fünfundsechzigjähriger Schwede, der spielte jeden Abend von sechs bis acht Uhr. Und im Jahr vorher hat er sogar noch bei einem Turnier mitgespielt.»—«*Nun, fünfundsechzig bin ich, Gott sei Dank, noch nicht, aber leider auch kein Schwede.*» Warum leider? Das hält er wohl für einen Witz. Das beste, ich lächle höflich und gehe. «Küss' die Hand, gnädige Frau. Adieu, Herr von Dorsday.» Wie tief er sich verbeugt und was für Augen er macht. Kalbsaugen. Hab' ich ihn am Ende verletzt mit dem fünfundsechzigjährigen Schweden? Schad't auch nichts. Frau Winawer muß eine unglückliche Frau sein. Gewiß schon nah an fünfzig. Diese Tränensäcke,—als wenn sie viel geweint hätte. Ach, wie furchtbar, so alt zu sein. Herr von Dorsday nimmt sich ihrer an. Da geht er an ihrer Seite. Er sieht noch immer ganz gut aus mit dem graumelierten Spitzbart. Aber sympathisch ist er nicht. Schraubt sich künstlich hinauf. Was hilft Ihnen Ihr erster Schneider, Herr von Dorsday? Dorsday! Sie haben sicher einmal anders geheißen. —Da kommt das süße kleine Mädel von Cissy mit ihrem Fräulein.—«Grüß dich Gott, Fritzi. Bon soir, Mademoiselle. Vous allez bien?»—«*Merci, Mademoiselle. Et vous?*»—«Was seh' ich, Fritzi, du hast ja einen Bergstock. Willst du am End' den Cimone besteigen?»—«*Aber nein, so hoch hinauf darf ich noch nicht.*»—«Im nächsten Jahr wirst du es schon dürfen. Pah, Fritzi. A bientôt, Mademoiselle.»—«*Bon soir, Mademoiselle.*»

Eine hübsche Person. Warum ist sie eigentlich Bonne? Noch dazu bei Cissy. Ein bitteres Los. Ach Gott, kann mir auch noch blühen. Nein, ich wüßte mir jedenfalls was Besseres. Besseres?—Köstlicher Abend. «Die Luft ist wie Champagner», sagte gestern Doktor Waldberg. Vorgestern hat es auch einer gesagt.—Warum die Leute bei dem wundervollen Wetter in der Halle sitzen? Unbegreiflich. Oder wartet jeder auf einen Expreßbrief? Der Portier hat mich schon gesehen;—wenn ein Expreßbrief für mich da wäre, hätte er mir ihn sofort hergebracht. Also keiner da. Gott sei Dank. Ich werde mich noch ein bißl hinlegen vor dem Diner. Warum sagt Cissy «Dinner»? Dumme Affektation. Passen zusammen, Cissy und Paul.—Ach, wär' der Brief lieber schon da. Am Ende kommt er während des «Dinner». Und wenn er nicht kommt, hab' ich eine unruhige Nacht. Auch die vorige Nacht hab' ich so miserabel geschlafen. Freilich, es sind gerade diese Tage. Drum hab' ich auch das Ziehen in den Beinen. Dritter September ist heute. Also wahrscheinlich am sechsten. Ich werde heute Veronal nehmen. Oh, ich werde mich nicht daran gewöhnen. Nein, lieber Fred, du mußt nicht besorgt sein. In Gedanken bin ich immer per du mit ihm.—Versuchen sollte man alles,—auch Haschisch. Der Marinefähnrich Brandel hat sich aus China, glaub ich, Haschisch mitgebracht. Trinkt man oder raucht man Haschisch? Man soll prachtvolle Visionen haben. Brandel hat mich eingeladen, mit ihm Haschisch zu trinken oder —zu rauchen—Frecher Kerl. Aber hübsch.—

«*Bitte sehr, Fräulein, ein Brief.*»—Der Portier! Also doch!—Ich wende mich ganz unbefangen um. Es könnte auch ein Brief von der Karoline sein oder von der Bertha oder von Fred oder Miß Jackson? «Danke schön.» Doch von Mama. Expreß. Warum sagt er nicht gleich ein Expreßbrief? «Oh, ein Expreß!» Ich mach' ihn erst auf dem Zimmer auf und les' ihn in aller Ruhe.—Die Marchesa. Wie jung sie im Halbdunkel aussieht. Sicher fünfundvierzig. Wo werd' ich mit fünfundvierzig sein? Vielleicht schon tot. Hoffentlich. Sie lächelt mich so nett an, wie immer. Ich lasse sie vorbei, nicke ein wenig,—nicht als wenn ich mir eine besondere Ehre daraus machte, daß mich eine Marchesa anlächelt. —«*Buona sera.*»—Sie sagt mir buona sera.—Jetzt muß ich mich doch wenigstens verneigen. War das zu tief? Sie ist ja um so viel älter. Was für einen herrlichen Gang sie hat. Ist sie geschieden? Mein Gang ist auch schön. Aber—ich weiß es. Ja, das ist der Unterschied.—Ein Italiener könnte mir gefährlich werden. Schade, daß der schöne Schwarze mit dem Römerkopf schon wieder fort ist. «Er sieht aus wie ein Filou», sagte Paul. Ach Gott, ich hab' nichts gegen Filous, im Gegenteil.—So, da wär' ich. Nummer siebenundsiebzig. Eigentlich eine Glücksnummer. Hübsches Zimmer. Zirbelholz. Dort steht mein jungfräuliches Bett.—Nun ist es richtig ein Alpenglühen geworden. Aber Paul gegenüber werde ich es abstreiten. Eigentlich ist Paul schüchtern. Ein Arzt, ein Frauenarzt! Vielleicht gerade deshalb. Vorgestern im Wald, wie wir so weit voraus waren, hätt' er schon etwas unternehmender sein dürfen. Aber dann wäre es ihm übel ergangen. Wirklich unternehmend war eigentlich mir gegenüber noch niemand. Höchstens am Wörthersee vor drei Jahren im Bad. Unternehmend? Nein, unanständig war er ganz einfach. Aber schön. Apoll vom Belvedere. Ich hab' es ja eigentlich nicht ganz verstanden damals. Nun ja mit—sechzehn Jahren.

Meine himmlische Wiese! Meine—! Wenn man sich die nach Wien mitnehmen könnte. Zarte Nebel. Herbst? Nun ja, dritter September, Hochgebirge.

Nun, Fräulein Else, möchten Sie sich nicht doch entschließen, den Brief zu lesen? Er muß sich ja gar nicht auf den Papa beziehen. Könnte es nicht auch etwas mit meinem Bruder sein? Vielleicht hat er sich verlobt mit einer seiner Flammen? Mit einer Choristin oder einem Handschuhmädel. Ach nein, dazu ist er wohl doch zu gescheit. Eigentlich weiß ich ja nicht viel von ihm. Wie ich sechzehn war und er einundzwanzig, da waren wir eine Zeitlang geradezu befreundet. Von einer gewissen Lotte hat er mit viel erzählt. Dann hat er plötzlich aufgehört. Diese Lotte muß ihm irgend etwas angetan haben. Und seitdem erzählt er mir nichts mehr.—Nun ist er offen, der Brief, und ich hab' gar nicht bemerkt, daß ich ihn aufgemacht habe. Ich setze mich aufs Fensterbrett und lese ihn. Achtgeben, daß ich nicht hinunterstürze. Wie uns aus San Martino gemeldet wird, hat sich dort im Hotel Fratazza ein beklagenswerter Unfall ereignet. Fräulein Else T., ein neunzehnjähriges bildschönes Mädchen, Tochter des bekannten Advokaten ... Natürlich würde es heißen, ich hätte mich umgebracht aus unglücklicher Liebe oder weil ich in der Hoffnung war. Unglückliche Liebe, ah nein.

«Mein liebes Kind»—Ich will mir vor allem den Schluß anschaun.—«Also nochmals, sei uns nicht böse, mein liebes gutes Kind, und sei tausendmal»—Um Gottes willen, sie werden sich doch nicht umgebracht haben! Nein,—in dem Fall wär' ein Telegramm von Rudi da.—«Mein liebes Kind, Du kannst mir glauben, wie leid es mir tut, daß ich Dir in Deine schönen Ferialwochen»—Als wenn ich nicht immer Ferien hätt', «leider—mit einer so unangenehmen Nachricht hineinplatze.»—Einen furchtbaren Stil schreibt Mama—«Aber nach reiflicher Überlegung bleibt mir wirklich nichts anderes übrig. Also, kurz und gut, die Sache mit Papa ist akut geworden. Ich weiß mir nicht zu raten, noch zu helfen.»—Wozu die vielen Worte?—«Es handelt sich um eine verhältnismäßig lächerliche Summe—dreißigtausend Gulden», lächerlich?—«die in drei Tagen herbeigeschafft sein müssen, sonst ist alles verloren.» Um Gottes willen, was heißt das?—«Denk Dir, mein geliebtes Kind, daß der Baron Höning»,—wie, der Staatsanwalt?—«sich heut' früh den Papa hat kommen lassen. Du weißt ja, wie der Baron den Papa hochschätzt, ja geradezu liebt. Vor anderthalb Jahren, damals, wie es auch an einem Haar gehangen hat, hat er persönlich mit den Hauptgläubigern gesprochen und die Sache noch im letzten Moment in Ordnung gebracht. Aber diesmal ist absolut nichts zu machen, wenn das Geld nicht beschafft wird. Und abgesehen davon, daß wir alle ruiniert sind, wird es ein Skandal, wie er noch nicht da war. Denk' Dir, ein Advokat, ein berühmter Advokat,—der,—nein, ich kann es gar nicht niederschreiben. Ich kämpfe immer mit den Tränen. Du weißt ja, Kind, Du bist ja klug, wir waren ja, Gott sei's geklagt, schon ein paarmal in einer ähnlichen Situation, und die Familie hat immer herausgeholfen. Zuletzt hat es sich gar um hundertzwanzigtausend gehandelt. Aber damals hat der Papa einen Revers unterschreiben müssen, daß er niemals wieder an die Verwandten, speziell an den Onkel Bernhard, herantreten wird.»—Na weiter, weiter, wo will denn das hin? Was kann denn ich dabei tun?—«Der Einzige, an den man eventuell noch denken könnte, wäre der Onkel Viktor, der befindet sich aber unglücklicherweise auf einer Reise zum Nordkap oder nach Schottland»—Ja, der hat's gut, der ekelhafte Kerl—«und ist absolut unerreichbar, wenigstens für den Moment. An die Kollegen, speziell Dr. Sch., der Papa schon öfter ausgeholfen hat»—Herrgott, wie stehn wir da—«ist nicht mehr zu denken, seit er sich wieder verheiratet hat»—also was denn, was denn, was wollt ihr denn von mir?—«Und da ist nun Dein Brief gekommen, mein liebes Kind, wo Du unter andern Dorsday erwähnst, der sich auch im Fratazza aufhält, und das ist uns wie ein Schicksalswink erschienen. Du weißt ja, wie oft Dorsday in früheren Jahren zu uns gekommen ist»—na, gar so oft—«es ist der reine Zufall, daß er sich seit zwei, drei Jahren seltener blicken läßt; er soll in ziemlich festen Banden sein—unter uns, nichts sehr Feines»— warum ‚unter uns?'—«Im Residenzklub hat Papa jeden Donnerstag noch immer seine Whistpartie mit ihm, und im verflossenen Winter hat er ihm im Prozeß gegen einen anderen Kunsthändler ein hübsches Stück Geld gerettet. Im übrigen, warum sollst Du es nicht wissen, er ist schon früher einmal dem Papa beigesprungen.»—Hab' ich mir gedacht—«Es hat sich damals um eine Bagatelle gehandelt, achttausend Gulden,—aber schließlich—dreißig bedeuten für Dorsday auch keinen Betrag. Darum hab' ich mir gedacht, ob Du uns nicht die Liebe erweisen und mit Dorsday reden könntest»—Was? —«Dich hat er ja immer besonders gern gehabt»—Hab' nichts davon gemerkt. Die Wange hat er mir gestreichelt, wie ich zwölf oder dreizehn Jahre alt war. ‚Schon ein ganzes Fräulein.'—«Und da Papa seit den achttausend glücklicherweise nicht mehr an ihn herangetreten ist, so wird er ihm diesen Liebesdienst nicht verweigern. Neulich soll er an einem Rubens, den er nach Amerika verkauft hat, allein achtzigtausend verdient haben. Das darfst Du selbstverständlich nicht erwähnen.»—Hältst du mich für eine Gans, Mama?—«Aber im übrigen kannst Du ganz aufrichtig zu ihm reden. Auch, daß der Baron Höning sich den Papa hat kommen lassen, kannst Du erwähnen, wenn es sich so ergeben sollte. Und daß mit den dreißigtausend tatsächlich das Schlimmste abgewendet ist, nicht nur für den Moment, sondern, so Gott will, für immer.»—Glaubst du wirklich, Mama?—«Denn der Prozeß Erbesheimer, der glänzend steht, trägt dem Papa sicher hunderttausend, aber selbstverständlich kann er gerade in diesem Stadium von den Erbesheimers nichts verlangen. Also, ich bitte Dich, Kind, sprich mit Dorsday. Ich versichere Dich, es ist nichts dabei. Papa hätte ihm ja einfach telegraphieren können, wir haben es ernstlich überlegt, aber es ist doch etwas ganz anderes, Kind, wenn man mit einem Menschen persönlich spricht. Am sechsten um zwölf muß das Geld da sein, Doktor F.»—Wer ist Doktor F.? Ach ja, Fiala.—«ist unerbittlich. Natürlich ist da auch persönliche Rancune dabei. Aber da es sich unglücklicherweise um Mündelgelder handelt,»—Um Gottes willen! Papa, was hast du getan?—«kann man nichts machen. Und wenn das Geld am fünften um zwölf Uhr mittags nicht in Fialas Händen ist, wird der Haftbefehl erlassen, vielmehr so lange hält der Baron Höning ihn noch zurück. Also Dorsday müßte die Summe telegraphisch durch seine Bank an Doktor F. überweisen lassen. Dann sind wir gerettet. Im andern Fall weiß Gott, was geschieht. Glaub' mir, Du vergibst Dir nicht das Geringste, mein geliebtes Kind. Papa hatte ja anfangs Bedenken gehabt. Er hat sogar noch Versuche gemacht auf zwei verschiedenen Seiten. Aber er ist ganz verzweifelt nach Hause gekommen.»—Kann Papa überhaupt verzweifelt sein?—«Vielleicht nicht einmal sosehr wegen des Geldes, als darum, weil die Leute sich so schändlich gegen ihn benehmen. Der eine von ihnen war einmal Papas bester Freund. Du kannst Dir denken, wen ich meine.»—Ich kann mir gar nichts denken. Papa hat so viel beste Freunde gehabt und in Wirklichkeit keinen. Warnsdorf vielleicht?—«Um ein Uhr ist Papa nach Hause gekommen, und jetzt ist es vier Uhr früh. Jetzt schläft er endlich, Gott sei Dank.»—Wenn er lieber nicht aufwachte, das wär' das beste für ihn.—«Ich gebe den Brief in aller Früh selbst auf die Post, expreß, da mußt Du ihn vormittag am dritten haben.»—Wie hat sich Mama das vorgestellt? Sie kennt sich doch in diesen Dingen nie aus.—«Also sprich sofort mit Dorsday, ich beschwöre Dich, und telegraphiere sofort, wie es ausgefallen ist. Vor Tante Emma laß Dir um Gottes willen nichts merken, es ist ja traurig genug, daß man sich in einem solchen Fall an die eigene Schwester nicht wenden kann, aber da könnte man ja ebensogut zu einem Stein reden. Mein liebes, liebesKind, mir tut es ja so leid, daß Du in Deinen jungen Jahren solche Dinge mitmachen mußt, aber glaub' mir, der Papa ist zum geringsten Teil selber daran schuld.»—Wer denn, Mama?—«Nun, hoffen wir zu Gott, daß der Prozeß Erbesheimer in jeder Hinsicht einen Abschnitt in unserer Existenz bedeutet. Nur über diese paar Wochen müssen wir hinaus sein. Es wäre doch ein wahrer Hohn, wenn wegen der dreißigtausend Gulden ein Unglück geschähe?»—Sie meint doch nicht im Ernst, daß Papa sich selber... Aber wäre—das andere nicht noch schlimmer?—«Nun schließe ich, mein Kind, ich hoffe, Du wirst unter allen Umständen»—Unter allen Umständen?—«noch über die Feiertage, wenigstens bis neunten oder zehnten in San Martino bleiben können. Unseretwegen mußt Du keineswegs zurück. Grüße die Tante, sei nur weiter nett mit ihr. Also nochmals, sei uns nicht böse, mein liebes gutes Kind, und sei tausendmal»—ja, das weiß ich schon.

Also, ich soll Herrn Dorsday anpumpen... Irrsinnig. Wie stellt sich Mama das vor? Warum hat sich Papa nicht einfach auf die Bahn gesetzt und ist hergefahren?—Wär' grad' so geschwind gegangen wie der Expreßbrief. Aber vielleicht hätten sie ihn auf dem Bahnhof wegen Fluchtverdacht— —Furchtbar, furchtbar! Auch mit den dreißigtausend wird uns ja nicht geholfen sein. Immer diese Geschichten! Seit sieben Jahren! Nein—länger. Wer möcht' mir das ansehen? Niemand sieht mir was an, auch dem Papa nicht. Und doch wissen es alle Leute. Rätselhaft, daß wir uns immer noch halten. Wie man alles gewöhnt! Dabei leben wir eigentlich ganz gut. Mama ist wirklich eine Künstlerin. Das Souper am letzten Neujahrstag für vierzehn Personen—unbegreiflich. Aber dafür meine zwei Paar Ballhandschuhe, die waren eine Affäre. Und wie der Rudi neulich dreihundert Gulden gebraucht hat, da hat die Mama beinah geweint. Und der Papa ist dabei immer gut aufgelegt. Immer? Nein. O nein. In der Oper neulich bei Figaro sein Blick,—plötzlich ganz leer—ich bin erschrocken. Da war er wie ein ganz anderer Mensch. Aber dann haben wir im Grand Hotel soupiert, und er war so glänzend aufgelegt wie nur je.

Und da halte ich den Brief in der Hand. Der Brief ist ja irrsinnig. Ich soll mit Dorsday sprechen? Zu Tod' würde ich mich schämen.— —Schämen, ich mich? Warum? Ich bin ja nicht schuld.—Wenn ich doch mit Tante Emma spräche? Unsinn. Sie hat wahrscheinlich gar nicht so viel Geld zur Verfügung. Der Onkel ist ja ein Geizkragen. Ach Gott, warum habe ich kein Geld? Warum hab' ich mir noch nichts verdient? Warum habe ich nichts gelernt? Oh, ich habe was gelernt! Wer darf sagen, daß ich nichts gelernt habe? Ich spiele Klavier, ich kann Französisch, Englisch, auch ein bißl Italienisch, habe kunstgeschichtliche

Vorlesungen besucht—Haha! Und wenn ich schon was Gescheiteres gelernt hätte, was hülfe es mir? Dreißigtausend Gulden hätte ich mir keineswegs erspart.— —

Aus ist es mit dem Alpenglühen. Der Abend ist nicht mehr wunderbar. Traurig ist die Gegend. Nein, nicht die Gegend, aber das Leben ist traurig. Und ich sitz' da ruhig auf dem Fensterbrett. Und der Papa soll eingesperrt werden. Nein. Nie und nimmer. Es darf nicht sein. Ich werde ihn retten. Ja, Papa, ich werde dich retten. Es ist ja ganz einfach. Ein paar Worte ganz nonchalant, das ist ja mein Fall, ‚hochgemut',— haha, ich werde Herrn Dorsday behandeln, als wenn es eine Ehre für ihn wäre, uns Geld zu leihen. Es ist ja auch eine.—Herr von Dorsday, haben Sie vielleicht einen Moment Zeit für mich? Ich bekomme da eben einen Brief von Mama, sie ist in augenblicklicher Verlegenheit, —vielmehr der Papa— —‚Aber selbstverständlich, mein Fräulein, mit dem größten Vergnügen. Um wieviel handelt es sich denn?'—Wenn er mir nur nicht so unsympathisch wäre. Auch die Art, wie er mich ansieht. Nein, Herr Dorsday, ich glaube Ihnen Ihre Eleganz nicht und nicht Ihr Monokel und nicht Ihre Noblesse. Sie könnten ebensogut mit alten Kleidern handeln wie mit alten Bildern.—Aber Else! Else, was fällt dir denn ein.—Oh, ich kann mir das erlauben. Mir sieht's niemand an. Ich bin sogar blond, rötlichblond, und Rudi sieht absolut aus wie ein Aristokrat. Bei der Mama merkt man es freilich gleich, wenigstens im Reden. Beim Papa wieder gar nicht. Übrigens sollen sie es merken. Ich verleugne es durchaus nicht und Rudi erst recht nicht. Im Gegenteil. Was täte der Rudi, wenn der Papa eingesperrt würde? Würde er sich erschießen? Aber Unsinn! Erschießen und Kriminal, all die Sachen gibt's ja gar nicht, die stehn nur in der Zeitung.

Die Luft ist wie Champagner. In einer Stunde ist das Diner, das ‚Dinner'. Ich kann die Cissy nicht leiden. Um ihr Mäderl kümmert sie sich überhaupt nicht. Was zieh' ich an? Das blaue oder das schwarze? Heut' wär' vielleicht das schwarze richtiger. Zu dekolletiert? Toilette de circonstance heißt es in den französischen Romanen. Jedesfalls muß ich berückend aussehen, wenn ich mit Dorsday rede. Nach dem Dinner, nonchalant. Seine Augen werden sich in meinen Ausschnitt bohren. Widerlicher Kerl. Ich hasse ihn. Alle Menschen hasse ich. Muß es gerade Dorsday sein? Gibt es denn wirklich nur diesen Dorsday auf der Welt, der dreißigtausend Gulden hat? Wenn ich mit Paul spräche? Wenn er der Tante sagte, er hat Spielschulden,—da würde sie sich das Geld sicher verschaffen können.—

Beinahe schon dunkel. Nacht. Grabesnacht. Am liebsten möcht' ich tot sein.—Es ist ja gar nicht wahr. Wenn ich jetzt gleich hinunterginge, Dorsday noch vor dem Diner spräche? Ah, wie entsetzlich!—Paul, wenn du mir die dreißigtausend verschaffst, kannst du von mir haben, was du willst. Das ist ja schon wieder aus einem Roman. Die edle Tochter verkauft sich für den geliebten Vater und hat am End' noch ein Vergnügen davon. Pfui Teufel! Nein, Paul, auch für dreißigtausend kannst du von mir nichts haben. Niemand. Aber für eine Million?—Für ein Palais? Für eine Perlenschnur? Wenn ich einmal heirate, werde ich es wahrscheinlich billiger tun. Ist es denn gar so schlimm? Die Fanny hat sich am Ende auch verkauft. Sie hat mir selber gesagt, daß sie sich vor ihrem Manne graust. Nun, wie wär's, Papa, wenn ich mich heute abend versteigerte? Um dich vor dem Zuchthaus zu retten. Sensation—! Ich habe Fieber, ganz gewiß. Oder bin ich schon unwohl? Nein, Fieber habe ich. Vielleicht von der Luft. Wie Champagner.—Wenn Fred hier wäre, könnte er mir raten? Ich brauche keinen Rat. Es gibt ja auch nichts zu raten. Ich werde mit Herrn Dorsday aus Eperies sprechen, werde ihn anpumpen, ich, die Hochgemute, die Aristokratin, die Marchesa, die Bettlerin, die Tochter des Defraudanten. Wie komm' ich dazu? Keine klettert so gut wie ich, keine hat so viel Schneid,—sporting girl, in England hätte ich auf die Welt kommen sollen, oder als Gräfin.

Da hängen die Kleider im Kasten! Ist das grüne Loden überhaupt schon bezahlt, Mama? Ich glaube nur eine Anzahlung. Das schwarze zieh' ich an. Sie haben mich gestern alle angestarrt. Auch der blasse kleine Herr mit dem goldenen Zwicker. Schön bin ich eigentlich nicht, aber interessant. Zur Bühne hätte ich gehen sollen. Bertha hat schon drei Liebhaber, keiner nimmt es ihr übel... In Düsseldorf war es der Direktor. Mit einem verheirateten Mann war sie in Hamburg und hat im Atlantic gewohnt, Appartement mit Badezimmer. Ich glaub' gar, sie ist stolz darauf. Dumm sind sie alle. Ich werde hundert Geliebte haben, tausend, warum nicht? Der Ausschnitt ist nicht tief genug; wenn ich verheiratet wäre, dürfte er tiefer sein.—Gut, daß ich Sie treffe, Herr von Dorsday, ich bekomme da eben einen Brief aus Wien... Den Brief stecke ich für alle Fälle zu mir. Soll ich dem Stubenmädchen läuten? Nein, ich mache mich allein fertig. Zu dem schwarzen Kleid brauche ich niemanden. Wäre ich reich, würde ich nie ohne Kammerjungfer reisen.

Ich muß Licht machen. Kühl wird es. Fenster zu. Vorhang herunter? —Überflüssig. Steht keiner auf dem Berg drüben mit einem Fernrohr. Schade.—Ich bekomme da eben einen Brief, Herr von Dorsday.— Nach dem Diner wäre es doch vielleicht besser. Man ist in leichterer

Stimmung. Auch Dorsday—ich könnt' ja ein Glas Wein vorher trinken. Aber wenn die Sache vor dem Diner abgetan wäre, würde mir das Essen besser schmecken. Pudding à la merveille, fromage et fruits divers. Und wenn Herr von Dorsday nein sagt?—Oder wenn er gar frech wird? Ah nein, mit mir ist noch keiner frech gewesen. Das heißt, der Marinefähnrich Brandl, aber es war nicht bös gemeint.—Ich bin wieder etwas schlanker geworden. Das steht mir gut.—Die Dämmerung starrt herein. Wie ein Gespenst starrt sie herein. Wie hundert Gespenster. Aus meiner Wiese herauf steigen die Gespenster. Wie weit ist Wien? Wie lange bin ich schon fort? Wie allein bin ich da! Ich habe keine Freundin, ich habe auch keinen Freund. Wo sind sie alle? Wen werd' ich heiraten? Wer heiratet die Tochter eines Defraudanten?—Eben erhalte ich einen Brief, Herr von Dorsday.—‚Aber es ist doch gar nicht der Rede wert, Fräulein Else, gestern erst habe ich einen Rembrandt verkauft, Sie beschämen mich, Fräulein Else.' Und jetzt reißt er ein Blatt aus seinem Scheckbuch und unterschreibt mit seiner goldenen Füllfeder; und morgen früh fahr' ich mit dem Scheck nach Wien. Jedenfalls; auch ohne Scheck. Ich bleibe nicht mehr hier. Ich könnte ja gar nicht, ich dürfte ja gar nicht. Ich lebe hier als elegante junge Dame, und Papa steht mit einem Fuß im Grab—nein im Kriminal. Das vorletzte Paar Seidenstrümpfe. Den kleinen Riß grad' unterm Knie merkt niemand. Niemand? Wer weiß. Nicht frivol sein, Else.—Bertha ist einfach ein Luder. Aber ist die Christine um ein Haar besser? Ihr künftiger Mann kann sich freuen. Mama war gewiß immer eine treue Gattin. Ich werde nicht treu sein. Ich bin hochgemut, aber ich werde nicht treu sein. Die Filous sind mir gefährlich. Die Marchesa hat gewiß einen Filou zum Liebhaber. Wenn Fred mich wirklich kennte, dann wäre es aus mit seiner Verehrung.—‚Aus Ihnen hätte alles Mögliche werden können, Fräulein, eine Pianistin, eine Buchhalterin, eine Schauspielerin, es stecken so viele Möglichkeiten in Ihnen. Aber es ist Ihnen immer zu gut gegangen.' Zu gut gegangen. Haha. Fred überschätzt mich. Ich hab' ja eigentlich zu nichts Talent.—Wer weiß? So weit wie Bertha hätte ich es auch noch gebracht. Aber mir fehlt es an Energie. Junge Dame aus guter Familie. Ha, gute Familie. Der Vater veruntreut Mündelgelder. Warum tust du mir das an, Papa? Wenn du noch etwas davon hättest! Aber an der Börse verspielt! Ist das der Mühe wert? Und die Dreißigtausend werden dir auch nichts helfen. Für ein Vierteljahr vielleicht. Endlich wird er doch durchgehen müssen. Vor anderthalb Jahren war es ja fast schon so weit. Da kam noch Hilfe. Aber einmal wird sie nicht kommen—und was geschieht dann mit uns? Rudi wird nach Rotterdam gehen zu Vanderhulst in die Bank. Aber ich? Reiche Partie. Oh, wenn ich es darauf anlegte! Ich bin heute wirklich schön. Das macht wahrscheinlich die Aufregung. Für wen bin ich schön? Wäre ich froher, wenn Fred hier wäre? Ach, Fred ist im Grunde nichts für mich. Kein Filou! Aber ich nähme ihn, wenn er Geld hätte. Und dann käme ein Filou—und das Malheur wäre fertig. —Sie möchten wohl gern ein Filou sein, Herr von Dorsday;—von weitem sehen Sie manchmal auch so aus. Wie ein verlebter Vicomte, wie ein Don Juan—mit Ihrem blöden Monokel und Ihrem weißen Flanellanzug. Aber ein Filou sind Sie noch lange nicht.—Habe ich alles? Fertig zum ‚Dinner'?—Was tue ich aber eine Stunde lang, wenn ich Dorsday nicht treffe? Wenn er mit der unglücklichen Frau Winawer spazierengeht? Ach, sie ist gar nicht unglücklich, sie braucht keine dreißigtausend Gulden. Also, ich werde mich in die Halle setzen, großartig in einen Fauteuil, schau mir die «Illustrated News» an und die «Vie parisienne», schlage die Beine übereinander,—den Riß unter dem Knie wird man nicht sehen. Vielleicht ist gerade ein Milliardär angekommen.—Sie oder keine.—Ich nehme den weißen Schal, der steht mir gut. Ganz ungezwungen lege ich ihn um meine herrlichen Schultern. Für wen habe ich sie denn, die herrlichen Schultern? Ich könnte einen Mann sehr glücklich machen. Wäre nur der rechte Mann da. Aber Kind will ich keines haben. Ich bin nicht mütterlich. Marie Weil ist mütterlich. Mama ist mütterlich, Tante Irene ist mütterlich. Ich habe eine edle Stirn und eine schöne Figur.—‚Wenn ich Sie malen dürfte, wie ich wollte, Fräulein Else.'—Ja, das möchte Ihnen passen. Ich weiß nicht einmal seinen Namen mehr. Tizian hat er keineswegs geheißen, also war es eine Frechheit.—Eben erhalte ich einen Brief, Herr von Dorsday.—Noch etwas Puder auf den Nacken und Hals, einen Tropfen Verveine ins Taschentuch, Kasten zusperren, Fenster wieder auf, ah, wie wunderbar! Zum Weinen. Ich bin nervös. Ach, soll man nicht unter solchen Umständen nervös sein. Die Schachtel mit dem Veronal hab' ich bei den Hemden. Auch neue Hemden brauchte ich. Das wird wieder eine Affäre sein. Ach Gott.

Unheimlich, riesig der Cimone, als wenn er auf mich herunterfallen wollte! Noch kein Stern am Himmel. Die Luft ist wie Champagner. Und der Duft von den Wiesen! Ich werde auf dem Land leben. Einen Gutsbesitzer werde ich heiraten, und Kinder werde ich haben. Doktor Froriep war vielleicht der einzige, mit dem ich glücklich geworden wäre. Wie schön waren die beiden Abende hintereinander, der erste bei Kniep, und dann der auf dem Künstlerball. Warum ist er plötzlich verschwunden—wenigstens für mich? Wegen Papa vielleicht? Wahrscheinlich. Ich möchte einen Gruß in die Luft hinausrufen, ehe ich wieder hinuntersteige unter das Gesindel. Aber zu wem soll der Gruß gehen? Ich bin ja ganz allein. Ich bin ja so furchtbar allein, wie es sich niemand vorstellen kann. Sei gegrüßt, mein Geliebter. Wer? Sei gegrüßt, mein Bräutigam! Wer? Sei gegrüßt, mein Freund! Wer?—Fred?—Aber keine Spur. So, das Fenster bleibt offen. Wenn's auch kühl wird. Licht abdrehen. So—Ja richtig, den Brief. Ich muß ihn zu mir nehmen für alle Fälle. Das Buch aufs Nachtkastel, ich lese heut' nacht noch weiter in ‚Notre Coeur', unbedingt, was immer geschieht. Guten Abend, schönstes Fräulein im Spiegel, behalten Sie mich in gutem Angedenken, auf Wiedersehen…

Warum sperre ich die Tür zu? Hier wird nichts gestohlen. Ob Cissy in der Nacht ihre Türe offenläßt? Oder sperrt sie ihm erst auf, wenn er klopft? Ist es denn ganz sicher? Aber natürlich. Dann liegen sie zusammen im Bett. Unappetitlich. Ich werde kein gemeinsames Schlafzimmer haben mit meinem Mann und mit meinen tausend Geliebten.—Leer ist das ganze Stiegenhaus! Immer um diese Zeit. Meine Schritte hallen. Drei Wochen bin ich jetzt da. Am zwölften August bin ich von Gmunden abgereist. Gmunden war langweilig. Woher hat der Papa das Geld gehabt, Mama und mich aufs Land zu schicken? Und Rudi war sogar vier Wochen auf Reisen. Weiß Gott wo. Nicht zweimal hat er geschrieben in der Zeit. Nie werde ich unsere Existenz verstehen. Schmuck hat die Mama freilich keinen mehr.—Warum war Fred nur zwei Tage in Gmunden? Hat sicher auch eine Geliebte! Vorstellen kann ich es mir zwar nicht. Ich kann mir überhaupt gar nichts vorstellen. Acht Tage sind es, daß er mir nicht geschrieben hat. Er schreibt schöne Briefe.—Wer sitzt denn dort an dem kleinen Tisch? Nein, Dorsday ist es nicht. Gott sei Dank. Jetzt vor dem Diner wäre es doch unmöglich, ihm etwas zu sagen.—Warum schaut mich der Portier so merkwürdig an? Hat er am Ende den Expreßbrief von der Mama gelesen? Mir scheint, ich bin verrückt. Ich muß ihm nächstens wieder ein Trinkgeld geben.—Die Blonde da ist auch schon zum Diner angezogen. Wie kann man so dick sein!—Ich werde noch vors Hotel hinaus und ein bißchen auf und abgehen. Oder ins Musikzimmer? Spielt da nicht wer? Eine Beethovensonate! Wie kann man hier eine Beethovensonate spielen! Ich vernachlässige mein Klavierspiel. In Wien werde ich wieder regelmäßig üben. Überhaupt ein anderes Leben anfangen. Das müssen wir alle. So darf es nicht weitergehen. Ich werde einmal ernsthaft mit Papa sprechen—wenn noch Zeit dazu sein sollte. Es wird, es wird. Warum habe ich es noch nie getan? Alles in unserem Haus wird mit Scherzen erledigt, und keinem ist scherzhaft zumut. Jeder hat eigentlich Angst vor dem andern, jeder ist allein. Die Mama ist allein, weil sie nicht gescheit genug ist und von niemandem was weiß, nicht von mir, nicht von Rudi und nicht vom Papa. Aber sie spürt es nicht, und Rudi spürt es auch nicht. Er ist ja ein netter eleganter Kerl, aber mit einundzwanzig hat er mehr versprochen. Es wird gut für ihn sein, wenn er nach Holland geht. Aber wo werde ich hingehen? Ich möchte fortreisen und tun können, was ich will. Wenn Papa nach Amerika durchgeht, begleite ich ihn. Ich bin schon ganz konfus ... Der Portier wird mich für wahnsinnig halten, wie ich da auf der Lehne sitze und in die Luft starre. Ich werde mir eine Zigarette anzünden. Wo ist meine Zigarettendose? Oben. Wo nur? Das Veronal habe ich bei der Wäsche. Aber wo habe ich die Dose? Da kommen Cissy und Paul. Ja, sie muß sich endlich umkleiden zum ‚Dinner', sonst hätten sie noch im Dunkeln weitergespielt.—Sie sehen mich nicht. Was sagt er ihr denn? Warum lacht sie so blitzdumm? Wär lustig, ihrem Gatten einen anonymen Brief nach Wien zu schreiben. Wäre ich zu so was imstande? Nie. Wer weiß? Jetzt haben sie mich gesehen. Ich nicke ihnen zu. Sie ärgert sich, daß ich so hübsch aussehe. Wie verlegen sie ist.

«*Wie, Else, Sie sind schon fertig zum Diner?*»—Warum sagt sie jetzt Diner und nicht Dinner. Nicht einmal konsequent ist sie.—«Wie Sie sehen, Frau Cissy.»—«*Du siehst wirklich entzückend aus, Else, ich hätte große Lust, dir den Hof zu machen.*» «Erspar' dir die Mühe, Paul, gib mir lieber eine Zigarette.»—«*Aber mit Wonne.*»—«Dank' schön. Wie ist das Single ausgefallen?»—«*Frau Cissy hat mich dreimal hintereinander geschlagen.*»—«*Er war nämlich zerstreut. Wissen Sie übrigens, Else, daß morgen der Kronprinz von Griechenland hier ankommt?*»—Was kümmert mich der Kronprinz von Griechenland? «So, wirklich?» O Gott,—Dorsday mit Frau Winawer! Sie grüßen. Sie gehen weiter. Ich habe zu höflich zurückgegrüßt. Ja, ganz anders als sonst. Oh, was bin ich für eine Person.—«*Deine Zigarette brennt ja nicht, Else?*»—«Also, gib mir noch einmal Feuer. Danke.»—«*Ihr Schal ist sehr hübsch, Else, zu dem schwarzen Kleid steht er Ihnen fabelhaft. Übrigens muß ich mich jetzt auch umziehen.*»—Sie soll lieber nicht weggehen, ich habe Angst vor Dorsday.—«*Und für sieben habe ich mir die Friseurin bestellt, sie ist famos. Im Winter ist sie in Mailand. Also adieu, Else, adieu, Paul.*»—«*Küss' die Hand, gnädige Frau.*» «Adieu Frau Cissy.»—Fort ist sie, Gut, daß Paul wenigstens da bleibt. «*Darf ich mich einen Moment zu dir setzen, Else, oder stör' ich dich in deinen Träumen?*»—«Warum in meinen Träumen? Vielleicht in meinen Wirklichkeiten.» Das heißt eigentlich gar nichts. Er soll lieber fortgehen. Ich muß ja doch mit Dorsday sprechen. Dort steht er noch immer mit der unglücklichen Frau Winawer, er langweilt sich, ich seh' es ihm an, er möchte zu mir herüberkommen.—«*Gibt es denn solche Wirklichkeiten, in denen du nicht gestört sein willst?*»—Was sagt er da? Er soll zum Teufel gehen. Warum lächle ich ihn so kokett an? Ich mein' ihn ja gar nicht. Dorsday schielt herüber. Wo bin ich? Wo bin ich? «*Was hast du denn heute, Else?*»—«Was soll ich denn haben?»—«*Du bist geheimnisvoll, dämonisch, verführerisch.*»—«Red' keinen Unsinn, Paul.» «*Man könnte geradezu toll werden, wenn man dich ansieht.*» Was fällt ihm denn ein? Wie redet er denn zu mir? Hübsch ist er. Der Rauch meiner Zigarette verfängt sich in seinen Haaren. Aber ich kann ihn jetzt nicht brauchen.—«*Du siehst so über mich hinweg. Warum denn, Else?*»—Ich antworte gar nichts. Ich kann ihn jetzt nicht brauchen. Ich mache mein unausstehlichstes Gesicht. Nur keine Konversation jetzt.—«*Du bist mit deinen Gedanken ganz wo anders.*»—«Das dürfte stimmen.» Er ist Luft für mich. Merkt Dorsday, daß ich ihn erwarte? Ich sehe nicht hin, aber ich weiß, daß er hersieht.—«*Also, leb' wohl, Else.*»—Gott sei Dank. Er küßt mir die Hand. Das tut er sonst nie. «Adieu, Paul.» Wo hab' ich die schmelzende Stimme her? Er geht, der Schwindler. Wahrscheinlich muß er noch etwas abmachen mit Cissy wegen heute nacht. Wünsche viel Vergnügen. Ich ziehe den Schal um meine Schultern und stehe auf und geh' vors Hotel hinaus. Wird freilich schon etwas kühl sein. Schad', daß ich meinen Mantel—Ah, ich habe ihn ja heute früh in die Portierloge hineingehängt. Ich fühle den Blick von Dorsday auf meinem Nacken, durch den Schal. Frau Winawer geht jetzt hinauf in ihr Zimmer. Wieso weiß ich denn das? Telepathie. «Ich bitte Sie, Herr Portier—» «*Fräulein wünschen den Mantel?*»—«Ja, bitte.»—«*Schon etwas kühl die Abende, Fräulein. Das kommt bei uns so plötzlich.*»—«Danke.» Soll ich wirklich vors Hotel? Gewiß, was denn? Jedesfalls zur Türe hin. Jetzt kommt einer nach dem andern. Der Herr mit dem goldenen Zwicker. Der lange Blonde mit der grünen Weste. Alle sehen sie mich an. Hübsch ist diese kleine Genferin. Nein, aus Lausanne ist sie. Es ist eigentlich gar nicht so kühl.

«*Guten Abend, Fräulein Else.*»—Um Gottes willen, er ist es. Ich sage nichts von Papa. Kein Wort. Erst nach dem Essen. Oder ich reise morgen nach Wien. Ich gehe persönlich zu Doktor Fiala. Warum ist mir das nicht gleich eingefallen? Ich wende mich um mit einem Gesicht, als wüßte ich nicht, wer hinter mir steht. «Ah, Herr von Dorsday.»—«*Sie wollen noch einen Spaziergang machen, Fräulein Else?*»—«Ach, nicht gerade einen Spaziergang, ein bißchen auf und ab gehen vor dem Diner.»—«*Es ist fast noch eine Stunde bis dahin.*»—«Wirklich?» Es ist gar nicht so kühl. Blau sind die Berge. Lustig wär's, wenn er plötzlich um meine Hand anhielte.—«*Es gibt doch auf der Welt keinen schöneren Fleck als diesen hier.*»—«Finden Sie, Herr von Dorsday? Aber bitte, sagen Sie nicht, daß die Luft hier wie Champagner ist.»—«*Nein, Fräulein Else, das sage ich erst von zweitausend Metern an. Und hier stehen wir kaum sechzehnhundertfünfzig über dem Meeresspiegel.*»—«Macht das einen solchen Unterschied?»—«*Aber selbstverständlich. Waren Sie schon einmal im Engadin?*»—«Nein, noch nie. Also dort ist die Luft wirklich wie Champagner?»—«*Man könnte es beinah' sagen. Aber Champagner ist nicht mein Lieblingsgetränk. Ich ziehe diese Gegend vor. Schon wegen der wundervollen Wälder.*»—Wie langweilig er ist. Merkt er das nicht? Er weiß offenbar nicht recht, was er mit mir reden soll. Mit einer verheirateten Frau wäre es einfacher. Man sagt eine kleine Unanständigkeit, und die Konversation geht weiter.—«*Bleiben Sie noch längere Zeit hier in San Martino, Fräulein Else?*»—Idiotisch. Warum schau' ich ihn so kokett an? Und schon lächelt er in der gewissen Weise. Nein, wie dumm die Männer sind. «Das hängt zum Teil von den Dispositionen meiner Tante ab.» Ist ja gar nicht wahr. Ich kann ja allein nach Wien fahren. «Wahrscheinlich bis zum zehnten.»—«*Die Mama ist wohl noch in Gmunden?*»—«Nein, Herr von Dorsday. Sie ist schon in Wien. Schon seit drei Wochen. Papa ist auch in Wien. Er hat sich heuer kaum acht Tage Urlaub genommen. Ich glaube, der Prozeß Erbesheimer macht ihm sehr viel Arbeit.»—«*Das kann ich mir denken. Aber Ihr Papa ist wohl der einzige, der Erbesheimer herausreißen kann... Es bedeutet ja schon einen Erfolg, daß es überhaupt eine Zivilsache geworden ist.*»—Das ist gut, das ist gut. «Es ist mir angenehm zu hören, daß auch Sie ein so günstiges Vorgefühl haben.»—«*Vorgefühl? Inwiefern?*»—«Ja, daß der Papa den Prozeß für Erbesheimer gewinnen wird.»—«*Das will ich nicht einmal mit Bestimmtheit behauptet haben.*»—Wie, weicht er schon zurück? Das soll ihm nicht gelingen. «Oh, ich halte etwas von Vorgefühlen und Ahnungen. Denken Sie, Herr von Dorsday, gerade heute habe ich einen Brief von zu Hause bekommen.» Das war nicht sehr geschickt. Er macht ein etwas verblüfftes Gesicht. Nur weiter, nicht schlucken. Er ist ein guter alter Freund von Papa. Vorwärts. Vorwärts. Jetzt oder nie. «Herr von Dorsday, Sie haben eben so lieb von Papa gesprochen, es wäre geradezu häßlich von mir, wenn ich nicht ganz aufrichtig zu Ihnen wäre.» Was macht er denn für Kalbsaugen? O weh, er merkt was. Weiter, weiter. «Nämlich in dem Brief ist auch von Ihnen die Rede, Herr von Dorsday.

Es ist nämlich ein Brief von Mama.»—«*So.*»—«Eigentlich ein sehr trauriger Brief. Sie kennen ja die Verhältnisse in unserem Haus, Herr von Dorsday.»—Um Himmels willen, ich habe ja Tränen in der Stimme. Vorwärts, vorwärts, jetzt gibt es kein Zurück mehr. Gott sei Dank. «Kurz und gut, Herr von Dorsday, wir wären wieder einmal so weit.»—Jetzt möchte er am liebsten verschwinden. «Es handelt sich—um eine Bagatelle. Wirklich nur um eine Bagatelle, Herr von Dorsday. Und doch, wie Mama schreibt, steht alles auf dem Spiel.» Ich rede so blöd' daher wie eine Kuh.—«*Aber beruhigen Sie sich doch, Fräulein Else.*»—Das hat er nett gesagt. Aber meinen Arm brauchte er darum nicht zu berühren.—«*Also was gibt's denn eigentlich, Fräulein Else? Was steht denn in dem traurigen Brief von Mama?*»—«Herr von Dorsday, der Papa»—Mir zittern die Knie. «Die Mama schreibt mir, daß der Papa»—«*Aber um Gottes willen, Else, was ist Ihnen denn? Wollen Sie nicht lieber—hier ist eine Bank. Darf ich Ihnen den Mantel umgeben? Es ist etwas kühl.*»—«Danke, Herr von Dorsday, oh, es ist nichts, gar nichts besonderes.» So, da sitze ich nun plötzlich auf der Bank. Wer ist die Dame, die da vorüberkommt? Kenn' ich gar nicht. Wenn ich nur nicht weiterreden müßte. Wie er mich ansieht! Wie konntest du das von mir verlangen, Papa? Das war nicht recht von dir, Papa. Nun ist es einmal geschehen. Ich hätte bis nach dem Diner warten sollen.—«*Nun, Fräulein Else?*»—Sein Monokel baumelt. Dumm sieht das aus. Soll ich ihm antworten? Ich muß ja. Also geschwind, damit ich es hinter mir habe. Was kann mir denn passieren? Er ist ein Freund von Papa. «Ach Gott, Herr von Dorsday, Sie sind ja ein alter Freund unseres Hauses.» Das habe ich sehr gut gesagt. «Und es wird Sie wahrscheinlich nicht wundern, wenn ich Ihnen erzähle, daß Papa sich wieder einmal in einer recht fatalen Situation befindet.» Wie merkwürdig meine Stimme klingt. Bin das ich, die da redet? Träume ich vielleicht? Ich habe gewiß jetzt auch ein ganz anderes Gesicht als sonst.—«*Es wundert mich allerdings nicht übermäßig. Da haben Sie schon recht, liebes Fräulein Else,—wenn ich es auch lebhaft bedauere.*»—Warum sehe ich denn so flehend zu ihm auf? Lächeln, lächeln. Geht schon.—«*Ich empfinde für Ihren Papa eine so aufrichtige Freundschaft, für Sie alle.*»—Er soll mich nicht so ansehen, es ist unanständig. Ich will anders zu ihm reden und nicht lächeln. Ich muß mich würdiger benehmen. «Nun, Herr von Dorsday, jetzt hätten Sie Gelegenheit, Ihre Freundschaft für meinen Vater zu beweisen.» Gott sei Dank, ich habe meine alte Stimme wieder. «Es scheint nämlich, Herr von Dorsday, daß alle unsere Verwandten und Bekannten—die Mehrzahl ist noch nicht in Wien—sonst wäre Mama wohl nicht auf die Idee gekommen.—Neulich habe ich nämlich zufällig in einem Brief an Mama Ihrer Anwesenheit hier in Martino Erwähnung getan—unter anderm natürlich.» «*Ich vermutete gleich, Fräulein Else, daß ich nicht das einzige Thema Ihrer Korrespondenz mit Mama vorstelle.*»—Warum drückt er seine Knie an meine, während er da vor mir steht. Ach, ich lasse es mir gefallen. Was tut's! Wenn man einmal so tief gesunken ist.—«Die Sache verhält sich nämlich so. Doktor Fiala ist es, der diesmal dem Papa besondere Schwierigkeiten zu bereiten scheint.»—«*Ach, Doktor Fiala.*»—Er weiß offenbar auch, was er von diesem Fiala zu halten hat. «Ja, Doktor Fiala. Und die Summe, um die es sich handelt, soll am fünften, das ist übermorgen um zwölf Uhr mittags,—vielmehr, sie muß in seinen Händen sein, wenn nicht der Baron Höning—ja, denken Sie, der Baron hat Papa zu sich bitten lassen, privat, er liebt ihn nämlich sehr.» Warum red' ich denn von Höning, das wär' ja gar nicht notwendig gewesen.—«*Sie wollen sagen, Else, daß andernfalls eine Verhaftung unausbleiblich wäre?*»—Warum sagt er das so hart? Ich antworte nicht, ich nicke nur. «Ja.» Nun habe ich doch ja gesagt.—«*Hm, das ist ja—schlimm, das ist ja wirklich sehr—dieser hochbegabte geniale Mensch.—Und um welchen Betrag handelt es sich denn eigentlich, Fräulein Else?*»—Warum lächelt er denn? Er findet es schlimm und er lächelt. Was meint er mit seinem Lächeln? Daß es gleichgültig ist wieviel? Und wenn er nein sagt! Ich bring' mich um, wenn er nein sagt. Also, ich soll die Summe nennen. «Wie, Herr von Dorsday, ich habe noch nicht gesagt, wieviel? Eine Million.» Warum sag' ich das? Es ist doch jetzt nicht der Moment zum Spaßen? Aber wenn ich ihm dann sage, um wieviel weniger es in Wirklichkeit ist, wird er sich freuen. Wie er die Augen aufreißt? Hält er es am Ende wirklich für möglich, daß ihn der Papa um eine Million—«Entschuldigen Sie, Herr von Dorsday, daß ich in diesem Augenblick scherze. Es ist mir wahrhaftig nicht scherzhaft zumute.»—Ja, ja, drück' die Knie nur an, du darfst es dir ja erlauben. «Es handelt sich natürlich nicht um eine Million, es handelt sich im ganzen um dreißigtausend Gulden, Herr von Dorsday, die bis übermorgen mittag um zwölf Uhr in den Händen des Herrn Doktor Fiala sein müssen. Ja. Mama schreibt mir, daß Papa alle möglichen Versuche gemacht hat, aber wie gesagt, die Verwandten, die in Betracht kämen, befinden sich nicht in Wien.»—O Gott, wie ich mich erniedrige.—«Sonst wäre es dem Papa natürlich nicht eingefallen, sich an Sie zu wenden, Herr von Dorsday, respektive mich zu bitten—»—Warum schweigt er? Warum bewegt er keine Miene? Warum sagt er nicht ja? Wo ist das Scheckbuch und die Füllfeder? Er wird doch um Himmels willen nicht nein sagen? Soll ich mich auf die Knie vor ihm werfen? O Gott! O Gott—

«*Am fünften sagten Sie, Fräulein Else?*»—Gott sei Dank, er spricht. «Jawohl, übermorgen, Herr von Dorsday, um zwölf Uhr mittags. Es wäre also nötig—ich glaube, brieflich ließe sich das kaum mehr erledigen.»—«*Natürlich nicht, Fräulein Else, das müßten wir wohl auf telegraphischem Wege*»,—‚Wir', das ist gut, das ist sehr gut.—«*Nun, das wäre das wenigste. Wieviel sagten Sie, Else?*»—Aber er hat es ja gehört, warum quält er mich denn? «Dreißigtausend, Herr von Dorsday. Eigentlich eine lächerliche Summe.» Warum habe ich das gesagt? Wie dumm. Aber er lächelt. Dummes Mädel, denkt er. Er lächelt ganz liebenswürdig. Papa ist gerettet. Er hätte ihm auch fünfzigtausend geliehen, und wir hätten uns allerlei anschaffen können. Ich hätte mir neue Hemden gekauft. Wie gemein ich bin. So wird man.—«*Nicht ganz so lächerlich, liebes Kind,*»—Warum sagt er ‚liebes Kind'? Ist das gut oder schlecht?—«*wie Sie sich das vorstellen. Auch dreißigtausend Gulden wollen verdient sein.*»—«Entschuldigen Sie, Herr von Dorsday, nicht so habe ich es gemeint. Ich dachte nur, wie traurig es ist, daß Papa wegen einer solchen Summe, wegen einer solchen Bagatelle»—Ach Gott, ich verhasple mich ja schon wieder. «Sie können sich gar nicht denken, Herr von Dorsday,—wenn Sie auch einen gewissen Einblick in unsere Verhältnisse haben, wie furchtbar es für mich und besonders für Mama ist»—Er stellt den einen Fuß auf die Bank. Soll das elegant sein—oder was?—«*Oh, ich kann mir schon denken, liebe Else.*»—Wie seine Stimme klingt, ganz anders, merkwürdig.—«*Und ich habe mir selbst schon manches Mal gedacht: schade, schade um diesen genialen Menschen.*»—Warum sagt er ‚schade'? Will er das Geld nicht hergeben? Nein, er meint es nur im allgemeinen. Warum sagt er nicht endlich ja? Oder nimmt er das als selbstverständlich an? Wie er mich ansieht! Warum spricht er nicht weiter? Ah, weil die zwei Ungarinnen vorbeigehen. Nun steht er wenigstens wieder anständig da, nicht mehr mit dem Fuß auf der Bank. Die Krawatte ist zu grell für einen älteren Herrn. Sucht ihm die seine Geliebte aus? Nichts besonders Feines ‚unter uns', schreibt Mama. Dreißigtausend Gulden! Aber ich lächle ihn ja an. Warum lächle ich denn? Oh, ich bin feig.—«*Und wenn man wenigstens annehmen dürfte, mein liebes Fräulein Else, daß mit dieser Summe wirklich etwas getan wäre? Aber—Sie sind doch ein so kluges Geschöpf, Else, was wären diese dreißigtausend Gulden? Ein Tropfen auf einen heißen Stein.*» Um Gottes willen, er will das Geld nicht hergeben? Ich darf kein so erschrockenes Gesicht machen. Alles steht auf dem Spiel. Jetzt muß ich etwas Vernünftiges sagen und energisch. «O nein, Herr von Dorsday, diesmal wäre es kein Tropfen auf einen heißen Stein. Der Prozeß Erbesheimer steht bevor, vergessen Sie das nicht, Herr von Dorsday, und der ist schon heute so gut wie gewonnen. Sie hatten ja selbst diese Empfindung, Herr von Dorsday. Und Papa hat auch noch andere Prozesse. Und außerdem habe ich die Absicht, Sie dürfen nicht lachen, Herr von Dorsday, mit Papa zu sprechen, sehr ernsthaft. Er hält etwas auf mich. Ich darf sagen, wenn jemand einen gewissen Einfluß auf ihn zu nehmen imstande ist, so bin ich es noch am ehesten, ich.»—«*Sie sind ja ein rührendes, ein entzückendes Geschöpf, Fräulein Else.*»—Seine Stimme klingt schon wieder. Wie zuwider ist mir das, wenn es so zu klingen anfängt bei den Männern. Auch bei Fred mag ich es nicht.—«*Ein entzückendes Geschöpf in der Tat.*»—Warum sagt er ‚in der Tat'? Das ist abgeschmackt. Das sagt man doch nur im Burgtheater.—«*Aber so gern ich Ihren Optimismus teilen möchte—wenn der Karren einmal so verfahren ist.*»—«Das ist er nicht, Herr von Dorsday. Wenn ich an Papa nicht glauben würde, wenn ich nicht ganz überzeugt wäre, daß diese dreißigtausend Gulden»—Ich weiß nicht, was ich weiter sagen soll. Ich kann ihn doch nicht geradezu anbetteln. Er überlegt. Offenbar. Vielleicht weiß er die Adresse von Fiala nicht? Unsinn. Die Situation ist unmöglich. Ich sitze da wie eine arme Sünderin. Er steht vor mir und bohrt mir das Monokel in die Stirn und schweigt. Ich werde jetzt aufstehen, das ist das beste. Ich lasse mich nicht so behandeln. Papa soll sich umbringen. Ich werde mich auch umbringen. Eine Schande dieses Leben. Am besten wär's, sich dort von dem Felsen hinunterzustürzen, und aus wär's. Geschähe euch recht, allen. Ich stehe auf.—«*Fräulein Else*»—«Entschuldigen Sie, Herr von Dorsday, daß ich Sie unter diesen Umständen überhaupt bemüht habe. Ich kann Ihr ablehnendes Verhalten natürlich vollkommen verstehen.»—So, aus, ich gehe.—«*Bleiben Sie, Fräulein Else.*»—Bleiben Sie, sagt er? Warum soll ich bleiben? Er gibt das Geld her. Ja. Ganz bestimmt. Er muß ja. Aber ich setze mich nicht noch einmal nieder. Ich bleibe stehen, als wär' es nur für eine halbe Sekunde. Ich bin ein bißchen größer als er.—«*Sie haben meine Antwort noch nicht abgewartet, Else. Ich war ja schon einmal, verzeihen Sie, Else, daß ich das in diesem Zusammenhang erwähne*»—Er müßte nicht so oft Else sagen—«*in der Lage, dem Papa aus einer Verlegenheit zu helfen. Allerdings mit einer—noch lächerlicheren Summe als diesmal, und schmeichelte mir keineswegs mit der Hoffnung, diesen Betrag jemals wieder sehen zu dürfen,—und so wäre eigentlich kein Grund vorhanden, meine Hilfe diesmal zu verweigern. Und gar wenn ein junges Mädchen wie Sie, Else, wenn Sie selbst als Für-*

bitterin vor mich hintreten—»—Worauf will er hinaus? Seine Stimme ‚klingt' nicht mehr. Oder anders! Wie sieht er mich denn an? Er soll achtgeben!!—«*Also, Else, ich bin bereit—Doktor Fiala soll übermorgen um zwölf Uhr mittags die dreißigtausend Gulden haben—unter einer Bedingung»*—Er soll nicht weiterreden, er soll nicht. «Herr von Dorsday, ich, ich persönlich übernehme die Garantie, daß mein Vater diese Summe zurückerstatten wird, sobald er das Honorar von Erbesheimer erhalten hat. Erbesheimers haben bisher überhaupt noch nichts gezahlt. Noch nicht einmal einen Vorschuß—Mama selbst schreibt mir»—«*Lassen Sie doch, Else, man soll niemals eine Garantie für einen anderen Menschen übernehmen,—nicht einmal für sich selbst.»*—Was will er? Seine Stimme klingt schon wieder. Nie hat mich ein Mensch so angeschaut. Ich ahne, wo er hinauswill. Wehe ihm!—«*Hätte ich es vor einer Stunde für möglich gehalten, daß ich in einem solchen Falle überhaupt mir jemals einfallen lassen würde, eine Bedingung zu stellen? Und nun tue ich es doch. Ja, Else, man ist eben nur ein Mann, und es ist nicht meine Schuld, daß Sie so schön sind, Else.»*—Was will er? Was will er—?—«*Vielleicht hätte ich heute oder morgen das gleiche von Ihnen erbeten, was ich jetzt erbitten will, auch wenn Sie nicht eine Million, pardon—dreißigtausend Gulden von mir gewünscht hätten. Aber freilich, unter anderen Umständen hätten Sie mir wohl kaum Gelegenheit vergönnt, so lange Zeit unter vier Augen mit Ihnen zu reden»*—«Oh, ich habe Sie wirklich allzu lange in Anspruch genommen, Herr von Dorsday.» Das habe ich gut gesagt. Fred wäre zufrieden. Was ist das? Er faßt nach meiner Hand? Was fällt ihm denn ein?—«*Wissen Sie es denn nicht schon lange, Else.»*—Er soll meine Hand loslassen! Nun, Gott sei Dank, er läßt sie los. Nicht so nah, nicht so nah.—«*Sie müßten keine Frau sein, Else, wenn Sie es nicht gemerkt hätten. Je vous désire.»*—Er hätte es auch deutsch sagen können, der Herr Vicomte.—«*Muß ich noch mehr sagen?»*—«Sie haben schon zuviel gesagt, Herr Dorsday.» Und ich stehe noch da. Warum denn? Ich gehe, ich gehe ohne Gruß.—«*Else! Else!»*—Nun ist er wieder neben mir.—«*Verzeihen Sie mir, Else. Auch ich habe nur einen Scherz gemacht, geradeso wie Sie vorher mit der Million. Auch meine Forderung stelle ich nicht so hoch—als Sie gefürchtet haben, wie ich leider sagen muß,—so daß die geringere Sie vielleicht angenehm überraschen wird. Bitte, bleiben Sie doch stehen, Else.»*—Ich bleibe wirklich stehen. Warum denn? Da stehen wir uns gegenüber. Hätte ich ihm nicht einfach ins Gesicht schlagen sollen? Wäre nicht noch jetzt Zeit dazu? Die zwei Engländer kommen vorbei. Jetzt wäre der Moment. Gerade darum. Warum tu' ich es denn nicht? Ich bin feig, ich bin zerbrochen, ich bin erniedrigt. Was wird er nun wollen statt der Million? Einen Kuß vielleicht?

Darüber ließe sich reden. Eine Million zu dreißigtausend verhält sich— —Komische Gleichungen gibt es.—«*Wenn Sie wirklich einmal eine Million brauchen sollten, Else,—ich bin zwar kein reicher Mann, dann wollen wir sehen. Aber für diesmal will ich genügsam sein, wie Sie. Und für diesmal will ich nichts anderes, Else, als—Sie sehen.*»—Ist er verrückt? Er sieht mich doch.—Ah, so meint er das, so! Warum schlage ich ihm nicht ins Gesicht, dem Schufte! Bin ich rot geworden oder blaß? Nackt willst du mich sehen? Das möchte mancher. Ich bin schön, wenn ich nackt bin. Warum schlage ich ihm nicht ins Gesicht? Riesengroß ist sein Gesicht. Warum so nah, du Schuft? Ich will deinen Atem nicht auf meinen Wangen. Warum lasse ich ihn nicht einfach stehen? Bannt mich sein Blick? Wir schauen uns ins Auge wie Todfeinde. Ich möchte ihm Schuft sagen, aber ich kann nicht. Oder will ich nicht?—«*Sie sehen mich an, Else, als wenn ich verrückt wäre. Ich bin es vielleicht ein wenig, denn es geht ein Zauber von Ihnen aus, Else, den Sie selbst wohl nicht ahnen. Sie müssen fühlen, Else, daß meine Bitte keine Beleidigung bedeutet. Ja, ‚Bitte' sage ich, wenn sie auch einer Erpressung zum Verzweifeln ähnlich sieht. Aber ich bin kein Erpresser, ich bin nur ein Mensch, der mancherlei Erfahrungen gemacht hat,—unter andern die, daß alles auf der Welt seinen Preis hat und daß einer, der sein Geld verschenkt, wenn er in der Lage ist, einen Gegenwert dafür zu bekommen, ein ausgemachter Narr ist. Und—was ich mir diesmal kaufen will, Else, so viel es auch ist, Sie werden nicht ärmer dadurch, daß Sie es verkaufen. Und daß es ein Geheimnis bleiben würde zwischen Ihnen und mir, das schwöre ich Ihnen, Else, bei—bei all den Reizen, durch deren Enthüllung Sie mich beglücken würden.*»—Wo hat er so reden gelernt? Es klingt wie aus einem Buch.—«*Und ich schwöre Ihnen auch, daß ich—von der Situation keinen Gebrauch machen werde, der in unserem Vertrag nicht vorgesehen war. Nichts anderes verlange ich von Ihnen, als eine Viertelstunde dastehen dürfen in Andacht vor Ihrer Schönheit. Mein Zimmer liegt im gleichen Stockwerk wie das Ihre, Else, Nummer fünfundsechzig, leicht zu merken. Der schwedische Tennisspieler, von dem Sie heut' sprachen, war doch gerade fünfundsechzig Jahre alt?*» Er ist verrückt! Warum lasse ich ihn weiterreden? Ich bin gelähmt.—«*Aber wenn es Ihnen aus irgendeinem Grunde nicht paßt, mich auf Zimmer Nummer fünfundsechzig zu besuchen, Else, so schlage ich Ihnen einen kleinen Spaziergang nach dem Diner vor. Es gibt eine Lichtung im Walde, ich habe sie neulich ganz zufällig entdeckt, kaum fünf Minuten weit von unserem Hotel.—Es wird eine wundervolle Sommernacht heute, beinahe warm, und das Sternenlicht wird Sie herrlich kleiden.*»—Wie zu einer Sklavin spricht er. Ich spucke ihm ins Gesicht.—«*Sie sollen mir nicht gleich antworten, Else. Überlegen Sie. Nach dem Diner werden Sie mir gütigst Ihre Entscheidung kundtun.*»—Warum sagt er denn ‚kundtun'. Was für ein blödes Wort: kundtun.—«*Überlegen Sie in aller Ruhe. Sie werden vielleicht spüren, daß es nicht einfach ein Handel ist, den ich Ihnen vorschlage.*»—Was denn, du klingender Schuft!—«*Sie werden möglicherweise ahnen, daß ein Mann zu Ihnen spricht, der ziemlich einsam und nicht besonders glücklich ist, und der vielleicht einige Nachsicht verdient.*»—Affektierter Schuft. Spricht wie ein schlechter Schauspieler. Seine gepflegten Finger sehen aus wie Krallen. Nein, nein, ich will nicht. Warum sag' ich es denn nicht. Bring' dich um, Papa! Was will er denn mit meiner Hand? Ganz schlaff ist mein Arm. Er führt meine Hand an seine Lippen. Heiße Lippen. Pfui! Meine Hand ist kalt. Ich hätte Lust, ihm den Hut herunterzublasen. Ha, wie komisch wär' das. Bald ausgeküßt, du Schuft?—Die Bogenlampen vor dem Hotel brennen schon. Zwei Fenster stehen offen im dritten Stock. Das, wo sich der Vorhang bewegt, ist meines. Oben auf dem Schrank glänzt etwas. Nichts liegt oben, es ist nur der Messingbeschlag.—«*Also auf Wiedersehen, Else.*»—Ich antworte nichts. Regungslos stehe ich da. Er sieht mir ins Auge. Mein Gesicht ist undurchdringlich. Er weiß gar nichts. Er weiß nicht, ob ich kommen werde oder nicht. Ich weiß es auch nicht. Ich weiß nur, daß alles aus ist. Ich bin halbtot. Da geht er. Ein wenig gebückt. Schuft! Er fühlt meinen Blick auf seinem Nacken. Wen grüßt er denn? Zwei Damen. Als wäre er ein Graf, so grüßt er. Paul soll ihn fordern und ihn totschießen. Oder Rudi. Was glaubt er denn eigentlich? Unverschämter Kerl! Nie und nimmer. Es wird dir nichts anderes übrigbleiben, Papa, du mußt dich umbringen.—Die Zwei kommen offenbar von einer Tour. Beide hübsch, er und sie. Haben sie noch Zeit, sich vor dem Diner umzukleiden? Sind gewiß auf der Hochzeitsreise oder vielleicht gar nicht verheiratet. Ich werde nie auf einer Hochzeitsreise sein. Dreißigtausend Gulden. Nein, nein, nein! Gibt es keine dreißigtausend Gulden auf der Welt? Ich fahre zu Fiala. Ich komme noch zurecht. Gnade, Gnade, Herr Doktor Fiala. Mit Vergnügen, mein Fräulein. Bemühen Sie sich in mein Schlafzimmer.—Tu mir doch den Gefallen, Paul, verlange dreißigtausend Gulden von deinem Vater. Sage, du hast Spielschulden, du mußt dich sonst erschießen. Gern, liebe Kusine. Ich habe Zimmer Nummer soundsoviel, um Mitternacht erwarte ich dich. Oh, Herr von Dorsday, wie bescheiden sind Sie. Vorläufig. Jetzt kleidet er sich um. Smoking. Also entscheiden wir uns. Wiese im Mondschein oder Zimmer Nummer fünfundsechzig? Wird er mich im Smoking in den Wald begleiten?

Es ist noch Zeit bis zum Diner. Ein bißchen spazierengehen und die

Sache in Ruhe überlegen. Ich bin ein einsamer alter Mann, haha. Himmlische Luft, wie Champagner. Gar nicht mehr kühl—dreißigtausend... dreißigtausend... Ich muß mich jetzt sehr hübsch ausnehmen in der weiten Landschaft. Schade, daß keine Leute mehr im Freien sind. Dem Herrn dort am Waldesrand gefalle ich offenbar sehr gut. Oh, mein Herr, nackt bin ich noch viel schöner, und es kostet einen Spottpreis, dreißigtausend Gulden. Vielleicht bringen Sie Ihre Freunde mit, dann kommt es billiger. Hoffentlich haben Sie lauter hübsche Freunde, hübschere und jüngere als Herr von Dorsday? Kennen Sie Herrn von Dorsday? Ein Schuft ist er—ein klingender Schuft...

Also überlegen, überlegen... Ein Menschenleben steht auf dem Spiel. Das Leben von Papa. Aber nein, er bringt sich nicht um, er wird sich lieber einsperren lassen. Drei Jahre schwerer Kerker oder fünf. In dieser ewigen Angst lebt er schon fünf oder zehn Jahre... Mündelgelder... Und Mama geradeso. Und ich doch auch.—Vor wem werde ich mich das nächste Mal nackt ausziehen müssen? Oder bleiben wir der Einfachheit wegen bei Herrn Dorsday? Seine jetzige Geliebte ist ja nichts Feines ‚unter uns gesagt'. Ich wäre ihm gewiß lieber. Es ist gar nicht so ausgemacht, ob ich viel feiner bin. Tun Sie nicht vornehm, Fräulein Else, ich könnte Geschichten von Ihnen erzählen... einen gewissen Traum zum Beispiel, den Sie schon dreimal gehabt haben—von dem haben Sie nicht einmal Ihrer Freundin Bertha erzählt. Und die verträgt doch was. Und wie war denn das heuer in Gmunden in der Früh um sechs auf dem Balkon, mein vornehmes Fräulein Else? Haben Sie die zwei jungen Leute im Kahn vielleicht gar nicht bemerkt, die Sie angestarrt haben? Mein Gesicht haben sie vom See aus freilich nicht genau ausnehmen können, aber daß ich im Hemd war, das haben sie schon bemerkt. Und ich hab' mich gefreut. Ah, mehr als gefreut. Ich war wie berauscht. Mit beiden Händen hab' ich mich über die Hüften gestrichen, und vor mir selber hab' ich getan, als wüßte ich nicht, daß man mich sieht. Und der Kahn hat sich nicht vom Fleck bewegt. Ja, so bin ich, so bin ich. Ein Luder, ja. Sie spüren es ja alle. Auch Paul spürt es. Natürlich, er ist ja Frauenarzt. Und der Marinefähnrich hat es ja auch gespürt und der Maler auch. Nur Fred, der dumme Kerl, spürt es nicht. Darum liebt er mich ja. Aber gerade vor ihm möchte ich nicht nackt sein, nie und nimmer. Ich hätte gar keine Freude davon. Ich möchte mich schämen. Aber vor dem Filou mit dem Römerkopf—wie gern. Am allerliebsten vor dem. Und wenn ich gleich nachher sterben müßte. Aber es ist ja nicht notwendig, gleich nachher zu sterben. Man überlebt es. Die Bertha hat mehr überlebt. Cissy liegt sicher auch nackt da, wenn Paul zu ihr schleicht durch die Hotelgänge, wie ich heute nacht zu Herrn von Dorsday schleichen werde.

Nein, nein. Ich will nicht. Zu jedem andern—aber nicht zu ihm. Zu Paul meinetwegen. Oder ich such' mir einen aus heute abend beim Diner. Es ist ja alles egal. Aber ich kann doch nicht jedem sagen, daß ich dreißigtausend Gulden dafür haben will! Da wäre ich ja wie ein Frauenzimmer von der Kärntner Straße. Nein, ich verkaufe mich nicht. Niemals. Nie werde ich mich verkaufen. Ich schenke mich her. Ja, wenn ich einmal den Rechten finde, schenke ich mich her. Aber ich verkaufe mich nicht. Ein Luder will ich sein, aber nicht eine Dirne. Sie haben sich verrechnet, Herr von Dorsday. Und der Papa auch. Ja, verrechnet hat er sich. Er muß es ja vorhergesehen haben. Er kennt ja die Menschen. Er kennt doch den Herrn von Dorsday. Er hat sich doch denken können, daß der Herr Dorsday nicht für nichts und wieder nichts.—Sonst hätte er doch telegraphieren oder selber herreisen können. Aber so war es bequemer und sicherer, nicht wahr, Papa? Wenn man eine so hübsche Tochter hat, wozu braucht man ins Zuchthaus zu spazieren? Und die Mama, dumm wie sie ist, setzt sich hin und schreibt den Brief. Der Papa hat sich nicht getraut. Da hätte ich es ja gleich merken müssen. Aber es soll euch nicht glücken. Nein, du hast zu sicher auf meine kindliche Zärtlichkeit spekuliert, Papa, zu sicher darauf gerechnet, daß ich lieber jede Gemeinheit erdulden würde, als dich die Folgen deines verbrecherischen Leichtsinns tragen zu lassen. Ein Genie bist du ja. Herr von Dorsday sagt es, alle Leute sagen es. Aber was hilft mir das. Fiala ist eine Null, aber er unterschlägt keine Mündelgelder, sogar Waldheim ist nicht in einem Atem mit dir zu nennen... Wer hat das nur gesagt? Der Doktor Froriep. Ein Genie ist Papa.—Und ich hab' ihn erst einmal reden gehört!—Im vorigen Jahr im Schwurgerichtssaal——zum ersten- und letztenmal! Herrlich! Die Tränen sind mir über die Wangen gelaufen. Und der elende Kerl, den er verteidigt hat, ist freigesprochen worden. Er war vielleicht gar kein so elender Kerl. Er hat jedenfalls nur gestohlen, keine Mündelgelder veruntreut, um Bakkarat zu spielen und auf der Börse zu spekulieren. Und jetzt wird der Papa selber vor den Geschworenen stehen. In allen Zeitungen wird man es lesen. Zweiter Verhandlungstag, dritter Verhandlungstag; der Verteidiger erhob sich zu einer Replik. Wer wird denn sein Verteidiger sein? Kein Genie. Nichts wird ihm helfen. Einstimmig schuldig. Verurteilt auf fünf Jahre. Stein, Sträflingskleid, geschorene Haare. Einmal im Monat darf man ihn besuchen. Ich fahre mit Mama hinaus, dritter Klasse. Wir haben ja kein Geld. Keiner leiht uns was.

Kleine Wohnung in der Lerchenfelder Straße, so wie die, wo ich die Nähterin besucht habe vor zehn Jahren. Wir bringen ihm etwas zu essen mit. Woher denn? Wir haben ja selber nichts. Onkel Viktor wird uns eine Rente aussetzen. Dreihundert Gulden monatlich. Rudi wird in Holland sein bei Vanderhulst—wenn man noch auf ihn reflektiert. —Die Kinder des Sträflings! Roman von Temme in drei Bänden. Der Papa empfängt uns im gestreiften Sträflingsanzug. Er schaut nicht bös drein, nur traurig. Er kann ja gar nicht bös dreinschauen.—Else, wenn du mir damals das Geld verschafft hättest, das wird er sich denken, aber er wird nichts sagen. Er wird nicht das Herz haben, mir Vorwürfe zu machen. Er ist ja seelengut, nur leichtsinnig ist er. Sein Verhängnis ist die Spielleidenschaft. Er kann ja nichts dafür, es ist eine Art von Wahnsinn. Vielleicht spricht man ihn frei, weil er wahnsinnig ist. Auch den Brief hat er vorher nicht überlegt. Es ist ihm vielleicht gar nicht eingefallen, daß Dorsday die Gelegenheit benützen könnte und so eine Gemeinheit von mir verlangen wird. Er ist ein guter Freund unseres Hauses, er hat dem Papa schon einmal achttausend Gulden geliehen. Wie soll man so was von einem Menschen denken. Zuerst hat der Papa sicher alles andere versucht. Was muß er durchgemacht haben, ehe er die Mama veranlaßt hat, diesen Brief zu schreiben? Von einem zum andern ist er gelaufen, von Warnsdorf zu Burin, von Burin zu Wertheimstein und weiß Gott noch zu wem. Bei Onkel Karl war er gewiß auch. Und alle haben sie ihn im Stich gelassen. Alle die sogenannten Freunde. Und nun ist Dorsday seine Hoffnung, seine letzte Hoffnung. Und wenn das Geld nicht kommt, so bringt er sich um. Natürlich bringt er sich um. Er wird sich doch nicht einsperren lassen. Untersuchungshaft, Verhandlung, Schwurgericht, Kerker, Sträflingsgewand. Nein, nein! Wenn der Haftbefehl kommt, erschießt er sich oder hängt sich auf. Am Fensterkreuz wird er hängen. Man wird herüberschicken vom Haus vis-à-vis, der Schlosser wird aufsperren müssen, und ich bin schuld gewesen. Und jetzt sitzt er zusammen mit Mama im selben Zimmer, wo er übermorgen hängen wird, und raucht eine Havannazigarre. Woher hat er immer noch Havannazigarren? Ich höre ihn sprechen, wie er die Mama beruhigt. Verlaß dich drauf, Dorsday weist das Geld an. Bedenke doch, ich habe ihm heuer im Winter eine große Summe durch meine Intervention gerettet. Und dann kommt der Prozeß Erbesheimer...—Wahrhaftig.—Ich höre ihn sprechen. Telepathie! Merkwürdig. Auch Fred seh' ich in diesem Moment. Er geht mit einem Mädel im Stadtpark am Kursalon vorbei. Sie hat eine hellblaue Bluse und lichte Schuhe und ein bißl heiser ist sie. Das weiß ich alles ganz bestimmt. Wenn ich nach Wien komme, werde ich Fred fragen, ob er am dritten September zwischen halb acht und acht Uhr abends mit seiner Geliebten im Stadtpark war.

Wohin denn noch? Was ist denn mit mir? Beinahe ganz dunkel. Wie schön und ruhig. Weit und breit kein Mensch. Nun sitzen sie alle schon beim Diner. Telepathie? Nein, das ist noch keine Telepathie. Ich habe ja früher das Tamtam gehört. Wo ist die Else? wird sich Paul denken. Es wird allen auffallen, wenn ich zur Vorspeise noch nicht da bin. Sie werden zu mir heraufschicken. Was ist das mit Else? Sie ist doch sonst so pünktlich? Auch die zwei Herren am Fenster werden denken: Wo ist denn heute das schöne junge Mädel mit dem rötlich blonden Haar? Und Herr von Dorsday wird Angst bekommen. Er ist sicher feig. Beruhigen Sie sich, Herr von Dorsday, es wird Ihnen nichts geschehen. Ich verachte Sie ja so sehr. Wenn ich wollte, morgen abend wären Sie ein toter Mann.—Ich bin überzeugt, Paul würde ihn fordern, wenn ich ihm die Sache erzählte. Ich schenke Ihnen das Leben, Herr von Dorsday.

Wie ungeheuer weit die Wiesen und wie riesig schwarz die Berge. Keine Sterne beinahe. Ja doch, drei, vier,—es werden schon mehr. Und so still der Wald hinter mir. Schön hier auf der Bank am Waldesrand zu sitzen. So fern, so fern das Hotel, und so märchenhaft leuchtet es her. Und was für Schufte sitzen drin. Ach nein, Menschen, arme Menschen, sie tun mir alle so leid. Auch die Marchesa tut mir leid, ich weiß nicht warum, und die Frau Winawer und die Bonne von Cissys kleinem Mädel. Sie sitzt nicht an der Table d'hôte, sie hat schon früher mit Fritzi gegessen. Was ist das nur mit Else, fragt Cissy. Wie, auf ihrem Zimmer ist sie auch nicht? Alle haben sie Angst um mich, ganz gewiß. Nur ich habe keine Angst. Ja, da bin ich in Martino di Castrozza, sitze auf einer Bank am Waldesrand, und die Luft ist wie Champagner, und mir scheint gar, ich weine. Ja, warum weine ich denn? Es ist doch kein Grund zu weinen. Das sind die Nerven. Ich muß mich beherrschen. Ich darf mich nicht so gehen lassen. Aber das Weinen ist gar nicht unangenehm. Das Weinen tut mir immer wohl. Wie ich unsere alte Französin besucht habe im Krankenhaus, die dann gestorben ist, habe ich auch geweint. Und beim Begräbnis von der Großmama, und wie die Bertha nach Nürnberg gereist ist, und wie das Kleine von der Agathe gestorben ist, und im Theater bei der Kameliendame hab' ich auch geweint. Wer wird weinen, wenn ich tot bin? Oh, wie schön wäre das, tot zu sein. Aufgebahrt liege ich im Salon, die Kerzen brennen. Lange Kerzen. Zwölf lange Kerzen. Unten steht schon der Leichenwagen. Vor dem Haustor stehen Leute. Wie alt war sie denn? Erst neunzehn.

Wirklich erst neunzehn?—Denken Sie sich, ihr Papa ist im Zuchthaus. Warum hat sie sich denn umgebracht? Aus unglücklicher Liebe zu einem Filou. Aber was fällt Ihnen denn ein? Sie hätte ein Kind kriegen sollen. Nein, sie ist vom Cimone heruntergestürzt. Es ist ein Unglücksfall. Guten Tag, Herr Dorsday, Sie erweisen der kleinen Else auch die letzte Ehre? Kleine Else, sagt das alte Weib.—Warum denn? Natürlich, ich muß ihr die letzte Ehre erweisen. Ich habe ihr ja auch die erste Schande erwiesen. Oh, es war der Mühe wert, Frau Winawer, ich habe noch nie einen so schönen Körper gesehen. Es hat mich nur dreißig Millionen gekostet. Ein Rubens kostet dreimal so viel. Mit Haschisch hat sie sich vergiftet. Sie wollte nur schöne Visionen haben, aber sie hat zu viel genommen und ist nicht mehr aufgewacht. Warum hat er denn ein rotes Monokel, der Herr von Dorsday? Wem winkt er denn mit dem Taschentuch? Die Mama kommt die Treppe herunter und küßt ihm die Hand. Pfui, pfui. Jetzt flüstern sie miteinander. Ich kann nichts verstehen, weil ich aufgebahrt bin. Der Veilchenkranz um meine Stirn ist von Paul. Die Schleifen fallen bis auf den Boden. Kein Mensch traut sich ins Zimmer. Ich stehe lieber auf und schaue zum Fenster hinaus. Was für ein großer blauer See! Hundert Schiffe mit gelben Segeln. —Die Wellen glitzern. So viel Sonne. Regatta. Die Herren haben alle Ruderleibchen. Die Damen sind im Schwimmkostüm. Das ist unanständig. Sie bilden sich ein, ich bin nackt. Wie dumm sie sind. Ich habe ja schwarze Trauerkleider an, weil ich tot bin. Ich werde es euch beweisen. Ich lege mich gleich wieder auf die Bahre hin. Wo ist sie denn? Fort ist sie. Man hat sie davongetragen. Man hat sie unterschlagen. Darum ist der Papa im Zuchthaus. Und sie haben ihn doch freigesprochen auf drei Jahre. Die Geschworenen sind alle bestochen von Fiala. Ich werde jetzt zu Fuß auf den Friedhof gehen, da erspart die Mama das Begräbnis. Wir müssen uns einschränken. Ich gehe so schnell, daß mir keiner nachkommt. Ah, wie schnell ich gehen kann. Da bleiben sie alle auf den Straßen stehen und wundern sich. Wie darf man jemanden so anschaun, der tot ist! Das ist zudringlich. Ich gehe lieber übers Feld, das ist ganz blau von Vergißmeinnicht und Veilchen. Die Marineoffiziere stehen Spalier. Guten Morgen, meine Herren. Öffnen Sie das Tor, Herr Matador. Erkennen Sie mich nicht? Ich bin ja die Tote ... Sie müssen mir darum nicht die Hand küssen ... Wo ist denn meine Gruft? Hat man die auch unterschlagen? Gott sei Dank, es ist gar nicht der Friedhof. Das ist ja der Park in Mentone. Der Papa wird sich freuen, daß ich nicht begraben bin. Vor den Schlangen habe ich keine Angst. Wenn mich nur keine in den Fuß beißt. O weh.

Was ist denn? Wo bin ich denn? Habe ich geschlafen? Ja. Geschlafen habe ich. Ich muß sogar geträumt haben. Mir ist so kalt in den Füßen. Im rechten Fuß ist mir kalt. Wieso denn? Da ist am Knöchel ein kleiner Riß im Strumpf. Warum sitze ich denn noch im Wald? Es muß ja längst geläutet haben zum Diner. Dinner.

O Gott, wo war ich denn? So weit war ich fort. Was hab' ich denn geträumt? Ich glaube, ich war schon tot. Und keine Sorgen habe ich gehabt und mir nicht den Kopf zerbrechen müssen. Dreißigtausend, dreißigtausend... ich habe sie noch nicht. Ich muß sie mir erst verdienen. Und da sitz' ich allein am Waldesrand. Das Hotel leuchtet bis her. Ich muß zurück. Es ist schrecklich, daß ich zurück muß. Aber es ist keine Zeit mehr zu verlieren. Herr von Dorsday erwartet meine Entscheidung. Entscheidung. Entscheidung! Nein. Nein, Herr von Dorsday, kurz und gut, nein. Sie haben gescherzt, Herr von Dorsday, selbstverständlich. Ja, das werde ich ihm sagen. Oh, das ist ausgezeichnet. Ihr Scherz war nicht sehr vornehm, Herr von Dorsday, aber ich will Ihnen verzeihen. Ich telegraphiere morgen früh an Papa, Herr von Dorsday, daß das Geld pünktlich in Doktor Fialas Händen sein wird. Wunderbar. Das sage ich ihm. Da bleibt ihm nichts übrig, er muß das Geld abschicken. Muß? Muß er? Warum muß er denn? Und wenn er's täte, so würde er sich dann rächen irgendwie. Er würde es so einrichten, daß das Geld zu spät kommt. Oder er würde das Geld schicken und dann überall erzählen, daß er mich gehabt hat. Aber er schickt ja das Geld gar nicht ab. Nein, Fräulein Else, so haben wir nicht gewettet. Telegraphieren Sie dem Papa, was Ihnen beliebt, ich schicke das Geld nicht ab. Sie sollen nicht glauben, Fräulein Else, daß ich mich von so einem kleinen Mädel übertölpeln lasse, ich der Vicomte von Eperies.

Ich muß vorsichtig gehen. Der Weg ist ganz dunkel. Sonderbar, es ist mir wohler als vorher. Es hat sich doch gar nichts geändert und mir ist wohler. Was habe ich denn nur geträumt? Von einem Matador? Was war denn das für ein Matador? Es ist doch weiter zum Hotel, als ich gedacht habe. Sie sitzen gewiß noch alle beim Diner. Ich werde mich ruhig an den Tisch setzen und sagen, daß ich Migräne gehabt habe und lasse mir nachservieren. Herr von Dorsday wird am Ende selbst zu mir kommen und mir sagen, daß das Ganze nur ein Scherz war. Entschuldigen Sie, Fräulein Else, entschuldigen Sie den schlechten Spaß, ich habe schon an meine Bank telegraphiert. Aber er wird es nicht sagen. Er hat nicht telegraphiert. Es ist alles noch genau so wie früher. Er wartet. Herr von Dorsday wartet. Nein, ich will ihn nicht sehen. Ich kann ihn nicht mehr sehen. Ich will niemanden mehr sehen. Ich will nicht mehr ins Hotel, ich will nicht mehr nach Hause, ich will nicht nach Wien, zu niemandem will ich, zu keinem Menschen, nicht zu Papa und nicht zu Mama, nicht zu Rudi und nicht zu Fred, nicht zu Bertha und nicht zu Tante Irene. Die ist noch die beste, die würde alles verstehen. Aber ich habe nichts mehr mit ihr zu tun und mit niemandem mehr. Wenn ich zaubern könnte, wäre ich ganz wo anders in der Welt. Auf irgendeinem herrlichen Schiff im Mittelländischen Meer, aber nicht allein. Mit Paul zum Beispiel. Ja, das könnte ich mir ganz gut vorstellen. Oder ich wohnte in einer Villa am Meer, und wir lägen auf den Marmorstufen, die ins Wasser führen, und er hielte mich fest in seinen Armen und bisse mich in die Lippen, wie es Albert vor zwei Jahren getan hat beim Klavier, der unverschämte Kerl. Nein. Allein möchte ich am Meer liegen auf den Marmorstufen und warten. Und endlich käme einer oder mehrere, und ich hätte die Wahl, und die andern, die ich verschmähe, die stürzen sich aus Verzweiflung alle ins Meer. Oder sie müßten Geduld haben bis zum nächsten Tag. Ach, was wäre das für ein köstliches Leben. Wozu habe ich denn meine herrlichen Schultern und meine schönen schlanken Beine? Und wozu bin ich denn überhaupt auf der Welt? Und es geschähe ihnen ganz recht, ihnen allen, sie haben mich ja doch nur daraufhin erzogen, daß ich mich verkaufe, so oder so. Vom Theaterspielen haben sie nichts wissen wollen. Da haben sie mich ausgelacht. Und es wäre ihnen ganz recht gewesen im vorigen Jahr, wenn ich den Direktor Wilomitzer geheiratet hätte, der bald fünfzig ist. Nur daß sie mir nicht zugeredet haben. Da hat sich der Papa doch geniert. Aber die Mama hat ganz deutliche Anspielungen gemacht.

Wie riesig es dasteht das Hotel, wie eine ungeheuere beleuchtete Zauberburg. Alles ist so riesig. Die Berge auch. Man könnte sich fürchten. Noch nie waren sie so schwarz. Der Mond ist noch nicht da. Der geht erst zur Vorstellung auf, zur großen Vorstellung auf der Wiese, wenn der Herr von Dorsday seine Sklavin nackt tanzen läßt. Was geht mich denn der Herr Dorsday an? Nun, Mademoiselle Else, was machen Sie denn für Geschichten? Sie waren doch schon bereit, auf und davon zu gehen, die Geliebte von fremden Männern zu werden, von einem nach dem andern. Und auf die Kleinigkeit, die Herr von Dorsday von Ihnen verlangt, kommt es Ihnen an. Für einen Perlenschmuck, für schöne Kleider, für eine Villa am Meer sind Sie bereit sich zu verkaufen? Und das Leben Ihres Vaters ist Ihnen nicht so viel wert? Es wäre gerade der richtige Anfang. Es wäre dann gleich die Rechtfertigung für alles andere. Ihr wart es, könnt ich sagen, ihr habt mich dazu gemacht, ihr alle seid Schuld, daß ich so geworden bin, nicht nur Papa und Mama. Auch der Rudi ist schuld und der Fred und alle, alle, weil sich ja niemand um einen kümmert. Ein bißchen Zärtlichkeit, wenn man hübsch aussieht, und ein bißl Besorgtheit, wenn man Fieber hat, und in die Schule schicken sie einen, und zu Hause lernt man Klavier und Französisch, und im Sommer geht man auf's Land, und zum Geburtstag kriegt man Geschenke, und bei Tisch reden sie über allerlei. Aber was in mir vorgeht und was in mir wühlt und Angst hat, habt ihr euch darum je gekümmert? Manchmal im Blick von Papa war eine Ahnung davon, aber ganz flüchtig. Und dann war gleich wieder der Beruf da, und die Sorgen und das Börsenspiel—und wahrscheinlich irgendein Frauenzimmer ganz im geheimen, ,nichts sehr Feines unter uns',—und ich war wieder allein. Nun, was tätst du Papa, was tätst du heute, wenn ich nicht da wäre?

Da stehe ich, ja da stehe ich vor dem Hotel.—Furchtbar da hineingehen zu müssen, alle die Leute sehen, den Herrn von Dorsday, die Tante, Cissy. Wie schön war das früher auf der Bank am Waldesrand, wie ich schon tot war. Matador—wenn ich nur drauf käm', was—eine Regatta war es, richtig, und ich habe vom Fenster aus zugesehen. Aber wer war der Matador?—Wenn ich nur nicht so müde wär', so furchtbar müde. Und da soll ich bis Mitternacht aufbleiben und mich dann ins Zimmer von Herrn von Dorsday schleichen? Vielleicht begegne ich der Cissy auf dem Gang. Hat sie was an unter dem Schlafrock, wenn sie zu ihm kommt? Es ist schwer, wenn man in solchen Dingen nicht geübt ist. Soll ich sie nicht um Rat fragen, die Cissy? Natürlich würde ich nicht sagen, daß es sich um Dorsday handelt, sondern sie müßte sich denken, ich habe ein nächtliches Rendezvous mit einem von den hübschen jungen Leuten hier im Hotel. Zum Beispiel mit dem langen blonden Menschen, der die leuchtenden Augen hat. Aber der ist ja nicht mehr da. Plötzlich war er verschwunden. Ich habe doch gar nicht an ihn gedacht bis zu diesem Augenblick. Aber es ist leider nicht der lange blonde Mensch mit den leuchtenden Augen, auch der Paul ist es nicht, es ist der Herr von Dorsday. Also wie mach' ich es denn? Was sage ich ihm? Einfach Ja? Ich kann doch nicht zu Herrn Dorsday ins Zimmer kommen. Er hat sicher lauter elegante Flakons auf dem Waschtisch, und das Zimmer riecht nach französischem Parfüm. Nein, nicht um die Welt zu ihm. Lieber im Freien. Da geht er mich nichts an. Der Himmel ist so hoch, und die Wiese ist so groß. Ich muß gar nicht an den Herrn Dorsday denken. Ich muß ihn nicht einmal anschauen. Und wenn er es wagen würde, mich anzurühren, einen Tritt bekäme er mit meinen nackten Füßen. Ach, wenn es doch ein anderer wäre, irgendein anderer. Alles, alles könnte er von mir haben heute nacht, jeder andere, nur Dorsday nicht. Und gerade der! Gerade der! Wie seine Augen stechen und bohren werden. Mit dem Monokel wird er dastehen und grinsen. Aber nein, er wird nicht grinsen. Er wird ein vornehmes Gesicht schneiden. Elegant. Er ist ja solche Dinge gewohnt. Wie viele hat er schon so gesehen? Hundert oder tausend? Aber war schon eine darunter wie ich? Nein, gewiß nicht. Ich werde ihm sagen, daß er nicht der Erste ist, der mich so sieht. Ich werde ihm sagen, daß ich einen Geliebten habe. Aber erst, wenn die dreißigtausend Gulden an Fiala abgesandt sind. Dann werde ich ihm sagen, daß er ein Narr war, daß er mich auch hätte haben können um dasselbe Geld.—Daß ich schon zehn Liebhaber gehabt habe, zwanzig, hundert.—Aber das wird er mir ja alles nicht glauben.—Und wenn er es mir glaubt, was hilft es mir?—Wenn ich ihm nur irgendwie die Freude verderben könnte. Wenn noch einer dabei wäre? Warum nicht? Er hat ja nicht gesagt, daß er mit mir allein sein muß. Ach, Herr von Dorsday, ich habe solche Angst vor Ihnen. Wollen Sie mir nicht freundlichst gestatten, einen guten Bekannten mitzubringen? Oh, das ist keineswegs gegen die Abrede, Herr von Dorsday. Wenn es mir beliebte, dürfte ich das ganze Hotel dazu einladen, und Sie wären trotzdem verpflichtet, die dreißigtausend Gulden abzuschicken. Aber ich begnüge mich damit, meinen Vetter Paul mitzubringen. Oder ziehen Sie etwa einen andern vor? Der lange blonde Mensch ist leider nicht mehr da, und der Filou mit dem Römerkopf leider auch nicht. Aber ich find' schon noch wen andern. Sie fürchten Indiskretion? Darauf kommt es ja nicht an. Ich lege keinen Wert auf Diskretion. Wenn man einmal so weit ist wie ich, dann ist alles ganz egal. Das ist heute ja nur der Anfang. Oder denken Sie, aus diesem Abenteuer fahre ich wieder nach Hause als anständiges Mädchen aus guter Familie? Nein, weder gute Familie noch anständiges junges Mädchen. Das wäre erledigt. Ich stelle mich jetzt auf meine eigenen Beine. Ich habe schöne Beine, Herr von Dorsday, wie Sie und die übrigen Teilnehmer des Festes bald zu bemerken Gelegenheit haben werden. Also die Sache ist in Ordnung, Herr von Dorsday. Um zehn Uhr, während alles noch in der Halle sitzt, wandern wir im Mondenschein über die Wiese, durch den Wald nach Ihrer berühmten selbstentdeckten Lichtung. Das Telegramm an die Bank bringen Sie für alle Fälle gleich mit. Denn eine Sicherheit darf ich doch wohl verlangen von einem solchen Spitzbuben wie Sie. Und um Mitternacht können Sie wieder nach Hause gehen, und ich bleibe mit meinem Vetter oder sonst wem auf der Wiese im Mondenschein. Sie haben doch nichts dagegen, Herr von Dorsday? Das dürfen Sie gar nicht. Und wenn ich morgen früh zufällig tot sein sollte, so wundern Sie sich weiter nicht. Dann wird eben Paul das Telegramm aufgeben. Dafür wird schon gesorgt sein. Aber bilden Sie sich dann um Gottes willen nicht ein, daß Sie, elender Kerl, mich in den Tod getrieben haben. Ich weiß ja schon lange, daß es so mit mir enden wird. Fragen Sie doch nur meinen Freund Fred, ob ich es ihm nicht schon öfters gesagt habe. Fred, das ist nämlich Herr Friedrich Wenkheim, nebstbei der einzige anständige Mensch, den ich in meinem Leben kennengelernt habe. Der einzige, den ich geliebt hätte, wenn er nicht ein gar so anständiger Mensch wäre. Ja, ein so verworfenes Geschöpf bin ich. Bin nicht geschaffen für eine bürgerliche Existenz, und Talent habe ich auch keines. Für unsere Familie wäre es sowieso das beste, sie stürbe aus. Mit dem Rudi wird auch schon irgendein Malheur geschehen. Der wird sich in Schulden stürzen für eine holländische Chansonette und bei Vanderhulst defraudieren. Das ist schon so in unserer Familie. Und der jüngste Bruder von meinem Vater, der hat sich erschossen, wie er fünfzehn Jahre alt war. Kein Mensch weiß, warum. Ich habe ihn nicht gekannt. Lassen Sie sich die Photographie zeigen, Herr von Dorsday. Wir haben sie in einem Album... Ich soll ihm ähnlich sehen. Kein Mensch weiß, warum er sich umgebracht hat. Und von mir wird es auch keiner wissen. Ihretwegen keinesfalls, Herr von Dorsday. Die Ehre tue ich Ihnen nicht an. Ob mit neunzehn oder einundzwanzig, das ist doch egal. Oder soll ich Bonne werden oder Telephonistin oder einen Herrn Wilomitzer heiraten oder mich von Ihnen aushalten lassen? Es ist alles gleich ekelhaft, und ich komme überhaupt gar nicht mit Ihnen auf die Wiese. Nein, das ist alles viel zu anstrengend und zu dumm und zu widerwärtig. Wenn ich tot bin, werden Sie schon die Güte haben und die paar tausend Gulden für den Papa absenden, denn es wäre doch zu traurig, wenn er gerade an dem Tage verhaftet würde, an dem man meine Leiche nach Wien bringt. Aber ich werde einen Brief hinterlassen mit testamentarischer Verfügung: Herr von Dorsday hat das Recht, meinen Leichnam zu sehen. Meinen schönen nackten Mädchenleichnam. So können Sie sich nicht beklagen, Herr von Dorsday, daß ich Sie übers Ohr gehaut habe. Sie haben doch was für Ihr Geld. Daß ich noch lebendig sein muß, das steht nicht in unserem Kontrakt. O nein. Das steht nirgends geschrieben. Also den Anblick meines Leichnams vermache ich dem Kunsthändler Dorsday, und Herrn Fred Wenkheim vermache ich mein Tagebuch aus meinem siebzehnten Lebensjahr—weiter habe ich nicht geschrieben—und dem Fräulein bei Cissy vermache ich die fünf Zwanzigfranksstücke, die ich vor Jahren aus der Schweiz mitgebracht habe. Sie liegen im Schreibtisch neben den Briefen. Und Bertha vermache ich das schwarze Abendkleid. Und Agathe meine Bücher. Und meinem Vetter Paul, dem vermache ich einen Kuß auf meine blassen Lippen. Und der Cissy vermache ich mein Rakett, weil ich edel bin. Und man soll mich gleich hier begraben in San Martino die Castrozza auf dem schönen kleinen Friedhof. Ich will nicht mehr zurück nach Hause. Auch als Tote will ich nicht mehr zurück. Und Papa und Mama sollen sich nicht kränken, mir geht es besser als ihnen. Und ich verzeihe ihnen. Es ist nicht schade um mich.—Haha, was für ein komisches Testament. Ich bin wirklich gerührt. Wenn ich denke, daß ich morgen um die Zeit, während die andern beim Diner sitzen, schon tot bin?—Die Tante Emma wird natürlich nicht zum Diner herunterkommen und Paul auch nicht. Sie werden sich auf dem Zimmer servieren lassen. Neugierig bin ich, wie sich Cissy benehmen wird. Nur werde ich es leider nicht erfahren. Gar nichts mehr werde ich erfahren. Oder vielleicht weiß man noch alles, solange man nicht begraben ist? Und am Ende bin ich nur scheintot. Und wenn der Herr von Dorsday an meinen Leichnam tritt, so erwache ich und schlage die Augen auf, da läßt er vor Schreck das Monokel fallen.

Aber es ist ja leider alles nicht wahr. Ich werde nicht scheintot sein und tot auch nicht. Ich werde mich überhaupt gar nicht umbringen, ich bin ja viel zu feig. Wenn ich auch eine couragierte Kletterin bin, feig bin ich doch. Und vielleicht habe ich nicht einmal genug Veronal. Wieviel Pulver braucht man denn? Sechs glaube ich. Aber zehn ist sicherer. Ich glaube, es sind noch zehn. Ja, das werden genug sein.

Zum wievielten Mal lauf' ich jetzt eigentlich um das Hotel herum? Also was jetzt? Da steh' ich vor dem Tor. In der Halle ist noch niemand. Natürlich—sie sitzen ja noch alle beim Diner. Seltsam sieht die Halle aus so ganz ohne Menschen. Auf dem Sessel dort liegt ein Hut, ein Touristenhut, ganz fesch. Hübscher Gemsbart. Dort im Fauteuil sitzt ein alter Herr. Hat wahrscheinlich keinen Appetit mehr. Liest Zeitungen. Dem geht's gut. Er hat keine Sorgen. Er liest ruhig Zeitung, und ich muß mir den Kopf zerbrechen, wie ich dem Papa dreißigtausend Gulden verschaffen soll. Aber nein. Ich weiß ja wie. Es ist ja so furchtbar einfach. Was will ich denn? Was will ich denn? Was tu' ich denn da in der Halle? Gleich werden sie alle kommen vom Diner. Was soll ich denn tun? Herr von Dorsday sitzt gewiß auf Nadeln. Wo bleibt sie, denkt er sich. Hat sie sich am Ende umgebracht? Oder engagiert sie jemanden, daß er mich umbringt? Oder hetzt sie ihren Vetter Paul auf mich? Haben Sie keine Angst, Herr von Dorsday, ich bin keine so gefährliche Person. Ein kleines Luder bin ich, weiter nichts. Für die Angst, die Sie ausgestanden haben, sollen Sie auch Ihren Lohn haben. Zwölf Uhr, Zimmer Nummer fünfundsechzig. Im Freien wäre es mir doch zu kühl. Und von Ihnen aus, Herr von Dorsday, begebe ich mich direkt zu meinem Vetter Paul. Sie haben doch nichts dagegen, Herr von Dorsday?

«*Else! Else!*»

Wie? Was? Das ist ja Pauls Stimme. Das Diner schon aus?—«*Else!*»—«Ach, Paul, was gibt's denn, Paul?»—Ich stell' mich ganz unschuldig.—«*Ja, wo steckst du denn, Else?*»—«Wo soll ich denn stecken? Ich bin spazierengegangen.»—«*Jetzt, während des Diners?*»—«Na, wann denn? Es ist doch die schönste Zeit dazu.» Ich red' Blödsinn.—«*Die Mama hat sich schon alles Mögliche eingebildet. Ich war an deiner Zimmertür, hab' geklopft.*»—«Hab' nichts gehört.»—«*Aber im Ernst, Else, wie kannst du uns in eine solche Unruhe versetzen! Du hättest Mama doch wenigstens verständigen können, daß du nicht zum Diner kommst.*»—«Du hast ja recht, Paul, aber wenn du eine Ahnung hättest, was ich für Kopfschmerzen gehabt habe.» Ganz schmelzend red' ich. Oh, ich Luder.—«*Ist dir jetzt wenigstens besser?*»—«Könnt' ich eigentlich nicht sagen.»—«*Ich will vor allem der Mama*»—«Halt, Paul, noch nicht. Entschuldige mich bei der Tante, ich will nur für ein paar Minuten auf mein Zimmer, mich ein bißl herrichten. Dann komme ich gleich herunter und werde mir eine Kleinigkeit nachservieren lassen.»—«*Du bist so blaß, Else?—Soll ich dir die Mama hinaufschicken?*»—«Aber mach' doch keine solchen Geschichten mit mir, Paul, und schau' mich nicht so an. Hast du noch nie ein weibliches Wesen mit Kopfschmerzen gesehen? Ich komme bestimmt noch herunter. In zehn Minuten spätestens. Grüß dich Gott, Paul.»—«*Also auf Wiedersehen, Else.*»—Gott sei Dank, daß er geht. Dummer Bub, aber lieb. Was will denn der Portier von mir? Wie, ein Telegramm? «Danke. Wann ist denn die Depesche gekommen, Herr Portier?»—«*Vor einer Viertelstunde, Fräulein.*»—Warum schaut er mich denn so an, so—bedauernd. Um Himmels willen, was wird denn da drin stehen? Ich mach' sie erst oben auf, sonst fall' ich vielleicht in Ohnmacht. Am Ende hat sich der Papa— —Wenn der Papa tot ist, dann ist ja alles in Ordnung, dann muß ich nicht mehr mit Herrn von Dorsday auf die Wiese gehn... Oh, ich elende Person. Lieber Gott, mach', daß in der Depesche nichts Böses steht. Lieber Gott, mach', daß der Papa lebt. Verhaftet meinetwegen, nur nicht tot. Wenn nichts Böses drin steht, dann will ich ein Opfer bringen. Ich werde Bonne, ich nehme eine Stellung in einem Bureau an. Sei nicht tot, Papa. Ich bin ja bereit. Ich tue ja alles, was du willst...

Gott sei Dank, daß ich oben bin. Licht gemacht, Licht gemacht. Kühl ist es geworden. Das Fenster war zu lange offen. Courage, Courage. Ha, vielleicht steht drin, daß die Sache geordnet ist. Vielleicht hat der Onkel Bernhard das Geld hergegeben, und sie telegraphieren mir: Nicht mit Dorsday reden. Ich werde es ja gleich sehen. Aber wenn ich auf den Plafond schaue, kann ich natürlich nicht lesen, was in der Depesche steht. Trala, trala, Courage. Es muß ja sein. ‚Wiederhole flehentliche Bitte mit Dorsday reden. Summe nicht dreißig, sondern fünfzig. Sonst alles vergeblich. Adresse bleibt Fiala.'—Sondern fünfzig. Sonst alles vergeblich. Trala, trala. Fünfzig. Adresse bleibt Fiala. Aber gewiß, ob fünfzig oder dreißig, darauf kommt es ja nicht an. Auch dem Herrn von Dorsday nicht. Das Veronal liegt unter der Wäsche, für alle Fälle. Warum habe ich nicht gleich gesagt: fünfzig. Ich habe doch daran gedacht! Sonst alles vergeblich. Also hinunter, geschwind, nicht da auf dem Bett sitzenbleiben. Ein kleiner Irrtum, Herr von Dorsday, verzeihen Sie. Nicht dreißig, sondern fünfzig, sonst alles vergeblich. Adresse bleibt Fiala.—‚Sie halten mich wohl für einen Narren, Fräulein Else?' Keineswegs, Herr Vicomte, wie sollte ich. Für fünfzig müßte ich jedesfalls entsprechend mehr fordern, Fräulein. Sonst alles vergeblich, Adresse bleibt Fiala. Wie Sie wünschen, Herr von Dorsday. Bitte, befehlen Sie nur. Vor allem aber, schreiben Sie die Depesche an Ihr Bankhaus, natürlich, sonst habe ich ja keine Sicherheit.—

Ja, so mach' ich es. Ich komme zu ihm ins Zimmer und erst, wenn er vor meinen Augen die Depesche geschrieben—ziehe ich mich aus. Und die Depesche behalte ich in der Hand. Ha, wie unappetitlich. Und wo soll ich denn meine Kleider hinlegen? Nein, nein, ich ziehe mich schon hier aus und nehme den großen schwarzen Mantel um, der mich ganz einhüllt. So ist es am bequemsten. Für beide Teile. Adresse bleibt Fiala. Mir klappern die Zähne. Das Fenster ist noch offen. Zugemacht. Im Freien? Den Tod hätte ich davon haben können. Schuft! Fünfzigtausend. Er kann nicht Nein sagen. Zimmer fünfundsechzig. Aber vorher sag' ich Paul, er soll in seinem Zimmer auf mich warten. Von Dorsday geh' ich direkt zu Paul und erzähle ihm alles. Und dann soll Paul ihn ohrfeigen. Ja, noch heute nacht. Ein reichhaltiges Programm. Und dann kommt das Veronal. Nein, wozu denn? Warum denn sterben? Keine Spur. Lustig, lustig, jetzt fängt ja das Leben erst an. Ihr sollt euere Freude haben. Ihr sollt stolz werden auf euer Töchterlein. Ein Luder will ich werden, wie es die Welt noch nicht gesehen hat. Adresse bleibt Fiala. Du sollst deine fünfzigtausend Gulden haben, Papa. Aber die nächsten, die ich mir verdiene, um die kaufe ich mir neue Nachthemden mit Spitzen besetzt, ganz durchsichtig und köstliche Seidenstrümpfe. Man lebt nur einmal. Wozu schaut man denn so aus wie ich. Licht gemacht,—die Lampe über dem Spiegel schalt' ich ein. Wie schön meine blondroten Haare sind, und meine Schultern; meine Augen sind auch nicht übel. Hu, wie groß sie sind. Es wär' schad um mich. Zum Veronal ist immer noch Zeit.—Aber ich muß ja hinunter. Tief hinunter. Herr Dorsday wartet, und er weiß noch nicht einmal, daß es indes fünfzigtausend geworden sind. Ja, ich bin im Preis gestiegen, Herr von Dorsday. Ich muß ihm das Telegramm zeigen, sonst glaubt er mir am Ende nicht und denkt, ich will ein Geschäft bei der Sache machen. Ich werde die Depesche auf sein Zimmer schicken und etwas dazu schreiben. Zu meinem lebhaften Bedauern sind es nun fünfzigtausend geworden, Herr von Dorsday, das kann Ihnen ja ganz egal sein. Und ich bin überzeugt, Ihre Gegenforderung war gar nicht ernst gemeint. Denn Sie sind ein Vicomte und ein Gentleman. Morgen früh werden Sie die fünfzigtausend, an denen das Leben meines Vaters hängt, ohne weiters an Fiala senden. Ich rechne darauf.—‚Selbstverständlich, mein Fräulein, ich sende für alle Fälle gleich hunderttausend, ohne jede Gegenleistung und verpflichte mich, überdies, von heute an für den Lebensunterhalt Ihrer ganzen Familie zu sorgen, die Börsenschulden Ihres Herrn Papas zu zahlen und sämtliche veruntreute Mündelgelder zu ersetzen.' Adresse bleibt Fiala. Hahaha! Ja, genau so ist der Vicomte von Eperies. Das ist ja alles Unsinn. Was bleibt mir denn übrig? Es muß ja sein, ich muß es ja tun, alles, alles muß ich tun, was Herr von Dorsday verlangt, damit der Papa morgen das Geld hat,—damit er nicht eingesperrt wird, damit er sich nicht umbringt. Und ich werde es auch tun. Ja, ich werde es tun, obzwar doch alles für die Katz' ist. In einem halben Jahr sind wir wieder gerade so weit wie heute! In vier Wochen!—Aber dann geht es mich nichts mehr an. Das eine Opfer bringe ich—und dann keines mehr. Nie, nie, niemals wieder. Ja, das sage ich dem Papa, sobald ich nach Wien komme. Und dann fort aus dem Haus, wo immer hin. Ich werde mich mit Fred beraten. Er ist der einzige, der mich wirklich gern hat. Aber so weit bin ich ja noch nicht. Ich bin nicht in Wien, ich bin noch in Martino di Castrozza. Noch nichts ist geschehen. Also wie, wie, was? Da ist das Telegramm. Was tue ich denn mit dem Telegramm? Ich habe es ja schon gewußt. Ich muß es ihm auf sein Zimmer schicken. Aber was sonst? Ich muß ihm etwas dazu schreiben. Nun ja, was soll ich ihm schreiben? Erwarten Sie mich um zwölf. Nein, nein, nein! Den Triumph soll er nicht haben. Ich will nicht, will nicht, will nicht. Gott sei Dank, daß ich die Pulver da habe. Das ist die einzige Rettung. Wo sind sie denn? Um Gottes willen, man wird sie mir doch nicht gestohlen haben. Aber nein, da sind sie ja. Da in der Schachtel. Sind sie noch alle da? Ja, da sind sie. Eins, zwei, drei, vier, fünf, sechs. Ich will sie ja nur ansehen, die lieben Pulver. Es verpflichtet ja zu nichts. Auch daß ich sie ins Glas schütte, verpflichtet ja zu nichts. Eins, zwei,—aber ich bringe mich ja sicher nicht um. Fällt mir gar nicht ein. Drei, vier, fünf—davon stirbt man auch noch lange nicht. Es wäre schrecklich, wenn ich das Veronal nicht mit hätte. Da müßte ich mich zum Fenster hinunterstürzen und dazu hätt' ich doch nicht den Mut. Aber das Veronal,—man schläft langsam ein, wacht nicht mehr auf, keine Qual, kein Schmerz. Man legt sich ins Bett; in einem Zuge trinkt man es aus, träumt, und alles ist vorbei. Vorgestern habe ich auch ein Pulver genommen und neulich sogar zwei. Pst, niemandem sagen. Heut werden es halt ein bißl mehr sein. Es ist ja nur für alle Fälle. Wenn es mich gar, gar zu sehr grausen sollte. Aber warum soll es mich denn grausen? Wenn er mich anrührt, so spucke ich ihm ins Gesicht. Ganz einfach.

Aber wie soll ich ihm denn den Brief zukommen lassen? Ich kann doch nicht dem Herrn von Dorsday durch das Stubenmädchen einen Brief schicken. Das Beste, ich gehe hinunter und rede mit ihm und zeige ihm das Telegramm. Hinunter muß ich ja jedenfalls. Ich kann doch nicht da heroben im Zimmer bleiben. Ich hielte es ja gar nicht aus, drei Stunden lang—bis der Moment kommt. Auch wegen der Tante muß ich hinunter. Ha, was geht mich denn die Tante an. Was gehen mich die Leute an? Sehen Sie, meine Herrschaften, da steht das Glas mit dem Veronal. So, jetzt nehme ich es in die Hand. So, jetzt führe ich es an die Lippen. Ja, jeden Moment kann ich drüben sein, wo es keine Tanten gibt und keinen Dorsday und keinen Vater, der Mündelgelder defraudiert...

Aber ich werde mich nicht umbringen. Das habe ich nicht notwendig. Ich werde auch nicht zu Herrn von Dorsday ins Zimmer gehen. Fällt mir gar nicht ein. Ich werde mich doch nicht um fünfzigtausend Gulden nackt hinstellen vor einen alten Lebemann, um einen Lumpen vor dem Kriminal zu retten. Nein, nein, entweder oder. Wie kommt denn der Herr von Dorsday dazu? Gerade der? Wenn einer mich sieht, dann sollen mich auch andere sehen. Ja!—Herrlicher Gedanke!—Alle sollen mich sehen. Die ganze Welt soll mich sehen. Und dann kommt das Veronal. Nein, nicht das Veronal,—wozu denn?! dann kommt die Villa mit den Marmorstufen und die schönen Jünglinge und die Freiheit und die weite Welt! Guten Abend, Fräulein Else, so gefallen Sie mir. Haha. Da unten werden sie meinen, ich bin verrückt geworden. Aber ich war noch nie so vernünftig. Zum erstenmal in meinem Leben bin ich wirklich vernünftig. Alle, alle sollen sie mich sehen!—Dann gibt es kein zurück, kein nach Hause zu Papa und Mama, zu den Onkeln und Tanten. Dann bin ich nicht mehr das Fräulein Else, das man an irgendeinen Direktor Wilomitzer verkuppeln möchte; alle hab' ich sie so zum Narren;—den Schuften Dorsday vor allem—und komme zum zweitenmal auf die Welt... sonst alles vergeblich—Adresse bleibt Fiala. Haha!

Keine Zeit mehr verlieren, nicht wieder feig werden. Herunter das Kleid. Wer wird der Erste sein? Wirst du es sein, Vetter Paul? Dein Glück, daß der Römerkopf nicht mehr da ist. Wirst du diese schönen Brüste küssen heute nacht? Ah, wie bin ich schön. Bertha hat ein schwarzes Seidenhemd. Raffiniert. Ich werde noch viel raffinierter sein. Herrliches Leben. Fort mit den Strümpfen, das wäre unanständig. Nackt, ganz nackt. Wie wird mich Cissy beneiden! Und andere auch. Aber sie trauen sich nicht. Sie möchten ja alle so gern. Nehmt euch ein Beispiel. Ich, die Jungfrau, ich traue mich. Ich werde mich ja zu Tod lachen über Dorsday. Da bin ich, Herr von Dorsday. Rasch auf die Post. So viel ist es doch wert?

Schön, schön bin ich! Schau' mich an, Nacht! Berge, schaut mich an! Himmel schau' mich an, wie schön ich bin. Aber ihr seid ja blind. Was habe ich von euch. Die da unten haben Augen. Soll ich mir die Haare lösen? Nein. Da säh' ich aus wie eine Verrückte. Aber ihr sollt mich nicht für verrückt halten. Nur für schamlos sollt ihr mich halten. Für eine Kanaille. Wo ist das Telegramm? Um Gottes willen, wo habe ich denn das Telegramm? Da liegt es ja, friedlich neben dem Veronal. ‚Wiederhole flehentlich—fünfzigtausend—sonst alles vergeblich. Adresse bleibt Fiala.' Ja, das ist das Telegramm. Das ist ein Stück Papier, und da stehen Worte darauf. Aufgegeben in Wien vier Uhr dreißig. Nein, ich träume nicht, es ist alles wahr. Und zu Hause warten sie auf fünfzigtausend Gulden. Und Herr von Dorsday wartet auch. Er soll nur warten. Wir haben ja Zeit. Ah, wie hübsch ist es, so nackt im Zimmer auf und ab zu spazieren. Bin ich wirklich so schön wie im Spiegel? Ach, kommen Sie doch näher, schönes Fräulein. Ich will Ihre blutroten Lippen küssen. Ich will Ihre Brüste an meine Brüste pressen. Wie schade, daß das Glas zwischen uns ist, das kalte Glas. Wie gut würden wir uns miteinander vertragen. Nicht wahr? Wir brauchten gar niemanden andern. Es gibt vielleicht gar keine andern Menschen. Es gibt

Telegramme und Hotels und Berge und Bahnhöfe und Wälder, aber Menschen gibt es nicht. Die träumen wir nur. Nur der Doktor Fiala existiert mit der Adresse. Es bleibt immer dieselbe. Oh, ich bin keineswegs verrückt. Ich bin nur ein wenig erregt. Das ist doch ganz selbstverständlich, bevor man zum zweitenmal auf die Welt kommt. Denn die frühere Else ist schon gestorben. Ja, ganz bestimmt bin ich tot. Da braucht man kein Veronal dazu. Soll ich es nicht weggießen? Das Stubenmädel könnte es aus Versehen trinken. Ich werde einen Zettel hinlegen und darauf schreiben: Gift; nein, lieber: Medizin,—damit dem Stubenmädel nichts geschieht. So edel bin ich. So. Medizin, zweimal unterstrichen und drei Ausrufungszeichen. Jetzt kann nichts passieren. Und wenn ich dann heraufkomme und keine Lust habe mich umzubringen und nur schlafen will, dann trinke ich eben nicht das ganze Glas aus, sondern nur ein Viertel davon oder noch weniger. Ganz einfach. Alles habe ich in meiner Hand. Am einfachsten wäre, ich liefe hinunter—so wie ich bin über Gang und Stiegen. Aber nein, da könnte ich aufgehalten werden, ehe ich unten bin—und ich muß doch die Sicherheit haben, daß der Herr von Dorsday dabei ist! Sonst schickt er natürlich das Geld nicht ab, der Schmutzian.—Aber ich muß ihm ja schreiben. Das ist doch das Wichtigste. Oh, kalt ist die Sessellehne, aber angenehm. Wenn ich meine Villa am italienischen See haben werde, dann werde ich in meinem Park immer nackt herumspazieren... Die Füllfeder vermache ich Fred, wenn ich einmal sterbe. Aber vorläufig habe ich etwas Gescheiteres zu tun als zu sterben. ‚Hochverehrter Herr Vicomte'—also vernünftig Else, keine Aufschrift, weder hochverehrt, noch hochverachtet. ‚Ihre Bedingung, Herr von Dorsday, ist erfüllt'———‚In dem Augenblick, da Sie diese Zeilen lesen, Herr von Dorsday, ist Ihre Bedingung erfüllt, wenn auch nicht ganz in der von Ihnen vorgesehenen Weise.'—‚Nein, wie gut das Mädel schreibt', möcht' der Papa sagen.—‚Und so rechne ich darauf, daß Sie Ihrerseits Ihr Wort halten und die fünfzigtausend Gulden telegraphisch an die bekannte Adresse unverzüglich anweisen lassen werden, Else.' Nein, nicht Else. Gar keine Unterschrift. So. Mein schönes gelbes Briefpapier! Hab' ich zu Weihnachten bekommen. Schad' drum. So—und jetzt Telegramm und Brief ins Kuvert.—‚Herrn von Dorsday', Zimmer Nummer fünfundsechzig. Wozu die Nummer? Ich lege ihm den Brief einfach vor die Tür im Vorbeigehen. Aber ich muß nicht. Ich muß überhaupt gar nichts. Wenn es mir beliebt, kann ich mich jetzt auch ins Bett legen und schlafen und mich um nichts mehr kümmern. Nicht um den Herrn von Dorsday und nicht um den Papa. Ein gestreifter Sträflingsanzug ist auch ganz elegant. Und erschossen haben sich schon viele. Und sterben müssen wir alle.

Aber du hast ja das alles vorläufig nicht nötig, Papa. Du hast ja deine herrlich gewachsene Tochter, und Adresse bleibt Fiala. Ich werde eine Sammlung einleiten. Mit dem Teller werde ich herumgehen. Warum sollte nur Herr von Dorsday zahlen? Das wäre ein Unrecht. Jeder nach seinen Verhältnissen. Wieviel wird Paul auf den Teller legen? Und wieviel der Herr mit dem goldenen Zwicker? Aber bildet euch nur ja nicht ein, daß das Vergnügen lange dauern wird. Gleich hülle ich mich wieder ein, laufe die Treppe hinauf in mein Zimmer, sperre mich ein und, wenn es mir beliebt, trinke ich das ganze Glas auf einen Zug. Aber es wird mir nicht belieben. Es wäre nur eine Feigheit. Sie verdienen gar nicht so viel Respekt, die Schufte. Schämen vor euch? Ich mich schämen vor irgend wem? Das habe ich wirklich nicht nötig. Laß dir noch einmal in die Augen sehen, schöne Else. Was du für Riesenaugen hast, wenn man näher kommt. Ich wollte, es küßte mich einer auf meine Augen, auf meinen blutroten Mund. Kaum über die Knöchel reicht mein Mantel. Man wird sehen, daß meine Füße nackt sind. Was tut's, man wird noch mehr sehen! Aber ich bin nicht verpflichtet. Ich kann gleich wieder umkehren, noch bevor ich unten bin. Im ersten Stock kann ich umkehren. Ich muß überhaupt nicht hinuntergehen. Aber ich will ja. Ich freue mich drauf. Hab' ich mir nicht ein ganzes Leben lang so was gewünscht?

Worauf warte ich denn noch? Ich bin ja bereit. Die Vorstellung kann beginnen. Den Brief nicht vergessen. Eine aristokratische Schrift behauptet Fred. Auf Wiedersehen, Else. Du bist schön mit dem Mantel. Florentinerinnen haben sich so malen lassen. In den Galerien hängen ihre Bilder, und es ist eine Ehre für sie.—Man muß gar nichts bemerken, wenn ich den Mantel um habe. Nur die Füße, nur die Füße. Ich nehme die schwarzen Lackschuhe, dann denkt man, es sind fleischfarbene Strümpfe. So werde ich durch die Halle gehen, und kein Mensch wird ahnen, daß unter dem Mantel nichts ist, als ich, ich selber. Und dann kann ich immer noch herauf...—Wer spielt denn da unten so schön Klavier? Chopin?—Herr von Dorsday wird etwas nervös sein. Vielleicht hat er Angst vor Paul. Nur Geduld, Geduld, wird sich alles finden. Ich weiß noch gar nichts, Herr von Dorsday, ich bin selber schrecklich gespannt. Licht ausschalten! Ist alles in Ordnung in meinem Zimmer? Leb' wohl, Veronal, auf Wiedersehen. Leb' wohl, mein heißgeliebtes Spiegelbild. Wie du im Dunkel leuchtest. Ich bin schon ganz gewohnt, unter dem Mantel nackt zu sein. Ganz angenehm. Wer weiß, ob nicht manche so in der Halle sitzen und keiner weiß es? Ob nicht manche Dame so ins Theater geht und so in ihrer Loge sitzt—zum Spaß oder aus anderen Gründen.

Soll ich zusperren? Wozu? Hier wird ja nichts gestohlen. Und wenn auch—ich brauche ja nichts mehr. Schluß... Wo ist denn Nummer fünfundsechzig? Niemand ist auf dem Gang. Alles noch unten beim Diner. Einundsechzig... zweiundsechzig... das sind ja riesige Bergschuhe, die da vor der Türe stehen. Da hängt eine Hose am Haken. Wie unanständig. Vierundsechzig, fünfundsechzig. So. Da wohnt er, der Vicomte... Da unten lehn' ich den Brief hin, an die Tür. Da muß er ihn gleich sehen. Es wird ihn doch keiner stehlen? So, da liegt er... Macht nichts... Ich kann noch immer tun, was ich will. Hab' ich ihn halt zum Narrn gehalten... Wenn ich ihm nur jetzt nicht auf der Treppe begegne. Da kommt ja... nein, das ist er nicht!... Der ist viel hübscher als der Herr von Dorsday, sehr elegant, mit dem kleinen schwarzen Schnurrbart. Wann ist denn der angekommen? Ich könnte eine kleine Probe veranstalten—ein ganz klein wenig den Mantel lüften. Ich habe große Lust dazu. Schauen Sie mich nur an, mein Herr. Sie ahnen nicht, an wem Sie da vorübergehen. Schade, daß Sie gerade jetzt sich heraufbemühen. Warum bleiben Sie nicht in der Halle? Sie versäumen etwas. Große Vorstellung. Warum halten Sie mich nicht auf? Mein Schicksal liegt in Ihrer Hand. Wenn Sie mich grüßen, so kehre ich wieder um. So grüßen Sie mich doch. Ich sehe Sie doch so liebenswürdig an... Er grüßt nicht. Vorbei ist er. Er wendet sich um, ich spüre es. Rufen Sie, grüßen Sie! Retten Sie mich! Vielleicht sind Sie an meinem Tode schuld, mein Herr! Aber Sie werden es nie erfahren. Adresse bleibt Fiala...

Wo bin ich? Schon in der Halle? Wie bin ich daher gekommen? So wenig Leute und so viele Unbekannte. Oder sehe ich so schlecht? Wo ist Dorsday? Er ist nicht da. Ist es ein Wink des Schicksals? Ich will zurück. Ich will einen andern Brief an Dorsday schreiben. Ich erwarte Sie in meinem Zimmer um Mitternacht. Bringen Sie die Depesche an Ihre Bank mit. Nein. Er könnte es für eine Falle halten. Könnte auch eine sein. Ich könnte Paul bei mir versteckt haben, und er könnte ihn mit dem Revolver zwingen, uns die Depesche auszuliefern. Erpressung. Ein Verbrecherpaar. Wo ist Dorsday? Dorsday, wo bist du? Hat er sich vielleicht umgebracht aus Reue über meinen Tod? Im Spielzimmer wird er sein. Gewiß. An einem Kartentisch wird er sitzen. Dann will ich ihm von der Tür aus mit den Augen ein Zeichen geben. Er wird sofort aufstehen. ‚Hier bin ich, mein Fräulein.' Seine Stimme wird klingen. ‚Wollen wir ein wenig promenieren, Herr Dorsday?‘ ‚Wie es beliebt, Fräulein Else.‘ Wir gehen über den Marienweg zum Walde hin. Wir sind allein. Ich schlage den Mantel auseinander. Die fünfzigtausend sind fällig. Die Luft ist kalt, ich bekomme eine Lungenentzündung und sterbe... Warum sehen mich die zwei Damen an? Merken sie was? Warum bin ich denn da? Bin ich verrückt? Ich werde zurückgehen in mein Zimmer, mich geschwind ankleiden, das blaue, drüber den Mantel wie jetzt, aber offen, da kann niemand glauben, daß ich vorher nichts angehabt habe... Ich kann nicht zurück. Ich will auch nicht zurück. Wo ist Paul? Wo ist Tante Emma? Wo ist Cissy? Wo sind sie denn alle? Keiner wird es merken... Man kann es ja gar nicht merken. Wer spielt so schön? Chopin? Nein, Schumann.

Ich irre in der Halle umher wie eine Fledermaus. Fünfzigtausend! Die Zeit vergeht. Ich muß diesen verfluchten Herrn von Dorsday finden. Nein, ich muß in mein Zimmer zurück... Ich werde Veronal trinken. Nur einen kleinen Schluck, dann werde ich gut schlafen... Nach getaner Arbeit ist gut ruhen... Aber die Arbeit ist noch nicht getan... Wenn der Kellner den schwarzen Kaffee dem alten Herrn dort serviert, so geht alles gut aus. Und wenn er ihn dem jungen Ehepaar in der Ecke bringt, so ist alles verloren. Wieso? Was heißt das? Zu dem alten Herrn bringt er den Kaffee. Triumph! Alles geht gut aus. Ha, Cissy und Paul! Da draußen vor dem Hotel gehen sie auf und ab. Sie reden ganz vergnügt miteinander. Er regt sich nicht sonderlich auf wegen meiner Kopfschmerzen. Schwindler!... Cissy hat keine so schönen Brüste wie ich. Freilich, sie hat ja ein Kind... Was reden die zwei? Wenn man es hören könnte! Was geht es mich an, was sie reden? Aber ich könnte ja auch vors Hotel gehen, ihnen guten Abend wünschen und dann weiter, weiterflattern über die Wiese, in den Wald hinaufsteigen, klettern, immer höher, bis auf den Cimone hinauf, mich hinlegen, einschlafen, erfrieren. Geheimnisvoller Selbstmord einer jungen Dame der Wiener Gesellschaft. Nur mit einem schwarzen Abendmantel bekleidet, wurde das schöne Mädchen an einer unzugänglichen Stelle des Cimone della Pala tot aufgefunden... Aber vielleicht findet man mich nicht... Oder erst im nächsten Jahr. Oder noch später. Verwest. Als Skelett. Doch besser, hier in der geheizten Halle sein und nicht erfrieren. Nun, Herr von Dorsday, wo stecken Sie denn eigentlich? Bin ich verpflichtet zu warten? Sie haben mich zu suchen, nicht ich Sie. Ich will noch im Spielsaal nachschauen. Wenn er dort nicht ist, hat er sein Recht verwirkt. Und ich schreibe ihm: Sie waren nicht zu finden, Herr von Dorsday, Sie haben freiwillig verzichtet;

das entbindet Sie nicht von der Verpflichtung, das Geld sofort abzuschicken. Das Geld. Was für ein Geld denn? Was kümmert mich das? Es ist mir doch ganz gleichgültig, ob er das Geld abschickt oder nicht. Ich habe nicht das geringste Mitleid mehr mit Papa. Mit keinem Menschen habe ich Mitleid. Auch mit mir selber nicht. Mein Herz ist tot. Ich glaube, es schlägt gar nicht mehr. Vielleicht habe ich das Veronal schon getrunken... Warum schaut mich die holländische Familie so an? Man kann doch unmöglich was merken. Der Portier sieht mich auch so verdächtig an. Ist vielleicht eine Depesche gekommen? Achtzigtausend? Hunderttausend? Adresse bleibt Fiala. Wenn eine Depesche da wäre, würde er es mir sagen. Er sieht mich hochachtungsvoll an. Er weiß nicht, daß ich unter dem Mantel nichts anhabe. Niemand weiß es. Ich gehe zurück in mein Zimmer. Zurück, zurück, zurück! Wenn ich über die Stufen stolperte, das wäre eine nette Geschichte. Vor drei Jahren auf dem Wörthersee ist eine Dame ganz nackt hinausgeschwommen. Aber noch am selben Nachmittag ist sie abgereist. Die Mama hat gesagt, es ist eine Operettensängerin aus Berlin. Schumann? Ja, Karneval. Die oder der spielt ganz schön. Das Kartenzimmer ist aber rechts. Letzte Möglichkeit, Herr von Dorsday. Wenn er dort ist, winke ich ihn mit den Augen zu mir her und sage ihm, um Mitternacht werde ich bei Ihnen sein, Sie Schuft.—Nein, Schuft sage ich ihm nicht. Aber nachher sage ich es ihm... Irgendwer geht mir nach. Ich wende mich nicht um. Nein, nein.—

«*Else!*»—Um Gottes willen, die Tante. Weiter, weiter! «*Else!*»—Ich muß mich umdrehen, es hilft mir nichts. «Oh, guten Abend, Tante.»—«*Ja, Else, was ist denn mit dir? Grad wollte ich zu dir hinaufschauen. Paul hat mir gesagt——Ja, wie schaust du denn aus?*—«Wie schau' ich denn aus, Tante? Es geht mir schon ganz gut. Ich habe auch eine Kleinigkeit gegessen.» Sie merkt was, sie merkt was.—«*Else—du hast ja—keine Strümpfe an!*»—«Was sagst du da, Tante? Meiner Seel, ich habe keine Strümpfe an. Nein—!»—«*Ist dir nicht wohl, Else? Deine Augen—du hast Fieber.*»—«Fieber? Ich glaub' nicht. Ich hab' nur so furchtbare Kopfschmerzen gehabt, wie nie in meinem Leben noch.»—«*Du mußt sofort zu Bett, Kind, du bist totenblaß.*»—«Das kommt von der Beleuchtung, Tante. Alle Leute sehen hier blaß aus in der Halle.» Sie schaut so sonderbar an mir herab. Sie kann doch nichts merken? Jetzt nur die Fassung bewahren. Papa ist verloren, wenn ich nicht die Fassung bewahre. Ich muß etwas reden. «Weißt du, Tante, was mir heuer in Wien passiert ist? Da bin ich einmal mit einem gelben und einem schwarzen Schuh auf die Straße gegangen.» Kein Wort ist wahr. Ich muß weiterreden. Was sag' ich nur? «Weißt du, Tante, nach Migräneanfällen habe ich manchmal solche Anfälle von Zerstreutheit. Die Mama hat das auch früher gehabt.» Nicht ein Wort ist wahr.—*«Ich werde jedenfalls um den Doktor schicken.»*—«Aber ich bitte dich, Tante, es ist ja gar keiner im Hotel. Man müßt' einen aus einer anderen Ortschaft holen. Der würde schön lachen, daß man ihn holen läßt, weil ich keine Strümpfe anhabe. Haha.» Ich sollte nicht so laut lachen. Das Gesicht von der Tante ist angstverzerrt. Die Sache ist ihr unheimlich. Die Augen fallen ihr heraus.—*«Sag', Else, hast du nicht zufällig Paul gesehen?»*—Ah, sie will sich Sukkurs verschaffen. Fassung, alles steht auf dem Spiel. «Ich glaube, er geht auf und ab vor dem Hotel mit Cissy Mohr, wenn ich nicht irre.»—*«Vor dem Hotel? Ich werde sie beide hereinholen. Wir wollen noch alle einen Tee trinken, nicht wahr?»*—«Gern.» Was für ein dummes Gesicht sie macht. Ich nicke ihr ganz freundlich und harmlos zu. Fort ist sie. Ich werde jetzt in mein Zimmer gehen. Nein, was soll ich denn in meinem Zimmer tun? Es ist höchste Zeit, höchste Zeit. Fünfzigtausend, fünfzigtausend. Warum laufe ich denn so? Nur langsam, langsam... Was will ich denn? Wie heißt der Mann? Herr von Dorsday. Komischer Name... Da ist ja das Spielzimmer. Grüner Vorhang vor der Tür. Man sieht nichts. Ich stelle mich auf die Zehenspitzen. Die Whistpartie. Die spielen jeden Abend. Dort spielen zwei Herren Schach. Herr von Dorsday ist nicht da. Viktoria. Gerettet! Wieso denn? Ich muß weitersuchen. Ich bin verdammt, Herrn von Dorsday zu suchen bis an mein Lebensende. Er sucht mich gewiß auch. Wir verfehlen uns immerfort. Vielleicht sucht er mich oben. Wir werden uns auf der Stiege treffen. Die Holländer sehen mich wieder an. Ganz hübsch die Tochter. Der alte Herr hat eine Brille, eine Brille, eine Brille... Fünfzigtausend. Es ist ja nicht so viel. Fünfzigtausend, Herr von Dorsday. Schumann? Ja, Karneval... Hab' ich auch einmal studiert. Schön spielt sie.

Warum denn sie? Vielleicht ist es ein Er? Vielleicht ist es eine Virtuosin? Ich will einen Blick in den Musiksalon tun.

Da ist ja die Tür.——Dorsday! Ich falle um. Dorsday! Dort steht er am Fenster und hört zu. Wie ist das möglich? Ich verzehre mich—ich werde verrückt—ich bin tot—und er hört einer fremden Dame Klavierspielen zu. Dort auf dem Diwan sitzen zwei Herren. Der Blonde ist erst heute angekommen. Ich hab' ihn aus dem Wagen steigen sehen. Die Dame ist gar nicht mehr jung. Sie ist schon ein paar Tage lang hier. Ich habe nicht gewußt, daß sie so schön Klavier spielt. Sie hat es gut.

Alle Menschen haben es gut... nur ich bin verdammt... Dorsday! Dorsday! Ist er das wirklich? Er sieht mich nicht. Jetzt schaut er aus wie ein anständiger Mensch. Er hört zu. Fünfzigtausend! Jetzt oder nie. Leise die Tür aufgemacht. Da bin ich, Herr von Dorsday! Er sieht mich nicht. Ich will ihm nur ein Zeichen mit den Augen geben, dann werde ich den Mantel ein wenig lüften, das ist genug. Ich bin ja ein junges Mädchen. Bin ein anständiges junges Mädchen aus guter Familie. Bin ja keine Dirne... Ich will fort. Ich will Veronal nehmen und schlafen. Sie haben sich geirrt, Herr von Dorsday, ich bin keine Dirne. Adieu, adieu!... Ha, er schaut auf. Da bin ich, Herr von Dorsday. Was für Augen er macht. Seine Lippen zittern. Er bohrt seine Augen in meine Stirn. Er ahnt nicht, daß ich nackt bin unter dem Mantel. Lassen Sie mich fort, lassen Sie mich fort! Seine Augen glühen. Seine Augen drohen. Was wollen Sie von mir? Sie sind ein Schuft. Keiner sieht mich als er. Sie hören zu. So kommen Sie doch, Herr von Dorsday! Merken Sie nichts? Dort im Fauteuil—Herrgott, im Fauteuil—das ist ja der Filou! Himmel, ich danke dir. Er ist wieder da, er ist wieder da! Er war nur auf einer Tour! Jetzt ist er wieder da. Der Römerkopf ist wieder da. Mein Bräutigam, mein Geliebter. Aber er sieht mich nicht. Er soll mich auch nicht sehen. Was wollen Sie, Herr von Dorsday? Sie schauen mich an, als wenn ich Ihre Sklavin wäre. Ich bin nicht Ihre Sklavin. Fünfzigtausend! Bleibt es bei unserer Abmachung, Herr von Dorsday? Ich bin bereit. Da bin ich. Ich bin ganz ruhig. Ich lächle. Verstehen Sie meinen Blick? Sein Auge spricht zu mir: komm! Sein Auge spricht: ich will dich nackt sehen. Nun, du Schuft, ich bin ja nackt. Was willst du denn noch? Schick' die Depesche ab... Sofort... Es rieselt durch meine Haut. Die Dame spielt weiter.

Köstlich rieselt es durch meine Haut. Wie wundervoll ist es, nackt zu sein. Die Dame spielt weiter, sie weiß nicht, was hier geschieht. Niemand weiß es. Keiner noch sieht mich. Filou, Filou! Nackt stehe ich da. Dorsday reißt die Augen auf. Jetzt endlich glaubt er es. Der Filou steht auf. Seine Augen leuchten. Du verstehst mich, schöner Jüngling. «Haha!» Die Dame spielt nicht mehr. Der Papa ist gerettet. Fünfzigtausend! Adresse bleibt Fiala! «Ha, ha, ha!» Wer lacht denn da? Ich selber? «Ha, ha, ha!» Was sind denn das für Gesichter um mich? «Ha, ha, ha!» Zu dumm, daß ich lache. Ich will nicht lachen, ich will nicht. «Haha!»—«*Else!*»—Wer ruft Else? Das ist Paul. Er muß hinter mir sein. Ich spüre einen Luftzug über meinen nackten Rücken. Es saust in meinen Ohren. Vielleicht bin ich schon tot? Was wollen Sie, Herr von Dorsday? Warum sind Sie so groß und stürzen über mich her? «Ha, ha, ha!»

Was habe ich denn getan? Was habe ich getan? Was habe ich getan? Ich falle um. Alles ist vorbei. Warum ist denn keine Musik mehr? Ein Arm schlingt sich um meinen Nacken. Das ist Paul. Wo ist denn der Filou? Da lieg' ich. «Ha, ha, ha!» Der Mantel fliegt auf mich herab. Und ich liege da. Die Leute halten mich für ohnmächtig. Nein, ich bin nicht ohnmächtig. Ich bin bei vollem Bewußtsein. Ich bin hundertmal wach, ich bin tausendmal wach. Ich muß nur immer lachen. «Ha, ha, ha!» Jetzt haben Sie Ihren Willen, Herr von Dorsday, Sie müssen das Geld für Papa schicken. Sofort. «Haaaah!» Ich will nicht schreien, und ich muß immer schreien. Warum muß ich denn schreien.—Meine Augen sind zu. Niemand kann mich sehen. Papa ist gerettet.—«*Else!*»—Das ist die Tante.—«*Else! Else!*»—«*Ein Arzt, ein Arzt!*»—«*Geschwind zum Portier!*»—«*Was ist denn passiert?*»—«*Das ist ja nicht möglich.*»—«*Das arme Kind.*»—Was reden sie denn da? Was murmeln sie denn da? Ich bin kein armes Kind. Ich bin glücklich. Der Filou hat mich nackt gesehen. Oh, ich schäme mich so. Was habe ich getan? Nie wieder werde ich die Augen öffnen.—«*Bitte, die Türe schließen.*»—Warum soll man die Türe schließen? Was für Gemurmel. Tausend Leute sind um mich. Sie halten mich alle für ohnmächtig. Ich bin nicht ohnmächtig. Ich träume nur.—«*Beruhigen Sie sich doch, gnädige Frau.*»—«*Ist schon um den Arzt geschickt?*»—«*Es ist ein Ohnmachtsanfall.*»—Wie weit sie alle weg sind. Sie sprechen alle vom Cimone herunter.—«*Man kann sie doch nicht auf dem Boden liegenlassen.*»—«*Hier ist ein Plaid.*»—«*Eine Decke.*»—«*Decke oder Plaid, das ist ja gleichgültig.*»—«*Bitte doch um Ruhe.*»—«*Auf den Diwan.*»—«*Bitte doch endlich die Türe zu schließen.*»—«*Nicht so nervös sein, sie ist ja geschlossen.*»—«*Else! Else!*»—Wenn die Tante nur endlich still wär'!—«*Hörst du mich, Else?*»—«*Du siehst doch, Mama, daß sie ohnmächtig ist.*»—Ja, Gott sei Dank, für euch bin ich ohnmächtig. Und ich bleibe auch ohnmächtig.—«*Wir müssen sie auf ihr Zimmer bringen.*»—«*Was ist denn da geschehen? Um Gottes willen!*»—Cissy. Wie kommt denn Cissy auf die Wiese. Ach, es ist ja nicht die Wiese.—«*Else!*»—«*Bitte um Ruhe.*»—«*Bitte ein wenig zurücktreten.*»—Hände, Hände unter mir. Was wollen sie denn? Wie schwer bin ich. Pauls Hände. Fort, fort. Der Filou ist in meiner Nähe, ich spüre es. Und Dorsday ist fort. Man muß ihn suchen. Er darf sich nicht umbringen, ehe er die fünfzigtausend abgeschickt hat. Meine Herrschaften, er ist mir Geld schuldig. Verhaften Sie ihn. «*Hast du eine Ahnung, vom wem die Depesche war, Paul?*»—«*Guten Abend, meine Herrschaften.*»—«*Else, hörst du mich?*»—«*Lassen Sie sie doch, Frau Cissy.*»—«*Ach Paul.*»—«*Der Direktor sagt, es kann vier Stunden dauern, bis der Doktor da ist.*»—«*Sie sieht aus, als wenn sie schliefe.*»—Ich liege auf dem Diwan, Paul hält meine Hand, er fühlt mir den Puls. Richtig, er ist ja Arzt.—«*Von Gefahr ist keine Rede, Mama. Ein—Anfall.*»—«*Keinen Tag länger bleibe ich im Hotel.*»—«*Bitte dich, Mama.*»—«*Morgen früh reisen wir ab.*»—«*Aber einfach über die Dienerschaftsstiege. Die Tragbahre wird sofort hier sein.*»—Bahre? Bin ich nicht heute schon auf einer Bahre gelegen? War ich nicht schon tot? Muß ich denn noch einmal sterben?—«*Wollen Sie nicht dafür sorgen, Herr Direktor, daß die Leute sich endlich von der Türe entfernen.*»—«*Rege dich doch nicht auf, Mama.*»—«*Es ist eine Rücksichtslosigkeit von den Leuten.*»—Warum flüstern sie denn alle? Wie in einem Sterbezimmer. Gleich wird die Bahre da sein.

Mach' auf das Tor, Herr Matador!—«*Der Gang ist frei.*»—«*Die Leute könnten doch wenigstens so viel Rücksicht haben.*»—«*Ich bitte dich, Mama, beruhige dich doch.*»—«*Bitte, gnädige Frau.*»—«*Wollen Sie sich nicht ein wenig meiner Mutter annehmen, Frau Cissy?*»—Sie ist seine Geliebte, aber sie ist nicht so schön wie ich. Was ist denn schon wieder? Was geschieht denn da? Sie bringen die Bahre. Ich sehe es mit geschlossenen Augen. Das ist die Bahre, auf der sie die Verunglückten tragen. Auf der ist auch der Doktor Zigmondi gelegen, der vom Cimone abgestürzt ist. Und jetzt werde ich auf der Bahre liegen. Ich bin auch abgestürzt. «Ha!» Nein, ich will nicht noch einmal schreien. Sie flüstern. Wer beugt sich über meinen Kopf? Es riecht gut nach Zigaretten. Seine Hand ist unter meinem Kopf. Hände unter meinem Rücken, Hände unter meinen Beinen. Fort, fort, rührt mich nicht an. Ich bin ja nackt. Pfui, pfui. Was wollt ihr denn? Laßt mich in Ruhe. Es war nur für Papa.—«*Bitte vorsichtig, so, langsam.*»—«*Der Plaid?*»—«*Ja, danke, Frau Cissy.*»—Warum dankt er ihr? Was hat sie denn getan? Was geschieht mit mir? Ah, wie gut, wie gut. Ich schwebe. Ich schwebe. Ich schwebe hinüber. Man trägt mich, man trägt mich, man trägt mich zu Grabe.—«*Aber mir sein das g'wohnt, Herr Doktor. Da sind schon Schwerere darauf gelegen. Im vorigen Herbst einmal zwei zugleich.*»—«*Pst, pst.*»—«*Vielleicht sind Sie so gut, vorauszugehen, Frau Cissy und sehen, ob in Elses Zimmer alles in Ordnung ist.*»—Was hat Cissy in meinem Zimmer zu tun? Das Veronal, das Veronal! Wenn sie es nur nicht weggießen. Dann müßte ich mich doch zum Fenster hinunterstürzen.—«*Danke sehr, Herr Direktor, bemühen Sie sich nicht weiter.*»—«*Ich werde mir erlauben, später wieder nachzufragen.*»—Die Treppe knarrt, die Träger haben schwere Bergstiefel. Wo sind meine Lackschuhe? Im Musikzimmer geblieben. Man wird sie stehlen. Ich habe sie der Agathe vermachen wollen. Fred kriegt meine Füllfeder. Sie tragen mich, sie tragen mich. Trauerzug. Wo ist Dorsday, der Mörder? Fort ist er. Auch der Filou ist fort. Er ist gleich wieder auf die Wanderschaft gegangen. Er ist nur zurückgekommen, um einmal meine weißen Brüste zu sehen. Und jetzt ist er wieder fort. Er geht einen schwindligen Weg zwischen Felsen und Abgrund;—leb' wohl, leb' wohl.—Ich schwebe, ich schwebe. Sie sollen mich nur hinauftragen, immer weiter, bis zum Dach, bis zum Himmel. Das wäre so bequem.—«*Ich habe es ja kommen gesehen, Paul.*»—Was hat die Tante kommen gesehen? —«*Schon die ganzen letzten Tage habe ich so etwas kommen gesehen. Sie ist überhaupt nicht normal. Sie muß natürlich in eine Anstalt.*»—«*Aber Mama, jetzt ist doch nicht der Moment, davon zu reden.*»—Anstalt—? Anstalt—?!—«*Du denkst doch nicht, Paul, daß ich in ein und demselben Coupé mit dieser Per-*

son nach Wien fahren werde. Da könnte man schöne Sachen erleben.»—«Es wird nicht das geringste passieren, Mama. Ich garantiere dir, daß du keinerlei Ungelegenheiten haben wirst.»—«Wie kannst du das garantieren?»—Nein, Tante, du sollst keine Ungelegenheiten haben. Niemand wird Ungelegenheiten haben. Nicht einmal Herr von Dorsday. Wo sind wir denn? Wir bleiben stehen. Wir sind im zweiten Stock. Ich werde blinzeln. Cissy steht in der Tür und spricht mit Paul.—*«Hierher bitte. So. So. Hier. Danke. Rücken Sie die Bahre ganz nah' ans Bett heran.»*—Sie heben die Bahre. Sie tragen mich. Wie gut. Nun bin ich wieder zu Hause. Ah!—*«Danke. So, es ist schon recht. Bitte die Türe zu schließen.—Wenn Sie so gut sein wollten, mir zu helfen, Cissy.»—«Oh, mit Vergnügen, Herr Doktor.»—«Langsam, bitte. Hier, bitte, Cissy, fassen Sie sie an. Hier an den Beinen. Vorsichtig. Und dann— —Else— —? Hörst du mich, Else?»*—Aber natürlich höre ich dich, Paul. Ich höre alles. Aber was geht euch das an. Es ist ja so schön, ohnmächtig zu sein. Ach, macht, was ihr wollt.—*«Paul!»—«Gnädige Frau?»—«Glaubst du wirklich, daß sie bewußtlos ist, Paul?»*—Du? Sie sagt ihm du. Hab' ich euch erwischt! Du sagt sie ihm!—*«Ja, sie ist vollkommen bewußtlos. Das kommt nach solchen Anfällen gewöhnlich vor.»—«Nein, Paul, du bist zum Kranklachen, wenn du dich so erwachsen als Doktor benimmst.»* Hab' ich euch, Schwindelbande! Hab' ich euch?—*«Still, Cissy.»—«Warum denn, wenn sie nichts hört?!»*—Was ist denn geschehen? Nackt liege ich im Bett unter der Decke. Wie haben sie das gemacht?—*«Nun, wie geht's? Besser?»*—Das ist ja die Tante. Was will sie denn da?—*«Noch immer ohnmächtig?»*—Auf den Zehenspitzen schleicht sie heran. Sie soll zum Teufel gehen. Ich laß mich in keine Anstalt bringen. Ich bin nicht irrsinnig.—*«Kann man sie nicht zum Bewußtsein erwecken?»—«Sie wird bald wieder zu sich kommen, Mama. Jetzt braucht sie nichts als Ruhe. Übrigens du auch, Mama. Möchtest du nicht schlafen gehen? Es besteht absolut keine Gefahr. Ich werde zusammen mit Frau Cissy bei Else Nachtwache halten.»—«Jawohl, gnädige Frau, ich bin die Gardedame. Oder Else, wie man's nimmt.»*—Elendes Frauenzimmer. Ich liege hier ohnmächtig, und sie macht Späße. *«Und ich kann mich darauf verlassen, Paul, daß du mich wecken läßt, sobald der Arzt kommt?»—«Aber Mama, der kommt nicht vor morgen früh.»—«Sie sieht aus, als wenn sie schliefe. Ihr Atem geht ganz ruhig.»—«Es ist ja auch eine Art von Schlaf, Mama.»—«Ich kann mich noch immer nicht fassen, Paul, ein solcher Skandal!—Du wirst sehen, es kommt in die Zeitung!»—«Mama!»—«Aber sie kann doch nichts hören, wenn sie ohnmächtig ist. Wir reden doch ganz leise.»—«In diesem Zustand sind die Sinne manchmal unheimlich geschärft.»—«Sie haben einen so gelehrten Sohn, gnädige Frau.»—«Bitte dich, Mama, geh zu Bette.»—«Morgen reisen wir ab unter jeder Bedingung. Und in Bozen nehmen wir eine Wärterin für Else.»*—Was? Eine Wärterin? Da werdet ihr euch aber täuschen.—*«Über all das reden wir morgen, Mama. Gute Nacht, Mama.»* —*«Ich will mir einen Tee aufs Zimmer bringen lassen, und in einer Viertelstunde schau' ich noch einmal her.»*—*«Das ist doch absolut nicht notwendig, Mama.»*— Nein, notwendig ist es nicht. Du sollst überhaupt zum Teufel gehen. Wo ist das Veronal? Ich muß noch warten. Sie begleiten die Tante zur Türe. Jetzt sieht mich niemand. Auf dem Nachttisch muß es ja stehen, das Glas mit dem Veronal. Wenn ich es austrinke, ist alles vorbei. Gleich werde ich es trinken. Die Tante ist fort. Paul und Cissy stehen noch an der Tür. Ha. Sie küßt ihn. Sie küßt ihn. Und ich liege nackt unter der Decke. Schämt ihr euch denn gar nicht? Sie küßt ihn wieder. Schämt ihr euch nicht?—*«Siehst du, Paul, jetzt weiß ich, daß sie ohnmächtig ist. Sonst wäre sie mir unbedingt an die Kehle gesprungen.» «Möchtest du mir nicht den Gefallen tun und schweigen, Cissy?»*—*«Aber was willst du denn, Paul? Entweder ist sie wirklich bewußtlos. Dann hört und sieht sie nichts. Oder sie hält uns zum Narren. Dann geschieht ihr ganz recht.»*—*«Es hat geklopft, Cissy.»*—*«Mir kam es auch so vor.»*—*«Ich will leise aufmachen und sehen, wer es ist.—Guten Abend, Herr von Dorsday.»*—*«Verzeihen Sie, ich wollte nur fragen, wie sich die Kranke—»*—Dorsday! Dorsday! Wagt er es wirklich? Alle Bestien sind losgelassen. Wo ist er denn? Ich höre sie flüstern vor der Tür. Paul und Dorsday. Cissy stellt sich vor den Spiegel hin. Was machen Sie vor dem Spiegel dort? Mein Spiegel ist es. Ist nicht mein Bild noch drin? Was reden sie draußen vor der Tür, Paul und Dorsday? Ich fühle Cissys Blick. Vom Spiegel aus sieht sie zu mir her. Was will sie denn? Warum kommt sie denn näher? Hilfe! Hilfe! Ich schreie doch, und keiner hört mich. Was wollen Sie an meinem Bett, Cissy?! Warum beugen Sie sich herab? wollen Sie mich erwürgen? Ich kann mich nicht rühren.— *«Else!»*—Was will sie denn?—*«Else! Hören Sie mich, Else?»*—Ich höre, aber ich schweige. Ich bin ohnmächtig, ich muß schweigen.—*«Else, Sie haben uns in einen schönen Schreck versetzt.»*—Sie spricht zu mir. Sie spricht zu mir, als wenn ich wach wäre. Was will sie denn?—*«Wissen Sie, was Sie getan haben, Else? Denken Sie, nur mit dem Mantel bekleidet sind Sie ins Musikzimmer getreten, sind plötzlich nackt dagestanden vor allen Leuten, und dann sind Sie ohnmächtig hingefallen. Ein hysterischer Anfall wird behauptet. Ich glaube kein Wort davon. Ich glaube auch nicht, daß Sie bewußtlos sind. Ich wette, Sie hören jedes Wort, das ich rede.»*—Ja, ich höre, ja, ja, ja. Aber sie hört mein Ja nicht. Warum denn nicht? Ich kann meine Lippen nicht bewegen. Darum hört sie mich nicht. Ich kann mich nicht rühren. Was ist denn mit mir? Bin ich tot? Bin ich scheintot? Träume ich? Wo ist das Veronal? Ich möchte mein Veronal trinken. Aber ich kann den Arm nicht ausstrecken. Gehen Sie fort, Cissy. Warum sind Sie über mich gebeugt? Fort, fort! Nie wird sie wissen, daß ich sie gehört habe. Niemand wird es je wissen. Nie wieder werde ich zu einem Menschen sprechen. Nie wache ich wieder auf. Sie geht zur Türe. Sie wendet sich noch einmal nach mir um. Sie öffnet die Türe. Dorsday! Dort steht er. Ich habe ihn gesehen mit geschlossenen Augen. Nein, ich sehe ihn wirklich. Ich habe ja die Augen offen. Die Türe ist angelehnt. Cissy ist auch draußen. Nun flüstern sie alle. Ich bin allein. Wenn ich mich jetzt rühren könnte.

Ha, ich kann ja, kann ja. Ich bewege die Hand, ich rege die Finger, ich strecke den Arm, ich sperre die Augen weit auf. Ich sehe, ich sehe. Da steht mein Glas. Geschwind, ehe sie wieder ins Zimmer kommen. Sind es nur Pulver genug?! Nie wieder darf ich erwachen. Was ich zu tun hatte auf der Welt, habe ich getan. Der Papa ist gerettet. Niemals könnte ich wieder unter Menschen gehen. Paul guckt durch die Türspalte herein. Er denkt, ich bin noch ohnmächtig. Er sieht nicht, daß ich den Arm beinahe schon ausgestreckt habe. Nun stehen sie wieder alle drei draußen vor der Tür, die Mörder!—Alle sind sie Mörder. Dorsday und Cissy und Paul, auch Fred ist ein Mörder, und die Mama ist eine Mörderin. Alle haben sie mich gemordet und machen sich nichts wissen. Sie hat sich selber umgebracht, werden sie sagen. Ihr habt mich umgebracht, ihr Alle, ihr Alle! Hab' ich es endlich? Geschwind, geschwind! Ich muß. Keinen Tropfen verschütten. So. Geschwind. Es schmeckt gut. Weiter, weiter. Es ist gar kein Gift. Nie hat mir was so gut geschmeckt. Wenn ihr wüßtet, wie gut der Tod schmeckt! Gute Nacht, mein Glas. Klirr, klirr! Was ist denn das? Auf dem Boden liegt das Glas. Unten liegt es. Gute Nacht.—«*Else! Else!*»—Was wollt ihr denn?—«*Else!*»—Seid ihr wieder da? Guten Morgen. Da lieg' ich bewußtlos mit geschlossenen Augen. Nie wieder sollt ihr meine Augen sehen.—«*Sie muß sich bewegt haben, Paul, wie hätte es sonst herunterfallen können?*»—«*Eine unwillkürliche Bewegung, das wäre schon möglich.*»—«*Wenn sie nicht wach ist.*»—«*Was fällt dir ein, Cissy. Sieh sie doch nur an.*»—Ich habe Veronal getrunken. Ich werde sterben. Aber es ist geradeso wie vorher. Vielleicht war es nicht genug... Paul faßt meine Hand.—«*Der Puls geht ruhig. Lach' doch nicht, Cissy. Das arme Kind.*»—«*Ob du mich auch ein armes Kind nennen würdest, wenn ich mich im Musikzimmer nackt hingestellt hätte?*»—«*Schweig doch, Cissy.*»—«*Ganz nach Belieben, mein Herr. Vielleicht soll ich mich entfernen, dich mit dem nackten Fräulein allein lassen. Ach bitte, geniere dich nicht. Tu, als ob ich nicht da wäre.*»—Ich habe Veronal getrunken. Es ist gut. Ich werde sterben. Gott sei Dank.—«*Übrigens weißt du, was mir vorkommt. Daß dieser Herr von Dorsday in das nackte Fräulein verliebt ist. Er war so erregt, als ginge ihn die Sache persönlich an.»*—Dorsday, Dorsday! Das ist ja der—Fünfzigtausend! Wird er sie abschicken? Um Gottes willen, wenn er sie nicht abschickt? Ich muß es ihnen sagen. Sie müssen ihn zwingen. Um Gottes willen, wenn alles umsonst gewesen ist? Aber jetzt kann man mich noch retten. Paul! Cissy! Warum hört ihr mich denn nicht? Wißt ihr denn nicht, daß ich sterbe? Aber ich spüre nichts. Nur müde bin ich. Paul! Ich bin müde. Hörst du mich denn nicht? Ich bin müde, Paul. Ich kann die Lippen nicht öffnen. Ich kann die Zunge nicht bewegen, aber ich bin noch nicht tot. Das ist das Veronal. Wo seid ihr denn? Gleich schlafe ich ein. Dann wird es zu spät sein! Ich höre sie gar nicht reden. Sie reden, und ich weiß nicht was. Ihre Stimmen brausen so. So hilf mir doch, Paul! die Zunge ist mir so schwer.—*«Ich glaube, Cissy, daß sie bald erwachen wird. Es ist, als wenn sie sich schon mühte, die Augen zu öffnen. Aber Cissy, was tust du denn?»* —*«Nun, ich umarme dich. Warum denn nicht? Sie hat sich auch nicht geniert.»* —Nein, ich habe mich nicht geniert. Nackt bin ich dagestanden vor allen Leuten. Wenn ich nur reden könnte, so würdet ihr verstehen warum. Paul! Paul! Ich will, daß ihr mich hört. Ich habe Veronal getrunken, Paul, zehn Pulver, hundert. Ich hab' es nicht tun wollen. Ich war verrückt. Ich will nicht sterben. Du sollst mich retten, Paul. Du bist ja Doktor. Rette mich!—*«Jetzt scheint sie wieder ganz ruhig geworden. Der Puls—der Puls ist ziemlich regelmäßig.»*—Rette mich, Paul. Ich beschwöre dich. Laß mich doch nicht sterben. Jetzt ist's noch Zeit. Aber dann werde ich einschlafen, und ihr werdet es nicht wissen. Ich will nicht sterben. So rette mich doch. Es war nur wegen Papa. Dorsday hat es verlangt. Paul! Paul!—*«Schau' mal her, Cissy, scheint dir nicht, daß sie lächelt?»* —*«Wie sollte sie nicht lächeln, Paul, wenn du immerfort zärtlich ihre Hand hältst.»*—Cissy, Cissy, was habe ich dir denn getan, daß du so böse zu mir bist. Behalte deinen Paul—aber laßt mich nicht sterben. Ich bin noch so jung. Die Mama wird sich kränken. Ich will noch auf viele Berge klettern. Ich will noch tanzen. Ich will auch einmal heiraten. Ich will noch reisen. Morgen machen wir eine Partie auf den Cimone. Morgen wird ein wunderschöner Tag sein. Der Filou soll mitkommen. Ich lade ihn ergebenst ein. Lauf ihm doch nach, Paul, er geht einen so schwindligen Weg. Er wird dem Papa begegnen. Adresse bleibt Fiala, vergiß nicht. Es sind nur fünfzigtausend, und dann ist alles in Ordnung. Da marschieren sie alle im Sträflingsgewand und singen. Mach' auf das Tor, Herr Matador! Das ist ja alles nur ein Traum. Da geht auch Fred mit dem heiseren Fräulein, und unter dem freien Himmel steht das Klavier. Der Klavierstimmer wohnt in der Bartensteinstraße, Mama! Warum hast du ihm denn nicht geschrieben, Kind? Du vergißt aber alles. Sie sollten mehr Skalen üben, Else. Ein Mädel mit dreizehn Jahren sollte fleißiger sein.—Rudi war auf dem Maskenball und ist erst um acht Uhr früh nach Hause gekommen. Was hast du mir mitgebracht, Papa? Dreißigtausend Puppen. Da brauch' ich ein eigenes Haus dazu. Aber sie können auch im Garten spazierengehen. Oder auf den Maskenball mit Rudi. Grüß dich Gott, Else. Ach Bertha, bist du wieder aus Neapel zurück? Ja, aus Sizilien. Erlaube, daß ich dir meinen Mann vorstelle, Else. Enchantée, Monsieur.—«*Else, hörst du mich, Else? Ich bin es, Paul.*» —Haha, Paul. Warum sitzest du denn auf der Giraffe im Ringelspiel?— «*Else, Else!*»—So reit mir doch nicht davon. Du kannst mich doch nicht hören, wenn du so schnell durch die Hauptallee reitest. Du sollst mich ja retten. Ich habe Veronalica genommen. Das läuft mir über die Beine, rechts und links, wie Ameisen. Ja, fang ihn nur, den Herrn von Dorsday. Dort läuft er. Siehst du ihn denn nicht? Da springt er über den Teich. Er hat ja den Papa umgebracht. So lauf ihm doch nach. Ich laufe mit. Sie haben mir die Bahre auf den Rücken geschnallt, aber ich laufe mit. Meine Brüste zittern so. Aber ich laufe mit. Wo bist du denn, Paul? Fred, wo bist du? Mama, wo bist du? Cissy? Warum laßt ihr mich denn allein durch die Wüste laufen? Ich habe ja Angst so allein. Ich werde lieber fliegen. Ich habe ja gewußt, daß ich fliegen kann.

«*Else!*»... «*Else!*»...

Wo seid ihr denn? Ich höre euch, aber ich sehe euch nicht.

«*Else!*»... «*Else!*»... «*Else!*»...

Was ist denn das? Ein ganzer Chor? Und Orgel auch? Ich singe mit. Was ist es denn für ein Lied. Alle singen mit. Die Wälder auch und die Berge und die Sterne. Nie habe ich etwas so Schönes gehört. Noch nie habe ich eine so helle Nacht gesehen. Gib mir die Hand, Papa. Wir fliegen zusammen. So schön ist die Welt, wenn man fliegen kann. Küss' mir doch nicht die Hand. Ich bin ja dein Kind, Papa.

«*Else! Else!*»

Sie rufen von so weit! Was wollt ihr denn? Nicht wecken. Ich schlafe ja so gut. Morgen früh. Ich träume und fliege. Ich fliege... fliege... fliege... schlafe und träume... und fliege... nicht wecken... morgen früh...

«*El...*»

Ich fliege... ich träume... ich schlafe... ich träu... träu—ich flie....

INHALT